LUCY DIAMOND
Das Jahr, in dem wir alles wagen

LUCY DIAMOND

Das *Jahr*, in dem wir ALLES *wagen*

Roman

Ins Deutsche übertragen von
Corinna Wieja

INK
EGMONT

Die Originalausgabe erschien 2015 unter dem Titel *The Year of Taking Chances*
bei Pan Books, an imprint of Pan Macmillan,
a division of Macmillan Publishers Limited, London, UK.

Deutschsprachige Erstausgabe Dezember 2015 bei INK
verlegt durch EGMONT Verlagsgesellschaften mbH,
Gertrudenstraße 30–36, 50667 Köln

1. Auflage
Redaktion: Ulrike Schuldes
Satz: Greiner & Reichel, Köln
Printed in the EU (675292)
ISBN 978-3-86396-087-2

www.egmont-ink.de

MIX
Papier aus verantwortungsvollen Quellen
FSC® C083411
www.fsc.org

In Erinnerung an Linda Brown,
die reizende Lady von nebenan,
die mir vor vielen Jahren
das Nähen beigebracht hat.

Prolog

Man sollte irgendwie vorgewarnt werden, wenn sich das Leben für immer verändert. Ein Schwirren in der Luft, eine flüsternde Brise, ein sanfter himmlischer Schubs, der einen dazu auffordert, das wertzuschätzen, was man hat, bevor es zu spät ist. Gemmas Morgen begann jedoch mit einer trügerischen Vertrautheit: Spencer, der im Badezimmer nebenan rumorte, das Rauschen der voll aufgedrehten Dusche, dann seine Stimme, die enthusiastisch, wenn auch ziemlich schief »My Girl« schmetterte.

Gemma zog sich das Kissen über den Kopf, um die Geräusche auszublenden. Nur noch fünf Minuten, schwor sie sich. Fünf Minuten eingekuschelt in die warme Decke, dann würde sie sich zum Aufstehen zwingen und in die Gänge kommen.

Doch wie ein weiches Tuch legte sich der Schlaf über sie und ließ sie ins Land der Träume zurückdriften. Sie bemerkte weder, wie ihr Mann eine dampfende Tasse Tee auf ihrem Nachttisch abstellte, noch, wie er ihr zehn Minuten später fröhlich »Tschüss!« zurief.

Wenn sie zu diesem Zeitpunkt schon gewusst hätte, wie folgenschwer dieser Vormittag verlaufen würde, wäre sie Spencer nachgelaufen, hätte ihm die Arme fest um die Hüften geschlungen und sich geweigert, ihn gehen zu lassen. *Nicht heute,* hätte sie gesagt. *Du gehst nirgendwohin, Spencer Bailey.*

Aber sie hatte es nicht gewusst. Sie hatte nicht die leiseste Ahnung gehabt. Und so nahm der Tag seinen Lauf.

Kapitel 1

Drei Wochen vorher

Es war Silvester – die Nacht der tausend Partys und gegen die Decke ploppenden Sektkorken, die Nacht für farbenprächtiges Feuerwerk am Himmel und elegante Abendgarderobe auf der Tanzfläche. Im ganzen Land hatte man Weihnachten mit seinem Lametta und den Rentiergeweihen ausrangiert und widmete sich einer letzten, von Alkohol befeuerten Schlag-noch-einmal-über-die-Stränge-Feier, bevor der triste, enthaltsame Gute-Vorsätze-Januar kalt und abschreckend heraufzog. Die Vorbereitungen in den Bars, Clubs und Gemeindesälen des Landes waren abgeschlossen – zahllose Flaschen Prickelwasser kalt gestellt, mit Frischhaltefolie überzogene Büfetts auf weißen Tischtüchern arrangiert, Besteck und Gläser auf Hochglanz poliert. In den Badezimmern und Schlafzimmern der Städte und Dörfer legte man letzte Hand an, trug glitzerndes Make-up auf, frisierte Haare, ließ das Bügeleisen zischend über die allerletzten Knitterfalten gleiten und kaschierte die schlimmsten Weihnachtssünden durch Bauch-weg-Unterwäsche und viele gemurmelte Diätvorsätze.

Doch in dem kleinen Dorf Larkmead in Suffolk stand Gemma Bailey nur ein angekokeltes Kanapee von einem totalen

Nervenzusammenbruch entfernt. Wieso, dachte sie verärgert, ist aus der ursprünglich geplanten kleinen Feier mit Freunden, ein paar Cocktailexperimenten und Knabbereien eigentlich eine Je-mehr-desto-besser-Party für alle Welt geworden, mit der sie sämtliche Nachbarn gegen sich aufbringen würden? Dumme Frage. Natürlich war Spencer daran schuld, ihr geselliger Mann, der fröhlich und ohne nachzudenken seine Fußballkumpel, deren bessere Hälften und ein paar Arbeitskollegen eingeladen hatte. Er hatte sogar diese Frau zum Kommen überredet, die nach dem Tod ihrer Mutter nach Larkmead zurückgekehrt war, und das, obwohl er sie seit ihrer Schulzeit nicht mehr gesehen hatte. »Sie hat mir leidgetan!«, hatte er sich gerechtfertigt, als Gemma ihm einen leidenden Blick schenkte. »Was hätte ich denn machen sollen?«

»Oh, ich weiß nicht, vielleicht tröstend ihren Arm tätscheln und ihr dein herzliches Beileid aussprechen, wie jeder andere normale Mensch?«, hatte sie erwidert und die Augen verdreht.

Und als ob die Zufallsgästeliste nicht schon lang genug wäre, hatte Spencer dann auch noch zwei Wochen zuvor bei einem Weihnachtsquiz in der Schule total beschwipst dem Quizmoderator, der kein Geringerer als der stellvertretende Rektor war, das Mikro aus der Hand gerissen und praktisch alle anwesenden Eltern zusätzlich eingeladen. Gemma hatte den Mund geöffnet, um zu protestieren, aber es war nur ein leises Wimmern herausgekommen. Jetzt war es ohnehin zu spät. Alle hatten bereits erfreut zugesagt und behauptet, sie könnten es kaum erwarten, ihr neues Haus zu sehen. Das neue Haus mit den alten Raufasertapeten, den abgewetzten Teppichen, den eklig riechenden Abflüssen und dem schrecklichsten rosa Bad der Welt. Na klasse! Gemma hatte die Hauseinweihungsparty eigentlich erst im Sommer veranstalten wollen – vor allem ohne die wetteifernden Mütter aus Darceys Klasse, deren Häuser so gepflegt waren wie ein Museum und die eine einzige Staubfluse bei nachlässigem Staubsaugen schon aus zehn Metern Entfernung erschnüffeln konnten.

Ihr wurde immer noch ganz heiß vor Scham, wenn sie daran dachte, wie ihr Sohn Will mit sieben einmal einen Freund zum Tee mit nach Hause gebracht hatte. Jack Barrington – so lautete sein Name –, damals ein kleiner Junge mit wuscheligen Haaren und einer Fistelstimme. Inzwischen maß er gut eins achtzig, hatte ein pickeliges Aknegesicht und eine satte Bassstimme. Jacks Mum hatte ihn abgeholt, und als sie sich von Gemma verabschiedete, hatte Jack ihr mit geschockter Stimme zugeflüstert: »In Wills Haus ist es total unordentlich, Mum! Und es gab Pommes frites zum Tee!« So war das eben in Larkmead: Muttersein war ein einziger Wettbewerb. Gemma hatte es längst aufgegeben, in diesem Bereich irgendwelche Lorbeeren verdienen zu wollen.

»Es macht dir doch nichts aus, oder?«, hatte Spencer gefragt, als sie im winterlichen Mondlicht nach dem Weihnachtsquiz nach Hause wankten. »Wir können doch gleich eine richtige Silvesterparty schmeißen, findest du nicht auch?«

»Ich bin mir nicht sicher, ob das Haus schon reif für eine Party ist«, erwiderte Gemma. Ihre Gedanken schweiften von einem Horrorszenario zum nächsten: die verblassten, schmutzigen Gardinen, die die Vorbesitzer ihnen hinterlassen hatten, der Schimmelfleck in der Küche, die spinnenverseuchte Toilette im Erdgeschoss mit der kaputten Glühbirne – sie war noch immer nicht dazu gekommen, sie auszuwechseln. Schließlich waren sie ja auch erst vor sechs Wochen eingezogen und hatten noch nicht mal alle Kisten ausgepackt, geschweige denn irgendwelche Heimwerkerwunder vollbracht.

»Ja, genau. Deshalb ist es ja auch nicht schlimm, wenn irgendwas kaputtgeht.« Er stieß ihr mit dem Ellbogen in die Seite. »Wir müssen uns keine Gedanken machen, wenn jemand Wein auf den Teppich schüttet. Wir reißen die Teppiche eh bald raus. Also, ich finde, das Haus ist ideal für eine Party.«

Damit hatte er schon recht. Das Haus war toll. Basta. Oder vielmehr, es würde toll sein, wenn sie es erst mal hergerichtet hatten. Sie hatten sich mit dem Kauf des prächtigen alten Bauernhauses am Rande des teuren Viertels von Larkmead finanziell schwer verhoben, aber eines Tages würde es sich sicher auszahlen. Es gab vier große Schlafzimmer, einen hübschen Garten und eine Garage für den glänzend schwarzen Mazda, von dem Gemma hätte schwören können, dass Spencer ihn mehr liebte als sie. »Tonnenweise Möglichkeiten«, hatte der Immobilienmakler gesagt. »Tonnenweise Charme.«

Sie würden auch tonnenweise Energie und harte Arbeit hineinstecken müssen, um es in ihr Traumhaus zu verwandeln, vor allem, da sie ihre Ersparnisse völlig aufgebraucht hatten und kein Geld mehr für Handwerker übrig war. Aber das war schon okay, hatten sie beide festgestellt, denn schließlich war dieses Haus eine Anschaffung fürs Leben, das Einzige, das sie je brauchen würden. Es bestand kein Grund zur Eile. Tja, zumindest bevor Spencer das halbe Dorf zur Feier des Jahres eingeladen hatte.

Immerhin kam sie gut voran. Küche und Wohnzimmer waren inzwischen fleckenlos sauber, ebenso die Toilette im Erdgeschoss. Sie hatte ein Büfett vorbereitet und die unappetitlich aussehenden selbst gemachten Kanapees ganz hinten versteckt. Außerdem hatte sie die Dips vom Supermarkt aus der Plastikverpackung in ihre schönen blauen Glasschälchen umgefüllt. Zusätzlich gab es eine große Quiche aus dem Delikatessenladen, haufenweise Käse, der noch von Weihnachten übrig war, und einen halben, mit Cognac getränkten Früchtekuchen, bei dem man nach drei Bissen doppelt sah. Das musste reichen. Und wenn die wetteifernden Schulmütter wegen ihres halbherzigen Büfettversuchs missbilligend die Augenbrauen hoben, dann war das eben so. Es kümmerte sie nicht. Na ja, nur ein bisschen.

Spencer hatte sich angeboten, die Kinder zum Übernachten zu seinen Eltern zu bringen. Allerdings brauchte er verdächtig lange für einen Weg von höchstens zehn Minuten. Zweifellos hatte sein Vater Terry seine Whiskyflasche geöffnet, und die beiden diskutierten jetzt vor dem Kamin über Gott und die Welt. Es konnte noch Stunden dauern, bis er zurückkam.

Seufzend polierte sie die Sekt- und Weingläser mit einem sauberen Geschirrtuch und reihte sie auf der Arbeitsfläche auf. Sie wünschte, sie käme allmählich in Partylaune. Der Neujahrsabend stimmte sie immer nachdenklich. An diesem Tag schien das Leben zwischen zwei Zeitebenen zu hängen: der Vergangenheit und der Zukunft. Man wurde unweigerlich gezwungen, Inventur zu machen und herauszufinden, wo man im Leben stand und wohin man wollte. In letzter Zeit beschlich sie immer öfter das unbehagliche Gefühl, dass die Jahre an ihr vorüberflogen, jedes Jahr ein wenig schneller als das davor, und dass sie nicht genug aus ihrem Leben machte. Sicher, sie war Spencers Frau und die Mutter von Will und Darcey, und dafür war sie auch dankbar. Aber welche Spuren würde sie sonst noch auf der Welt hinterlassen? Manchmal überfiel sie der Gedanke, dass sie von jetzt auf gleich von der Bildfläche verschwinden könnte, und niemand würde es bemerken.

»Was macht deine Mum denn so?«, hatte Nicolette Valentine vor ein paar Wochen auf dem Weg in Darceys Zimmer gefragt. Nicolette war neu in Larkmead und hatte eine mittelmäßig berühmte Schauspielerin zur Mutter. Ihr Vater arbeitete als Assistenzarzt im örtlichen Krankhaus.

»Ach, nicht viel«, hatte Darcey geantwortet. »Sie ist nur eine Mum.«

Sie ist nur eine Mum. Als wäre das nichts. Darcey hatte sogar beschämt geklungen, als sei sie sich Gemmas Versagen bewusst.

Seitdem quälte Gemma der Gedanke, dass sie kein gutes Vorbild abgab. Ihre Freundinnen mit Kindern arbeiteten inzwischen längst wieder in Teilzeitjobs, die schicke Kleidung und Make-up erforderten, und überprüften mit geschürzten Lippen auf dem Spielplatz die Nachrichten auf ihren Smartphones. Und sie? Sie war bloß eine pummelige Hausfrau, die die Wäsche und den Einkauf erledigte und dafür sorgte, dass ihre Kinder rechtzeitig zur Schule kamen. Und gelegentlich verdiente sie sich etwas durch Näharbeiten dazu. *Sie ist nur eine Mum. Nicht viel.*

Manchmal, wenn sie sich mies fühlte, fragte sie sich, ob Spencer sie genauso sah.

»Komm schon, Gems«, murmelte sie und versuchte, die düstere Stimmung abzuschütteln. Wenn sie erst das neue Kleid angezogen hatte, würde es ihr sicher gleich besser gehen. Sie hatte es zu Beginn des Monats geschneidert und brannte seitdem darauf, es zu tragen. Es war ein mitternachtsblaues, schulterfreies Prachtstück aus Velours mit schmaler Taille und einem Tulpenrock, der jeder Figur schmeichelte. Dank der geschickt gesetzten Falten betonte das Kleid ihre Sanduhrfigur und ließ ihren Busen und Po üppig und kurvenreich erscheinen, und nicht nur wie altes, schwabbeliges Fett. Hier und da glitzerten ein paar schwarze Pailletten. Ein bisschen Glitzer außen würde sie hoffentlich auch innerlich zum Funkeln bringen.

Früher hatte sie ständig mit ihrem Gewicht zu kämpfen gehabt. Mit Anfang zwanzig hatte sie wie besessen Kalorien gezählt und war eine Weile lang so dürr wie ein Zweig gewesen.

Aber hatte sie sich etwa glücklich gefühlt, während sie sich Kohlenhydrate und Pudding versagte, um sich in knappe Kleider quetschen zu können? Nein, das hatte sie nicht. Sie hatte gehungert, aber dieses hohle Gefühl der Leere in ihrem Inneren gehasst, das beständig an ihr nagte. Zum Glück gehörte dieser Unfug längst der Vergangenheit an. In diesem Haus würde es im neuen Jahr ganz bestimmt keine Crashdiäten mehr geben, nein danke.

Sie zuckte zusammen, als die Türklingel ertönte. Ah, Spencer hatte wohl mal wieder seinen Schlüssel vergessen. Ihre Stimmung hob sich sofort. Wie sie Spencer kannte, würde er ihr einen Cocktail mixen, die Glitzerkugel in Gang bringen und sie damit aufziehen, dass sie sich über so was Lächerliches wie Kanapees Sorgen machte. Bei dem Gedanken daran fühlte sie sich gleich tausendmal besser.

Vor der Tür stand jedoch nicht ihr Mann, sondern eine unbekannte Frau. Sie war etwa dreißig Jahre alt und hatte das kupferrote Haar zu einem unordentlichen Pferdeschwanz zusammengebunden. Ihr Gesicht war von Sommersprossen übersät und sie trug eine blaue Steppjacke. Sie wirkte nicht gerade wie eine Zeugin Jehovas im Einsatz, aber man konnte nie wissen.

»Hallo«, grüßte Gemma. »Kann ich Ihnen helfen?«

»Hallo, ja. Bitte entschuldigen Sie, wenn ich Sie störe«, antwortete die Frau. »Ich habe das Häuschen nebenan gemietet, aber ich komme nicht rein, und der Vermieter – Bernie Sykes? – geht nicht ans Telefon. Sie wissen nicht zufällig, wie ich ihn erreichen kann?«

»Ah. Ja.« Die Vorbesitzer hatten sie schon vorgewarnt. Das hübsche cremefarbene Cottage wurde von Bernie, dem legendären Wirt des Dorfpubs, öfter als Ferienhaus vermietet. Bedauerlicherweise war Bernie für gewöhnlich zu sehr damit beschäftigt, in seinem Pub Hof zu halten, sodass er keine Zeit fand, ans Telefon zu gehen, oder gar nicht erst bemerkte, dass es klingelte. Und wie es aussah, schenkte er auch seinem Buchungskalender nicht die nötige Aufmerksamkeit.

»Keine Sorge, ich habe einen Ersatzschlüssel. Kommen Sie doch rein, während ich ihn hole.« Gemma ging der Frau voran in die Küche und nahm den Schlüssel aus seinem Versteck in der alten roten Teekanne im Schrank.

»Hier, bitte«, sagte sie und reichte ihn ihr. »Wie ich Bernie kenne, hat er bestimmt schon ein paar Bier intus und sein Handy vermutlich in einer Sofaritze verloren. Sie finden ihn sicher im Pub *The Partridge*. Das ist am Ende der Straße und dann links. Er ist der Wirt – laute Stimme, Schnurrbart, leichte Ähnlichkeit mit einem Walross. Sie können ihn gar nicht übersehen.«

»Vielen Dank«, sagte die Frau und öffnete wieder die Tür. »Tschüss.«

»Kein Problem«, antwortete Gemma. »Und ein gutes neues Jahr. Das Cottage sieht reizend aus. Wie gemacht für eine romantische Auszeit.«

Die Frau verzog den Mund. »Ich bin allein hier«, sagte sie. »Aber nochmals danke. Ihnen auch ein gutes neues Jahr.«

Oh. Wie eigenartig. Gemma sah ihr nach. Sie stellte es sich traurig vor, Silvester allein verbringen zu müssen. *Siehst du*, wies sie sich streng zurecht. *Es könnte schlimmer sein. Du könntest ganz allein nebenan hocken, statt das Haus voller Gäste und Alkohol zu haben.* Dieser Gedanke rückte ein paar vermasselte Kanapees wieder in die richtige Perspektive.

Eine Stunde später setzte Gemma ihre beeindruckende Fähigkeit zum Multitasking ein, indem sie sich ein cremiges Duftschaumbad einlaufen ließ und dabei ein willkommenes Glas

Pinot Grigio trank. Nach all der harten Arbeit war der Wein eine wahre Wohltat.

»Gems? Wo bist du?«, hörte sie Spencer rufen. Gleich darauf fiel die Haustür krachend ins Schloss.

»Hier oben, splitterfasernackt und in freudiger Erwartung Ihrer Gefälligkeiten, Sire«, rief sie zurück, obwohl sie ihre alte Jeans trug, die Haare mit einem Zopfband im Nacken zusammengefasst hatte und ihre Finger intensiv nach Zwiebeln rochen. »Komm und fang mich!« Das bringt ihn sicher dazu, die Treppe heraufzusprinten, dachte sie, während sie mit der Hand durchs Wasser wedelte, damit sich Schaum bildete. Spencer fasste schon das kleinste Heben ihrer Augenbraue als Signal dafür auf, dass sie sich verzweifelt nach seinem Körper sehnte.

Seit fünfzehn Jahren waren sie nun schon zusammen. Sie hatten sich an einem sonnigen Samstag kennengelernt, nachdem sie in Stowmarket, wo ihr Vater lebte, unabsichtlich in Spencers Van geknallt war. Der Zusammenstoß war allerdings allein seine Schuld. Davon ließ sich Gemma nicht abbringen, ganz egal, was er auch behauptete. Hätte er sie nicht abgelenkt, weil er ohne Shirt über die Straße geschlendert war, hätte sie niemals aus Versehen mit dem Fuß aufs Gaspedal getreten. So aber wurde sie von seiner gebräunten, muskulösen Brust, dem seelenvollen Blick in seinen dunklen Augen und den unwiderstehlich wuscheligen schwarzen Haaren wie magisch angezogen und rammte beim Versuch, seitlich rückwärts einzuparken, mit einem entsetzlich lauten Rums das Fahrzeug hinter sich.

»Ui!«, rief er und rannte zu ihr. »Das ist mein Van. Jetzt schauen Sie nur, was Sie angerichtet haben!«

Mit roten Wangen stieg Gemma aus, total beschämt über den Vorfall und zugleich aufgeregt, weil sie dem attraktiven Fremden plötzlich so nahe war – auch wenn er vor Wut schäumte. »Es tut mir leid«, stieß sie hervor. »So ein Mist! Dabei ist es nicht mal mein Auto, sondern das meiner Mitbewohnerin. Sie wird mich umbringen.«

Sein Blick wurde weicher, vielleicht weil sie ein türkisfarbenes Minikleid mit riesigem Reißverschluss über die ganze Vorderseite trug. Damals war sie rank und schlank, trug Größe 36 und wog zwölf Kilo weniger als jetzt. Mit langem, kastanienbraunem Haar, herzförmigem Gesicht und großen braunen Augen war sie die Art von Mensch, der man nie lange böse sein konnte.

»Keine Sorge«, sagte er besänftigt, nachdem er die glücklicherweise intakte Stoßstange inspiziert hatte. »Es ist nichts passiert. Geht es Ihnen gut?«

Sie verspürte ein Flattern im Bauch, als sich sein Blick auf sie heftete, und ihr Puls beschleunigte sich. *Jetzt ja*, dachte sie.

Damals hatte Gemma in London gewohnt und als Designerin für *Pop*, eine flippige Billigmodemarke, gearbeitet, aber schon drei Monate später lebte sie mit Spencer glücklich in einem gemieteten Reihenhaus in Larkmead, dem kleinen Dorf in Suffolk, in dem er aufgewachsen war. Ein Jahr später waren sie verheiratet, und gerade als sie es leid war, nach London pendeln zu müssen – zwei Stunden Fahrt, wenn es schlecht lief –, wurde sie mit Will schwanger und ging frühzeitig in Elternzeit. Manchmal fragte sie sich, wie ihr Leben wohl verlaufen wäre, wenn Spencer an diesem Tag nicht in Stowmarket unterwegs gewesen wäre oder wenn sie einen anderen Parkplatz gewählt hätte. Erstaunlich, wie sich alles in einem einzigen schicksalhaften Moment so drastisch verändern konnte.

»Hallo-o!«, rief er nun und stürmte ins Bad. »Hey«, fügte er hinzu, als er feststellte, dass sie noch in voller Putzmontur gekleidet war. »Du hast mir nackte Tatsachen und Sex versprochen. Und wo bleiben jetzt meine nackten Tatsachen und mein Sex?«

Beim Anblick seiner empörten Miene musste sie unwillkürlich lachen, doch ihr stockte der Atem, als er das Shirt über den Kopf zog und mit gierigem Funkeln in den Augen zu ihr kam. Sie hatte sich im Laufe der Jahre vielleicht gehen lassen, er jedoch nicht. Er war immer noch so gut gebaut und muskulös wie früher.

»Also dann, Mrs Bailey«, sagte er, schloss die Arme um sie und schob ihr Top nach oben. »Ich helfe dir gern aus deinen Klamotten …«

Kapitel 2

Wenn man die Dorfwiese, auf der im Sommer die Kricketspiele ausgetragen wurden, hinter sich ließ und über die Bogenbrücke ging, die sich über den Mühlenfluss spannte, kam man zum alten Dorfkern von Larkmead. Dort drängten sich schmale viktorianische Reihenhäuser an kleine Cottages, von denen manche noch ihr ursprüngliches Reetdach besaßen. In der Butler Row, zwei Straßen entfernt vom Lebensmittelladen und der Post, stand das White Gables Cottage, in dem Caitlin Fraser aufgewachsen war. Vor ein paar Wochen war sie hierher zurückgekehrt, nachdem ihr Leben wie ein Kartenhaus in sich zusammengefallen war.

Zusammengekauert saß sie auf dem Sofa und verspürte den sehnlichen Wunsch, diese ganze Silvesterfeierei sausen zu lassen und mit einer Wärmflasche und einem großen Glas Wein früh ins Bett zu gehen. *Jetzt benimm dich nicht wie eine Mimose!*, hörte sie ihre Mutter in ihrem Kopf schimpfen. *Du willst an Hogmanay früh ins Bett? Kommt nicht in die Tüte, Mädchen.*

Caitlin verdrehte die Augen. Jane Fraser benahm sich nach ihrem Tod schottischer denn je, obwohl sie nur noch in Caitlins Fantasie und in ihren Erinnerungen existierte. Ihre Mum hatte Silvester geliebt und jedes Jahr bergeweise Vorsätze gefasst, die spätestens im Februar wieder vergessen waren. »Das ist wie ein

Versprechen an sich selbst, dass man es im neuen Jahr besser machen will«, hatte sie Caitlin erklärt, als diese zum ersten Mal bis Mitternacht aufbleiben durfte. »Ich habe mir zum Beispiel das Versprechen gegeben, dass ich Maud Simmonds in ihrem Garten helfe, und dein Daddy hat versprochen, nicht mehr diese stinkenden Zigaretten zu rauchen. Nicht wahr, Steve?«

»Was? Äh … ja«, hatte ihr Dad geantwortet, obwohl er nicht ganz so begeistert wirkte wie Jane.

Ein Versprechen an sich selbst, es im neuen Jahr besser zu machen. So ausgedrückt, klingt es ziemlich gut, dachte Caitlin. Unvermittelt überkam sie die Erinnerung, wie sie mit ihrer Mutter in Schlafanzug und Morgenmantel auf dem Sofa saß und losjubelte, als im Fernsehen die Feuerwerksraketen über den *Houses of Parliament* explodierten, während ihr Dad wie ein Nilpferd im Sessel schnarchte. Wenn sie sich zurücklehnte und die Augen schloss, schienen die vergangenen fünfundzwanzig Jahre mit einem Schlag wie ausgelöscht, und sie konnte den damaligen Abend in allen Einzelheiten fast bildlich vor sich sehen.

Aber nur fast. Ihr Dad starb bereits, als sie gerade mal zwanzig war. Er würde nie wieder in seinem Lieblingssessel schnarchen. Und in diesem Jahr saß auch ihre Mutter nicht mehr neben ihr auf dem Sofa, um mit ihr das Feuerwerk zu bejubeln und mit einem Glas Whisky auf das neue Jahr anzustoßen.

Caitlin betrachtete die Beileidskarten, die auf dem Kaminsims Staub ansetzten. Sie musste sie endlich wegräumen, denn jedes Mal, wenn sie ihr ins Auge fielen, übermannte sie die Traurigkeit erneut. Ihr Blick wanderte weiter zu den Familienfotos, deren Anblick durch den Tod der lächelnden, lockenköpfigen Frau im Sommerkleid schmerzlicher geworden war, und blieb schließlich an der kleinen Urne haften, in der die Asche ihrer Mutter immer noch darauf wartete, verstreut zu werden. Die Beerdigung lag inzwischen einen Monat zurück, aber Caitlin fühlte sich immer noch wie gelähmt vor Trauer und hatte es noch nicht fertiggebracht, sich endgültig von ihrer Mutter zu verabschieden.

»Sie würde nicht wollen, dass du Trübsal bläst«, versicherte ihr Gwen, die alte Dame von nebenan, jedes Mal, wenn sie auf dem Weg zu ihrem Lesezirkel oder Nähkreis bei Caitlin vorbeischaute. Ehrlich gesagt fand sie es irgendwie deprimierend, dass eine Rentnerin öfter ausging als sie selbst.

»Sag mir Bescheid, wenn ich den Garten für dich in Ordnung bringen soll«, hatte Jim von gegenüber angeboten, als sie ihm zufällig auf der Straße begegnet war. »Ich hab für Jane immer umgegraben und ihr auch sonst geholfen, wenn es mal nötig war.« Sogar Spencer Bailey hatte sie am Sonntagmorgen vor dem Dorfladen angehalten, um ihr sein Beileid auszusprechen, obwohl sie sich seit der Schulzeit nicht mehr gesehen hatten. Er schwärmte davon, dass Jane die besten Kuchen gebacken hätte, die er je gegessen habe. Auf ihren verwirrten Gesichtsausdruck hin hatte er erklärt, dass er für ihre Mutter einige Umbauarbeiten erledigt habe. Er war Handwerker und lebte mit seiner Frau und seinen Kindern immer noch in Larkmead. Schon früher war er ein lockerer, umgänglicher Mensch gewesen, stets freundlich und charmant, selbst in den schwierigen Teenagerjahren. »Hey«, hatte er gesagt, als sie das Gespräch beenden wollte, »wenn du an Silvester noch hier bist, komm doch zu unserer Party.«

Sie hatte höflich gelächelt, sich bedankt und geantwortet, dass sie noch keine genauen Pläne habe. Doch am Nachmittag hatte Gwen bei ihr angeklopft und sie mit hoffnungsvollem Blick zum Silvesterkonzert einer Swingband in der Radnor Hall eingeladen. »Eigentlich wollte ja Jane mit, weißt du? Und ich dachte, du möchtest vielleicht ihre Karte haben. Das wird sicher ein Spaß!«

Ein Spaß? Es war eher ein Weckruf, dass ihr Gesellschaftsleben Gefahr lief, den Bach hinunterzugehen. Sie war unglaublich erleichtert, dass sie ehrlich behaupten konnte, sie sei bereits zu einer Party eingeladen. »Tut mir leid, Gwen. Trotzdem danke«, fügte sie beim Anblick der betrübten Miene ihrer Nachbarin hinzu. Himmel, dachte sie, als sie die Tür danach schloss. Es musste wirklich schlimm um sie stehen, wenn jemand ernsthaft glaubte, dass sie zum Konzert einer Senioren-Swingband gehen wollte, weil sie an Silvester nichts Besseres vorhatte.

Genau genommen war es jedoch nur Glück, dass sie tatsächlich was Besseres im Angebot hatte. Wenn jemals jemand einen Silvestervorsatz brauchte, um sein Leben in Ordnung zu bringen, dann definitiv sie.

Eine halbe Stunde später beugte sich Caitlin näher zu dem langen, goldgerahmten Spiegel, um ihr Aussehen zu überprüfen. Es fühlte sich immer noch irgendwie verboten an, sich im Zimmer ihrer Mutter ausgehfein zu machen, und sie rechnete fast damit, jeden Moment einen Rüffel zu bekommen, weil sie sich dort aufhielt. Das Licht war hier jedoch am besten, außerdem gab es diesen riesigen Spiegel – die Art von Spiegel, wie ihn sich nur glamouröse Frauen, die sich gern in Schale warfen, an die Wand hängen würden. Caitlin gehörte nicht zu dieser Sorte Frau, aber Jane Fraser war jeder Vorwand recht gewesen, um sich »aufzuhübschen«. Sie musste Stunden vor dem Spiegel verbracht haben, um sich die Lider und Lippen zu schminken, Rouge auf die hohen Wangenknochen aufzutragen und zu überlegen, welches ihrer vielen Paar Stöckelschuhe sie wohl anziehen sollte.

Selbst am Ende ihres Lebens, als sie so schwach war, dass sie gefüttert werden musste und immer wieder wegdöste, hatte sie

Caitlin darum gebeten, ihr die Wimpern zu tuschen und die Haare zu bürsten. Erstaunlich! Wimperntusche und gekämmte Haare waren ganz gewiss das Letzte, was sich Caitlin auf dem Sterbebett wünschen würde, so viel stand fest. Kaffee, vielleicht. Oder eine letzte Portion Pommes, mit einer Prise Salz und einem Spritzer Essig. Und dazu ein großes Glas Whisky, um sich den Rest zu geben.

Es war eine Ironie des Schicksals, dass ihre Mutter bis kurz vor ihrem Tod so fit wie ein Turnschuh gewesen war. Schlank und beweglich hatte sie sich jeden Donnerstagabend durch die Zumbastunde getanzt, hatte täglich in ihrem geliebten Garten gewerkelt und war oft auf ihrem alten Fahrrad im Dorf unterwegs gewesen. An einem Dienstag im Oktober war sie wegen Bauchschmerzen zum Arzt gegangen. Der Doktor hatte Gallensteine vermutet und ihr ein Schmerzmittel verschrieben. Am Tag darauf musste Jane sich übergeben und bekam Fieber, und schließlich wurde sie mit einer akuten Bauchspeicheldrüsenentzündung im Rettungswagen ins Krankenhaus gebracht.

»Mir geht's bald wieder besser«, hatte sie Caitlin am Telefon beruhigt, als sie ihr die Nachricht überbrachte. »Die machen aus einer Mücke einen Elefanten. In ein paar Tagen bin ich wieder zu Hause, mach dir keine Sorgen.«

»Bist du sicher? Ich besuch dich am Wochenende. Wenn du willst, komme ich auch schon früher.«

»Was, du willst die Arbeit schwänzen? Da würde sich dein Chef aber bei mir bedanken, was? Sei nicht albern. Du wirst sehen, ich bin ruck, zuck wieder daheim.«

Leider war es nicht ganz so gelaufen. Jane kehrte nie wieder nach Hause zurück. Die Ärzte versuchten, das abgestorbene Gewebe in der Bauchspeicheldrüse bei einer Schlüssellochoperation zu entfernen, doch dann trat eine Infektion auf und die Keime breiteten sich rasch in ihrem Blutkreislauf aus.

Eine Schwester aus dem Krankenhaus hatte Caitlin angerufen und in dieser unnachahmlich britischen Art gesagt: »Es geht ihr außerordentlich schlecht. Vielleicht sollten Sie besser herkommen.« Caitlin hatte Cambridge noch am selben Abend mit einer Reisetasche und einem angstvollen Herzen verlassen. Sie hatte Flynn zum Abschied geküsst und versprochen, so bald wie möglich zurückzukommen. Drei Tage später starb Jane trotz aller Bemühungen der Ärzte an multiplem Organversagen. Der Krankheitsverlauf, von den Bauchschmerzen bis zum Tod, hatte weniger als sechs Wochen gedauert.

Tränen stiegen ihr in die Augen, als sie sich wieder an die albtraumhaften Stunden am Bett ihrer Mutter erinnerte. Sie hatte ihre Hand gehalten und leise gebetet, versucht, mit Gott einen Handel zu schließen, obwohl sie nicht an seine Existenz glaubte. Sie war so verzweifelt gewesen. So verängstigt. Doch weder die Antibiotika noch die Gebete zeigten Wirkung.

Jane redete am Ende wirres Zeug. »Es tut mir leid, Mäuschen«, sagte sie ein paarmal und umklammerte dabei Caitlins Hand. »Ich hätte es dir sagen sollen. Ich wusste nur nie, wie.«

»Mir *was* sagen sollen? Was meinst du?«

»Wir hielten es für das Richtige«, erklärte Jane und schloss die Augen. Dann verebbten ihre Worte zu einem Murmeln, das Caitlin nicht verstand, ganz egal, wie nahe sie sich zu ihrer Mutter beugte.

»Keine Sorge, Mum. Was auch immer es war, es ist schon gut.«

Dann hatten sich Janes Augen geschlossen und ihre Züge erschlafften. »Biiiieeeep«, machte der Monitor, und alles war vorbei.

Caitlin nahm einen langen, zittrigen Atemzug und fuhr sich mit der Hand durch die Haare. Wenn sie weiter in ihren Erinnerungen verharrte, würde sie nie fertig werden. Sie musste sich beeilen, sonst würde sie sich noch verspäten. Sie atmete noch einmal tief durch und warf einen letzten Blick in den Spiegel. Ihr Spiegelbild starrte argwöhnisch zurück. Lidschatten, Mascara, Lippenstift: alles erledigt. Nicht einmal ein meisterhafter Künstler wie Leonardo da Vinci hätte ihre dunklen Augenringe damit verbergen und ihre bleiche Haut rosig und strahlend machen können, aber sie hatte sich wirklich bemüht. Sie holte eine saubere Jeans aus dem Schrank und besprühte das Glitzertop, das sechs Wochen lang in den tiefsten Tiefen ihres Koffers gelegen hatte, mit Textilerfrischer. Sie hatte alles gegeben und sich sogar die schulterlangen, dunklen Haare gewaschen und geföhnt. Nun war sie einigermaßen präsentabel.

Du siehst bildhübsch aus, Liebes, sagte ihre Mum in ihren Gedanken. *Wirklich bildhübsch. Jetzt geh und amüsier dich. Hau sie alle vom Hocker!*

»Übertreib es nicht, Mum«, murmelte Caitlin mit einem leichten Lächeln.

Eine ungewollte Erinnerung schoss ihr durch den Kopf. Im vergangenen Jahr um dieselbe Zeit hatte sie sich in Cambridge für einen Abend mit Flynn fertig gemacht: Abendessen in der Stadt, anschließend eine Party in der Mill Road. Sie hatte ein scharlachrotes Kleid und lange Ohrringe getragen, und eine teure, parfümierte Bodylotion hatte ihrer Haut einen zarten Schimmer verliehen. Als die Uhren Mitternacht schlugen, waren sie beide auf der Tanzfläche gewesen und hatten sich geküsst, voller Leidenschaft, wie ein total verliebtes Pärchen. *Damals waren wir das auch*, dachte sie verdrossen.

Sie sank auf das weiche Doppelbett ihrer Mutter, über dem immer noch die vertraute Tagesdecke mit Blumenmuster lag, und fragte sich traurig, was Flynn dieses Silvester wohl machte. Bei ihrem letzten Gespräch vor mehreren Wochen war er ziemlich kurz angebunden gewesen, fast sogar aggressiv. Sein

Mitleid und seine Geduld waren aufgebraucht. Er wollte, dass sie »nach vorn blickte«, sich »zusammenriss«, als ob das so einfach wäre. Als ob sie nur mit den Fingern schnippen müsste, um in die Normalität zurückzukehren. »Kommst du nun zurück oder nicht?«, hatte er gefragt.

»Nein«, hatte sie geantwortet. »Auf keinen Fall.«

Abrupt stand sie vom Bett auf, um nicht ganz in ihrer Verzweiflung zu versinken. »Komm schon, I-Aah«, sagte sie zu sich. »Du schaffst das.«

Sie holte eine Flasche Rotwein aus der Küche, zog Mantel und Stiefel an und verließ das Haus, ehe sie es sich wieder anders überlegen konnte.

Kapitel 3

Saffron hatte es für eine gute Idee gehalten, sich eine kleine Auszeit zu nehmen – ganz allein. Das gab ihr die Möglichkeit, Max zu entfliehen, ihrer Arbeit, ihren Eltern, London … im Grunde genommen einfach allem. Sie wollte ein paar Tage das Landleben in Suffolk genießen und sich in aller Ruhe überlegen, was um Himmels willen sie nun machen sollte.

Im Internet hatte Baker's Cottage bezaubernd ausgesehen – der perfekte Ort zum Ausspannen in friedlicher Einsamkeit. Das Reetdach und die Fassade in der Farbe von Vanilleeis wirkten wie aus einem Kinderbuch, warm und einladend. Vor ihrem inneren Auge erschienen gleich Bilder von kuschelig weichen Betten und selbst gebackenen Muffins, die auf einem Blech auf dem Fenstersims abkühlten. Das Foto auf der Website war offensichtlich im Sommer aufgenommen worden, denn es zeigte den Garten in seiner bunten Farbenpracht: hoch aufragende Lupinen und majestätischen Rittersporn, himmelblaue Kornblumen und roten Mohn und, ja – ein Blütenmeer aus weißen Rosen, die sich um die Eingangstür rankten. Sie konnte den Duft der Blumen beinahe riechen, während sie spontan auf die Maus klickte und die Buchung vornahm.

Mehrere Stunden später plingte eine E-Mail vom Besitzer in ihrem Postfach auf, von einem Mr Sykes:

Ich lege den Schlüssel unter die Fußmatte. Alle benötigten Infos sind in der Mappe im Haus. Ein wunderschönes neues Jahr!
Freundliche Grüße, Bernie

Nach siebzehn Jahren in London kam ihr der Gedanke, einen Schlüssel irgendwo anders als sicher in der Handtasche und dicht am Körper aufzubewahren, absolut außerirdisch vor. Wie charmant, dachte sie. Wie herzerwärmend vertrauensvoll!

Ha. Sie hatte sich reinlegen lassen. Sie hätte wissen müssen, dass derart saloppe Vereinbarungen nur Ärger bedeuten konnten.

Bei ihrer Ankunft dämmerte es bereits und sie musste die Hauptstraße mehrmals rauf- und runterfahren, bis sie endlich das halb unter Sträuchern verborgene Straßenschild mit der Aufschrift »Pear Tree Lane« entdeckte. Es gab keine anständige Straßenbeleuchtung, also kroch sie mit eingeschalteten Scheinwerfern über die Straße und ließ den Blick angestrengt über die schattenhaften Umrisse der Häuser zu beiden Seiten schweifen. Nachdem sie das Cottage endlich gefunden hatte, hob sie die Fußmatte hoch, doch von einem Schlüssel war keine Spur zu sehen. Das fing ja großartig an!

Zwei vergebliche Anrufe später war sie froh, dass die hilfsbereite Nachbarin einen Ersatzschlüssel hatte. Als sie das Haus endlich betrat, dauerte es nur Sekunden, bis die Enttäuschung wie ein Eimer kaltes Wasser über sie schwappte. Die Wirklichkeit hatte mit ihrer schönen Vorstellung wenig gemeinsam: Das Cottage war feucht, kalt und klamm, als ob wochenlang kein menschliches Wesen einen Fuß hineingesetzt hätte. Naserümpfend erschnüffelte sie einen schimmeligen Geruch und steckte den Kopf erst in das kleine (»gemütliche«) beige Wohnzimmer mit dem alten Steinkamin, dann in die noch kleinere (»kompakte«) Küche. Hier stachen ihr sofort die vertrockneten

Topfpflanzen neben der Spüle und der tropfende Wasserhahn ins Auge. Oben gab es zwei kalte Schlafzimmer mit mottenzerfressenen Vorhängen und ein ziemlich türkisfarbenes Bad.

Das Cottage lag weit unter dem Standard der Boutique-Hotels, in denen sie für gewöhnlich auf Geschäftsreisen übernachtete. Kein Anzeichen von einer Massagedusche oder luxuriöser Bettwäsche. Aber, wie ihre Mum immer sagte, sie hatte sich diese Suppe selbst eingebrockt, jetzt musste sie sie auch auslöffeln. So wie man sich bettet, so liegt man eben. Ob nun mit oder ohne teure ägyptische Baumwollbettwäsche.

Nachdem sie den Koffer nach oben getragen und ihre Vorräte im Kühlschrank verstaut hatte, suchte sie die von Bernie erwähnte Mappe und folgte den Anweisungen, um die Heizung in Gang zu setzen. Der Boiler erwachte gehorsam und rumpelnd zum Leben, und ihre Stimmung hob sich ein wenig, als sie mit einer Tasse Tee in der Hand auf das ächzende, klamme Cordsofa sank. Vielleicht war es ja doch ganz okay. Sie hatte eine Heizung und Einsamkeit, ihr Handy war ausgeschaltet und der Abwesenheitsassistent für ihre E-Mails im Büro eingeschaltet. Drei Tage voller Entspannung, langer Spaziergänge, Lesen und Schlafen lagen vor ihr. Oh ja. Und natürlich musste sie eine Entscheidung treffen, was sie nun wegen Max und der schockierenden Entdeckung vom Weihnachtsabend tun sollte. Aber nicht sofort. Das konnte noch warten.

Saffrons vorläufiger Frieden währte jedoch nicht lange. Nicht einmal eine Nacht. Sie hatte es sich gerade mit einer Riesenpackung Pralinen vor dem Fernseher gemütlich gemacht, als plötzlich das Licht ausging. Der Fernsehbildschirm wurde schwarz. In der Küche gab der Kühlschrank ein deprimiertes Stöhnen von sich, als wollte er sagen: »Das war's, Leute.« Das ganze Haus war in eine unheimliche Schwärze getaucht.

»Mist!«, murmelte sie und tastete nach ihrem Handy, um wenigstens ein kleines bisschen Licht zu haben. Gruselig, wie pechschwarz es in diesem Kaff war.

Das Handy zeigte ihr beim Einschalten summend sechs neue Nachrichten an, dann folgte eine Reihe Pieptöne, die Voicemails verkündeten. Sie ignorierte das alles und scrollte sich zu Mr Sykes' Telefonnummer durch, obwohl sie wenig Hoffnung hatte, dass er dieses Mal rangehen würde.

»Bernie hier, hinterlassen Sie eine Nachricht und ich melde mich bei Ihnen«, hörte sie schließlich seine Stimme und stöhnte auf. Welchen Sinn hatte es, eine weitere Nachricht zu hinterlassen? Wann – falls überhaupt – würde er sich denn bei ihr »melden«? Es war immerhin Silvester und er besaß einen Pub. Wenn er alles so lasch handhabte wie die Vermietung dieses Cottages, würde sie vermutlich noch im Januar auf seinen Rückruf warten. Verflixt und zugenäht. Sie würde ihn wohl aufsuchen und zur Rede stellen müssen.

Saffron war sich sicher, dass sie bei ihrer Fahrt durchs Dorf an seinem Pub vorbeigekommen war: ein weiß gekalktes Fachwerkhaus mit großen, erleuchteten Fenstern an der Ecke zur Hauptstraße. Das war nicht weit. Sie hatte ohnehin nur zwei Möglichkeiten – entweder den Wirt dort aufsuchen oder weiter blind im Dunkeln herumstolpern und sich selbst auf die Suche nach dem Sicherungskasten machen. Vor ihrem inneren Auge tauchten Bilder auf, wie ihr Körper von einem Stromschlag durch die Luft geschleudert wurde und keiner ihren Tod vor dem Neujahrstag bemerkte. Wenn Bernie Sykes sein Häuschen ebenso nachlässig kontrollierte wie seinen Anrufbeantworter, würde sie womöglich wochenlang vor sich hingammeln.

Auf der Straße schlug ihr ein fieser peitschender Regen eklig kalt entgegen. Wie Nadeln prasselten die Tropfen auf sie hernieder. Sie zog den Kragen hoch und lief schneller. Glücklicherweise war sie es gewohnt, Probleme zu lösen. Als PR-Beraterin hatte sie tagtäglich mit Diven und Egomanen zu tun. In diesem Beruf musste man schnell denken, handeln und Resultate erzielen, egal wie heftig der Tobsuchtsanfall auch war, mit dem man es zu tun hatte. Sie würde Bernie auftreiben und ihn zum Cottage schleifen, notfalls im Würgegriff, damit er den Strom wieder in Gang brachte. Die Sache wäre in einer halben Stunde erledigt und danach könnte sie es sich erneut auf dem Sofa gemütlich machen – inmitten von hellem Licht. Mit ein bisschen Glück befand sie sich dann nur noch in dem Dilemma, ob sie erst eine Haselnusspraline oder einen Bitterschokoladetrüffel naschen sollte.

Bernie Sykes war ein fröhlicher rotwangiger Riese über fünfzig, mit strubbeligen Haaren und ungebügeltem Hemd. Als Saffron den Pub betrat, stand er über die Zapfhähne gelehnt und unterhielt sich lautstark mit ein paar Männern an der Theke. Eine beachtliche Leistung in Anbetracht der Tatsache, dass eine violette Krone schief auf seinem Kopf saß.

Mit tropfnassen Haaren stellte sie sich an den Tresen und wartete darauf, dass er eine Pause einlegte, damit sie ihn auf sich aufmerksam machen konnte.

»Und dann habe ich zu ihr gesagt: ›Verdammt noch mal, das ist doch hier kein Zirkus, Herzchen, so kannst du dich bei mir nicht aufführen …‹«

Die stickige Luft im Pub wärmte Saffrons Gesicht und sie spürte, wie ihre Nase rot wurde. Sie hüstelte taktvoll und hoffte, Bernie würde sie noch vor Januar bemerken.

»Und sie hat gesagt – das ratet ihr nie, was sie gesagt hat …«

Oje, das klang ganz nach einer dieser weitschweifigen Geschichten, die sich endlos in die Länge zogen. Saffron beschloss, die Sache ein wenig zu beschleunigen.

»Mr Sykes?«, rief sie.

Bernie und seine beiden Freunde schauten zu ihr herüber.

»Das bin ich«, sagte Bernie und machte plötzlich ein erschrockenes Gesicht. »Oh du liebe Güte. Sie sind doch nicht etwa von der *Gazette?* Oder wieder vom Stadtrat? Ich habe alles gesagt, was es zu dieser Angelegenheit mit dem Pferd zu sagen gab, und ehrlich gesagt geht mir die ständige Fragerei allmählich auf die Nerven.«

»Ich bin Saffron Flint. Ich habe Baker's Cottage von Ihnen gemietet.«

Bernies Gesicht hellte sich auf, und er streckte ihr eine große rosige Hand entgegen. »Ach, Sie sind das! Willkommen, Miss Flint. Ich hoffe, alles ist zu Ihrer Zufriedenheit?«

»Na ja, eigentlich nicht«, antwortete sie. »Ich musste den Ersatzschlüssel von der Nachbarin borgen, um überhaupt ins Haus zu kommen, und jetzt ist auch noch der Strom ausgefallen.«

»Oh Bernie, das ist nicht gut!«, rief einer der Männer an der Theke in gespielt vorwurfsvollem Ton und drohte dem Wirt mit dem Zeigefinger. Saffron fiel auf, dass ihm ein Schneidezahn fehlte.

»Mit der Qualität geht's bei dir wohl bergab, Bern«, tadelte der andere Mann und machte »Tsts«.

»Tut mir leid, dass Ihr Besuch so unschön anfängt«, sagte Bernie. »Kann ich Ihnen als kleine Wiedergutmachung einen Drink spendieren? Ich habe einen ausgezeichneten Malt Whisky da, genau das Richtige an einem Abend wie heute. Oder wie wär's mit einem sehr leckeren chilenischen Rotwein, wenn Sie lieber Wein mögen?«

»Nein, danke«, erwiderte Saffron. »Mir wäre es lieber, wenn Sie gleich mit mir kommen und nach dem Strom sehen würden, bitte. Ich hätte mich ja selbst drum gekümmert, aber ich habe keine Ahnung, wo sich der Sicherungskasten befindet, und im Haus ist es stockdunkel.«

»Natürlich, natürlich«, sagte Bernie. »*Absolument.*« Er schaute sich im gut besuchten Pub um. »Ich sage Ihnen was, mein Sohn wird das Ganze für Sie in Ordnung bringen. Ein sehr fähiger Junge, viel nützlicher als sein dummer Vater. Wo steckt Harry überhaupt?«

Der Mann mit dem fehlenden Zahn kratzte sich am Bart. »Harry? Der ist doch heute auf Spencers Party, oder?«

»Ach, stimmt ja. Zum Kuckuck.« Bernie zog nachdenklich die Stirn kraus, dann hellte sich sein Gesicht auf. »Moment mal, das ist doch gleich bei Ihnen nebenan, Miss Flint ... Perfekt! Gehen Sie zurück und klingeln Sie bei The Granary, dem großen Bauernhaus neben dem Cottage. Fragen Sie nach Harry, sagen Sie ihm, sein Dad schickt Sie und er soll mal bei Ihnen nach dem Strom sehen. Es macht ihm bestimmt nichts aus, kurz bei Ihnen vorbeizuschauen und die Sache zu reparieren.«

Saffron zögerte. Es war ihr unangenehm, ihre Nachbarn schon wieder zu belästigen, ganz zu schweigen davon, einen ihrer Gäste am Silvesterabend von ihrer Party wegzuschleifen. »Könnten Sie sich nicht doch schnell selbst darum kümmern?«, schlug sie mit schwacher Stimme vor.

Er schüttelte den Kopf. »Tut mir leid, meine Liebe. Das ist die Nacht im Jahr, in der am meisten los ist. Ich werde hier gebraucht.«

Wie um seine Behauptung zu beweisen, stürmte eine lärmende Gruppe kostümierter Frauen in den Pub. Ein Cowgirl schwang sein Lasso und warf damit beinahe das große Foto von der Wand, das Bernie mit einem riesigen Fisch in den Händen zeigte. Eine kecke Krankenschwester kreischte vor Lachen und schlug dem Cowgirl auf den befransten Po. Eine

Fee lief in ihren pinkfarbenen Stöckelschuhen durch den Pub und bestreute die Gäste mit Glitzer.

»Da ist Ärger im Anmarsch«, sagte der Mann mit dem fehlenden Zahn und grinste.

»Das sind die Village People«, lachte sein Kumpel, als die letzte Frau, die als Stammesoberhaupt verkleidet war, mit Kopfschmuck und Kriegsbemalung den Pub betrat und laut »Howgh!« rief.

Bernie wirkte völlig hingerissen und machte eine tiefe Verbeugung. »Guten Abend, Ladys. Ihr seht bezaubernd aus. Kann ich euch mit einem köstlichen Lambrini in Versuchung führen? Einer Cocktailette?«

Die Frauen bevölkerten die Bar – sie hatten alle orangefarbene Gesichter, ein üppiges Dekolleté und Haarspray-Frisuren – und verlangten mit schrillen Stimmen nach Bernies Aufmerksamkeit. Saffron wusste, wann sie sich geschlagen geben musste. »Okay«, murmelte sie und trat hinaus in die Nacht.

Als sie bei The Granary klingelte, wünschte sie sich, sie hätte daran gedacht, Bernie zu bitten, seinen Sohn telefonisch vorzuwarnen, damit die Nachbarn sich nicht über ihr erneutes Hereinplatzen wunderten. Außerdem hätte sie wohl besser einen Regenschirm mit nach Suffolk genommen, denn nach dem Ausflug zum Pub war sie klitschnass. Ihre langen Haare klebten ihr wenig vorteilhaft im Gesicht und in ihre alten Stiefel war Wasser gedrungen. *Iiih.* So hatte sie sich ihre friedliche Auszeit nicht vorgestellt.

Sie hörte Schritte, gleich darauf schwang die Tür auf. Goldenes Licht erhellte die Dunkelheit.

Vor ihr stand die Frau, mit der sie schon gesprochen hatte, nun in ein wunderschönes dunkelblaues Cocktailkleid gehüllt und die Haare zu einem Knoten hochgesteckt. »Meine

Güte!«, rief sie und öffnete staunend den Mund, als sie die völlig durchnässte Gestalt auf ihrer Schwelle entdeckte. »Ist alles in Ordnung? Was ist denn passiert?«

»Es tut mir leid, dass ich Sie schon wieder störe«, sagte Saffron mit vor Kälte klappernden Zähnen. »Bei mir ist der Strom ausgefallen und Mr Sykes – Bernie – hat gesagt, sein Sohn Harry wäre hier und könnte mir helfen.«

»Das wird er sicher tun. Kommen Sie doch erst mal einen Moment herein. Sie sehen ja halb erfroren aus. Ehrlich, manchmal würde ich Bernie am liebsten erwürgen. Er denkt aber auch nicht die Bohne mit, oder? Kann ich Ihnen etwas zu trinken anbieten? Ich bin übrigens Gemma.«

Saffron hörte Musik und Gelächter und kam sich wie ein Eindringling vor. Dieser verflixte Bernie Sykes und seine großartigen Ideen! »Nein, danke«, sagte sie und zupfte unangenehm berührt an ihren Fingern. Es wäre vermutlich besser gewesen, wenn sie sich selbst auf die Suche nach dem Sicherungskasten gemacht hätte. »Ich heiße Saffron und es ist mir ausgesprochen peinlich, mitten in Ihre Party zu platzen. Soll ich später wiederkommen?«

Gemma wirkte entsetzt über den Vorschlag. »Kommt ja gar nicht infrage. Ich kann Sie doch nicht im Dunkeln sitzen lassen«, erwiderte sie. »Warum feiern Sie nicht einfach mit uns? Wir haben Silvester. Niemand sollte an Silvester allein sein. Außerdem«, fügte sie hinzu und in ihren rundlichen Wangen erschienen Grübchen, »je mehr Leute hier sind, desto weniger sieht man die abblätternden Tapeten und die feuchten Flecken an den Wänden. Sie würden mir wirklich einen Gefallen tun.«

Ein Mann tauchte im Flur auf, attraktiv und verwegen, mit einer üppigen Mähne schwarzer widerspenstiger Locken. »Alles klar, Gems?«, fragte er und legte ihr besitzergreifend die Hand auf den Rücken.

»Das ist Saffron, sie hat das Cottage nebenan gemietet«, erklärte Gemma. »Bernie hat sie zu uns geschickt, um Harry zu holen, weil bei ihr der Strom ausgefallen ist.«

»Oh, keine Sorge, wir machen das schon«, sagte der Mann. »Die halbe Handwerkerschaft aus dem Dorf ist heute Abend hier. Wir werden es Ihnen nicht mal in Rechnung stellen.«

Gemma gab ihm einen Stoß in die Rippen. »Ich habe sie gerade auf einen Drink eingeladen.« Sie drehte sich wieder zu Saffron um. »Es sei denn, Sie haben es eilig?«

Saffron überlegte rasch. Obwohl sie sich auf Ruhe und Einsamkeit gefreut hatte, erschien ihr die Vorstellung, einen Teil des Abends in diesem warmen, hellen Haus inmitten anderer Menschen zu verbringen, äußerst reizvoll. Andererseits war es ihr ziemlich unangenehm, sich pitschnass ins Partygetümmel zu stürzen …

Gemma schien ihre Gedanken zu lesen. »Legen Sie Ihren Mantel zum Trocknen auf den Heizkörper«, sagte sie, »und kommen Sie mit. Ich habe zu Weihnachten einen neuen Föhn bekommen, und Ihre Haare werden im Nu wieder trocken sein, das verspreche ich.«

Kapitel 4

Um elf Uhr hatte Gemma bereits jede Menge Margaritas und Prosecco intus. Sie fühlte sich angenehm beschwipst und hatte einen Riesenspaß. Die Gäste tanzten, angeführt von Spencers hinreißendem, schwulem Cousin Jonny, der in einer Woche nach Newcastle umziehen würde und diese Party offenbar als seine letzte Chance ansah, einen unvergesslichen Eindruck zu hinterlassen. Die Kanapees waren alle aufgegessen – selbst die, die unappetitlich aussahen –, und niemand musste (bisher) wegen einer Lebensmittelvergiftung ins Krankenhaus eingeliefert werden. Mehrere von Spencers Fußballkumpels waren aus undurchschaubaren Gründen in Frauenkleidung aufgetaucht, und Gemma hatte sich insgeheim köstlich darüber amüsiert, wie selbst die hochnäsigsten Schulmütter beim Anblick so vieler muskelbepackter, haariger Beine in Netzstrumpfhosen kicherten und flirteten wie Teenager. Fast jeder hatte sich nett über das Haus geäußert, abgesehen von Sarah Russell, die schon zum wiederholten Male rief: »Du liebe Güte, da müsst ihr sicher noch einen Haufen Arbeit reinstecken. Ihr seid ja echt mutig!« Und das in solch widerwärtig gönnerhaftem Ton, dass Gemma sie am liebsten mit der Lichterkette erwürgt hätte. Aber egal. *Du kannst mich mal, Sarah Russell. Alle anderen haben eindeutig Spaß.*

Spencer hatte recht behalten: Das Haus war dank seiner großen Räume und hohen Decken ideal für eine Party. Trotz der vielen Gäste fühlte man sich nicht so beengt wie die Sardinen in einer Dose. Außerdem war eine Party, bei der die Wände bebten, garantiert so etwas wie eine Feuertaufe. Ein Haus wurde schließlich erst dann zum Zuhause, wenn man auf der Tanzfläche im eigenen Wohnzimmer unter einer Discokugel zu »Like a Virgin« heftig abgerockt hatte. Sagten die Immobilienmakler nicht immer so was in der Art?

Auf unsicheren Beinen bahnte sich Gemma ihren Weg in die Küche zum Cocktailmixer und zu einer Ansammlung klebriger Flaschen auf der Arbeitsfläche. »Cocktails!«, verkündete sie. »Wer will noch einen?«

Eine Frau mit dunklen Haaren und einem langen, bleichen Gesicht, die allein dastand und ziemlich verloren wirkte, hob die Hand. »Bevor ich mich schlagen lasse«, meinte sie schüchtern.

»Cool«, sagte Gemma und wippte auf den Absätzen. »Was möchtest du denn? Wodka, Himbeeren, Cointreau …« Sie schüttete die Zutaten auf gut Glück hinein. »Was noch?«

Die schwarzhaarige Frau blickte alarmiert drein. »Oh Gott, ich weiß nicht. Was das betrifft, bin ich nicht besonders kultiviert.«

Gemma schnaubte. »Und ich bin wohl der unkutili…« Sie stolperte über das Wort. Viel zu viele Silben für diese späte Stunde, verflixt. »… unkultivierteste Mensch der Welt. Das wirst du merken, sobald du das hier trinkst.« Sie fügte noch Crushed Ice hinzu und essbaren Goldglitzer – immerhin war Silvester – und schüttelte alles gut durch. Während sie das tat, bemerkte sie, dass Saffron, die Frau von nebenan, jetzt mit trockenen Haaren, Gemmas Make-up und einem Spritzer Chanel No. 5 aufgefrischt, von Spud Morton, dem langweiligsten

Kartoffelkopf von Larkmead belagert wurde. Steckte da tatsächlich eine Rosine in seinem Bart? Saffron suchte Gemmas Blick und machte ein verzweifeltes »Hilfe«-Gesicht, weshalb sie schnurstracks zu ihrer Rettung eilte.

»Spud! Da bist du ja!« Ein gehässiger Gedanke schoss ihr durch den Kopf. »Hey, Sarah Russell sucht dich schon überall. Sie hat was von einem dicken, feuchten Neujahrskuss erzählt, den sie dir geben wollte …«

Er stürmte sofort los, wobei die Rosine in seinem Bart erzitterte. *Ha, Sarah Russell, das ist die Quittung dafür, dass du mein Haus schlechtmachst*, dachte Gemma grinsend.

»Danke«, sagte Saffron.

»Kein Problem. Tut mir leid, dass du ihn und seinen Zwiebelatem ertragen musstest. Zur Stärkung werde ich dir einen Schluck von diesem schicken Gebräu hier einschenken.« Sie nahm den Deckel vom Cocktailshaker und füllte drei Martinigläser mit der dunkelroten, herrlich von Goldglitter schimmernden Flüssigkeit. »Lecker. Der haut euch um, Ladys. Also, ich meine natürlich nicht wortwörtlich.«

Die schwarzhaarige Frau nahm einen langen Schluck und leckte sich über die Lippen, doch Saffron schüttelte den Kopf. »Äh … ich trinke nicht«, sagte sie in entschuldigendem Ton. »Trotzdem danke. Und auch danke für die Einladung zur Party.«

»Von mir auch«, sagte die schwarzhaarige Frau, als plötzlich eine Gruppe Fußballer in Dessous in den Raum stürmte, die ein Trinklied grölte. Einem der Männer steckten aus rätselhaften Gründen lange türkisfarbene Federn in den Haaren, und die schwarzhaarige Frau, von der Gemma nicht so genau wusste, wer sie eigentlich war, machte sich verlegen etwas kleiner.

Obwohl Gemma ordentlich einen in der Krone hatte, na ja, eigentlich mindestens vier, seit sie diesen leckeren Cocktail noch heruntergekippt hatte, fiel ihr auf, dass die schwarzhaarige Frau sehr verletzlich wirkte. Sie war groß und schlaksig und stand so krumm da, dass es schon beim Hinschauen wehtat. Offensichtlich hatte sie sich nie so recht an ihre Größe gewöhnt. Gemma beugte sich dichter zu ihr hin, während die in Reizwäsche gekleideten Fußballer sich lärmend ihren Weg an ihnen vorbeibahnten und für eine Zigarette vor die Tür gingen. »Ich bin übrigens Gemma. Ich glaube, wir kennen uns noch nicht.«

»Caitlin«, stellte die Frau sich vor. Ihre Fingernägel waren abgekaut und sie wirkte ausgemergelt. »Oh, du bist Spencers Frau, richtig?«

»Die bin ich.«

Caitlin, dachte Gemma. Ihr Kopf fühlte sich wie in Watte gepackt an. Caitlin? Die Freundin von einem der Fußballer vielleicht? Nein. Eine der Schulmütter? Ganz bestimmt nicht. Dann fiel ihr plötzlich ein, wie Spencer am Sonntag vom Zeitungskiosk zurückgekommen war und zerknirscht gebeichtet hatte, dass er noch eine weitere Person zu der Party eingeladen hatte. Ah, jetzt wusste sie es wieder. Das war die Frau, die Spencer noch von der Schule her kannte und deren Mutter kürzlich gestorben war. Kein Wunder, dass sie ein wenig neben der Spur schien.

»Also dann, hoch die Tassen!«, meinte Gemma fröhlich und teilte den restlichen Cocktail zwischen Caitlin und sich auf. »Ich freue mich, dass ihr beide hier seid. Habt ihr schon Pläne fürs neue Jahr geschmiedet? Irgendwelche lebensverändernden Vorsätze oder Abenteuer? Aber erzählt mir jetzt bloß nicht, dass ihr eine verrückte Diät machen wollt oder … ich weiß nicht, an einem Triathlon oder an sonst was übel Beeindruckendem teilnehmt.«

»Keine Sorge«, sagte Saffron und stopfte sich das letzte

Stück Quiche in den Mund. »Ich kann mir nichts Schlimmeres für meine Seele vorstellen, als bei Ziegenkäse und Selleriestangen vor mich hin zu hungern. Noch dazu im Januar. Keine Chance. Gebt mir Kuchen und Pommes.«

Caitlin lächelte. »Vielleicht sollten wir uns vornehmen, mehr zu essen«, sagte sie. »Ein paar Anti-Vorsätze sozusagen. Ich könnte mit dem Rauchen anfangen«, fuhr sie fort. »Pfeife, vielleicht. Oder Zigarre.«

Gemma kicherte. »Ja, und ich könnte versuchen, weniger Sport zu treiben. Wenn ich mich wirklich anstrenge, werde ich vielleicht dieses Jahr nicht am Londoner Marathonlauf teilnehmen.«

»Oh, das werde ich auch versuchen«, sagte Saffron. »Und ich werde mich bemühen, keinen einzigen Liegestütz und keine Kniebeugen zu machen.«

»Einfach mal Nein sagen«, stimmte Caitlin zu und leerte ihr Glas. »Aber Ja zu mehr Cocktails. Was hast du denn sonst noch im Angebot?«

Gemma grinste, erfreut, dass Caitlin allmählich aufzutauen begann. Ah, die Magie der Cocktails! Sie erfand schnell einen anderen, diesmal mixte sie Aprikosenbrandy, Gin, Orangensaft und Eis und warf ein paar Minzeblätter als Deko obendrauf. »Oh du meine Güte, das schmeckt ganz schön eklig«, sagte sie nach einem Schluck. »Tut mir leid, Caitlin. Ich glaube, meine Karriere als Mixologin ist hiermit beendet.«

»Keine Sorge, meine Karriere bei *Cambridge Graphics* ist auch beendet«, erwiderte Caitlin beschwipst und hob ihr Glas. »Ich wurde vor zwei Monaten entlassen.«

Autsch. Sie blickte so kummervoll, dass Gemma sie am liebsten in den Arm genommen hätte. Sie wünschte, sie hätte Caitlin wenigstens einen besseren Cocktail gemixt. Stattdessen holte sie ihr ein Stück Weihnachtskuchen. Da steckte vermutlich genauso viel Alkohol drin. »Hier, bitte sehr«, sagte sie. »Mit meinem herzlichen Beileid.«

»Ich wünschte, meine Karriere bei der scheiß Phoenix PR wäre auch beendet«, sagte Saffron. »Ich würde meiner blöden Chefin nur zu gern den Stinkefinger zeigen und gehen.« Sie zog eine Grimasse. »Wir sind schon ein bemitleidenswerter Haufen, was?«

»Kopf hoch, Ladys«, sagte Gemma und biss in einen Mini-Hotdog. »Lasst uns doch gemeinsam eine Firma gründen. Was könnten wir denn machen? Kuchen testen? Schokoladen… äh…esserinnen werden?«

»Ferienbegutachter«, schlug Saffron vor.

»Oh ja«, stimmte Caitlin zu. »Wir könnten herumreisen und Hotels und Strände bewerten, Swimmingpools und den Wellnessbereich …«

»Damit käme ich definitiv klar«, sagte Gemma. »Oder«, fügte sie hinzu, weil ihr eine neue Idee durch den Kopf schoss, »wir könnten eine Girls-Band gründen. Für Karaoke bin ich immer zu haben.«

»Das ist gut!« Saffron lachte. »Ich glaube, ich kenne alle Tanzschritte zu ›Single Ladies‹. Ich wusste ja, dass mir das eines Tages noch nützlich sein würde.«

»Ruhm und Reichtum garantiert.« Gemma grinste. Dann sprang sie plötzlich auf. »Oh! Ich habe die Glückskekse völlig vergessen!«

Sie holte eine Kiste aus einem der Küchenschränke und riss sie auf. »Hier«, sagte sie und streckte den beiden anderen die Kiste entgegen, nachdem sie sich selbst einen Keks genommen hatte. »Schauen wir mal, was die magischen Glückskekse uns für das neue Jahr voraussagen. Weltherrschaft, eine Stadien-Tour für unsere Band oder zumindest ein wenig Respekt von unseren pampigen Kindern, bitte!«

Sie brach ihren Glückskeks auseinander und faltete den Papierstreifen auf. »Oh«, sagte sie und las vor: *»Achte zuerst auf dich selbst und du wirst Erfolg haben.«* Sie verdrehte die Augen. »Da bin ich mir nicht so sicher.« *Sie ist nur eine Mum*, sagte Darcey erneut in ihrem Kopf, und Gemma senkte den Blick. Genau. Sie war nur eine Mum. Welchen Erfolg würde sie schon je zu verbuchen haben, abgesehen von einem sauberen Haus und Kindern, die rechtzeitig ihre Hausaufgaben erledigten? »Was steht denn bei euch?«, fragte sie.

»Hüte dich vor unglückseligen Wirten, die dir schimmelige Cottages vermieten … Nein, das nicht.« Saffron kniff die Augen zusammen und las ihren Spruch vor: *»Hab Mut! Fehler können zu Abenteuern werden.* Oh Gott!«, stöhnte sie. »Wer denkt sich nur diesen Mist aus?«

»Ich stelle mir gern einen unglaublich weisen, alten Chinesen mit runzligem Gesicht vor, der auf einem goldenen Thron sitzt«, sagte Gemma. »Aber vermutlich ist es ein seelenloses Computerprogramm. Was hast du, Caitlin?«

Caitlin blickte unsicher drein. *»Dein Schicksal liegt in deinen Händen«*, las sie vor. *»Wage das Risiko und ergreife die Chance!«* Sie verzog das Gesicht. »Ich hatte auf den großen, geheimnisvollen Fremden oder einen Lotteriegewinn gehofft, oder wenigstens auf ein ›Mach dir keine Sorgen, jemand anders wird sich um dein Schicksal kümmern – nimm dir mal ein Jahr frei.‹«

»Alles nur Unsinn.« Gemma nahm sich einen weiteren Keks. »Ich denke, wir haben die Falschen erwischt, Ladys. Versuchen wir es noch mal.« Sie brach ihren zweiten Keks auseinander. »Na, das gefällt mir schon besser. *Hör auf dein Herz und genieße dein Glück. Dann wird das Universum dir Türen öffnen, wo früher nur Mauern waren.«*

»Hör auf dein Herz und genieße dein Glück? Das klingt

mir ganz nach einem romantischen Wochenende mit deinem Mann«, stellte Saffron fest.

»Oder nach diesem Schokoladetesterinnen-Job. Ich weiß nicht, was mir lieber wäre.« Gemma trank einen weiteren Schluck von dem widerwärtigen Cocktail und würgte. »Bäh! Na, das hier ist auf alle Fälle ungenießbar.« Sie warf den Papierstreifen über die Schulter. »Ich hatte auf eine aufregendere Prophezeiung gehofft. Etwas Außergewöhnliches, kein weiteres eintöniges Jahr, das im selben Trott verläuft wie das letzte.« Sie blickte mit theatralischer Miene nach oben. »Wenn es dir recht ist, liebes, freundliches Universum, mach das doch möglich, ja? Danke schön.«

Die beiden anderen schmunzelten. »Wenn wir schon dabei sind, dem Universum unsere Wünsche mitzuteilen, dann wünsche ich mir für das neue Jahr einen neuen Mann«, sagte Caitlin. Sie formte die Hände zu einer Art Megafon und hob den Blick zur Decke wie Gemma zuvor. »Hast du das gehört, Universum? Ein neuer Mann für Caitlin Fraser, bitte, vorzugsweise heiß und sexy und ohne nervige Angewohnheiten.« Sie zwinkerte. »Und dann werde ich meine Chance ergreifen.«

Harry Sykes wählte genau diesen Moment, um in die Küche zu kommen. Auf seinem Kopf thronte ein rosa Cowboyhut, den er irgendjemandem stibitzt haben musste. »Hat jemand nach mir gerufen?«, fragte er.

Die drei Frauen brachen in Gelächter aus. »Na, das ging ja schnell«, kicherte Saffron. »Gute Arbeit, Universum.«

»Harry, du Kamel«, rief Gemma fröhlich. »Dich hat niemand gerufen. Und was ist das da überhaupt auf deinem Kopf?«

Er nahm den Hut ab und verbeugte sich tief. Harry war Spencers bester Freund – charmant, witzig und blond –, und er führte das wohl komplizierteste Liebesleben von ganz Larkmead. »Ich dachte nur, ich hätte gehört, wie …« Sein Blick heftete sich auf Caitlin. »Das gibt's ja nicht. Sag mir, dass das nicht wahr ist.«

Caitlin errötete. »Es ist nicht wahr«, erwiderte sie trocken.

»Aber du bist es doch, oder? Du bist Caitlin Fraser, zuletzt gesichtet mit Gothic-Make-up und einer Lederjacke.« Er tippte sich an die Stirn. »Ich vergesse niemals ein Gesicht.«

»Äh …« Caitlin schienen die Worte zu fehlen.

Gemma sprang ihr bei. »Das ist Harry. Harry Sykes?«

»Oh du meine Güte! Der aus der Schule.« Die Röte in Caitlins Gesicht verdunkelte sich. »Hallo.«

Harry setzte sich auf die Arbeitsfläche und klemmte den Hut zwischen die Knie. »Also, erzähl mal, Caitlin Fraser. Wo hast du dich in den letzten vierzehn Jahren versteckt?«

Caitlin wollte gerade antworten, da marschierte Jade Perry, Harrys Freundin, auf turmhohen Stilettos in die Küche. Mit solchen wäre Gemma schon beim ersten Schritt umgeknickt und hätte sich den Knöchel gebrochen.

»Da bist du ja! Komm mit«, sagte Jade, ergriff Harrys Hand und zog so fest daran, dass er beinahe von der Arbeitsfläche geplumpst wäre. Dabei schimmerten die silbernen Pailletten auf ihrem engen Kleid im Licht. »Der Countdown beginnt gleich.«

Man konnte Caitlin ansehen, dass sie sich dämlich vorkam, als Harry sich mit einem entschuldigenden Schwenk seines Cowboyhuts von seiner Freundin ins andere Zimmer schleifen ließ. Gleich darauf nahm der Geräuschpegel im Wohnzimmer zu. »Zehn! Neun! Acht!«

»Kommt, gehen wir zu den anderen«, schlug Saffron vor und deutete zur Tür.

Gemma stellte fest, dass sie geistesabwesend einen dritten Keks geöffnet hatte, und las die Botschaft: *Armut ist keine Schande.* Erschrocken ließ sie den Keks fallen. Oh bitte, bloß keine Armut, nein danke. Nicht, solange diese Furcht einflößend hohe Hypothek wie ein Damoklesschwert über ihren Köpfen schwebte.

»Sieben! Sechs! Fünf!«

Gemeinsam verließen sie die Küche, alle in Gedanken darum bemüht, den perfekten Vorsatz fürs neue Jahr zu finden.

Dieses Jahr mache ich etwas Erstaunliches, Mutiges oder Aufregendes, schwor sich Gemma. *Und Darcey wird nicht mehr denken, dass ich nur eine Mum bin. Oh, und ich werde ganz bestimmt auch jeden Abend mein Make-up entfernen. Ich schwöre es!*

Mit Max reden, fit und befördert werden, ging es Saffron blitzschnell durch den Kopf. *Nicht mehr ständig Chips futtern, besser auf meine Haut achten, einen anständigen Haarschnitt machen lassen und aufhören, an den Nägeln zu kauen.*

Ich verspreche, mein Bestes zu geben, damit du stolz auf mich sein kannst, Mum, dachte Caitlin in einem schmerzlichen Anflug von Trauer. *Ich werde mit dem vergangenen Jahr abschließen, nach vorn blicken und einen Neuanfang machen.*

Als sie das Wohnzimmer betraten, konnte Gemma Spencer zunächst nirgendwo entdecken.

»Vier! Drei! Zwei!«

Doch dann blieb Spencers Blick über die Menge hinweg an ihrem hängen, und eine heiße Welle der Liebe überschwappte sie.

»Eins! – Frohes neues Jahr!«, riefen alle durcheinander, und Gemma gelangte gerade noch rechtzeitig zu ihm.

»Frohes neues Jahr, Frau«, raunte er ihr ins Ohr und schloss sie fest in die Arme. Überall im Zimmer umarmte und küsste man sich und rief durcheinander. Manche stimmten lauthals »Auld Lang Syne« an.

»Frohes neues Jahr, du«, sagte Gemma und küsste ihren Mann voller Leidenschaft.

»Es wird ein gutes Jahr werden«, versprach er.

»Das beste«, stimmte sie zu.

Abgefüllt mit Prickelwasser und Glückskeksen, umgeben von geliebten Menschen und in ihrem eigenen, bald wunderbaren Zuhause fühlte Gemma sich unbändig glücklich. Endlich war das neue Jahr gekommen. Sie konnte es kaum erwarten, durchzustarten.

Kapitel 5

Als es am Silvesterabend Mitternacht schlug, drückte der kartoffelköpfige Mann mit dem gesundheitsgefährdenden Bart Caitlin an sich und steckte ihr die Zunge in den Hals. Sie erstickte fast an seinem ranzigen Atem. *Iiih. Aaargh.* Höchste Zeit für einen weiteren Vorsatz auf den letzten Drücker. *Ich schwöre, dass ich diesen Knollenkopf nie wieder in meine Nähe lasse*, versprach sie sich stumm und wand sich aus seinen Klauen. Mittlerweile sangen alle Gäste »Auld Lang Syne«. Sie schaute sich nach Harry um, halb auf einen Vorwand hoffend, stattdessen mit ihm in den Ring zu steigen, aber er schien sich gerade mit der Frau im Silberkleid zu streiten. Die Diskussion endete damit, dass sie auf dem Cowboyhut herumtrampelte und ihn mit ihren spitzen Stilettos durchbohrte.

Okay, auch gut. Harry war in der zehnten Klasse der heißeste Junge gewesen und hatte reihenweise Herzen gebrochen. Allerdings hatte sie keinen Nerv mehr für weiteren Liebeskummer, vor allem weil sie die Scherben ihrer letzten Beziehung noch aufkehren musste. *Die Sache mit Flynn regeln*, dachte sie, während ihr noch weitere gute Vorsätze durch den Kopf gingen. *Mums Cottage ausräumen und verkaufen. Entscheiden, was ich mit dem Rest meines Lebens anfangen soll. Spaß haben.* Ja, das sollte reichen.

Spencer griff nach Caitlins Hand und zog sie mit sich in den Kreis. »*For auld lang syne, my dear, for auld lang syne!*«, sangen sie.

Dieses Jahr würde anders werden, nahm sie sich vor. Dieses Jahr würde sie es besser machen.

Es war zwei Wochen später, der Januar hatte sich inzwischen mit grimmiger Kälte breitgemacht, und es hatte sich noch nicht viel verändert. Stürme fegten über das Land hinweg. Die Straßen waren voller schniefender Jogger, die sich auf den Bürgersteigen an vertrockneten Weihnachtsbäumen vorbeischlängelten, während es in den Läden bereits Geschenke zum Valentinstag und Schokoladeneier zu kaufen gab. Flynn verhielt sich unterdessen immer noch wie ein Blödmann – *quelle surprise.*

Caitlin las seine letzte Nachricht und verzog verärgert den Mund, während sie eine Antwort tippte.

> Ja, schon gut, aber halt mal den Ball flach! Ich hole alles am Mittwoch ab. Du wirst es schon aushalten, dass meine Sachen noch weitere 48 Stunden deine Wohnung verpesten. Das wird dich nicht umbringen. Leider. Caitlin

Sie las die Nachricht noch mal durch, während ihr Zeigefinger über dem Sende-Button schwebte. Sollte sie es tun? Konnte sie es wagen? Nein. Lieber nicht. Löschen, löschen, löschen. Sie dachte einen Moment nach und tippte dann erneut:

> Gut. Ich hole alles am Mittwoch ab. C.

Das war besser. Kühl, gelassen, zivilisiert. Nicht, dass er das verdient hätte. Sie drückte auf »Senden« und spürte, wie ihr Herz versteinerte. Der Optimismus von Neujahr bröckelte beim Gedanken daran, was er getan und wie schäbig er sie behandelt hatte. Je eher sie die Tür zu diesem Teil ihrer Vergangenheit schloss und nach vorn blickte, desto besser.

Drei Tage später saß sie regungslos, die Hände auf dem Lenkrad, in ihrem alten blauen Clio in der Auffahrt. *Komm schon, Cait. Mach den Umzugsninja – rein, raus, aus und vorbei. Jetzt lass den Motor an und fahr los.*

Sie musste nur zu ihrer Wohnung fahren – oder vielmehr zu Flynns Wohnung – und ihre restlichen Sachen holen. Am Ende des Tages würde sie sich für immer von ihm reingewaschen haben. Als Mann, der von Hygiene und Sauberkeit nahezu besessen war, würde er diese Metapher sicher zu schätzen wissen.

Also dann. Steck den Schlüssel ins Zündschloss. Bring's hinter dich.

Zum letzten Mal hatte sie Flynn kurz nach dem Tod ihrer Mutter gesehen. Er hatte sie im Cottage besucht und mit nervösem Blick den Arm um sie gelegt, als sie in Tränen ausbrach. »Jess bedeutet mir nichts«, hatte er gemurmelt. *Ja, klar. Natürlich nicht, Flynn.*

Jetzt komm schon. Lass den Motor an und schalte die Heizung ein – hier drin ist es sibirisch kalt. Schau, die Windschutzscheibe beschlägt schon von der ganzen Atmerei. Stell die Lüftung an und fahr endlich los. Sofort!

Sie biss die Zähne zusammen und drehte den Zündschlüssel um … dann stöhnte sie frustriert auf, denn der Motor gab nur ein schwaches Krächzen von sich und verstummte.

»Nein«, murmelte sie und schlug aufs Lenkrad ein. Dann versuchte sie es erneut. Wrrr-wrrr-klack. *So ein Käse*, dachte sie. Ausgerechnet heute musste der Wagen seinen Geist aufgeben.

Sie entriegelte die Motorhaube und stieg aus, um sich die Innereien des Autos genauer anzusehen. Ihr Atem schlug Wölkchen in der Winterluft. »Gut«, sagte sie in bemüht zuversichtlichem Ton. »Schauen wir mal. Also …«

Sie blickte auf das Gewirr aus Kabeln und auf die Einzelteile und hoffte, dass ihr irgendwas ins Auge springen würde. Tat es aber nicht. Die Kabel waren nach wie vor an den … Dingens angeschlossen. Im Kühler befand sich genügend Wasser. Öl. Wie überprüfte man den Ölstand? »Oh, verdammt noch mal«, fluchte sie und ärgerte sich über sich selbst, weil sie es nicht wusste. Es war schön und gut, eine unabhängige, tatkräftige Frau des 21. Jahrhunderts zu sein, aber manchmal wünschte sie, ihr Dad wäre noch hier, um sich um solche Dinge zu kümmern. *Rück zur Seite, Cait,* hörte sie ihn in ihrer Fantasie sagen. *Mach dich nützlich und koch uns eine schöne Tasse Tee, ja?* Er war ein guter Vater gewesen, hatte ihr immer die Reifen an ihrem Fahrrad geflickt, nie die Geduld verloren, während er ihr das Autofahren beibrachte, und die Heizung in ihrer Studentenwohnung repariert. Er hatte sie geliebt und ihr gesagt, dass sie wunderschön sei, sie umarmt und mit rauer Stimme betont, wie stolz er auf sie war, nachdem sie das Examen zur Krankenschwester bestanden hatte. Doch dann war er viel zu früh an einem massiven Schlaganfall verstorben.

Vielleicht sollte ich mir einfach einen Van mieten, dachte sie und knallte resigniert die Motorhaube zu. Flynn würde ausrasten, wenn sie nach all seinen ungeduldigen Nachrichten nicht wie verabredet bei ihm auftauchte. Er war ein Kontrollfreak und hasste es, wenn etwas nicht nach Plan lief. Er war die Art von Mensch, die ein Essen im Restaurant, ohne lange zu fackeln, zurückgehen ließ, wenn es nicht genau seinen Vorstellungen entsprach. Caitlin hingegen war die Art von Trottel, die selbst ein verbranntes Steak oder lauwarme Pommes schweigend aufaß, weil sie keinen Ärger machen wollte.

»Alles in Ordnung?«

Die Stimme ließ sie zusammenzucken. Sie drehte sich um und entdeckte einen Mann, der sich aus dem Fenster seines Vans lehnte. Harry Sykes. »Ärger mit dem Auto?«, fragte er.

»Ja. Es springt nicht an«, antwortete sie und hob hilflos die Hände. »Was das Fahren leider ein wenig erschwert, wenn man irgendwohin muss.«

Sein Lachen schallte durch die kalte Luft zu ihr herüber. »Soll ich mal nachschauen?«

Oh, ein Mann mit Werkzeugkasten. Wunderbar. »Wenn es dir nichts ausmacht. Bitte.«

»Kein Problem.« Er parkte den Van und stieg aus. »Könnte die Batterie sein. Hat er noch irgendeinen Mucks gemacht?«

Männer sind immer so reparierfreudig, sinnierte Caitlin, während er sich hinters Lenkrad klemmte und den Schlüssel umdrehte. Wrr-wrr-klack. Wrr-wrr-klack. Nach dem Motto: Problem erkannt und auf der Stelle gebannt. Selbst Flynn hatte, als seine geschätzte, teure Espressomaschine streikte, dieses Verhalten an den Tag gelegt und Stunden damit zugebracht, das verflixte Teil auf dem Küchentisch auseinanderzunehmen und an Drähten und Ventilen herumzuzupfen. Hätte er nur ebenso große Mühe dafür aufgewendet, ihre Beziehung zu kitten, statt sie so schnell auf den Müll zu werfen.

»Vielleicht tut er es ja wieder, wenn wir die Batteriekontakte gereinigt haben«, meinte Harry und stieg aus.

»Gute Idee«, sagte Caitlin mit klappernden Zähnen. »Das Wasser habe ich bereits überprüft«, fügte sie hilfsbereit hinzu, damit Harry sie nicht für eine totale Niete hielt.

Aufmerksam beobachtete sie ihn. Eine kleine Falte hatte sich zwischen seinen Augenbrauen gebildet, während er in den Innereien des Motors herumtastete. War es so eine Art steinzeitliche biologische Programmierung, dass ein Mann mit Schraubenschlüssel in der Hand so verflixt sexy wirkte?, wunderte sie sich. Schätzte die Steinzeitfrau in ihr etwa dieses Klischee zupackender Männlichkeit? Oder lag es daran, dass sie schon als einsame Sechzehnjährige für Harry geschwärmt hatte und jetzt quasi einen Rückfall erlitt, der sich in einem Holde-Jungfrau-in-Nöten-Anfall äußerte?

Ach, halt die Klappe, Dr. Freud, schalt sie sich selbst. *Sei einfach dankbar, dass jemand dein Auto repariert.*

»… Einspritzanlage«, sagte er.

»Was?« Und jetzt hatte er sie auch noch dabei erwischt, dass sie ihm nicht zuhörte.

»Leider wirst du um die Werkstatt wohl nicht herumkommen«, wiederholte Harry. »Ich tippe auf ein Problem mit der Einspritzanlage.«

»Aha. So ein Mist. Aber danke.«

Er warf die Motorhaube zu und lehnte sich an den Wagen. Offensichtlich hatte er es nicht eilig. »Ich kann dich mitnehmen, wenn du willst. Wo musst du denn hin?«

»Nach Cambridge«, antwortete sie. Das war eine Stunde Fahrt, zu weit, um sich mal eben schnell mitnehmen zu lassen. »Mach dir keinen Kopf. Danke für deine Mühe.«

»Okay«, sagte er zu ihrer Überraschung. »Ich fahr dich nach Cambridge.«

»Was? Oh nein – ehrlich, das musst du nicht. Ich bin …« Sie hielt abrupt inne, denn eigentlich wollte sie den Grund für ihre Fahrt nach Cambridge nicht nennen. Doch bei seinem erwartungsvollen Gesichtsausdruck blieb ihr gar nichts anderes übrig. »Ich muss meine Sachen dort holen … aus meiner alten Wohnung«, murmelte sie schließlich. »Ich kann dich doch nicht bitten, dass du …?«

»Schon in Ordnung. Ehrlich. Wir können auf der Baustelle im Moment eh nicht weitermachen. Wir müssen warten, bis der Klempner mit dem Bad fertig ist. Und da John das Arbeitstempo einer Schnecke hat, kann das noch Stunden dauern.« Er zwinkerte ihr zu und deutete zu seinem Van hinüber. »Außerdem habe ich die Wahl: entweder dich nach Cambridge fahren oder meinem Dad helfen, einen Haufen Zeug zur Müllhalde zu bringen. Also, spring rein.«

Caitlins Herz machte einen Satz. »Danke.«

Die Heizung in Harrys Wagen dröhnte lautstark, und im Beifahrerfußraum lag eine erstaunliche Ansammlung von Krimskrams verstreut: ein einsamer Kinderturnschuh, eine leere Apfelsaftflasche und ein Haarband mit Katzenmuster. Auf dem Armaturenbrett klebte eine Reihe von Stickern. *I ♥ One Direction*, verkündete einer. *Wie wahr!*, ein anderer. *Oh Gott*, er hat Kinder, dachte sie und verspürte einen Stich der Enttäuschung. Natürlich hatte er Kinder. Ihre Wege hatten sich nach der Schule getrennt. In der Zwischenzeit hatte ein so charmanter, attraktiver Mann wie Harry sicher schon eine komplette Fußballmannschaft gezeugt. Wahrscheinlich lauerte irgendwo in seiner Vergangenheit ein ganzer Harem von Exfrauen, die ihn mit Argusaugen beobachteten.

»Ich hätte nicht gedacht, dass du ein One-Direction-Fan bist«, sagte sie beiläufig beim Anschnallen.

Er lachte. »Ja, ich bin ein großer Fan. Ich misch mich bei ihrem Auftritt gerne unter die Teenies.« Er ließ den Motor an und zwinkerte ihr zu. »Oh, nein, Moment mal, das ist doch eher meine Nichte. Ich fahr sie jeden Freitagnachmittag zur Turnstunde, und der Beifahrersitz ist ein Ausläufer ihres Kinderzimmers geworden.« Er griff sich das rote Schulsweatshirt, das neben die Handbremse gestopft worden war, und warf es auf die Rückbank. »Das Haarband ist allerdings meins, wie man sieht. Ich wäre dir zu tiefstem Dank verpflichtet, wenn du nicht darauf herumtreten würdest.«

Sie lächelte. »Hast du selbst auch Kinder, Harry?«

Sein Blick war auf die Straße gerichtet, weshalb sie seine Miene nicht erkennen konnte. »Nein. Du?«

»Nein.«

»Irgendein cholerischer, tätowierter Ehemann, von dem ich wissen sollte? Wartet in Cambridge vielleicht schon irgendjemand knöchelknackend darauf, mich mit mörderischer Miene zu erdolchen?«

Sie schnaubte. »Nein. Du kannst ganz beruhigt sein.«

Er warf ihr einen kurzen Blick zu, während er an einem Kreisverkehr auf die Bremse trat. »Irgendwelche Exmänner? Na los, spuck's schon aus! ›Mein glamouröses Leben‹, von Caitlin Fraser. Ich will alles haargenau hören.«

»Keine Exmänner.« *Verdammt*, dachte sie. Bis Cambridge war es noch ewig lange. »Ich habe als Krankenschwester gearbeitet und ...«

»Ausgezeichnet. Ich liebe Krankenschwestern.«

Sie verdrehte die Augen. Gab es überhaupt einen Mann, der nicht darauf abfuhr? »... habe eine Weile in Norwich gelebt, zusammen mit meinem Freund Nummer eins, einem absoluten Superhirn und Computergenie.«

»Hmm. Irgendwie gefällt er mir nicht.«

»Er war ganz in Ordnung.« Jeremy Langley, ernsthaft und nerdig, doch so talentiert, dass er sich vom großen Geld und vom Ruhm nach Silicon Valley locken ließ. »Aber er liebte das Programmieren mehr als mich.«

»Volltrottel. Und was ist dann passiert?«

»Dann hab ich meinen Beruf aufgegeben. Ich hatte ihn sowieso nur wegen meiner Eltern gewählt. Meine Mum war

Hebamme, Dad Krankenhausleiter. Aber danach hatte ich so eine Art Erleuchtung …«

»Eine was? Hast du etwa plötzlich Geister gesehen?«

»Nein! Mich hat sozusagen der Blitz getroffen, und das meine ich nicht wortwörtlich, ehe du schon wieder fragst. Ich habe nur beschlossen, dass das Leben viel zu kurz ist, um es mit dem Reinigen von Bettpfannen zu verbringen und jeden Samstag die aufdringlichen Säufer in der Notaufnahme abzuwehren.«

»Ah, ein Moment der Rebellion! Gut für dich. Und was hast du gemacht? Nein, lass mich raten … Du bist Rodeoreiterin geworden und reitest ohne Sattel.«

Sie lachte. »Nicht ganz«, erwiderte sie. »Ich bin noch mal aufs College gegangen und habe Grafikdesign studiert. Ich habe eine Stelle als Webdesignerin bekommen und keinen Blick mehr zurückgeworfen.«

»Ausgezeichnet. Erzähl weiter. Ah, ich weiß: Du hast dich wieder mit dem Programmierer zusammengetan, und ihr habt gemeinsam wunderschöne Webseiten gestaltet und euch dabei leidenschaftlich Fachausdrücke ins Ohr geflüstert.«

»Nein.« Der Gedanke brachte sie zum Stottern. »Aber vielleicht hätte ich das tun sollen. Er ist inzwischen wahrscheinlich längst Trillionär und arbeitet für eine gesichtslose Technikfirma in Seattle.«

»Mist. Das hast du wohl versemmelt, Fraser. Soll ich dich nicht lieber zum Flughafen bringen?«

»Cambridge reicht völlig, danke«, erwiderte sie. »Und jetzt bist du an der Reihe. Erzähl mir alles über ›Harry Sykes. Die glorreichen Jahre‹. Je pikanter, desto besser.«

Die Zeit verging wie im Flug, während sie sich gegenseitig auf den neuesten Stand brachten. Er erzählte ihr, dass er sechs Monate als Maler und Tapezierer in Auckland gearbeitet hatte und dort aus einer stürmischen Romanze heraus beinahe eine Neuseeländerin geheiratet hätte, berichtete von der Scheidung seiner Eltern und dass er auch beinahe Shelley Bridges geheiratet hätte, mit der sie beide zur Schule gegangen waren. Danach habe er eine Ausbildung zum Elektriker gemacht und hätte beinahe eine viel ältere Frau geheiratet, weil sie ihn verführt hatte, während er in ihrem Haus neue Stromleitungen verlegte. Er erzählte, dass er aus Larkmead weg- und dann wieder zurückgezogen war und beinahe eine verrückte Französin geheiratet hätte, und dass sein Neujahrsvorsatz lautete, endlich damit aufzuhören, beinahe Frauen zu heiraten.

»Klingt nach einem klugen Schachzug«, sagte Caitlin.

»Ich hatte deswegen schon eine Menge Ärger am Hals«, meinte Harry reuevoll. »Der Romantiker in mir macht aus schlechter Angewohnheit ständig Heiratsanträge.« Er schlug aufs Lenkrad. »Nein, dieses Jahr wird anders werden. Ganz anders. Ich habe eine neue Strategie. Die Zehn-Dates-Regel.«

»Klär mich auf. Wie funktioniert die?«

Er warf ihr einen Seitenblick zu, um zu sehen, ob sie sich über ihn lustig machte, doch sie bewahrte ihre unbewegte Miene. »Die Idee stammt eigentlich von meiner Schwester«, gestand er. »Ich war ein wenig … impulsiv in der Vergangenheit, und die Dinge sind irgendwie kompliziert geworden.«

»Nein. Wirklich?« Dieses Mal bestand kein Zweifel darüber, dass sie ihn veralberte.

»Schwer zu glauben, ich weiß. Deshalb hat Sam, meine Schwester, mir die Leviten gelesen, mir die Zehn-Dates-Regel ans Herz gelegt und mir das Versprechen abgenommen, mich von Ärger fernzuhalten. Sie ist der Ansicht, dass die Chancen für eine Beziehung besser stehen, wenn man frühestens nach zehn Dates mit seiner Partnerin schläft – oder ihr einen Antrag macht.«

»Verstehe. Und wie läuft es bisher?«

»Na ja, gar nicht, um ehrlich zu sein. Ich habe mich erst kürzlich von Jade getrennt und meine Ohren tun mir immer noch weh von ihrem Geschrei. Aber wir werden sehen.« Er wackelte mit den Augenbrauen und zog eine komische Grimasse. Unvermittelt war Caitlin auf die Frau neidisch, in die Harry sich als Nächstes verlieben würde. Er war absolut umwerfend, wie eine etwas frechere Ausgabe von Daniel Craig – sein Gesicht war ähnlich markant geschnitten, mit breitem Mund und Augen, die einem direkt in die Seele zu sehen schienen. *Puh!* Lag es an ihr oder war es plötzlich unglaublich warm im Auto?

»An der Kreuzung links«, sagte sie schnell, froh, dass sie einen Grund hatte, nicht länger darüber nachzudenken, wie attraktiv er war. *Reiß dich zusammen*, befahl sie sich. *Und bild dir bloß nicht ein, dass das hier mehr ist als nur eine nette Geste, okay?*

Einige Minuten lang fuhren sie schweigend. Caitlin erinnerte sich an das letzte Mal, als sie über diese Straße gefahren war – an dem Morgen, als ihre Mutter gestorben war. Ihre Augen hatten vor Schlafmangel gejuckt, ihre Knochen geschmerzt, weil sie stundenlang auf dem Stuhl neben ihrem Bett gekauert hatte, und ihr Herz war voller Trauer und gebrochen. Die ersten Sonnenstrahlen hatten den Himmel golden übermalt und in den Häusern hatten sich die Leute sicher überall gähnend gestreckt und waren blind in die Küche zur Kaffeemaschine getappt, ohne zu ahnen, dass ihr eine schreckliche, bedeutsame Sache zugestoßen war. Caitlin hatte nichts anderes gewollt, als Flynns starke Arme um sich zu spüren, den Trost seiner Liebe.

»Bist du okay?«, fragte Harry.

Sie starrte blind durch die Windschutzscheibe. Die Bilder dieses Morgens fielen wie die bunten Steinchen in einem

Kaleidoskop durcheinander. Das unbekannte Auto auf ihrem Parkplatz. Die Stimmen und das Gelächter, das abrupt abbrach, als sie die Wohnung betrat. Der Geruch nach Toast und Bacon, das Radio, aus dem ein fröhlicher Song dröhnte, und die nackten Füße ihrer Freundin Jess in Flynns Schoß. Sie hatte im Morgenmantel neben ihm am Küchentisch gesessen. In Caitlins Morgenmantel!

»Ja, klar«, sagte sie dumpf. »Hier geht's rechts und dann hinter der Kirche noch mal rechts.«

Flynns Wohnung befand sich in einem – wie Caitlin insgeheim immer dachte – seelenlosen kastenförmigen Neubaublock in der Cromwell Road. Doch als er sie in der Phase ihrer ersten Verliebtheit bat, bei ihm einzuziehen, hatte sie überglücklich zugestimmt. Da waren die quadratischen Räume und der fehlende Garten Nebensache gewesen. Jetzt allerdings, nach der Zeit im Cottage ihrer Mum mit dem wunderschönen großen Garten und den rustikalen Balkendecken, fiel ihr umso deutlicher auf, wie kalt und unpersönlich das Haus wirkte.

»Tja, hier ist es«, sagte sie und öffnete die Tür. Vor lauter Anspannung bildete sich ein Knoten in ihrem Magen, der sich beim Hall ihrer Schritte auf dem Fliesenboden des Korridors immer fester zuzog. Sie hatte zweieinhalb Jahre hier gelebt, doch sie hatte sich nie zu Hause gefühlt, wie ihr unvermittelt klar wurde. Jetzt ging es ihr schon auf die Nerven, das Haus zu betreten. Sie hielt den Atem an und erwartete fast, dass Flynn auftauchen würde und irgendeine bissige Bemerkung machte. Manchmal merkte man erst nach einem Umzug, wie unglücklich man eigentlich die ganze Zeit über war.

»Sehr schick«, meinte Harry höflich, während er sich umschaute. Caitlin sah den Stapel Post auf der Kommode durch.

Flynn hatte erwartungsgemäß ihre ganzen Sachen in Kisten gepackt und sie ordentlich in der Abstellkammer gestapelt. Wie fehlende Zähne klafften Lücken in den Regalen, wo vorher ihre Bücher gestanden hatten, und das Kaminsims sah ohne ihre Fotos und den Nippes langweilig leer aus. An der Garderobe entdeckte Caitlin dafür einen eleganten schiefergrauen Damenmantel, der definitiv nicht ihr gehörte, und im Bad eine neue rote Zahnbürste. Flynn und Jess hatten keine Zeit verloren.

»Himmel, wer ist das denn?«, fragte Harry und deutete auf das große Schwarz-Weiß-Foto an der Wohnzimmerwand. Es zeigte Flynns schlafendes Gesicht auf einem Kissen. Angeblich hatte eine frühere Freundin es ihm geschenkt. Caitlin hatte es immer gehasst.

»Das ist mein Ex. Flynn.« Ein teuflisch attraktiver Mann, mit wundervollen langen Wimpern und hohen, wie gemeißelt wirkenden Wangenknochen. Aber mal ehrlich, welcher eitle, narzisstische Mistkerl hängte schon ein riesiges Poster von sich selbst im Wohnzimmer auf?

Sie konnte sehen, dass Harry dasselbe dachte, aber zu gute Manieren besaß, um es laut auszusprechen. »Was ist mit euch denn schiefgelaufen?«, fragte er, während sie schnaufend die Kisten mit ihren Sachen nach unten schleppten.

»Oh … es hat einfach nicht funktioniert.« Sie war nicht in der Stimmung, die ganze Geschichte zu erzählen. Er schloss den Van auf und schob seine Kiste hinein. Dann nahm er ihr ihre Kiste aus den Armen und stellte sie daneben.

»Soll ich ihn für dich umbringen?«

Sie lachte. »Bring mich nicht in Versuchung.«

Peinlicherweise dauerte es bloß fünfzehn Minuten, ihre gesamten Sachen in Harrys Van zu laden. Man sollte doch meinen, nach zweiunddreißig Jahren auf der Erde hätte ein Mensch mehr vorzuweisen – ein paar anständige Möbelstücke, Beweise dafür, dass man erwachsen war. Aber nein. Caitlin nicht.

»Tja, das war leicht«, bemerkte Harry, als sie die letzten beiden Kisten in den Van stellten. »Wollen wir zurückfahren?«

»Ich möchte noch eine letzte Runde drehen«, antwortete sie. »Dauert nicht lange.«

Oben in der Wohnung lief sie langsam ein letztes Mal durch die stillen Räume und streifte dabei mit den Fingern über die Wände. Es ist alles so makellos, dachte sie, während sie die fast zwanghaft aufgereihten Kaffeetassen im Küchenschrank und die alphabetisch geordneten Gewürze auf dem Regal betrachtete. Die Handtücher im Bad waren perfekt gefaltet und gestapelt, wie in einem Hotel. Sie dachte an das gemütliche Cottage ihrer Mutter mit dem ganzen bunten Durcheinander, dem nicht zusammenpassenden Geschirr, den fröhlichen Kühlschrankmagneten aus Cornwall und Tenby und den überall aufgestellten Familienfotos. Das war ein echtes Zuhause, das hier nicht. Kein Wunder, dass sie sich hier nie so richtig wohlgefühlt hatte.

Sie schaute in den Badezimmerspiegel und erblickte ein früheres Echo von sich selbst: viel zu dünn, zu ängstlich, während sie Make-up auftrug, um die Aknenarben zu verdecken, und sich die ersten grauen Haare ausriss, ehe Flynn sie bemerkte. Sie hatte versucht, für ihn jemand zu sein, der sie nicht war. Sie stellte sich vor, wie sie ihm mit Lippenstift eine Nachricht auf dem Spiegel hinterließ: *Leck mich!* vielleicht, oder *Fahr zur Hölle!*

Nein, das war kindisch. Das konnte sie nicht machen. Er würde ausrasten.

»Können wir los?«, rief Harry aus dem Flur.

»Ich komme«, antwortete sie, doch sie bewegte sich nicht. Ihre Mundwinkel zuckten und der Wunsch, vor ihrem endgültigen Abgang noch ein wenig Unheil zu stiften, verstärkte sich. Sollte sie es tun? Konnte sie es wagen? Wohl besser nicht.

Sie vergewisserte sich noch einmal, dass keine Sachen von ihr mehr herumlagen. An der Badezimmertür hing nichts, Duschgel und Shampoo in der Dusche waren weg. Ah – der Badezimmerschrank, da hatte sie noch nicht nachgesehen. Sie öffnete die Spiegeltür, und ihr Blick wurde wie magisch von einer Packung Kondome angezogen. Gerippt für extra viel Vergnügen, wie vorne draufstand. Oh. Zu ihrer Zeit hatte er keine Kondome benutzt. Sie hatte die Pille genommen, weil er immer behauptete, dass er den Gummigeruch nicht leiden konnte. Offenbar hatte er diese Abneigung ziemlich schnell überwunden.

Sie öffnete die Packung, es waren nicht mehr viele drin. Blöder Wichser, dachte sie, während sie die Kondome in einem Anfall von Hass auf den Boden warf. Danach schob sie die gefalteten Handtücher aus dem Regal und stellte seine Pflegeprodukte um. Sie wusste, dass ihm das auffallen würde. Anschließend lief sie in die Küche und brachte die Gewürze durcheinander. Sie stellte den Kardamom an den Platz, wo das Kurkuma stehen sollte, und vertauschte Ingwer mit Kümmel und Bockshornklee mit den Chiliflocken.

Harry hatte sich im Wohnzimmer auf die Sofalehne gesetzt. »Du sollst nicht auf der Lehne sitzen, das ruiniert die Form«, hatte Flynn sich immer aufgeregt, wenn Caitlin das mal gemacht hatte.

»Fertig?«, fragte er. Caitlin lief schnurstracks an ihm vorbei und drehte die Haube von ihrem ampelroten Lippenstift ab. »Was hast du vor? Caitlin! Ach du lieber Schwan!«, rief er.

»Was meinst du? Ich glaube, die steht ihm«, sagte Caitlin, trat einen Schritt zurück und bewunderte die Rote-Herzchen-Brille, die sie über Flynns Gesicht auf dem Foto gemalt hatte.

Adrenalin schoss ihr durch die Adern. Flynn würde einen Anfall bekommen, wenn er das sah. Er würde buchstäblich ausflippen.

Und es geschah ihm verdammt noch mal recht, dachte sie und grinste Harry an, der in schockiertes Gelächter ausgebrochen war. »Jetzt bin ich fertig«, sagte sie. »Lass uns gehen.«

Kapitel 6

Als Saffron im neuen Jahr nach London zurückkehrte, erschien ihr die Stadt laut, schmutzig und stinkend. In der Nähe ihres Apartments in East London gab es eine Baustelle, auf ominösen gelben Polizeischildern am Bürgersteig wurde über zwei Messerangriffe berichtet und nach Zeugen gesucht, Fast-Food-Abfälle wirbelten, vom Wind getrieben, durch die Straßen, und auf der Scheibe ihres Wohnzimmerfensters fand sich ein neuer Streifen grauweißer Taubendreck. Mit einundzwanzig Jahren war sie nach London gezogen, und zum allerersten Mal gestand sie sich ein, dass die Stadt ihren Reiz verlor.

An ihrem letzten Tag in Suffolk hatte sie Gummistiefel und ihre dicke, kuschelige Daunenjacke angezogen und war meilenweit in völliger Einsamkeit gewandert. Über ihr spannte sich der klare Himmel und die Stille wurde nur gelegentlich von dem weit entfernten Brummen eines Traktors oder dem sporadischen Gezwitscher der Vögel unterbrochen. Sie hatte vom Frost überzogene, wie Diamanten glitzernde Spinnennetze gesehen, einen Hasen, der sich rasch in einer Hecke verkroch, und einen Falken, der hoch über den kahlen braunen Feldern schwebte und dann unvermittelt auf seine ahnungslose Beute herabstürzte. Man vergaß leicht, wie wundervoll die Natur sein konnte, wenn man von Beton und Verkehr umgeben war. Dennoch hatte ihr diese Natur erst kürzlich einen ziemlich üblen Streich gespielt, genauer gesagt: am Weihnachtsabend. Sie hatte auf dem Rand der Wanne ihrer Eltern gesessen, den weißen Plastikstab in den zitternden Händen, und ungläubig zugeschaut, wie sich erst eine blaue Linie, und dann eine zweite bildete. *Oh*, dachte sie wie benommen. *Hoffentlich keine Lebensmittelvergiftung.*

Seitdem fühlte sich das Leben irgendwie surreal an. Sie trug dieses gigantische Geheimnis immer noch allein mit sich herum. Ihren Eltern konnte sie sich auf keinen Fall anvertrauen. Sie waren sanfte Seelen, die in weichen Fleeceklamotten im Garten herumwerkelten, Setzlinge im Saatbeet zogen, mit den Hunden spazieren gingen und beim Fernsehen missbilligende Geräusche von sich gaben. Sie lebten ein ruhiges Leben der bequemen Routine. Wenn sie ihnen beim Weihnachtsessen von ihrer unverhofften Schwangerschaft erzählt hätte, wäre das ungefähr so gewesen, als hätte sie eine Handgranate in den Kartoffelbrei geworfen.

Ihre Schwestern? Auch denen konnte sie nichts erzählen. Die arme Eloise machte bereits zum gefühlten zehnten Mal eine künstliche Befruchtung durch. Wenn Saffron davon anfing, dass sie versehentlich in anderen Umständen sei und noch nicht wisse, ob sie das Baby behalten sollte, würde Eloise ihr vermutlich eine scheuern. Sie würde nie wieder mit ihr sprechen. Und Zoe … Tja, Zoe und sie hatten sich einmal so nahe gestanden, dass sie alles übereinander wussten. Doch seit sich ihre stürmische Romanze mit dem hinreißenden Surfermädel Alexa zu einer ernsthaften Beziehung gemausert hatte, lebte Zoe in Westaustralien, am anderen Ende der Welt. Sie skypten und mailten sich zwar, aber das war nicht annähernd mit einem anständigen Vier-Augen-Gespräch bei einem Glas Wein zu vergleichen und auch keineswegs so vertraulich. Natürlich trank sie inzwischen keinen Wein mehr. Du liebe Güte, wie sehr sie sich nach einem Glas Wein sehnte. Völlig verzweifelt. Konnte es sein, dass man auch Schwangerschaftsgelüste auf ein gekühltes Glas Sauvignon Blanc entwickelte? Oder auf ein schlankes, großes Flötenglas mit perlendem Champagner? Zum ersten Mal seit ihrem fünfzehnten Geburtstag hatte sie das neue Jahr nüchtern begrüßt. Es war ein ziemlicher Kraftakt gewesen, den Cocktail auf Gemmas Party abzulehnen.

Und Max ... Nein, sie hatte ihm die große Neuigkeit noch nicht überbracht. Wie konnte sie auch? Eigentlich hatte sie nur ihren Spaß mit ihm haben wollen – eine dieser unverbindlichen Affären, bei der das Herz intakt bleibt, selbst wenn der Schlüpfer reißt. Außerdem schleppte er schon genug Ballast mit sich herum: seine zänkische Exfrau Jenna, die ihn am Telefon immer runterzuputzen schien, und zwei Kinder im Teenageralter. Das Letzte, was er von Saffron wollte, war ein verlegenes Ich-muss-dir-etwas-sagen-Gespräch. Sie konnte sich gut vorstellen, wie sein ausdrucksstarkes Gesicht bei der Nachricht zerknittern und das Strahlen in seinen Augen in Sekundenschnelle verschwinden würde. *Du bist* was? *Machst du Witze?*

Himmel, es war so kompliziert. Was sollte sie nur tun?

Der Aufenthalt in Suffolk war wie ein Pflaster gewesen, das die Sorgen für eine Weile abdeckt. Spaziergänge und frische Luft, eine schöne Party im Haus nebenan, mit einer Conga im Wohnzimmer nach Mitternacht. Sie musste unbedingt daran denken, Gemma Blumen zu schicken. Die Party bei ihr hatte viel mehr Spaß gemacht, als sich das Londoner Feuerwerk allein im Fernsehen anzuschauen.

Inzwischen hatte sie jedoch die wirkliche Welt erst mal wieder: in ihrem beengten grottigen Apartment in East London, wo sie seit zwei Jahren zur Miete wohnte, nachdem ihre Ehe in die Brüche gegangen war. Sie musste ihren Koffer noch auspacken, und es gab bergeweise Wäsche zu erledigen. Außerdem musste sie den mickrigen, nadelnden Weihnachtsbaum für die Müllabfuhr nach draußen schleifen, bevor seine Äste komplett kahl waren. Der Urlaub war vorüber, am nächsten Tag musste sie wieder zur Arbeit, und diese Aussichten ließen den Januar jetzt schon trist und freudlos erscheinen.

Sie lag auf dem Sofa und knusperte sich durch eine Tüte Salz-und-Essig-Ringe, als ihr Telefon klingelte. Max, las sie auf dem Display und sie ließ den Anruf auf die Mailbox gehen, obwohl sie ihre Feigheit nicht ausstehen konnte. Dann erinnerte sie sich an ihren Silvesterschwur – *Mit Max reden!* – und verspürte Gewissensbisse. Gute Vorsätze waren sowieso der größte Blödsinn. Außerdem würde sie ja mit Max reden. Ganz bestimmt! Nur eben jetzt nicht. Nicht heute.

Sie hatte Max bei der glamourösen Launchparty der Sportbekleidungsfirma *Faster* in einem Hotel in Covent Garden kennengelernt. Er war Marketingmanager, und sie arbeitete für die PR-Agentur, die die Veranstaltung koordinierte. Sie mochte ihn, schon bevor sie ihn persönlich kannte – seine E-Mails waren charmant und witzig, und am Telefon lag immer ein Lachen in seiner tiefen Stimme. Als er ihr schließlich leibhaftig gegenüberstand, reagierte ihr ganzer Körper sofort auf ihn. *Wow.* Er war langgliedrig, mit athletischem Körperbau und silbernen Strähnen im Haar, und dieser spezielle Blick in seinen dahinschmelzenden schokobraunen Augen gab ihr das Gefühl, der einzige Mensch auf der Welt zu sein. Ihre Bereitschaft, Cocktails mit lächerlichen Namen auszuprobieren, hatte sie zu Verbündeten gemacht, und es hatte nicht lange gedauert, bis sie ihn kaum noch ansehen konnte, ohne den Wunsch zu verspüren, ihn am Hemd zu packen und zu küssen. Durch

Lust und all diese Cocktails kühn geworden, drückte sie ihm am Ende des Abends ihre Visitenkarte in die Hand. »Lassen Sie uns das bei Gelegenheit wiederholen«, sagte sie.

»Unbedingt«, stimmte er zu.

Zwei Tage später fand sie ein Päckchen auf ihrem Schreibtisch, in dem sich ein türkisfarbenes Hoodie mit rosa *Faster*-Logo befand. »Er hat dir einen Fleecepulli geschickt?«, fragte ihre Kollegin Kate sarkastisch. »Wie romantisch.«

Saffron las die beigelegte Karte. »Er hat eine Snowboardstunde für uns gebucht.« Ihr Herz machte einen kleinen Sprung. »Er schreibt, dass das Hoodie dabei praktisch sein könnte.«

Kate hob eine Augenbraue. »Okay. Ich nehme alles zurück. Das ist schon irgendwie süß. Und eine Snowboardstunde ist auf alle Fälle origineller als ein Abend im Pub.«

Die Snowboardstunde war ein Riesenspaß, ebenso wie ihr zweites Date, eine Kajaktour auf der Themse. Für das dritte Date hatte Saffron angeboten, bei sich zu Hause für ihn zu kochen, aber sie hatten kaum einen Bissen gegessen, als sie sich schon die Kleider vom Leib rissen und auf dem Sofa landeten. (»Ich mag ihn«, hatte sie Kate am nächsten Morgen anvertraut. Allein beim Gedanken an Max und wie sich seine Haut auf ihrer anfühlte, verspürte sie ein Kribbeln im Bauch. »Diesen Mann mag ich wirklich.«) Dann kam der Dezember und wegen der ganzen Weihnachtsfeiern und ihrer übervollen Terminkalender hatten sie sich in dieser hektischen Zeit kaum gesehen. Und jetzt war sie schwanger.

Sie legte die Hände sanft auf den Bauch. Gestern hatte Max ihr Einzelheiten über einen tollen Strand zum Kitesurfen gesimst, den er in der Nähe von Southend entdeckt hatte, und ob sie Lust darauf hätte. *Vielleicht können wir ein gemeinsames Wochenende draus machen?* Allmählich glaubte sie, dass Max irgendeine Art von Midlife-Crisis durchlebte, bei den ganzen Adrenalin-Dates, die er immer wieder vorschlug. Aber was soll's, sie machte nur zu gern bei allem mit. Kitesurfen hörte sich witzig an, obwohl es Januar und schweinekalt war. Vermutlich sah er auch im Neoprenanzug sexy aus …

Dann aber fielen ihr die beiden blauen Linien auf dem Test wieder ein und sie fragte sich, ob Schwangere Sachen wie Kitesurfing immer noch machen durften. Gleich darauf war sie in ihren Zweifeln gefangen. Was sollte sie nur tun? Wollte sie überhaupt ein Baby? Wie sollte sie das alles in diesem winzigen Einzimmerapartment in Walthamstow auf die Reihe bekommen? Die Idee erschien ihr von vornherein zum Scheitern verurteilt. Schlicht unmöglich.

Der Gedanke an die vielen Entscheidungen, die sie treffen musste, bereitete ihr ein flaues Gefühl. Oder lag das an den Hormonen? Wie auch immer, es führte nichts an der Tatsache vorbei, dass sie bald klar Schiff machen und ein paar unumgängliche Dinge wie Markierungen auf einer Landkarte festlegen musste. *Hier entlang. Dann hier entlang. Und keinen Blick zurückwerfen.*

Schwanger sein ist ungefähr so, als hätte man alle Sinne auf volle Lautstärke gedreht, dachte Saffron am nächsten Tag auf dem Weg zur Arbeit. Der Lärm um sie herum – die Bauarbeiten, der Verkehr, die Stimmen anderer Leute – erschienen ihr bis zur Kopfschmerzgrenze verstärkt. Gerüche trafen sie mit einer nie zuvor erlebten ungeheuren Wucht: Parfüm und Aftershave in der U-Bahn, Übelkeit erregende süße Vanilledüfte, die aus der Bäckerei herüberwehten, Dieselgestank und Zigarettenrauch – allesamt widerlich. Es schmeckte auch alles plötzlich merkwürdig anders. Kaffee beispielsweise, bisher ihr persönlicher Treibstoff, war einfach nur noch grauenhaft bitter. Ihr Mund verzog sich gleich nach dem ersten Schluck vor Ekel. Wie hatte sie dieses Zeug je trinken können?

Im Büro angekommen und bereits ausgehungert – wie sollte sie den Morgen bloß ohne Snacks überstehen? – öffnete Saffron ihr E-Mail-Postfach und fand eine Lawine von »Alkoholverzicht im Januar« - und »Wunderdiät«-Spams vor. Oh, welche Ironie!

»Saffron, da bist du ja!«, vernahm sie eine pflaumenweiche Stimme. »Ich hab schon gedacht, du beantwortest meine Anrufe absichtlich nicht.«

Charlotte Hargreaves war die Geschäftsführerin von Phoenix PR, eine große, gebieterische Frau mit einer üppigen Haarmähne und überlautem Auftreten, deren ganze Existenz sich ausschließlich um die Agentur und ihre Rolle in deren Zentrum drehte. Sie war die Sorte Chef, die keine Bedenken dabei hatte, sämtliches Lob für einen Erfolg der Agentur für sich selbst einzustreichen, ob sie nun dazu beigetragen hatte oder nicht. Saffron hatte sich schon oft ausgemalt, wie sie theatralisch »Ich kündige!« rufend aus dem Büro marschierte und ihre eigene Agentur gründete, die Preise gewinnen und Charlotte wie eine Amateurin aussehen lassen würde. Je eher sie den Mut dazu aufbrachte, desto besser.

Hey, und was ist mit dem Baby? Mutterschaftsurlaub? Überleg dir das gut!, hörte sie eine warnende Stimme in ihrem Kopf.

Ach, ja. Das Baby. Diesen winzig kleinen Faktor hatte sie doch glatt einen Moment lang vergessen.

»Ein gutes neues Jahr«, sagte sie und setzte ihr strahlendes PR-Beraterinnen-Lächeln auf, als Charlotte zu ihr herüberkam.

»Was? Oh. Ja. Also, ich weiß nicht, ob du die E-Mail schon gesehen hast – aber der Yummy-Mummy-Babynahrungs-Account gehört jetzt dir. Bis Mitte des Monats wollen sie ein PR-

Gesamtkonzept und Anschauungsmaterial. Ich habe gesagt, das ist kein Problem. Das wirst du doch sicher hinbekommen, oder?«

Saffron blinzelte bei dem Versuch, den Berg an Informationen zu verarbeiten. »Äh … ja?«, sagte sie zögernd, dann runzelte sie die Stirn. »Ich dachte, Kate betreut Yummy Mummy?« In dem Moment wurde ihr bewusst, dass sie mit Kate bestimmt über das Baby reden konnte, aber als sie sich umsah, stellte sie fest, dass der Schreibtisch ihrer Kollegin leer geräumt war und von den Fotos ihrer Kinder mit dem Zahnlückengrinsen und den feuerroten Wuschelköpfen jegliche Spur fehlte.

»Wir mussten sie gehen lassen«, erklärte Charlotte. »Sie ist der Arbeit zu oft wegen Schulgesprächen und Arztbesuchen ferngeblieben, und was weiß ich noch alles.«

Wie bitte? War das ein Witz? Diese Ungerechtigkeit ließ Saffron die Galle hochsteigen. Zugegeben, Kate war ziemlich häufig mit ihrem jüngeren unfallanfälligen Sohn im Krankenhaus gewesen. Offenbar strebte der Kleine danach, sich jeden einzelnen Knochen im Leib zu brechen, aber sie hatte ihre Arbeit immer rechtzeitig erledigt – und ausnahmslos gut. »Oh«, sagte Saffron schwach, während sich die Wut über die ungerechte Entlassung ihrer Freundin mit der Furcht mischte, was Charlotte wohl tun würde, wenn sie von ihrer Schwangerschaft erfuhr. Vermutlich würde sie sie genau wie Kate, ohne mit der Wimper zu zucken, feuern. *Wir mussten sie gehen lassen. Sie ist der Arbeit zu oft wegen Hebammenbesuchen und wegen der Geburt ferngeblieben, und was weiß ich noch alles.*

»Du hast ja das Briefing und die Kontaktdaten. Joseph kümmert sich um das Artwork, also stimmt euch miteinander ab. Ich überlasse dieses Projekt deinen kompetenten Händen.«

Sobald Charlotte in ihr Büro abmarschiert war, tippte Saffron hektisch eine Nachricht an ihre Freundin:

Von: Saffron@PhoenixPR
An: KateMcKay@jetmail
Betreff: WTF?!

Hallo Kate,
ich habe gerade die Neuigkeit erfahren – tut mir so leid für dich. Was ist passiert. Geht es dir gut?
S x

Ihr Telefon klingelte. »Phoenix PR?«

»Hey, Saff, ich bin's, Max. Gutes neues Jahr!«

Sie schluckte schwer. »Hallo, Max, dir auch.« *Ich erwarte übrigens dein Baby, Max. Ups. Verhütungsmissgeschick!* »Äh …« Sie riss sich zusammen. *Verhalt dich ganz normal.* »Hattest du schöne Feiertage?«

»Großartig, danke. Die gewöhnlichen komplizierten Kinderverabredungen, wer wann zu wem kommt, aber wir haben uns geeinigt. Und bei dir?«

Kinderverabredungen? Sie zog die Nase kraus. Er ließ es so klingen, als wären sie ein unbequemes Problem, das man lösen musste. Würde er auch über ihr Baby in so einem gleichgültigen Ton reden? Das sollte er besser sein lassen. »Äh, ja, gut«, sagte sie schließlich. »Nett und ruhig, ja. Ich habe die Feiertage mit meinen Eltern und mit einer von meinen Schwestern und ihrem Mann verbracht. Fünf spielen in Essex verrückt, du weißt schon.«

Er lachte. Er hatte ein nettes Lachen – echt und aufrichtig. In der PR-Branche hörte man ein ganzes Orchester von falschem Lachen. »Wie schön.« Es entstand eine kleine Pause, ehe er fortfuhr. »Hör zu, ich versuche schon die ganze Woche, dich zu erreichen. Ist zwischen uns beiden alles okay?«

Uns beiden. Er dachte, es gäbe ein »uns«. Tja, das gab es auch, zuzüglich einer weiteren Person. »Äh …« Sie war sich nicht sicher, wie sie darauf antworten sollte. »Ja, tut mir leid – ich hab gesehen, dass du angerufen hast. Ich war über Silvester verreist und hatte kaum Empfang.«

Das zumindest stimmte.

»Okay.« Er klang zögerlich. »Also … wollen wir bald mal wieder was zusammen unternehmen? Hast du den Kitesurfing-Link bekommen? Ich glaube, das könnte lustig werden.«

Sie biss sich auf die Lippe. *Oh Max.* Vor vierzehn Tagen wäre es ganz bestimmt lustig geworden. Sie hätten sich königlich amüsiert. Wären diese verflixten beiden blauen Linien nicht, würde sie vor Freude, dass er ein ganzes Wochenende mit ihr verbringen wollte, wie ein glänzender Heliumballon in die Luft schweben und vermutlich schon nach kleinen Hotels im Internet suchen. »Ich …«, fing sie verlegen an. *Hilfe.* »Ich hab im Moment leider ziemlich viel zu tun«, platzte sie heraus. »Ich habe einen neuen Kunden bekommen und mein Kalender ist in den nächsten Wochen ganz schön dicht.«

Was auch stimmte. Ihr Terminplan war zum Bersten voll. Allerdings hatte sie auch zwei Wochenenden in diesem Monat frei, und sie hätte jedes davon liebend gern mit ihm verbracht, pitschnass in Neoprenanzügen oder lachend und schreiend beim Kitesurfen in der Nordsee. Aber das ging doch nicht, oder? Sie konnte sich doch nicht einfach weiter mit ihm treffen, ohne es ihm zu sagen. Nein, so war es am besten.

»Oh«, sagte er und das Lachen verschwand aus seiner Stimme. Jetzt klang er kurz angebunden, als unterhielte er sich mit einem Kollegen, den er kaum kannte. »Ich verstehe.«

Nein, tust du nicht, dachte sie traurig. *Du hast keine Ahnung.* Sie spielte mit zwei ineinander verhakten Büroklammern, bog den Draht auseinander und überlegte, was sie sagen sollte, doch ihr fiel nichts ein.

»Tja, in dem Fall liegt der Ball in deinem Feld«, sagte er nach kurzem Schweigen in geschäftlichem Ton. »Du hast meine Nummer, also … Ja.«

»Okay«, sagte sie und starb innerlich ein wenig. Das spitze Ende einer Büroklammer bohrte sich in ihre Haut und sie zuckte zusammen. *Tut mir leid*, wollte sie sagen. *So leid! Wenn du es wüsstest, Max, würdest du verstehen, warum ich so handle. Du würdest erkennen, dass ich das Richtige tue!*

»Bis dann, Saffron«, sagte er.

»Bis dann, Max«, wiederholte sie und legte auf. Tja, das war nicht besonders gut gelaufen. Sie wünschte, sie könnte die vergangenen Minuten noch einmal zurückspulen und von vorn anfangen, ihn etwas behutsamer abweisen. Wenn sie es sich recht überlegte, würde sie am liebsten sogar noch weiter zurückspulen, bis auf Anfang Dezember. Dann würde sie darauf achten, dass jederzeit Kondome zur Hand waren und es gar nicht erst zu dieser Situation kommen konnte.

Aber es war nun mal so weit gekommen und sie hatte das Gespräch vermasselt. Und jetzt saß er am anderen Ende der Stadt, starrte auf sein Telefon und fragte sich, was er wohl angestellt hatte, weil sie nichts mehr mit ihm zu tun haben wollte. *Was hat sie bloß?*, würde er verwundert denken. *Ich dachte, es läuft gut. Ich dachte, wir mögen uns.*

Sie stellte sich vor, wie einer seiner Kollegen ihm durch den Raum einen Blick zuwarf und bemerkte, dass er seine attraktive Stirn runzelte. *Alles okay, Max?*

Frauen, würde Max antworten und den Kopf schütteln. Vielleicht wäre er auch genervt und würde die Augen verdrehen. *Frauen!*

Er war ohne sie besser dran. Definitiv. Und da kam Charlotte auch schon wieder. Sie musste endlich aufhören, mit Büroklammern herumzufummeln, und geschäftig tun.

»Saffron? Hast du kurz Zeit? Ich bin die Accounts durchgegangen und ich denke, da ist noch ein anderer Kunde, der was für dich wäre …«

Kapitel 7

Der Januar eignet sich ideal für einen Neuanfang, dachte Gemma. Man konnte den Schleier des Vergessens über die Weihnachtsexzesse legen und mit einer herrlich langen Liste guter Vorsätze ganz frisch beginnen. Oh, sie würde in diesem Jahr zur Heiligen mutieren, wirklich. Sie würde freundlich und geduldig sein, ihr Haus würde sich in ein Schmuckkästchen verwandeln, sie würde bergeweise ehrenamtliche Arbeiten übernehmen und jedermanns beste Freundin werden, ganz zu schweigen davon, dass sie die hingebungsvollste, erstaunlichste Ehefrau, Mutter und Tochter sein würde, die je gelebt hatte.

Mit ihren Plänen, sich einen neuen Job zu suchen, war sie allerdings noch nicht weit gekommen. Es war schon lange her, dass sie irgendwo anders als in ihrer eigenen Küche und am Bügelbrett gearbeitet hatte, weshalb die Vorstellung ihr ein wenig Angst einflößte. Nach einer ausgedehnten Elternzeit im Anschluss an Wills Geburt hatte sie wieder für das Modelabel *Pop* gearbeitet, aber es war nicht einfach gewesen. Da sie nur noch eine Teilzeitstelle hatte, war sie die Hierarchietreppe hinuntergefallen und wurde zwischen den Abteilungen hin- und hergeschoben. Statt der schicken Mode für die vorderen Seiten des Katalogs durfte sie nur noch die weniger glamourösen Linien mitentwerfen. Eine Weile lang Bademoden, dann Strickwaren, doch für keinen der beiden Bereiche konnte sie sich besonders begeistern. Außerdem lief Wills Eingewöhnung in der Tagesstätte nicht so gut, und im ersten Winter bekam er eine Bronchitis, die ihm schwer zu schaffen machte. Wenn sie dann mal im Büro war, musste sie ständig an sein trauriges kleines Gesicht beim Abschied denken, in dem unausgesprochen die Frage stand: »Lässt du mich wirklich allein?«

Obwohl sie die Arbeit in der Modebranche liebte, war der herzzerreißende Trennungsschmerz allgegenwärtig. Und jedes Mal, wenn der Zug bei der Heimfahrt auf halber Strecke stehen blieb, keimte Panik in ihr auf, dass sie zu spät kommen würde, um Will abzuholen. Glücklicherweise hatte Spencer bemerkt, wie sehr sie dieses Herumjonglieren zwischen Arbeit und Kind stresste, und hatte gesagt, dass sie von ihm aus gerne zu Hause bleiben und sich um die Familie kümmern könnte, wenn sie das wollte. Ihre Chefin zeigte sich sehr verständnisvoll und versicherte Gemma, sie könne freiberuflich weiter für das Unternehmen arbeiten, aber bald schon waren die Aufträge ausgeblieben.

Damals hatte Gemma das nicht viel ausgemacht, vor allem, weil bald darauf Darcey kam und sie ganz in der Aufgabe aufging, für ihre Kinder zu sorgen. Inzwischen war Darcey neun und Will dreizehn, und die Mutterrolle war nicht mehr ganz so aufwendig wie in der Anfangszeit. Die Kinder brauchten keine Hilfe mehr beim Duschen und Anziehen, sie konnten sich selbst Frühstück machen und kamen mit der Hälfte der Küchengeräte tausendmal besser zurecht als sie … kurz gesagt, sie war kaum mehr gefragt. Allmählich kam sie sich … na ja, nicht gerade überflüssig vor, aber doch ein wenig nutzlos. Und auch ein ganz klein wenig gelangweilt, so undankbar das klingen mag, dachte sie, während sie ein paar Playmobilfiguren und eine nackte Barbie mit Schmollmund in eine Kiste warf. *Sie ist nur eine Mum,* hörte sie Darcey wieder in diesem abfälligen Ton sagen und zuckte innerlich zusammen.

Spencer hatte es gut mit seinem Job auf der Baustelle. Für ihn gab es eine ganze Welt außerhalb seines Zuhauses – eine Welt aus Specksandwiches, Geplauder und Scherzen. Er konnte in der Mittagspause auf einen Sprung im Wettbüro vorbeischauen und auf dem Heimweg auf ein Pint in den Pub. Wenn er dann staubbedeckt und verschwitzt nach einem Tag harter Arbeit nach Hause kam, strahlte er vor Zufriedenheit. Und was hatte sie den ganzen Tag getan? Im Supermarkt eingekauft und sich um die Wäscheberge gekümmert, vielleicht einen Kaffee mit anderen Müttern getrunken. Aber das war ihr nicht mehr genug.

Ihr Handy klingelte. Sie saß im Spielzimmer im Schneidersitz auf dem Boden, umgeben von halb bekleideten Tierpuppen, die eine Waldorgie zu feiern schienen (vielleicht hatte sie diesen Eindruck aber auch nur wegen ihrer schmutzigen Fantasie). Aus der Kostümkiste vor ihr baumelte ein einzelnes Buzz-Lightyear-Bein, obwohl Will das Kostüm zum letzten Mal mit vier getragen hatte, und überall um sie herum lagen Brettspiele und Puzzles, unbeendete Bastelprojekte und halb fertige Lego-Raumschiffe. Reif für eine Generalüberholung, dachte sie abgelenkt, während sie nach ihrem Handy griff. Sie hätte die Hälfte von dem ganzen Zeug schon vor dem Umzug wegwerfen sollen, doch jetzt, beim Auspacken der Kisten, bot sich die Gelegenheit zum Ausmisten erneut. Sie könnte das Zimmer in eine schöne Teenagerhöhle verwandeln, mit Sitzsäcken und vielleicht einem kleinen Fernseher …

»Hallo?«, meldete sie sich, während sie überlegte, wie sich wohl ein Flipperautomat in der Ecke machen würde, und oben drüber eine Dartscheibe. Nein, keine Dartscheibe. Zu gefährlich. Vielleicht reichte der Platz noch, um einen Billardtisch aufzustellen? Spencer fand das sicher klasse.

»Gem? Ich bin's, Harry. Hör zu, es gab einen Unfall. Sitzt du?«

Der Billardtisch verschwand aus ihren Gedanken. »Ein Unfall? Was ist passiert?«

Sie hörte ein Schluchzen in Harrys Stimme. Moment mal, ein Schluchzen? »Es geht um Spencer. Er … Irgendjemand hat mit dem Gerüst Mist gebaut, Gem. Er ist heruntergefallen. Es sieht schlimm aus.«

Plötzlich konnte sie kaum noch atmen. Ihr ganzer Körper war wie gelähmt vor Entsetzen, und vor ihrem inneren Auge lief ein schrecklicher Film ab, wie ihr Mann durch die Luft flog. »Ist er tot?«, krächzte sie.

»Nein, aber bewusstlos. Sie haben ihn mit dem Hubschrauber zum Addenbrookes-Krankenhaus gebracht. Ich fahre jetzt dorthin. Soll ich dich mitnehmen?«

Alberne Gedanken hüpften wie Flummis durch ihren Kopf. Sie hatte ihn an diesem Morgen nicht umarmt. Er stand gern früh auf und sie hatte noch im Bett gelegen, als er zur Arbeit ging. Was, wenn sie ihn nie wieder umarmen konnte?

»Gem? Soll ich dich mitnehmen?«

Sie schluckte schwer. Reiß dich zusammen, Gemma. So was passierte wirklich – ihr schlimmster Albtraum war wahr geworden – und sie musste sich ihm stellen. »Ja«, sagte sie rau. »Ja, bitte.«

Die Fahrt zum Krankenhaus dauerte eine Stunde, aber Gemma kam es vor wie Tage, bis sie endlich im strömenden Regen auf dem Krankenhausparkplatz hielten. Harry hatte während der Fahrt versucht, sich mit ihr zu unterhalten – irgendetwas darüber, dass er Caitlin, die Frau von der Party getroffen habe –

aber sie hatte kaum etwas mitbekommen. Offensichtlich war das Gerüst auf der Baustelle zusammengebrochen, und Spencer war vom ersten Stockwerk auf den Betonboden gekracht und mit völlig verdrehten Gliedern wie eine Schlenkerpuppe liegen geblieben.

Bei der Vorstellung, wie er auf dem Boden gelegen haben musste – reglos, das schöne Gesicht ohne Ausdruck –, wurde Gemma übel. Er war der lebhafteste Mensch, den sie kannte, und er zeigte seine Lebensfreude jederzeit und ohne Scheu. Sie erinnerte sich noch gut daran, wie sie ein paar Monate nach ihrer ersten Verabredung in einen Biergarten gegangen waren. Überall hatte es nach Rosmarin geduftet, und Spencer hatte sie unvermittelt mit strahlenden Augen angelächelt, seine Arme in die Luft gestreckt und gebrüllt: »Gott, ich liebe diese Frau!« Die Leute hatten sich nach ihnen umgedreht und über seine Ausgelassenheit geschmunzelt. Manche hatten sogar applaudiert.

Bitte, mach, dass er jetzt wieder bei Bewusstsein ist, dachte sie, während sie zur Notaufnahme liefen. *Bitte mach, dass er im Bett sitzt, mit einer Tasse Tee in der Hand, und mit den Ärzten Witze reißt.*

Er saß jedoch nicht im Bett. Er war auch nicht wieder bei Bewusstsein. Er lag flach auf dem Rücken, in einem Zervikal- und Rückenkorsett festgeschnallt, damit er sich nicht bewegen konnte. Die indische Ärztin teilte ihnen leise mit, dass sie bereits ein CT gemacht und dabei einen komplizierten Knöchelbruch und drei gebrochene Wirbel festgestellt hatten. Wie stark seine Wirbelsäule beschädigt war, ließ sich allerdings noch nicht sagen.

Gemma brach vor Schock in Tränen aus. Sie hatte genug Arztserien gesehen, um zu wissen, dass Wirbelverletzungen schlimme Folgen haben konnten. »Heißt das, er kann vielleicht nie wieder laufen?«, fragte sie und erstickte fast an den Worten.

Oh du lieber Himmel. Spencer im Rollstuhl, mit nutzlosen Beinen? Der fußballverrückte Spencer. Nicht auszudenken, wenn er nie wieder laufen oder einen Ball kicken konnte.

»Das können wir leider noch nicht mit Sicherheit ausschließen«, sagte die Ärztin. Sie legte eine Hand auf Gemmas Arm, und Gemma starrte benommen auf ihre gepflegten, rot lackierten Nägel. »Wir machen noch ein MRT, dann wissen wir hoffentlich mehr über das Ausmaß der Verletzungen. Die gute Nachricht ist, dass wir keine Gehirnblutungen feststellen konnten, obwohl wir eine vollständige Diagnose der Kopfverletzungen natürlich erst stellen können, wenn Mr Bailey zu Bewusstsein kommt.«

Kopfverletzungen. Gehirnblutung. Dieses schreckliche Korsett um seinen Körper, das ihn bewegungsunfähig machte. Die Möglichkeit, dass er gelähmt sein könnte, ein Invalide für den Rest seines Lebens. Durch Gemmas Kopf rauschte ein schrecklicher Gedanke nach dem anderen. Er würde Darcey bei ihrer Hochzeit nicht zum Traualtar führen können. Er würde nicht mehr arbeiten können. Er würde sich in den Ferien nicht mehr in Schwimmbecken stürzen, um sie absichtlich von oben bis unten mit seinen »Wasserbomben« nass zu spritzen. Er würde nie wieder mit ihr tanzen …

Sie fuhr sich mit der Hand durch die Haare und versuchte, normal zu atmen. »Jemand muss die Kinder abholen«, sagte sie. Die Vorstellung von ihren verschreckten Gesichtern, wenn sie ihren starken, unerschütterlichen Daddy so schwer verletzt sahen, war ihr unerträglich. »Ich muss …« Sie schwankte, plötzlich wurde ihr schwarz vor Augen, und Harry fing sie gerade noch rechtzeitig auf.

»Alles okay? Ist dir schlecht? Setz dich, Gem«, befahl er und führte sie zu einem Plastikstuhl. »Willst du einen Tee oder irgendwas anderes?«

Eine Tasse Tee. Als ob es das besser machen würde. Sie wollte lediglich eines: dass Spencer die Augen öffnete und sie angrinste, sich aufrichtete und die Arme über seinen Kopf streckte, als sei er gerade aus einem Schläfchen aufgewacht. »Mir geht's gut«, sagte sie leise und griff nach Spencers Hand. Seine Finger fühlten sich warm an. Wenn sie die Augen schloss, konnte sie so tun, als ob alles normal wäre. Fast.

»Nach dem MRT können wir Ihnen sicher mehr sagen«, meinte die Ärztin freundlich. »Ah, da kommt der Krankenpfleger schon. Danke, Mick.«

Sie schoben Spencer fort und ließen Gemma und Harry allein. Ratlos blickten sie einander an. »Oh Harry«, sagte sie und vergrub das Gesicht in den Händen. »Ich habe solche Angst. Ich habe so fürchterliche Angst. Ich will ihn einfach nur zurück.«

»Ich weiß«, sagte Harry kläglich und blickte dem Pfleger hinterher. »Ich auch.«

Kommt Zeit, kommen die Mütter. Nach einem tränenreichen Anruf bei ihrer Freundin Eliza erhielt Gemma zahllose SMS-Nachrichten von anderen Müttern aus der Schule, die ihr Übernachtungsmöglichkeiten für die Kinder, Abendessen, Mitgefühl und Wein anboten. *OMG, hab es gerade gehört, Süße. Kommt er wieder auf die Beine?*, schrieben sie. *Wie geht es ihm?*

Gemma wusste nicht, was sie antworten sollte. Der Unfall war zu schrecklich gewesen, um ihn in einem kurzen Text zusammenzufassen. *Oh, möglicherweise ist er gelähmt, und dann noch die Kopfverletzungen, wisst ihr …?* Nein. Sie steckte das Handy in die Tasche zurück und spürte, wie Hysterie in ihr aufkam. Sie hasste sich, weil sie ihn an diesem Morgen nicht umarmt hatte. Sie hatte sich nicht einmal verabschiedet! Sie hatte ihren karierten Flanellpyjama angehabt, den Spencer immer stöhnend den Liebestöter nannte, und sich das Kissen über den Kopf gezogen, um seinen Gesang auszublenden. Welche Ehefrau tat denn so was? Warum war sie nicht aufgestanden und hatte ihn zum Abschied geküsst?

Erst am Nachmittag – inzwischen hatte es endlich aufgehört zu regnen – öffnete Spencer blinzelnd die Augen. Dem Himmel sei Dank. »Was … zum … Henker …?«, krächzte er.

Gefangen im Korsett, den Kopf fixiert, starrte er zur Decke. Gemma sprang auf und beugte sich über ihn. »Du bist im Krankenhaus, Liebling«, sagte sie und ihre Stimme brach bei diesen Worten. »Du hattest einen Arbeitsunfall.«

Seine Lider flatterten wieder, die pechschwarzen Wimpern wischten über die bleiche Haut. »Ach ja?«

»Hallo, Kumpel.« Harry stand auf. »Wir waren auf der Baustelle der Melvilles, weißt du noch? Das Gerüst ist zusammengebrochen und du bist runtergefallen.«

»Herr im Himmel«, stöhnte er. »Mein Kopf bringt mich um.«

»Ich hole einen Arzt«, sagte Harry und verschwand.

Spencer starrte Gemma an, als hätte er sie noch nie im Leben gesehen. Panik stieg in ihr auf. »Ich bin's, Gemma. Kannst du dich an mich erinnern?«

Er schloss die Augen. »Gemma«, wiederholte er nuschelnd. »Gemma?«

»Ja, das bin ich. Gemma. Deine Frau«, sagte sie verzweifelt, aber er war schon wieder weg, driftete erneut in die Bewusstlosigkeit. »Ich bin deine Frau, Spencer, erinnerst du dich?«

Kapitel 8

Vielleicht war es ja dumm gewesen, aber nach dem Ausflug mit Harry hatte Caitlin irgendwie mit einem Anruf von ihm gerechnet. Hatte sie sich etwa nur eingebildet, dass er mit ihr flirtete? All diese Fragen, die wachsende Vertrautheit, die sie zu spüren glaubte, während sie sich gegenseitig in dem Van mit dem One-Direction-Aufkleber ihre Lebensbeichten abnahmen. Die Art, wie er ihr – wenn auch nur im Scherz – angeboten hatte, Flynn für sie umzubringen, als ob er auf ihrer Seite stünde …

Nachdem sie sich verabschiedet und ihm für seine Hilfe gedankt hatte, gab es einen Moment des Zögerns, der sie eine Millisekunde lang glauben ließ, dass er sie auf einen Drink einladen oder sie sogar in die Arme nehmen würde. Er hatte sie jedoch nur flüchtig auf die Wange geküsst und »Bis bald« gesagt. Wie auf Wolken war sie ins Haus geschwebt, hatte die Finger auf die Stelle ihrer Wange gelegt, wo seine Lippen sie berührt hatten, und sich gewünscht, dass sie den Mut besessen hätte, ihn am Kragen zu packen und ihm einen richtigen Kuss zu geben.

Vielleicht hatte sie sich dieses Knistern zwischen ihnen nur eingebildet, sich selbst etwas vorgemacht. Soweit sie wusste, verhielt sich Harry jedem gegenüber charmant. Er war einer jener lässigen, umgänglichen Männer, die mit Leichtigkeit durch die Welt gingen, ein Frauenmagnet, dem Horden von geschmeichelten Verehrerinnen nachliefen, die um die besten Plätze rangelten. All diese Heiratsanträge und Beinahe-Ehen – eine Frau in jedem Hafen, so wie es klang.

Wahrscheinlich war sie gerade noch mal ungeschoren davongekommen. Vielleicht war er schon längst wieder mit der Frau zusammen, die seinen Cowboyhut in den Himmel für Hüte getrampelt hatte. Es ist ohnehin noch viel zu früh für eine neue Beziehung, ermahnte sie sich, während sie im Bett lag und an die Decke starrte. Hallo? Alarmglockengebimmel und Lückenbüßersyndrom!

Wie auch immer. Diese Überlegungen waren sowieso nur graue Theorie, denn sie hatte seitdem nichts mehr von ihm gehört und ihn auch nicht im Dorf gesehen. Nur der noch nicht ausgepackte Kistenstapel im oberen Stock zeugte davon, dass sie überhaupt mit ihm in Cambridge gewesen war. Ach ja, und die Rechnung, die Flynn ihr für die Reinigung seines kostbaren Gemäldes geschickt hatte, zusammen mit einer wütenden Nachricht, in der er sich über ihren kindischen Vandalismus ausließ:

Du blödes Miststück. Du SPINNST doch TOTAL. Ernsthaft. Du solltest mal deinen Geisteszustand untersuchen lassen. Glaubst du etwa, irgendein anderer wird dich noch haben wollen? Du bist nicht mal attraktiv. Du bist eine verdammte LACHNUMMER.

Sie wünschte, sie hätte die Nachricht gar nicht ernst gelesen, denn die Worte hatten sich in ihr Unterbewusstsein eingebrannt. Wenn er auch nur eine Sekunde lang glaubte, dass er Geld von ihr sehen würde, dann hatte er sich gewaltig getäuscht. Darauf konnte er lange warten, von ihr aus so lange, bis er verschimmelte.

Sie steckte den Kopf unter die Decke und rümpfte die Nase. *Du fängst an zu müffeln, Cait.* Sie hatte die Körperhygiene seit ihrer Rückkehr nach Larkmead ein wenig vernachlässigt. Ihre Augenbrauen wuchsen allmählich zusammen, ganz zu schweigen von dem Flaum über ihrer Oberlippe. Eine Ansammlung roter Pickel wucherte um ihren Mund, und auf ihrer Unterlippe blühten Herpesbläschen. Und dann war da noch die Schweißschicht auf ihrer Stirn. Ihr Bob war völlig herausgewachsen und sträubte sich buschig an den Enden, außerdem war der Pony schief, weil sie ihn vor zwei Wochen mit einer Nagelschere gestutzt hatte. An ihren Beinen sprossen die Haare so wild wie das Grün im Frühling.

Sie griff sich mit den Händen an den Bauch und kniff die Röllchen zusammen. Dank ihrer Größe hatte Caitlin bisher immer essen können, was sie wollte, ohne sich Gedanken über ihr Gewicht machen zu müssen. Das war allerdings vor der Zeit gewesen, in der sie die Tage mit endlosem Fernsehen auf dem Sofa verbrachte und das Haus nicht mehr verließ. An Bauch und Hüften hatte sich jetzt definitiv ein Speckpolster gebildet, und ihre Jeans saß viel enger. Wenn sie noch länger so weitermachte, würde sie zu einem haarigen wabbeligen Monster mutieren, halb Affe, halb Kugel. Attraktiv hatte sie noch nie jemand genannt. Aber wenn sie sich nicht bald zusammenriss und wieder ins zivilisierte Leben zurückkehrte, würde man sie noch ins Gruselkabinett verfrachten.

Sie ließ den Blick durchs Zimmer schweifen, als ob sie den Raum zum ersten Mal wahrnehmen würde. Nicht nur sie brauchte dringend eine Generalüberholung, sondern auch das Cottage. Der Spiegel war staubbedeckt, und im offenen Koffer lag ein Haufen Kleider. Angeschimmelte Tassen mit kaltem Tee und Kaffee standen auf der Kommode, und ein paar Strumpfhosen trockneten mit baumelnden Füßen auf dem Heizkörper wie die Geister einer Cancan-Truppe.

Im unteren Stockwerk sah es noch schlimmer aus. Ohne aufzustehen wusste sie, dass sich in der Spüle eine peinliche Anzahl vergammelter und klebriger Take-away-Schachteln aus dem Chinarestaurant angesammelt hatte. (»Ah, Miss Caitlin, wie geht es Ihnen heute?«, hatte die Frau im Golden Dragon sie immer begrüßt. »Chicken Chow Mein und Krabbentoast, ja?«) Der Mülleimer stank nach Verwesung, und im Kühlschrank hatte sich eine Pfütze aus einer seltsamen grünen Flüssigkeit gebildet. Würde Jane noch leben, hätte sie einen Tobsuchtsanfall bekommen, weil Caitlin das Haus so verkommen ließ.

Dabei hatte sie gar nicht so lange in Larkmead bleiben wollen. Nach der Trennung von Flynn hatte sie White Gables ausräumen und verkaufen wollen, um irgendwo anders neu anzufangen. Doch die Wochen verstrichen, und sie hatte rein gar nichts zuwege gebracht.

Tut mir leid, Mum. Ich bringe das in Ordnung. Wirklich. Dauert nicht mehr lange.

Erst einmal schloss sie jedoch die Augen und versuchte weiterzuschlafen. Warum auch nicht? Sie war arbeitslos, sie war Single, und es dauerte noch mindestens eine Stunde, bis die Morgenshow *This Morning* mit Phil und Holly begann. Sie rollte sich auf die Seite, zog sich die muffig riechende Decke über den Kopf und schlängelte sich in eine bequemere Lage. Man durfte schließlich nichts überstürzen.

Später trottete sie nach unten, machte sich Kaffee, schaltete den Fernseher ein und legte sich aufs Sofa, wobei sie den Morgenmantel fest um die nackten Füße zog, damit sie warm blieben. Ihr Handy kündigte piepsend eine E-Mail an und sie griff automatisch danach. Vermutlich nur Spam oder irgendeine weitere böse Nachricht von Flynn, aber sie konnte ja mal einen vorsichtigen Blick darauf werfen, solange die Werbung lief.

Von: Saffron@PhoenixPR
An: CaitlinF@fridaymail
Betreff: Webdesign

Liebe Caitlin,
ich weiß nicht, ob du dich an mich erinnerst, aber wir haben uns bei Gemmas Silvesterparty in Suffolk kennengelernt – ich bin die aus dem Feriencottage, die einfach so reingeplatzt ist.
Ich maile dir, weil du erwähnt hast, dass du Webdesignerin bist. Eine meiner Klientinnen hat mich gebeten, jemanden zu organisieren, der ihre Website überarbeitet. Hast du Interesse? Die Klientin ist eine junge Sängerin, die im Frühling ihr Debütalbum herausbringt.
Ruf mich an, wenn du weitere Informationen brauchst. Wir können dir folgendes Honorar anbieten …

Es folgte eine so exorbitant hohe Summe, dass Caitlin einen Moment die Augen schloss und dann noch einmal genauer hinsah, nur um ganz sicherzugehen, dass sie sich nicht getäuscht hatte. Das hatte sie nicht.

Wowie. War das ein gängiger Preis in der Musikbranche? Kein Wunder, dass da alle so zufrieden mit sich aussahen, wenn sie die Kohle mit solcher Leichtigkeit hinauspfeffern konnten. Sie las die E-Mail noch einmal, und ein Funken Interesse flammte in ihr auf. Seit Ewigkeiten hatte sie nichts Kreatives oder Konstruktives mehr getan, und mit diesem Budget könnte sie etwas wirklich Spektakuläres auf die Beine stellen.

Vorausgesetzt, sie konnte sich dazu aufraffen. Vorausgesetzt, sie bekam endlich ihren immer breiter werdenden Hintern hoch, schaltete den Fernseher aus und kniete sich in richtige Arbeit.

Sie setzte sich auf und stellte den Promikoch, der gerade einen Super-Smoothie für die Januar-Diätwütigen zubereiten wollte, auf stumm. Dann griff sie sich das Handy und wählte, bevor sie es sich anders überlegen konnte. Zum Teufel noch mal, eine solche Chance bot sich nicht alle Tage.

»Saffron? Hallo, hier ist Caitlin Fraser, aus Larkmead … Hey! Ja, vielen Dank. Ich würde gern mehr über den Auftrag erfahren …«

Kapitel 9

»Sie hat *was?* Sie hat dir Bunty gegeben? Oh Mann. Sie muss dich wirklich hassen.«

Saffron nickte. Sie fühlte sich erschöpft und leidgeprüft. »Jep. Genau das habe ich auch gedacht.«

Es war Donnerstagabend und sie saß mit ihrer ehemaligen Kollegin Kate inmitten von Scharen gut gekleideter Medienmenschen in einer Bar in der Dean Street. Saffron hatte ein Treffen auf einen Drink vorgeschlagen, um zu sehen, wie es Kate nach ihrer Entlassung ging, aber offen gestanden auch, weil sie sich danach sehnte, mit einer verständnisvollen Seele über ihre neueste Klientin zu lästern.

Bunty Halsom war eine äußerst penetrante Journalistin Mitte vierzig und gewissermaßen eine kleine Berühmtheit, weil sie zahllose Artikel für die Klatschpresse schrieb, für gewöhnlich darüber, welche Schande die jungen Leute heutzutage doch waren und warum der Platz einer Frau zu Hause sei. Auch wenn Bunty selbst lieber im *Groucho* in Soho abhing und keine Ahnung hatte, wie man einen Staubsauger bediente oder gar eine Mahlzeit zubereitete. Im vergangenen Jahr hatte sie an ein paar Reality-TV-Shows teilgenommen, in denen sie die Nation gleichzeitig schockierte und faszinierte. Zuerst schien sie bei Promi Big Brother live einen Nervenzusammenbruch zu erleiden, und danach machte sie sich in einer Undercover-Doku im *All Stars Nightclub* an einen extremistischen Politiker ran. Ihr subtiler Anmachspruch »Bunty steht auf große Dinger« verbreitete sich wie ein Lauffeuer im Netz, erschien in Hashtags, Klatschkolumnen und auf T-Shirts an Marktbuden im ganzen Land.

Dreist, herrisch und unglaublich geltungsbedürftig war Bunty Kates schlimmster Albtraum einer Klientin gewesen. Und seit diesem Morgen war sie es nun für Saffron.

»Oh Gott. Du hast mein ganzes Mitgefühl. Herzliches Beileid. Phoenix zu verlassen war schrecklich, aber selbst als Charlotte mich gefeuert hat, dachte ich nur ›keine Bunty mehr‹, und schon ging's mir sehr viel besser. Ein scheinwerfergroßer Lichtblick am Horizont.«

Saffron gelang ein flüchtiges Lächeln. Man musste sie nicht daran erinnern, wie schrecklich Bunty war. Sie hatte lange genug mit Kate zusammengearbeitet, um schon am eingefrorenen Lächeln ihrer Freundin zu erkennen, wann sie Bunty am Telefon hatte. Wenn sie sich mal wieder besonders heftig aufführte, sackten Kates Schultern immer erschöpft nach unten, und in ihre Stimme mischte sich ein kaum verhohlener ungeduldiger Ton. »Hast du einen Rat für mich? Irgendwelche Durchhaltestrategien? Die Nummer eines guten Therapeuten?«

»Lass dich nicht überfahren«, antwortete Kate. »Biete ihr die Stirn, sonst wird sie dich nicht respektieren. Und leg strenge Regeln fest – keine Anrufe nach sieben Uhr abends oder an den Wochenenden. Lehne es rundheraus ab, wenn sie versucht, dich dazu zu bringen, ihre Wäsche aus der Reinigung zu holen oder Dinnerpartys für sie zu organisieren. Sag Nein und bleib dabei.« Sie nahm einen Schluck Bier. »Es ist wirklich wie mit einem Kleinkind. Oder einem unartigen Hund. Du musst ihr zeigen, wer der Boss ist – und dabei natürlich die Illusion aufrechterhalten, dass du sie für absolut wundervoll hältst.«

Saffron besaß keine Erfahrung im Umgang mit Hunden oder Kleinkindern. Sie war in einer Familie von Katzenliebhabern aufgewachsen und hatte keine Nichten oder Neffen, bei denen sie Unnachgiebigkeit hätte üben können. Ihr sank der Mut. Charlotte, ihre Chefin, hatte behauptet, es sei eine einmalige Gelegenheit für Saffron, in der PR-Branche aufzusteigen, aber die Arbeit für Bunty klang mehr nach einer Strafe als nach einer Beförderung.

Kate bemerkte ihr Schweigen und fing an, in ihrer Handtasche nach ihrem roten Portemonnaie zu kramen. »Du brauchst einen Drink«, verkündete sie und stand auf. »Etwas Starkes. Was kann ich dir holen? Fangen wir die Bunty-Abhärtung mit Alkohol an. Das hilft, glaub mir.«

Oh, ein Drink. Das wäre wunderbar. Eine Flasche Bier, wie sie vor Kate stand, so kalt, dass sie beschlug. Ein guter Pfeif-drauf-Cocktail mit Papierschirmchen und fröhlich baumelnden Kirschen. Ein Knock-out-Wodka-Martini zur Entspannung nach diesem stressigen Tag. »Äh … ein Wasser mit Zitrone, bitte«, sagte sie und widerstand tapfer der Versuchung.

Kate blickte sie erstaunt an. Saffron lehnte normalerweise keinen Alkohol ab. »Bist du etwa auch im Club der Trockener-Januar-Anhänger?«

»Ja«, sagte Saffron, doch dann überlegte sie es sich anders. »Eigentlich nicht. Ich bin schwanger.«

Die Worte waren raus, noch bevor sie sich zurückhalten konnte, und hingen nun in der Luft. Kate sank zurück auf ihren Platz. »Du liebe Zeit. Wow. Damit habe ich nicht gerechnet.«

»Ich auch nicht«, sagte Saffron.

»Aha.« Sie wechselten einen Blick. »Also … wie fühlst du dich? Geht es dir gut?«

Wie fühlte sie sich? Tja, nicht gerade überschäumend vor Glück, so könnte man es wohl ausdrücken. Saffron genoss ihre Schwangerschaft nicht besonders. Die ständige Müdigkeit erschlug sie mit der Wucht eines Vorschlaghammers. Jeden Morgen musste sie aus dem Bett springen, damit sie noch rechtzeitig den Kopf über die Toilette hängen konnte, ehe sie sich übergab. Ihre Hormone spielten verrückt, ebenso wie ihre Gefühle. Vor ein paar Tagen war sie beim Anblick eines asiatischen älteren Pärchens, das an der Bushaltestelle Händchen hielt, in Tränen ausgebrochen.

»Erledigt«, antwortete sie. »Und verwirrt. Ich fange wegen jeder Kleinigkeit an zu weinen. Gestern habe ich wegen einer süßen Hunde-Werbung geheult. Es gibt irgendwie keinen Ausschalter mehr.«

Kate legte ihr tröstend eine Hand auf den Arm. »Ich hole dir das Wasser mit Zitrone«, sagte sie. »Bin gleich wieder zurück. Du hast es Charlotte noch nicht gesagt, oder?«

Saffron schüttelte den Kopf.

»Gut«, sagte Kate. »Belass es dabei.«

Saffron lehnte sich in dem unbequemen Plastikstuhl zurück, während Kate sich den Weg durch die Menge der Mittzwanziger in Designerklamotten zur Theke bahnte. Es war ein seltsames Gefühl, das Geheimnis nach Wochen des Schweigens gelüftet zu haben. »Ich bin schwanger«, wiederholte sie leise. Sie hatte fast erwartet, dass der Himmel einstürzen würde, aber die Welt drehte sich weiter.

»Hier, bitte.« Kate stellte das Glas auf den Tisch und setzte sich wieder. »Also, was hast du jetzt vor? An deinem Gesicht lässt sich nicht ablesen, ob du glücklich oder entsetzt bist oder einfach nur eine Scheißangst hast.«

»Ich bin immer noch in der Scheißangst-Phase«, gestand Saffron. »Ich meine, Max und ich, wir sind ja eigentlich kein richtiges Paar. Ich war nur ein paarmal mit ihm aus, ehe das passiert ist.«

»Aber du magst ihn, oder? Ich kann mich noch gut an euer Geturtel am Telefon erinnern. Was sagt er denn dazu?«

»Äh …«

Kate legte die Stirn in Falten. »Du hast es ihm noch nicht erzählt?«

Saffron senkte den Blick und nippte an ihrem Glas. Himmel, Zitronenwasser war wohl das langweiligste, freudloseste Getränk überhaupt. »Ich weiß nicht, wie«, gab sie schließlich zu. »Vielleicht ist es besser, ihm gar nichts zu sagen. Er hat ja schon zwei Kinder und ich kenne ihn kaum. Ich möchte nicht, dass er sich in irgendeiner Weise an mich gebunden oder mir verpflichtet oder sich verantwortlich fühlt, wenn er kein Interesse hat.«

»Ja, aber er ist nun mal verantwortlich, faktisch gesehen«, stellte Kate klar. »Ich glaube, alles hängt davon ab, ob du vorhast, das Baby zu behalten oder nicht. Ich weiß, dass es mich eigentlich nichts angeht, und du kannst mir auch gern sagen, wenn ich mich raushalten soll, aber … tja. Willst du es denn behalten?«

Die ganz große Frage. Kate vergötterte ihre drei Kinder, und ihr darauf eine Antwort zu geben, fühlte sich an wie ein Spaziergang über ein Minenfeld. Kate würde eine Abtreibung oder eine Adoptionsfreigabe ganz sicher nicht gutheißen. Saffron war bisher ebenfalls rigoros dagegen gewesen, doch nun befand sie sich selbst in dieser Lage und musste feststellen, dass es nicht nur Schwarz und Weiß gab, sondern auch vielerlei Grautöne dazwischen. »Mutter zu sein stand nie auf meinem Lebensplan«, antwortete sie bedächtig. »Ich habe noch kein einziges Mal ein Baby im Arm gehalten, geschweige denn mich um eines gekümmert.« Sie schluckte schwer. »Manchmal glaube ich, es wäre einfacher, wenn ich …« Sie deutete mit der Hand zu ihrem Bauch und mied Kates Blick. »… wenn ich dafür sorgen würde, dass es verschwindet.« Kate nickte mitfühlend, und Saffron sprach schnell weiter. »Ich kann mir überhaupt nicht vorstellen, ein Baby zu haben. Einen Kinderwagen zu schieben. Kinderlieder zu singen oder Windeln zu wechseln.« Sie biss sich auf die Lippen. »Andererseits bin ich inzwischen achtunddreißig. Meine Eizellen schrumpfen mit jeder Minute ein wenig mehr. Die biologische Uhr tickt. Das könnte meine letzte Chance sein.«

Die Stimmung hatte sich verdüstert, und Saffron wünschte, sie hätte diese spezielle Büchse der Pandora nie geöffnet.

»Aber sprechen wir nicht länger von mir«, sagte sie schnell. »Wie geht es dir? Was wirst du unternehmen, arbeitstechnisch?«

Kate fing an zu erzählen, dass sie eine Freiberuflerkarriere vom Wohnzimmertisch aus starten wollte, doch Saffron hörte nur mit halbem Ohr zu. Ihre Gedanken drehten sich voller Sorge um Geld und Babys und Max. Sie war in der neunten Woche, laut dem Schwangerschaftsrechner, den sie sich am Morgen im Internet angeschaut hatte. Das Baby war so groß wie eine Weintraube.

Die Zeit lief ihr davon. Das Leben der Weintraube stand auf Messers Schneide. Sie musste bald eine Entscheidung treffen. Und das werde ich auch, beschloss sie, während Kate weiter über soziale Medien und Agenturarbeit erzählte. *Ich muss mich entscheiden. Bloß … noch nicht heute.*

Es regnete Bindfäden, als Saffron die Bar verließ und in Richtung der U-Bahn-Station am Oxford Circus ging. Fröstelnd zog sie die Schultern in ihrem dünnen Mantel hoch. Auf dem Bürgersteig hatten sich Pfützen gebildet und das Wasser floss wirbelnd den Rinnstein entlang. Ein vorbeifahrender Bus spritzte eine Fontäne Schmutzwasser hoch.

Iiih. Januar, du nervst.

Sie lief hastig hinunter zur U-Bahn-Station, um sich in die Wärme zu flüchten, und sehnte sich nach ihrer Wohnung. Die Stufen waren jedoch nass, sie rutschte aus und fiel in beängstigender Geschwindigkeit die Treppe hinunter. Hart schlug sie unten auf dem Boden auf. *Au. Autsch.*

Die Menschen eilten an ihr vorüber und entfernten sich mit schnellen Schritten. Einige stiegen sogar direkt über sie, als sei sie gar nicht da. Vorsichtig versuchte sie, sich aufzurichten, aber dann verspürte sie einen stechenden Schmerz im Bauch, gefolgt von einem Ziehen. *Das Baby. Die Weintraube.*

»Alles in Ordnung, meine Liebe?« Eine ältere Frau beugte sich über sie und streckte die Hand aus. »Darf ich Ihnen aufhelfen?«

Tränen brannten in Saffrons Augen. Die Demütigung, der Schmerz, der Schock … und nun die Freundlichkeit einer Fremden. Das war alles zu viel für sie. »Danke.« Mit einer Hand umfasste sie das Geländer und mit der anderen ergriff sie die blau behandschuhte Rechte der alten Dame. Dann hievte sie sich hoch, wobei ihr jeder Knochen im Leib wehtat. »Vielen Dank.«

»Geht es Ihnen gut? Haben Sie sich verletzt?« Die Frau hielt immer noch ihre Hand und legte die andere stützend auf Saffrons Rücken. »Da drüben ist ein netter junger Mann vom Zugpersonal. Soll ich ihn holen, damit er Ihnen in die U-Bahn hilft?«

Sie verspürte immer noch dieses Ziehen tief unten im Bauch, und instinktiv legte sie eine Hand darauf. *Oh, kleine Weintraube, bist du in Ordnung?* Vor ihren Augen flimmerte es. »Ich glaube, ich werde …«, murmelte sie und schwankte nach vorne wie eine Marionette. »Mir ist ein wenig schwindelig.«

»In Ordnung, Täubchen, setzen Sie sich. Halten Sie sich an mir fest. Hallo, Entschuldigung! Junger Mann! Dieses Mädchen braucht bitte Hilfe!«

Saffron nahm nur schwach die sich nähernden Schritte wahr, dann fassten sie starke Hände an beiden Seiten und halfen ihr, sich hinzusetzen. Ihre Sicht verschwamm und sie fürchtete, gleich in Ohnmacht zu fallen. Mit ganzer Kraft konzentrierte sie sich auf die Situation. Ein Mann mit einer *Transport-for-London*-Karte um den Hals und mit besorgten braunen Augen hockte vor ihr. »Ist alles in Ordnung? Soll ich Ihnen einen Schluck Wasser holen?«

»Ich bin schwanger«, wimmerte sie. Zwischen ihren Beinen verspürte sie eine plötzliche Feuchte, die ihr Angst einjagte. Blut, da war sie sich sicher. Bestimmt verlor sie gerade ihr Baby. Tränen rollten ihr über die Wangen, während sie ein zweites Mal an diesem Abend ihr Geheimnis offenbarte. »Ich bin schwanger!«

Saffron hatte noch nie im Leben so viel Angst gehabt wie in der Zeit, in der sie allein in der Notaufnahme des Krankenhauses saß. Der Rücken tat ihr von dem Sturz auf den harten Beton weh, ihr Kopf schmerzte an der Stelle, wo sie offensichtlich gegen die Wand geknallt war, und das Schlimmste war – ein kurzer Besuch auf dem Klo hatte ihr tatsächlich bestätigt, dass sie blutete. Das leuchtende Rot in ihrem Schlüpfer war wie eine Anschuldigung ihres eigenen Körpers. Als ob die Weintraube sich selbst zur Wehr setzte. *Tja, wenn du dir nicht einmal die Mühe machst, zu entscheiden, ob du mich willst oder nicht, dann nehme ich dir eben die Entscheidung ab.*

»Saffron Flint?«

Eine freundlich wirkende Krankenschwester mit blondem Pferdeschwanz schaute sich suchend im Wartebereich um. Ihr

Blick blieb an Saffron hängen, die sich mit übermäßiger Vorsicht aus dem Plastikstuhl schob. Rasch eilte sie ihr zur Hilfe. »Ganz langsam. Können Sie laufen?«

»Ich kann laufen. Ich bin nur …« Sie brachte es nicht gleich über sich, die Worte laut zu äußern. »Ich mache mir Sorgen, dass ich mein Baby verliere«, sagte sie. Ein Schluchzen verfing sich in ihrer Kehle.

»Jetzt kommen Sie erst mal hier rein«, sagte die Schwester, führte sie in die Untersuchungskabine und zog den Vorhang zu. »Legen Sie sich auf die Liege und machen Sie es sich bequem. Ist jemand bei Ihnen? Kann ich jemanden für Sie anrufen?«

Saffron schüttelte den Kopf. Sie wünschte, ihre Schwester wäre nicht zehntausend Meilen entfernt in Perth, und sie wünschte, dass Max hier wäre, um ihre Hand zu halten. »Ich bin allein.« Nie waren ihr die Worte wahrer erschienen.

Nachdem sie erklärt hatte, was passiert war, bat die Schwester sie, die Hose ein wenig herunterzuziehen, und griff dann zu einem kleinen Mikrofon, das an einen Lautsprecher angeschlossen zu sein schien. »Ich will den Herzschlag prüfen«, sagte sie. »Aber keine Angst, falls wir nichts hören, denn Sie stehen ja noch ganz am Anfang der Schwangerschaft. Manchmal kann man den Herzschlag erst in einem späteren Stadium wahrnehmen, aber wir schauen trotzdem mal.«

Sie drückte das Mikrofonteil fest gegen Saffrons Bauch, direkt über dem Rand des Schlüpfers. Der Lautsprecher gab ein Knistern von sich, dann hörte man Rauschen, wie unter Wasser. Kein Herzschlag. *Oh Gott.* Saffron schloss die Lider, denn sie wollte weder Mitgefühl noch Bedauern in den Augen der Schwester sehen. Das würde sie nicht ertragen.

Die Schwester zog das Mikrofon ein Stück weiter. Wieder das Knistern, dann das wässrige Sch-Sch. Immer noch kein Herzschlag. Doch dann …

Saffron zog scharf den Atem ein, als sie es hörte. Ein schwaches, aber eindeutig rhythmisches Klopfen, so schnell wie ein galoppierendes Pferd. Ba-bumm, ba-bumm, ba-bumm.

Sie öffnete die Augen. »Ist das das Baby?«, fragte sie voller unerwarteter Euphorie. *Kleine Weintraube! Du bist noch da!*

»Klingt für mich ganz nach einem Baby«, sagte die Krankenschwester lächelnd. »Wir machen noch einen Ultraschall, nur um sicherzugehen, dass alles in Ordnung ist. Und vielleicht sollten Sie heute Nacht hierbleiben, damit wir die Blutung beobachten können, und Ihre Kopfverletzung.«

Saffron hätte sie vor Erleichterung am liebsten umarmt. Das Herz des Babys schlug. Die Weintraube lebte! Erst da wurde ihr bewusst, wie viel Angst sie tatsächlich ausgestanden hatte, wie sehr sie darauf gehofft hatte, den Herzschlag zu hören. »Danke«, brachte sie hervor und lehnte sich in die Kissen zurück. Der galoppierende Herzschlag klang immer noch in ihren Ohren nach, als die Krankenschwester davoneilte. »Danke«, flüsterte sie, nur an die kleine Weintraube gerichtet.

Die Ultraschalluntersuchung war unglaublich. Sie nahm ihr den Atem. Es kam ihr wie Magie vor, wie ein kleines Wunder, auf dem Monitor in körnigem Grauweiß einen kleinen bohnenförmigen Körper zu sehen, der ruckartig hin und her zappelte. Die kleine Bohne war ihr Sohn oder ihre Tochter. Ihr Baby! Sie und Max hatten diesen brandneuen winzigen Menschen geschaffen, und da war er nun, wuchs und veränderte sich, lebte. Bis zu diesem Moment hatte sie nie wirklich geglaubt, dass dieses kleine Wesen tatsächlich existierte – lächelte, eine Persönlichkeit besaß, vielleicht Sommersprossen oder lange Beine bekommen würde oder einen knackigen Hintern wie Max. Und jetzt sah sie es mit eigenen Augen: ein kleines hüpfendes Seepferdchen, ein echtes winziges Baby. Ihr Baby. *Hallo du*, dachte sie. *Hallo, kleines Baby.*

Sämtliche Bedenken verschwanden innerhalb einer Sekunde. Natürlich konnte sie für dieses Baby sorgen. Sie wollte für das Baby sorgen. Warum hatte sie je daran gezweifelt?

Die Worte aus dem Glückskeks von Silvester kamen ihr plötzlich wieder in den Sinn: »*Hab Mut! Fehler können zu Abenteuern werden.*« Unvermittelt traten ihr Tränen in die Augen. Vielleicht lag darin sogar ein Körnchen Wahrheit.

»Soll ich Ihnen ein Bild ausdrucken?«, fragte die Krankenschwester.

»Ja, bitte«, antwortete Saffron. Ein Bild von ihrem Baby. Ja, das wäre wundervoll.

Dann dämpfte sich ihre Euphorie ein wenig, denn ihr wurde plötzlich etwas bewusst. Etwas wirklich Wichtiges. Wenn sie das Baby behalten wollte – und das wollte sie –, dann musste sie Max davon erzählen. Daran führte kein Weg vorbei. Oder?

Kapitel 10

Es dauerte zwei schreckliche lange Tage, bis Spencers Gehirnerschütterung endlich abklang und sein altes Ich allmählich wieder zum Vorschein kam. Gemma schluchzte vor Dankbarkeit und Erleichterung, als sie hörte, wie er der Ärztin jeden einzelnen Fußballspieler der Erstligamannschaften in der oberen Tabellenhälfte aufzählte, korrekt auf die Frage nach dem aktuellen Jahr und dem Namen des Premierministers antwortete – und hinzufügte, dass er den Mann für einen Schwachkopf hielt. Ja. Ihr Mann war wieder da. Diese Leistung und der Gehirnscan bestätigten den Ärzten, dass er nur leichte Kopfverletzungen davongetragen hatte und keine dauerhaften Schädigungen vorlagen. Der erste wichtige Meilenstein war somit bewältigt, und sie waren alle von Herzen froh, dass er hinter ihnen lag. Eine weitere quälende Woche folgte, in der alle möglichen Tests durchgeführt wurden und Spencer mehrere Operationen über sich ergehen lassen musste (»Wir flicken ihn wieder zusammen«, hatte der Arzt fröhlich gesagt). Die gute Nachricht war, dass die Ärzte auch keine sonstigen bleibenden Schäden diagnostizierten. »Er hat großes Glück gehabt«, sagte man ihr.

Glück?, dachte Gemma. Na, so konnte man es auch nennen.

Insgesamt musste Spencer zwei Wochen im Krankenhaus

bleiben, flach auf dem Rücken liegend und mit Morphium und Codein gegen die Schmerzen vollgepumpt. Sie dagegen funktionierte wie auf Autopilot und sorgte dafür, dass die Kinder jeden Tag mit sauberer Kleidung und mit vollen Mägen in die Schule gingen. Die restliche Zeit verbrachte sie am Bett ihres Mannes, hielt seine Hand und tat ihr Bestes, um ihn aufzumuntern. Ihr Auto wurde zu einer Art Druckentlastungskammer, dort weinte sie regelmäßig nach den Besuchen. Es war der einzige Ort, wo sie sich wirklich gehen lassen konnte, abgesehen von spätnachts im Bett, wenn Will und Darcey schliefen.

Inzwischen war Spencer wieder zu Hause, und auch wenn das Leben noch weit entfernt vom normalen Alltag war, ermahnte sie sich, es von der positiven Seite zu sehen. Es hätte schlimmer kommen können. Viel schlimmer. Spencers Knöchel lag für die nächsten acht Wochen in Gips, und vier Monate lang musste er ein Rückenkorsett tragen, um die Heilung der gebrochenen Wirbel zu fördern. Danach würde er noch jede Menge Physiotherapie brauchen, ehe er überhaupt daran denken konnte, zu rennen oder gar Fußball zu spielen. Keine Autofahrten in den kommenden sechs Wochen. Leichte Dehnübungen und Spaziergänge waren empfehlenswert, aber nichts Anstrengenderes. »Was ist mit Sex?«, hatte Spencer besorgt gefragt. (Natürlich. Dieses Thema beherrschte in seinen wachen Stunden zu neunundneunzig Prozent seine Gedanken, mutmaßte Gemma).

»Damit sollten Sie besser noch ein paar Wochen warten«, hatte der Arzt geantwortet. »Wenn Sie in zwei Wochen zur Kontrolle wiederkommen, können wir noch mal darüber reden.«

»Zwei Wochen?« Spencer hatte, seit Gemma ihn kannte, noch nie so niedergeschlagen gewirkt. Tatsächlich war es ihm auch noch nie so mies gegangen. Punkt.

Gemma hatte sich ausgemalt, wie sie ihn zu Hause zärtlich pflegen, ihm mit einem feuchten Tuch die Stirn betupfen und ihn mit Hühnersuppe füttern würde, während er sie, zutiefst dankbar, liebevoll anblicken würde. Die Realität sah jedoch anders aus. Er verbrachte ganze Tage auf dem Sofa und sah sich entweder alberne Fernsehsendungen an oder focht mit glasigen Augen irgendwelche Kämpfe auf der Xbox aus. Gemmas Bemühungen, sich mit ihm zu unterhalten, ignorierte er geflissentlich, außer wenn er sich über das feste Neoprenmieder beklagen wollte, das so unbequem sei und ihm Ausschlag verursache. Er beschwerte sich auch über seinen Durst, über die Hitze, über seine Langeweile, über die Schmerzen – kurz gesagt, über alles. In Erinnerung an den Rat der Ärzte, dass leichte körperliche Betätigung für die Heilung seines Rückens förderlich sei, schlug Gemma zaghaft vor, einen Spaziergang zu machen, sobald der Regen nachließ. Ein Spaziergang zum Pub, um dort zu Mittag zu essen, oder vielleicht ein wenig leichte Gartenarbeit. Spencer lehnte jedoch alles naserümpfend ab und blaffte sie an, dass sein Verstand nicht gelitten habe, er noch kein verdammter Rentner sei und deshalb auch keinen Scheißspaziergang machen wolle.

Auch an den Kindern ließ er seinen Frust aus. Er hielt ihnen vor, sie seien zu laut, und brüllte sie wegen jeder Kleinigkeit an. Ein paar Tage nach seiner Heimkehr schnitten Gemma und Darcey am Küchentisch Vögel aus Stoff aus, die sie auf eines von Darceys T-Shirts nähen wollten, während Spencer im Wohnzimmer Will wegen irgendetwas herunterputzte. »Warum mag Daddy uns nicht mehr?«, flüsterte Darcey, und Traurigkeit schwamm in ihren großen braunen Augen.

Die Frage brach Gemma das Herz. »Er mag euch, er liebt euch sogar sehr, Schätzchen. Es geht ihm nur gerade nicht sehr gut und das ist schwer für ihn zu ertragen, das ist alles.

Bald wird es ihm wieder besser gehen«, beschwichtigte sie hilflos.

Der dreizehnjährige Will fasste es knapper zusammen. »Dad verhält sich wie ein totales Arschloch«, brummte er, als sie nach oben in sein Zimmer kam, um ihm eine gute Nacht zu wünschen. Er strahlte eine derart unbändige Wut aus wie zuletzt im trotzigen Kleinkindalter, doch sie spürte auch seinen Kummer.

»Sprich nicht so über deinen Dad«, antwortete sie, indem sie ihn automatisch verteidigte. Seine Tochter traurig zu machen und seinen Sohn eine Niete zu nennen brachte Spencer sicherlich keinen Preis als Vater des Jahres ein, aber sie wusste, dass er sich in seiner Verzweiflung wie ein verwundetes Tier verhielt, das nach denen biss, die es liebte. »Gib ihm etwas Zeit«, sagte sie. »Bald wird er wieder wie früher sein.«

An diesem Abend legte sie im Bett ein Bein über Spencers Bein und rutschte nahe an ihn heran, in der Hoffnung, dass liebevolle Aufmerksamkeit seine gequälte Seele und schlechte Laune ein wenig besänftigen konnte. Zum ersten Mal in ihrer langjährigen Beziehung rollte er sich jedoch weg und murmelte, dass er schreckliche Kopfschmerzen hätte. Völlig perplex lag sie da und glaubte, ihren Ohren nicht zu trauen. Gewöhnlich musste sie nur eine Augenbraue heben, damit ihr Mann ihr mit leidenschaftlichem Enthusiasmus seine Liebe bewies. Egal, ob er einen Kater hatte, krank war oder müde, weil sie in den kurzen Nächten, als die Kinder noch klein waren, nur wenig Schlaf bekamen – kein einziges Mal hatte er sie abgewiesen.

»Es wird besser, Spence«, flüsterte sie in die Dunkelheit. Er tat ihr so unendlich leid. »Das verspreche ich dir.«

Aber sie bekam keine Antwort. Die Worte hallten wie ein Echo in ihrem Kopf wider, als ob sie ihre Naivität verspotten wollten.

Gemma plagte das schlechte Gewissen, Spencer am folgenden Montag allein lassen zu müssen, um wie üblich mit ihrem Vater Mittagessen zu gehen. Ihre Schwiegermutter leistete ihm jedoch Gesellschaft, und sie konnte sich darauf verlassen, dass sie Spencer von vorne bis hinten bedienen würde. Außerdem sehnte sie sich nach einer Umarmung von ihrem Dad. Sie hatten sich schon immer nahe gestanden, doch nachdem Gemmas Mutter Karen ihre Familie für Carlos sitzen ließ, einen Kellner, in den sie sich in den Ferien auf Ibiza verliebt hatte, waren sie noch näher zusammengerückt. Damals war Gemma acht gewesen.

Tapfer hatte Barry Pepper seine Tochter und drei Söhne allein aufgezogen und alles getan, um ihnen Vater und Mutter zugleich zu sein. Er meisterte die Tücken der Waschmaschine und den nie enden wollenden Berg schmutziger Sportklamotten, er brachte sie rechtzeitig – und in den richtigen Uniformen – zur Schule und kaufte einen lebhaften Labrador, den er Sultan nannte (»Sultan Pepper, das ist ein Witz, versteht ihr?«). Außerdem lernte er kochen und zauberte sogar an ihrem ersten Weihnachten ohne Mutter einen leckeren Festtagsbraten. Gemma vermisste ihre Mum, die gelegentlich mit beneidenswerter Bräune und neuen Tattoos in ihrer alten Heimat auftauchte, natürlich trotzdem – vor allem, wenn es um peinliche Dinge ging wie einen neuen BH oder ihre erste Periode. Barry schlug sich jedoch bewundernswert und holte seine Schwester Jan zur Unterstützung, wann immer weiblicher Rat benötigt wurde. Was Jungs anging, konnte sich Gemma darauf verlassen, dass ihre drei großen Brüder und ein gluckenhafter Vater im Polizeidienst schon die Spreu vom Weizen trennen würden.

Ihr Vater lebte immer noch in Stowmarket, wo er jahrelang als Polizist gearbeitet hatte, bis eine Knieverletzung ihn zur

Frührente zwang und er sich als Monteur von Doppelverglasungen selbstständig machte. In dieser Zeit hatten sie auch die schöne Tradition ins Leben gerufen, jeden Montag zusammen Mittagessen zu gehen. Sie besuchten immer denselben Pub, das *White Horse,* saßen immer am selben Tisch, aßen Pastete mit Pommes – sie trank dazu eine Cola, er ein halbes Pint Bitterbier – und plauderten über alles, was in ihrem Leben so vorging. Gemma hätte alles für ihren Dad getan, und umgekehrt galt das genauso.

Als sie auf die Klingel ihres Elternhauses in der 93 Partington Road drückte, überkam sie jedoch plötzlich das Gefühl, dass irgendetwas anders war. Nach genauer Betrachtung stellte sie fest, dass die Fenster im Wohnzimmer geputzt worden waren – ein so seltenes Ereignis, dass es sofort auffiel –, und auch der kleine Vorgarten wirkte gepflegter, denn die Mülltonne blockierte nicht länger den Weg, sondern stand aufgeräumt in einer Ecke. Außerdem entdeckte sie vor der Tür einen mit Ornamenten verzierten blauen Topf mit Stiefmütterchen.

Gemma musterte die Blumen misstrauisch. Ihr Dad mochte eher wild wuchernde Pflanzen und Klettergewächse – wie große kratzige Sträucher, Erbsen, die sich über ein Stangenzelt nach oben rankten, oder duftende, rote Rosen mit samtigen Blütenblättern. Er hätte niemals einen Topf mit spießigen Stiefmütterchen gekauft und ihn schon gar nicht stolz vor seiner Tür präsentiert. Von wem waren sie also?

Kaum hatte sie das gedacht, schwang die Tür auf. »Gems! Hallo, Liebling, komm rein«, begrüßte sie ihr Vater. Barry Pepper war inzwischen ein wenig mollig und kahl geworden, eher der Typ Danny DeVito statt Ryan Gosling, aber er hatte das freundlichste Gesicht, das sie kannte, und gab die besten Umarmungen. Als er die Arme um sie legte, spürte sie den tröstlichen Stoff seines Flanellhemds und atmete seinen vertrauten seifigen Geruch ein. Sofort ging es ihr tausendmal besser. Himmel, wie sehr hatte sie das gebraucht!

Dann erstarrte sie. Eine Frau mit Strähnchen im blonden Haar und einem salbeigrünen Fleecepulli erschien hinter Barry und schenkte Gemma ein Zahnpastalächeln. Sofort wusste Gemma, woher die Stiefmütterchen kamen.

»Hallo«, grüßte die Frau. »Ich konnte deinen Besuch kaum erwarten. Ich hab schon so viel von dir gehört!«

»Hallo«, sagte Gemma und löste sich aus der Umarmung ihres Vaters. Zuerst stieg Ärger in ihr auf. Nicht heute, dachte sie und versuchte, ein Seufzen zu unterdrücken. *Heute will ich ihn ganz für mich allein.*

»Ah.« Barry lächelte verlegen. »Meine beiden Lieblingsmädchen. Gemma, das ist Judy. Judy, das ist meine Tochter Gemma.«

Gemma suchte den Blick ihres Vaters. *Und Judy ist …?* Doch plötzlich schien er es sehr eilig zu haben und wandte sich ab, um seine Jacke vom Haken zu nehmen. Im selben Moment fiel Gemma die neue Garderobenleiste an der Wand auf. Statt der alten Landkarte von Stowmarket, die schon seit ihren Kindheitstagen über der Heizung gehangen hatte, schmückte nun ein Druck fröhlicher bunter Anemonen die Wand, und auch das schwarz-weiße Hochzeitsfoto ihrer Eltern, das seit einer Ewigkeit auf dem kleinen Holztisch im Flur gestanden hatte, war verschwunden und durch eine Messingschale mit Pinienzapfen ersetzt worden. Was zum Teufel ging hier vor?

Judy streckte ihr strahlend die Hand entgegen. »Schön, dich endlich kennenzulernen.«

»Gleichfalls«, sagte Gemma zögernd und schüttelte Judys Hand zurückhaltend. Das war's dann mit dem Vier-Augen-Gespräch mit Dad, dachte sie. Sie hatte sich danach gesehnt, einen Teil ihrer Sorgen bei ihm abladen zu können, sich vielleicht sogar ein wenig auszuheulen. So, wie sie ihren Dad kannte, hätte er sie spätestens beim letzten Bissen wieder zum Lachen gebracht – indem er sie auf die Schippe nahm, weil sie nur so schlecht einparken konnte, oder die neue Freundin ihres Bruders Luke imitierte. Sie hatte nicht damit gerechnet, ihn mit Fleecepulli-Judy teilen zu müssen.

Sie versuchte, sich wieder in den Griff zu bekommen. Ihr Dad war ein erwachsener Mann, er musste sein Leben nicht nach ihr richten oder sie um Erlaubnis fragen, ob er eine neue Freundin haben durfte. Sie holte tief Luft und zwang sich zu einem Lächeln. »Sind wir dann so weit, Dad? Judy, kommst du mit uns zum Lunch?«

Judys Gesicht hellte sich auf. »Liebend gern.« Sie nahm eine knallrote Daunenjacke vom Haken und steckte ihre Füße in Ugg-Stiefel. »Das wäre toll!«

Natürlich hatte Barry schon einige Freundinnen gehabt, seit Gemmas Mutter sie für ein neues Leben in der Sonne verlassen hatte. Nachdem Gemma und ihre Brüder ausgezogen waren, hatten sie ihren Dad gemeinsam überredet, wieder mehr unter Leute zu gehen. Sie hatten ihn bei einer Partneragentur angemeldet und die Einsame-Herzen-Spalten in den Zeitungen für ihn durchforstet. Mit Marjorie, einer langweiligen alten Schachtel, war er zwei Monate lang zusammen gewesen, drei Monate mit Aisling, einer lustigen Frau mit derbem Humor, die aber nicht für eine feste Beziehung gemacht zu sein schien. Und dann war da noch eine nette Dame namens Venetia gewesen, die sie alle sehr mochten, bis sie sich mit einigen von Barrys Wertsachen aus dem Staub gemacht hatte.

Nun gab es also Judy.

»Also«, sagte Gemma beiläufig, während sie und ihr Dad an der Theke darauf warteten, ihre Bestellung aufzugeben. Judy hatte bereits Platz genommen und blätterte durch eine Zeitung, die jemand liegen gelassen hatte. »Wo habt ihr euch kennengelernt?«

Er strahlte. »Ich habe Anfang Januar neue Fenster bei ihr eingesetzt. Wir sind ins Plaudern gekommen und, tja, so kam das.« Er ließ einen Bierdeckel zwischen Zeigefinger und Daumen kreiseln. »Die Sache ist die, ich habe an Silvester allein zu Hause gesessen, und …«

Gewissensbisse nagten an Gemma. »Ich hab dir doch gesagt, du hättest bei uns mitfeiern können, Dad!«

»Das weiß ich doch, Liebes. Und dafür bin ich euch auch dankbar. Aber ich wollte euch jungen Leuten nicht in die Quere kommen und die Stimmung verderben.« Er ließ den Bierdeckel immer noch kreisen. »Jedenfalls habe ich den Vorsatz gefasst, einen Neuanfang zu machen und mir wieder eine Ehefrau zu suchen.«

»Eine Ehefrau?« Gemma stolperte über das unerwartete Wort.

»Na ja, natürlich will ich nichts überstürzen. Aber es fehlt mir, zu jemandem nach Hause zu kommen, weißt du. Ich möchte nicht mehr allein leben. Judy ist eine nette Frau. Wir sind ein paarmal ausgegangen. Ich mag sie.«

»Hallo, Barry. Hallo, Gemma. Was kann ich euch beiden bringen?«, fragte Kev, der Wirt, in diesem Moment. Er hob eine buschige Augenbraue. »Ach, und da drüben in der Ecke, sitzt da nicht auch deine neue Freundin?«, fragte er und zwinkerte Gemma zu.

»Und ob sie das ist«, antwortete Barry voller Stolz, ehe er ihre Bestellung herunterrasselte.

Gemma versuchte, ihre Gefühle unter Kontrolle zu bringen. Natürlich freute sie sich für ihren Vater, dass er jemanden kennengelernt hatte, mit dem er glücklich zu sein schien.

Und sie wollte auch nicht, dass er sich einsam fühlte und sämtliche Silvesternächte allein verbringen musste. Dennoch … eine Ehefrau hatte er gesagt. Eine Ehefrau. Das war irgendwie ein ziemlich monumentales Wort. Ihr Vater neigte dazu, sich in unpassende Frauen zu verlieben – ihre Mutter war der beste Beweis dafür. Sie wollte nicht, dass er schon wieder enttäuscht wurde. Seufzend fragte sie sich, ob ihre Brüder Judy schon kennengelernt hatten. Andererseits, sie waren Jungs. Sie würden darüber ganz anders denken als sie. Sam, Luke und David waren sicher froh darüber, dass sie vom Haken waren und sich nicht mehr ständig vergewissern mussten, ob es ihrem Vater gut ging.

»Danke, Kev«, sagte ihr Dad, und Gemma stellte fest, dass ihre drei Getränke schon auf der Theke standen.

»Wunderbar.« Sie nahm sich Besteck und ihre Cola. »Danke, Dad.«

»Immer gerne, Schätzchen. Ich habe mich schon darauf gefreut, dir Judy vorzustellen. Ich bin mir sicher, dass ihr schon bald ein Herz und eine Seele seid.«

Kapitel 11

Zwei Monate nach dem Tod ihrer Mutter fing Caitlin endlich an, ihren Verlust zu akzeptieren und die ersten, winzigen Schritte auf dem Weg zur Bewältigung ihrer Trauer zu machen. Sie lag nicht mehr stundenlang im Bett, um sich in ihrer Verzweiflung zu suhlen. Sie hatte ein paar Aufträge von Saffron angenommen, der netten Frau, die sie an Silvester kennengelernt hatte, und die Arbeit machte ihr Spaß. Außerdem war sie beim Friseur gewesen, hatte sich die Beine rasiert, einen Berg Wäsche erledigt, inklusive der Bettwäsche, und sämtliche Speisekarten von Restaurants mit Lieferservice in den Papiermüll geworfen. Sie hoffte, dass die Frau vom Golden Dragon ihre Anrufe nicht allzu sehr vermisste.

Besonders bemerkenswert war jedoch, dass sie tatsächlich angefangen hatte, Janes Sachen durchzusehen, ein Zimmer nach dem anderen, denn sie hatte immer noch vor, das Cottage zu räumen und dem örtlichen Immobilienmakler zum Verkauf zu geben. Wie bedeutsam doch die kleinen Dinge des Lebens erschienen, wenn die Person, der sie gehörten, nicht mehr da war! All die ungeöffneten Zuckerpackungen, die Jane nie wieder in die kleine Zuckerdose mit Craquelé-Glasur füllen würde, um sie dann, immer zwei Löffel pro Tasse, in ihren Milchkaffee zu rühren. All die Packungen hautfarbener

Strumpfhosen in der Schublade. Die Schachteln mit staubigen Glühbirnen für die Gartenlampen und die ordentlich beschrifteten Umschläge mit Samen, die sie nie gesät hatte. Unverbrauchte Kerzen. Unbeantwortete Briefe. All die leeren Stellen im Kalender vom vergangenen Jahr, die sie nicht mehr hatte durchkreuzen können.

Jane war eine liebevolle Mutter gewesen, eine verlässliche Stütze, an die man sich anlehnen konnte, im Vertrauen darauf, dass sie jede Last tragen würde. Als Caitlin sich in ihrer Kindheit einmal mit ihrer besten Freundin Nichola gestritten hatte, holte ihre Mutter die Kostümkiste und Kleider aus ihrem eigenen Schrank und schlug ein Prinzessinnenpicknick im Garten vor. Caitlin hatte Janes rosa Seidennachthemd getragen, das ihr um die Knöchel schlackerte, eine Perlenkette, einen Blumenhut und rote Stöckelschuhe und sich sehr geliebt gefühlt, als ihre Mutter ihnen Limonade aus ihrer besten Teekanne einschenkte und sie dazu Gurkensandwiches auf der alten karierten Decke aßen »wie echte Prinzessinnen«.

Ein anderes Mal war sie krank vor Liebeskummer übers Wochenende nach Larkmead gefahren, weil sie sich gerade erst frisch von Jeremy, dem Programmierer, getrennt hatte. Und Jane hatte genau gewusst, was zu tun war. Sie waren nach Aldeburgh gefahren und hatten am Kiesstrand Fish and Chips gegessen. »Das Meer wird dich auf andere Gedanken bringen«, hatte sie gesagt und den Arm um Caitlin gelegt. »Es rückt alles wieder in die richtige Perspektive, nicht wahr?«

Und jedes Jahr am ersten Juni hatte Jane eine Erdbeertorte gebacken. Sie und ihr Mann Steve hatten mit Champagner angestoßen und dann erst sich und anschließend Caitlin umarmt. »Einfach so«, sagte sie lächelnd, als Caitlin einmal fragte, warum sie das taten. »Manchmal ist es gut, die Familie zu feiern und sich klarzumachen, wie viel Glück man hat.«

Versonnen räumte Caitlin stapelweise Heftromane und blutrünstige Krimis in Kisten und musste unwillkürlich daran denken, dass ihre Mutter keine sonderlich gute Meinung von Flynn gehabt hatte. »Er sieht attraktiv aus, das muss man ihm lassen«, hatte sie nach ihrer ersten Begegnung gesagt, aber Caitlin wusste, dass »attraktiv« nicht zu vergleichen war mit »nett«, »witzig«, »loyal« oder den anderen Eigenschaften, die Jane an ihrem eigenen Mann schätzte.

Da hat mein Tod doch wenigstens etwas Gutes bewirkt, was, Mäuschen?, hörte sie Jane sagen. *Du hast herausgefunden, was für ein mieser Kerl Flynn wirklich ist. Sieh es von der positiven Seite. Du hättest vermutlich noch jahrelang an ihm geklebt, wenn ich nicht den Löffel abgegeben hätte.*

»Du dumme Kuh«, schalt sich Caitlin bei dem Gedanken. Sie steckte die letzten Bücher in die Kiste und stand auf. Für diesen Tag hatte sie genug Zeit in der Vergangenheit verbracht. Sie beschloss, zum Dorfladen zu gehen, ihren Vorrat an Müllbeuteln, Essen und Wein aufzustocken, und am nächsten Tag weiterzuräumen.

Caitlin hatte gerade ihre Einkäufe bezahlt, als sie meinte, außer der Hintergrundberieselungsmusik noch ein Schluchzen zu hören. Sie steckte das Wechselgeld ein, zögerte einen Moment und verschwand dann erneut in den schmuddeligen Gängen, um festzustellen, ob tatsächlich jemand weinte. In der Putzmittelabteilung, an ein Regal mit Waschpulverkisten gelehnt, entdeckte sie eine in Tränen aufgelöste Gemma Bailey.

Caitlin öffnete den Mund zu einem stummen und erstaunten Oh. Gemma war die Letzte, von der sie gedacht hätte, dass Waschpulver sie zum Weinen brachte. Sie führte doch das perfekte Leben: großes Haus, toller Mann und wunderbare Kinder. Weshalb also die Tränen?

Verlegen räusperte sie sich. »Ist alles …? Geht es dir gut?«

Dumme Frage. *Oh ja, mir geht's prima, deshalb heule ich auch wie ein Schlosshund in aller Öffentlichkeit. Prima beobachtet, Captain Wachsam.*

Gemmas Schultern hoben und senkten sich in heftigen Schluchzern, und sie wischte sich über die Augen. »Nein«, antwortete sie unverblümt. »Eigentlich nicht.«

»Kann ich dir irgendwie helfen? Wie wär's mit einer Tasse Tee? Mums Haus ist gleich um die Ecke, falls dir nach Reden zumute ist.« Eine Tasse Tee, um Himmels willen. Sie war so verdammt britisch. Aber was sonst bot man einer weinenden Frau in einem kleinen Laden in Larkmead an? Gin? Valium?

Gemma atmete zittrig durch. »Das wäre schön, wenn ich dir damit nicht zu große Umstände mache. Ich kann jetzt unmöglich nach Hause gehen.«

Caitlin versuchte, ihre Beunruhigung zu verbergen. Sie konnte jetzt unmöglich nach Hause gehen? Was um Himmels willen hatte das denn zu bedeuten? »Kein Problem«, antwortete sie. »Das ist schon okay.«

Sie verließen den Laden und liefen den Hügel hinauf. Es war Anfang Februar und die ersten Schneeglöckchen und Krokusse öffneten zaghaft ihre Blüten, willkommene leuchtende Farbkleckse, die sich vom feuchten Boden und dem grauen Himmel abhoben.

»Ich nehme an, du hast das Gerücht schon gehört«, sagte Gemma dumpf.

»Nein«, erwiderte Caitlin. Sie kam sich dumm vor und hatte gleichzeitig ein schlechtes Gewissen, weil sie kein größeres Interesse für die Dorfnachrichten aufgebracht hatte. *Sie trennen sich,* dachte sie in einem Anflug von Mitleid. Oh nein. An Silvester waren sie ihr so glücklich erschienen. Spencer hatte Gemma zärtlich angesehen, seine Augen hatten förmlich vor

Liebe gestrahlt. Von solch tiefer Zuneigung hatte Caitlin bisher nur träumen können. »Was ist passiert?«, fragte sie zaghaft.

»Oh. Spencer hatte einen Arbeitsunfall. Er ist ziemlich angeschlagen, aber zumindest wieder zu Hause. Die Ärzte denken, dass er irgendwann ganz gesund werden kann, aber …« Sie seufzte, wobei ein Atemwölkchen in der Luft auftauchte. »Es ist mir einfach zu viel. Uns allen fällt es schwer, uns an die neue Situation zu gewöhnen. Er ist so unglücklich – egal, was ich tue oder sage, nichts davon scheint ihm auch nur ein kleines bisschen zu helfen.«

Inzwischen hatten sie White Gables erreicht, und Caitlin öffnete die Tür, in der Hoffnung, dass es im Haus nicht zu muffig roch. Sie hatte erst kürzlich die Küchengeräte aussortiert und einige davon – die uralte Eismaschine beispielsweise und das steinzeitliche Fondueset – schienen seit Jahren nicht mehr benutzt worden zu sein.

»Ich war früher mal Krankenschwester«, sagte sie. »Daher weiß ich, dass die Familie meistens ebenso sehr leidet wie der Patient, vor allem nach einem schweren Unfall.« *Argh*, in der Küche war es unordentlicher, als sie gedacht hatte. Der Tisch quoll über von altem Geschirr, mehreren Kochbüchern und einem Berg Fotos. »Tut mir leid, dass hier so ein Durcheinander herrscht. Ich bin gerade beim Ausmisten.«

»Kein Problem«, sagte Gemma, zog den grauen Wollmantel aus und setzte sich an den Tisch. »Ich wusste gar nicht, dass du mal Krankenschwester warst.«

Caitlin füllte den Kessel mit Wasser. »Das ist schon lange her. Ich habe die Ausbildung auch nur meinen Eltern zuliebe gemacht, aber vor fünf Jahren habe ich alles hingeschmissen und als Webdesignerin angefangen. Man verdient mehr Geld, muss keine seltsamen Gegenstände mehr aus irgendwelchen Körperöffnungen entfernen, und niemand verpasst einem samstagabends eine Kotzedusche.«

Gemma hatte ein altes Familienfoto betrachtet, als sich plötzlich ihr Gesicht erhellte. »Moment, deine Mum war Jane, die Hebamme?«

»Ja, genau. Warum?«

»Sie hat meine Kinder zur Welt gebracht. Alle beide. Oh, Caitlin, sie war so eine wundervolle Frau. Es tut mir so leid.«

Aus rätselhaften Gründen verlor Caitlin jedes Mal, wenn jemand etwas Nettes über ihre Mutter sagte, sämtliche Energie, und es machte ihr erneut bewusst, wie groß ihr Verlust war. »Danke«, sagte sie und lehnte sich an die Arbeitsplatte, während sie ihnen beiden einen Kaffee kochte.

»Sie hat Darcey das Leben gerettet. Mein kleines Mädchen. Das hat sie tatsächlich. Darcey war schon drei Tage alt und wollte einfach nicht trinken. Ich habe deine Mutter angerufen und sie hat sofort was unternommen. Sie hat im Krankenhaus angerufen und denen mitgeteilt, dass wir unterwegs sind, und mich dann hingefahren.«

»Wirklich?« Caitlin stellte sich gerne vor, dass ihre Mutter die Retterin in der Not war. Eine fähige, praktisch denkende Frau, die die Ärmel immer wieder hochkrempelte. Oft war sie müde, aber glücklich von einer Nachtschicht zurückgekehrt. »Das war ein goldiger kleiner Junge heute Morgen, vier Kilo, eine schöne Hausgeburt«, sagte sie dann etwa und nahm sich ein Stück Toast aus dem Brotkorb, während Caitlin und Steve am Tisch frühstückten. Oder: »Ein hübsches kleines Mädchen für die Finches – und schon so viele Haare.« Ihre Augen glänzten bei der Erwähnung jedes neuen Erdenbürgers, den sie sicher in die Welt geholt hatte. Es war erstaunlich, dass sie nicht selbst zwanzig Kinder hatte, wo sie Babys so sehr liebte.

»Wirklich«, sagte Gemma. »Wir haben vier Tage im Krankenhaus verbracht. Darcey musste an den Tropf und ich fürchtete schon das Schlimmste, aber es ging ihr bald wieder besser, dank Janes schnellem Handeln. Sie war ein richtiger Engel und immer zur Stelle, wenn ich Hilfe brauchte.«

Ein richtiger Engel. Alle hatten Jane geliebt. Die vielen Mütter, denen sie geholfen hatte, die von ihr geretteten Babys und die einsame, alte Gwen von nebenan, mit der sie jede Woche zu Bingo-Abenden und Zumba-Kursen ging. Es war eine Schande, dass ihre linkische, ungesellige Tochter dieses Engel-Gen nicht geerbt hatte.

»Was ist denn mit Spencer?«, fragte sie, um das Thema zu wechseln. »Klingt ganz so, als hättet ihr ein Trauma erlebt.«

»Er ist aus dem ersten Stock gestürzt. Ein Gerüst ist zusammengebrochen«, erklärte Gemma. Man merkte, dass sie diese Geschichte schon unzählige Male erzählt hatte. Ihre Stimme klang knapp und emotionslos. »Er hat sich den Knöchel und ein paar Wirbel gebrochen und ist ziemlich heftig mit dem Kopf aufgekommen. Kurz gesagt, alles nicht so toll.« Sie verzog traurig den Mund.

Spencer war in der Schule übermütig und ein echtes Energiebündel gewesen, erinnerte sich Caitlin. Er hatte in der Fußballmannschaft trainiert und war ständig auf einem BMX-Rad durch die Gegend gerast – er war die Art von Mensch, die für eine Wette von einer hohen Mauer springen würde. Mit acht Jahren war er auf den höchsten Baum auf dem Schulhof geklettert und hatte dort festgesessen. Mr Winch, der stellvertretende Direktor musste ihm hinterherklettern und ihn herunterholen. Das war das Aufregendste, was je in der Grundschule von Larkmead passiert war. »Der Arme«, sagte Caitlin mitfühlend. »Und du Arme.«

»Danke«, erwiderte Gemma mit flüchtigem Lächeln. »Er wird wieder gesund werden und dann geht es mir auch wieder besser«, fuhr sie fort. »Er ist nur kein sehr umgänglicher Patient, und im Moment kommt man nur schwer mit ihm aus. Und ich bin vermutlich die schlechteste Krankenschwester der Welt. Aber das wird doch nicht immer so bleiben, oder?« Sie tippte auf das Foto von Jane. »Als ich in den Wehen lag und mir vor Schmerzen die Seele aus dem Leib schrie, hat deine Mum gesagt, dass man den Schmerz vergisst, wenn es erst mal vorüber ist. Und sie hatte recht damit. Hoffentlich gilt das auch für verletzte Ehemänner.«

Caitlin erwiderte ihr Lächeln. »Ganz bestimmt.«

»Übrigens«, meinte Gemma mit etwas fröhlicherer Stimme. »Ich hoffe, es macht dir nichts aus, wenn ich frage – aber läuft da etwas zwischen dir und Harry Sykes?«

Caitlins Herz machte einen Hüpfer wie ein ausgelassener Labrador. *Dummes Herz, bleib, wo du bist.* »Nein«, sagte sie. »Da läuft nichts zwischen mir und Harry Sykes. Warum?«

»Er hat vergangene Woche von dir gesprochen und erzählt, dass er mit dir nach Cambridge gefahren ist. Wir waren gerade auf dem Weg zum Krankenhaus, als er damit herausrückte, daher habe ich nur mit halbem Ohr zugehört.«

Bedeutete das, dass er wirklich von ihr gesprochen oder sie nur erwähnt hatte? Sabberte er, wenn er ihren Namen aussprach, oder nicht? Schon wieder musste sie an einen Labrador denken. *Reiß dich zusammen, Dummkopf.* »Er hat mir nur einen Gefallen getan«, sagte sie, »und mir dabei geholfen, mein Zeug aus der Wohnung meines Exfreundes zu holen.«

»Und?«

»Und nichts. Das war's. Er hat erzählt, dass er fürs neue Jahr den Vorsatz gefasst hätte, Frauen keinen Heiratsantrag mehr zu machen. Offensichtlich hält er sich jetzt an eine Zehn-Dates-Regel.«

Gemma schnaubte. »Das glaube ich erst, wenn ich es sehe.«

Sie trank ihren Kaffee aus und schaute auf die Uhr, dann stand sie auf. »Ich gehe wohl besser«, meinte sie, während sie sich einen flauschigen silbergrauen Schal um den Hals wickelte und in ihren Mantel schlüpfte. Sie hielt inne. »Er hat also nicht versucht, bei dir zu landen?«

Caitlin schüttelte den Kopf, unfähig den Anflug von Enttäuschung zu unterdrücken. Hatten ihn die zusammengewachsenen Augenbrauen und der Damenbart etwa abgeschreckt? Sie fuhr sich verlegen über die inzwischen gebleichte Oberlippe. »Wenn er der Dorfcasanova ist, bin ich ja gerade noch mal ungeschoren davongekommen«, sagte sie mit leichtem Lachen, während sie Gemma zur Tür begleitete, aber ihren Worten fehlte die Überzeugung. Trotz seines Rufs als Frauenheld schien Harry ein liebenswerter Mensch zu sein. Insgeheim hoffte sie darauf, dass sich ihre Wege bald wieder kreuzen würden.

Kapitel 12

Bunty Halsom war auf dem besten Weg, Saffron den letzten Nerv zu rauben. Eigentlich hatte sie Kates Rat befolgen und Bunty die Stirn bieten wollen, um von Anfang an klarzustellen, dass sie eine lange Kundenliste hatte und nicht Buntys Dienstbotin war. Aber keiner ihrer Tricks hatte funktioniert. Nicht ein einziger. Wann immer sie Bunty in dem kleinen Empfangsbereich der Agentur warten ließ, um noch schnell die neueste Pressemeldung für Yummy Mummy rauszuschicken oder etwas anderes zu erledigen, marschierte Bunty einfach an der verblüfften Empfangsdame vorbei in ihr Büro und brüllte: »Saff, ich bin hier, Schätzchen! Wo bleibst du denn? Du hast unser Meeting doch nicht etwa vergessen?«

Und dann diese Sache mit Tyler Starr. Saffron hatte im Vorfeld zu Buntys Teilnahme am Promi-Kochduell *Celebrity Masterchef* einige Interviews arrangiert und ihre Klientin vorher ausgiebig über den kratzbürstigen Klatschkolumnisten informiert, der seine Interviewpartner gern so lange mit Reizthemen auf die Palme brachte, bis sie die Beherrschung verloren. Die Hoffnung, dass er ihre Klientin nicht aus der Ruhe bringen würde, verflog im Nu, als Tyler sie wie aus dem Nichts mit ganz intimen Fragen über Schönheits-OPs bombardierte. Bunty lief vor Wut backsteinrot an. Bevor Saffron einspringen konnte, beendete Bunty das Interview vorzeitig, indem sie Tyler ein Glas Wasser über den Kopf kippte und beleidigt davonstürmte. Natürlich war das Hauptthema in Starrs Kolumne am nächsten Tag eine gehässige Spekulation, wie viele Schönheits-OPs Bunty tatsächlich hatte machen lassen. »Würden Sie dafür bezahlen, um so auszusehen?«, hatte er in der Überschrift gehöhnt, die von einem Foto begleitet wurde, das Bunty mit fleckigen Wangen und mindestens zwei Doppelkinnwülsten in ein allzu enges Kleid gepresst auf einer Party zeigte. »Dieser kleine Mistkerl«, hatte Bunty gezischt. »Dem verpasse ich einen Tritt in die Eier, wenn ich ihn das nächste Mal sehe.«

Außerdem hatte Saffron angenommen, sie hätte sich klar und deutlich dabei ausgedrückt – mehrmals sogar –, dass sie Besseres zu tun hatte, als Wäsche aus der Reinigung zu holen oder Hundesitter für Teddy, Buntys verwöhnten Zwergspitz, zu suchen. Und der Erfolg? Gleich null! Sie fand jeden Tag eine neue Nachricht im Postfach oder auf dem Anrufbeantworter, bei der sie vor Wut die Fäuste ballte:

Saff, Herzchen, sei ein Schatz und besorg mir ein Kleid für die TV-Quick-Awards-Preisverleihung. Irgendwas Glitzerndes und Glamouröses. Vielleicht von Temperley oder Stella McCartney? Es wäre wirklich toll, wenn du mir eine Auswahl zu meiner Wohnung in Notting Hill schicken lassen könntest. Am besten bis heute Mittag.

Saff? Saffron? Du solltest wirklich öfter an dein Telefon gehen, Herzchen. Hör zu, ich habe eine hervorragende Idee. Check doch mal, ob Mercedes irgendeine Art von Promo mit mir machen möchte. Mir gefällt dieser kleine Sportwagen, den sie gerade in der Werbung haben. Kümmere dich drum, dass sie ihn mir für die Premiere von Masterchef *leihen. Das wäre doch der Knaller, wenn ich damit vorfahren würde – die Paparazzi werden es lieben!*

Saffron, ich hab mein Handy verloren. Besorgst du mir ein neues iPhone? Und dazu noch eine von diesen Bling-Bling-Hüllen. Die sind witzig, findest du nicht auch? Ich bin zum Abendessen bei Mintys. Also schick es mir dorthin.

Und so ging es pausenlos weiter, ein nie enden wollender Strom geistloser, oberflächlicher, eigensüchtiger Wünsche. Saffron versuchte ihr zunächst höflich und dann immer schroffer klarzumachen, dass keine dieser Aufgaben zu ihrem Job gehörte, aber sie hätte genauso gut mit einer Wand reden können. Eine solche Hartnäckigkeit war schon fast bewundernswert. Entweder bewunderte man sie oder heuerte einen Profikiller an, der sich der Sache annahm. Saffron kannte sonst niemanden mit einem derart aufgeblähten Ego. Bunty bildete sich ein, dass sie und Mercedes das perfekte Werbe-Paar abgaben, aber in Wahrheit hätte sie viel besser zu einem billigen bunten Fiat gepasst. Mit einer Größe von eins siebenundfünfzig, melonengroßen Brüsten, die einen Mann plätten konnten, und einem Hintern, der eine eigene Postleitzahl verdiente, gab es für Bunty außerdem nicht einmal den Hauch einer Chance, sich in Designerklamotten quetschen zu können. Saffron würde es jedoch niemals wagen, diesen Wunschtraum wie eine Seifenblase zerplatzen zu lassen, indem sie ihre Meinung dazu äußerte.

Wenigstens war Saffron beschäftigt. Während sie überall herumeilte und versuchte, ihre neue Klientin glücklich zu machen – und dabei, wenn möglich, nicht den Verstand zu verlieren –, kam sie kaum dazu, über das winzige Wesen in ihrem Bauch nachzudenken, das inzwischen von der Größe einer Weintraube zu der einer Feige herangewachsen war, wenn man der Schwangerschafts-App auf ihrem Handy glauben durfte. Für etwas so Winziges hatte es einen beträchtlichen Einfluss auf ihren Körper. Ihre Glieder schmerzten, als ob sich ihre

Knochen in Bleirohre verwandelt hätten. Ihre Lider waren so schwer, dass sie sie auf dem Heimweg nur mit Mühe offen halten konnte. Ihr Kalender – früher vollgestopft mit Dinnerverabredungen, Treffen auf einen Drink und Abenden mit Freunden – verkam zu einer trostlosen Wüste, weil sie, erschöpft und energielos, immer wieder Ausreden fand und alles absagte.

Zu Hause aß sie wie ein ausgehungertes Pferd und fiel schon um halb zehn ins Bett. Noch nie zuvor im Leben hatte sie so tief geschlafen. Oh, und die Schwangerschaftsträume waren total verrückt! In einer Nacht träumte sie, dass sie in einem Theater saß und mitten in der Vorstellung die Wehen bekam. Sie presste, presste, presste und dann zogen die Ärzte in ihren grünen Kitteln einen Jack-Russell-Terrier zwischen ihren Beinen hervor. »Es ist ein Hund!«, verkündete einer von ihnen ausdruckslos. Statt jedoch auszuflippen, weil sie einen ausgewachsenen Hund zur Welt gebracht hatte, machte sich Saffron in ihrem Traum Gedanken darüber, ob sie ihn nun Jack oder Russell nennen sollte.

»Jack, natürlich«, hatte ihre Schwester Zoe gelacht, als Saffron ihr gleich am nächsten Morgen via Skype davon berichtete. »Das ist ein süßer Name für einen Jungen. Hey, hast du dir überhaupt schon Namen überlegt?«

Saffron schenkte dem gebräunten Gesicht ihrer Schwester auf dem Bildschirm ein Lächeln. In Australien war es früher Abend und Hochsommer. Zoe trug ein weißes Neckholdertop, und über ihr wirbelte ein Ventilator. Saffron dagegen steckte immer noch in ihrem Flanellpyjama und hatte eine dicke Decke um sich geschlungen.

»Nein, noch nicht«, erwiderte sie. »In ein paar Tagen, in der zwölften Schwangerschaftswoche, habe ich die nächste Untersuchung. Ich weiß nicht, ob ich mir schon sagen lassen soll, ob es ein Junge oder ein Mädchen wird. Was würdest du tun?«

»Oh, lass dich überraschen«, sagte Zoe sofort. »Dann hast du selbst die Möglichkeit, es am großen Tag zu verkünden.« Sie linste in die Kamera. »Himmel, Saff, deine Möpse sehen in diesem Pyjama riesig aus. Ich bin so neidisch!«

»Ich weiß«, sagte Saffron und kicherte. »Ich kann den Blick kaum davon abwenden. Ein neuer BH ist dringend fällig, in Doppelmelonengröße.«

»Du Früchtchen«, sagte Zoe und pfiff durch die Zähne. Dann wurde ihr Gesicht wieder ernst. »Saff, hast du El schon davon erzählt? Ich habe neulich mit ihr gesprochen, und sie war total am Ende. Offensichtlich will sie es noch mal mit einer künstlichen Befruchtung versuchen. Sie haben einen Kredit aufgenommen, und sie meinte, das sei endgültig ihre letzte Chance.«

Saffron seufzte. Die Doppelmelonen waren vergessen und eine Woge von Schuldgefühlen schwappte über sie hinweg. Die arme Eloise. Sie und ihr Mann Simon wünschten sich sehnlichst ein Kind. Ihre Mutter hatte erzählt, dass Eloise inzwischen sogar in die Kirche ging und um ein Wunder betete. Wie sollte Saffron ihr da beibringen, dass sie rein zufällig schwanger geworden war, von einem Mann, den sie erst ein paar Wochen kannte? Unmöglich. »Noch nicht«, sagte sie düster. »Du und meine Freundin Kate, ihr seid die Einzigen, die bisher darüber Bescheid wissen. Ich muss noch ein wenig Mut ansammeln, ehe ich es Mum und Eloise beichte.«

»Was ist mit Jack Russells Dad? Wann wirst du es ihm erzählen?«

»Auch dafür sammele ich noch Mut«, murmelte Saffron.

Wenige Minuten später beendete sie das Gespräch, zwang sich aufzustehen und ging in das kleine Badezimmer. Der Spiegel zeigte ihre neue rundliche Silhouette, und sie kam sich vor wie eine langsam reifende Frucht. Hey, das war schon der zweite Morgen in Folge, an dem sie nicht zum Klo sprinten musste, um sich zu erbrechen. Kam jetzt die blühende, strahlende Phase der Schwangerschaft, von der sie gelesen hatte? Schön wär's ja.

Die Frage ihrer Schwester zu Max hatte ihr Gewissen geweckt. Nachdenklich drehte sie die Dusche auf. Zoe hatte recht. Sie musste ihm davon erzählen. Je eher, desto besser. Noch heute. Ja, heute würde sie ihn anrufen und um ein Treffen bitten. Es war nur fair, dass sie es ihm endlich sagte. Wenn er mit dem Baby nichts zu tun haben wollte, dann war das eben so. Sie war auf diese Reaktion vorbereitet, es war eine nicht von der Hand zu weisende Möglichkeit.

Es gab jedoch noch eine andere – nämlich dass sein Gesicht vor Freude aufleuchtete, dass er ihre Hand ergreifen und ihr liebevoll in die Augen blicken würde. Das konnte passieren, oder? Und dann würde er verstehen, warum sie nicht mit ihm zum Kitesurfen wollte und warum sie ihm seit Weihnachten aus dem Weg ging. *Wow*, würde er sagen. *Damit habe ich nicht gerechnet.*

Ich auch nicht, würde sie antworten. *Ich muss zugeben, dass ich auch sehr überrascht war.*

Auf seinem wunderschönen Gesicht würde sich eine nachdenkliche Miene spiegeln. *Es ist wohl ziemlich unorthodox, aber wir könnten dafür sorgen, dass es funktioniert, meinst du nicht? Wir beide, gemeinsam Eltern?*

Sie wusch sich die Haare und versuchte ihre Fantasie zurechtzurücken. Mummy, Daddy und Baby, glücklich bis an ihr Lebensende. Es fühlte sich wie Betrug an, als ob sie eine ganze Reihe traditioneller Beziehungsmeilensteine einfach überspringen würden. Sie kannte Max ja kaum. Weder wusste sie, welche Filme er gern sah, noch welche Bücher er mochte, ob er Fish and Chips einem Curry vorzog, ob er Geschwister oder Allergien hatte, geschweige denn, wie er sich bei einer lautstarken, blutigen Geburt verhalten würde. Sie wusste lediglich, dass er, was Ordnung betraf, eine faule, chaotische Socke war, gerne schmutzige Klamotten auf dem Boden verstreute und den Toilettensitz nie runterklappte. Er gehörte zu den Menschen, die Zahnpastatuben von der Mitte her ausquetschten, und hatte noch nie in seinem Leben einen Backofen gereinigt. Er war schon einmal verheiratet gewesen. Es musste also einen guten Grund geben, warum er es nicht mehr war.

Sie drückte sich einen Spritzer von ihrem Lieblingsconditioner mit Bananenduft in die Hand, aber als ihr der Geruch in die Nase stieg, zog sich ihr Bauch vor Übelkeit zusammen. Oh nein. Nicht schon wieder.

Tropfnass stürmte sie aus der Dusche und erreichte gerade noch rechtzeitig das Klo. *Urrrg.* Und noch einmal.

Zitternd und spuckend wischte sie sich über Nase und Mund und kniete sich auf den kalten Linoleumboden. Ihr Optimismus geriet ins Wanken, während sie darauf wartete, dass die Übelkeit verflog. Wem wollte sie etwas vormachen? Max war bereits Vater, er hatte dieses Szenario schon zweimal erlebt. Wenn er auch nur halb bei Verstand war, würde er sich ganz bestimmt keine kotzende, werdende Mutter ans Bein binden. Und wer könnte es ihm verübeln?

Von: Saffron@PhoenixPR
An: Max@Faster
Betreff: Treffen auf einen Drink?

Hallo Max,
ich hoffe, es geht dir gut. Ich habe am Donnerstagnachmittag ein Kundenmeeting in der Denmark Street. Ich fänd's schön, dich danach auf einen Drink zu treffen. Hast du Zeit?
Liebe Grüße
Saffron x

Saffron lehnte sich in ihrem Schreibtischstuhl zurück und las die E-Mail noch einmal durch. Ganz okay, beschloss sie. Die Nachricht klang ganz normal und erwachsen. So wie »Hey, wir haben letztes Jahr ein paarmal wie die Karnickel gepoppt und danach war ich etwas komisch zu dir, aber schau mal, wie zivilisiert und reif ich mich inzwischen benehmen kann.«.

Na ja, so ungefähr jedenfalls. Besser brachte sie es nicht hin, und jetzt klingelte auch noch ihr Telefon und sie hatte noch eine Million anderer Dinge zu tun.

»Phoenix PR, guten Tag. Saffron am Apparat.«

»Saffron, da bist du ja – hier ist Bunty. Ich hatte gerade eine hervorragende Buchidee. Ich finde, ich sollte meine Memoiren schreiben oder einen Selbsthilferatgeber für Frauen, die lieber wie ich sein wollen …«

Sie hörte nur mit halbem Ohr zu und drückte auf »Senden«, während sie dabei zusah, wie sich der Bildschirm veränderte. *Sendet. Gesendet.*

»… wenn du also ein paar Treffen mit Verlagen für mich organisieren könntest, um den Ball ins Rollen zu bringen, wär das wunderbar, Herzchen. ›Mein reiches Leben‹ wäre ein möglicher Titel. Oder ›Halsom ist, was Halsom tut‹ – du weißt schon, ein kleines Wortspiel mit meinem Namen. Ich finde das ziemlich originell, was meinst du? Saffron? Bist du noch dran?«

Max antwortete eine Stunde später in geschäftsmäßigem Ton und schlug vor, dass sie sich im *Pillars of Hercules* in der Greek Street trafen, einem kleinen, beliebten Pub, in dem es immer recht hoch herging. Nicht unbedingt der ideale Ort für eine Beichte, aber sie ergriff die Gelegenheit dankbar. Zumindest wollte er sie anhören. Jetzt musste sie nur noch die richtigen Worte finden.

Seit fast zwölf Wochen war sie schwanger und ihre Figur

hatte sich definitiv verändert. Die Hälfte ihrer schicken Hosen saß zu eng um die Taille, und die Knöpfe ihrer Arbeitsblusen spannten sich über ihrer aufgeblähten Brust. Pullis und angenehm bequeme Stretchleggings waren für zu Hause in Ordnung, aber in diesem Outfit konnte sie kaum im Büro erscheinen. Deshalb hatte sie ihre Mollige-Tage-Kleider herausgekramt: weit und locker geschnittene, formlose Tops und Röcke mit hoher Taille, die ihren Bauch kaschierten. Ihre Lieblingsblazer passten gerade noch, aber sie konnte keinen davon mehr zuknöpfen. Es gab kein Entkommen: Die Schwangerschaftsklamotten lauerten bereits in nicht mehr allzu weiter Ferne auf sie, mit verstellbaren Gummibändern in der Taille und allem Drum und Dran.

Im Augenblick kam formlose Kleidung jedoch noch nicht infrage. Schließlich galt es, Max ins Boot zu holen. Daher wählte sie ein schmeichelhaftes schwarzes Wickelkleid aus weichfließender Baumwolle, das ihr ein beeindruckendes Dekolleté verlieh und ihr Selbstvertrauen gab. Sie fühlte sich sehr fraulich. Zur Arbeit hatte sie flache Schuhe getragen, doch jetzt wechselte sie in ihre Lieblingspumps. Ihre müden Beine würden es ihr zwar übel nehmen, aber die gute Sache war die Mühe wert.

Max saß bereits mit einem Bier an einem Tisch und las die Sportseiten des *Evening Standard*, als sie im Pub eintraf. Er trug eine Lesebrille, wie ihr auffiel. Wieder etwas, das sie nicht über ihn gewusst hatte. Bedeutete das etwa, dass ihr Baby weitsichtig sein würde? Ein Bild flammte in ihrem Kopf auf, ein Baby mit rundem Gesicht und einer Brille auf der süßen Stupsnase. Rasch schob sie das Bild zur Seite, denn Max sah auf und bemerkte sie. *Reiß dich zusammen, Saffron. Reiß dich verdammt noch mal zusammen.*

»Hallo«, grüßte sie, als sie an den Tisch trat. »Ich hole mir nur schnell was zu trinken. Möchtest du auch noch etwas?«

»Nein, danke, das hier reicht mir«, sagte er. *Offensichtlich hat er nicht vor, lange zu bleiben*, dachte sie und nickte lächelnd, ehe sie sich in die Schlange an der Bar einreihte. Der Pub füllte sich bereits mit After-Work-Party-Gästen, die laute Gespräche führten und immer wieder in Gelächter ausbrachen. Parfümdüfte mischten sich mit dem Geruch schweißiger Achselhöhlen. Sie stellte sich vor, wie sie ihre Neuigkeiten herausbrüllen musste, damit Max sie verstand, und wand sich innerlich bei dem Gedanken. Vielleicht war das doch nicht der richtige Ort und Zeitpunkt.

»Ja, meine Liebe, was kann ich Ihnen bringen?«

Ein großes Glas Wodka. Einen Erdbeer-Daiquiri. Ein Glas Rotwein und einen Whisky. Alles zusammen – mit einer Riesentüte Chips.

»Eine Cola light, bitte«, sagte sie seufzend.

»Wie läuft's bei der Arbeit?«, fragte Max mit diesem unwiderstehlichen breiten Lächeln und faltete die Zeitung zusammen, als sie zum Tisch zurückkehrte. Er trug dunkelblaue Jeans und ein moosgrünes Hemd, das sie noch nicht kannte. Die Ärmel hatte er bis zu den Ellbogen aufgerollt. Der Anblick seiner dunkel behaarten Arme weckte Sehnsucht in Saffron. Diese Arme hatten sie noch vor gar nicht langer Zeit eng umschlungen gehalten, seine nackte Haut hatte sich an ihre gepresst. Himmel, war er attraktiv!

»Gut, danke«, sagte sie. »Und bei dir?«

»Ja, auch alles bestens. Ich musste neulich übrigens an dich denken. Ich habe einen Fußballer, den wir für unsere neue Werbekampagne gewinnen wollen, zu einem Tourenwagenrennen mitgenommen. Du hattest ja mal erzählt, dass du das mit einem deiner Klienten auch gemacht hast. Der Fußballer, sein Agent und ein paar von uns aus dem Büro sind jedenfalls runter nach Silverstone und ein Rennen gefahren.

Der totale Adrenalinrausch. Hast du das schon mal selber gemacht?«

Wie es der Zufall wollte, war sie tatsächlich einmal ein Rennen gefahren, gegen einen früheren Freund, der auf dem Heimweg die beleidigte Leberwurst spielte, weil Saffron ihn besiegt hatte. Es dauerte nicht lange, da verglichen sie und Max Rundenzeiten und Fahrtechniken. Max erzählte eine witzige Anekdote über den Agenten des Fußballers, dessen Beine nach der »heißen Runde« am Ende wackelpuddingweich waren, peinlicherweise nach dem Aussteigen am Rand der Strecke nachgaben und ihn zu Fall brachten.

Saffron lachte und spürte, wie sie sich entspannte. Es war so, als hätte es den seltsamen, schrecklichen Anruf Anfang des Jahres nie gegeben. Er hatte tatsächlich gesagt »Ich musste an dich denken«, ohne das Gesicht zu verziehen. Das war ein vielversprechender Anfang. Jetzt musste sie ihm nur noch die Neuigkeit beibringen.

»Also«, sagte sie, als es zu einer Pause kam. Ihr Mund wurde trocken. *Und los geht's*. Fehler können zu Abenteuern werden und all das. »Ich wollte dich gern sprechen, weil …«

»Max! Ich dachte mir schon, dass du dich hier vielleicht rumtreibst. Team Faster!«

Zwei Frauen und ein Mann traten an ihren Tisch. Sie sprachen alle gleichzeitig und gestikulierten wild. Beide Frauen trugen schicke Frisuren und bunte, knappe Kleider, dicke Parkas und Overknee-Stiefel, während der Mann sich aus einem riesigen schwarzen Militärmantel schälte, unter dem ein kreischend lila-gelbes Hawaiihemd zum Vorschein kam.

»Hast du schon gehört?«, rief die erste Frau, die zum Sterben schöne Wangenknochen hatte und einen mahagonifarbenen Bob trug. »Wir haben Mtulu. Wir haben Muh-verdammt-noch-mal-tulu!«

»Abe ist total aus dem Häuschen. Er hat uns die Firmenkreditkarte gegeben«, fügte der Hawaiihemd-Typ mit seinem Ziegenbart und dem kunstvoll verwuschelten Haar hinzu. Er winkte mit einer silbernen Amex-Karte über dem Kopf. »Drinks und Dinner für Team Faster. Ja, Baby!«

»Du hättest dort sein sollen – alle haben gejohlt und gebrüllt, es war episch!«, sagte die andere Frau. Sie hatte mandelförmige, grüne Augen, die Max anstrahlten. Ausgelassen boxte sie in die Luft. »Ist das zu fassen?«

Saffron fühlte sich plötzlich unsichtbar, ein spießiger Schatten in einem viel zu engen schwarzen Kleid, der mit so viel zur Schau gestellter Euphorie nicht mithalten konnte. Max' Gesicht leuchtete auf. »Fantastisch«, rief er und klatschte sich mit Mr Hawaii ab. »Absolut fantastisch!« Dann wandte er sich Saffron zu. Aha, offenbar hatte er sie doch nicht ganz vergessen. »Mtulu ist der Fußballer, von dem ich dir eben erzählt habe. Der Star von Man City. Wie es aussieht, wird er das Gesicht unserer neuen Kampagne!«

»Toll.« Saffron versuchte, begeistert zu klingen, aber ihre Stimme verlor sich in dem ganzen Gejohle und der Selbstbeweihräucherung.

»Bestellen wir eine Flasche Prickelwasser«, sagte Mr Hawaii. »Und, was soll's – Schinkenchips für alle. Jonty reserviert uns einen Tisch in einem schicken Restaurant zum Dinner. Er will mir die Adresse simsen.«

»Ich komme mit«, sagte Mandelauge und hakte den dünnen Arm bei ihm unter. »Nur für den Fall, dass wir tatsächlich zwei Flaschen bestellen wollen …« Die beiden schlenderten zur Theke.

Jetzt blieb nur noch die Wangenknochenfrau übrig. Sie machte es sich auf Max' Schoß bequem wie eine Katze und küsste ihn auf den Mund. »Wie es aussieht, feiern wir heute«, sagte sie mit verführerischem Lächeln und streichelte mit einem Finger über Max' Gesicht.

Auf seinem Mund war ein Lippenstiftabdruck, und Saffron starrte wie hypnotisiert viel zu lange darauf. Ihr Herz wummerte heftig. *Oh nein.* War das etwa das, wofür sie es hielt?

»Saffron, das ist Mia.« Max rutschte unbehaglich auf seinem Stuhl hin und her. Mia hatte immer noch einen Arm besitzergreifend um seinen Hals geschlungen und schenkte Saffron ein strahlendes Lächeln. *Er gehört mir, Schätzchen*, besagte das Lächeln ganz eindeutig. »Mia, das ist Saffron von Phoenix PR. Wir haben im Herbst bei der Einführung der Gold Range zusammengearbeitet.«

Saffron stand auf. Mia verfolgte jede ihrer Bewegungen mit einem kühlen, abschätzenden Blick. »Ich gehe jetzt besser«, sagte Saffron und spürte, wie ihr Gesicht heiß wurde. Sie kam sich vor wie ein Volltrottel. Als ob ein hinreißender, charmanter Mann wie Max lange Single bleiben würde! Mia und Max. Das klang sogar gut zusammen.

Sie bürstete sich einen unsichtbaren Krümel vom Rock, damit sie die beiden nicht anschauen musste, und schlüpfte in ihren Mantel. Sie hatte nicht ernsthaft erwartet, dass sie und Max nur wegen des Babys wieder ein Paar werden würden, aber es wäre schön gewesen, wenn es wenigstens zur Wahl gestanden hätte …

»Oh«, sagte Max. »Okay. Es war schön, dich zu sehen.«

Mia versuchte neckisch ihn erneut zu küssen, obwohl er ja gerade sprach. Wie unhöflich, dachte Saffron und griff nach ihrer Tasche. Verdammt unhöflich. »Tschüss«, sagte sie abrupt und ging schnell davon, ehe sie vor ihnen noch etwas Peinliches tat, wie in Tränen auszubrechen.

Mit schnellen, ausgreifenden Schritten lief sie auf der Tottenham Court Road in Richtung U-Bahn-Station und versuchte zu ignorieren, dass ihre Schuhe schmerzhaft drückten. Dieses Gespräch war ja genau nach Plan verlaufen. Warum hatte sie auch so viel Zeit darauf verschwendet, mit ihm über Autorennen zu reden und Klatsch auszutauschen, verdammt? Wenn sie die Sache nur nicht so lange hinausgezögert hätte! Eine mutigere Frau hätte in der Sekunde damit rausgerückt, in der sie sich zu ihm gesetzt hätte. Karten auf den Tisch – bum!

Aber Max hatte jetzt eine neue Freundin. Die Nachricht über Saffrons Schwangerschaft passte ihm ganz sicher nicht ins Konzept. So nett und freundlich er ihr gegenüber auch gewesen sein mochte, niemand wollte, dass eine hormongesteuerte Ex wie ein schlechter Geruch an einem kleben blieb.

Es war feucht und neblig, und der grässliche, Haare kräuselnde Nieselregen tröpfelte sanft auf sie hernieder. Den Kopf gesenkt, zog Saffron den Mantel enger um sich. Sie hatte immerhin versucht, das Richtige zu tun. Niemand konnte das Gegenteil behaupten. Die Frage war nur, ob sie den Mut aufbringen würde, es noch einmal zu probieren, oder ob sie mit der Sache abschließen, den Blick nach vorn richten und Max Walters ein für alle Mal vergessen sollte.

Kapitel 13

Zum ersten Mal kam und ging der Valentinstag in Gemmas Haus, ohne dass er überhaupt Erwähnung fand. Früher hatte Spencer sämtliche Register der Romantik gezogen: ein riesiger Blumenstrauß, Frühstück im Bett, eine Nacht in einem tollen Hotel … Einmal hatte er sogar in einem Restaurant für sie gesungen, zu ihrer großen Verlegenheit und zum Vergnügen der anderen Gäste. Zum Schluss war er, eine rote Rose zwischen den Zähnen, vor ihr auf ein Knie gesunken. Alle hatten Beifall geklatscht. Oh, er mochte große Gesten. In diesem Jahr hob er jedoch nicht einmal den kleinen Finger. Noch nicht einmal eine Karte hatte er ihr besorgt.

»Valentinstag? Ist es schon wieder so weit?«, murmelte er, als sie ihm ein komplettes englisches Frühstück und einen Champagner mit O-Saft servierte. Ein roter Umschlag war an das Champagnerglas auf dem Küchentisch gelehnt.

Ihre Miene verschloss sich. »Ja«, sagte sie leise. »Aber es ist nicht schlimm, wenn du es vergessen hast.«

Er setzte sich, verschlang sein Frühstück und schenkte ihr keinen einzigen Blick. Wann hatte er sich eigentlich zum letzten Mal rasiert?, fragte sie sich, als sie die dunklen Stoppeln auf seinem Kinn und seinem Hals bemerkte. Vor drei Tagen? Vier?

»Ich habe uns Kinokarten für heute Abend besorgt«, sagte sie mit gezwungener Fröhlichkeit. »Dad hat angeboten, den Babysitter zu spielen. Wir könnten uns mal wieder einen richtig schönen Abend gönnen und zuerst in dieses Thai-Restaurant gehen. Wenn du möchtest.«

Sie biss sich auf die Lippe und wartete auf seine Antwort, aber er kaute bloß stumm an einem enormen Bissen Wurst.

»Spence?«, hakte sie nach einer Weile nach. »Dieser neue Thriller, von dem Harry erzählt hat, läuft gerade im Kino. Mit diesem … na, wie heißt er doch gleich – der Schauspieler aus *Game of Thrones* – und …« Sie plapperte sinnloses Zeug. »Na ja, wenn du Lust hast …«

Ihr Optimismus schwand. Warum antwortete er denn nicht? Warum schaute er sie nicht einmal an? Es war Wochen her, dass sie das Haus zusammen verlassen hatten, und auch da nur zur Kontrolluntersuchung im Krankenhaus. Sie hatte so sehr darauf gehofft, dass ein Abend außer Haus ihn von seinem Trauma ablenken und seine Verletzungen eine Weile lang vergessen lassen würde. Sie hatte sich ausgemalt, wie sie im Kino Händchen hielten, einen Becher Popcorn zwischen sich, und wie sie auf dem Heimweg im Taxi den Kopf an seine Schulter lehnte. Sie hatte sogar heimlich ein wunderschönes Kleid für den Abend geschneidert, in herrlichem Rot, das in der Taille schmal zulief, ihre Brüste betonte und ihr einen wiegenden Gang verlieh. Sie hatte es hinten im Schrank versteckt und sich darauf gefreut, es ihm vorzuführen. In so einem Outfit hatte er ihr noch nie widerstehen können.

Vor dem Unfall jedenfalls. In letzter Zeit sah er kaum noch in ihre Richtung.

Er gab ein Grunzen von sich. »Vielleicht«, sagte er und stopfte sich einen weiteren Bissen in den Mund.

Sie presste die Lippen zusammen und versuchte, ihre Enttäuschung zu verbergen. Ein »Vielleicht« war auch in Ordnung. Eigentlich konnten sie es sich ja auch gar nicht leisten auszugehen.

Will schlurfte mit gesenktem Blick in die Küche. Nicht er auch noch, dachte Gemma und seufzte innerlich. »Was möchtest du zum Frühstück, Liebling?«, fragte sie.

»Hab keinen Hunger«, antwortete er und schnappte sich sein Pausenbrot vom Küchentresen. »Bis später.«

»Will, warte! Du musst doch etwas essen. Studien haben gezeigt, dass man den Lernstoff viel besser aufnimmt, wenn man …«

»Ja, kann schon sein.«

»Liebling, warte. Ich rede mit dir. Lass mich nicht einfach so stehen, wenn ich …«

Die Haustür knallte zu und sie zuckte zusammen. Zu spät. Er war wütend auf sie, weil sie ihm am vergangenen Abend sagen musste, dass er an der Klassenfahrt in die Normandie im Sommer nicht teilnehmen konnte.

»Was? Warum?«, hatte er gefragt und sich überrascht zu ihr umgedreht. Sie saßen gemeinsam im Esszimmer. Will machte seine Matheaufgaben und Gemma flickte mit der Nähmaschine den Riss in seinem Blazer. Schon zum zweiten Mal in diesem Jahr war er über den ganzen Rücken gerissen.

Sie nahm den Fuß vom Pedal, um ihm ihre volle Aufmerksamkeit zu schenken. »Es tut mir leid, Liebling. Es ist einfach zu teuer. Wir können uns das nicht mehr leisten.«

»Aber alle fahren! Ich *muss* fahren. Verdammte Scheiße, Mum!«

Ihr war das Kinn auf die Brust gefallen. Sie konnte nicht glauben, dass dieser hässliche Fluch tatsächlich aus seinem schönen roten Mund gekommen war. An sie gerichtet. »Sprich nicht in diesem Ton mit mir!«, hatte sie erwidert. »Solange Dad nicht arbeiten kann, haben wir weniger Geld. Wir alle müssen Opfer bringen.«

Er schnaubte höhnisch. Er hatte tatsächlich die Lippen verzogen und schnaubte. Ihr liebenswerter rehäugiger Sohn, derselbe Junge, der einst Stunden damit zugebracht hatte, Papierblumen auf Muttertagskarten für sie zu kleben. »Ach ja? Welche Opfer hast du denn gebracht, Mum? Soweit ich sehe, hast du bisher auf gar nichts verzichtet.«

Ihre Hände zitterten vor Schreck über den unerwarteten Angriff. Welche Opfer sie gebracht hatte? *Tja, nur meine Ehe, wie es scheint, Schätzchen. Und nur meinen verdammten Verstand.* »Wir alle müssen zurückstecken«, sagte sie, bemüht, mit ruhiger Stimme zu sprechen. »Wir haben die Geschenke von Weihnachten noch nicht abbezahlt, und wir warten immer noch auf den Lohn aus Dads letztem Auftrag.« Diesem Geld lief sie schon seit Wochen hinterher, und sie wurde von den Verantwortlichen jedes Mal hingehalten. Bei jedem Blick auf den Kontoauszug und jedem Gedanken daran, wie viele Monate noch vor ihnen lagen, in denen Spencer nicht arbeiten konnte, überkam sie die nackte Panik. Sie hatten ein paar Anrufe von Kein-Erfolg-kein-Honorar-Anwälten erhalten, die versuchten, sie dazu zu überreden, den Gerüstbauer auf lächerlich hohe Summen zu verklagen, aber Spencer hatte ihnen allen unmissverständlich mitgeteilt, dass sie ihn mal kreuzweise konnten. »Verdammte Aasgeier«, hatte er jedes Mal gesagt, sobald er den Hörer auflegte. Zum Glück hatte die Bank zugestimmt, dass sie mit der Zahlung der Hypothek einen Monat lang aussetzen konnten, aber Gemma ahnte, dass sie nicht mehr so großzügig sein würden, wenn sie um weiteren Aufschub oder mehr Geld bat. »Schau, es tut mir leid, dass du nicht mit nach Frankreich kannst«, sagte sie sanft, »aber ich fürchte, das lässt sich nicht ändern.«

»Du verstehst das nicht«, sagte er und trat dabei ans Tischbein. Er schob das Schulbuch zur Seite und sprang auf. »Du hast ja keine Ahnung!«

»Doch, habe ich«, sagte sie bestürzt. »Will, jetzt komm schon, sei nicht so.«

»Ach, halt doch die Klappe, Mum. Halt einfach die Klappe!« Und dann war er weg, drängte sich an ihr vorbei und stürmte aus dem Zimmer.

Sie schluckte, als die Tür hinter ihm zuknallte. »Und du hör auf, ständig deinen Blazer zu zerreißen!«, brüllte sie ihm hinterher. Sie wusste, dass es kindisch war, aber sie hatte das Bedürfnis, wenigstens eine Spur von Kontrolle zurückzubekommen. »Denn du kriegst keinen neuen, dass das klar ist!«

Seitdem hatten sie nicht mehr miteinander gesprochen. Er hatte sich abgewandt, als sie später in sein Zimmer kam, um ihm gute Nacht zu wünschen. Und nun wollte er nicht frühstücken, um sie wissen zu lassen, was er von ihr hielt. Ganz toll. Ein Hungerstreik hatte ihr gerade noch gefehlt. Aber sie hatte keine Zeit für einen weiteren Streit. Er war sicher schon die halbe Straße hinuntergelaufen, und sie würde nicht im Morgenmantel und in Hausschuhen hinter ihm herrennen. »Darcey!«, brüllte sie die Treppe hinauf. »Beeil dich! Das Frühstück wird kalt.«

Irgendwann in dieser Woche würde sie Darcey sagen müssen, dass sie sich die Reitstunden nicht länger leisten konnten und dass sie ihre Geburtstagswünsche etwas zurückschrauben musste. Im Moment stand ganz oben auf ihrer Liste eine Reise nach Disneyland. Aber nicht heute. Nicht an diesem Morgen. Sie konnte es nicht ertragen, dass alle drei Mitglieder ihrer Familie sie gleichzeitig hassten.

Sie nippte an ihrem Kaffee – der billigen Supermarktmarke, die sie inzwischen kaufte (sie alle mussten Opfer bringen) – und rümpfte die Nase, weil er so unangenehm bitter schmeckte. *Armut ist keine Schande.* Sie erinnerte sich an den Spruch aus ihrem Silvester-Glückskeks. Das vielleicht nicht, aber sie hatte einen verdammt ekligen Geschmack.

»Also«, sagte sie tapfer, in dem Versuch ihren Mann aufzumuntern. »Wegen heute Abend. Wir könnten …«

Er legte Messer und Gabel nieder und schaute sie zum ersten Mal an diesem Morgen an. »Gemma, mir ist nicht danach, okay? Danke, aber ich bleibe lieber zu Hause.«

»Na schön«, seufzte sie. Die Hoffnung auf einen gemeinsamen Abend löste sich wie eine Geistererscheinung in Nichts auf, und die Verzweiflung darüber drohte sie schier zu verschlingen. Sie wollte ihm doch nur eine Freude machen! Was war daran so falsch?

Ihm schien ausnahmsweise mal aufgefallen zu sein, wie sie sich fühlte, denn seine Miene klarte auf und er griff nach ihrer Hand. »Es tut mir leid, dass ich zurzeit so ein verdammter Mistkerl bin«, murmelte er. »Das alles zieht mich ziemlich runter. Ich kann das nicht abstellen.«

Ihre Augen wurden feucht und sie drückte seine Hand. »Mach dir keine Gedanken«, sagte sie. »Es ist schon in Ordnung.«

Aber es war nicht in Ordnung – nicht einmal annähernd. Wann, fragte sie sich mit schwerem Herzen, würde ihr Leben endlich wieder annähernd in Ordnung kommen?

»Was zum Henker ist das denn?«, fragte Gemmas Dad misstrauisch am darauffolgenden Montag. Sie war wie gewohnt zu ihm gegangen, nur dieses Mal hatte sie ihr Mittagessen mitgebracht: eine Tupperwareschüssel mit selbst gemachter Gemüsesuppe.

»Suppe«, antwortete sie und ignorierte seinen argwöhnischen Blick. »Ich habe tonnenweise davon gekocht. Sehr gesund, da ist haufenweise Gemüse drin.« Sie versuchte nicht daran zu denken, dass Darcey so getan hatte, als würde sie sich in ihren Teller übergeben, als sie die Suppe am Samstag zum Abendessen serviert hatte. Will war nach ein paar Löffeln nach oben geschlurft und hatte behauptet, er sei nicht hungrig, und Spencer hatte den Pizzaservice angerufen, was ihren Versuch, Geld zu sparen, völlig zunichtegemacht hatte.

»Ah«, sagte Barry. Er schüttelte die Schüssel leicht, und sie betrachteten beide stumm die armseligen Kohlstücke und Karottenscheiben, die durch die braune Flüssigkeit trieben.

»Ich dachte, das wäre mal eine nette Abwechslung«, meinte Gemma gespielt heiter. Sie ging zum Schrank und holte einen Topf heraus. »Hast du Brot? Wir könnten es dazu toasten.« Sie würde diese verdammte Suppe essen, auch wenn sie ihr zu den Ohren rauskam, das hatte sie sich geschworen. Kühlschrank und Gefriertruhe waren vollgestopft mit dem Zeug. »Leistet Judy uns Gesellschaft?«

»Heute nicht«, antwortete Barry. »Sie muss bis drei Uhr arbeiten.«

»Oh«, sagte Gemma. »Alles in Ordnung bei euch beiden?«

»Ja, alles prima. Wir wollen nächsten Monat ein paar Tage nach Norfolk fahren. Kannst du dir vorstellen, dass sie noch nie am Strand von Holkham war?«

Gemma schämte sich, weil sie einen Stich von Eifersucht verspürte. Am breiten goldbraunen Sandstrand von Holkham hatte sie mit ihren Brüdern und ihrem Vater viele schöne Ferien verbracht. Für sie war es eine besondere Familienerinnerung, kein Ort, an den man einen neuen Flirt mitnahm. »Oh«, sagte sie wieder. »Du magst sie also wirklich? Ist diese Beziehung ernst?«

»Na ja«, sagte Barry, überrascht von ihrer Frage. »Es ist noch ziemlich früh, aber …«

»Es ist nur …« Gemma zögerte, ehe sie fortfuhr. »Also, wir haben das alles schon mal mitgemacht. Weißt du noch, wie sehr du Venetia mochtest, bis sie mit deinen Sachen abgehauen ist?«

»Ja, aber …«

»Und vergiss Aisling nicht, die dich mit dieser geteilten Villa über den Tisch ziehen wollte.«

»Judy ist anders.«

Gemma hob die Augenbrauen. »Ich meine ja auch nur, Dad.«

Ein unangenehmes Schweigen entstand. Barry beschäftigte sich damit, vier Scheiben Brot in den Toaster zu stecken und drückte den Griff hinunter. »So! Du hast uns also Suppe gemacht. Ist Kochen jetzt dein neues Hobby?« Man konnte das Fragezeichen in seinem Gesicht förmlich sehen, wie bei einer Comicfigur.

»Ich achte nur aufs Geld, solange Spencer nicht arbeiten kann«, sagte sie leichthin. Sie achtete aufs Geld, haha. Sie hatte Angst vor dem drohenden Abgrund – das traf es wohl eher. Die Baufirma nahm ihre Anrufe nicht mehr entgegen, und von einem von Spencers Freunden hatte sie erfahren, dass ein Baustopp verhängt worden war. Man schuldete ihnen noch eine Menge Geld, und sie hatte darauf gebaut, dass sie es erhielt. Spencer rechnete außerdem mit Schmerzensgeld, falls die Gerüstbaufirma für den Unfall haftbar gemacht werden konnte, aber bis das geklärt war, konnten noch Monate verstreichen. Und bis auf ein paar kleinere Änderungen an einem Abendkleid für Mrs Belafonte hatte sie keinerlei Nähaufträge an Land ziehen können. Peanuts im Vergleich zu ihrem gewohnten Einkommen.

»Du hättest was sagen sollen«, schimpfte Barry. »Du kannst dir doch immer Geld von mir leihen.«

»Danke, Dad.« Gemma rührte mit dem Rücken zu ihm in der Suppe. »Ich weiß aber nicht, wann ich es dir zurückzahlen kann.«

»Dann schenke ich es dir eben. Wie viel brauchst du? Reichen fünfzig Pfund?«

Sie hätte fast aufgelacht. Fünfzig Pfund würden nicht einmal das kleinste Loch stopfen. Die reichten kaum aus, um Darcey, die sich exakt den falschen Zeitpunkt für einen Wachstumsschub ausgesucht hatte, neue Schuhe und Sportsachen für die Schule zu kaufen. »Ehrlich, Dad, wir kommen schon zurecht«, sagte sie. Er hatte schließlich auch nicht so viel Geld, dass er damit um sich werfen konnte. »Vergiss einfach, dass ich es erwähnt habe.«

»Wann wird Spencer denn wieder arbeiten können? Er fällt doch nur vorübergehend aus, oder?«

Wenn es doch nur so wäre, dachte sie düster. Wenn es nur ein vorübergehendes Problem wäre, ein Monat oder zwei, in dem sie den Gürtel enger schnallen mussten. Die Realität sah jedoch finster aus. »Es dauert noch mindestens sechs Wochen, bis er wieder arbeitsfähig ist«, antwortete sie. »Aber die Ärzte haben durchblicken lassen, dass er möglicherweise nicht mehr auf dem Bau arbeiten kann.«

Wie sollte er auch! Laut ärztlicher Anweisung durfte er seinen gebrochenen Knöchel selbst nach Abheilung des Bruchs noch eine ganze Weile nicht belasten. Bauarbeiter leisteten jedoch harte körperliche Arbeit, Spencers Bizeps und sein Waschbrettbauch waren immer der beste Beweis dafür gewesen. Der Arzt hatte ihr sogar gesagt, dass Spencer es zum Teil nur seiner allgemeiner Fitness zu verdanken hatte, dass seine Verletzungen nicht schlimmer ausgefallen waren. Aber wenn er seinen Beruf nicht mehr ausüben konnte, was hatte ihm die Zukunft dann noch zu bieten – ihnen allen? Im kommenden

Frühjahr könnten sie schon wieder in einer Mietwohnung sitzen, und das ganze Dorf würde über sie lachen, weil sie sich übernommen hatten.

»Vielleicht bekomme ich ja einen Job«, sagte sie schnell, bevor ihre Miene ihre Gedanken verriet. »Irgendwas wird sich ergeben. Wir kommen schon klar.«

Ihre tapferen Worte verfolgten sie auf dem gesamten Heimweg und verhöhnten sie. *Ich bekomme einen Job, irgendwas wird sich ergeben, wir kommen schon klar.* Ja, als ob das so einfach wäre. Als ob es eine lange Liste mit Stellen gäbe, die nur auf jemanden wie sie warteten.

Inzwischen häuften sich die Kreditkartenrechnungen, jede Furcht einflößender als die davor. Ihr wurde ganz schlecht, wenn sie wieder eine öffnen musste und die Liste der Dinge sah, die sie an Weihnachten, ohne nachzudenken, gekauft hatten.

Die wunderschönen viktorianischen Glaskugeln mit der Silberverzierung, die sie in einem Antiquitätengeschäft auf dem Needham Market entdeckt hatte – jede zwölf Pfund. Sie hatte zehn davon gekauft und sich selbst eingeredet, dass es ein Schnäppchen sei. Und dann hatte Bessie, der Hund ihres Bruders, zwei davon vom Weihnachtsbaum gefegt. Das Geld war zum Fenster rausgeworfen.

Der saftige Bio-Truthahn fürs Weihnachtsessen hatte achtundfünfzig Pfund gekostet, und die Hälfte davon war im Abfall gelandet, weil sie nach drei Tagen Reste-Essen kein Truthahnfleisch mehr sehen konnten.

Der teure Friseurbesuch, den sie sich gegönnt hatte, mitsamt spontan gebuchter Pediküre und Gesichtsbehandlung. Meterlange herrliche Samt- und changierende Seidenstoffe aus dem Fabrikverkauf, die sie immer noch nicht verarbeitet hatte.

Auch Spencer hatte reichlich extravagante Ausgaben getätigt. Der silberne Ewigkeitsring, sein Weihnachtsgeschenk für sie, hatte laut Kontoauszug sechshundert Pfund gekostet. Und am Wochenende vor Weihnachten hatte er sie alle zu einem Ausflug in die Harry-Potter-Studios eingeladen und einen neuen Plasmafernseher gekauft, den er am Weihnachtsabend kurz vor dem Abendspielfilm präsentierte. Sich selbst hatte er ein neues iPhone gekauft. Und das, obwohl sie wegen des neuen Hauses eigentlich sparen wollten! Der Gedanke, dass sie ohne Vernunft so viel Geld verschleudert hatten, machte sie krank. Eine Weile lang würde es keine Einkaufstouren mehr geben, so viel stand fest.

Laut der Website der Regierung standen Spencer achtundzwanzig Wochen Krankengeld zu, aber die zu erwartende Summe reichte nicht einmal annähernd aus, um die Hypothekenraten und die sich ansammelnden Rechnungen zu bezahlen. Es hieß nun »schwimmen oder untergehen«. Sie mussten einen Rettungsanker finden, bevor sie von der nächsten großen Rechnungswelle mitgerissen und in die Tiefe gezogen wurden. Und da Spencer sich offenbar um nichts mehr kümmern wollte, einschließlich seiner eigenen Familie, war es Gemma, die alle vor dem Ertrinken retten musste. Sie musste dafür sorgen, dass sie sich über Wasser hielten.

Beim Einparken fiel ihr der Wagen eines Floristen vor ihrem Haus ins Auge. Ein Mann im grünen Overall öffnete gerade die Türen zur Ladefläche und holte das größte Bukett roter Rosen hervor, das sie je gesehen hatte. Sehnsüchtig blickte sie zu ihm hinüber, während sie aus ihrem Auto ausstieg und zur Haustür lief. Glückliches Mädchen, wer auch immer es ist, dachte sie und erinnerte sich an die Jahre zuvor, als Spencer sie mit Blumen, Schmuck und Dinnereinladungen in schicke Restaurants beglückt hatte.

Moment mal. Der Mann im grünen Overall kam zu ihr herüber. Das bedeutete wohl …

»Mrs Bailey?«, fragte er und schaute auf den kleinen gelben Umschlag an dem Strauß.

»Ja«, sagte sie, schwindelig vor Überraschung. »Das bin ich.«

»Dann sind die für Sie.«

Er streckte ihr lächelnd den Strauß hin und sie nahm ihn wortlos entgegen. Das Zellophan knisterte in ihren Händen, während sie den süßen Duft der Rosen einatmete. *Oh danke, Gott! Rote Rosen!* Er liebte sie immer noch. Aber wie viel hatte der Strauß bloß wieder gekostet? »Vielen Dank«, sagte sie.

»War mir ein Vergnügen.« Pfeifend lief der Mann zu seinem Wagen zurück.

Spencer lag im Wohnzimmer auf dem Sofa, immer noch im Bademantel. Als sie hereinkam, nahm er die Fernbedienung und wechselte den Sender, ehe sie erkennen konnte, welche Sendung er sich gerade angesehen hatte. »Ich habe noch gar nicht mit dir gerechnet.«

»Die sind eben gebracht worden.« Sie legte die Blumen vorsichtig auf den Tisch, ehe sie sich zu ihm beugte und ihn küsste, wobei sie versuchte, seinen sauren Schweißgeruch zu ignorieren. »Danke, die sind wundervoll.«

Er zog sie an sich, sodass sie schief auf ihm lag, ihr Gesicht an seinen muffigen Bademantel gedrückt.

»Geht das? Ich will dich nicht zerdrücken.« Sie hatten in letzter Zeit so wenig körperlichen Kontakt gehabt, dass es sich seltsam anfühlte, ihm wieder so nah zu sein, und sie wollte ihm nicht wehtun. Sie hatte immer noch Mantel und Stiefel an, die Handtasche rutschte ihr von der Schulter.

»Es ist gut so«, murmelte er. »Schau, es tut mir leid wegen Valentinstag. Ich weiß, dass ich mich in letzter Zeit ziemlich mistig verhalten habe.«

»Oh Liebling.« Sie legte eine Hand an sein Gesicht und strich zärtlich mit dem Daumen über seine Wange. Er war bleich wie Teig von all den Tagen im Haus, und sein schwarzes Haar glänzte fettig. »Es ist alles gut. Und die Rosen sind wundervoll. Die müssen ein Vermögen gekostet haben.«

Sobald ihr diese Bemerkung rausgerutscht war, bedauerte sie sie auch schon. Nur einen Herzschlag später war sein Gesicht versteinert. »Es ist immerhin mein Geld«, erwiderte er steif. »Ich kann damit machen, was ich will.«

»Ja, aber …«

»Kann ein Mann seiner Frau nicht ab und zu mal Blumen kaufen? Ich hab gedacht, dass du dich darüber freust.«

»Das tue ich auch. Ich freue mich riesig darüber. Ich wollte nur nicht …«

»Es sollte eine nette Überraschung werden. Aber für dich ist es nur ein weiterer Vorwand, wieder wegen des Geldes herumzumeckern.«

Sie richtete sich auf in dem Gefühl, einen verlorenen Kampf auszufechten. »Es war auch eine nette Überraschung, Spence. Hör auf, mir die Worte im Mund umzudrehen. Ich wollte ja nur sagen, dass du ausgesprochen großzügig warst, mehr nicht. Ich habe nicht herumgemeckert.«

»Nächstes Mal werde ich mir die Mühe jedenfalls nicht mehr machen. Die meisten Frauen würden sich über einen Strauß roter Rosen freuen. Ich hätte mir gleich denken können, dass du wieder was daran auszusetzen hast.«

Es war sinnlos, mit Spencer zu diskutieren, wenn er beschlossen hatte, das Opfer zu spielen. Sie sprang auf und griff sich den Strauß. »Ich stelle sie in die Vase«, murmelte sie und verließ das Zimmer, ehe er ein weiteres Wort sagen konnte. Plötzlich bereitete ihr der süße, schwere Duft der Rosen Kopfschmerzen.

In der Küche warf sie den Strauß ins Spülbecken und sank, völlig erschöpft von dem neuerlichen Streit, auf einen Stuhl. Wie viel hatte er dafür ausgegeben? Vierzig Pfund? Fünfzig? Egal wie viel, es war zu viel, vor allem, weil er sofort die Gelegenheit ergriffen hatte, um auf sie loszugehen. Dabei wollte sie nicht einmal Rosen von ihm. Übertriebene, leere Gesten waren ihr nicht wichtig – sie bedeuteten nichts, wenn seine Stimmung in einem einzigen Augenblick von liebevoll auf aggressiv umschwenken konnte.

Immer noch im Mantel holte sie ein Taschentuch aus ihrer Handtasche. Erst da bemerkte sie die drei Zwanzigpfundnoten. Ihr Dad musste sie ihr hineingesteckt haben, als sie auf dem Klo war.

Der Anblick der Scheine versetzte ihr einen Stich. Wenigstens ein Mensch machte sich Sorgen um sie, auch wenn es nur ihr alter Dad war.

Sie zog das Handy heraus.

Dad!, **simste sie.** Ich habe gerade das Geld in meiner Handtasche gefunden. Wie ungezogen! Aber danke. Und ich zahle es dir zurück. xxx

No problem!, **antwortete er.** Bin froh, wenn ich helfen kann. Wozu sind Väter da?!

Kapitel 14

Von: Saffron@PhoenixPR
An: CaitlinF@fridaymail
Betreff: Babynahrungs-Website

Liebe Caitlin,
vielen Dank für deine Arbeit an Casey James' Website. Sie ist total begeistert! Ich habe noch einen anderen Kunden, der bringt demnächst ein neues Sortiment Babynahrung heraus und will daher seine Website überarbeiten lassen. Möchtest du uns ein Angebot dafür machen und mal auflisten, welche Arbeiten du für nötig hältst? Gib mir Bescheid, ob du an dem Auftrag interessiert bist.
Ich hoffe, es geht dir gut in Larkmead. Ich saß heute Morgen zwischen Hunderten von Pendlern eingequetscht in der U-Bahn wie in einer Dose Ölsardinen. Dann blieb der Zug auch noch fünfundzwanzig Minuten lang in einem Tunnel stehen. In diesem Moment wünschte ich mir, wieder in deinem reizenden Dorf zu sein und nie mehr pendeln zu müssen!
Viele Grüße
Saffron x

Caitlin freute sich sehr über diese E-Mail, weil sie ihre gesamte Energie und Kreativität in die Arbeit an der Website für

Saffrons Klientin, die Sängerin Casey James, gesteckt hatte. Mit dem enormen Budget, das ihr zur Verfügung stand, hatte sie ziemlich auf den Putz hauen können und sich für ein edles, elegantes Design in kräftigen Farben entschieden. Sie hatte ein Bilderkarussell und einen Fan-Chatbereich entworfen, den sie – falls gewünscht – auch selbst moderieren wollte, und sie hatte wöchentliche Videoblogs vorgeschlagen, was Casey offensichtlich alles gefallen hatte. Sie hatte auch angeboten, einen monatlichen Newsletter für Caseys Fans zu schreiben und die Website mit einem regelmäßigen Nachrichtenfeed zu versorgen, damit sie immer etwas Neues bot.

Nach ein paar düsteren Monaten in Larkmead war es eine Wohltat gewesen, ihre kreativen Muskeln wieder spielen zu lassen. Sie hatte ganz vergessen, wie sehr sie das Webdesign liebte. Einige Leute (einschließlich ihrer Mum) hatten damals nicht nachvollziehen können, warum sie einen so erstrebenswerten Beruf wie den einer Krankenschwester aufgab, ganz zu schweigen von all den attraktiven Ärzten respektive potenziellen Ehemännern. »Möchtest du wirklich den ganzen Tag am Computer sitzen?«, hatte ihre Mutter gefragt, als sie ihren Entschluss verkündete. »Obwohl du Menschen helfen könntest?«

So einfach war es jedoch nicht. Natürlich war es nobel, anderen Menschen zu helfen, doch Caitlin empfand eine große Befriedigung, wenn sie herrliche Farben und Stile kombinieren und über Fonts und Bildern grübeln konnte, um etwas wirklich Ausdrucksstarkes und Einzigartiges zu schaffen, etwas, dass das Auge in seinen Bann zog. Machte sie das zu einem schlechten Menschen? Ihr Tutor am College hatte das verneint. »Sie sind ein Naturtalent«, hatte er nach der Bewertung ihrer zweiten Arbeit gesagt. »Es liegt Ihnen im Blut, Mädchen.«

Caitlin fing an, eine Antwort auf Saffrons Mail zu schreiben, als es an der Tür klopfte. Sie öffnete und entdeckte Gemma auf der Schwelle, an ihrer Seite wedelte ein kniehoher, sandfarbener Hund eifrig mit dem Schwanz.

»Du hast einen Hund!«, sagte sie dümmlich, als ob Gemma das noch nicht aufgefallen wäre.

»Nur für heute Morgen«, erklärte Gemma. »Darf ich vorstellen, das ist Oscar. Ich habe ihn von Mrs Belafonte geliehen. Sie wohnt von uns aus ein Stück weiter die Straße hinunter. Ich hatte gehofft, Spencer zu einem Spaziergang überreden zu können, aber …« Sie verzog das Gesicht. »Vergeblich. Also hab ich mich gefragt, ob du vielleicht mit uns kommen möchtest?«

Oscar schaute von Gemma zu Caitlin, als ob er jedes Wort verstehen könnte. Caitlin dachte an die Arbeit, die sie sich für diesen Vormittag vorgenommen hatte – die Kleider im Schrank ihrer Mutter aussortieren –, und brauchte nur zwei, drei Sekunden für eine Entscheidung. »Warum nicht«, sagte sie. »Ich hole nur schnell meine Gummistiefel, bin gleich wieder da.«

Sie fuhren die wenigen Meilen bis zum Priestley Wood und schlenderten durch den prächtigen Birkenwald. Ihre Schritte knirschten auf dem harten Boden. Da Gemma nun mal Gemma war, trug sie glitzernde Gummistiefel, einen Wollhut mit einer weißen, seitlich angesteckten Rose und einen knallroten Mantel mit pechschwarzen Knöpfen und einem riesigen schwarzen Kunstpelzkragen, den sie selbst angenäht hatte. Wie gewöhnlich fühlte sich Caitlin neben ihr wie eine graue Maus. Sie trug lediglich einen schlichten schwarzen Wollmantel und die schlammigen khakifarbenen Gummistiefel ihrer Mutter.

Im Wald war es kühl, grün und friedlich. Die Stille wurde nur gelegentlich durch Vogelgezwitscher und das Klackern von Oscars Pfoten unterbrochen, wenn er seinem abgewetzten

Tennisball hinterherhechelte. Überall zeigten sich frische Triebe, und zwischen den Baumwurzeln lugten blassgelbe Schlüsselblumen hervor. Es fühlte sich an, als wartete der Frühling bereits hinter der nächsten Ecke.

»Wie geht es Spencer? Abgesehen davon, dass er nicht spazieren gehen möchte?«, fragte Caitlin.

Gemma brauchte eine Weile für ihre Antwort. »Sein Knöchel heilt gut. Im Krankenhaus sind sie zufrieden mit seinen Fortschritten.«

Sie war ungewöhnlich zögerlich und Caitlin beschloss, nachzuhaken. »Das ist gut«, sagte sie. »Und fängt er schon an, sich allmählich wieder wie er selbst zu fühlen?«

Gemma seufzte. »Das würde ich mir wirklich wünschen! Aber, ehrlich gesagt, ist er ein völlig anderer Mensch geworden. Wenn ich diesem Spencer vor sechs Monaten begegnet wäre, hätte ich ihn nicht erkannt.«

»In welcher Hinsicht?«

Gemma beugte sich vor und beschäftigte sich mit Oscar, der mit seinem schlabberigen Tennisball schwanzwedelnd angerannt kam. Sie nahm den Ball vorsichtig aus seinem Maul und warf ihn weit nach vorn. Oscar jagte sofort hinterher. Einen Moment lang dachte Caitlin, dass Gemma die Frage nicht beantworten wollte, doch dann seufzte Gemma, als ob es sie quälen würde, schlecht über ihren Mann zu sprechen. »Er ist die ganze Zeit so furchtbar wütend«, sagte sie. »Ich weiß, dass er die Nase voll hat. Ich weiß, dass ihm sein Rücken wehtut und dass er ständig grässliche Kopfschmerzen hat. Ich weiß, dass er lieber arbeiten würde, Fußball spielen, sich im Pub mit Freunden treffen … Wir alle wünschen uns das. Aber manchmal sieht er mich an und …« Sie zuckte mit den Schultern. »Ich könnte schwören, dass er mich hasst. Und die Kinder. Es ist einfach schrecklich, Caitlin. Ich weiß nicht, was ich machen soll.«

Caitlin überlegte einen Moment. »Du hast gesagt, er hat sich bei dem Sturz den Kopf angeschlagen, nicht wahr?«

»Ja. Ziemlich heftig. Und er sagt, dass die Schmerzmittel das Pochen in seinem Kopf nicht lindern. Das würde vermutlich jeden in den Wahnsinn treiben.«

»Also, ich denke … Na ja, das könnte immer noch an dem erlittenen Schädel-Hirn-Trauma liegen. So was kann die Persönlichkeit eines Menschen ziemlich drastisch verändern. Haben die Ärzte etwas in dieser Richtung gesagt?«

Oscar kam angelaufen. Mit leuchtenden Augen ließ er triumphierend den Ball vor Gemmas Füße plumpsen und bellte aufgeregt. »Was meinst du damit?«, fragte Gemma, hob den Ball auf und warf ihn erneut. »Nein, sie haben nichts gesagt. Direkt nach dem Unfall war er eine Weile ziemlich benommen, aber das hielt nicht lange an. Ich dachte, bei einem Schädel-Hirn-Trauma verliert man sein Gedächtnis und so was?«

»Ein Schädel-Hirn-Trauma ist eine Verletzung des Gehirns, die unterschiedlich stark ausfallen kann. In leichten Fällen kommt es zu einer Gehirnerschütterung, was sich etwa so anfühlt wie schlimme Kopfschmerzen und rasch wieder vergeht. Aber es kann auch zu Komplikationen kommen.« Caitlin durchstöberte ihr gespeichertes Wissen aus all den Medizinbüchern, die sie gelesen hatte, und ihre Erfahrung durch die ganzen Patienten, die sie versorgt hatte. Für kleinere Verletzungen war sie zuständig gewesen: die Behandlung von Verbrennungen, das Schienen und Bandagieren bei Verstauchungen, das Reinigen von infizierten Wunden und gelegentlich mal das Nähen eine Wunde. Die ernsteren Beschwerden wie Kopfverletzungen, Brustschmerzen, Atemschwierigkeiten und Traumata wurden immer rasch an die Ärzte weitergeleitet. »Ich mach mich mal für dich schlau«, sagte sie zu Gemma. »Es nennt sich postkommotionelles Syndrom. Nach einer Kopfverletzung ist das gar nicht so ungewöhnlich.«

»Kann man das behandeln? Wie lange hält das an?« Gemma erbleichte. »Werde ich ihn je wieder zurückbekommen?«

»Ich schlage das für dich nach«, sagte Caitlin. Sie wollte keine falschen Hoffnungen wecken. »Mach dir keine Sorgen. Ich bin sicher, es wird ihm bald besser gehen.« Noch während sie diese Worte aussprach, kamen ihr Zweifel, und nach Gemmas Miene zu urteilen, war auch sie überhaupt nicht davon überzeugt.

Das Leben ist so zerbrechlich, dachte Caitlin, als sie wieder zu Hause war und sich etwas zu essen machte. Der beste Beweis dafür war ihr Dad, der während des Rasenmähens einen Schlaganfall erlitten hatte. Während er zu Boden stürzte, rasierte der Rasenmäher ein ganzes Beet mit Lupinen ab. Oder ihre Mum, bei der sich die Infektion mit tödlicher Effizienz durch den ganzen Körper gefressen hatte. Und nun auch noch Spencer Bailey, der am Silvesterabend noch Herz, Seele und Leben seiner Party gewesen war. Eine einzige falsche Bewegung hatte gereicht, um ihn ans Haus zu binden und Depressionen bei ihm auszulösen.

Ziemlich ernüchternd. Und als ob man sie am Kragen gepackt und geschüttelt hätte, damit ihr bewusst wurde, wie das Leben an ihr vorüberzog. *Hallo? Die große weite Welt dort draußen ruft Caitlin Fraser. Komm in die Gänge. Tu endlich was!*

Die Botschaft aus ihrem Silvester-Glückskeks schoss ihr durch den Kopf. *Dein Schicksal liegt in deinen Händen. Wage das Risiko!*

Aber was soll ich bloß tun?, dachte sie hilflos. Was soll das bedeuten?

Sie betrachtete die kleine Dose Bohnen in ihrer Hand, als ob sie ihr eine Antwort geben könnte, während sie darauf wartete, dass sich die Kochplatte erhitzte. *Für einen einsamen traurigen Menschen*, stand auf dem Etikett, oder es hätte darauf stehen können. Eine Portion Bohnen. War ihr Leben darauf reduziert worden?

Jetzt mach schon, du blöder Herd, dachte sie, während ihre Hand über der immer noch kühlen Kochplatte schwebte. Dann kam ihr ein Gedanke. *Ergreife die Chance*, forderte der Glückskeks und raschelte verlockend in ihrem Hinterkopf. *Ergreife die Chance!*

Sie schaltete den Herd aus, aß die Bohnen kalt aus der Dose und dachte angestrengt nach. Sollte sie es tun? Konnte sie es wagen?

Ach, verdammt, dachte sie, warum eigentlich nicht?

Von: CaitlinF@fridaymail
An: Saffron@PhoenixPR
Betreff: Babynahrungs-Website

Hallo Saffron,
danke für Deine Mail – ich freue mich sehr, dass Casey glücklich mit ihrer Website ist. Anbei schicke ich dir meine Rechnung. Tausend Dank!
Und ja, ich würde diesen neuen Auftrag gern übernehmen. Ich muss allerdings zugeben, dass ich nicht viel Ahnung von Babynahrung habe, aber ich bin bereit, mich einzuarbeiten. Erzähl mir mehr! Larkmead ist …

Sie hielt inne und schaute auf den vor ihr liegenden Kalender, in den sie gerade eben in das Feld für Donnerstag eine Verabredung eingetragen hatte, direkt nach ihrem Anruf. *Harry, 14.30*, stand da. Warum auch nicht? Es war absolut nichts dabei. Er war immerhin Elektriker, und ihr Herd musste repariert werden. Sie tippte weiter und fühlte sich auf absurde Weise fröhlich:

… voller Narzissen und kleiner Kinder auf Fahrrädern. Und weißt du was? Ich befolge tatsächlich den Rat aus meinem weisen Glückskeks und »ergreife die Chance«. Ich halte dich auf dem Laufenden!
Liebe Grüße
Caitlin x

Kapitel 15

Ein Brief war die Lösung, beschloss Saffron. Ihr Versuch, Max persönlich von dem Baby zu erzählen, war an dieser unerwarteten Neue-Freundin-auf-dem-Schoß-Entwicklung im Pub gescheitert. Ihm die Nachricht per E-Mail zu übermitteln, kam ihr zu krass vor, eine SMS noch schlimmer. Der Gedanke an das unangenehme Schweigen, das sich bei einem Anruf entfalten würde – bedeutungsschwanger sozusagen –, ließ diese Möglichkeit auch ausscheiden.

Ein Brief also. Sie konnte die Worte dabei sorgfältig wählen und deutlich, aufrichtig und ausgefeilt formulieren. Er konnte den Brief in aller Ruhe lesen und über seine Antwort nachdenken, bevor er reagierte. Ein Brief war die erwachsene, wohlüberlegte Form der Übermittlung einer solchen Botschaft. Das hatte was von Jane Austen, Thomas Hardy und sämtlichen schönen Liebesgeschichten. Jetzt musste sie das verdammte Ding nur noch schreiben.

Lieber Max, fing sie an und streckte sich, immer noch im Pyjama, auf dem Sofa aus. Es war Sonntag, und das milchige Sonnenlicht fiel durch die schmutzigen Fenster ihrer Wohnung. Draußen heulte schon seit fast einer Stunde eine Autoalarmanlage, und Saffron begann allmählich ernsthaft in Erwägung zu ziehen, ihr mit einem großen schmutzigen Vorschlaghammer den Garaus zu machen. Sie kaute an ihrem Kugelschreiber und dachte über die beste Formulierung nach, mit der sie die Bombe platzen lassen konnte.

Es war schön, dich neulich zu sehen. Ich freue mich, dass es bei deiner Arbeit so gut läuft. Ich hatte dich eigentlich um dieses Treffen gebeten, weil ich dir unbedingt etwas sagen muss – etwas wirklich Wichtiges.

Sie hielt inne und las alles noch mal durch. So weit, so gut.

Ich wollte es dir an diesem Abend persönlich sagen, bekam aber leider keine Gelegenheit dazu. Übrigens, herzlichen Glückwunsch zu deiner neuen Freundin.

Uh, nein, das klang gehässig. Sie strich den letzten Satz durch, und im selben Moment fing ihr Handy an zu klingeln. Anrufer: Bunty. An einem Sonntagmorgen, verdammt. *Hallo?* Kannte die Frau denn gar keine Grenzen? Sie ließ den Anruf auf die Mailbox gehen und wandte sich wieder ihrem Brief zu:

Ich habe keine Ahnung, wie du diese Nachricht aufnehmen wirst – ich kenne dich zu wenig und weiß nicht, ob sie dich glücklich oder wütend macht, in Panik versetzt oder völlig kalt lässt.

Beim Wort »kalt« zog sich ihr Herz zusammen. Sicherlich konnte die Nachricht, dass man Vater wurde, keinen Mann kaltlassen, selbst wenn es zum dritten Mal geschah. Konnte er es als Beleidigung auffassen, wenn sie dieses Wort in ihre Aufzählung mit aufnahm? Deutete sie damit etwa unterschwellig an, dass er eine Art Roboter sei?

Ihr Handy klingelte erneut. Anrufer: Bunty. Verärgert

drückte sie auf »Ablehnen« und warf das Handy ans andere Ende des Sofas.

Ich kann mir denken, dass es ein Schock für dich sein wird – das war es für mich auch. Es fällt mir nicht leicht, dir das zu sagen, Max, aber ich bin schwanger. Das Kind ist von dir. Ich weiß, dass du bereits Vater bist. Ich weiß, dass du das alles schon hinter dir hast und vermutlich denkst, dass du schon genug zum Fortbestand der Menschheit beigetragen hast. Aber …

Bunty rief schon wieder an. *Argh!* Was hatte diese Frau für ein Problem? Saffron stieß ein leises kehliges Knurren aus und drückte entnervt auf den grünen Knopf, um das Gespräch anzunehmen. Wenn das jetzt nicht um Leben oder Tod ging …, dachte sie. Vorzugsweise um Tod.

»Hallo?«

»Ah, Saffron. Bunty hier. Ich brauche nur …«

»Bunty, es ist Sonntag«, platzte Saffron heraus, ehe sie sich selbst bremsen konnte.

»Ja, Herzchen, das weiß ich, aber die kreative Muse kennt nun mal keine freien Tage und keine festgelegten Arbeitszeiten, stimmt's? Ich hatte eine ganz wunderbare neue Idee. Der Bunty-BH! So viele Promis haben schon ihre eigene Dessous-Kollektion, aber die haben alle dasselbe Problem: keine Brüste. Die sind so platt wie Spiegeleier in zwei Fetzen Spitze – ich meine, mal ehrlich, was soll das?! Ich will Dessous für richtige Brüste. Und wer hat die besten Hupen jenseits von Channel 5? Wir wissen beide, dass ich das bin. Also habe ich mir gedacht …«

Sie holte tief Luft und Saffron nutzte die Gelegenheit. »Bunty. Lass uns morgen darüber reden. Ich bin mitten in …« Sie sah sich nach einer Inspiration um und ihr Blick landete auf ihren nackten Füßen am Ende des Sofas. »... in einer Pediküre. Ich kann jetzt nicht plaudern. Schick mir eine E-Mail und ich melde mich morgen bei dir. Oder besser noch, sprich mit deiner Agentin darüber.« Wie das ein normaler Mensch tun würde, statt seine leidgeprüfte PR-Beraterin damit zu belatschern, die null Interesse an Bunty-BHs hatte.

»Sie geht nicht ans Telefon.« Bunty schnalzte missbilligend mit der Zunge. »Manchmal frage ich mich, wofür ich die Frau überhaupt bezahle. Ich habe sie und ihre Agentur immerhin zu dem gemacht, was sie heute ist.«

»Bunty.«

»Okay. Pediküre, ja, hab verstanden. Ich schicke dir eine E-Mail. Lass mich nur schnell noch sagen, dass ich natürlich auch dazu passende Schlüpfer machen will. Aber ich denke, der BH sollte der Aufhänger sein. Buntys Babys, Buntys Böllermänner. Nein, das ist zu derb. Buntys BHs ... Na egal, du bist die Expertin, dir wird schon was einfallen. Also, warum machen wir ...?«

Saffron hätte schwören können, dass ihr Blut vor Wut tatsächlich zu kochen anfing. »Bunty, ich lege jetzt auf«, sagte sie laut über die schrille Stimme ihrer Klientin hinweg. »Tschüss.«

Sie beendete das Gespräch und fühlte sich erschöpft. Bunty war wie eine Dampfwalze auf Speed. Kein Wunder, dass sie so viele Ehemänner verschlissen und so viele Affären hinter sich hatte. Die armen Männer, ehrlich.

Zurück zu ihrer Aufgabe: dem Brief. Aber ihr Handy brummte bereits mit einer SMS. *Jetzt hab ich's. Buntys Busenwunderhalter!!!!*

»Oh, lass mich in Ruhe, du Wahnsinnige!«, stöhnte Saffron und stellte das Handy aus, ehe noch mehr hirnverbrannte Nachrichten auftauchten.

Nachdem der Frieden wiederhergestellt war, griff sie zum

Kugelschreiber, fest entschlossen, den Brief dieses Mal zu beenden.

Es ist deine Entscheidung, Max. Wenn du nichts damit zu tun haben willst, dann ist das deine Sache, aber ich werde das Baby behalten. Das ist vielleicht meine letzte Chance, Mutter zu werden – und die will ich unbedingt nutzen. Ich verlange nichts von dir. Mir ist klar, dass dein Leben inzwischen weitergegangen ist und du mit einer anderen Frau zusammen bist, und das ist okay. Aber dieser kleine Mensch wird unser beider Sohn oder Tochter sein, daher wäre es schön, wenn du eine aktive Rolle in seinem Leben einnehmen würdest. Ich bin sicher, wir können eine Lösung finden, die uns alle glücklich macht.

Ich hoffe, du kannst meine Gefühle nachvollziehen. Bitte melde dich bei mir, wenn du Zeit gehabt hast, über alles nachzudenken, damit wir darüber reden können. Ich habe am 17. eine Ultraschalluntersuchung, um 14.30 h in Whipps Cross. Ich würde mich freuen, wenn du dabei wärst.

Bitte, lass mich wissen, was du denkst, so oder so. Ich hoffe wirklich, bald von dir zu hören.

In Liebe, Saffron x

So. Sie las alles noch einmal durch, änderte ein paar Wörter hier und da, dann schrieb sie alles noch einmal ab, faltete das Papier ordentlich und steckte den Brief in den Umschlag, um ihn gleich am nächsten Tag abzuschicken. Ausgezeichnet. *Gut gemacht, Saffron.* Eine wichtige Sache erledigt. Nächster Punkt: etwas noch Mühsameres. In exakt eineinhalb Stunden wurde sie zum Mittagessen bei ihren Eltern erwartet, und irgendwie musste sie ihnen diese Nachricht ebenfalls beibringen.

»Komm rein, Liebling. Du siehst gut aus. Oh! Ist dein Gesicht kalt. Es ist ziemlich frostig in letzter Zeit, nicht wahr? Dad glaubt, dass wir nächste Woche noch mal Schnee bekommen. Ich habe sicherheitshalber alle Pflanzen im Garten warm eingepackt.«

»Hallo, Mum.«

»Bist du gut hergekommen? Die Baustelle auf der A12 ist einfach schrecklich. Wir standen dort am Donnerstag im Stau, ganze – wie lange war das noch, Lorraine? Vierzig Minuten? Na, lange genug. Lieber Himmel. Komm rein, komm rein. Das Teewasser ist schon aufgesetzt.«

»Danke, Dad.«

Saffrons ältere Schwester Eloise saß in der Küche und sah aus, als hätte sie eine Erkältung, wie immer – rote Nase, trauriges Gesicht, müde Augen. Sie schälte Karotten. Ihr Mann Simon blätterte durch den Wirtschaftsteil des *Telegraph* am Tisch, sah aber auf, als Saffron eintrat. »Ah! Die Londonerin ist da.«

Simon war schrullig und etwas seltsam, fand Saffron. Er erinnerte sie an ein Meerschweinchen, dunkle Knopfaugen und kurzes, wirbeliges Fell – äh, Haar, besser gesagt. Nervös sprang er auf und stellte sich unschlüssig vor sie, als wüsste er nicht, ob er ihr die Hand schütteln, sie auf die Wange küssen oder nur leicht umarmen sollte. Sie ersparte ihm die Entscheidung und umarmte erst ihre Schwester, dann ihn, ob es ihm gefiel oder nicht.

»Schön, dich zu sehen!«, sagte Eloise. Sie war Finanzberaterin für eine mittelgroße Immobilienmaklerfirma und ziemlich klug, immer schon gewesen. *Oh! Du bist Eloise Flints Schwester? Wirklich?*, hatten die Lehrer früher stirnrunzelnd gesagt, wenn Saffron zwei Jahre nach ihr in ihre Klasse kam. Es fiel ihnen schwer, zu glauben, dass die begriffsstutzige, verträumte

Saffron die gleichen Gene besaß wie die superschlaue Einserschülerin Eloise. Simon machte irgendwas Wissenschaftliches mit Computern. Saffron hatte im Laufe der Jahre mehrmals dabei zugehört, wie er anderen von seinem Beruf erzählte, aber sie verstand immer noch nicht so richtig, was er eigentlich tat. Selbst wenn man ihr eine geladene Pistole an die Stirn gedrückt hätte, hätte sie nicht erklären können, was er den ganzen Tag lang bei der Arbeit so trieb.

»Wie geht es dir?«, fragte Eloise.

Tja, ich habe einen Braten in der Röhre, wenn du so fragst, El. »Gut, danke. Viel zu tun, wie immer.«

»Wem sagst du das! In letzter Zeit schufte ich zehn Stunden täglich, damit die Geschäftsberichte pünktlich fertig werden. Mein Kopf tut schon weh, wenn ich nur an den Montag denke.«

Eloises Gehirn musste wie eine riesige betriebsame Fabrik sein, dachte Saffron, mit laufenden Fließbändern und Funken sprühenden Zahnrädern, die ständig ratterten, während die Zahlen mit Blitzgeschwindigkeit durch ihre Synapsen rasten. Oh, wie schön wäre es doch, so einen schnellen, organisierten, effizienten Verstand zu haben.

»Ich habe neulich deine Kundin bei *Masterchef* im Fernsehen gesehen«, erzählte Lorraine Flint, während sie Äpfel für den Kuchen klein schnitt. »Wie war ihr Name noch? Die mit den Froschaugen, die die ganze Zeit betrunken wirkt. Booby oder Barbie oder so.«

»Bunty Halsom«, sagte Saffron ohne Begeisterung.

»Oh Gott, du arbeitest mit ihr?«, fragte Eloise mit unverblümtem Entsetzen. »Sie war gestern in der *Times*, irgendein schrecklicher Artikel über sie und ihren dummen kleinen Hund. Ich hab erst vorhin gesagt, was für ein Albtraum sie ist. Nicht wahr, Simon?«

»Ja, hast du, und du hast recht. Eine fürchterliche Frau.«

»Das müsst ihr mir nicht sagen«, meinte Saffron und zog eine Grimasse. Sie setzte sich und beugte sich etwas vor, damit ihre Strickjacke sich ausbeulte und ihren rundlichen Bauch verbarg. Allerdings hatte ihr bisher keiner einen zweiten Blick geschenkt, da sie alle zu beschäftigt damit waren, über Bunty zu lästern.

»Ich finde, dass sie eine richtige – entschuldigt bitte das Wort – Medienhure ist. Süchtig nach Aufmerksamkeit. Sorry, Mum, aber niemand zwingt sie dazu, all diese Sendungen zu machen, oder?«

»Ich weiß nicht, Saffron vielleicht schon«, entgegnete ihr Dad trocken.

»Niemand zwingt sie dazu«, wiederholte Eloise. »Sie kann einfach nicht genug vom Scheinwerferlicht bekommen. Eine grässliche Frau. Was hast du mit ihr zu tun, Saff?«

Saffron erklärte es und hatte dabei wie immer das Gefühl, dass ihre Karriere für ihre Eltern und Eloise nur ein Witz war. Niemand sprach es je aus, aber sie wusste, dass alle dachten, wie dumm und sinnlos es doch war, ständig Promis und Journalisten hinterherzurennen, wohingegen eine Tätigkeit in der Finanzwelt und in der Wissenschaft verantwortungsvoll und bedeutsam war. Ja, das stimmt, hätte Saffron am liebsten gesagt, aber sind eure Jobs auch nur annähernd so stressig, wie mit der verflixten Bunty Halsom zusammenzuarbeiten? Das bezweifle ich doch sehr.

Das Gespräch kam schließlich auf das unverfängliche Thema Zoe und wie sehr sie sie doch alle vermissten. Nachdem das Mittagessen aufgetragen, die Soße ausgeteilt und jeder am Tisch Platz genommen hatte, um es sich schmecken zu lassen, räusperte sich Eloise und setzte sich ein wenig aufrechter hin. »Ich weiß, dass euch allen die Frage auf den Nägeln brennt«, fing sie an und ihre Stimme klang belegt. »Also sage ich es einfach geradeheraus. Nein, die künstliche Befruchtung hat auch dieses Mal nicht funktioniert. Ich bin nicht schwanger. Das war's also.« Eine Träne fiel auf ihren Teller und Simon legte den Arm um sie.

»Oh El«, sagte Saffron kläglich. »Ihr beiden, das tut mir so leid für euch.« Ihr Herz hämmerte wie wild, und sie stellte fest, dass sie ihr Besteck krampfhaft umklammerte. Sie konnte jetzt auf keinen Fall mit ihrer Neuigkeit herausplatzen.

»Liebling, das ist so traurig«, sagte Lorraine, und ihre Lippen bebten, während sie über den Tisch griff und Eloises Hand drückte. »Was für ein Schlag. Ich weiß, du hattest dir dieses Mal so große Hoffnungen gemacht.«

Eloise schniefte. »Das ist es ja. Wir haben uns jedes Mal große Hoffnungen gemacht und jedes Mal das gleiche niederschmetternde Ergebnis erhalten: Nein. Egal, wie nett die Ärzte es auch ausdrücken, es ist immer noch ein Nein.« Sie tupfte über ihre Augen. »Tja, das war es jetzt endgültig. Wir können uns keine weitere Behandlung mehr leisten. Wir werden keine Eltern werden, aus und vorbei.«

»Wenn es am Geld liegt …«

»Es liegt nicht nur am Geld, Dad, es ist einfach alles drum herum. Dieser emotionale Aufruhr. Das sehnsüchtige Hoffen, das Warten und Beten und dann die Woge der Verzweiflung. Das können wir nicht noch einmal durchmachen. Wir haben mit dem Thema abgeschlossen.«

»Habt ihr schon mal über eine Adoption nachgedacht?«, fragte Saffron nach einer Weile. »Ich weiß, es ist nicht dasselbe, aber …«

»Wir haben über Adoption nachgedacht, Leihmutterschaft, Eizellspenden … den ganzen verdammten Zirkus. Immer wieder.« Eloise hatte noch nie so trostlos ausgesehen. Alles war ihr immer zugeflogen, ihr ganzes Leben lang: Einsen, Musikexamen, ein Ehemann, eine großartige Karriere. Ein Kind war das Einzige, was ihr entschieden versagt blieb, gleich, wie sehr sie sich auch bemühte. »Ich bin es einfach so leid«, fuhr sie fort. »Wir beide sind es. Überall sehe ich Mütter und Babys. Sechs Frauen in der Firma gehen in den nächsten Monaten in Mutterschutz. Sechs! Und wir wären wirklich gute Eltern, das weiß ich. Ich würde unser Baby so sehr lieben, aber …« Sie hielt inne, überwältigt von ihren Gefühlen, und ihre traurige Miene brach Saffron das Herz. »Aber ich werde diesen Sommer vierzig und wir müssen uns den Tatsachen stellen. Vermutlich wird es nie passieren.«

»Kopf hoch, Schätzchen.« Jetzt tätschelte Ewan, ihr Vater, Eloises Rücken. Verlegenheit stand ihm deutlich ins Gesicht geschrieben. Ewan konnte stundenlang über Stereoanlagen, Kricketergebnisse, Gemüseanbau und die Unfähigkeit der Regierung schwadronieren, aber wenn er eine seiner Töchter weinen sah, fehlten ihm die Worte. Tätschel, tätschel, tätschel. »Mach dich nicht selbst verrückt.«

»Aber, Dad, es ist so unfair. Warum können wir nicht einfach ein Baby haben wie alle anderen auch?«

»Ich weiß es nicht, Liebes. Ich wünschte, ich wüsste es. Ich wünschte, ich könnte das für dich in Ordnung bringen.«

»Ihr hättet es beide verdient«, sagte Lorraine, und ihre Augen waren wie tiefe Seen aus Kummer.

»Es heißt doch, wenn man nicht mehr versucht, ein Baby zu bekommen, und sich einfach entspannt, dann passiert es meistens doch. Dann, wenn man es am wenigsten erwartet«, brachte Saffron zögerlich vor und war sich der Ironie ihrer Worte deutlich bewusst. Hier spricht die Expertin, jemand mit einem definitiv unerwarteten Braten in der Röhre.

Eloises Gesicht verzerrte sich vor Wut und Tränen. »Das

sagen alle, ständig. Entspann dich einfach! Hör auf, daran zu denken! Aber wie denn? Wie soll das gehen? Ich kann einfach an nichts anderes denken, verdammt noch mal.«

Saffron senkte den Blick auf den Teller, sie kam sich wie ausgeschimpft vor. »Tut mir leid.«

Eloise seufzte. »Nein, mir tut es leid. Ich wollte dir den Kopf nicht abreißen. Ich bin nur ... völlig durch den Wind. Beachte mich einfach nicht.«

Der Blick auf ihren Teller war ein Fehler gewesen, wie Saffron im nächsten Moment feststellte, als ihr eine große, knusprige Bratkartoffel ins Auge fiel und sie nicht mehr losließ. Ihr Magen knurrte und das Wasser lief ihr im Mund zusammen. Sosehr sie ihre weinende Schwester auch bedauerte, und sie bedauerte sie wirklich zutiefst, sie fühlte sich völlig ausgehungert. Seit sie schwanger war, überkam sie der Heißhunger immer so heftig, dass sie jeden mit bloßen Händen erwürgen könnte, der sich zwischen sie und ihr Essen stellte. Unauffällig schnitt sie die Kartoffel klein und schob sich einen Bissen in den Mund, während sich die anderen um die arme Eloise kümmerten. Die Kartoffel war noch vulkanheiß und sie schnappte unwillkürlich nach Luft.

»Liebling, ich wünschte, wir könnten etwas ... Oh Saffron, alles in Ordnung?«

Nach der Frage ihrer Mutter schwenkten alle Augen von Eloise auf sie, während sie mit rotem Gesicht große Schlucke Wasser trank, um ihren brennenden Mund zu kühlen. »Alles gut«, plapperte sie. »Absolut prima.«

Immerhin war nun der Bann gebrochen und jeder griff wieder nach seinem Besteck. »Essen wir besser, solange es noch heiß ist«, sagte Simon und sah erleichtert aus. Er spießte eine Brokkoliblume auf und sah sie mit einem Ausdruck an, den man nur als zärtlich bezeichnen konnte. »Ein sehr mathematisches Gemüse, der bescheidene Brokkoli, wisst ihr«, sagte er zu niemand Bestimmtem. »Erstaunlich fraktal.«

Eloise putzte sich die Nase. »Da ich unfruchtbar bin und Zoe lesbisch«, sagte sie, die philosophische Bemerkung ihres Mannes ignorierend, »liegt es wohl an dir, den Familiennamen weiterzuvererben, Saff.«

Oh du lieber Himmel. Konnten sie nicht einfach fortfahren, über fraktalen Brokkoli zu reden? Aber nein, Ewan wieherte bereits los, als ob Eloise einen köstlichen Witz gemacht hätte.

»Kein Druck, Liebes! Kümmere dich einfach nicht darum.« Er wischte eine Gabel Lammfleisch durch die Minzsoßenpfütze auf seinem Teller. »Die arme alte Saff«, sagte er liebevoll. »Dazu müsste sie sich erst mal einen Kerl suchen, was?«

Arme alte Saff? Was sollte das denn heißen? »Wer sagt denn, dass ich überhaupt einen will?«, fragte Saffron scharf. Warum fühlte sie sich im Kreis ihrer Familie jedes Mal wie vierzehn – linkisch, pickelig und immer kurz davor, mit einem Wutanfall aus dem Zimmer zu stürmen? Egal, wie sehr sie sich auch darum bemühte, ihnen klarzumachen, dass sie erwachsen war – eine verantwortungsbewusste Frau mit einem guten Job und einer eigenen Wohnung in London –, sie fühlte sich in Gesellschaft ihrer Familie schon nach zehn Minuten völlig unfähig. Jedes verdammte Mal.

»Dann halt eine Freundin, wie bei Zoe, von uns aus gern. Aber ernsthaft, Liebes, Eloise macht doch nur Witze, okay? Deiner Mum und mir geht es auch ohne Enkel gut, falls du diesen Schritt nicht machen willst.«

»Gibt es im Moment eigentlich irgendjemand Nettes in deinem Leben?«, fragte ihre Mutter und die Hoffnung stand ihr deutlich ins Gesicht geschrieben. Sie hätte genauso gut die gekreuzten Finger hochhalten können. »Irgendjemand Besonderes, den du uns vorstellen möchtest? Du hast schon eine ganze Weile keinen Freund mehr mitgebracht.«

»Neal war der letzte«, fügte Eloise hinzu. Plötzlich wirkte sie wieder viel fröhlicher. Es gab doch nichts Besseres, als ein wenig über die Schwester herzuziehen, um ihre Stimmung aufzuheitern. »Liebe Güte, was war das doch für ein Mistkerl, nicht wahr?«

Saffron starrte sie finster an. Neal war ihr unkonventioneller Exmann, in den sie bis über beide Ohren verliebt gewesen war, bis sie herausfand, dass er sie durch eine Reihe katastrophaler Fehlinvestitionen in die Pleite getrieben hatte. Sie hatte keine Lust, mit Eloise über Neal zu sprechen, vielen Dank auch.

»Ich dachte nur, weil Zoe vor ein paar Tagen am Telefon angedeutet hat, dass du Neuigkeiten hättest«, fuhr Lorraine aufmunternd fort. Ihre grauen Augen waren immer noch auf Saffron gerichtet. »Sie hat gefragt, ob ich kürzlich mit dir gesprochen hätte, und wann wir dich das nächste Mal sehen würden. Es war fast so, als wüsste sie etwas, das wir nicht wissen.«

»Ooooh!«, rief Simon fröhlich. »Spann uns nicht auf die Folter.«

»Ja, was ist es?«, fragte Eloise und trank ihr Glas Wein aus. »Sag jetzt nicht, dass du eine Affäre mit einem deiner ›Promi‹-Klienten hast.« Sie malte Anführungszeichen in die Luft, um zu zeigen, was sie vom Bild der Gesellschaft von Berühmtheiten hielt.

»Natürlich habe ich keine Affäre!«, schnappte Saffron, während ihr Dad anfing »Hier kommt die Braut« zu pfeifen.

»Mich deucht, die Dame protestiert zu sehr«, neckte sie Eloise.

»Hört zu, es ist nichts«, erwiderte Saffron hartnäckig. »Können wir bitte das Thema wechseln?«

»Das klingt mir gar nicht nach nichts.«

»In Ordnung, lassen wir sie in Ruhe. Saffron möchte offensichtlich nicht darüber reden – worum auch immer es geht.« Mum, die Friedensstifterin. So war sie immer schon gewesen, auch als sie noch Kinder waren und über »gestohlenen« Nagellack und »ausgeliehene« Kleider stritten.

»Schenk ihr noch etwas Wein ein. Wir kriegen es später aus ihr raus«, sagte Eloise lachend, dann fiel ihr Blick auf Saffrons Glas mit Orangensaft und ihr Lachen verstummte. »Du trinkst keinen Alkohol?«

Die Schwestern wechselten einen Blick und plötzlich fühlte sich Saffron ganz zittrig vor dunkler Vorahnung. *Oh Gott,* Eloise hatte es erraten. Sie hatte es sich zusammengereimt. *Bluff einfach. Mogel dich irgendwie durch. Sag ihr nichts. Nicht heute.* »Nun ja, nein, weil ich noch fahren muss«, sagte sie, aber Eloise musterte sie immer noch mit diesem prüfenden, eindringlichen Blick, und sie spürte, wie ihr von Sekunde zu Sekunde heißer wurde.

»Ein Glas könntest du schon trinken. Ein Glas Wein schadet nicht«, sagte Eloise. Ihre Stimme klang seidig weich, aber ihr Blick war stählern. »Nicht wahr, Dad?«

»Na ja, sie könnte, aber sie muss nicht«, antwortete Ewan milde, doch Saffron hörte ihn kaum. Der Raum war auf sie und ihre Schwester zusammengeschrumpft und diesen Blick in Eloises Augen.

»Du bist schwanger, oder? Deshalb trinkst du keinen Alkohol.« Eloises Stimme klang brüchig und sie presste den Mund zu einer schmalen Linie zusammen.

Oh, verdammt. Saffron schluckte schwer, ihr Herz schlug panisch. *Das war es mit »Sag ihr nichts«.* »Ja.«

»Du bist was?«, rief Lorraine fassungslos.

»Du veralberst uns, nicht wahr, Saff?« Ihr Dad strich sich

über den Bart – eine nervöse Angewohnheit. »Sag solche Dinge nicht, wenn sie nicht wahr sind.«

»Es ist aber wahr.« Saffron schlug die Hände vors Gesicht, sie konnte die Miene ihrer Schwester keinen Moment länger ertragen. *Wie kannst du mir das antun?*, besagte Eloises Gesicht. *Du verräterisches Miststück. Das hätte meine Neuigkeit sein sollen, nicht deine!*

»Was? Ist das dein Ernst? Du bekommst ein Baby?« Die Stimme ihrer Mutter wurde mit jeder Frage schriller.

»Ich wollte euch das nicht auf diese Weise sagen.« Sie zwang sich, den Blick auf ihre Schwester zu richten. »Es tut mir leid, El. Ich weiß, wie sehr du dir ein Kind gewünscht …«

Sie griff nach ihrer Hand, aber Eloise schreckte zurück, als ob Saffron eine ansteckende Krankheit hätte. »Fass mich nicht an«, zischte sie, schob den Stuhl zurück und stand auf. »Ich kann nicht glauben, dass du mir das antust. Ich hasse dich. Ich *hasse* dich!«

Sie rauschte aus dem Zimmer und ließ ihre Familie geschockt zurück, wobei das Ausmaß des Schocks bei jedem unterschiedlich ausfiel.

»Ich sehe mal nach ihr«, sagte Simon verlegen.

»Ein Baby«, rief Lorraine mit kugelrunden Augen. »Oh Saffron. Das ist ja unglaublich!«

»Finde ich auch«, sagte Saffron kläglich. »Finde ich auch, Mum.«

Kapitel 16

Nach dem Besuch bei Caitlin ging Gemma geradewegs nach Hause und googelte nach »Gehirnerschütterung« und »Persönlichkeitsveränderung«. Sie las sich die angegebenen Symptome durch: Reizbarkeit, Depression, Angst, Aggression, Stimmungsschwankungen, Apathie, Antriebslosigkeit … jep. Das klang erschreckend vertraut. Noch erschreckender war die Tatsache, dass so ein postkommotionelles Syndrom Wochen, ja Monate und sogar über ein Jahr dauern konnte. Ein ganzes Jahr Spencers üble Laune aushalten zu müssen jagte ihr Angst ein. Besaß sie genug Geduld und Zähigkeit, um das durchzustehen? Ja, er war immer noch ihr Mann, aber ganz gewiss nicht mehr derselbe, den sie geheiratet hatte, der Mann, der an ihrem Hochzeitstag geweint und sie zur glücklichsten Frau der Welt gemacht hatte. Wie sollte man mit jemandem zusammenbleiben, der ständig auf den Gefühlen des anderen herumtrampelte? Sollte man es der früheren Liebe wegen hinnehmen? Andere würden das tun, da war sie sich sicher. Nettere, stärkere Menschen als sie würden die Zähne zusammenbeißen und es durchstehen, denn das tat man nun mal, wenn man jemanden liebte. Sie fühlte sich schuldig, weil sie überhaupt darüber nachdachte, als hätte sie beim Gute-Ehefrauen-Test versagt. Nicht loyal genug. Durchgefallen.

Aber nicht nur Spencer hatte seine Launen. Darcey blies Trübsal, weil sie sich mit ihrer besten Freundin gestritten hatte, und zerfloss die Hälfte der Zeit vor Tränen. »Ich würde mich nur besser fühlen, wenn ich ein Pony oder ein Kätzchen bekäme«, hatte sie mit hoffnungsvollem Blick geschluchzt. *Keine Chance, Liebes.* Und Will verhielt sich einsilbig und mürrisch. Er glich so gar nicht mehr dem kleinen Jungen, der ihr vor nicht allzu langer Zeit noch mit einem Buch in der Hand durchs Haus gefolgt war und Sachen sagte wie: »Mum wusstest du, dass Los Angeles groß genug für alle Menschen der Welt wäre, wenn sie Schulter an Schulter stehen würden?« Oder: »Mum, wusstest du, dass siebenundsiebzig Prozent der Männer im Jemen rauchen? Mum, wo ist der Jemen?«

Jetzt gab es keine Fakten mehr. Kein »Mum, wusstest du …?«. Jetzt gab es nur noch das Knallen der Tür, wenn er nach Hause kam, und dann den dumpfen Aufprall seiner Schultasche im Flur. Dort begrüßte sie ihn meist mit ein paar Fragen: Wie war es in der Schule, wie lief der Mathetest, was habt ihr in Sport gemacht, möchtest du was essen? Man konnte ihm jedoch ansehen, dass er es kaum abwarten konnte, ihren Fängen zu entkommen und seinen iPod einzustöpseln. Sein Blick glitt ständig an ihr vorbei, und seine Stimme klang ungeduldig. Schlimmer noch, er sah so müde aus, so niedergeschlagen, als ob der Alltag in der achten Klasse eine viel zu schwere Last für seine schmalen Schultern wäre.

»Will, wo bist du?«, rief sie an diesem Nachmittag, als sie die Treppe hinunterging. Um Darcey aufzuheitern, hatte sie Stoff herausgesucht und mit ihr neue Vorhänge für ihr Zimmer abgemessen. Für neue Farbe an den Wänden reichte das Geld zwar nicht, aber von dem fröhlichen hellblauen Stoff mit Kirschenmuster, den Darcy sich ausgesucht hatte, würde nach Gemmas Einschätzung noch genug übrig bleiben, um ihr daraus auch noch passende Bettwäsche zu nähen. Nachdem sie den Stoff zugeschnitten hatte, machte sie sich ans Säumen, und Darcey nähte aus den abgefallenen Streifen Kissen für ihr Puppenhaus, die sie mit Baumwolle ausstopfte. Sie hatten geplaudert und gelacht, vor allem als Darcey ihre Mutter aufforderte, dreimal hintereinander ganz schnell »Hirsch heißt der Mann an der Ecke« zu sagen. »Darcey Bailey, von wem hast du denn das?«, hatte sie gespielt empört gefragt und sich mühsam das Lachen verkniffen, bevor sie beide in hemmungsloses Kichern verfielen.

»Will?«, rief Gemma erneut im Flur. Keine Antwort und keine Schultasche. Also hatte er sich nicht leise hereingeschlichen – er war gar nicht nach Hause gekommen. Und es war ihr nicht einmal aufgefallen! Sie war nicht nur die schlimmste Ehefrau der Welt, im Moment war sie auch eine ziemlich schlechte Mutter. Sie überprüfte ihr Handy und fragte sich, ob er wohl bei einem Freund war oder der Schulbus mal wieder eine Panne hatte. Hatte er ihr womöglich eine SMS geschickt, dass sie ihn abholen sollte, und sie hatte es nicht mitbekommen? Aber nein, das Display ihres Handys zeigte ihr keine SMS und keinen entgangenen Anruf an.

Ein ungutes Gefühl beschlich sie. Normalerweise war Will spätestens um zwanzig nach vier zu Hause, inzwischen war es fast fünf und es wurde schon dunkel. Wo steckte er? Sie hatte ihm eingetrichtert, dass er ihr Bescheid geben sollte, wenn er noch etwas vorhatte, und dass er nicht einfach ohne Absprache irgendwohin gehen konnte. In der Vergangenheit hatte er sich immer daran gehalten. Vielleicht hatte er ja sein Handy verloren. Ja, das war möglich. Aber trotzdem … warum war er noch nicht zu Hause?

Spencer klebte vor der Xbox und fuhr ein Auto durch eine apokalyptisch anmutende Einöde. »Hat sich Will bei dir gemeldet?«, fragte sie. »Hat er vielleicht angerufen, dass er sich verspätet?«

»Mhm?«

Sie entriss ihm den Controller, die Angst um Will machte sie ungeduldig. »Spencer! Will ist nicht zu Hause!«

»Hey! Ich war mitten im Rennen! Gib ihn mir zurück!«

»Hat Will dich angerufen?«

»Gib mir den Controller zurück, habe ich gesagt!«

Er riss ihn ihr grob aus der Hand, und sie geriet ins Stolpern und wäre fast gefallen. »Spencer!«, schrie sie. Warum begriff er denn nicht, dass es wichtig war? »Ich habe dich was gefragt. Hast du Will gesehen? Er ist noch nicht zu Hause.«

Spencer pausierte das Spiel und Stille legte sich über den Raum. »Will? Nein. Ich dachte, du …«

Er brach ab und Gemma füllte die Lücke in ihrem Kopf. *Ich dachte, du bist die verantwortliche Erwachsene hier und solche Dinge sind deine Sache.*

Im selben Augenblick hörten sie einen Schlüssel in der Haustür. Dem Himmel sei Dank. »Kein Grund zur Panik mehr«, sagte Spencer, verdrehte die Augen und widmete sich erneut seinem Spiel.

Gemma ignorierte ihn und lief in den Flur. Will schloss gerade die Tür hinter sich. »Da bist du ja! Ich habe mir schon Sorgen gemacht. Ist alles in Ordnung?«

Sie breitete die Arme aus und wollte ihn umarmen, aber er schob sich an ihr vorbei – er war inzwischen zu cool für Umarmungen – und warf die Schultasche auf den Boden. Er sah bleich und zerzaust aus. Das Haar stand ihm wild vom Kopf ab, und – nicht schon wieder! – der Schulaufnäher auf der Blazertasche war an einer Seite abgerissen. »Alles prima«, murmelte er. »Was gibt es zu essen?«

Was gibt es zu essen? Offenbar dachte ihre Familie, sie sei

nur dazu da, um sie zu bekochen. »Will!«, sagte sie nachdrücklich. »Wo bist du gewesen? Es ist nach fünf und schon dunkel draußen!«

Er zog eine Grimasse, als wollte er sagen »Oh Mann!«, und ging an ihr vorbei in die Küche, wo er zwei Brotscheiben in den Toaster steckte. »Alles prima«, sagte er erneut.

»Es ist nicht alles prima«, gab sie zurück und schnüffelte. Zigarettenqualm und Kaugummi. Oh nein. »Hast du etwa geraucht?«

Violette Schatten lagen unter seinen Augen, wie ihr auffiel, als er sich einen Teller nahm und Butter auf eine dritte Brotscheibe strich. Offenbar war er zu hungrig, um auf den Toast zu warten. »Mum … lass es einfach, bitte. Ich bin nicht in der Stimmung.«

»Du bist nicht in der Stimmung? Und ich bin nicht in der Stimmung, mir Sorgen um dich zu machen und darauf zu warten, dass du kommst und gehst, wie du willst, und nach Rauch stinkst. Ich will Antworten. Was geht hier vor?«

»Nichts! Lass mich in Ruhe, Mum. Ich bin eben erst heimgekommen.«

»Ja, vierzig Minuten zu spät, Freundchen. Was hast du gemacht? Warst du mit Jack zusammen?«

»Nee.« Sein Blick verschloss sich und er wandte sich ab. Er holte die Kopfhörer aus der Tasche, steckte sie sich in die Ohren und biss in sein Brot, eine wortlose Aufforderung, dass sie ihn nicht länger vollquasseln sollte.

Gemma beobachtete ihn schweigend, obwohl ihr die Sorge den Magen umdrehte. *Ich bin's! Ich bin doch auf deiner Seite,* wollte sie sagen. Du kannst mir alles anvertrauen, ich will dir doch nur helfen.

Aber sie wusste, dass es sinnlos war. Wie der Vater, so der Sohn. Keiner der beiden ließ sie im Moment an sich heran.

»Nicht schon wieder Eintopf. Igitt, Mum, das stinkt total ranzig. Ich hab gedacht, es gibt Pommes?« Darceys Gesicht spiegelte abgrundtiefen Ekel, als Gemma eine halbe Stunde später die Teller mit Gemüseeintopf und Kartoffelpüree auf den Tisch stellte.

»Das habe ich nie gesagt. Du hast ständig von Pommes geredet. Außerdem war nur noch das in der Kühltruhe.«

»Ich weiß ganz genau, dass noch Pommes in der Kühltruhe sind.« Darcey zog einen Schmollmund und stocherte mit angewiderter Miene in dem orangebraunen Eintopf herum.

»Tja, tut mir leid, junge Dame. Heute Abend gibt es das hier.« Gemma hätte nie gedacht, dass sie die Art von Mensch war, die ihre Kinder »junge Dame« und »junger Mann« nannte, aber es war nun mal so, wie es war.

»Bäh. Ich hasse Eintopf. Dad, können wir nicht wieder Pizza bestellen?«

Wage es ja nicht, dachte Gemma und suchte den Blick ihres Mannes über den Tisch hinweg. Wenn er ihr erneut in den Rücken fiel, würde sie ausrasten.

»Jetzt jammer nicht rum, Darcey«, sagte er kurz angebunden. »Iss auf und sei dankbar, dass du überhaupt etwas zu essen hast.«

Nun, das war im Vergleich zum letzten Mal ein Fortschritt, aber sein Ton war unnötig scharf und in Darceys großen braunen Augen glitzerten Tränen.

»Fang mit dem Kartoffelpüree an«, sagte sie freundlich. »Iss, solange es heiß ist.«

»Kann ich mir am Samstag neue Turnschuhe besorgen?«, fragte Will nach einem Moment des Schweigens. Er hatte die Kopfhörer immer noch im Ohr und sprach deshalb extra laut.

»Ich habe dir doch erst neue gekauft«, sagte Gemma überrascht. »Kannst du die Musik bei Tisch bitte ausschalten?«

»Ja, aber die waren billiger Mist«, erwiderte er. Er trug schon fast gewohnheitsmäßig eine Miene höhnischer Verachtung zur Schau. »Die sind total peinlich und geschmacklos. Außerdem habe ich sie verloren.«

»Du hast sie verloren? Das gibt's ja nicht. Hast du schon in der Schulfundgrube nachgeschaut?« Irgendwie kam ihr sein Benehmen merkwürdig nervös und ausweichend vor. Hatte er sie überhaupt gehört? »Will, ich rede mit dir. Stell die Musik ab. Hast du sie wirklich verloren? Ich kaufe dir nämlich keine neuen Turnschuhe, nur weil du deine alten nicht magst. Die waren vollkommen in Ordnung.«

»Ja, klar, aus dem Billigladen. Legst du es absichtlich darauf an, dass mich alle verarschen?«

Sie schaute Hilfe suchend zu Spencer. Würde er tatsächlich zulassen, dass Will in diesem Ton mit ihr sprach? Offensichtlich schon.

»Sei nicht so unverschämt«, sagte sie und errötete. »Die Turnschuhe erfüllen ihren Zweck. Und ich …«

»Er hat recht«, fiel ihr Spencer ins Wort, während sie vorwurfsvoll den Blick auf ihn richtete. »Was denn? Der Junge hat recht. Ich würde auch nicht mit Turnschuhen aus dem Billigladen rumlaufen wollen.«

»Genau!«, triumphierte Will.

»Aber …« Das Wort schmeckte bitter auf ihrer Zunge. So viel zu einer gemeinsamen Front. So viel zu elterlicher Solidarität. »Die Sache ist die – diese Turnschuhe kosten ungefähr fünfzig Pfund weniger als die von Nike, oder was du sonst für Markenschuhe haben willst.«

»Ich lasse nicht zu, dass mein Sohn zur Schule geht wie ein …«

»Und im Moment haben wir keine fünfzig Pfund übrig«, sagte Gemma laut, ohne Spencers Einwurf zu beachten.

»Aha, also soll ich wohl in Socken am Sportunterricht teilnehmen, oder wie? Na, toll. Vielen Dank auch.«

»Es tut mir leid, Liebling. Ich wünschte, ich könnte dir die besten Turnschuhe kaufen, die es gibt, aber das Problem ist, dass wir im Moment an allen Ecken sparen müssen.«

»Ja, ich weiß. Das hast du schon zehn Millionen Mal gesagt. Warum verkaufst du nicht einfach was? Wie zum Beispiel dein Fahrrad, das benutzt du doch eh nie. Oder Dads Mazda. Deinen ganzen …«

»So einfach ist das leider nicht«, sagte Gemma aufgebracht, bevor er noch mehr Dinge auflisten konnte. »Die Baufirma schuldet Dad für seine Arbeit noch eine Menge Geld, und bis wir das haben, müssen wir …«

»Oh«, unterbrach Spencer. »Das wollte ich dir ja noch sagen.«

Gemma sah ihn an, nicht sicher, ob sie es hören wollte. »Was?«

»Sie sind pleite. Die Melvilles. Stu hat vor ein paar Tagen angerufen. Sie haben sich aus dem Staub gemacht. Die Baustelle ist geschlossen. Keiner bekommt sein Geld.«

»Was?« Gemma blieb fast das Herz stehen. »Aber das geht doch nicht! Sie schulden dir fast zehntausend Pfund. Ich habe es ausgerechnet. Was machen wir denn jetzt?«

Er zuckte mit den Schultern. »Es gibt eine Ausgleichszahlung. Ein bisschen was kommt also schon noch rüber.«

»Ja, aber hast du die schon beantragt? Niemand wird dir das Geld einfach so überweisen, oder?«

»Schon gut, schon gut! Kein Grund, gleich wieder auf mich loszugehen. Denkst du nicht, ich hätte nicht schon genug am Hals?«

»Ich sage doch nur …«

Darcey schob unvermittelt heftig ihren Teller von sich, worauf alle zusammenzuckten. »Warum streiten hier ständig alle? Hört auf damit!« Sie ließ ihr Besteck fallen, das klirrend auf dem Tisch landete, und stürmte aus dem Zimmer.

Gemma beugte den Kopf. »Ich habe doch nur gesagt …«, fing sie an, aber Spencer hob abwehrend die Hand.

»Nicht, lass es bleiben.«

Später saß Gemma am Küchentisch, prüfte die Kontoauszüge und die kürzlich eingetroffenen Rechnungen und stieß ein Seufzen aus. Sie steckten in Schwierigkeiten. In großen Schwierigkeiten. Nachdem sie die Summe, die sie noch zahlen mussten, mit dem Kontostand verglichen hatte, hätte sie beinahe einen Herzanfall bekommen. Sie hatte fest mit Spencers Lohn gerechnet, und wenn er jetzt nicht mehr kam, waren sie tief in den Miesen. Eins kam zum anderen, und sie musste nun schleunigst Geld auftreiben. Es blieb ihr gar nichts anderes übrig.

Ob sie ihren Vater fragen sollte, ob er ihr ein paar Tausend Pfund leihen konnte, um ihnen über die Runden zu helfen? Spencer würde ausrasten, wenn er erfuhr, dass sie ihn hinter seinem Rücken gefragt hatte, aber in ihrer Verzweiflung wusste sie allmählich nicht mehr weiter. Allerdings hatte sie sich bei ihrem letzten Besuch Judy gegenüber ziemlich kurz angebunden und schnippisch verhalten. Okay, ganz schön unhöflich. Barry würde wohl seine Brieftasche kaum für eine Tochter öffnen, die nicht höflich zu seiner neuen Freundin war.

Von den Kein-Erfolg-kein-Honorar-Anwälten, die für Spencer Schadenersatz von der Gerüstfirma einklagen wollten, kamen auch keine Anrufe mehr. Inzwischen fragte sich Gemma, ob sie ihre Angebote zu überstürzt abgelehnt hatten. Aasgeier und Blutsauger hatte Spencer sie beschimpft, aber vielleicht war es an der Zeit, vom hohen Ross herunterzusteigen, wenn sie dadurch an Geld gelangen konnten. Sie seufzte. Spencer würde sich niemals darauf einlassen. Die Gerüstbaufirma war ein kleines Unternehmen, und eine Klage konnte sie in den Bankrott treiben. Knapp bei Kasse oder nicht, Spencer hatte seine Prinzipien.

Ihr kam es vor, als ob sie bisher über eine holprige Straße gefahren wären und nun der Tank leer war und es nicht mehr weiterging. Solange Spencer sich jedoch weigerte, Verantwortung zu übernehmen, lag die Zukunft der Familie ganz allein in ihren Händen. Sie musste tapfer, stark und einfallsreich sein. Sie musste sich behaupten und sie alle wieder in die Fahrspur bringen. Bloß wie?

»Das war aber ein tiefes Seufzen«, sagte Harry, der in diesem Moment die Küche betrat. Er hatte sich mit Spencer zu einem Fußballfernsehabend verabredet und war nun vermutlich auf der Suche nach Bier. (Sky Sport, auch so eine teure Sache, die sie wohl kündigen sollte. Sobald sie den Mut aufbrachte, Spencer die Neuigkeit zu überbringen.) »Alles in Ordnung? Du siehst nicht glücklich aus.«

Sie zwang sich zu einem Lächeln, doch es gelang ihr nicht. Also gab sie es auf. Immerhin sprach sie mit Harry, einem ihrer ältesten Freunde. »Nein, eigentlich nicht«, gab sie zu. »Ehrlich gesagt, sind wir ein wenig knapp bei Kasse. Ich muss mir einen Job suchen, um uns über Wasser zu halten. Ich hab mich nur gefragt, was ich tun kann.«

»Aha.« Er nahm zwei grüne Flaschen aus dem Kühlschrank, kniff die Augen zusammen und griff nach einer dritten. Nachdem er sie geöffnet hatte, schüttete er den Inhalt in ein Glas und reichte es ihr. »An was hast du denn gedacht?«

»Ich hab noch ein paar Näharbeiten«, sagte sie. »Vorhänge für Mrs Bradley aus der Schule. Und Eva Walker hat angefragt, ob ich die Kleider für ihre drei Brautjungfern nähen kann …«

Sie spreizte die Finger und fühlte sich hilflos. »Aber das war's dann auch schon.«

»Okay.« Harry setzte sich zu ihr an den Tisch und griff nach der Stromrechnung, die an diesem Morgen eingetrudelt war. »Mahnung« stand dick und fett darauf. »Und wie viel wirst du dafür bekommen? Wenn ich das fragen darf.«

Gemma senkte den Blick. »Na ja …«

»Du lässt dich doch wohl hoffentlich dafür bezahlen, oder? Wie viel bekommst du in der Stunde?«

»Die Sache ist die, Mrs Bradley ist ebenfalls knapp bei Kasse«, sagte sie abwehrend. »Ihr Mann ist seit drei Monaten arbeitslos, und ihre Tochter heiratet im Mai und sitzt ihnen im Nacken, also …«

Harry musterte sie eindringlich. »Jetzt sag mir nicht, dass du das umsonst machst.«

»Nein! Ich habe ihr gesagt, sie soll mir zwanzig Pfund geben und ihren Mann Mark fragen, ob er uns dafür ein bisschen im Garten helfen kann.«

»Zwanzig Pfund und ein wenig Gartenarbeit?« Er machte ein entsetztes Gesicht. »Und wie lange brauchst du dafür?«

»Sie liefert den Stoff für den Vorhang«, entgegnete Gemma. »Und es macht mir nichts aus, also …«

»Weich meiner Frage nicht aus, Gemma Bailey. Du bist mehr wert als das, und Helen Bradley weiß das sehr gut. Sie nutzt dich aus.« Er trank einen Schluck Bier und sah sie nachdenklich an. »Hast du sonst noch was in Aussicht? Hast du dir die Stellenanzeigen in der Zeitung schon angeschaut? Ist da was für dich dabei?«

Sie schüttelte den Kopf und drehte die Stromrechnung um, damit die roten Buchstaben sie nicht noch länger anbrüllten. »Offen gestanden, habe ich Angst, Harry«, gab sie zu. »Spencer ist so … er ist nicht er selbst. Ich habe das Gefühl, unsere Ehe geht in die Brüche. Wenn ich nur irgendetwas, egal was, tun könnte, um wenigstens einen Teil unserer Schulden zu bezahlen, wäre das ein Anfang, aber …«

»Im *Partridge* wird eine Aushilfe gesucht«, sagte er. »Über die Mittagszeit und ein paar Abende am Ausschank. Ich weiß, das ist nicht der beste Job der Welt – und gut bezahlt wird er auch nicht, leider, aber ich bin sicher, Dad würde ihn dir geben, wenn du willst.«

Gemma schwieg einen Moment, während sie über das Angebot nachdachte. Bier zapfen und Gläser für Bernie Sykes spülen war weit entfernt von ihrem alten Job bei *Pop,* wo sie Kleider entworfen und eine Kollektion betreut hatte. Aber in der Not durfte man nicht wählerisch sein. Will hatte keine Turnschuhe, die Stromrechnung war längst überfällig wie alle anderen Rechnungen auch, und nun hatte auch noch die Baufirma Pleite gemacht, und sie hatten nicht einmal das Schwarze unter dem Fingernagel, um im nächsten Monat die Rate für das Haus zu bezahlen. Leichtsinnig wie sie waren, hatten sie sich natürlich auch nicht gegen Verdienstausfälle versichert. »Das brauchen wir nicht«, hatte Spencer zu dem Sachbearbeiter der Bank gesagt. »Ich war noch keinen einzigen Tag in meinem Leben krank.«

Tja, damals, als sie noch optimistisch in die Zukunft schauen konnten.

»Ich nehme den Job«, sagte sie.

Kapitel 17

Am Tag ihrer Untersuchung hatte Saffron ihr Handy gefühlte tausendmal auf neue Nachrichten überprüft. Max hatte jedoch auf ihren Vorschlag, sich im Krankenhaus zu treffen, nicht geantwortet. Schlimmer noch, er hatte überhaupt nicht auf ihren Brief reagiert. Sie nahm dieses Schweigen als dickes, fettes »Nein danke« an sie und das Baby. Das war's dann wohl.

Sie versuchte, die ganze Sache zenmäßig ruhig und gelassen zu nehmen. Was soll's?, redete sie sich ein. Unzählige Frauen stemmen das allein und sind mit ihren Kindern glücklich. Dennoch fiel es ihr schwer, den Hoffnungsfunken zu unterdrücken, der in ihr aufloderte, als sie das Krankenhaus erreichte und dem Wegweiser zur Geburtshilfestation folgte. Vielleicht ist Max ja doch zur Ultraschalluntersuchung gekommen und sitzt bereits im Wartebereich, dachte sie und beschleunigte ihre Schritte. Sobald sie durch die Tür kam, würde er erwartungsvoll aufspringen und sie eindringlich mustern. *Ist es okay, dass ich hier bin?*, würde er fragen. *Ist zwischen uns alles okay?*

Das könnte passieren. Ja, durchaus.

Mit angehaltenem Atem betrat sie den Wartebereich, aber er war nicht da. Natürlich nicht. Warum hatte sie sich etwas vorgemacht? Vermutlich plante er gerade ein Snowboard-Wochenende mit sexy Mia. Vielleicht glitten sie in diesem

Moment die Hügel hinunter, in Frankreich, Italien oder noch weiter weg wie beispielsweise Colorado. Glitzernder Schnee im Wintersonnenschein. Ein herrliches Holzchalet, es wurde an nichts gespart. Schnaps und ein Whirlpool für das Après-Ski-Erlebnis …

Denk nicht drüber nach. Was soll das bringen? Du warst ja nur ein paar Wochen mit ihm zusammen, da hättest du nichts anderes erwarten dürfen.

Sie setzte sich und fühlte sich plötzlich sehr einsam inmitten all der Paare und Familien. Zwei Kleinkinder flitzten herum, eines auf einem Mini-Feuerwehrauto, das andere mit einem Zauberstab und einer laufenden Nase. Saffron zuckte zusammen, als das Kind auf dem Feuerwehrauto sich kräftig abstieß und dabei um Haaresbreite ihre Füße überrollte, und versuchte ein Wie-niedlich-Lächeln. Insgeheim fühlte sie sich jedoch nicht im Mindesten auf diese Angst einflößende neue Welt voller Babys mit wackeligen Köpfen und voller kleiner tobender Menschen vorbereitet. Spielzeug, Windeln und unberechenbare Trotzanfälle … Sie hatte null Ahnung davon. Wie sollte sie das alles nur allein schaffen?

Denk nicht drüber nach. Du wirst genug Zeit haben, alles zu lernen. Alle anderen kommen ja auch klar.

Sie setzte sich und öffnete eine Tüte Krabbenchips, um sich von dem Händchen haltenden Paar ihr gegenüber abzulenken. Der Mann sah die Frau mit solch liebevollem Blick an, dass Saffron Tränen in die Augen stiegen. Sie wünschte, dass auch sie einen Begleiter hätte, der sie so anschaute. *Stopp.* Sie wünschte, dass auch sie einen Begleiter hätte. *Punkt.* Nur wer? Zoe – ihre erste Wahl nach Max – lebte auf der anderen Seite der Erde und konnte nicht mal eben auf einen Sprung vorbeikommen. Ihre Freundin Kate steckte bis zum Hals in der Gründung ihres Unternehmens. Und ihre Mum war so hin-

und hergerissen zwischen ihrem Wunsch, Eloise nicht aufzuregen und Saffron beizustehen, dass Saffron es nicht übers Herz gebracht hatte, ihr von der Untersuchung zu erzählen und sie zu bitten, mitzukommen. Und was Eloise anging … seit dem schrecklichen Essen am Sonntag herrschte zwischen ihnen Funkstille. »Es hat sie schwer getroffen«, hatte ihre Mutter am Telefon gesagt. »Aber sie wird sich schon wieder beruhigen.«

»Glaubst du?« Saffron hatte ihre Zweifel. Eloise hatte schon immer zu lang anhaltendem Schmollen geneigt. Saffron und Zoe waren Hitzköpfe, die sich heftig stritten, vor Wut brüllten und herumtobten, und fünf Minuten später war alles wieder vergessen. Eloise jedoch besaß die Ausdauer, ihren Groll stundenlang, manchmal sogar tagelang zu pflegen, indem sie sich in kühles Schweigen hüllte und finstere Blicke verteilte. Und damals war es nur um Teenager-Kleinigkeiten gegangen wie stibitzte Strumpfhosen, geborgte Haarbürsten und wer sich den Text von »Rapper's Delight« besser merken konnte. Wie lange würde sie sich in ihre Schmollwolke zurückziehen, wenn es um Saffrons unbeabsichtigte Schwangerschaft ging? Einen Monat? Ein Jahr? Vielleicht wäre das Baby schon erwachsen und machte seinen Führerschein, bevor sich Eloise »beruhigt« hatte, wie ihre Mum es ausdrückte.

»Natürlich. Gib ihr ein wenig Zeit. Sie ist so enttäuscht, dass es bei ihr nicht geklappt hat, und hat jetzt Mühe, sich für jemand anderen zu freuen. Das ist alles. Wir freuen uns aber für dich – wenn du das Baby auch wirklich willst.«

Saffron wünschte, ihre Mutter hätte nicht so zweifelnd geklungen, aber daran ließ sich jetzt nichts mehr ändern. So sah es nun mal aus. Sie hatte sich die Suppe eingebrockt, nun musste sie sie auch auslöffeln. Und sie würde auch allein zurechtkommen, ohne Mann, und notfalls auch ohne ihre Schwestern.

Das Krankenhauspersonal hinkte seinem Terminplan offenbar hinterher. Saffron hätte eigentlich schon vor zwanzig Minuten drankommen sollen, aber inzwischen waren drei andere Frauen in den Untersuchungsraum gerufen worden und sie saß immer noch da, schlug die Beine übereinander und versuchte, Geduld zu bewahren. Wie lange musste sie denn noch warten? Sie hatte Kayla, der Empfangsdame im Büro, erzählt, dass sie einen Kundentermin hatte. Sie wollte nicht unnötig Aufmerksamkeit auf sich lenken, weil sie stundenlang von ihrem Arbeitsplatz fernblieb. Außerdem platzte ihre Blase gleich, sie musste dringend aufs Klo. In dem Brief hatte man sie angewiesen, mit voller Blase zur Ultraschalluntersuchung zu erscheinen, weil man dadurch die besten Ergebnisse erzielte, aber im Moment wünschte sie sich nichts sehnlicher als einen Gang zur Toilette.

»Saffron Flint?«

Erleichtert stand sie auf. »Ja, das bin ich.«

Sie folgte der molligen Mittfünfzigerin einen Flur entlang und in ein kleines Untersuchungszimmer mit Liege. »Ich bin Marie und führe heute die Ultraschalluntersuchung bei Ihnen durch. Also dann, legen Sie sich bitte hin und öffnen Sie die Hose. Das reicht schon, nur noch ein wenig runterschieben. Danke, meine Liebe.« Marie hatte einen leichten Waliser Akzent und ein freundliches, mütterliches Gesicht. »Ist das Ihr Erstes?«

»Mein erstes Baby? Ja.« Ihre Finger schienen sich plötzlich alle in Daumen verwandelt zu haben. Sie hatte Mühe, die schwarze Stretchhose nach unten und das pistaziengrüne Shirt nach oben zu schieben. Sie fühlte sich irgendwie verletzlich, wie sie da mit entblößtem, wohlgerundetem Bauch auf der Liege lag, aber sie freute sich auch darauf, ihr Baby wiederzusehen. Einen erneuten Blick auf diese seltsame, wässrig schwarzweiße Welt zu werfen.

»Und Sie sind inzwischen … wollen wir mal sehen, in der zwölften Woche, heißt es hier. Kommt das hin?«

»Ja.«

»Okay, gut. Ich mache heute das NT-Screening, wie Sie vermutlich wissen. Wir messen dabei die Nackentransparenz, also die Nackendichte. Das ist eine Flüssigkeitsansammlung im Nacken des Babys.«

Lächerlicherweise brannten Saffron bei der bloßen Erwähnung des Nackens ihres Babys Tränen in den Augen. Sie konnte es kaum erwarten, diesen weichen kleinen Nacken zu küssen.

»Unter Berücksichtigung Ihres Alters kann ich mit dieser Messung die Wahrscheinlichkeit von genetischen Anomalien wie beispielsweise dem Downsyndrom berechnen. Sind Sie damit einverstanden?«

Die Worte fühlten sich wie ein Kübel Eiswasser an, der über ihr ausgegossen wurde. »Oh, ja. Natürlich«, stammelte sie. Genetische Anomalien. Downsyndrom. Irgendwie hatte sie die Tatsache übersehen, dass das der Grund für diese Untersuchung war. Sie hatte sich so sehr darauf konzentriert, sich ausgewogen zu ernähren, Folsäuretabletten zu schlucken, nicht die Treppen von U-Bahn-Stationen hinunterzufallen und sich zu fragen, warum sie keine Antwort von Max bekam und wie sie sich mit Eloise aussöhnen sollte, dass sie gar nicht auf die Idee gekommen war, dass es noch andere Dinge geben könnte, um die sie sich Sorgen machen musste.

»Nur zur Bestätigung – Sie sind achtunddreißig?«, fragte Marie und klickte auf dem PC herum.

»Ja.« Mit anderen Worten: ziemlich alt für das erste Kind. Ihre Hebamme hatte sie tatsächlich als »ältere Spätgebärende« bezeichnet. »Ältere Spätgebärende?«, hatte Saffron gewimmert, als sie den Eintrag im Mutterpass sah. Älter war ein

Wort, das sie mit faltigen Omas in Rollstühlen in Verbindung brachte. Offensichtlich galt man aber schon als Spätgebärende, wenn man bei der Geburt seines ersten Babys über fünfunddreißig war. Großartig.

»Fangen wir an. Ich schmiere erst ein wenig Gel auf Ihren Bauch. Das fühlt sich vielleicht ein bisschen kalt an.«

Saffron hielt den Atem an, als Marie den Ultraschallstab fest auf ihren Bauch drückte. Inzwischen jagte ein schrecklicher Gedanke in ihrem Kopf den nächsten. Was, wenn das Herz des Babys nicht mehr schlug? So was kam vor, oder? Ein plötzlicher unerklärlicher Tod. Sie glaubte nicht, dass sie es ertragen konnte, wenn sich das Baby auf dem Monitor nicht mehr bewegte.

»Schauen wir mal … Ah, da ist es ja.«

Auf dem Monitor rührte sich etwas. Eine wedelnde Anemone aus lauter Babygliedern. Lebendig und zappelnd. Saffron erlaubte sich ein kleines Lächeln. *Hallo, du.*

»Okay, mal schauen, ob wir das Bild noch klarer bekommen. Ja, so ist es gut. Jetzt nehme ich die Messung vor.« Marie klickte mit der Maus auf verschiedene Punkte auf dem Monitor und drückte einige Knöpfe.

»Geht es dem Baby gut?«, fragte Saffron, die das Schweigen nicht länger ertragen konnte.

»Geben Sie mir eine Minute, dann spreche ich alles mit Ihnen durch.«

Klick. Klick. Klick. Allmählich wurde Saffron nervös. Warum sagte Marie denn nichts?

Sie macht nur ihre Arbeit. Hab Geduld. Und hör auf, dir Sorgen zu machen.

Ich kann nicht anders. Ich wünschte, Max wäre hier. Warum ist er nicht gekommen? Warum hat er mir nicht mal geantwortet?

»So, das war's.« Marie rupfte ein paar blaue Papiertücher aus dem Spender und gab sie Saffron. »Hier bitte, wischen Sie sich ab, während ich mir die Zahlen anschaue.«

Marie wirkt nervös, dachte Saffron alarmiert, während sie sich den Glibber vom Bauch wischte und die Hose zuknöpfte. Bildete sie sich das nur ein oder mied sie tatsächlich ihren Blick? Hatte sie schlechte Nachrichten? Wollte sie Zeit schinden?

»Also, Saffron.« Marie lehnte sich in ihrem Stuhl vor. Ein kleines Goldkreuz lag auf ihrem üppigen, sommersprossigen Dekolleté. »Mit den Werten aus der Messung der Nackendichte – also der Flüssigkeitsansammlung im Nacken des Babys – und mit Ihrem Alter kann man einen bestimmten Risikofaktor berechnen.«

Ja, ja, das hast du schon gesagt. Komm auf den Punkt.

»Denken Sie bitte daran, dass das nur die Berechnung eines Risikofaktors ist und keine Diagnose, okay?«

»Okay.« Das unangenehme Gefühl verstärkte sich. Es ging ihr bis ins Mark. *Bitte, lass das Baby gesund sein. Bitte, Marie, erzähl mir nichts Schreckliches.*

»Ein Messergebnis von drei Millimetern oder mehr kann auf ein erhöhtes Downsyndrom-Risiko hinweisen.«

Saffron schluckte schwer. Ihre Kehle war wie ausgedörrt. »Ja.«

»Bei Ihrem Baby habe ich exakt drei Millimeter gemessen. Sie fallen also in diese Risikogruppe, aber ganz knapp, okay? Vergessen Sie nicht, dass es nur ein Messwert ist, keine sichere Diagnose.«

Oh nein. Bitte nein.

»Die Wahrscheinlichkeit, dass Ihr Baby mit Downsyndrom geboren wird, liegt in Ihrem Fall bei sechsunddreißig Prozent. Aus diesem Grund empfehle ich Ihnen eine Fruchtwasseruntersuchung. Also, einen zweiten Test, damit wir eine klarere Vorstellung bekommen.«

Saffron fühlte sich wie betäubt. Alle Farben schienen aus dem Zimmer gewichen zu sein. Eine Wahrscheinlichkeit von sechsunddreißig Prozent war nicht unbedingt gut, wenn die Zukunft ihres Babys auf dem Spiel stand. Sie nickte zittrig, krampfhaft bemüht, die Information zu verarbeiten. Vor fünf Minuten hatte sie nur an ihre volle Blase gedacht und ob ihr Exfreund wohl gerade die Hänge in Courchevel hinunterschoss. Jetzt fühlte sie sich, als hätte man ihr den Boden unter den Füßen weggerissen, und ganz neue Abgründe der Sorge taten sich vor ihr auf. »Wo…« Sie atmete tief durch. »Wohin muss ich, um diesen anderen Test machen zu lassen? Oder machen Sie den jetzt gleich hier?«

Marie schaute sie überrascht an. »Oh, tut mir leid. Ich hätte mich klarer ausdrücken sollen. Die Fruchtwasseruntersuchung wird in der sechzehnten Schwangerschaftswoche durchgeführt. Wir schicken Ihnen einen Brief mit dem Termin.«

Saffron blickte sie fassungslos an. »Heißt das … ich muss noch vier Wochen warten, bis ich Genaueres weiß?« Das musste sie falsch verstanden haben. Nur die übelste Sorte von Sadisten würde sie so lange hinhalten, oder? »Kann ich den Test nicht jetzt gleich machen? Oder morgen?«

»Tut mir leid, meine Liebe, nein. Man kann diese Untersuchung nur in einem bestimmten Schwangerschaftsstadium durchführen, eben in der sechzehnten Woche. Der Arzt wird … Nun ja, das wird in dem Brief alles genau erklärt. Ich habe auch eine Infobroschüre für Sie. Oh Schätzchen, nicht weinen. Kommen Sie, hier haben Sie ein Taschentuch. Soll ich jemanden anrufen, der Sie abholt?«

Saffron wusste hinterher nicht mehr, wie sie nach Hause gekommen war. Irgendwie hatten ihre Beine den Weg automatisch aus diesem schrecklichen Zimmer gefunden, sie in einen Bus geführt und waren zu ihrer Wohnung gelaufen. Doch an die Einzelheiten konnte sie sich nicht mehr erinnern. Erst in der Sicherheit ihres Wohnzimmers, während sie in die Polster des Sofas weinte, wurde ihr klar, dass es halb vier Uhr nachmittags war und dass man sich in der Agentur sicher längst fragte, wo sie blieb. Sie schaltete das Handy ein und blickte entsetzt auf die siebenundzwanzig entgangenen Anrufe und dreiundsechzig neuen Nachrichten. Ihr war überhaupt nicht in den Sinn gekommen, dass die restliche Welt sich ohne Rücksicht auf sie weiterdrehte.

Die wöchentliche Teambesprechung war sicherlich schon in vollem Gange, und sie war nicht dabei, hatte sich nicht einmal für ihr Fehlen entschuldigt. »Sie hat nur gesagt, sie trifft sich mit einem Kunden«, hörte sie Kayla in ihrer überdrehten Art sagen. Vermutlich würde Charlotte vor Wut schäumen und sie mit allen möglichen Schimpfwörtern verfluchen, aber Saffron war es im Grunde egal. Im Moment war in ihrem Kopf kein Platz für Besprechungen, Kunden oder Telefonkonferenzen. Sie konnte an nichts anderes als an Maries mitfühlendes Gesicht denken. *Eine Wahrscheinlichkeit von sechsunddreißig Prozent. Genetische Anomalien. Sie müssen noch vier Wochen bis zu einer sicheren Diagnose warten.*

Noch nie hatte sich Saffron so verloren und allein gefühlt. Sie hatte sich die Infobroschüre inzwischen mehrmals durchgelesen, und die las sich wahrlich nicht leicht. Schon allein die Beschreibung dieser Fruchtwasseruntersuchung klang gruselig. Mit einer langen Nadel wurde einem in den Bauch gestochen, um eine Fruchtwasserprobe aus dem Umfeld des Babys zu entnehmen. Beim Gedanken daran schlang sie schützend die Arme um den Bauch. Sie wollte nicht, dass jemand Nadeln in die Nähe ihres Babys stach, nein danke. Und zu allem Übel bestand das, wenn auch geringe, Risiko einer Fehlgeburt. Mit anderen Worten – mit einer Fruchtwasseruntersuchung konnte sie das Leben ihres Babys aufs Spiel setzen. Wie sollte sie weiterleben, wenn etwas passierte, wenn sie die falsche Entscheidung traf?

Der schlimmste Teil der Broschüre – und es gab einige, die da zur Auswahl standen – war der Absatz mit der Überschrift »Was soll ich tun, wenn der Test positiv ausfällt?«. Allein beim Lesen kamen ihr die Tränen. *Kinder mit Downsyndrom können ein sehr glückliches Leben führen*, versicherte der Text.

Eltern sollten sich jedoch darüber im Klaren sein, dass sie mit potenziellen gesundheitlichen Einschränkungen wie Herzproblemen, verminderter Hör- und eingeschränkter Sehfähigkeit rechnen müssen. Andere Komplikationen können Verdauungsprobleme, Fehlstellung der Halswirbelsäule und Blutkrankheiten einschließen.

Die armen Kleinen, dachte sie betroffen. Als ob das Leben für sie nicht schon schwer genug wäre. Doch der Text wurde noch heftiger:

Folgende Entscheidungsmöglichkeiten stehen Ihnen offen:
- *Fortsetzen der Schwangerschaft und Nutzung der Testergebnisse zur Vorbereitung auf die Geburt und künftige Pflege Ihres Kindes*
- *Fortsetzen der Schwangerschaft unter Erwägung einer späteren Adoptionsfreigabe oder*
- *Schwangerschaftsabbruch*

Keine leichte Entscheidung. Sie knabberte an ihren Fingernägeln und legte die Broschüre weg. Inzwischen wünschte sie, sie wäre erst gar nicht zu dieser Untersuchung gegangen. Ihr Handy klingelte und sie stöhnte vor Verzweiflung, als sie den

Namen des Anrufers auf dem Display las. *Oh, lass mich in Ruhe, Bunty. Das ist wirklich nicht der richtige Zeitpunkt.*

Sie ließ den Anruf auf die Mailbox gehen und legte sich erschöpft aufs Bett. Sie sollte dringend im Büro anrufen und sich für ihr Fehlen entschuldigen, irgendwelche Lügen über eine plötzliche Übelkeit erfinden. Ansonsten würde Charlotte ihr den Kopf abreißen und sie anschließend feuern. Aber wie sollte sie auch nur einen zusammenhängenden Satz herausbringen, wenn in ihrem Kopf die angstvollen Fragen durcheinanderwirbelten?

Der einzige Mensch, der ihr im Moment Trost spenden konnte, war Zoe, und die befand sich friedlich schlafend am anderen Ende der Welt in Perth, einen gebräunten Arm um Alexa geschlungen. Mit ihren Eltern konnte sie keinesfalls über das Thema reden. Die würden sich aufregen, und ihre Mutter würde in Nanosekundenschnelle vor dem PC hängen und die Foren nach Erlebnisberichten durchforsten, vorschlagen, eine zweite Meinung einzuholen, und Saffron mit wenig hilfreichen Informationen aus dem Internet oder dem *Telegraph* überschütten. Natürlich nur aus Zuneigung und Sorge, aber mit so viel Traurigkeit in der Stimme – »unser armes kleines Enkelkind« –, dass Saffron sich dadurch nur noch schlechter fühlen würde.

Und was Max anging … Tränen füllten ihre Augen. Vielleicht war es ganz gut, dass er nicht zu der Untersuchung gekommen war. Er hatte bereits zwei gesunde Kinder. Wäre er dabei gewesen, hätte er vermutlich ihr und ihren schlechten Genen oder überalterten Eierstöcken die Schuld gegeben, auch wenn er das niemals laut ausgesprochen hätte. Vielleicht wäre er auch vor Schreck zurückgewichen, die Hände abwehrend erhoben, und hätte so was gesagt wie »Tut mir leid, aber ich kann das nicht!«.

Oh Mann. Sie konnte ihre Sorgen nicht einmal in einem Eimer Wein ertränken.

Sie wischte sich über die Augen, putzte sich die Nase und atmete tief durch, als das Telefon erneut klingelte. Bunty. Sie stöhnte frustriert auf und ließ den Anruf erneut auf die Mailbox gehen, während sie argwöhnisch das Display beäugte, weil eine weitere Nachricht eintrudelte. *Schalten Sie am Wochenende einfach mal ab*, stand verlockend im Betreff.

Ja, bitte, dachte Saffron. Einfach mal abschalten klang gut. Genau das, was sie jetzt brauchte. Sehnsüchtig dachte sie an ihren Silvesterurlaub in Suffolk – die langen Spaziergänge, den weiten Himmel, die Freiheit, tun und lassen zu können, was sie wollte, ohne dass sie jemand schikanierte. Ein kleiner Schlupfwinkel, fern von London, Kunden und Max.

Sie schaute erneut auf das Display und stellte fest, dass die E-Mail ein Newsletter der Cottage-Holidays-Website war, über die sie ihren Silvesteraufenthalt gebucht hatte. *Schalten Sie am Wochenende einfach mal ab*, las sie wieder, und dann öffnete sie die Mail.

> Zwanzig Prozent Rabatt auf Last-Minute-Buchungen. Rufen Sie uns an, und wir finden den perfekten Ort für Ihre Mini-Auszeit!

Oh ja, das klang verführerisch. Sie könnte gleich anrufen und sich irgendwo ein Cottage buchen. Ein paar Sachen zusammenpacken und sich sofort ins Auto setzen. Vielleicht hatte ihr das Schicksal ja einen kleinen Schubs gegeben, ihr gezeigt, was sie tun sollte.

Ungefähr drei Sekunden lang dachte sie darüber nach, dann traf sie ihre Entscheidung. Wenn sie noch länger in der Wohnung bliebe, würde sie hier ersticken. Sie könnte Charlotte eine schleimerische Nachricht schicken und ihre Abwesenheit damit entschuldigen, dass sie mit einer Magen-Darm-Grippe und heftigem Durchfall im Bett lag. Durch die Verlegenheit, die dieses Thema aufkommen ließ, und die angeborene britische Zurückhaltung drohten ihr sicher keine unangenehmen Fragen, und sie hätte die Möglichkeit, aus London zu flüchten, bis sie wieder klar denken konnte.

Warum eigentlich nicht? Was hielt sie auf?

In Wahrheit: Nichts. Sie tippte die Nummer ins Handy und suchte ihre Kreditkarte heraus. »Hallo«, sagte sie, als ein freundlich klingender Mann sich am anderen Ende meldete. »Ich würde gern wissen, ob Sie diese Woche noch ein Cottage freihaben. Irgendwo im Südosten. Um ehrlich zu sein, Suffolk wäre ganz nett … Wie lange? Äh … vier Nächte? Nur für mich.« Sie hörte ihm eine Weile zu, dann lächelte sie. »Das wäre perfekt. Das nehme ich.«

Kapitel 18

»Und wo liegt das Problem?«

Caitlin musste unwillkürlich an diese alten Erotikfilmchen denken, in denen der sexy Staubsaugervertreter an die Tür klopfte und die einsame Hausfrau ihr durchsichtiges Nachthemd fallen ließ, um sich zu ihm über den Küchentisch zu beugen. *Ui, stopp. Schluss damit, Caitlin!*

»Äh … Der Herd funktioniert nicht richtig. Er wird nicht mehr heiß.«

Apropos heiß, Harry Sykes sah an diesem Tag absolut umwerfend aus: weißes T-Shirt und zerrissene Jeans, Werkzeugkasten in der Hand und ein leichter sandfarbener Bartschatten auf Kinn und Wangen. *Mmm. Hallo, Seemann.*

»Wie steht's mit dem Wasserkocher? Ist der in Ordnung?«, fragte er und hob eine Augenbraue.

Hatte sie das Wörtchen »heiß« etwa zu stark betont? Sie war so sehr damit beschäftigt, die Beherrschung zu wahren, dass sie nicht sofort verstand, worauf er hinauswollte. »Der Wasserkocher? Ja, damit ist alles in Ordnung. Oh«, sagte sie, als ihr ein Licht aufging. »Möchtest du einen Kaffee oder eine Tasse Tee?«

»Ich dachte schon, du fragst nie«, antwortete er grinsend. »Kaffee, bitte. Mit Milch und zwei Löffeln Zucker.«

Ihr Laptop stand offen auf dem Küchentisch, sie arbeitete

gerade an der Babynahrungswebsite. *Beachte mich einfach gar nicht, ich arbeite immer hier, ehrlich …* Aber nachdem sie den Kaffee gekocht und sich wieder hingesetzt hatte, war an Arbeit nicht mehr zu denken. Sein Anblick lenkte sie total ab. Er hatte den Herd von seinem Platz an der Wand weggerückt, um die Elektrik zu überprüfen, wobei seine Rückenmuskeln spielten und sein Bizeps sich unter dem T-Shirt wölbte. *Schnurr.*

»Hey, übrigens …« Er drehte sich unerwartet um und erwischte sie beim Starren. Wie peinlich. Sie benahm sich wie eine einsame Hausfrau mit schmutzigen Gedanken. »Ich habe meiner Schwester erzählt, dass ich heute bei dir bin, und sie hat gesagt, dass deine Mum meine Nichte Clemmy zur Welt gebracht hat. Die Welt ist doch klein.«

»Den One-Direction-Fan?«, fragte Caitlin in Erinnerung an die Sticker in Harrys Van.

»Genau. Vermutlich kam sie schon singend und tanzend auf die Welt. Meine Schwester Sam meint, dass deine Mum ganz wunderbar war. Die beste Hebamme aller Zeiten.«

Caitlin spürte, wie ihr Hitze in die Wangen stieg. Zuerst Gemma, und jetzt erzählte auch noch Harry von netten Erinnerungen an Jane. »Das freut mich zu hören«, sagte sie nach einer Weile. »Sie war auch eine ziemlich tolle Mutter.«

»Darauf wette ich. Sam sagt, sie hat sich bei ihren Besuchen immer ganz liebevoll um Clemmy gekümmert. Vermutlich hast du tonnenweise Babyfotos hier im Haus, oder?«

Caitlin lächelte. »Vermutlich, ja.« Sie hatte sich noch nicht dazu überwinden können, die Fotoalben durchzusehen. Eine weitere Aufgabe, die sie vor sich herschob.

Harry räusperte sich verlegen. »Es ist eine Schande, dass sie nicht mehr unter uns ist«, sagte er und beugte sich vor, um in einem kompliziert aussehenden Kabelgewirr herumzutasten. »Ich könnte ihre Hilfe im Sommer gut gebrauchen.«

Wieder einmal wurde Caitlin durch die Art, wie sich sein T-Shirt über den breiten Rücken spannte, zu sehr abgelenkt, um die Bedeutung seiner Worte sofort zu erfassen. »Diesen Sommer? Oh!« Was? Wollte er damit wirklich das andeuten, was sie dachte? »Du bekommst ein Baby?«, fragte sie mit allzu schriller Stimme. »Also, nicht du, ist ja klar. Ich meine, du wirst Vater?«

Er zuckte mit den Schultern. »Sieht so aus.«

Der erotische Kopfkinostreifen »Elektriker trifft einsame Designerin, dass die Funken sprühen« riss völlig abrupt, als ob die Filmrolle vom Projektor gesprungen wäre. *Oh, verdammt. Blöder Mist.* Dann war die Stilettostampferin etwa in anderen Umständen? *Shit.*

»Glückwunsch«, sagte sie nach einer etwas zu langen Pause, als ihr wieder einfiel, dass man das in solchen Situationen sagen sollte. »Heißt das, du brichst deinen Neujahrsvorsatz, nicht gleich wieder zu heiraten?«

Er zuckte erneut mit den Schultern. Offenbar war er nicht gerade begeistert darüber, Vater zu werden. »Weiß nicht«, murmelte er und nahm einen Schraubendreher aus dem Werkzeugkasten. »Jade und ich waren schon nicht mehr zusammen, als sie es herausfand, deshalb ist die romantische Stimmung ein wenig getrübt. Aber es ist so, wie es ist. Sie ist glücklich. Ich bin … glücklich.«

Er war ganz bestimmt nicht glücklich. Zum ersten Mal sah sie ihn ohne den geringsten Anflug eines Lächelns im Gesicht. »Ja. Gut. Wie schön«, meinte sie und versuchte, sich auf ein schwieriges Designproblem zu konzentrieren. Ihre Gedanken wirbelten wild durcheinander, während sie versuchte, diese überwältigende Neuigkeit zu verdauen. Jetzt war ganz bestimmt nicht der richtige Zeitpunkt, die einstudierten Flirtfloskeln zum Besten zu geben. Durch die Verkündung seiner bevorstehenden Vaterschaft hatte Harry höflich eine Grenze gezogen, die sie nicht überschreiten durfte. Vielleicht war diese ganze Lobhudelei über ihre Mum nur ein Vorwand gewesen, um das Gespräch auf Babys zu lenken.

Sie schaute auf den Laptopbildschirm, sie hatte völligen Blödsinn eingetippt. *Wage das Risiko und ergreife die Chance*, hatte die Botschaft aus dem Glückskeks gelautet, aber sie bellte den falschen Baum an. Einen Baum, der schon besetzt war.

Du blödes Miststück. Du SPINNST doch total, hallten ihr Flynns Worte durch den Kopf. *Glaubst du etwa, irgendein anderer wird dich noch haben wollen? Du bist nicht mal attraktiv. Du bist eine verdammte LACHNUMMER.*

»Aha«, sagte Harry in diesem Moment, beugte sich vor und setzte den Schraubendreher an. »Hab dich.«

Er schenkte ihr ein triumphierendes Lächeln und sie zwang sich, es zu erwidern. *Dumme Nuss*, dachte sie niedergeschlagen. *Schau ihn dir doch mal an. Er ist eine Sahneschnitte. Eine viel zu große Nummer für dich. Mach dir nicht vor, dass er an jemandem wie dir interessiert sein könnte, du langbeiniger Lulatsch.*

Tja, wenn ihre Aktion auch sonst nichts gebracht hatte, zumindest ihr Herd würde wieder funktionieren. Sie würde auf den Putz hauen und dieses denkwürdige Ereignis mit einer weiteren Dose Bohnen feiern, dieses Mal kochend heiß. »Wuhu«, murmelte sie. Wie gewagt. Ein Leben am Abgrund.

Nachdem Harry gegangen war, gab sie nicht länger vor, an der Website zu arbeiten. Sie konnte sich ohnehin nicht konzentrieren, weshalb sie mit ihrer Mission, das Cottage auszuräumen, fortfuhr. Mit Gemmas Hilfe hatte sie am Anfang der Woche den Schrank ihrer Mutter durchgesehen und sämtliche Kleider und Tüten aussortiert. Gemma, die immer auf der Suche nach guten Stoffen war, hatte viel davon mitgenommen, und die Atmosphäre im Haus fühlte sich danach irgendwie leichter an, als wäre eine schwere emotionale Schicht abgetragen worden.

Nun stand das Wohnzimmer an und, Junge, da gab es ordentlich zu tun. Die cremefarbene Tapete mit dem Rosenmuster war vergilbt und blätterte über dem Fenster ab. Die dreiteilige Sitzgarnitur in staubigem pflaumenfarbenem Velours wies an den Armlehnen abgewetzte Stellen auf, und die Polster waren so platt gedrückt, als hätte eine Elefantenfamilie darauf gesessen. Auch dem billigen, schmuddeligen Teppich mit dem braun-weißen Wellenmuster sah man sein Alter an. Er lag schon so lange im Zimmer, wie Caitlin denken konnte. Sie hatte darauf Handstand geübt, mit den Füßen an der Wand, und konnte sich immer noch gut an das schwindelige Gefühl erinnern, als die Welt plötzlich kopfstand. Das alles musste jetzt raus.

Ächzend schob sie die Möbel ins Esszimmer und quetschte sie dort bunt durcheinander zu den anderen. Die verblassten Vorhänge waren nur noch für den Abfall gut, weshalb sie sie einfach abnahm. Dann zog sie den Teppich von seinen Klebestreifen und rollte ihn zusammen, sodass die schönen breiten Dielen darunter zum Vorschein kamen.

Immer wieder spulte sich in ihrem Kopf das Gespräch mit Harry ab. Zum Glück hatte er seine Neuigkeit erwähnt, bevor sie sich blamierte, indem sie ihm beispielsweise ihren BH an den Kopf warf. *Ergreife die Chance!* Sie mochte sich gar nicht ausmalen, wie gedemütigt sie sich gefühlt hätte, wenn sie ihn tatsächlich mit einem abgedroschenen Spruch angemacht und er sie abgewiesen hätte. *Äh, wow, ich fühle mich geschmeichelt, aber, du weißt schon. Nein. Du bist echt 'ne komische Nummer.*

Jaha. Sie konnte froh sein, dass ihr ein solcher Moment erspart blieb.

Sie hatte sich bereits halb durch das Wohnzimmer gearbeitet und den Teppich wie eine riesige Biskuitrolle in einer aufwirbelnden Staubwolke zusammengerollt, als eine von Harrys Bemerkungen sie nicht mehr losließ. *Vermutlich hast du tonnenweise Babyfotos.*

Eine ganz unschuldige Bemerkung, auf den ersten Blick. Er hatte sich sicher nichts dabei gedacht, weil er viel zu beschäftigt damit gewesen war, seine Vaterbombe platzen zu lassen. Das Komische war nur, dass ihr jetzt, wo er es gesagt hatte, klar wurde, dass sie noch kein einziges Foto von sich als Baby gesehen hatte. Ihr Kopf war wie leer gefegt. Wie hatte sie damals eigentlich ausgesehen?

Die Hände in die Hüften gestützt, stand sie in der Mitte des Zimmers und durchforstete ihr Gedächtnis. Um Himmels willen. Das war doch lächerlich. Sie litt schon im zarten Alter von zweiunddreißig Jahren an Gedächtnisschwund. Wieso wusste sie nicht mehr, wie sie als Baby ausgesehen hatte?

Sie ließ den Teppich Teppich sein, wischte sich die Hände an der Jeans ab und begab sich auf Spurensuche. Beim Betrachten der Fotoalben kam die Erinnerung sicher zurück, und sie würde sich wie ein Trottel vorkommen, weil sie es nicht mehr gewusst hatte. Ihre Mum und ihr Dad hatten jede Kleinigkeit aus ihrer Kindheit sorgfältig mit Fotos dokumentiert – die Fingermalaktion im Kindergarten, den Sporttag der Kleinkinder, wie sie in Great Yarmouth auf einem Esel ritt, absolut starr vor Furcht. In der Pfadfinderuniform, wie sie stolz den Drei-Finger-Gruß vorführte. Demzufolge musste es auch Hunderte von Baby-im-Hut-Fotos von ihr geben. Vermutlich erinnerte sie sich aus lauter Langeweile nicht mehr daran.

Die Fotoalben standen früher in den Bücherregalen im Wohnzimmer. Aufgrund ihrer Ausräumwut waren sie jedoch inzwischen in eine Kiste im Esszimmer verbannt worden. Also gut. *Lass dich mal anschauen, Baby Caitlin, nackt im Bad, in all deiner peinlichen Pracht.* Sie nahm die ersten Alben aus der Kiste und blätterte sie durch. Eine sehr frühe Sammlung, mit Jane und Steve in cooler Siebzigerjahre-Kleidung, kurz nach ihrer Hochzeit. Damals lebten sie noch in Schottland.

Im nächsten Album war Caitlin schon Teenager, das Gesicht im Gothic-Style weiß geschminkt, die Lippen geschürzt und die Füße in Springerstiefeln. Als ob das je gut an ihr ausgesehen hätte.

Es gab noch ein Album mit Bildern aus ihrer Kleinkindzeit, auf den meisten war sie mit übers Gesicht verschmiertem Essen und verschmitztem Grinsen zu sehen. Manche Dinge änderten sich nie.

Immer weiter blätterte sich Caitlin durch die liebevoll zusammengestellte Sammlung und fühlte sich immer verwirrter. Es gab keine Babybilder. Nicht ein einziges? Wieso nur? Sie verstand das nicht. Ihre Mum liebte Babys. In der heutigen Zeit wäre Jane Fraser eine dieser anstrengenden Mütter gewesen, die auf Facebook jeden Pups ihres kleinen Goldschatzes zur Schau stellten. *Gefällt mir!*

Nun blieb nur noch ein Album übrig, doch es war eins mit ziemlich neuen Fotos. Ihre Mutter mit Freunden auf einer Kreuzfahrt, alle unter großen Sonnenhüten und mit bunten Cocktails in der Hand. Harry hatte sich geirrt. Von wegen tonnenweise Babyfotos. Nicht ein einziges gab es. »Warum nicht?«, fragte sie laut und versuchte, das komische Gefühl in ihrem Inneren zu ignorieren. »Ich verstehe das nicht, Mum. Wo sind die Fotos? So hässlich kann ich als Baby doch nicht gewesen sein, oder?«

Irgendetwas musste sie übersehen haben. Irgendwo musste noch eine Kiste stehen. Ganz sicher.

Auf den Fersen sitzend überprüfte sie alle Alben erneut,

diesmal mit allergrößter Sorgfalt. Auf dem ältesten Foto, das sie von sich fand, war sie ungefähr zwei und trug ein Cordkleid. Das dunkle Haar war zu einer glänzenden Topffrisur geschnitten. Jane hielt sie im Arm, ein strahlendes Lächeln im Gesicht, den Blick auf die kleine Caitlin gerichtet. Aufrichtige Liebe schimmerte in ihren Augen. In Caitlins Gesicht stand allerdings derselbe Ausdruck wie auf dem Bild mit dem Esel an der Küste: Die blanke Panik, sie wirkte starr vor Angst.

Ganz schwach begann eine Alarmglocke in ihrem Kopf zu klingeln, als ob das Bild irgendeine größere Bedeutung hätte. Bloß welche?

Caitlin betrachtete das Foto eine lange Zeit. Dann zog sie mit klammen Fingern das schützende Zellophan ab und löste das Bild von seinem klebrigen Hintergrund. Sie drehte es um und sah, was in der schnörkeligen Schrift ihrer Mum auf der Rückseite geschrieben stand: *Ein besonderer Tag. 1. Juni 1983. Caitlin!*

Sie ließ das Foto fallen, als hätte sie sich daran verbrannt. Der 1. Juni war ihr Familientag, den sie immer mit frisch gebackener Erdbeertorte und Champagner gefeiert hatten. Einfach so, hatte Jane immer schulterzuckend gesagt, als ob das Datum rein zufällig gewählt wäre. *Manchmal ist es gut, die Familie zu feiern und sich daran zu erinnern, wie viel Glück man hat.* Aber mit Champagner?! Obwohl ihre Eltern nur ein mageres Gehalt bekamen? Sie waren nicht die Art von Menschen, die für Champagner Geld verschleuderten, wenn es keinen besonderen Anlass dafür gab.

Dieser Anlass musste schon wirklich etwas ganz Besonderes sein.

Wieder betrachtete sie das Foto. Irgendwie schien sie sich in Janes Armen nicht wohlzufühlen. Sie wirkte verängstigt. Jane blickte sie mit Zuneigung an, aber die kleine Caitlin wirkte so, als hätte sie nicht den blassesten Schimmer, was mit ihr passierte. *Ein besonderer Tag. 1. Juni 1983. Caitlin!*

Dieses Ausrufezeichen irritierte sie ganz besonders. Das war doch nicht normal, oder? Als ob sie an diesem Tag ihren Eltern zum ersten Mal begegnet wäre. Als ob sie sich eben erst kennengelernt hätten.

Nein. Stopp. Hör auf damit, Caitlin. Allmählich drehte sie durch.

Es tut mir leid, Mäuschen, hörte sie ihre Mutter wieder auf dem Sterbebett sagen. *Ich hätte es dir sagen sollen. Ich wusste nur nie, wie.*

Es tut mir leid, Mäuschen.

Es tut mir leid, Mäuschen.

Übelkeit stieg in ihr auf, brennend und bitter, und sie rannte mit wild wummerndem Herzen aus dem Zimmer.

Kapitel 19

»Das macht neun Pfund achtundfünfzig, bitte. Vielen Dank.« Gemma nahm die Zehnpfundnote entgegen und öffnete die Kasse.

»Danke, Schätzchen. Verdienst dir wohl ein bisschen Extrataschengeld, was?«

Gemma gefror das Lächeln im Gesicht, als sie Bill Perkins die zweiundvierzig Pence Wechselgeld in die ausgestreckte Hand legte. »So was in der Art«, antwortete sie und ging ans andere Ende des Tresens. »Meine Damen, was kann ich Ihnen bringen?«

Seit drei Tagen arbeitete sie inzwischen im *The Partridge* und gewöhnte sich allmählich daran, zum ersten Mal seit zwölf Jahren wieder einen Job zu haben. Inzwischen konnte sie ein Pint Bier zapfen, ohne dass im Glas fünf Zentimeter gelber Schaum entstand, wusste, wie die Glaswaschanlage funktionierte und wie sie die eigensinnige elektronische Kasse zu bedienen hatte. Auch die Stammgäste und ihre jeweiligen Vorlieben und Launen lernte sie immer besser kennen. So wusste sie, dass für Brian Butters ein eigener silberner Bierkrug hinter dem Tresen bereitstand, weil er sich weigerte, aus etwas anderem zu trinken. Der geizige alte John McNaught erwartete, dass man ihm seinen Penny Wechselgeld immer herausgab, er wollte kein Trinkgeld geben wie andere Leute und einfach »Schon gut« sagen. Und Louise Brierley, die vorgab, auf einem Gesundheitstrip zu sein, lehnte sich immer über die Theke und verlangte im Flüsterton und mit heiserer Stimme einen heimlichen Schuss Wodka in ihren Orangensaft. »Aber verrat's nicht meinem Mann, Herzchen, ja?«

Wie Bill Perkins hatten auch andere Gäste Gemmas Thekendienst mit hochgezogenen Augenbrauen quittiert. »Leben Sie nicht in diesem schönen großen Bauernhaus?«, fragte eine Frau überrascht, als Gemma sie bediente. Als ob die Bewohner eines großen schönen Bauernhauses sich ihren Lebensunterhalt nicht verdienen müssten.

»Ja, genau«, antwortete sie fröhlich und nahm rasch die Bestellung auf, ehe sie mit der nächsten Frage, die immer mit einem »Aber warum« begann, bombardiert werden konnte.

Trotzdem machte ihr die Arbeit Spaß. Sie war abwechslungsreich, vor allem abends, wenn der Pub gut besucht war, und Gemma genoss es, mit Menschen zu plaudern, mit denen sie normalerweise nicht in Kontakt kam. Einige der älteren Männer waren ausgesprochen reizend. Und Bernie, der Wirt, war lustig und nett. Am meisten freute sie sich jedoch auf den Lohn, den sie freitags in einem kleinen braunen Umschlag erhielt – bar und mitsamt Lohnabrechnung –, und jeden einzelnen Penny davon hatte sie selbst verdient. Für Menschen wie Bill Perkins mochte es ein kleines Taschengeld sein, aber für Gemma war es eine Riesensache. Hart verdientes Geld in ihrem Portemonnaie, Geld, das in die Familienkasse hineinfloss, statt heraus. Zwar war ihr Verdienst mickrig, wie Harry sie schon mit bedauernder Miene vorgewarnt hatte, aber auch Kleinvieh machte Mist, und jeder noch so mickrige Betrag half ihnen weiter.

Sie hatte dem Strom-, Gas- und Wasserwerk telefonisch

mitgeteilt, dass sie nun eine Arbeit hatte und die Rechnungen auch schnellstmöglich zahlen wollte, aber im Moment noch einen kleinen Aufschub benötigte. Man hatte ihr daraufhin erlaubt, die fälligen Beträge monatlich abzustottern, vorausgesetzt, die Zahlungen gingen regelmäßig ein. Das verschaffte ihnen zumindest ein bisschen Luft. Die sich auftürmenden Kreditkartenrechnungen waren allerdings eine andere Sache. Nun ja, mit diesem Problem würde sie sich beschäftigen, wenn es nicht mehr anders ging. Sie hatte beschlossen, sich die Rechnungen einfach nicht mehr anzusehen, bis sie das Geld zusammenkratzen konnte, und stopfte sie ungeöffnet in eine Schublade. Eine Frau konnte nur eine gewisse Anzahl schlafloser Nächte voller Geldsorgen ertragen, bevor sie einen Nervenzusammenbruch erlitt.

Die nächste Hypothekenrate war am Monatsende fällig. Sie versuchte nicht daran zu denken, aber nachts im Bett überkam sie regelmäßig die Panik und sie sah schon den Gerichtsvollzieher vor der Tür stehen. Spencers Ausgleichszahlung war immer noch nicht eingetroffen, obwohl sie den Antrag mittlerweile selbst ausgefüllt hatte, und die Gerüstbaufirma hatte auch noch kein Schmerzensgeld gezahlt, obwohl sie persönlich dort aufgekreuzt war und den Geschäftsführer förmlich darum angebettelt hatte (Wie man sich zum Affen macht, Kapitel neunhundertsiebenunddreißig.) Jedenfalls gab sie ihr Bestes.

Leider hatte ihre Familie die Nachricht von ihrem Job im Pub nicht gut aufgenommen. Darcey war total entsetzt. »Aber ich werde dich vermissen«, sagte sie mit Schmollmund. »Und wer liest mir dann meine Gutenachtgeschichte vor?«

Will zeigte sich ebenfalls nicht gerade begeistert. »Na, toll. Wie intellektuell! Meine Mum, die Bardame. Das erzähl mal besser nicht meinen Freunden.«

Auch bei Spencer hielt sich die Freude in Grenzen. »Ich will nicht, dass dich diese ganzen Kerle mit ihren Blicken ausziehen«, brummte er, obwohl sie den Verdacht hegte, dass seine mangelnde Begeisterung eher auf der Tatsache beruhte, dass sie nun die Brötchen verdiente, was ihm ganz sicher nicht gefiel. Das verletzte offensichtlich seinen Stolz und verstieß gegen seine Macho-Vorstellungen von einer Ehe. Ja klar, weil die traditionelle Rollenverteilung in letzter Zeit ja auch so supergut funktioniert hat!, hätte sie am liebsten gesagt. Sie musste ihre ganze Willenskraft aufbringen, um ihm den Berg Mahnungen nicht unter die Nase zu halten und darauf hinzuweisen, dass seine altmodischen Ideen noch dafür sorgen würden, dass sie auf der Straße landeten, mit einem Bettelbecher in der Hand, wenn sie nicht aufpassten.

»Ich denke lediglich praktisch«, sagte sie durch zusammengebissene Zähne. »Und ich halte das für eine gute Übergangslösung.« Als er daraufhin nichts erwiderte, konnte sie sich nicht verkneifen, hinzuzufügen: »Sonst müssten wir ernsthaft Wills Vorschlag von neulich in Betracht ziehen und ein paar Sachen verkaufen, damit wir über die Runden kommen. Im Moment fährst du ja eh nicht mit dem Wagen, also könnten wir den M…«

»Ich verkaufe meinen Mazda nicht«, erwiderte er fuchsteufelswild. »Ich bin kein verdammter Krüppel. In ein paar Monaten kann ich wieder fahren, hat der Doktor gesagt.«

»Schon gut, es war ja nur ein Vorschlag.«

»Ich verkaufe das Auto nicht, Gem. Auf keinen Fall.«

»Gut, dann muss ich arbeiten gehen. Wir haben keine andere Wahl.«

Um ihr zu verstehen zu geben, wie sauer er auf sie war, setzte er sich in das verdammte Auto und schmollte in der dunklen Garage wie ein Riesenbaby. Gemma ignorierte ihn. Sie musste zur Arbeit und brachte keine Energie mehr für einen weiteren

Streit auf. Außerdem würde Spencer den Gips bald wieder los sein, und sie klammerte sich an die Hoffnung, dass sich danach auch seine Laune bessern würde. Irgendwann musste es doch mal aufwärtsgehen.

»Er ist ziemlich niedergeschlagen«, hatte sie der Ärztin bei der Kontrolluntersuchung in der vergangenen Woche erzählt. »Ich frage mich, ob das vielleicht schon eine Depression ist. Ich habe über das postkommotionelle Syndrom gelesen und …«

Spencer hatte sie daraufhin mit einem derart zornigen Blick bedacht, dass sie glaubte, die Erde würde beben. »Wäre nicht jeder in meiner Lage deprimiert?«, giftete er. »Oder soll ich mich darüber auch noch freuen?«

Die Ärztin, eine Frau in den Fünfzigern mit aufmerksamen braunen Augen und einer gelassenen, beherrschten Art, versuchte die Wogen zu glätten. »Ein solcher Unfall strapaziert die Geduld und die Laune aller Beteiligten. Aber wenn es Ihnen zu viel wird, können wir gern über …«

»Nein«, erwiderte Spencer sichtlich gereizt. »Mir wird es nicht zu viel. Und ich möchte nicht mit Glückspillen vollgepumpt werden. Verstanden?«

Auf dem Rückweg herrschte eisiges Schweigen zwischen ihnen. Er beschwerte sich nicht einmal über ihre Fahrkünste wie sonst. Erst, als sie in die Auffahrt bogen, sagte er schroff: »Mach das nie wieder.«

»Was?«

»Über mich zu reden, als wäre ich nicht da. Den Ärzten zu erzählen, wie es mir deiner Meinung nach geht und wie man mir helfen könnte. Als wäre ich ein Kleinkind, das nicht für sich selbst sprechen kann. Lass mich das machen, okay?«

Umständlich stieg er aus dem Auto und humpelte quälend langsam auf den Krücken zum Haus. Sein Blick besagte, dass sie es bloß nicht wagen sollte, ihm zu helfen. Sie wusste es in-

6

Buchhandlung Wagner
Friedrich-Ebert-Str. 5
55218 Ingelheim
Tel.: 06132/2544
Fax.: 06132/73445
www.buch-wagner.de
St. Nr.:08/052/0183/9
1

Kunden-Nr.: 23118
Nussbickel-Becker, Monika
Raiffeisenstr. 3
55218 Ingelheim

Bon-Nr	Pers.	Datum/Zeit
323868	4	23.01.2016 1[illegible]:29:15

9783863960872 Das Jahr, in d 14,99 A

Endsumme 14,99 €

Bar 14,99 €

	MwSt	Netto	Betrag
A: 7%	0,98		14,01

Positionen[1] Artikel[1] Druck[1]

zwischen sowieso besser. Also blieb sie im Auto sitzen und sah zu, wie er sich zittrig an die Veranda lehnte, nach den Schlüsseln kramte und aufschloss. Krachend fiel die Tür hinter ihm zu.

Sie stieß einen langen Seufzer aus, ihr Atem bildete Wölkchen in der kalten Luft. Wenn Spencer so grimmig war, so stur, so verdammt egoistisch, als ob er der einzige Mensch auf der Welt wäre, der zählte, stellte sie sich manchmal vor, einfach wegzufahren und ihn zu verlassen. Auf Nimmerwiedersehen und ohne Reue!

Aber dann dachte sie an ihre Mum, die mit einem Kellner aus Ibiza durchgebrannt war, und der Kummer aus ihrer Kindheit brandete erneut auf. Jahrelang hatte sie jede Nacht im Bett gelegen und angestrengt auf die Schritte ihrer Mutter in der Einfahrt gelauscht – Schritte, die nie kamen. Bei jeder ausgeblasenen Geburtstagskerze hatte sie sich ihre Rückkehr gewünscht, bei jedem Umrühren des Weihnachtspuddings mit ihrer Großmutter. Bei jedem bedeutsamen Erlebnis auf dem Weg ins Erwachsensein – Weihnachtskonzerte, wackelige Milchzähne, ihre erste Periode – wünschte sie, ihre Mutter wäre bei ihr. Ihr Dad war für sie Superman, der beste Vater der Welt, doch trotz seiner Bemühungen klaffte eine Lücke in ihrer Familie, eine geisterhafte Präsenz. Und nun saß sie hier und wünschte sich selbst fort, um eine ebenso geisterhafte Lücke zu hinterlassen.

Du bist deiner Mutter ähnlicher, als du dachtest, flüsterte eine fiese Stimme in ihrem Kopf.

Nein. Sie war nicht wie ihre Mutter. Sie würde Will und Darcey niemals verlassen. Aber Spencer? Ein paarmal war es ihr in der vergangenen Zeit schon durch den Kopf geschossen.

Sie spielte mit ihrem Ehering, und die Fenster beschlugen, als sie erneut aufseufzte. *In guten wie in schlechten Zeiten, in Krankheit und Gesundheit, weißt du noch?*

Ja. Sie wusste es noch. In Armut und Reichtum, auch das. Wenn ihr Ehegelübde je auf die Probe gestellt worden war, dann in dieser Zeit.

Außer der Arbeit im Pub hatte Gemma auch noch einige Näharbeiten angenommen – die Kleider für die Brautjungfern und die Vorhänge –, die sie in der winzigen Abstellkammer im vorderen Teil des Hauses erledigte, weit entfernt vom dröhnenden Fernseher und Spencers Gemecker. Sie hatte ihre Liebe zum Nähen entdeckt, als sie ungefähr so alt war wie Darcey. Damals hatte sie zwei Ferienwochen bei ihren Großeltern verbracht, weil ihr Vater arbeiten musste. Großmutter Pepper hatte eine ganz wundervolle Kiste mit Stoffresten in allen Farben und Sorten, dazu eine Knopfkiste und einen überquellenden Nähkorb. Während ihr Großvater mit den Jungs zum Fischen und Drachensteigen ging, erhielt Gemma von ihrer Oma einen Crashkurs im Nähen, fädelte den ersten Faden in die Nadel und machte ihre ersten ungeschickten Stiche. Am Ende der vierzehn Tage hatte sie ihren Puppen und Teddys neue Kleider genäht und konnte sich nichts Schöneres vorstellen.

Will würde inzwischen eher sterben, als etwas anziehen, das seine Mutter genäht hatte, aber für Darcey schneiderte sie noch immer Röcke und Kleider und für sich selbst natürlich auch. Sie hatte den Nähtisch vor das Fenster gerückt, damit sie immer mal auf die Straße schauen konnte, und genoss es, das Ein und Aus bei ihren Nachbarn zu beobachten. Mrs Belafonte, die mit ihren Labradoodles Gassi ging, und Jan, die geplagt wirkende Mutter aus Nummer 26, die mit ihren dreijährigen Zwillingen zum Spielplatz lief. Nach Mr Ranger, dem älteren Gentleman aus dem heruntergekommenen Eckhaus, konnte man die Uhr stellen – jeden Tag pünktlich zur Mittagszeit ging er auf ein Pint Ale in den Pub.

Eines Nachmittags bot sich ihr ein ungewohntes Bild auf der Straße, eine junge Frau mit Reisetasche und Lebensmitteln aus dem örtlichen Supermarkt, die ihr irgendwie vertraut vorkam. Sie wusste bloß nicht, weshalb. Ihr langes rotes Haar wehte wie ein flatterndes Band im Wind. Sie trug einen schwarzen Trenchcoat, einen kurzen Glockenrock über Leggings und Stiefel. Plötzlich fiel ihr ein, woher sie die Frau kannte. Sie hatte über Silvester im Nachbarhaus gewohnt. Wie hieß sie noch gleich – Sophia? Nein, der Name fing zwar mit S an, aber er war ziemlich ungewöhnlich gewesen. Sapphire? Suzanne?

Gemma runzelte die Stirn. Der Name lag ihr auf der Zunge. Saffron, das war's! Sie war witzig und nett gewesen und hatte ihnen allen nach Mitternacht die Tanzschritte zu »Single Ladies« beigebracht. An diesem Abend hatten sie viel gelacht.

Die Näharbeit war vergessen, während sie zusah, wie Saffron vor dem Cottage nebenan ihre Einkäufe absetzte und in der Tasche nach dem Hausschlüssel kramte. Als ob sie Gemmas Blick auf sich spürte, drehte sie sich unvermittelt um und schaute zum Bauernhaus herüber. *Erwischt*, dachte Gemma schuldbewusst und errötete. Beim Spionieren ertappt. Sie winkte grüßend und versuchte, überrascht auszusehen, als hätte sie sie eben erst entdeckt.

Saffron lächelte und winkte zurück, dann deutete sie zur Tür, formte mit den Händen ein T und tat so, als ob sie trinken würde. Ob nun eine Tasse Tee oder ein Glas Wein – Gemma würde keins von beidem ablehnen. Sie hob die Daumen hoch, schaltete die Nähmaschine aus und lief nach unten. »Ich geh mal kurz nach nebenan«, rief sie.

»Du bist wieder hier!«, sagte sie, als Saffron ihr die Tür öffnete. Doch ihr Lächeln verrutschte, als sie bemerkte, wie schrecklich

Saffron aus der Nähe aussah. Unter ihren geröteten Augen lagen tiefe Schatten, Pickelchen blühten um ihren Mund und sie strahlte eine fast greifbare Verzweiflung aus. *Oh du meine Güte, sie muss krank sein*, dachte Gemma, und Sorge stieg in ihr auf. Entweder krank oder verlassen worden – vielleicht auch beides. »Geht es dir gut?«, fragte sie zögernd und hoffte, dass ihre Sorge nicht allzu auffällig war.

»Na ja, es ging mir schon besser«, erwiderte Saffron leichthin und setzte ein tapferes Lächeln auf, doch ihre Schultern sackten nach unten. Ein sicheres Anzeichen dafür, dass es ihr ganz und gar nicht gut ging. »Komm rein. Es ist schön, dich wiederzusehen.«

»Gleichfalls. Was hat dich hergeführt? Und wie lange bleibst du diesmal?«

»Ich bin vor ein paar Tagen angekommen. Es war eine ziemlich spontane Entscheidung. Ich weiß noch nicht, wie lange ich bleibe.« Sie zögerte, als ob sie noch etwas hinzufügen wollte, doch dann setzte sie wieder dieses schrecklich falsche Lächeln auf. Wem wollte sie damit etwas vormachen? Gemma hatte der Verzweiflung in letzter Zeit oft genug ins Gesicht geblickt, und sie erkannte eine Leidensgenossin auf zwanzig Schritt Entfernung.

»Wie wär's mit etwas zu trinken? Bei mir gibt es zwar nur Tee oder Kaffee, aber ich habe gerade Schokoladenkekse gekauft, die ich gerne mit dir teile.«

In der kleinen Küche füllte Saffron den Kessel und nahm zwei Tassen aus dem Schrank, während Gemma sich an den Tisch setzte. »Wie läuft's bei dir? Bei unserem letzten Treffen haben wir unter einer Glitzerkugel im Wohnzimmer getanzt und Neujahrsvorsätze gefasst.«

»Stimmt.« Gemma schnaubte. »Und nachdem wir unsere Glückskekse gelesen hatten, die Übernahme der Weltherrschaft geplant. Bei mir hat sich das Glück allerdings leider noch nicht eingestellt. Ehrlich gesagt, eher das Gegenteil.«

Sie musste niedergeschlagener geklungen haben als beabsichtigt, denn Saffron hob fragend eine Augenbraue hoch. »Das klingt nicht gut.«

»Nein.« Ein abwartendes Schweigen entstand. Zeit, die Karten auf den Tisch zu legen. »Mein Mann hatte einen Unfall«, sagte sie schließlich mit belegter Stimme. »Er hat sich ein paar Rückenwirbel gebrochen und obendrein noch den Knöchel. Jetzt sitzt er zu Hause fest, kann nicht arbeiten und alles ist ziemlich …« Plötzlich schnürte sich ihr die Kehle zu. »Ziemlich scheiße, ehrlich gesagt.«

Saffron setzte sich auf den Stuhl ihr gegenüber. »Oh nein. Das tut mir leid. Aber er wird doch wieder gesund, oder?«

»Ja, irgendwann. Nur bis dahin sind wir ziemlich knapp bei Kasse. Ich arbeite schon im Pub und habe ein paar Näharbeiten angenommen, aber im Moment leben wir mehr oder weniger von der Hand in den Mund.« Nun war es Gemma, die ein gezwungenes Lächeln aufsetzte. Wie so oft in letzter Zeit. »Aber das wird schon. Wir kommen schon klar. Wie geht es dir?«

Saffron verschränkte die Finger im Schoß. »Na ja, die Kurzversion lautet, dass ich schwanger bin und der Vater des Kindes nichts davon wissen will, was für mich okay ist. Ich komme schon allein zurecht.«

Wow. Deshalb sah sie also so angespannt und müde aus. »Natürlich kommst du allein zurecht«, stimmte Gemma aufmunternd zu, die einzig mögliche Antwort.

»Aber kürzlich hatte ich eine Kontrolluntersuchung und …« Ein gequälter Ausdruck trat in Saffrons Gesicht. »Und man hat mir gesagt, es könnte Komplikationen geben, weil ich so verdammt alt und schon beeinträchtigt bin. Aber ich muss noch v…v…vier Wochen warten, bis ein weiterer Test gemacht werden kann und ich s…sicher Bescheid weiß.« Sie legte den Kopf in die Hände und brach in Schluchzen aus.

»Oh Liebes«, rief Gemma, ging zu ihr hin und drückte sie fest. Jede Schwangere fürchtete sich vor einer solchen Nachricht. »Du meine Güte, was für ein Albtraum! Wie schrecklich.« Sie streichelte Saffron über den Kopf und litt mit ihr. »Und der Vater … Er weiß davon noch nichts?«

Saffron schüttelte den Kopf, ihre Augen waren rot geweint. »Es ist ihm sowieso egal. Ich habe ihm von dem Baby erzählen wollen, aber er … Er hat schon eine andere Freundin.«

Gemma stand vor Empörung der Mund offen. »So schnell? Wie charmant. Für mich klingt das so, als wärst du ohne ihn besser dran.«

»Tja, das ist es ja«, sagte Saffron, die Stimme vor Kummer belegt. »Es war ein Unfall. Wir waren erst seit ein paar Wochen zusammen.«

»Oh nein.« Gemma war völlig entsetzt. »Das hat dich sicher ganz schön aus der Bahn geworfen.«

»Wem sagst du das. Ich war am Anfang so durcheinander und geschockt. Ich wusste nicht mal, ob ich das Baby behalten wollte. Deshalb bin ich an Silvester hierhergekommen, um einen klaren Kopf zu bekommen und eine Entscheidung zu treffen.« Sie wischte sich mit dem Handrücken über die Augen. »Dann ist mir klar geworden, dass ich dieses Baby wirklich will, und deshalb habe ich ihm einen Brief geschrieben.«

»Und was hat er geantwortet?«

»Nichts.« Gemma konnte Saffron den Kummer darüber am Gesicht ablesen. »Es kam absolut keine Reaktion. Im Brief habe ich die Ultraschalluntersuchung erwähnt, falls er dabei sein wollte. Aber er ist nicht aufgetaucht.«

Gemma schüttelte den Kopf. »Dieser Scheißkerl. Ehrlich, Männer. Er hätte sich ja wirklich keinen Zacken aus der Krone gebrochen, wenn er dich angerufen hätte. Oder sich mit dir getroffen hätte, um wie ein Erwachsener mit dir über alles zu reden. Manche Menschen besitzen überhaupt kein Gefühl für Anstand.« Sie drückte Saffrons Schulter und richtete sich auf. »Ich mach uns den Tee. Nein, bleib sitzen, ich mach das schon. Wo sind die Schokokekse? Du musst bei Kräften bleiben, denk dran.«

»Danke«, sagte Saffron und sah zu, wie Gemma den Tee zubereitete und die Hälfte der Kekse auf einen Teller schüttete. »Ich weiß nicht, wie ich das alles schaffen soll. Ich habe eine Riesenangst davor, alles allein stemmen zu müssen. Ich habe null Ahnung von Babys.«

»So geht es vielen Frauen am Anfang«, versicherte ihr Gemma. »Bei mir war das nicht anders. Und dieser Test – eine Fruchtwasseruntersuchung, oder? Das ist nur eine Vorsichtsmaßnahme des Krankenhauses zu deiner eigenen Sicherheit. Wenn du mir Bescheid gibst, dann komme ich gerne mit, wenn du willst. Versprochen.« Die Worte waren raus, ehe sie an ihren neuen Job im Pub denken konnte, ganz zu schweigen von der teuren Bahnfahrt nach London.

Saffron sah aus, als wollte sie gleich wieder in Tränen ausbrechen. »Das ist so süß von dir. Danke.« Sie rieb sich die Augen. »Meine Schwester hat bei unserem Skype-Gespräch gestern dasselbe gesagt. Aber eigentlich geht das nicht, weil …« Sie brach schniefend ab und stand auf. »Tut mir leid, ich muss mir schnell mal die Nase putzen. Bin gleich zurück.«

Sie verließ die Küche und Gemma hörte, wie sie die Treppe hinauf ins Badezimmer ging. Im selben Moment fing Saffrons Handy auf dem Tisch an zu klingeln. *Anrufer unbekannt* stand auf dem Display.

Gemma zögerte. »Dein Handy klingelt!«, rief sie, aber es kam keine Antwort. Die Wände in den Steincottages waren so dick, dass Geräusche kaum in andere Zimmer durchdrangen. Es klingelte noch dreimal, ehe Gemma beschloss, ranzugehen. »Hallo, Apparat Saffron«, sagte sie höflich.

»Endlich!«, vernahm sie eine aufgeregte Stimme. »Ich habe es schon im Büro probiert, und dort hat man mir gesagt, dass du krank bist, aber ich muss unbedingt mit dir reden. Ich musste es wenigstens versuchen. Du glaubst ja nicht, was sich Troy jetzt schon wieder geleistet hat, dieser widerwärtige kleine Mistkerl …«

»Oh, entschuldigen Sie. Ich bin nicht Saffron«, sagte Gemma über den verquasten Wortwasserfall hinweg. »Ich bin nur an ihr Telefon gegangen. Sie ist oben.«

»In ihrem Apartment? Aber dort habe ich es gerade versucht. Wo sind Sie?«

»Ich bin …« Gemma zögerte. »In Suffolk. Ich bin ihre Nachbarin …«

»In Suffolk? Sie hat mir gar nicht gesagt, dass sie nach Suffolk fährt!« Die schrille, entrüstete Stimme kam ihr irgendwie bekannt vor. »Wo sind Sie genau? Ich komme hin.«

»Äh …« Gemma wünschte, Saffron würde sich beeilen und den Anruf übernehmen, aber sie hörte über sich nur die Toilette rauschen. »Ich … Wer sind Sie überhaupt?«

»Ich bin B…« Einen Augenblick dachte Gemma, die Leitung wäre unterbrochen worden, aber dann sagte die Frau: »Ihre Schwester.«

»Oh, soll sie Sie zurückrufen?«

»Ach, geben Sie mir doch einfach die Adresse. Ich würde gern mit ihr persönlich sprechen und ich könnte es gut gebrauchen, mal aus London rauszukommen.«

Das Gespräch kam Gemma seltsam vor, aber sie wollte auch nicht unhöflich sein oder sich eine Ausrede ausdenken, weil Saffron gerade erst so nett über ihre Schwester gesprochen hatte. Bei ihrem Zustand wäre ein Besuch von ihr vermutlich genau das, was sie jetzt brauchte. »Okay«, sagte sie und gab ihr die Adresse in Larkmead.

»Hervorragend. Danke. Ich fahre gleich los. Sagen Sie ihr, sie soll schon mal den Wein kaltstellen.«

Gemma legte stirnrunzelnd das Handy auf den Tisch. Sie hatte sich Saffrons Schwester nicht so herrisch vorgestellt. Und warum nahm die Frau überhaupt an, dass Saffron Wein im Haus hatte? Sie wusste doch über ihre Schwangerschaft Bescheid.

»Tut mir leid«, sagte Saffron, die kurz darauf zurückkam. »Meine Blase ist in letzter Zeit wie ein Wasserhahn.«

Gemma lächelte leicht. »Das kommt mir bekannt vor. Bei meinen beiden war es damals genauso.« Sie nickte zum Handy. »Ich habe einen Anruf für dich angenommen, während du oben warst. Ich hoffe, das ist in Ordnung. Ich habe nach dir gerufen, aber du hast mich wohl nicht gehört.«

»Wer war dran?«

»Deine Schwester. Sie sagt, sie würde sich gleich ins Auto setzen und herkommen. Ich habe ihr die Adresse gegeben.« Sie hielt inne. »Das Gespräch war eigentlich ein bisschen seltsam.«

Saffron riss die hellblauen Augen auf. »Eloise? Was will sie denn? Wie hat sie geklungen?«

»Tja … Irgendwie durchgedreht. Sie hat was von einem Troy erzählt. Dass er ein widerwärtiger kleiner Mistkerl sei.«

»Troy? Aber er …« Saffron fiel die Kinnlade herunter, und ein paar Sekunden vergingen, in denen sie Gemma fassungslos anstarrte. »Oh nein. Das würde sie nicht wagen.«

»Was denn? Hab ich was falsch gemacht?«

»Ich habe zwei Schwestern. Eine lebt in Australien und die andere redet im Moment nicht mit mir. Ich glaube, die Frau, mit der du gesprochen hast, ist …« Sie stöhnte auf. »Ich glaub das einfach nicht.«

»Was denn? Wer war das denn sonst?« Gemma wäre vor Scham und Schuldbewusstsein am liebsten im Erdboden versunken. Sie hätte den Anruf niemals annehmen sollen. Saffron sah aus, als müsste sie sich gleich übergeben.

»Dieses Biest, Bunty Halsom, mit der hast du gesprochen. Meine Klientin aus der Hölle. Die Frau, die ich am liebsten nie wiedersehen würde.« Sie stöhnte frustriert auf. »Es kann nur sie gewesen sein. Sie trifft sich seit Neuestem mit einem Troy und ist total von ihm besessen. Oh Mann!«

Gemma schlug sich die Hand vor den Mund. Bunty Halsom aus dem Fernsehen? »Deshalb ist mir die Stimme so bekannt vorgekommen«, sagte sie jämmerlich. »Es tut mir ja so leid. Sie hat mir erzählt, dass sie deine Schwester ist, und ich dachte …«

»Diese verfluchte Frau. Die hat echt Nerven. Ehrlich, am liebsten würde ich sie erwürgen. Sie kennt einfach keine Grenzen. Absolut nicht!« Saffron schnappte sich das Handy und fing an, eine Nummer einzutippen. Gemma hörte es klingeln, dann ging die Voicemail dran. »Bunty? Hier ist Saffron Flint. Komm bitte nicht nach Suffolk. Ich will dich im Moment nicht sehen. Ich habe Urlaub und werde dir die Tür nicht öffnen. Hast du verstanden? Ich werde dir die Tür nicht öffnen!«

Kapitel 20

Saffron konnte Buntys Unverfrorenheit nicht fassen. Dass sie so unverschämt log und sich für ihre Schwester ausgab, nur um ihren Aufenthaltsort herauszufinden, schlug dem Fass den Boden aus. Was dachte sich diese Frau bloß? Außerdem hatte sie sich den denkbar schlechtesten Zeitpunkt für ihr unerwünschtes Auftauchen ausgesucht. Saffron kam im Moment mit sich selbst kaum zurecht, da brachte sie nun wirklich nicht die nötige Kraft auf, mit Bunty professionell umzugehen. Innerhalb von zwei Minuten war ihre Zuflucht zur Falle geworden, und die Zeit bis zur Ankunft ihres ungebetenen und definitiv unwillkommenen Gastes lief ihr davon. Sie kochte förmlich vor Wut, und nur Gemmas zu Tode erschrockener Gesichtsausdruck hielt sie davon ab, zu explodieren und ihrem Ärger Luft zu machen.

»Mir kam das Gespräch schon ein wenig merkwürdig vor«, brachte Gemma heraus und rieb sich nervös die Hände. »Ich dachte allerdings, sie ist deine Schwester, und wollte sie nicht verärgern. Es tut mir so leid. So unglaublich leid. Du kannst dich bei mir zu Hause verstecken, wenn du magst. Ich werde mich darum kümmern und sie wieder wegschicken, wenn sie kommt.«

Als sie das aufrichtige Bedauern in Gemmas braunen Augen sah, kühlte Saffrons Wut ein wenig ab. Sie konnte ihr keinen Vorwurf machen. Gemma hatte angenommen, dass sie tatsächlich mit Saffrons Schwester sprach, wie jeder normale Mensch das gedacht hätte. Woher hätte sie wissen sollen, dass es nicht so war? Gemma konnte nichts dafür, dass Bunty eine verdammte Wahnsinnige war. »Ist schon gut«, sagte Saffron. »Wenn ich nur ein Fünkchen mehr Energie aufbringen könnte, dann würde ich jetzt einfach nach London zurückfahren, aber ich werde hierbleiben und ihr die Meinung geigen.« Sie zog eine Grimasse. »Vermutlich wird die Luft in der Pear Tree Lane ziemlich dick sein, wenn ich mit ihr fertig bin.«

»Ich würde dich ja nach London bringen, aber ich habe noch einen Berg Näharbeiten zu erledigen und danach arbeite ich im Pub«, sagte Gemma, immer noch mit diesem reuevollen Blick. »Wenn du aber wirklich fahren willst, bekomme ich das schon irgendwie hin.«

Saffron seufzte schwer. Sie hatte eineinhalb Stunden für den Weg hierher gebraucht, sie konnte unmöglich von Gemma verlangen, dass sie sie zurückfuhr. »Nein. Schon gut. Erzähl mir mehr über diese Näharbeiten. Woran arbeitest du gerade?«

Während sie ihren Tee trank und Gemmas Beschreibung ihrer selbst entworfenen hellrosa Organzakleider lauschte, verrauchte ihre Wut allmählich. Sie konnte kaum glauben, wie sehr sich Gemma seit der Silvesterparty verändert hatte. Damals hatte sie dieses göttliche blaue Kleid mit dem tiefen Rückenausschnitt getragen, das Haar hübsch frisiert und die langen Wimpern tiefschwarz getuscht. Sie hatte viel gelacht und alle geneckt. Nun waren ihre Wangen eingefallen und ihre Augen hatten jeglichen Glanz und das temperamentvolle Funkeln verloren.

»Ich sollte wohl besser gehen«, sagte Gemma schließlich

nach einem Blick auf die Uhr. »Aber ich meine es ernst mit dem, was ich über diese schreckliche Bunty gesagt habe. Wenn du sie nicht sehen willst, tische ich ihr irgendeine Geschichte auf und schicke sie weg. Oder ich drohe ihr mit einer von Spencers Krücken. Okay?«

»Okay. Und danke, dass ich mich bei dir ausweinen durfte. Ich schwöre, ich habe dich nicht eingeladen, um dir was vorzuheulen.«

Gemma tätschelte ihr tröstend den Arm. »Jederzeit. Ernsthaft. Und hey, danke, dass du mir zugehört hast. Das ist billiger als eine Therapie, nicht wahr? Ich fühl mich jedenfalls schon viel besser, seit ich mich ein bisschen bei dir ausjammern konnte.« Sie blieb an der Tür noch einmal stehen und überraschte Saffron mit einer Umarmung. »Pass auf dich auf und komm rüber, wenn du Gesellschaft brauchst, ja?«

»Danke. Das werde ich tun. Tschüss, Gemma.«

Nachdem sie gegangen war, sank Saffron aufs Sofa und fühlte sich allein von der Vorstellung von Buntys baldigem Besuch ganz erschöpft. Sie wünschte, sie wüsste, was sie tun sollte. Kate würde ihr vermutlich vorschlagen, Bunty mit vorgehaltenem Gewehr vom Grundstück zu vertreiben – eine verlockende Idee, aber nicht gerade ratsam. Charlotte, ihre Chefin, hatte ihr zwar versichert, dass sie mit Beschwerden über Bunty direkt zu ihr kommen könnte, aber Saffron biss sich lieber selbst durch, statt eine Niederlage einzugestehen. Außerdem konnte sie wohl kaum in der Agentur anrufen, solange Charlotte glaubte, dass Saffron sich zu Hause über der Toilettenschüssel übergab. Sie würde ihr die Hölle heißmachen, wenn sie erfuhr, dass sie in einem Ferienhaus in Suffolk war.

Sie schloss die Augen und legte die Füße hoch, zu müde, um noch länger darüber zu grübeln. Sie beschloss, ganz ruhig und höflich zu bleiben, aber auch entschieden. Was auch immer geschah, auf keinen Fall würde sie zulassen, dass Bunty Halsom auch nur einen Fuß über ihre Schwelle setzte.

»Huhu! Jemand zu Hause?«

Beim Klang der Stimme wachte Saffron ruckartig auf. Das Zimmer lag im Dunkeln. Wie lange hatte sie geschlafen? Sie rieb sich über die Augen und wischte sich die Spuckefäden vom Mund, dann setzte sie sich auf. Von draußen drang das Geräusch von Schritten zu ihr.

»Saffron? Bist du hier?«, hörte sie die Stimme erneut. Eine Stimme, die verdächtig nach … oh nein. Jetzt schon? So viel dazu, Bunty gleich an der Schwelle abzuweisen.

Saffron raffte sich auf, als sich die Wohnzimmertür öffnete. Bunty trat herein und schaltete das Licht an. »Ah, da bist du ja. Die Tür war nicht abgeschlossen, daher habe ich mich selbst reingelassen. Sehr hübsch hier! Soll ich uns einen Aperitif einschenken oder hast du Wein da? Hast du übrigens meine Nachricht über Troy erhalten? Er hat sich unsagbar fies verhalten, du errätst nie, was …«

Es war ein Albtraum. Saffron warf ihre Pläne, sich ruhig und professionell zu verhalten, mit einem Schlag über Bord. »Was zum Teufel bildest du dir eigentlich ein?«, brüllte sie.

Ihre Unfreundlichkeit ließ Bunty mitten im Satz innehalten. »Ich … bitte, was?«

»Wie kannst du anderen Leuten vorlügen, dass du meine Schwester bist, nur um meine Adresse zu bekommen? Ich bin zur Erholung hier, weil ich krank bin.« Was zwar nicht ganz der Wahrheit entsprach, aber das musste Bunty ja nicht wissen. »Und du hast den Nerv, dich einfach selbst einzuladen, nur um mit mir über diesen verdammten Troy Blake zu sprechen? Hast du noch alle Tassen im Schrank? Wie kannst du es wagen? Und wie kommst du eigentlich darauf, dass das eine gute Idee ist?«

Buntys blaue Froschaugen sahen noch feuchter und glupschiger aus als sonst. »Also …«, stammelte sie, ungewöhnlich sprachlos. »Na ja, weil du meine Ratgeberin in diesen Dingen bist.«

Sie war ihre Ratgeberin in Sachen klatschpressensüchtige Freunde? Oh nein. Ganz bestimmt nicht. Also wirklich, für eine gebildete Frau mittleren Alters mit toller Karriere und haufenweise Geld auf der Bank benahm sie sich manchmal ziemlich kindisch. Wie ein hilfloses, nach Aufmerksamkeit heischendes Kleinkind, das absolut nichts alleine auf die Reihe bekam. Saffron atmete tief durch. »Bei allem Respekt …« – *Ha!* – »Ich stehe für dich nicht zu jeder Tages- und Nachtzeit auf Abruf bereit, vor allem nicht, wenn ich mir freigenommen habe, um mich … zu erholen. Außerdem ist in meiner Stellenbeschreibung nirgendwo vermerkt, dass ich mir dein Gejammer über deinen Schwachkopf von Freund anhören muss. Okay? Spar dir diesen Scheiß für deine Freunde auf, weil ich ihn nicht hören will!«

Buntys pastellrosa Lippen zitterten, und sie schien ein wenig in sich zusammenzuschrumpfen. »Ich … ich …«, fing sie an und blinzelte ein paarmal. »Ich dachte, du wärst meine Freundin.«

Was? Seit wann denn das? Und wie um Himmels willen sollte Saffron darauf antworten, ohne ihre Klientin tödlich zu verletzen?

»Nun …« *Tief einatmen, Saffron. Zähne zusammenbeißen.* »Zuallererst haben wir eine Geschäftsbeziehung miteinander«, antwortete sie. Eine höfliche Art, Nein zu sagen. »Und natürlich ist es schön, dass wir so gut miteinander auskommen …« Wenn sie weiterhin so unverfroren schwindelte, würde sie noch der Blitz treffen. »Aber es ist wichtig, dass wir beide unsere Positionen in dieser Beziehung gegenseitig respektieren. Mein Job ist es, deine Karriere zu fördern und der Welt von deinen Talenten zu erzählen, Bunty.« *Komm schon und erschlag mich, Blitz, ich hab es verdient, für diesen Mist gegrillt zu werden.* »Es ist nicht mein Job …«

Sie brach ab, als sie bemerkte, dass Bunty Tränen über das Gesicht liefen, die feuchte Spuren durch ihr Make-up zogen.

»Ich dachte, er liebt mich«, schluchzte Bunty.

Wortlos öffnete und schloss Saffron den Mund. Oh, Hilfe. Normalerweise war Bunty umwerfend wie ein Wirbelwind und um kein Wort verlegen. Jetzt wirkte sie am Boden zerstört.

»Er hat gesagt, dass er mich liebt.« Buntys Schultern bebten. »Und trotzdem ist er zur *Daily M…M…Mail* gegangen und hat denen lauter schmutzige Einzelheiten über unsere Beziehung erzählt.«

Sie vergrub das Gesicht in den Händen, und Saffron unterdrückte ein Stöhnen. *Nein. Nicht jetzt, Bunty.* Warum hörte sie sich das überhaupt an? Warum war Bunty eigentlich noch im Haus? Sie presste die Lippen zusammen und widerstand der Versuchung, ihre Hände um den dicken Hals ihrer Klientin zu legen. So sehr sie es auch wollte, sie konnte Bunty in diesem Zustand nicht hinauswerfen.

»Also schön«, sagte sie resigniert. »Dann setz dich eben und erzähl es mir. Was ist los?« *Zehn Minuten*, dachte sie. Zehn Minuten, dann würde sie Bunty höflich, aber bestimmt zur Tür bringen.

Bunty setzte sich ans andere Ende des Sofas und verschränkte die Hände im Schoß. »Es gibt ein Sexvideo«, sagte sie zitternd, während sie Saffrons Blick auswich.

Saffron stand vor Verblüffung der Mund offen, und sie klappte ihn mit einem Schmatzen wieder zu. *Na toll.* Ihr Gehirn streikte bei den schrecklichen Bildern, die diese Ankündigung in ihr hervorrief. »Aha«, sagte sie und bedauerte bereits ihre Nachgiebigkeit. Es war jetzt schon abzusehen, dass diese Sache länger als zehn Minuten dauern würde. »Ist er tatsächlich so ein großer Mistkerl, dass er damit an die Öffentlichkeit will?«

»Sieht so aus.« Sie schniefte. »Ein Journalist von der *Daily Mail* hat mich angerufen und wollte wissen, ob die Geschichte über meine Liebeskugeln stimmt. Wenn Troy es ihnen nicht erzählt hat, wer sonst?«

Saffron wollte sich Bunty nicht mit Liebeskugeln oder anderen Sexspielzeugen vorstellen. »Verstehe«, sagte sie. In der PR-Branche gab es immer wieder mal solche hässlichen kleinen Überraschungen. Im vergangenen Jahr hatte die Agentur eine Story über einen ihrer Fußballerklienten beschönigen müssen, der mit heruntergelassenen Hosen bei einer Bordellrazzia erwischt worden war. Dann war da noch Charlottes berühmte Schauspielerin mit dem makellosen Ruf der Sauberfrau, die man wegen des Besitzes einiger wirklich schmutziger Pornos drangekriegt hatte. Und der Restaurator, nicht zu vergessen, der von den Klatschmagazinen wegen seiner leidenschaftlichen Beziehung zu seiner Ehefrau sehr geschätzt wurde und dabei nicht nur eine, sondern gleich zwei Affären hatte, und beide Frauen waren schwanger. Ein gefundenes Fressen für die Presse.

Blicklos schaute sie sich in dem muffigen Raum um und fragte sich, wie sie diese Entwicklung zu Buntys Gunsten umkehren konnte. Sollte sie ihr raten, würdevolles Schweigen zu bewahren, bis der Sturm sich gelegt hatte? Oder die Gelegenheit nutzen und sich Unterstützung holen, um Bunty als betrogenes Opfer darzustellen und vielleicht eine Exklusivstory an einen Journalisten von einer anderen Zeitung zu verkaufen?

Ihre Gedanken sprangen von einer Möglichkeit zur nächsten. Vielleicht eröffneten sich Bunty durch diese Sache sogar ganz neue Karrierechancen – als Beraterin für die Sexkolumnen in den Magazinen oder mit Artikeln über sexuelle Experimente für über Fünfzigjährige …

Ihr Kopf schmerzte. Sie wünschte, Bunty wäre nicht ausgerechnet jetzt damit zu ihr gekommen. Sie fühlte sich nicht fit genug, um eine Pressestrategie zu entwickeln. »Vielleicht sollten wir das Charlotte regeln lassen«, sagte sie matt. »Ich bin mir nicht sicher, ob ich im Moment dazu fähig bin, und sie hat eine Menge Erfahrung mit solchen Sachen.«

Buntys Mundwinkel zogen sich nach unten. »Aber ich mag Charlotte nicht«, gestand sie. »Sie sieht mich immer so herablassend an, als ob ich ihr nicht gut genug wäre. Die Arroganz in Person.« Sie kramte in ihrer Tasche nach dem mit einem Monogramm versehenen Flachmann und schwenkte ihn in der Luft. »Ach, pfeifen wir drauf, Schätzchen, vergessen wir den Mist und betrinken uns. Vielleicht schicke ich Troy einfach ein paar starke Männer vorbei, die ihn mal so richtig in die Mangel nehmen. Das sollte ihm wohl den Mund stopfen.« Sie öffnete den Deckel und nahm einen großen Schluck. »Kann ich dich in Versuchung führen?«, fragte sie und hielt ihr den Flachmann hin.

Als Saffron der Alkoholgeruch in die Nase stieg, drehte sich ihr der Magen um, und sie schüttelte den Kopf. »Ich kann nicht.« Bunty hob fragend die Augenbrauen. »Ich meine, ich trinke nicht. Weil ich krank bin. Krank und schwa…allergisch.«

Verdutzt sah Bunty sie an. Dann verengten sich ihre Augen. »Was ist los?«, fragte sie.

Mist. Sie musste das mit der Schwangerschaft erraten haben. »Was meinst du?«

»Du hast gesagt, du bist krank. Ist es ansteckend?« Bunty war aufgesprungen und wich zurück. »Mein Immunsystem ist durch den ganzen Stress ziemlich am Boden. Ich nehme schon extra Vitamine und Weizengras-Nahrungsergänzung, aber ich kann mir keinen Infekt leisten. Nächste Woche soll ich für *Wanna Be A Dancer?* gecasted werden, Schätzchen. Da muss ich gesundheitlich in Bestform sein.«

Saffrons Mitleid schwand in Windeseile, und jetzt riss ihr der letzte Geduldsfaden. Das würde sie lehren, sich noch einmal mit einer tränenreichen Story reinlegen zu lassen. »Oh ja, stimmt. Es geht immer nur um dich«, sagte sie und stand schwer atmend auf, um diese fürchterliche, oberflächliche Person, die ohne Gewissensbisse in ihre Privatsphäre eingedrungen war, endlich zusammenzufalten. »Ich hab jedenfalls genug. Ich kündige. Hast du verstanden? Ich habe es satt, dir ständig helfen zu müssen und mich um dich zu kümmern, ohne den leisesten Dank dafür zu erhalten. Also verschwinde wieder nach London und lass mich in Ruhe. Finde eine andere Dumme, die es mit dir aushält, denn ich kann dich keine Sekunde länger ertragen!«

Bunty fiel die Kinnlade herunter. »Du kannst nicht einfach so kündigen«, sagte sie entsetzt. »Was ist mit Troy und dem Video?«

»Troy und dein schmutziges kleines Video sind mir so was von egal.« Saffrons Stimme klang schrill. Was soll's, jetzt konnte sie auch gleich alle Karten auf den Tisch legen. »Du hast absolut keine Ahnung, was? Du tauchst hier uneingeladen auf und erwartest, dass ich für dich alles stehen und liegen lasse. Und wenn ich dir dann erzähle, dass ich krank bin, denkst du sofort an dich. Du hast dir nicht einmal die Mühe gemacht, mich zu fragen, wie es mir geht, oder warum ich hier bin. Tja, ich sage es dir. Ich warte auf einen Test, der mir Aufschluss darüber gibt, ob mein Baby gesund ist. Reicht dir das? Hast du es jetzt endlich kapiert? Und jetzt verschwinde hier!«

Bunty stand die Verblüffung deutlich ins Gesicht geschrieben. Fünf ganze Sekunden vergingen, ehe sie sprach. »Ich … ich weiß nicht, was ich sagen soll.«

»Sag einfach gar nichts, ich will es eh nicht hören.« Saffron deutete zur Tür. »Und jetzt geh, bitte. Ich werde Charlotte fragen, ob sie dir eine andere PR-Betreuerin zuteilen kann.«

Bunty ignorierte Saffrons ausgestreckten Finger und setzte sich. »Es tut mir leid«, sagte sie leise. »Ich wusste nicht, dass du schwanger bist.«

»Tja …« Saffron wünschte sich bereits, sie hätte den Mund gehalten. Erschöpft senkte sie den Arm.

»Und du hast recht. Ich hätte nicht einfach so bei dir reinschneien dürfen und erwarten, dass du für mich sofort alles stehen und liegen lässt. Eine schlechte Angewohnheit von mir.«

Sie zog eine Elektro-Zigarette heraus und saugte kräftig daran. »Möchtest du über das Baby reden?«, fragte sie zögernd.

»Eigentlich nicht.«

»Gut. Das verstehe ich. Es tut mir leid. Du wirst doch nicht wirklich kündigen, oder? Bitte nicht.«

Saffrons Wut verebbte so schnell, wie sie gekommen war. Im Moment konnte sie sich eine Kündigung nicht leisten, egal wie rücksichtslos ihre Klientin sich auch benahm. »Nein, ich werde nicht kündigen«, murmelte sie und senkte den Blick. Sie knirschte mit den Zähnen. »Und es tut mir leid, dass ich dich angeschrien habe. Meine Hormone spielen in letzter Zeit etwas verrückt.«

»Natürlich. Und ich habe es ja auch herausgefordert. Ich bin in letzter Zeit viel zu sehr auf mich selbst konzentriert. Ich habe nicht nachgedacht.« Bunty nahm einen weiteren Schluck Gin, oder was auch immer in dem Flachmann war, und verzog das Gesicht, während sie schluckte. »Also, es ist schon fast sieben und ich weiß nicht, wie es dir geht, aber ich bin ziemlich ausgehungert. Wie wär's, wenn ich dich heute Abend zum Essen einlade, irgendwo, wo's nett ist? Du siehst etwas blass um die Nase aus. Ein gutes, warmes Essen kann dir sicher nicht schaden. Was meinst du?«

Saffron lag schon ein höfliches »Nein, danke, und jetzt geh bitte« auf der Zunge, aber dann dachte sie an die langweiligen Sachen, die sie vorher eingekauft hatte – Nudeln, gummiartigen Scheibenkäse und rosa Schinken, dazu einen ziemlich schlaffen Salat. Wenn sie die Wahl hatte, dann klang ein »Essen, irgendwo, wo's nett ist« gar nicht so schlecht. »Okay, danke«, sagte sie. »Am Ende der Straße ist ein Pub. Wir könnten dort essen.«

»Wunderbar! Und ich verspreche, dass ich danach auch gleich wieder nach Hause fahre und dich in Ruhe lasse. Also, wollen wir?«

Im *Partridge* gab es keine Kostüme und keinen Glitzer mehr wie an Silvester, dafür aber ein echtes Feuer im Kamin und eine ausgezeichnete Speisekarte auf einer Tafel – und Gemma hinter der Theke. Sie hob überrascht die Augenbrauen, als Saffron mit Bunty im Schlepptau in den Pub kam, aber Saffron nickte ihr leicht zu, um ihr zu verstehen zu geben, dass alles in Ordnung war.

Kaum hatten sie den Pub betreten, setzte Bunty ihr Öffentlichkeitsgesicht auf. Sie straffte die Schultern, warf die Haare zurück und verkündete laut: »Was für ein bezaubernder Pub!«, woraufhin sich alle nach ihr umdrehten. Genau so, wie sie es zweifellos beabsichtigt hatte. Saffron verdrehte unauffällig die Augen und zwinkerte Gemma zu. Bunty wusste eben aus Erfahrung, wann sie einen Gang höher schalten musste.

Gemma sah besser aus als am Nachmittag. Sie trug ein tolles rotes Kleid, das ihr ein schönes Dekolleté verlieh, und sie hatte sich die Haare hochgesteckt. Lange goldene Ohrringe machten ihr Outfit perfekt. »Guten Abend, Ladys, was kann ich Ihnen bringen?«, fragte sie. »Möchten Sie die Speisekarte?«

»Ja, bitte.« Bunty übernahm das Kommando. Sie schenkte Gemma ein Zahnpastalächeln. »Was für ein zauberhaftes Kleid, wenn Sie mir das Kompliment gestatten.«

Gemma wirkte plötzlich geschmeichelt und verlegen zugleich. »Oh. Du liebe Güte. Vielen Dank«, sagte sie errötend. »Das war mein Kleid zum Valentinstag. Nicht, dass ich Gelegenheit gehabt hätte …« Sie unterbrach sich. »Also, was möchten Sie trinken?«

Ein Gedanke schoss Saffron durch den Kopf. »Ist das eine deiner eigenen Kreationen?«, fragte sie und wandte sich dann an Bunty. »Gemma ist eine aufstrebende Modedesignerin. Erinnerst du dich an das wundervolle schwarze Kleid, das Nigella in ihrer letzten Show getragen hat? Also …« Sie neigte bedeutungsvoll den Kopf in Gemmas Richtung.

Buntys Augen strahlten. »Nein, wirklich! Sie kleiden Nigella ein?«

Gemma warf Saffron einen Hilfe suchenden Blick zu. »Äh …«

»Tut mir leid, das hätte ich nicht erwähnen dürfen. Tut einfach so, als hätte ich nichts gesagt, ja? Gemma ist sehr diskret, was ihre Kunden anbelangt«, sagte Saffron schnell. »Ich bin nur so stolz auf sie. Sie ist ein großes Talent.«

»Danke«, sagte Gemma mit erstickter Stimme.

»Das ist schön für Sie, Herzchen. Sehr schön. Ich habe auf den ersten Blick gesehen, dass Ihr Kleid von höchster Qualität ist. Und sehr schmeichelnd für die Figur.«

»Vielen Dank.« Gemma strich über den Stoff und sah ganz

verlegen aus. »Ich schneidere mir seit Jahren die Kleider selbst«, erklärte sie. »Ich hatte es satt, in den Geschäften nie etwas Passendes zu finden. Mit einer Figur wie meiner – mit den breiten Hüften und dem üppigen Busen – ist es nicht leicht, gut sitzende Kleider zu finden oder sogar welche, die der Figur schmeicheln.« Sie erwärmte sich für das Thema. »Meiner Meinung nach kann jede Frau mit den richtigen Kleidern traumhaft schön aussehen. Und es ist ein sehr schönes Gefühl, wenn eine Frau eins meiner Kleider anzieht und ich an ihrem Gesicht ablesen kann, dass sie sich schön darin fühlt.«

»Wie wunderbar!«, rief Bunty und klatschte in die Hände. »Ich weiß genau, was Sie meinen. Ich habe ja auch eine sehr frauliche Figur, aber die meisten Designer scheinen zu glauben, dass wir Frauen wie spindeldürre Insekten gebaut sind. Ich wünsche Ihnen viel Erfolg, Schätzchen. Und wissen Sie was, ich glaube, dass dieser spezielle Kleiderstil auch gut zu mir passen würde.« Sie lachte perlend. »Ich wollte nur ein Glas Wein und etwas zu essen. Aber ich hatte ja keine Ahnung, dass ich zu einer neuen Garderobe verlockt werden würde!«

Gemma lief rot an. »Oh, ich wollte Ihnen ganz bestimmt nichts verkaufen«, sagte sie peinlich berührt.

Saffron konnte jedoch nicht widerstehen, ihre Klientin noch ein wenig aufzustacheln. »Aber es wäre schon schön, wenn du nächste Woche bei der Quick-Awards-Preisverleihung etwas ganz Besonderes tragen würdest, Bunty«, sagte sie. Bunty schuldete ihr schließlich was und Gemma konnte eine Glückssträhne gut gebrauchen. »Und wie du schon sagtest, dieser Stil ist sehr schmeichelhaft.« Sie machte eine bewusste Pause. »Hast du im Moment sehr viel zu tun, Gemma?«

Bunty runzelte die Stirn. »Moment mal. Sie arbeiten als Designerin, und gleichzeitig hier?«, fragte sie und machte eine ausholende Handbewegung.

Oh, Mist. Lügen hatten eben kurze Beine. Zum Glück war Gemma schlagfertig und lachte auf. »Himmel, nein! Bernie, der Wirt, ist ein alter Freund der Familie. Ich habe ihm versprochen, auszuhelfen, um ihm einen Gefallen zu tun. Natürlich arbeite ich nicht hier. Was für ein Gedanke!«

Bunty lachte erleichtert. »Na, das hätte mich auch sehr gewundert. Man sieht hochkarätige Designer wie Stella McCartney und dergleichen nicht hinter einer Theke stehen, oder?«

Sie alle lachten über die Vorstellung, dass Gemma eine solch niedere Arbeit verrichten könnte. »Also, ich finde«, fuhr Saffron fort, eifrig darauf bedacht, das Thema zu wechseln, »du solltest mal wieder für Wirbel sorgen, Bunty. Als deine PR-Beraterin und Freundin …«, – erneute Blitzschlaggefahr – »… gebe ich dir den Rat, dass du dir mal ein neues Kleid gönnen solltest. In Zeiten wie diesen tut dir eine kleine Aufmunterung gewiss gut. Habe ich recht oder habe ich recht?«

»Du hast recht«, sagte Bunty sofort. Sie warf einen Blick auf die Speisekarte und sah Gemma dann strahlend an. »Ich nehme ein Glas Rotwein, den Rindereintopf und ein Kleid wie Ihres, in Größe 44, bitte.« Sie klatschte erfreut in die Hände. »Wie aufregend! Glauben Sie, die Farbe steht mir, oder werde ich damit zu blass aussehen? Und wie viel wird das überhaupt kosten, wenn ich fragen darf? Muss ich eine zweite Hypothek aufnehmen, um Sie mir leisten zu können?«

»Liebe Güte, nein«, antwortete Gemma. Offenbar hatte sie vergessen, dass sie die neue Stardesignerin war. »Ich könnte Ihnen ein Kleid schneidern für … sagen wir … fünfzig?«

Saffron bekam einen Hustenanfall bei diesem armselig niedrigen Preis. Bunty war die Art von Mensch, die auf den Kauf eines Kleides verzichten würde, wenn sie glaubte, dass es für eine Frau in ihrer gesellschaftlichen Position zu billig war.

»Tut mir leid, wie war das?«, fragte Bunty, während sie hektisch in ihrer Tasche nach ihrer E-Zigarette kramte.

»Dreihundertfünfzig«, sagte Saffron schnell. »Klingt für mich nach einem Schnäppchen. Und sehr viel günstiger als Stella.«

Gemma stieß ein Keuchen aus, riss sich aber rasch zusammen. »Und natürlich nehme ich persönlich bei Ihnen Maß, in meinem … Atelier«, sagte sie, während sich in ihren Augen eine Mischung aus Panik und Aufregung spiegelte. »Jedes Kleid ist selbstverständlich maßgeschneidert. Ich schreibe Ihnen meine Telefonnummer auf. Warum rufen Sie mich morgen nicht einfach an? Dann können wir einen Termin ausmachen.«

Bunty hatte ihre E-Zigarette inzwischen gefunden und sah auf. »Wunderbar«, sagte sie und schüttelte Gemma die Hand. »Ganz wunderbar. Sie haben den Auftrag.«

Kapitel 21

Eine Woche war seit der Entdeckung des Fotos vergangen, das Caitlin völlig aus der Bahn geworfen hatte. In dieser Zeit hatte sie sich jeden Tag in die Arbeit gestürzt und wie eine Besessene gestrichen und renoviert. *Denk einfach nicht daran,* sagte sie sich ununterbrochen. *Vergiss, dass du dieses dumme Foto je gesehen hast. Welches Foto? Ganz genau.*

Bemüht, nicht über das Foto nachzudenken, riss sie die Tapete von der Wohnzimmerwand und strich die Wand perlgrau, mit einem weißen Streifen an den Boden- und Deckenleisten. Anschließend reinigte sie die Dielen und lackierte sie mit zwei Schichten goldbrauner Farbe. Danach putzte sie die Fenster mit Essigwasser, bis das Licht wieder ins Haus strömte und ihre Muskeln schmerzten.

Sie ging nicht mehr ins Esszimmer oder auch nur in die Nähe der Fotoalben. Das alles ist nur ein dummes Missverständnis, redete sie sich ein. Sie hatte es wie üblich falsch verstanden, lächerliche falsche Schlüsse gezogen – das Foto von ihr und ihrer Mutter strahlte absolut nichts Düsteres aus.

Ein besonderer Tag!, hatte Jane auf die Rückseite geschrieben. Nein, das war er nicht. Es war ein ganz normaler Tag gewesen. Ganz bestimmt!

Am Ende der Woche sah das Wohnzimmer völlig anders

aus. Geräumig und minimalistisch eingerichtet strahlte es eine heitere Ruhe aus und erinnerte eher an eine Kunstgalerie als an eine »gute Stube«. Sie konnte sich kaum mehr vorstellen, dass sie mit ihren Eltern einst dort gesessen und Scrabble gespielt oder *Doctor Who* geschaut hatte. Sehr gut, dachte sie finster, ehe sie es verhindern konnte. Wenn sie ihre Sorgen doch auch einfach so überstreichen könnte.

Später, nach einem heißen Bad und einem großen Glas Wein, mahnte sie sich selbst zur Vernunft und sagte sich, dass sie bloß ein wenig überdreht war, weil sie sich so lange im Haus verkrochen hatte. Sie schaltete den Laptop ein und verband sich zum ersten Mal nach mehreren Tagen wieder mit dem Rest der Welt. Im E-Mail-Postfach entdeckte sie eine Nachricht von Saffron, die bereits vor mehr als einer Woche eingetroffen war.

Von: Saffron@PhoenixPR

An: CaitlinF@fridaymail

Betreff: Eine weitere Website-Anfrage

Hallo Caitlin,

wir alle LIEBEN die Yummy-Mummy-Website. Der Kunde ist völlig begeistert. Er gibt deiner Idee zu dem animierten Obst und Gemüse gerne grünes Licht. Im Anhang findest du die Kontaktdaten des Designers, der das Logo etc. erstellt hat. Kannst du dich mit ihm in Verbindung setzen und bei diesem Auftrag mit ihm zusammenarbeiten? Außerdem hänge ich dir auch das Briefing an. Darin findest du Angaben, wie sich der Kunde die Umsetzung vorstellt, und nähere Infos zu dem ziemlich großzügig bemessenen Budget.

VIELEN DANK!

Außerdem möchte eine weitere Klientin von mir, Bunty Halsom, gerne ihre Website überarbeiten lassen. Wenn du das noch einplanen kannst, könnten wir ein monatliches Honorar für, sagen wir mal,

die nächsten sechs Monate vereinbaren, damit die Website immer frisch und auf dem neuesten Stand bleibt. Hättest du Interesse, diesen Auftrag zu übernehmen?
Es macht großen Spaß, mit dir zu arbeiten – du bist meine neue Geheimwaffe! Ich bin so froh, dich an Silvester kennengelernt zu haben. Apropos … gibt es schon irgendwelche Neuigkeiten über den großen, geheimnisvollen Fremden, auf den du gehofft hast? Hat er vielleicht etwas mit dem kryptischen »ergreife die Chance« aus deiner letzten Mail zu tun??
Falls nicht, bin ich immer noch gern für unsere Girls-Band zu haben. Unsere Stadien-Tour würde vermutlich der Brüller werden!
Alles Liebe, Saff

Caitlins Laune besserte sich sofort, als sie las, dass Saffron sie als ihre Geheimwaffe bezeichnete. Und sie bekam noch mehr Arbeit! Ordentliche, bezahlte, interessante Arbeit mit – sie öffnete die Datei des Kunden –, wow, ja, einem weiteren Megabudget. Ihre bisherigen Designerjobs hatten ihr Spaß gemacht – verschiedene Kleinigkeiten für die Universität und kleinere Unternehmen in Cambridge –, aber das hier fühlte sich wie ein Jackpot an, das ganz große Los.

Von: CaitlinF@fridaymail
An: Saffron@PhoenixPR
Betreff: Eine weitere Website-Anfrage

Liebe Saffron,
bitte entschuldige die Funkstille. Ich hab die ganze Woche bis über beide Ellbogen in Farbe und Lack gesteckt. Ich will Mums Haus renovieren, bevor ich es verkaufe. Aber jetzt bin ich wieder im Designermodus, auch wenn ich immer noch ein bisschen nach Eau de Terpentin rieche.

Die Yummy-Mummy-Animation ist kein Problem. Ich setze mich sofort dran. Und ich überarbeite auch gern Bunty Halsoms Website – eine monatliche Pauschale klingt toll. VIELEN DANK an dich! Ich freue mich auch sehr, dass wir uns getroffen haben.
Leider hatte ich an der »Ergreif-die-Chance«-Front keinen Erfolg. Der betreffende Typ hat mir aus heiterem Himmel erklärt, dass er Vater wird. Schöner Reinfall. Ich bin überzeugt davon, dass der Glückskeksguru in Wirklichkeit der Zauberer von Oz ist, ein Niemand hinter den Kulissen, der von nichts eine Ahnung hat …

Der peinliche Moment in der Küche, als Harry ihr die freudige Botschaft verkündete, tauchte erneut vor ihrem inneren Auge auf und sie hielt mitten im Schreiben inne. Ach, ja. Ein Baby. Sofortige Korrektur jeglicher Hoffnung auf NULL. Sie hätte es wissen müssen – er war viel zu sexy und attraktiv für ein kauziges Mauerblümchen wie sie.

Bis bald und noch mal danke.
Caitlin xx

Sie sendete die E-Mail und rieb sich über die Augen. Sie fühlte sich innerlich total ausgebrannt, was vermutlich daran lag, dass sie in letzter Zeit viel zu oft allein gewesen war. Das tat niemandem gut. Es war schön und gut, nette E-Mails zu bekommen und zu verschicken, aber sie musste endlich wieder mal aus dem Haus und zur Abwechslung mit einem anderen Menschen reden, bevor sie noch den totalen Koller bekam. Der Gedanke heiterte sie auf. Ja, gute Idee. Vielleicht sollte sie sich bald mal mit Gemma zum Plaudern treffen.

Spontan griff sie nach dem Handy, machte ein Foto von dem leeren, umgestalteten Wohnzimmer und schrieb eine SMS.

Schau mal, was ich gemacht habe! Und wie läuft's bei euch? Ich hoffe, euch allen geht es gut. Lass uns uns bald mal wieder treffen.

Nachdem sie die Nachricht verschickt hatte, legte sie das Handy auf den Tisch, schloss die Augen und atmete tief durch. *Morgen*, nahm sie sich vor. Morgen würde sie all ihren Mut zusammennehmen und sich durch den Papierkram ihrer Mutter arbeiten, in der Hoffnung, dass sie dort Antworten zu dem seltsamen beunruhigenden Foto fand.

Jetzt würde sie sich aber erst mal mit einer Flasche Wein die Lichter ausblasen. Und damit basta.

Das Klingeln des Telefons riss sie am nächsten Morgen aus einem tiefen Schlaf. Durch die Vorhänge schimmerte rosagoldenes Tageslicht, und als sie auf die Uhr sah, stellte sie überrascht fest, dass es schon fast neun war. Ihr Kopf schmerzte von einem fetten Kater, und ihr Mund fühlte sich so trocken an wie die Wüste Gobi nach einem Sandsturm. *Bäh. Geh weg, Tageslicht. Lass mich in Ruhe, Telefon.*

»Cait, ich bin es, Gem«, hörte sie die Stimme ihrer Freundin, als sie ranging. »Oh mein Gott. Du wirst nicht glauben, was mir gestern Abend passiert ist.«

»Was denn? Geht's dir gut?« Caitlin öffnete ein Auge einen Spaltbreit und schloss es gleich wieder. *Brrrr.* Sie würde nie wieder trinken. Ernsthaft – nie wieder.

Gemma kicherte fröhlich. »Stell dir vor. Ich habe ein Kleid an Bunty Halsom verkauft, du weißt schon, diese Schreckschraube aus dem Fernsehen. Dreihundertfünfzig Pfund zahlt sie mir dafür, Cait. Dreihundertfünfzig große Scheine!«

Caitlin fragte sich einen Augenblick, ob ihre Freundin unter Drogen stand. Wovon redete Gemma denn da bloß? »Bunty Halsom? Ich mache vielleicht ihre Website«, sagte sie verwirrt.

»Aber ehrlich gesagt kapiere ich nicht, was du meinst. Welches Kleid?«

»Sie war gestern mit Saffron im *Partridge.* Erinnerst du dich noch an Saffron von der Silvesterparty? Jedenfalls gefiel ihr mein Kleid und ich hab gesagt, dass ich es selbst gemacht hätte, und dann fing Saffron an, damit zu prahlen, dass ich so viele Promikunden hätte wie zum Beispiel Nigella. Kannst du das fassen? Ich war völlig sprachlos, aber bevor ich wusste, wie mir geschah, hat sie Bunty dazu überredet, ein Kleid von mir zu kaufen!«

»Oh mein Gott.« Es dauerte eine Weile, bis die Nachricht in Caitlins Gehirn gedrungen war, aber dann lachte sie und vergaß ihren Kater für einen Moment. »Das ist ja der Hammer. Genial!«

»Ich weiß. Die beste Nachricht in diesem Jahr. Und dann hab ich auch ein bisschen auf den Putz gehauen. Ich weiß nicht, was in mich gefahren ist, aber ich hab ihr erzählt, dass ich mein eigenes Atelier hätte! Dabei kann ich sie doch nicht zu mir nach Hause kommen lassen und ihr zeigen, wo ich arbeite. Wenn sie auch nur einen Fuß in unser heruntergekommenes altes Haus setzt, bin ich im Nullkommanichts geliefert. Sie hat schon Verdacht geschöpft, weil ich im Pub arbeite, aber damit bin ich gerade noch mal durchgekommen. Und als ich dann das Foto sah, das du mir geschickt hast, von deinem fantastischen neuen Wohnzimmer, da hatte ich einen kleinen Lichtblitzmoment …«

»Bring sie her«, sagte Caitlin, die den Gedanken ihrer Freundin mühelos erraten hatte. Plötzlich war sie hellwach. Gemmas Aufregung war ansteckend. »Ja, mach nur. Wenn du deine Nähmaschine und eine Auswahl Kleider mitbringst, verwandeln wir den Raum in ein cooles Modeatelier.«

Sie konnte das Lächeln auf Gemmas Gesicht förmlich vor

sich sehen. »Wirklich? Das wäre so toll. Danke! Eine solche Gelegenheit kann ich mir unmöglich entgehen lassen.«

»Natürlich nicht.« Caitlins Laune besserte sich zusehends. In Gedanken war sie bereits dabei, das Wohnzimmer zu Gemmas Designatelier umzugestalten. Gut, eine Ablenkung. Genau das, was sie brauchte. »Komm rüber, wann immer du willst«, sagte sie und schwang die Beine aus dem Bett. »Das wird ein Spaß!«

Zum Glück war der Kater nicht allzu heftig. Nach einer heißen Dusche und einem extrastarken Komm-in-die-Gänge-Kaffee fühlte sich Caitlin fast wieder wie ein Mensch. Und das war auch gut so, denn zwei Minuten später klingelte Gemma an der Tür.

Irgendwie hatte sie es geschafft, alle möglichen Sachen in den Kofferraum ihres Autos zu stopfen – einen Klapptisch, ihre Nähmaschine, einen großen Zeichenblock und eine Staffelei, einen Laptop, eine Schneiderpuppe und eine Garderobenstange mit wunderschönen Kleidern.

Gemma strahlte so viel nervöse Energie aus, dass sie offensichtlich nicht wusste, was sie mit sich anfangen sollte. Sie umarmte Caitlin, rief, wie wunderschön das Wohnzimmer jetzt aussehe, und hüpfte tatsächlich Hände klatschend auf und ab. »Das ist perfekt!«

Caitlin übernahm das Kommando und schlug vor, dass sie in einer Zimmerecke einen Bürobereich einrichteten, der aus Laptop und Telefon auf einem alten Spieltisch bestand. Im »Designerbereich« stellten sie die Garderobenstange mit den Kleidern und die Schneiderpuppe auf, der sie ein grün schimmerndes Cocktailkleid aus Satin übergestreift hatten. Caitlin lief nach oben und holte noch den großen Spiegel ihrer Mutter aus dem Schlafzimmer herunter. Nachdem die Nähmaschine auf dem Klapptisch platziert war, stöberte Gemma durch ihre Stoffe und verschönerte den Spieltisch noch mit einer Karodecke. Den letzten Schliff gaben die Gläser mit Knöpfen, Garnrollen, Reißverschlüssen und Perlen, die sie kunstvoll auf dem Kaminsims arrangierte.

»Es sieht wie ein Laden aus«, sagte sie, als alles fertig war, und ließ bewundernd den Blick durchs Zimmer schweifen. »Ein richtig schöner Laden. Ich hätte nichts dagegen, hier zu leben.«

»Ja, es ist toll geworden«, stimmte Caitlin zu und stellte einen Holzstuhl an jeden der Tische. »Und was machen wir jetzt?«

»Wir warten auf Buntys Anruf«, sagte Gemma. »Und hoffen, dass sie noch nicht gemerkt hat, wie ich geschwindelt habe.« Sie verzog das Gesicht. »Sie braucht nur ein paar Mausklicks zu machen, um ganz schnell festzustellen, dass ich eine Betrügerin bin …«

»*Courage, mon amie*«, sagte Caitlin und setzte sich an den Laptop. »Ich sag dir was – wenn du uns noch einen Kaffee kochst, bau ich dir eine Homepage mit Website-in-Arbeit-Schild. Wie wollen wir dich nennen?«

»Äh, was? Oh, du meinst meine Firma?«

»Genau, Gemma. Deine sehr erfolgreiche, Promi einkleidende Designerfirma. Ich kann dir schnell eine Website-Visitenkarte basteln, nur für den Fall, dass Bunty tatsächlich auf die Idee kommt, dich zu überprüfen. Irgendwelche Ideen für einen Markennamen?«

Gemmas Miene wurde ausdruckslos. »Äh …«

»Stell dir vor, das wäre wirklich dein Laden. Was würde über der Tür stehen? Wir brauchen einen guten, starken Namen. Irgendwas Knackiges oder Witziges, etwas, das den Nagel auf den Kopf trifft und das enthält, was dich ausmacht.«

»Hm …« Gemma schaute auf ihre Kleidung – ein schlichtes schwarzes Kleid, das durch seinen geschickten Schnitt ihre breiten Hüften vorteilhaft kaschierte. Dazu trug sie einen glitzernden schwarzen Strickbolero und hatte einen roten Seidenschal um den Hals geknotet. »Mir fällt absolut nichts Knackiges oder Witziges ein«, sagte sie. »Vielleicht *Fashion für füllige Figuren?*«

Caitlin verzog das Gesicht. »Das klingt schrecklich, Gem. Das kommt mir auf keinen Fall auf deine Webseite. Dann kannst du deinen Laden ja auch gleich *Mode für mollige Moppelchen* nennen.«

»Mein Kopf ist wie leer gefegt. Lass mich mal überlegen … *Vollschlanke, sinnliche Kurven.* Nein, das geht gar nicht. *Silhouette? Birnenformen?* Oje.«

»*Dekolleté und Hüfte?*«, schlug Caitlin vor und schüttelte gleich darauf den Kopf. »Nein, damit ziehen wir nur die Blitzerbrigade an.«

»Sanduhr?«, sagte Gemma. »Oder …«

»Mir gefällt Sanduhr«, sagte Caitlin. »*Sanduhr Designs.* Wie wär's damit?«

Sie sahen einander an und ließen sich den Namen durch den Kopf gehen. »Mir gefällt er auch«, sagte Gemma lächelnd. »*Sanduhr Designs.* Ja!«

Caitlin fing an zu tippen und Gemma wollte gerade Kaffee machen gehen, als ihr Handy klingelte.

»Gemma am Apparat«, sagte sie höflich. »Oh, hallo, Bunty.« Sie sah aufgeregt und panisch zugleich aus, als sie Caitlin mit großen Augen das Daumen-hoch-Zeichen machte. »Heute? Da muss ich nur schnell meine Assistentin fragen.« Mit zitternden Lippen, wie um ein Lachen zu unterdrücken, rief sie Caitlin zu: »Haben wir heute Nachmittag noch Zeit für eine Anprobe?«

»Ich schaue mal nach …« Caitlin zwinkerte ihr zu und wartete einen Moment, als ob sie in einem Terminkalender blättern würde. »Du hast um halb zwei für etwa eine Stunde Zeit.«

»Wunderbar, danke«, sagte Gemma und wandte sich wieder an Bunty. »Ist Ihnen halb zwei recht? Ich kann Ihre Maße nehmen und wir können Ihre Wünsche besprechen … Ausgezeichnet. Ich bin im Atelier, also würde ich vorschlagen, Sie kommen direkt hierher. Das White Gables Cottage in der River Street. Ich freue mich auf Sie.«

Sie beendete das Gespräch, legte die Hände vors Gesicht und schrie vor Freude. »Oh mein Gott! Ich kann es nicht glauben, dass das wirklich passiert. Ich kann es nicht glauben!« Doch dann huschte ein Anflug von Sorge über ihr Gesicht. »Es ist dir doch hoffentlich recht, dass ich sie hierherbestellt habe? Ich halte dich doch nicht von einer wichtigen Arbeit ab oder so?«

»Mich, nein.« Caitlin winkte ab. »Ich hatte heute sowieso noch nichts vor.« *Außer den Leichen im Schrank nachzuspüren*, piepste eine Stimme in ihrem Kopf, aber sie schob den Gedanken schnell beiseite. »Also«, sagte sie. »Wie lautet der Plan?«

Kapitel 22

Als es exakt um eine Minute vor halb zwei klingelte, wäre Gemma vor Aufregung beinahe in Ohnmacht gefallen.

»Und los geht's«, sagte Caitlin. »Nein, lass mich aufmachen. Ich bin der Lakai, du die glamouröse Designerin. Tief durchatmen!«

Seit dem Vorabend, als sie dieses erstaunliche Gespräch mit Bunty im Pub geführt hatte, fühlte sich Gemma wie in einem seltsamen, aufregenden Traum. Die Art wundervoller Traum, die sonst immer nur für andere Leute wahr wurde. Ein Promi wollte sie für eine große Stange Geld mit dem Schneidern eines wundervollen neuen Kleides beauftragen. Gelegenheiten wie diese klopften nicht jeden Tag an die Tür, ganz besonders nicht an die von Gemma.

Natürlich hatte sich Spencer lustig gemacht, als sie ihm am Abend zuvor atemlos vor Begeisterung von ihrem Erlebnis erzählt hatte. »Dreihundertfünfzig Mäuse, das ist ein Witz«, hatte er ungläubig gesagt, während im Hintergrund der Fernseher dröhnte. »Sie war angeschickert, darauf wette ich. Wahrscheinlich mit Koks zugedröhnt. So sind diese Leute aus dem Fernsehen, die haben alle einen Knall.«

Gemma fühlte sich wie eine Funken sprühende Wunderkerze, der man eine kalte Dusche verpasst hatte. Ihr Selbstbewusstsein war im Nu ausgelöscht. »Also, ich glaube nicht, dass sie betrunken war, Spence«, sagte sie nach einem Schockmoment. »Ich glaube, sie hat es ernst gemeint. Zumindest wirkte sie echt interessiert.«

Er schnaubte nur und sah sie nicht einmal an. »Ja, klar.«

Als sie im Bett lag, gingen ihr seine Worte immer wieder durch den Kopf, bis sie selbst davon überzeugt war, dass er recht behalten würde. So viel Glück hatte sie nie im Leben. Das wäre auch zu schön, um wahr zu sein. Doch am nächsten Morgen hatte Caitlin bereitwillig mit ihr diese Atelierkulisse aufgebaut und ihr damit gezeigt, dass sie an Gemma glaubte. Auch Bernie hatte positiv reagiert und ihr erlaubt, ihre Schicht zu tauschen, damit sie in ihrem »Atelier« bleiben konnte. Und ihre Freundin Eliza hatte vor Begeisterung bei Gemmas Anruf gequiekt und versichert, dass sie Darcey natürlich gerne von der Schule abholen würde – gar kein Problem, vorausgesetzt, Gemma berichtete ihr später alles haarklein von Buntys Besuch.

Du hast dich gründlich getäuscht, Spencer Bailey, dachte sie nun in nervösem Triumph, während Caitlin im Flur verschwand. *Nicht alle aus dem Fernsehen haben einen Knall, lass dir das gesagt sein. Und jetzt klingelt diese Frau aus dem Fernsehen an Caitlins Tür, um mich zu sehen. Tja, da staunst du, was?*

Noch einmal schaute sie sich um. Alles sah gut aus. In der Küche stand Gebäck bereit, aus Caitlins Retro-Radio dudelte Klaviermusik und selbst die Sonne tat ihr Bestes und strahlte ihr honiggelbes Licht auf die polierten Dielen. Das Zimmer sah mit ihrer Ausrüstung und den Stoffen so hübsch und farbenprächtig aus, dass es fast wie ein richtiges Nähatelier wirkte. Ihre Großmutter wäre vor Begeisterung außer sich gewesen!

»Hallo, kommen Sie doch rein«, hörte sie Caitlin im Flur, und ein Schwarm Schmetterlinge flatterte in Gemmas Bauch auf. *Oh du liebe Güte.* Showtime. Konnte sie das wirklich durchziehen?

Sie hörte weitere Stimmen, und dann fragte Caitlin in einem so höflichen, unterwürfigen Ton, ob sie die Mäntel abnehmen dürfe, dass Gemma beinahe in Lachen ausgebrochen wäre. »Vielen Dank. Würden Sie mir bitte folgen? Gemma ist im Atelier.«

Mit klopfendem Herzen ging Gemma zu der Garderobenstange und gab vor, ein Seidenkleid aufzuhängen. Ihre Finger zitterten und sie atmete tief durch. *Vermassel es jetzt nicht*, befahl sie sich mit plötzlicher Entschlossenheit. Dreihundertfünfzig Pfund konnten sie im Moment gut gebrauchen. Sie konnte es sich nicht leisten, diese Sache in den Sand zu setzen.

Die Schritte und Stimmen kamen näher, und sie drehte sich um, als Caitlin mit Bunty und Saffron ins Zimmer kam. Saffron trug eine lange graue Strickjacke und eine dunkle Hose. Die leichte Wölbung ihres hellgrauen T-Shirts ließ den Babybauch erahnen. Bunty dagegen hatte immer noch denselben rosa Hosenanzug an wie am Tag zuvor, nur war er dieses Mal etwas zerknitterter.

»Hallo«, grüßte Gemma und versuchte, das Inbild einer selbstsicheren Modedesignerin abzugeben, die den Umgang mit Promi-Kunden gewohnt war. »Vielen Dank, dass Sie gekommen sind.«

Im nächsten Moment wurde ihr panisch bewusst, dass sie ihren Besuchern keinen Platz anbieten konnte. Wie hatten sie so etwas Grundlegendes vergessen können? Wenn sie nur eine violette Samtchaiselongue herbeizaubern könnte oder eine andere hübsche Sitzgelegenheit. So, wie es aussah, würde Bunty Halsom jedoch mit Kaffee und Croissant in der Hand herumstehen müssen, was für keinen von ihnen angenehm sein würde. »Äh …« Ihr Kopf war wie leer gefegt. *Mist*, nun schauten sie alle erwartungsvoll an, doch sie hatte völlig vergessen, was sie sagen wollte.

Saffron rettete sie. »Was für ein hübsches Atelier«, sagte sie und sah sich um. »Es ist so schön hell und luftig.«

»Einfach göttlich«, stimmte Bunty zu. »Diese Schlichtheit, einfach perfekt für die Kreativität, denke ich immer. Ich kann diese vollgestopften Räume nicht ertragen. Meist steht so viel rum, dass man Kopfschmerzen bekommt.«

»Ja, genau.« Gemma hatte sich wieder gefasst. »Ich finde auch, es arbeitet sich am besten, wenn es so wenig Ablenkung wie möglich gibt.« Ein Gedanke schoss ihr durch den Kopf. »Aus diesem Grund habe ich auch absichtlich keine bequemen Möbel hier. Sonst ist die Versuchung zu groß, sich in den nächstbesten Sessel zu setzen und ein Nickerchen zu machen.« *Puh*, sie lachten. »Also dann, bevor wir über Designs und Stoffe reden – möchten Sie eine Tasse Kaffee oder Tee?«

»Wir haben Tee, Kaffee, Wasser mit Kohlensäure, Orangensaft, und ich glaube, es ist auch Gebäck da«, sagte Caitlin höflich.

Gemma unterdrückte ein Grinsen. Caitlin spielte die Rolle der pflichtbewussten Assistentin hervorragend, das musste man ihr lassen.

»Wunderbar«, sagte Bunty. »Ein Kaffee wäre mir jetzt sehr recht. Ich glaube, ich habe gestern im Pub ein Glas zu viel getrunken.« Ihre Augen waren blutunterlaufen und geschwollen, wie Gemma auffiel. »Dieser Bernie ist schon eine Marke, was? Und so amüsant. Hat mir immer wieder nachgeschenkt. Was soll ein Mädchen da machen, hm?«

Saffron zog eine Grimasse, die Bunty nicht sehen konnte, und Gemma musste sich ein Kichern verkneifen. Bernie flirtete schrecklich gern, das stimmte, aber soweit sie gesehen hatte, war die Flirterei nicht nur von einer Seite ausgegangen. »Er ist ein teuflischer Charmeur«, stimmte sie zu und bemühte sich um eine ernste Miene. »Aber auch sehr nett. Und derzeit übrigens Single.« Sie zwinkerte. »Aber jetzt machen wir Ihnen mal einen Kaffee und fangen an.«

Bald schon hatten sich Gemmas Nerven ein wenig beruhigt und sie genoss den Nachmittag sichtlich. Bunty war viel netter, als sie erwartet hatte, sehr herzlich und gesprächig, und gar nicht von sich eingenommen oder hochnäsig. Außerdem verfügte sie über einen reichen Schatz an Klatschgeschichten, die sie nur zu gerne mit ihnen teilte. Sie begannen immer mit den Worten »Also, jetzt mal ganz unter uns …« und endeten damit, dass sie alle in Lachen ausbrachen.

Bei Milchkaffee und Gebäck besprachen sie Buntys Wünsche. Das Kleid sollte so wundervoll sein, dass allen der Mund offen stehen blieb, und musste für die bevorstehende TV-Preisverleihung geeignet sein. Außerdem sollte es ihre Figur so zur Geltung bringen, dass Troy, ihr schrecklicher Ex, mit ein bisschen Glück vor Bedauern tot umfiel, weil er sie derart hintergangen hatte. Am besten gleich an Ort und Stelle auf dem roten Teppich. »Wenn ich es mir recht überlege, doch lieber nicht auf dem roten Teppich«, korrigierte sich Bunty gleich darauf. »Er soll sich gefälligst von meinem Scheinwerferlicht fernhalten und tot in der Herrentoilette umfallen. Vorzugsweise mit dem Gesicht nach vorn, genau ins Urinal. Ha!«

Trotz ihres Gepolters erkannte Gemma, dass Bunty sehr verletzlich war. »Ich mache Ihnen das schönste Ich-bin-wundervoll-Kleid, das Sie je getragen haben«, versprach sie. »Genau das erfüllt mich am Ende des Tages mit Zufriedenheit – Kleider entworfen zu haben, in denen sich Frauen unbesiegbar fühlen. Jede Frau braucht ein Kleid, in dem sie sich wunderschön fühlt.«

»Hört, hört«, sagte Saffron und biss eine Ecke ihres zweiten Mandelcroissants ab. Sie sah lebhafter aus als am Vortag und schien mit ihrer Kundin ganz gut zurechtzukommen, was Gemma erleichterte.

Caitlin spielte ihre Rolle fabelhaft. Irgendwie musste sie von ihrem Handy aus heimlich die Festnetznummer angerufen haben, denn das Telefon klingelte ungefähr alle zehn Minuten und jedes Mal sprang sie entschuldigend vom Tisch auf. *»Sanduhr Designs«*, sagte sie laut, während sie durch das Wohnzimmer-alias-Atelier lief. »Oh, hallo, Olivia. Wie geht es Ihnen? Herzlichen Glückwunsch zur BAFTA-Nominierung!« Oder »Jennifer, hallo, wie schön, wieder von Ihnen zu hören! Gemma ist gerade im Kundengespräch, aber ich kann … Oh, okay, wann landet Ihr Flugzeug denn? Am Freitag hätten wir Zeit für Sie. Ich denke … lassen Sie mich nachschauen … um vier Uhr nachmittags?«

Man konnte sehen, wie Bunty jedes Mal angestrengt lauschte, offensichtlich sehr beeindruckt, wie stark Gemma gefragt sein musste, und man sah ihrer Miene an, dass sie versuchte sich zusammenzureimen, wer die Anrufer waren.

»Wir müssen jetzt nur noch den Stoff und die Farbe aussuchen, dann nehme ich Ihre Maße«, sagte Gemma, nachdem Bunty sich für einen ihrer Vorschläge entschieden hatte. »Im Atelier können Sie sich Muster anschauen.«

Während Bunty zwischen einem dunkelvioletten Satinstoff und einem smaragdgrünen Crêpe de Chine hin und her überlegte, klingelte ihr Handy. Sie sah aufs Display. »Ah, das ist Callum«, sagte sie mit grimmiger Miene zu Saffron. »Mein Anwalt«, fügte sie für die anderen beiden hinzu. »Den Anruf nehme ich besser an. Entschuldigen Sie mich für einen Augenblick.«

»Wir werden Sie nicht stören«, sagte Gemma, unwillkürlich

ahnend, dass dieses Gespräch wichtig war. Außerdem konnte sie es kaum erwarten, mit Saffron und Caitlin allein zu sein. »Lassen Sie sich ruhig Zeit.«

In der Küche stieß sie einen stummen Schrei aus und legte die Hände an die Wangen. »Das ist so fantastisch«, flüsterte sie Saffron zu. »Ich kann kaum glauben, dass es wirklich passiert.«

»Warum denn nicht? Du weißt offensichtlich, was du tust. Und als ›Olivia‹ und ›Jennifer‹ angerufen haben und neue Outfits wollten, naja ...«

Sie kicherten wie unartige Schulmädchen. »Ich konnte einfach nicht widerstehen«, sagte Caitlin.

»Du bist so genial«, sagte Gemma.

Saffron drückte Caitlin fest an sich. »So schön, dich wiederzusehen. Und bitte entschuldige, dass ich an der Tür so förmlich war. Ich dachte, es würde alles nur unnötig komplizierter machen, wenn ich dich als meine neue superklasse Webdesignerin vorstelle. Ich wollte keinen Verdacht erregen.«

»Schon gut«, sagte Caitlin. »Ich hab dir übrigens gestern eine Mail geschickt. Ich weiß nicht, ob du sie schon gelesen hast?«

»Habe ich. Tut mir leid, dass es mit dem attraktiven Fremden nicht klappt.«

Gemma blickte die beiden verwirrt an. E-Mails? Attraktiver Fremder?

»Caitlin hat ein paar Aufträge für mich erledigt«, erklärte Saffron grinsend. »Findet ihr es nicht auch toll, dass wir uns zufällig an Silvester begegnet sind und jetzt auf einmal alle zusammenarbeiten? Wie cool ist das denn!«

»Es ist klasse«, sagte Gemma. »Eine Million, ach was, eine Trillion Mal besser als meine dem Untergang geweihte Cocktailmixer-Karriere oder was auch immer ich damals im Sinn hatte.« Sie wandte sich mit gesenkter Stimme an Saffron: »Und zwischen dir und Bunty ist jetzt wohl alles in Ordnung, oder? Sie treibt dich hoffentlich nicht in den Wahnsinn?«

»Überraschenderweise nicht«, sagte Saffron. »Eigentlich hat sie sich supernett verhalten. Sie hat meine Chefin Charlotte angerufen und ihr gesagt, dass sie mich mindestens eine Woche lang in Beschlag nehmen muss, damit ich ihre Presse organisieren kann, nachdem Troy, der Schuft, sie so hintergangen hat. Ich glaube nicht, dass Charlotte begeistert darüber war, weil ich schließlich noch andere Klienten habe, aber offensichtlich hat Bunty angeboten, das doppelte Honorar zu zahlen, und das gab wohl den Ausschlag. Sie übernimmt sogar die Miete für das Cottage. Das hat sie heute Morgen auch gleich Bernie mitgeteilt, sobald der Pub wieder geöffnet hatte. Um ihn wiederzusehen, war ihr wohl jeder Vorwand recht. Sie hat unverschämt mit ihm geflirtet, damit er ihr Rabatt für eine weitere Woche gibt.«

»Wie schön«, sagte Caitlin. »Irgendwie mag ich sie. Sie ist eine clevere Frau. Cleverer, als sie im Fernsehen rüberkommt, wenn ich das so unverblümt sagen darf.«

»Sie ist tatsächlich sehr klug. Sie hat in Cambridge studiert, ist unglaublich belesen und hat zu allem eine Meinung.« Saffron senkte die Stimme. »Die meiste Zeit kann sie einem ziemlich auf den Wecker gehen, aber sie ist keine dumme Nuss, auch wenn die Presse sie gerne so darstellen möchte. Ich wünschte nur, sie würde nicht mehr solchen schrecklichen Männern hinterherlaufen, die sie für ein paar Scheine verraten. Sie macht es ihnen viel zu leicht.«

Sie schwiegen einen Moment, weil Buntys Stimme im anderen Zimmer lauter wurde. »Egal, ziehen Sie alle Register, stoßen sie ein paar Drohungen aus, erwirken Sie eine einstweilige Verfügung, wenn es sein muss, aber ich lasse mich von diesem kleinen Wichser mit Hamsterpenis nicht erpressen. Mehr gibt es dazu nicht zu sagen, Callum.«

Sie unterdrückten ein Lachen. »Das Gute an der Sache ist«, meinte Saffron leise, »dass sie sich zur Abwechslung mal selbst um diese Sache kümmert. In der Vergangenheit hat sie sich wie ein Kind benommen. Sie ist immer zu ihrem Manager, ihrem Agenten oder zu mir gelaufen oder zu einem anderen armen Hund und hat es uns überlassen, ihre Probleme zu lösen. Aber gestern …« Sie verzog den Mund. »Na ja, im Grunde genommen habe ich sie angebrüllt, dass sie sich endlich mal zusammenreißen soll und dass ich kündigen würde. Ich habe ihr ein paar Wahrheiten vor die Nase geknallt, die ich wohl besser nicht ausgesprochen hätte.«

»Uah«, stöhnte Caitlin.

»Ja, das habe ich auch gedacht. Auf Wiedersehen Job, hallo Arbeitslosigkeit. Aber offensichtlich hat sie das wachgerüttelt, denn zum ersten Mal überhaupt übernimmt sie zumindest einen Funken Kontrolle über ihr Leben. Sie hat ihr Anwaltsbüro beauftragt, dem Wichser Troy die Hölle heißzumachen, statt jemanden damit zu beauftragen, das für sie zu organisieren, und jetzt gibt sie denen sogar selbst die Anweisungen. Das freut mich für sie.« Sie lachte. »Und ich freue mich für dich, Gemma. Du hast zu ihr gesagt, dass du Kleider schneiderst, damit sich die Frauen schön darin fühlen, und das ist genau das, was Bunty im Moment braucht. Spiel deine Karten richtig aus, dann hast du vielleicht eine Kundin fürs Leben.«

Gemma spürte, wie sie rot wurde. »Oh! Das wäre großartig«, sagte sie. »Und ich habe es nicht nur gesagt, um mich bei ihr einzuschleimen, ich meinte das ernst.«

»Ich weiß, dass du es total ehrlich gemeint hast. Aber in ihrer Welt ist niemand sonst ehrlich zu ihr. Normalerweise ist sie von Schmeichlern und Arschkriechern umgeben. Wart's ab, du bist schneller in ihrem kleinen schwarzen Buch, als du ›Hamsterpenis‹ sagen kannst.«

»Ich hatte gar nicht daran gedacht, dass sie vielleicht weitere Kleider bestellen möchte«, sagte Gemma benommen.

»Na, das solltest du aber«, erwiderte Caitlin. »Wenn du nur etwa zwanzig Kundinnen wie Bunty hast, und jede davon ein paar neue Kleider kauft, hast du auf dem Weg zu deinem neuen Schweizer Bankkonto jede Menge zu lachen, meine Liebe.«

»Genau«, stimmte Saffron zu. »Und besorg mir ein paar Visitenkarten, die ich meinen anderen Klientinnen geben kann. Ich schreib dir sogar eine Pressemeldung!«

»Deine Website können wir ruck, zuck online stellen«, sagte Caitlin. »Wir entwerfen ein Logo für die Marke …«

Gemma hob überwältigt die Hände. »Wow, wow, macht mal langsam. Ich glaube nicht, dass ich … Ich meine … Ich bin doch keine Marke! Das ist nur ein Kleid für eine Frau. So ein Glücksfall passiert nur einmal im Leben. Ich weiß nicht, ob ich Pressemeldungen, Website und Visitenkarten brauche. Das bin doch nur ich, die ein Kleid für eine andere Frau schneidert. Oder?«

»Denk an die Glückskekse«, sagte Saffron. »Was stand gleich noch mal darin? Du sollst auf dein Herz hören und Türen öffnen sich …«

»Portemonnaies auch«, sagte Caitlin und stieß ihr in die Seite. »Trau dich, Gem. Das ist deine Chance. Es könnte alles verändern.«

Bunty kam mit klappernden Absätzen in die Küche. »Tut mir leid, Mädels«, sagte sie. »Aber jetzt ist alles geregelt. Callum ist auf den Fall angesetzt. Troy Blake wird noch vor Ende der Woche vor mir zu Kreuze kriechen, wartet es nur ab.« Sie hob den violetten und den grünen Stoff hoch. »Wisst ihr was, ich kann mich einfach nicht entscheiden, beide Farben sind wunderbar«, sagte sie strahlend. »Also nehme ich einfach ein Kleid von jeder Farbe. Geht das?«

Caitlin gab Gemma einen Tritt unter dem Tisch und Gemma musste schwer schlucken, damit sie nicht völlig unprofessionell vor Freude losschrie. »Na…natürlich«, stammelte sie. »Gar kein Problem.«

»Ich habe gute Nachrichten!«, rief Gemma später, als sie mit Darcey im Schlepptau nach Hause kam. »Spencer, wo bist du? Ich habe tolle Neuigkeiten!«

Erstaunlicherweise lümmelte er nicht wie gewöhnlich auf dem Sofa, sondern war in der Küche und hinkte mit einer Dose Bier in der Hand zum Tisch. Er sah ziemlich wütend aus. »Du hast doch gesagt, du bist zur Mittagszeit zurück«, brummte er. »Was hast du denn bloß den ganzen Tag getrieben?«

Gemma versuchte, das aufwallende Schuldgefühl zu unterdrücken. »Tut mir leid, es hat länger gedauert, als ich dachte«, sagte sie. »Aber weißt du, was? Es ist etwas wirklich Unglaubliches passiert. Bunty Halsom hat mich beauftragt, ihr zwei Kleider zu schneidern. Zwei Kleider, Spence!«

»Meine Güte«, sagte er. »Bist du sicher, dass du überhaupt genug Stoff hast, um ihren dicken Arsch gleich zweimal einzuwickeln?«

Darcey kicherte über das vulgäre Wort und warf der errötenden Gemma einen Seitenblick zu. Bunty war genau genommen nicht viel dicker als sie. »Sie ist eigentlich ganz in Ordnung«, sagte sie, ohne auf die Bemerkung einzugehen. »Ich mag sie. Nicht zuletzt deswegen, weil sie mir siebenhundert Pfund für die Kleider zahlt.«

»Siebenhundert Pfund?«, echote Darcey. »Wow! Wirklich?«

»Wirklich«, erwiderte Gemma lachend, bis sie bemerkte, dass Spencers Gesicht sich bei der Erwähnung des Geldes verschlossen hatte. Sie war so stolz auf sich gewesen, dass sie gar nicht daran gedacht hatte, wie er sich dabei fühlen würde. Da er schon so lange nicht mehr arbeiten konnte, hatte sein Stolz bereits eine arge Kerbe abbekommen. »Spence?«, sagte sie und wünschte, er würde irgendetwas sagen.

»Klasse«, sagte er tonlos. »Toll. Ganz fantastomatisch. Gemma eilt zur Rettung!«

Sollte das etwa ein Scherz sein oder verspottete er sie? Inzwischen war sie jedoch so sauer geworden wie Milch an einem heißen Tag. »Ich dachte, du würdest dich freuen«, sagte sie traurig.

»Oh ja, ich bin entzückt«, entgegnete er. Seine Stimme troff vor Sarkasmus. »Da komme ich mir gleich wie ein richtiger Mann vor, wenn meine Frau die Brötchen verdienen muss, weil ich verdammt noch mal immer noch nicht arbeiten kann.«

»Was gibt es denn zum Essen?«, fragte Darcey, die den Stimmungswechsel nicht zu bemerken schien.

Auf dem Heimweg hatte Gemma vorgehabt, den Lieferdienst anzurufen, um das Ereignis gebührend mit ihrer Familie zu feiern. Selbst ihr gingen die Pfennigfuchserei und die herzhaften Eintöpfe allmählich auf die Nerven. Nun wurde ihr jedoch klar, dass sie damit ihrem Mann nur erneut unter die Nase reiben würde, dass sie Geld verdiente und er nicht. Sie fühlte sich müde und nicht anerkannt und wünschte, ihre euphorische Stimmung hätte ein wenig länger angehalten. »Ich weiß nicht«, antwortete sie matt. »Nudeln vielleicht. Was halt noch da ist.«

Willkommen in der wirklichen Welt, Aschenbrödel, dachte sie, wusch sich die Hände und fing an, Zwiebeln zu schälen und zu hacken. Wieder einmal bereitete sie das Essen zu, fragte sich, warum Will so spät nach Hause kam, und nahm sich vor, mit ihm über die Schule zu reden. Wieder einmal legte sie wegen Spencers Stimmungsschwankungen jedes Wort auf die Goldwaage und behandelte ihn wie ein rohes Ei. Der vorangegangene Nachmittag kam ihr jetzt schon wie ein Tagtraum vor.

In Gedanken schwelgte sie in der Freundschaft und Herzlichkeit, die sie in Caitlins Haus erlebt hatte – ihrem Atelier. Es hatte ihr Spaß gemacht, die begehrte Designerin mit eigenem Nähatelier zu spielen, die Vorstellungen ihrer Kundin zu besprechen und Entwürfe zu skizzieren, bis sie den fanden, der ihnen beiden gefiel. Es war ihr sehr schwer gefallen, dieses Leben mitsamt ihrer Nähausrüstung anschließend wieder einzupacken. Das Spiel war vorbei.

Offensichtlich hatten sich ihre Gedanken in ihrem Gesicht gespiegelt, als sie die Gläser vom Kaminsims nahm, denn Caitlin hatte sich geräuspert und gesagt: »Du kannst jederzeit hier arbeiten, wenn du willst. In echt, meine ich. Ich habe einen neuen Auftrag von Saffron erhalten. Wir könnten also eine Weile lang eine Bürogemeinschaft sein. Was sagst du dazu?«

Gemmas Augen leuchteten auf. Ihr hatte es gefallen, sich für ein paar Stunden vorzumachen, dass sie tatsächlich eine Designerin war. Sie fühlte sich an die schönen Zeiten bei *Pop* erinnert. Endlich hatte sie wieder eine Aufgabe, war nicht mehr nur Haushälterin, Krankenschwester und Taxifahrerin für ihre Familie. »Ernsthaft?«, fragte sie. »Das fände ich schön. Ich könnte uns Kekse mitbringen …«

»Dann ist das also abgemacht.« Caitlin deutete auf die Garderobenstange. »Lass die doch hier. Ich kann sie später fotografieren und das Bild auf deine Website stellen. Hefte ein paar hübsche hohe Preisschilder dran, und dann kannst du mir was über Stoffe und Größen und den ganzen Kram erzählen. Klingt das gut?«

Gemma spürte, wie sie ganz rührselig wurde. Ob das gut

klang? Es klang besser als gut, es war wundervoll. Sie liebte die Vorstellung und sie liebte ihre Freundin dafür, dass sie dieses ganze gewagte Unternehmen so ernst nahm. Eine Website, ein toller Markenname, eine erste Bestellung für zwei Kleider im Auftragsbuch … Das ist deine Chance, hatte Caitlin gesagt. Und Gemma wollte sie ergreifen. Nach Caitlins Meinung – und auch Saffrons – würde jeder sie für eine richtige Geschäftsfrau halten.

Außer ihrem Mann, dachte sie jetzt und hätte sich beim Zwiebelschneiden fast in den Finger geschnitten. War es zu viel verlangt, dass er auch mal stolz auf sie war und sich mit ihr freute? War es denn zu viel verlangt, dass er einfach mal »Gut gemacht!« oder »Wie toll!« sagte oder sie nach Einzelheiten fragte? Offensichtlich schon.

Sie warf die Zwiebelwürfel in eine Bratpfanne, erleichtert, als sie hörte, wie sich die Haustür öffnete und Will seine Tasche auf den Boden schleuderte. Eine Sorge weniger. Spencer sollte von ihr aus ruhig schmollen. Sie konnte diese Sache mit oder ohne seine Unterstützung durchziehen. Sie würde es ihm schon zeigen!

Kapitel 23

»Also …« Gemma pustete auf ihren Kaffee und hob die Augenbrauen. »Du hast mir noch gar nicht von diesem attraktiven Fremden erzählt, über den ihr gestern geredet habt. Warum hat es denn nicht geklappt?«

Caitlin und Gemma saßen am folgenden Morgen gemeinsam an ihren neuen Arbeitsplätzen. Im Hintergrund dudelte das Radio und Gemma war damit beschäftigt, das Schnittmuster für Buntys erstes Kleid zu zeichnen, während Caitlin die Website für *Sanduhr Designs* in Angriff genommen hatte und mit einem Design spielte, bei dem der Bildschirm von einem Maßband umrahmt wurde.

Da sie gerade darüber grübelte, welche Schriftart für die Zahlen auf dem Maßband wohl am schönsten aussehen würde, hatte Caitlin nur das Ende von Gemmas Frage mitbekommen. »Entschuldige, was hast du gesagt?«, fragte sie und hob den Kopf.

»Saffron hat gestern von dir und einem attraktiven Fremden gesprochen. Warum weiß ich nichts davon? Was hast du hinter meinem Rücken angestellt?«

Oh. Das. Caitlin bereute inzwischen, dass sie sich in ihren E-Mails darüber ausgelassen hatte. »Nichts«, sagte sie und kam sich total blöd dabei vor. »Wirklich. Rein gar nichts«, wiederholte sie, als Gemma sie mit einem aufmerksamen Paddington-Bär-Blick anstarrte. »Oh, na schön, es ging um Harry, okay? Er hat mit mir geflirtet, aber es ist nichts passiert, weil eine andere Frau von ihm ein Kind bekommt und weil er bei ihr bleibt. Ende der Geschichte.«

»Harry Sykes? Moment mal, davon weiß ich ja gar nichts. Ist diese Frau etwa Jade? Und sie ist schwanger?«

»Ja, glaube ich zumindest. Offenbar haben sie sich getrennt, bevor sie es gemerkt hat, aber er will die Verantwortung übernehmen, sagt er. Allerdings hat er nicht gerade begeistert gewirkt. Eher wie ein Mann, der sich in sein Schicksal ergibt.« Harrys finstere Miene erschien vor ihrem inneren Auge, dazu ein schreiendes Baby und ein stinkender Windelberg.

»Mist.« Gemma beugte sich über das Papier und zeichnete weiter. »Das ist schade. Ihr beiden würdet gut zueinanderpassen, finde ich.«

Caitlin gab sich gelassen. »Für mich ist das okay. Ich hatte ohnehin den Eindruck, dass er ein wenig zu oft als Romeo unterwegs ist. Von so einem Casanova sollte man sich wohl besser fernhalten.«

»Na ja … Ich weiß nicht. Harry ist eigentlich ein toller Kerl. Bloß sein Urteilsvermögen bei Beziehungsgeschichten ist bedauerlicherweise mangelhaft. Er verliebt sich immer gleich Hals über Kopf und denkt, dass es die Richtige ist, aber leider lässt er sich ständig mit den unpassendsten Frauen ein. Mit denen er absolut nichts gemeinsam hat. Jade Perry beispielsweise ist die totale Hohlbirne. Sie hat absolut nichts zu bieten, außer einer üppigen Haarmähne und großen Titten.«

Caitlin zwirbelte eine Strähne ihrer feinen Spaghettihaare zwischen den Fingern und versuchte nicht an ihre keineswegs üppige, sondern eher brettartige Brust zu denken. Flynn hatte sie sogar mal gefragt, ob sie nicht eine Brustvergrößerung machen lassen wollte, der Blödmann. War Harry wirklich so oberflächlich? In diesem Fall war es kein Wunder, dass seine Schwester ihm die Zehn-Dates-Regel aufgedrückt hatte. »Wie deprimierend«, sagte sie.

»Ja. Stell dir vor, als ich Spencer darauf angesprochen habe, dass ich nicht verstehe, was Harry bloß an Jade findet – weißt du, was er da geantwortet hat? Dass ihm auf Anhieb zwei hervorragende Gründe dafür einfallen! Sie sind doch alle gleich.«

Caitlin lachte. »Wie geht es ihm eigentlich? Ich wette, er platzt vor Stolz über deinen Erfolg.«

»Wer? Spencer?« Gemma richtete sich auf und betrachtete kritisch das Schnittmuster auf dem Papier. »Ich hoffe es. Aber ehrlich gesagt bin ich mir da nicht so sicher. Er ist immer noch ziemlich mies drauf und nimmt einem alles übel. Die ganze Welt ist gegen ihn, seiner Meinung nach.« Sie zog eine Grimasse. »Lass uns nicht über ihn reden. Schnell, Themawechsel.«

Caitlin hatte in der vergangenen Woche nur ein einziges Thema beschäftigt und es drang nun zum tausendsten Mal an die Oberfläche. »Äh …«, fing sie an und änderte die Hintergrundfarbe der Website von Mintgrün in ein schönes Himmelblau. »Haben deine Eltern eigentlich viele Babyfotos von dir gemacht?«, platzte sie unvermittelt heraus.

Gemma sah überrascht auf. »Viele waren es nicht, nein, ich war schließlich das vierte Kind in der Familie«, antwortete sie. »Außerdem ist meine Mutter die wohl unmütterlichste Frau auf Erden. Es gibt ein paar Fotos, auf denen ich meistens dick und trotzig aussehe und einen Eierkopf habe. Vermutlich haben sie deshalb auch nicht so viele von mir gemacht.« Sie neigte den Kopf. »Warum fragst du? Du willst doch hoffentlich keine Babyfotos von mir auf die Website stellen, oder? Von der Wiege zur … äh … Nadel?«

»Nein, es ist nur …« Caitlin änderte das Himmelblau in

ein Rosa und dann wieder zurück zum ursprünglichen Mintgrün. Schließlich nahm sie die Hände von der Tastatur und sah Gemma an. »Es gibt keine Babyfotos von mir, das ist alles. Kein einziges.«

»Vielleicht hatten deine Eltern keine Kamera«, meinte Gemma. Sie hievte einen Ballen Baumwolle auf den Tisch und breitete sie aus. »Damals war das noch richtig teuer. Nicht so wie heute, wo man alles mit den Handys fotografieren kann.«

Caitlin dachte an die verblassten Urlaubsfotos von Jane und Steve, wie sie in ihren altmodischen Badeanzügen und mit riesigen, wie Fliegenaugen wirkenden Sonnenbrillen vor zerfallenen Burgen in Wales oder an der Cardigan Bay posierten. »Sie hatten ganz sicher eine Kamera.« Ihre Stimme zitterte. »Vielleicht interpretiere ich da auch zu viel hinein, aber …«

»Was?«

»Na ja, ich habe dieses Foto gefunden und …« Sie erzählte von der augenscheinlichen Fremdheit zwischen ihr und Jane auf dem Bild und erklärte, dass die Beschriftung auf der Rückseite die Bedeutung des ersten Juni für ihre Familie in einem völlig neuen Licht erscheinen ließ. »Da sind auch noch andere Dinge. Wie … also, ich sehe keinem von beiden ähnlich. Gerade eben habe ich gedacht, wie dünn meine Haare sind, und Mum hatte wirklich dickes, wunderschönes Haar. Außerdem bin ich viel größer, als sie es war. Und ich habe diese riesige Adlernase – Gott allein weiß, woher die kommt und …« Sie breitete die Hände aus. »Das passt alles zusammen.«

»Was willst du damit sagen? Glaubst du etwa, dass du adoptiert worden bist?« Gemma sah sie erstaunt an. »Wow. Ist es nicht ein bisschen voreilig, das alles aus diesem einen Foto zu schließen?«

»Aber es ergibt Sinn. Ich habe versucht, nicht drüber nachzudenken, aber es geht mir nicht aus dem Kopf, und ich habe mir eine Theorie zusammengereimt. Warum sonst hatten meine Eltern keine weiteren Kinder? Jeder erzählt mir ständig, wie sehr Mum Babys geliebt hat. Warum hatte sie dann nicht selbst eine ganze Fußballmannschaft?«

Eine Erinnerung aus der Kindheit tauchte vor ihrem inneren Auge auf. Damals hatte sie gefragt, warum sie keine Geschwister hatte wie ihre Freunde. »Wir finden unsere Familie vollkommen, so wie sie ist«, hatte Jane geantwortet und ihr durch die Haare gewuschelt.

War das wirklich der einzige Grund?, fragte sie sich nun.

»Kannst du nicht jemanden danach fragen? Eine Tante oder deine Großeltern?«, schlug Gemma vor.

»Nein. Niemanden. Meine Tante Nancy, Dads große Schwester, lebt irgendwo in Südafrika, und wir haben nach seinem Tod den Kontakt zu ihr verloren.«

»Und deine Geburtsurkunde? Da steht doch der Name deiner leiblichen Eltern drauf. Hast du das schon überprüft?«

Caitlin hatte auch schon daran gedacht. »Ich habe bisher nur die Kurzversion gesehen. Mum hat gesagt, dass sie die richtige verloren hat.«

Sie sahen einander an, Schnittmuster und Website waren vergessen. »Verflixt, Cait. Das klingt schon etwas merkwürdig. Hast du ihre Dokumente schon durchgesehen? Vielleicht ist das alles nur ein riesiges Missverständnis. Vielleicht entdeckst du doch noch einen Berg Babyfotos und die verlorene Geburtsurkunde und … Ich weiß auch nicht, magischen Haarverdicker, den deine Mum immer heimlich genommen hat, und einen Terminzettel für die Kontrolluntersuchung nach der Nasenoperation …«

Caitlin lächelte schwach. »Ja, kann sein. Ich muss endlich in den sauren Apfel beißen und mir die Dokumente anschauen, aber ich habe irgendwie Angst davor. Was, wenn ich entdecke, dass ich tatsächlich adoptiert worden bin? Das würde doch alles verändern. Mein ganzes Leben wäre eine riesengroße Lüge gewesen.«

Gemma schwieg eine Weile. »Das wäre sicherlich ein Schock, ja, aber sie hat dich geliebt«, sagte sie schließlich. »Und dein Dad auch, nach dem zu schließen, was du mir erzählt hast. Du warst immer geliebt und gewollt. Es klingt, als hättest du eine wirklich glückliche Kindheit gehabt. Unterschätz das nicht, okay?«

Caitlin dachte darüber nach, wie Gemma ihre eigene Mutter beschrieben hatte, ein wenig verächtlich. Die unmütterlichste Frau auf Erden, hatte sie sie genannt. Jane war das genaue Gegenteil gewesen. Sie war so mütterlich, dass sie ihr ganzes Leben der Aufgabe gewidmet hatte, Babys gesund auf die Welt zu holen. Sie war eine Heldin unter den Müttern, eine Lebensretterin. Die beste Hebamme aller Zeiten, hatte Harrys Schwester sie genannt. Ein Engel, hatte Gemma gesagt.

Aber ein Engel würde die eigene Tochter doch nicht anlügen. Oder?

»Klar«, sagte sie und wandte sich wieder ihrer Tastatur zu. Mintgrün sieht blöd aus, beschloss sie und wechselte die Hintergrundfarbe in ein weiches Grau. Ein Bild formte sich in ihrem Kopf, von einer Frau mit feinen Haaren und einer Adlernase, die nach einem kurzen Blick auf das quengelnde Caitlin-Baby gedacht hatte: »Nee. Die will ich nicht.«

»Wahrscheinlich ziehe ich voreilige Schlüsse«, sagte sie und zuckte unwillkürlich zusammen, als sie sich plötzlich an eine Dokumentation über verlassene Babys erinnerte, die den ganzen Tag unbeachtet in rumänischen Waisenhäusern weinten. Waren ihre ersten Lebenswochen ebenso trostlos gewesen? Das würde erklären, warum sie in Sachen Beziehung so eine Versagerin war.

»Ja, ganz bestimmt«, sagte Gemma in einem Ton, der mehr nach beharrlichem Optimismus als nach ernst gemeinten Gefühlen klang. »Und jetzt hör auf, dir Sorgen zu machen. Ich koch uns Kaffee, ja? Und ich denke, wir haben uns beide ein paar Kekse verdient.«

Gegen drei Uhr ging Gemma, um Darcey von der Schule abzuholen. Der Baumwollstoff, aus dem sie eine Kopie des endgültigen Kleides anfertigen wollte, um noch einmal alle Maße zu überprüfen, damit Bunty das Kleid später auch perfekt passte, lag fertig zugeschnitten auf ihrem Tisch.

Caitlin war leider nicht ganz so produktiv gewesen. Trotz des Mittagessens aus der Bäckerei, den fünf Tassen Kaffee und einem halben Päckchen Kekse ging ihr das Gespräch mit Gemma den ganzen Nachmittag nicht aus dem Kopf. Bilder möglicher leiblicher Mütter tauchten vor ihr auf wie Farbfotos, die in der Entwicklerflüssigkeit allmählich sichtbar wurden. Eine Hexe mit grausamen Augen aus einem gruseligen Märchen, die böse Miss Hannigan aus *Annie*, Cruella de Vil …

Kaum war Gemma aus dem Haus, da schaltete Caitlin den Laptop aus und verließ den hellen, hoffnungsvollen Arbeitsplatz. Sie konnte nicht länger warten. Sie wollte sofort Bescheid wissen.

Zielstrebig ging sie ins Esszimmer, direkt zu dem kleinen grauen Aktenschrank. *Also dann. Schauen wir mal, was sich hier versteckt.*

Tut mir leid, Mäuschen, hörte sie Jane wieder sagen, schwach und zittrig, und Caitlin spürte, wie sich ihr Herz verhärtete.

Tja, dachte sie, und schüttete die oberste Schublade auf dem Teppich aus. *Jetzt ist es zu spät für Entschuldigungen, Mum. Ich brauche Antworten. Die Wahrheit.*

»Hast du schon was über deine Mutter herausgefunden? Bist du im Dokumentenschrank auf Spurensuche gegangen?«

Seit drei Tagen arbeiteten Gemma und Caitlin nun zusammen in dem hellen geräumigen Wohnzimmer und hatten bald eine angenehme Routine entwickelt, zu der Plaudereien, zuckerbestäubte Mandelcroissants und leise Hintergrundmusik gehörten. Natürlich arbeiteten sie zwischendurch auch. Bunty hatte sie unterdessen noch einmal besucht und das Musterkleid anprobiert, und Gemma schnitt nun sorgfältig den glänzenden smaragdgrünen Crêpe-de-Chine-Stoff zu.

Caitlin hatte Gemmas Web-Visitenkarte fertiggestellt und arbeitete jetzt am Animations-Storyboard für die Yummy-Mummy-Babynahrungskampagne. Von Designermode zu singendem und tanzendem Gemüse – eine Woche der Extreme.

Bei Gemmas Frage schnürte sich ihr die Brust zusammen. »Über meine Mum? Nein, nichts. Ich habe den ganzen Aktenschrank durchgesehen, aber ich hab weder meine Geburtsurkunde gefunden noch einen Beweis dafür, dass Mum und Dad meine leiblichen Eltern waren.« Stattdessen gab es da Kontoauszüge aus den Neunzigern, Garantiescheine für Elektrogeräte, die längst nicht mehr existierten, die Urkunde für das Hundertmeterschwimmen, an dem sie mit acht Jahren teilgenommen hatte, und einige alte Schulzeugnisse. Jane hatte, wie es aussah, einfach alles in einem chaotischen Sammelsurium aufbewahrt – sämtliche Bruchstücke ihres Lebens. Adoptionspapiere waren jedoch nicht darunter. Nichts, was sie geschockt oder überrascht hätte.

Die Erleichterung darüber war enorm. Ihre Vorstellungskraft war wohl mit ihr durchgegangen, mehr nicht. *Tut mir leid, Mum. Ich habe offenbar einen falschen Schluss gezogen.*

»Vermutlich habe ich zu viel in dieses Foto hineingelesen«, sagte sie leichthin. »Ich hab eben eine blühende Fantasie.«

»Ja«, stimmte Gemma zu. »Und solche Dinge wie Geburtsurkunden verlegt man schon mal. Ich könnte dir im Moment auch nicht genau sagen, wo Wills und Darceys Geburtsurkunden stecken. Vermutlich noch irgendwo in einer Kiste, die darauf wartet, ausgepackt zu werden.« Sie glättete den Stoff sorgfältig, bevor sie einen weiteren Teil des Schnittmusters daran feststeckte. »Außerdem kannst du ja immer noch eine Kopie als Ersatz anfordern.«

»Mmm«, sagte Caitlin und tippte auf ihre Tastatur ein. *Nein*, dachte sie. Sie würde ganz bestimmt keine Ersatzkopie anfordern und dieser Sache auch nicht weiter nachgehen. Sie würde schlafende Hunde ruhen lassen und versuchen, ihre Zweifel zu vergessen.

Kapitel 24

»Das waren wirklich seltsame Tage«, sinnierte Bunty und wackelte dabei mit ihren Fingern, als spiele sie ein unsichtbares Klavier, um ihren leuchtend roten Nagellack zu trocknen. »Seltsam, aber irgendwie auch gut, meinst du nicht auch? Ich weiß ja nicht, wie es dir geht, aber ich fühle mich wie neugeboren.«

Eine Woche war inzwischen vergangen, und es war ihr letzter gemeinsamer Abend im Baker's Cottage. Obwohl es weit nach Mitternacht war und der Boiler sich längst ausgeschaltet hatte, saßen sie immer noch beisammen, eingepackt in Bademäntel, cremig-grüne Feuchtigkeitsmasken im Gesicht, die Fingernägel frisch lackiert und ein fast aufgegessener Käsekuchen auf dem Tisch vor ihnen. Es herrschte eine entspannte, freundschaftliche Atmosphäre, und keine von ihnen hatte es eilig, ins Bett zu gehen. Sie hatten bereits ihre Fish-and-Chips-Portionen verdrückt, die Bunty in Longwood, der nächstgelegenen Stadt, besorgt hatte, zusammen mit dem Käsekuchen und mehreren großen Tüten Kesselchips, die ihr angeblich in den Einkaufskorb gefallen waren.

»Ja, es war schön«, stimmte Saffron zu und war froh über ihre extraweit dehnbare Pyjamahose. Momentan konnte sie nicht genau sagen, wie viel von ihrem kleinen Bauch Baby und wie viel Chips waren. »Ich könnte für immer hierbleiben.«

Sie sagte das nur halb im Scherz. Sie hatte in Suffolk Zuflucht gesucht, einen Unterschlupf, in dem sie sich verkriechen konnte, weit weg von ihrer normalen Alltagsroutine. Zwar hatte sie hier nicht die erwartete Einsiedler-Einsamkeit gefunden, doch sie hatte viel gelacht und Spaß gehabt – mehr, als sie je für möglich gehalten hätte. Die Zeit mit Gemma und Caitlin war toll gewesen. Bunty und sie waren miteinander klargekommen, ohne einander umzubringen, und während Bunty die Tage im *Partridge* verbrachte und unverschämt mit Bernie flirtete, hatte Saffron die Wanderstiefel geschnürt und war einfach drauflosmarschiert, meilenweit, ganz allein, in himmlischer Ruhe. Sie hatte an nichts weiter gedacht, als einen Schritt vor den anderen zu setzen. Kurz gesagt, war es genau die Auszeit gewesen, die beide gebraucht hatten.

»Ja, stimmt. Die Landschaft ist herrlich«, sagte Bunty, obwohl Saffron wusste, dass sie diese Landschaft lieber durch das Pub- oder durch ein Autofenster genoss. »Reizende Leute. Und es ist schön, mal aus London rauszukommen, weit weg von diesen gierigen kleinen Angebern und heuchlerischen, schnüffelnden Journalisten. Das macht den Kopf frei.«

»Ja, hier hat man Raum zum Nachdenken.« Saffron hatte in den vergangenen Tagen sehr viel nachgedacht, während sie Hügel hinaufwanderte und Wälder durchquerte und dabei die Lungen mit kühler, frischer Luft füllte. Am Vortag war sie sogar nach Southwold gefahren und hatte einen Strandspaziergang unternommen, bei dem ihre Haare im Wind wehten und ihre Ohren vom Kreischen der Möwen dröhnten. Obwohl ihr die Fruchtwasseruntersuchung noch immer Angst einjagte und sie das Ergebnis fürchtete, hatte sie sich mit der Situation abgefunden und akzeptiert, dass sie im Moment nichts weiter tun konnte, als abzuwarten.

»Ich habe mich köstlich mit Bernie, dir und den Mädels

amüsiert«, fuhr Bunty fort. »Und findest du mein Kleid nicht auch wunderbar? Ich kann es gar nicht erwarten, es bei einem passenden Anlass zu tragen.«

Gemma hatte am Nachmittag das erste der beiden Kleider vorbeigebracht, und in Buntys Augen hatten Tränen geschimmert, als sie sich damit im Spiegel betrachtete. Der glänzende smaragdgrüne Stoff sah elegant und teuer aus, und das Kleid war so geschickt geschnitten, dass es genau an den richtigen Stellen entweder eng anlag oder kaschierte und Buntys Figur dadurch optimal zur Geltung brachte.

Es herrschte andächtiges Schweigen, während Bunty sich zur Seite drehte und ihren Po prüfend im Spiegel musterte, der dank der Magie des Kleides nun knackig gerundet aussah. »Wow, Bunty«, platzte Saffron heraus. »Es ist wunderschön. Du bist wunderschön.«

Zum ersten Mal war Bunty sprachlos, als hätte das Kleid einen Zauber über sie gelegt. »Ich fühle mich auch wunderschön«, sagte sie schließlich, umarmte Gemma und gab ihr einen schmatzenden Kuss auf die Wange. »Dem Herrgott sei Dank, dass ich dich getroffen habe. Ich habe mich noch nie so fraulich und … ja, begehrenswert gefühlt.«

Gemma wirkte, als würde sie vor Freude und Rührung gleich losheulen, und als Saffron beobachtete, wie sich die beiden Frauen umarmten, fühlte sie sich unendlich zufrieden. *Ich habe das bewirkt*, dachte sie stolz.

»Wenn Bernie dich in diesem Kleid sieht, macht er dir wahrscheinlich auf der Stelle einen Antrag«, zog sie Bunty nun auf und streckte ihr Bein aus, um sie mit den Zehen anzustupsen. Troy schien bereits Geschichte zu sein, nachdem Bunty und ihr Anwalt seine Erpressungsversuche erfolgreich abgeblockt hatten. Das Team musste alle Hebel in Bewegung gesetzt haben, denn das Video war offensichtlich vernichtet worden.

»Bernie hat gefragt, ob wir … ihr wisst schon … uns auch mal sehen könnten, wenn ich wieder in London bin«, sagte Bunty und sah ungewohnt schüchtern dabei aus.

»Wirklich? Und was hast du geantwortet? Fühlst du dich schon bereit für eine neue Beziehung?« Saffron hoffte, ihre eigenwillige Klientin würde nicht schon wieder leichtsinnig vom Regen in die Traufe hüpfen. Sie hatte es bereits zu oft erlebt.

»Nein, eigentlich nicht«, gab Bunty aufrichtig zu. »Aber eine kleine Affäre würde mir definitiv etwas Schwung verleihen, wenn du weißt, was ich meine. Ich wette, er sieht in einem Anzug zum Anbeißen aus, was meint ihr?«

Saffron lachte. »Ganz sicher.« Sie wählte ihre Worte sorgfältig. »Versprich mir nur, dieses Mal vorsichtiger zu sein, ja? Ich weiß, Bernie scheint ein netter Kerl zu sein, mit dem man Spaß haben kann. Aber …« Sie brach ab, unsicher, wie weit sie gehen konnte. Die Grenze in ihrer bisher rein geschäftlichen Beziehung war in der vergangenen Woche verwischt worden.

»Aber keine Sexvideos mehr – jep, schon verstanden.« Bunty verzog das Gesicht wie ein unartiges Schulmädchen, das vom Rektor die Leviten gelesen bekam, und stieß dann mit ihrem leeren Weinglas gegen Saffrons Kakaobecher. »Ab sofort wird die neue, sittsame Bunty Halsom das Kommando übernehmen. Du hast mein Wort drauf.«

Die Rückkehr in Saffrons Londoner Apartment am darauffolgenden Tag fühlte sich wie eine Bruchlandung auf dem Boden der Realität an. In der Nähe ihrer Wohnung gab es keinen Parkplatz mehr, weshalb sie durch die Seitenstraßen kurven musste, bis sie eine Lücke fand, in die sie ihr Auto quetschen konnte. Seitwärts einparken war schlicht ätzend. Auf dem Weg zu ihrer Wohnung wurde sie dreimal von verschiedenen Männern, die in Türeingängen auf Pappkartons saßen, um Geld angebettelt. In ihrem Apartment begrüßte sie schließlich ein Berg Werbepost, eine tote Pflanze in der Küche und eine gigantisch große Spinne im Bad.

Außerdem sah es aus wie auf einer Müllkippe, weil sie so überstürzt abgereist war. Der Stapel Ratgeberbücher, den ihre Mutter ihr nach dem schicksalhaften Mittagessen am Sonntag geliehen hatte, lag immer noch ungelesen auf dem Tisch, alte Zeitungen warteten darauf, zur Papiertonne gebracht zu werden, und den beiden Tassen im Spülbecken war ein Blauschimmelbart gewachsen. Der Wäschekorb quoll mit Schmutzwäsche über und das Bett war ungemacht und zerwühlt.

Sie sah die Post in der Hoffnung auf eine Antwort von Max durch, aber natürlich war kein Brief von ihm darunter. Dafür stach ihr ein Polsterumschlag mit der Handschrift ihrer Mutter ins Auge, und als sie ihn öffnete, fand sie darin einen winzigen weißen Strampler mit einem Igel auf der Brust. *Ich habe ihn gesehen und konnte nicht widerstehen*, hatte ihre Mutter auf ein Kärtchen dazugeschrieben. *Ich hoffe, euch beiden geht es gut. In Liebe, Mum und Dad xxx.*

Als sie die Wörter »euch beiden« las, bildete sich ein Kloß in Saffrons Kehle. *Oh Mum*, dachte sie hilflos. *Ich habe dir so viel verschwiegen.* Aber wie konnte sie ihr das erzählen?

Sie legte sich den weichen Strampler auf den Schoß und faltete die winzigen Ärmel und Beinchen auseinander. Sie konnte sich kaum vorstellen, dass ihr kleines, zartes Baby irgendwann in diesem Strampler in Puppengröße stecken würde. Vorausgesetzt, sie bekam das Baby überhaupt.

Sie öffnete den nächsten Brief, der vom Krankenhaus kam, mit der Terminbestätigung für die Fruchtwasseruntersuchung in zweieinhalb Wochen. Es war also so weit. Es wurde ernst. All das passierte wirklich.

Sie überlegte, ob sie noch einmal versuchen sollte, mit Max Kontakt aufzunehmen. Vermutlich sollte sie ihn einfach anrufen und zur Rede stellen. *Na, was hältst du davon? Was sagst du dazu?*

Bald, antwortete sie sich. *Irgendwann in den nächsten Tagen ruf ich ihn an.*

Sie drückte den Strampler an ihre Wange. »Wir stehen das durch«, sagte sie laut und presste ihn dabei an sich, als ob schon ein Baby drin stecken würde, das Trost brauchte. »Keine Sorge. Uns wird es gut gehen.«

Bald schon hatte sie das echte Leben wieder im Griff, als wäre sie nie fort gewesen. Im Büro schrieb sie Pressemeldungen für Yummy-Mummy-Babynahrung und fragte sich, warum es eigentlich keine Yummy-Daddy-Babynahrung gab. Sie konnte sich gerade noch davon abhalten, bei ihrem Kunden nachzufragen. Außerdem versuchte sie, bei den Strategiemeetings aus dem Matsch in ihrem Kopf kreative Diskussionsbeiträge zu basteln, und bügelte die schlechte Presse über einen dummen Fußballer aus ihrem Kundenstamm durch ablenkende Gegenmaßnahmen aus. Er war verhaftet worden, weil man ihn splitterfasernackt mit drei spärlich bekleideten Teenagern »herumtollend«, so der *Daily Mirror*, im Brunnen am Trafalgar Square aufgegriffen hatte.

Bunty dagegen schien vollkommen geläutert. Sie rief nicht mehr stündlich an und schickte auch keine aufmerksamkeitsheischenden E-Mails mehr. Die Sache mit Troy hatte ihrem Ansehen nicht geschadet, im Gegenteil, sie hatte großes Mitgefühl aus den sozialen Netzwerken und von der Presse erhalten, und ihr Sympathiefaktor war gestiegen, wie Saffron feststellte. Irgendjemand hatte einen Hashtag mit #TeamBunty auf Twitter gestartet, und Troy war offenbar in einer

Bar in Soho von den Gästen ausgebuht worden, wenn man der Klatschpresse glauben wollte. Saffron wünschte nur, sie könnte mehr Interesse für ihre Arbeit aufbringen.

Ein paar Tage später saß sie in der U-Bahn und blätterte durch die Zeitschrift *Metro*. Dabei stieß sie auf einen Artikel, der über die Party nach der Verleihung des Fernsehpreises berichtete. Und da, genau in der Mitte, prangte ein großes Farbfoto von Bunty, die in Gemmas smaragdgrünem Kleid einfach sensationell aussah. »Bunty-tastisch« lautete die Bildunterschrift.

Oh du lieber Himmel. Ob Gemma wohl schon davon wusste? Sie tippte rasch eine SMS.

Hast du heute Morgen schon die Metro gesehen? Dein Kleid ist auf Seite 5 – tolles Foto!!!

Die Antwort kam ein paar Minuten später.

Was? Ist nicht wahr!

Wieso wusste Gemma nichts davon? Klingelte ihr Telefon nicht schon längst wie wild? Das ist nicht gut, dachte Saffron. Überhaupt nicht gut. Ein großer Bericht in der Presse sollte automatisch großes Interesse in der Öffentlichkeit hervorrufen. Basta. Sie schrieb eine weitere Nachricht:

Ich schreib eine Pressemeldung. Ist das okay? Gib mir eine Stunde und halt dich dann in der Nähe deines Telefons bereit. Mach dich auf ein paar weitere Bestellungen gefasst! xxx

Im Büro machte sie sich gleich an die Arbeit. Der fremdgehende Seifenoperndarsteller, der Hilfe bei einer Coverstory benötigte, konnte warten, ebenso wie ihr jammernder Starkoch Mario Fratelli, der angeblich auf einem Foto beim Drogenkonsum zu sehen gewesen war. *Oh, reiß dich zusammen, mein Lieber,* dachte sie, öffnete ein neues Dokument und lockerte die Finger. *Ich muss im Moment wichtigeren Leuten helfen.* Dann fing sie an zu schreiben:

SANDUHR DESIGNS
Pressemeldung

Die Frage liegt jedem auf der Zunge: Wer hat Bunty Halsom für die TV Quick-Awards-Preisverleihung eingekleidet? Wir alle haben die atemberaubenden Bilder von ihr in dem schmeichelhaften smaragdgrünen Crêpe-de-Chine-Kleid gesehen, das unser Publikum und die Zuschauer an den Bildschirmen bezaubert hat. Die Designerin dieser Robe ist, wie wir voller Stolz verkünden, ein aufgehender neuer Stern am Modehimmel: Gemma Bailey, das kreative Genie von Sanduhr Designs.

Sie hielt kurz inne, um sich Gemmas Worte über ihre Arbeit in Erinnerung zu rufen, ehe sie weiterschrieb:

Baileys Philosophie ist einfach: »Jede Frau braucht ein Kleid, in dem sie sich wunderschön fühlt«, sagt sie. »Ich designe wunderbare Kleider für echte Frauen, nicht für Models, die so spindeldürr sind wie Insekten.«

Saffron runzelte die Stirn und löschte den letzten Satz wieder. Nein, Gemma würde sich niemals so abfällig ausdrücken. Eine Pressemeldung sollte man sowieso immer positiv formulieren, statt andere durch Seitenhiebe herabzusetzen. Daher korrigierte sie sich.

Wir alle waren beim Shoppen schon mal gefrustet: enge Umkleiden, schlechtes Licht und Kleidung, die für eher zierliche Figuren statt für Frauen mit Kurven gedacht ist. Gemma Bailey kennt all das nur zu gut aus eigener Erfahrung. »Ich habe angefangen, mir Kleider selbst zu schneidern, weil ich in den Läden nichts finden konnte, das für meine Figur vorteilhaft war. Wenn die Kleider richtig sitzen, sieht man tausendmal besser aus – und man fühlt sich auch besser. Es verschafft mir große Zufriedenheit, Kleider zu kreieren, in denen wir Frauen uns unbesiegbar fühlen können. Wir alle brauchen ein Ich-bin-wundervoll-Kleid für besondere Gelegenheiten im Schrank, nicht wahr?«

Saffron las den Text noch einmal durch. Ganz gut, dachte sie. Darauf werden sicherlich viele Frauen ansprechen.

Versteckt in einem idyllischen Dorf in Suffolk war Gemma Baileys Atelier Sanduhr Designs *bisher ein gut gehüteter Geheimtipp in den kleinen schwarzen Büchern vieler TV- und Filmstars. Ihre Arbeit zeichnet sich durch persönliche Beratung, ein scharfes Auge für Details und ausgeprägtes Stilgefühl sowie kreatives Talent aus, weshalb es nur eine Frage der Zeit sein wird, bis alle hervorragend gekleideten Menschen ihre Nummer als Kurzwahl gespeichert haben.*

»In einem Kleid von Gemma Bailey fühle ich mich so traumhaft schön wie nie zuvor«, sagt Bunty Halsom.

Falls Sie weitere Informationen wünschen oder einen Interviewtermin vereinbaren möchten, kontaktieren Sie bitte Saffron Flint unter der unten angegebenen Telefonnummer.

Link zur Website von Sanduhr Designs

Sie hielt inne, um den Status der Website zu überprüfen, aber viel mehr als eine Visitenkarte mit dem Hinweis »Website in

Arbeit« war immer noch nicht zu sehen. Sie musste Caitlin bitten, das dringend zu ändern.

Die Website von Sanduhr Designs *geht in Kürze online. Hier können Sie sich jetzt schon* für unseren exklusiven Newsletter eintragen (sie fügte ihre persönliche E-Mail-Adresse hinzu) *und damit 10 Prozent Rabatt auf Ihre erste Bestellung erhalten.*

Statt der Agenturnummer setzte sie ihre eigene Handynummer unter die Meldung, damit Charlotte nicht mitbekam, dass sie die Leistung nicht abrechnete. Sie las den Text noch einmal durch, mailte ihn an Gemma und Caitlin, als »dringend« markiert, und lehnte sich anschließend lächelnd zurück, um auf ihre Antwort zu warten.

In diesem Moment bemerkte sie, dass Charlotte sie mit zusammengekniffenen Augen beobachtete. »Alles in Ordnung?«

Saffron errötete. Woher wusste ihre Chefin eigentlich immer, wann sie sich vor der Arbeit drückte? Sie schob den Stuhl näher an den Schreibtisch heran, um ihr Bäuchlein zu verdecken, und öffnete schnell ein neues Dokument. »Großartig, danke«, sagte sie. »Ich wollte gerade einen Termin mit Jonah ausmachen, um diese Brunnengeschichte zu besprechen. Und Bunty hat heute einen schönen Artikel in der *Metro*, Troy wird nicht mal erwähnt, die Sache liegt also hinter uns. Und dann wollte ich noch mit Ashley …«

»Du musst mir deinen Tagesplan nicht bis ins kleinste Detail schildern.« Charlotte machte ein Gesicht, als hätte sie in eine Zitrone gebissen, und baute sich vor Saffron auf. Sie roch intensiv nach Dior, darunter mischte sich der ledrige Geruch ihrer kniehohen, roten Stiefel. »Saffron … diese kleine Episode, die du dir mit Bunty Halsom geleistet hast …« Ihr Mund zuckte. »Das war nicht sehr professionell. Ich weiß, sie ist manchmal wie ein Elefant im Porzellanladen, aber du kannst dich nicht ausschließlich um sie kümmern. Wir alle mussten während der letzten Woche einen Teil deiner Arbeit miterledigen.«

Saffron senkte den Kopf. »Ja. Tut mir leid. Ich habe nicht …«

»Was soll ich davon halten, wenn du dich erst krankmeldest und dich im nächsten Augenblick mit einer Klientin in irgendeinem Kaff in Sussex oder wo auch immer verkriechst?«, fauchte Charlotte. Ihr Tonfall klang so giftig, dass es Saffron nicht gewundert hätte, wenn der Weihnachtskaktus auf ihrem Schreibtisch auf der Stelle verwelkt wäre.

»Ich verstehe, dass das ziemlich seltsam ausgesehen …«

»So läuft das bei Phoenix nicht. Bunty ist eine langjährige Klientin, aber deshalb hat sie nicht automatisch Priorität. Du hast auch noch andere Verpflichtungen.«

»Ja.« Zum Glück klingelte jetzt Saffrons Handy. Gemeinsam mit Charlotte warf sie einen Blick aufs Display. Es war Gemma.

Charlotte schien es nicht besonders eilig zu haben, in ihr Büro zurückzukehren. »Ist das ein geschäftlicher Anruf?«

»Ja, eine neue Klientin, wie ich hoffe«, sagte Saffron. Das stimmte sogar zum Teil. Sie wischte mit dem Finger übers Display, um den Anruf anzunehmen. »Gemma. Hallo! Oh, gut«, sagte sie. »Super. Und du bist zufrieden mit dem Text? Großartig. Ist das Rabattangebot auch in Ordnung? Ich dachte, das würde einen Extra… Ausgezeichnet. Und wie sieht es mit der Website aus?«

Charlotte glitt zu ihrer Erleichterung vom Tisch und entfernte sich ein paar Schritte, blieb jedoch in Hörweite.

»Caitlin arbeitet gerade daran«, sagte Gemma. »Sie will die Homepage aufmöbeln und ein Formular einrichten, mit dem man sich für den Newsletter eintragen kann. Sie will heute auch noch ein paar weitere Unterseiten fertigstellen.« Ihre

Stimme wurde vor Aufregung immer schriller. »Ich kann das alles gar nicht so richtig glauben. Vielen Dank für deine Unterstützung. Es ist so … atemberaubend. Schöner als meine kühnsten Träume!«

»Wart's nur ab«, sagte Saffron. »Wir haben ja noch gar nicht richtig angefangen. Kümmert ihr euch um die Website, ich bringe derweil die Pressemeldung in Umlauf. Und mach dich auf eine arbeitsreiche Zeit gefasst.«

Sie beendete den Anruf und fühlte sich voller Energie. Gemma diesen Gefallen zu tun, war viel befriedigender, als die angeschlagene Karriere eines verwöhnten Promis zu kitten, so viel stand fest. Summend wandte sie sich der Pressemeldung zu und stellte den Verteiler zusammen: Klatschmagazine, Moderedakteure bei Zeitungen und Zeitschriften, Journalisten, die Interesse daran haben könnten, Gemma für eine Unternehmensgründerin-auf-Erfolgskurs-Geschichte zu interviewen, und die regionale Presse in Suffolk, die vermutlich groß über sie berichten würde …

»Eine neue Klientin, hast du gesagt?« Charlotte musste sich an sie herangeschlichen haben, denn als sie ihre Stimme neben sich hörte, zuckte Saffron zusammen.

Sie zögerte. Eigentlich wollte sie Gemma nicht als »richtige« Klientin aufnehmen, denn das bedeutete unweigerlich, dass sie einen Agenturvertrag mit ihr schließen und ihr jede noch so kleine Leistung in Rechnung stellen musste. Saffron hatte lediglich einer lieben Freundin, die Unterstützung verdiente, einen Gefallen tun wollen. »Hoffentlich ja«, sagte sie ausweichend.

Charlotte nickte, die Lippen zusammengepresst, und stolzierte in ihr Büro. Sie hatte zwar nichts weiter gesagt, aber das musste sie auch nicht. Die Botschaft, dass sie Saffron im Auge behalten würde, war klar und deutlich angekommen.

Manchmal war das Verschicken einer Pressemeldung ungefähr so erfolgreich wie der Versuch, die Sterne mit Glitzer zu bewerfen – ein kurzes Aufblitzen von Hoffnung, das gleich darauf von der Dunkelheit verschluckt wurde. Ein anderes Mal hatte man das Glück, dass die Nachricht, in Kombination mit einer guten Geschichte und starken Bildern, den Zeitgeist traf und das Interesse eines jeden Journalisten weckte. Dieser Tag schien einer der glücklichen Ausnahmetage zu sein. Bevor sie die Agentur verließ, hatte Saffron weit über zwanzig Anrufe entgegengenommen, etwa dieselbe Anzahl potenzieller Kunden an Gemma weitergeleitet und sogar die Kontaktdaten einiger Leute notiert, die gleich ein Kleid bestellen wollten. Ob Gemma überhaupt noch Bestellungen annahm?

Ihr Herz schäumte über vor Freude, während sie sich vorstellte, wie die Bestellungen auf dem Laptop ihrer Freundin hereinregneten und eine Menge Geld versprachen. Ihre einzige Sorge war, dass Gemma die Nachfrage überfordern würde. *Stell auf jeden Fall eine Warteliste auf*, schrieb sie ihr, während sie auf den Bus wartete. Ihr Handy war nach dem Dauergebrauch immer noch warm. *Und such dir vielleicht einen Assistenten. Spann deinen Mann für die Sache ein, ja?*

Als sie ihr Apartment erreichte, war es beinahe sieben und ihr Handy klingelte immer noch. Bald würde sie die Anfragen auf die Mailbox weiterleiten müssen, entschied sie, als sie den Anruf, ohne auf das Display zu schauen, annahm, während sie in der Tasche nach dem Haustürschlüssel kramte. »Hallo, Saffron Flint?« Lippenstift, Handschuhe, Portemonnaie, noch ein Lippenstift, Notizblock, Stift, Lippenstift – wo steckte der verdammte Schlüssel?

»Saffron? Ich bin's, Eloise.«

Sie erkannte die Stimme ihrer Schwester kaum. Sie klang so schüchtern und niedergeschlagen. Saffron ließ Schlüssel

Schlüssel sein und lehnte sich in der Erwartung, dass das Gespräch unangenehm werden würde, an die Tür. Seit jenem verhängnisvollen Sonntag hatten sie nicht mehr miteinander gesprochen. »Hallo«, sagte sie zögernd. »Wie geht es dir?«

»Ich … mir geht es gut. Hör zu, ich habe eine Frage. Können wir reden?«

»Ja, natürlich.«

»Ich wollte nur …« Eloise seufzte. »Oh, ich kann das nicht am Telefon. Kann ich dich demnächst mal besuchen?«

»Hier? Bei mir?« Bei ihren letzten Besuchen hatte Eloise die meiste Zeit am Fenster verbracht, um sicherzugehen, dass ihr Auto nicht gestohlen oder beschädigt wurde. »Ich meine, klar, ja. Natürlich. Wann willst du kommen?«

»Samstag würde mir passen, wenn du noch nichts vorhast.«

»Samstag geht in Ordnung. Möchtest du zum Mittagessen kommen?«

»Gut. Danke. Bis dann.«

Saffron verabschiedete sich und legte das Handy in die Tasche. Eine dunkle Vorahnung überfiel sie. Sie riss sich von ihren Gedanken los und suchte erneut nach dem Schlüssel. Nein, die Fantasie ging mit ihr durch, das war alles. Weil sie müde war. Und überhaupt war das albern. Je eher sie sich mit ihrer Schwester aussprach, desto besser.

Sie schloss die Tür auf, betrat den dunklen Flur und atmete tief durch, ehe sie die Treppe zu ihrer Wohnung hinaufstieg.

Kapitel 25

Die Arbeit mit Caitlin in White Gables hatte so viel Spaß gemacht, dass Gemma einen leichten Stich der Enttäuschung verspürte, nachdem sie die beiden Kleider für Bunty fertiggestellt hatte. Der ordentliche Batzen Geld auf dem Konto war fantastisch, mehr als nur befriedigend, aber dennoch wünschte sie, dass diese Episode ein wenig länger gedauert hätte.

Dann aber war das Foto von Bunty in dem hinreißenden grünen Kleid in der *Metro* erschienen und das Leben schaltete plötzlich einen Gang höher. Sie erhielt Saffrons Anruf, während sie gerade mit Darcy durch den Nieselregen zur Schule eilte, doch als sie die magischen Worte hörte, hätte sie schwören können, dass die Sonne hinter den Wolken hervorbrach und ein Engelschor das Halleluja sang.

Gemma sprudelte über vor Glück, küsste ihre Tochter überschwänglich (»Iiih, Mum, hör auf damit, du bist peinlich!«) und lief geradewegs zu Caitlin.

Die öffnete die Tür mit einem angebissenen Toast in der Hand. »Ich bin gerade beim Frühstück, was ist los?«, fragte sie, als Gemma an ihr vorbeistürmte und ihren Mantel aufhängte.

»Das errätst du nie«, platzte sie atemlos heraus. »Es ist etwas ganz Erstaunliches passiert. Und ich flehe dich an, hilfst du mir? Bitte?«

»Natürlich«, sagte Caitlin verwundert. »Geht es dir gut?«

»Mir geht es besser als gut«, antwortete Gemma und die Neuigkeiten sprudelten aus ihr heraus: der Bericht in der Zeitung, Saffrons Anruf, dass sie das alles gar nicht fassen könne (mehrfach) und ob das nicht das Fantastischste sei, was Caitlin je gehört habe (ebenfalls mehrfach). Caitlin schaltete sofort ihren Laptop ein, rief die Website der *Metro* auf und suchte nach dem Artikel über die Preisverleihung. Sie kreischten beide auf, als sie Buntys Glamourfoto entdeckten.

»Das gibt's ja nicht.« Gemma klatschte in die Hände. »Ich liebe diese Frau. Schau dir nur an, wie sie dieses Kleid präsentiert. Schau dir das an!«

»Sie sieht atemberaubend aus. Ja, wirklich.« Caitlin blickte mit offenem Mund auf das Foto. Sie klatschte Gemma ab und umarmte sie. »Das ist der Wahnsinn. Das hast du geschafft! *Sanduhr Designs* wird ein landesweiter Erfolg!«

»Das sagt Saffron auch. Sie meint, wir sollten die Website schnell fertigstellen und irgendetwas einrichten, wo potenzielle Kunden ihre E-Mail-Adresse hinterlassen können …«

»Ich kümmere mich gleich darum«, sagte Caitlin sofort. »Kein Problem. Ich kann ganz leicht ein Newsletter-Widget einfügen und auch deine ganzen Preise, wir könnten sogar ein Video von dir mit einem Interview online stellen.«

Gemma schlang die Arme um sie. »Danke«, sagte sie. »Du bist große Klasse. Habe ich schon erwähnt, dass ich ein bisschen verliebt in dich bin?«

Caitlin lachte und öffnete ein weiteres Fenster. »Ich zeig dir mal, was ich bisher habe …«

Die Website war noch nicht online, aber es gab schon recht viele fertige Seiten. Caitlin hatte sich am Ende doch für ihre ursprüngliche Idee entschieden und den Bildschirm mit einem sich schlängelnden rosa Maßband umrahmt. Die Silhouette einer kurvigen Frau diente als Logo. Caitlin hatte drei von Gemmas Designs auf eine Seite mit der Überschrift »Kleider« gestellt: Valentinstag – das rote tief ausgeschnittene Kleid, das sie für den Valentinstag geschneidert und schließlich im Pub bei der Arbeit getragen hatte. Mitternacht – das dunkelblau schimmernde schulterfreie Velourskleid von Silvester mit den dreiviertellangen Ärmeln, und Olivia – ein kürzeres, männermordendes Cocktailkleid aus pechschwarzem Satin, in dem sie den vierzigsten Geburtstag ihrer Schwägerin gefeiert hatte. »Ich habe auf jeder Seite Farb- und Stoffmuster eingefügt, damit künftige Kunden direkt bestellen können«, erklärte Caitlin. »Ist das okay?«

»Absolut. Gute Idee«, antwortete Gemma.

»Wir brauchen eine Seite über dich und deine Vision«, fuhr Caitlin fort. »Und ich sag dir, was wirklich cool wäre – irgendein Extra, mit dem Kunden ein Webcambild von sich hochladen, ihre Maße eingeben und sehen können, wie sie in jedem der Kleider aussehen würden. Was sagst du dazu?«

»Das wäre traumhaft.« Gemma war ganz aufgeregt, als sie sich über Saffrons Schulter beugte. »Kannst du das machen? Oh du liebe Güte, du musst mir sagen, wie viel ich dir für all das schuldig bin.«

»Überlass das nur mir«, meinte Caitlin und fing an, zu tippen. »Team Sanduhr – wir geben Gas!«

Sie konnten fast auf die Minute genau feststellen, wann Saffron die Pressemeldung abgeschickt hatte. Gemmas Handy klingelte wie wild von allden Anfragen weitergeleiteter Interessenten, der Laptop zwitscherte wie ein Schwarm hysterischer Vögel, wenn sich die Leute für den Newsletter eintrugen, und es gab sogar Anfragen für Termine und Anproben. »Schon? Das ist ja Wahnsinn«, wunderte sich Gemma und versuchte den Überblick zu behalten. »Sie wissen doch noch gar nicht, wie viel ich dafür berechne, und wollen trotzdem meine Kleider. Wer sind diese verrückten Leute?«

»Oh, du bist der neue heiße Designergeheimtipp«, sagte Caitlin grinsend. »Ich gebe meine Bestellung lieber schnell auf, ehe du so reich und berühmt bist, dass du mich nicht mehr kennst.«

Gemma sah sie kopfschüttelnd an. »Als ob das je passieren würde«, sagte sie, ehe sie wieder fassungslos auf den Bildschirm starrte, wo die eingehenden E-Mails zu einer beträchtlichen Anzahl anwuchsen. »Hilfe«, rief sie überwältigt. »Was haben wir da bloß losgetreten? Ich bin nicht sicher, ob ich das alles schaffe.«

»Natürlich schaffst du das. Das kriegst du sicher hin. Kauf dir einen großen Kalender und trag deine ersten Anprobetermine ein. Und stell eine Flasche Champagner kalt, wenn du schon dabei bist. Du bist im Geschäft, Lady. Das ist der Grundstein für dein Unternehmensuniversum.«

»*Wir* sind im Geschäft, meinst du wohl«, sagte Gemma und klickte auf eine E-Mail. Sie kam von einer Modebloggerin, die sie interviewen wollte. Ja, *sie!* Tief durchatmend drehte sie sich zu Caitlin um. »Du, ich und Saffron – das haben wir gemeinsam geschafft. Ohne euch wäre ich nie so weit gekommen. Oh mein Gott, gleich fange ich an zu heulen.«

»Tränen sind nicht erlaubt«, befahl Caitlin. »Dafür haben wir keine Zeit. Also lächle!«

Viele E-Mails, sechs Anprobetermine und weitere dreißig Anfragen für Stoffmuster später fiel es Gemma schwer, White Gables zu verlassen und zur Schule zu fahren. Diese Flutwelle an Journalisten- und Kundenanfragen hatte sie dermaßen beschäftigt, dass sie keinen einzigen Gedanken an Spencer oder den Rest ihrer Familie verschwendet hatte, wie ihr nun mit Gewissensbissen klar wurde. Junge, würde Spencer sauer sein! Selbst mit Krücken fiel ihm das Laufen immer noch schwer, und er blieb nicht gerne stundenlang allein zu Hause wie ein Hund, der jaulend und winselnd sich selbst überlassen war. Böse Ehefrau. Nachlässige Ehefrau. Aber auch eine Ehefrau, die sich fühlte, als hätte sie den Wurf ihres Lebens gelandet, und nun eine Siegerrunde auf dem Spielfeld drehte.

Nur mit Mühe konnte sie sich davon abhalten, auf dem Heimweg zu singen und zu tanzen wie die Hauptdarstellerin in einem Musical. Darceys Wunsch nach Brownies aus der Bäckerei gab sie allerdings sofort nach. Oh, ja. Das war definitiv ein Schokoladenbrownietag.

Als sie nach Hause kamen, saß Spencer in der muffigen Garage in seinem Sportwagen, und ihre ausgelassene Stimmung erlosch so schnell wie eine ausgebrannte Glühbirne. »Geht es dir gut, Liebling?«, fragte sie besorgt. Er saß reglos da, die Hände auf das Lenkrad gelegt. »Tut mir leid, dass ich so lange weg war. Möchtest du eine Tasse Tee?«

Er blinzelte, als ob er ihre Anwesenheit eben erst wahrnahm. »Bitte«, sagte er leise, ohne sich zu rühren.

»Was macht Daddy da?«, fragte Darcey in einem überlauten Flüstern, während sie in die Küche gingen.

Gemma seufzte. »Ich glaube, er ist traurig.«

Sie kochte Tee und brachte ihm die Tasse zum Auto, aber er redete nicht mit ihr. Nur das Ticken des Stromzählers an der Wand war zu hören. »Spence«, sagte sie nach einer Weile. »Komm schon. Du wirst wieder gesund.«

»Ich versuche nur, mich daran zu erinnern, wie es sich angefühlt hat, das Gaspedal durchzutreten und durch die Gegend zu brausen«, sagte er und blickte starr geradeaus. »Erinnerst du dich an das Wochenende in Walberswick?«

Und ob. Er hatte sie mit diesem Wochenendausflug überrascht, und seine Eltern hatten in der Zwischenzeit auf die Kinder aufgepasst. Es war ein herrlicher Junitag gewesen, keine einzige Wolke am blauen Himmel, und sie waren mit offenem Verdeck gefahren und hatten sich den Wind um die Nase wehen lassen. Zu beiden Seiten erstreckten sich die grüngelben Felder von Suffolk, und gelegentlich kamen sie an alten Feuersteinkirchen und Backsteinscheunen vorbei. In den Hecken tummelten sich Vögel und Schmetterlinge. Die Welt hatte nie schöner ausgesehen. »Ja, klar«, sagte sie und drückte seine Hand. »Und sobald es dir besser geht, fahren wir wieder hin.«

Er seufzte. »Ich kann mir nicht vorstellen, dass es mir jemals besser gehen wird.«

»Doch, das wird es. Ich verspreche es dir. Dein Knöchel ist fast verheilt, und bald kannst du mit der Physio anfangen. Es wird schon. Und …« Sie zögerte, ob sie ihm ihre Nachrichten mitteilen sollte. Konnte er damit umgehen? Nicht jetzt, beschloss sie. Nicht, solange er so verletzlich war. »Wir sind ein Team, denk dran. Überlass ruhig eine Weile alles mir, bis es dir wieder besser geht.« Sie ergriff seine Hand. »Mach dir keine Sorgen.«

»Oh«, sagte Gemma beim Abendbrot, als sei es ihr eben erst eingefallen. »Ich werde die Stelle im Pub kündigen.«

Will murmelte etwas, das sich anhörte wie »Gott sei Dank«, aber wenigstens Darcey zeigte sich etwas mehr begeistert.

»Hey!«, rief sie. »Dann bist du zur Schlafenszeit wieder hier?«

»Jeden Abend.« Gemma lächelte. »Und wir können heute eine neue Geschichte anfangen.«

»Wie kommt's?«, fragte Spencer.

»Ich habe eine andere Arbeit.« Und dann konnte sie sich nicht länger zurückhalten. »Eins meiner Kleider war heute in der Zeitung. Warte, ich zeige es euch.«

Sie stand auf, schaltete das iPad ein und öffnete die *Metro*-Website. »Schaut mal.« Sie zeigte ihrer Familie das Foto von Bunty. Sie konnte von diesem Bild einfach nicht genug bekommen, so stolz war sie. »Und danach ist alles irgendwie total verrückt gelaufen. Eine ganze Menge Leute wollen jetzt, dass ich Kleider für sie schneidere und … Na ja, ich habe sozusagen mein eigenes kleines Geschäft gegründet.«

Darcey machte große Augen. »Wow. Bist du jetzt etwa berühmt, Mum?«

Sie wuschelte ihrer Tochter durch die Haare. Darcey wollte unbedingt berühmt werden, allerdings änderte sich ihr Berufswunsch jede Woche. In der vergangenen Woche wollte sie eine berühmte Tierärztin werden (»eine Fernsehtierärztin mit schönen Haaren«). Die Woche davor hatte sie Fotos von Waffle, der Katze von gegenüber, die sie regelmäßig besuchte, mit Sprüchen wie »Waffle schläft auf Darceys Bett, yo!« auf Instagram gepostet und verkündet, dass sie Wildtierfotografin werden wollte (natürlich eine superberühmte).

»Nein, ich bin nicht berühmt«, antwortete Gemma. »Aber ich denke, du kannst wieder Reitunterricht nehmen. Und Will, wenn es nicht zu spät ist, können wir dich doch noch für die Klassenfahrt nach Frankreich anmelden. Außerdem können wir unsere Rechnungen nun ein wenig schneller abbezahlen. Und das Beste …« Sie grinste. »Ich muss keine ekligen Eintöpfe mehr kochen.«

»Keinen Eintopf mehr! Keinen Eintopf mehr!«, jubelte Darcey und boxte in die Luft.

»Toll!«, sagte Will, was das Teenagerequivalent zu Darceys Luftgeboxe war. »Danke, Mum.«

Unsicher, was sie erwarten würde, drehte sie sich zu Spencer. Diesen glücklichen Moment würde er ihr doch wohl nicht vermiesen, oder? »Spence?«, sagte sie und versuchte, seine Miene zu entschlüsseln. »Ich meine … Diese Gelegenheit ist zu gut, um sie auszuschlagen, denkst du nicht auch?«

Es entstand ein langes unangenehmes Schweigen, dann gabelte er sich Essen auf. »Es ist toll, Schatz«, sagte er schroff. »Gut gemacht, Gem.«

Damit musste sie sich begnügen. Und sie war auch zufrieden. »Danke, Leute«, sagte sie und versuchte, ihre Erleichterung und Aufregung zu verbergen. Ihr Herz trommelte wie verrückt. »Ich freue mich riesig. Aber genug davon. Wie war euer Tag? Wie ist es beim Fußball gelaufen, Will?«

Nach dem Abendessen schrieb Gemma ihrem Vater, ihren Brüdern und allen anderen, die sie kannte, und berichtete ihnen von dem Foto. Danach ging sie zum Pub, um Bernie zu kündigen. Er blickte entsetzt drein, als sie ihm die Nachricht verkündete, aber sie konnte ihn ziemlich schnell wieder aufmuntern, indem sie ihm das Foto von Bunty zeigte. »Eine tolle Figur hat die Frau«, sagte er anerkennend. »Eine wirklich atemberaubende Lady.«

»Du solltest besser einen Zahn zulegen, Bernie«, meinte Gemma und zwinkerte ihm zu. »Sicher hat sie jetzt viele neue Verehrer, die hinter ihr her sind.«

Während sie durch das dunkle Dorf nach Hause ging, wirbelten in ihrem Kopf Ideen für Kleider durcheinander. Womit sollte sie bloß anfangen? Zunächst musste sie allerdings die noch ausstehenden Aufträge erledigen, ehe sie neue Kunden annehmen konnte, so viel war sicher. Zum Glück gab es nicht mehr allzu viel zu tun. Helen Bradleys Vorhänge mussten nur noch gesäumt und gebügelt werden, und es gab noch eine

Änderung bei einem der Brautjungfernkleider, weil die betreffende Brautjungfer, die zehnjährige Lottie Mayes, unverhofft einen Wachstumsschub hatte.

Sobald das erledigt war, konnte sie die Bestellungen durchsehen und ausrechnen, wie viel Stoff sie dafür brauchen würde. Gleich am nächsten Tag wollte sie zum Großhändler fahren und alles Nötige besorgen. Am darauffolgenden Montag hatte sie schon die erste neue Anprobe, dann am Donnerstag die nächste und … ihr schwirrte der Kopf. Das konnte sie niemals alles allein bewältigen. Das war viel zu viel Arbeit.

Ihr Handy kündigte piepend eine weitere SMS von Saffron an, fast so, als ob ihre neue Freundin im fernen London ihre Gedanken lesen könnte. *Und such dir einen Assistenten. Spann deinen Mann für die Sache ein, ja?*

Sie schnaubte. Als ob er sich je darauf einlassen würde! Eher lernten Schweine fliegen. Zumindest hatte er die Nachricht gut aufgenommen. Er hatte ihr sogar gratuliert.

Vielleicht, aber nur vielleicht, wendeten sich die Dinge endlich zum Besseren.

Kapitel 26

Nur Jane Fraser würde als Aufbewahrungsort für ihre Geheimnisse von allen möglichen Verstecken der Welt ausgerechnet eine Schuhschachtel mit dem Foto eines Stöckelschuhs vorne drauf wählen. Wahrscheinlich hatte sie vermutet, dass ihre Tochter, die eher Turnschuhe liebte, dort kaum herumschnüffeln würde.

Wie recht sie damit gehabt hatte. Caitlin hatte nie verstanden, warum manche Menschen – ihre Mutter eingeschlossen – über etwas so Dummes wie Schuhe völlig aus dem Häuschen geraten konnten, vor allem, wenn sie so bequem aussahen wie Folterinstrumente. Als sie Janes Schrank ausräumte, hatte Caitlin gewissenhaft alle Kleider, Gürtel und Handtaschen durchgesehen, die Schuhsammlung allerdings links liegen lassen. Die Schuhschachteln stapelten sich immer noch auf dem Boden im Schlafzimmer und warteten darauf, zum Wohlfahrtsladen gebracht zu werden, sobald sie mal eine Stunde Zeit dafür hatte. Sie hatte sich nicht die Mühe gemacht, auch nur einen einzigen Deckel anzuheben, um den Inhalt zu begutachten. Fast hätte sie Janes Geheimnis niemals erfahren.

Dann war sie jedoch an einem ruhigen Sonntagnachmittag ins Schlafzimmer gegangen, um den antiken Paravent ihrer Mutter ins Wohnzimmer zu stellen. Gemma erwartete in den folgenden Wochen einen Strom neuer Kunden, die sich alle ausziehen und das kalte Maßband um die verschiedenen Körperteile wickeln lassen würden. Sicher war es angenehmer für sie, wenn sie sich diskret in einer Ecke umziehen konnten, statt wie Bunty ins Badezimmer geschickt zu werden. Vielleicht sollte sie auch einen hübschen Seidenmorgenmantel besorgen, überlegte sie, während sie durchs Schlafzimmer lief, damit …

»Au, so ein Mist!«

Caitlin war mit ihren langen Gliedern schon tollpatschig zur Welt gekommen, und nun war sie in ihrer Eile auf den gewachsten Dielen ausgerutscht und direkt in die Schuhschachteln gestolpert. Sie fielen um wie Dominosteine, die Deckel rutschten herunter und enthüllten Glitzer-Slingpumps, schwarze Abendschuhe und silberne Sandalen …

Sie rieb sich das Knie und fing ungeduldig an, die Schuhe wieder in die Schachteln zu stopfen. Je eher sie die loswurde, desto besser. Da bemerkte sie plötzlich eine Schachtel, die auf der Seite lag und einen Stapel Papiere barg. Wie von selbst richtete sich ihr Blick auf die Beschreibung auf dem Deckel – Jacquetta Größe 6 – und dann wieder auf die Papiere. *Oh-oh.* Was war das denn?

Ihre Hand schloss sich um die Dokumente, und ihr Herz trommelte wie wild, als sie den Briefkopf auf dem obersten Papier las: »Aberdeenshire Jugendamt – Adoptions- und Pflegestelle.«

Caitlins Atem ging schnell und flach. »Adoptions- und Pflegestelle«, da stand es – schwarz auf weiß.

Oh nein. Oh nein.

Es ist also wahr, dachte sie benommen. *Ich habe richtig geraten.*

Das war jedoch nur ein kleiner Trost, denn ihre Welt war ganz plötzlich aus den Angeln gehoben.

Nach nur fünf Minuten wusste sie über ihre gesamte Vorgeschichte Bescheid. Fünf kurze Minuten, um zu realisieren, dass ihr ganzes Leben eine Lüge gewesen war. Nach dem eben entdeckten Brief zu schließen war sie als Josephine Wendell geboren worden, Tochter von Alison Mary Wendell. Ein Vater wurde nicht erwähnt. Sie hieß also nicht einmal wirklich Caitlin Fraser. Sie war Josephine Wendell, verdammt noch mal, ein Name, der nach einer verklemmten viktorianischen Tante klang, die gerade einem Schwarz-Weiß-Fotoalbum entsprungen war.

Caitlin legte zitternd die Hand an den Mund und war sich nicht sicher, ob sie weiterlesen sollte. Josephine. Das war sie. Sie fühlte sich allerdings nicht wie eine Josephine. Nicht einmal annähernd. Und Alison Wendell … das war also ihre Mutter. Ihre echte Mutter. *Oh Alison*, dachte sie, und ein Stich der Trauer durchfuhr sie. *Warum wolltest du mich nicht? Warum hast du mich weggegeben?*

Tränen kullerten ihr über die Wangen, während ihr eine Reihe von möglichen Antworten durch den Kopf schoss. Vielleicht war Alison geistig krank. Vielleicht war sie Alkoholikerin oder drogenabhängig. Vielleicht war sie ein verängstigter Teenager gewesen. Vielleicht hatte man sie vergewaltigt.

Die Papiere entglitten ihr, als Caitlin, schockiert von den furchterregenden Gedanken, den Kopf in die Hände stützte. Sie konnte es kaum begreifen. Wie lange war sie bei Alison gewesen? Hatte Alison sie gehalten, mit ihr geschmust, ihren warmen Babykopf gestreichelt und gewünscht, sie hätte eine andere Möglichkeit? Hatten sie je eine Nacht gemeinsam verbracht? Was war passiert?

Vielleicht war Alison todkrank. Vielleicht hatte sie eine genetische Krankheit, die wie eine tickende Zeitbombe nun in Caitlins Zellen schlummerte und auf ihren Ausbruch wartete.

Sie kniff die Augen zu und schlang die Arme um den Bauch.

Vielleicht sollte sie verdammt noch mal damit aufhören, sich mit all diesen Vielleichts selbst Angst einzujagen.

Kurz darauf putzte sie sich die Nase und riss sich zusammen. Pandoras Büchse war geöffnet, also konnte sie auch genauso gut alles erfahren. Das Herz schlug ihr heftig gegen die Rippen, als sie zögernd in den Dokumenten blätterte, die ihre Mutter so viele Jahre sorgsam vor ihr versteckt hatte. Konnte sie sie überhaupt noch Mutter nennen? War das erlaubt? Warum hatte Jane ihr nichts davon erzählt? Warum hatte sie ihr nicht alles erklärt? Warum hatte sie eine Entschuldigung gemurmelt, als sie im Sterben lag, und es Caitlin überlassen, sich selbst ein Bild von diesen schrecklichen, lebensverändernden Dingen zusammenzusetzen? Was für ein Egoismus. Nichts als lahme Entschuldigungen.

Es gab eine Fallakte mit Angaben zu ihrer Geburt und Einzelheiten zu den Pflegefamilien, in denen sie fast zwei Jahre verbracht hatte. (Warum so lange? Hatte sie niemand gewollt?)

Sie fand auch eine Urkunde über die Namensänderung, die bestätigte, dass Josephine Wendell nun Caitlin Rose Fraser hieß. Ein Dokument, und schon war sie ein anderer Mensch. Konnte so was überhaupt zulässig sein?

Dann war da noch die Adoptionsurkunde, natürlich auf den 1. Juni datiert. *Ein besonderer Tag.* Und zu guter Letzt entdeckte sie auch die Geburtsurkunde mit Alisons Namen drauf. Von wegen verloren, Jane hatte sie bloß versteckt.

Josephine Wendell, geboren in Inverdowie, Aberdeenshire. Nur einen Steinwurf von dem Ort entfernt, wo ihre Eltern aufgewachsen waren. Wie praktisch. Sehr praktisch, wenn man einfach das Baby anderer Leute adoptieren wollte.

Verdammt noch mal. Diese Entdeckung kam einem Erdbeben gleich. Plötzlich hatte sich alles geändert. Sie wünschte, sie hätte länger in segensreicher Unkenntnis verharren können, sie wünschte, sie wäre ins Schlafzimmer gegangen und nicht gerannt, und hätte die Schachtel der Geheimnisse nie entdeckt. Fünf Minuten zuvor war sie noch Caitlin Fraser gewesen, die nichts weiter als einen Paravent und einen Morgenmantel im Kopf hatte. Und jetzt war sie sich nicht mehr sicher, wer sie war oder wie sie sich nennen sollte.

Blind sah sie sich im Zimmer um, in dem ihre Eltern so viele Jahre geschlafen hatten. Als Kind durfte sie nach acht Uhr morgens am Wochenende immer zu ihnen kommen und mit ihnen im Bett kuscheln. Zwischen ihren warmen Körpern hatte sie sich sicher und geborgen gefühlt. Sie konnte sich immer noch gut an die Vorfreude von damals erinnern, wenn sie das Zimmer betrat und in ihr Bett kletterte.

Als sie älter wurde, kam sie am Muttertag und am Vatertag in dieses Zimmer, eine selbst gebastelte Karte mit Filzstiftbildern in der einen Hand und eine Tasse lauwarmer Tee in der anderen. In ihrer Teenagerzeit brachte sie dem glücklichen Elternteil statt Karten ein Frühstück ans Bett. Mutter- und Vatertag. *Haha, von wegen.*

Ihre angeblichen Eltern hatten sie die ganze Zeit belogen, sie hatten sorgfältig und geschickt ein Netz aus lauter Lügen gewebt, das ihr Vorleben verschleierte. Geheime Treffen mit dem Jugendamt, Akten in Aberdeenshire, die dumme Feier am 1. Juni mit Torte und Champagner – *»Oh, einfach so!«*

Niemand hatte sich die Mühe gemacht, es ihr zu erzählen, ihr alles zu erklären.

Ein heftiger Schmerz durchzuckte sie, als ihr Blick auf Janes Lieblingsfoto fiel: die vierjährige Caitlin in einem blauen Krankenschwesterkostüm, eine Babypuppe in der Hand. Sie konnte ihre kindliche Stimme wie aus weiter Ferne durch die Jahre rufen hören: *Ich möchte so sein wie du, Mummy.*

Tja, jetzt nicht mehr. Sie wollte nicht mehr so sein wie Jane – eine Lügnerin und Betrügerin. Scheiß drauf.

Ein Schrei entfuhr ihr, und sie griff nach dem Bild und warf es direkt in die Mitte von Janes großem Spiegel, der viel zu lange das Gesicht dieser Lügner widergespiegelt hatte. Das Glas splitterte und die gezackten Scherben fingen den Raum in deformierten, kaleidoskopartigen Fragmenten auf.

Caitlin kümmerte sich nicht darum. Es war ihr egal. Sie stürmte aus dem Zimmer und aus dem Haus. Mit einem lauten Knall schloss sie die Tür hinter sich und war froh, diesen vergifteten Ort zu verlassen. Bloß raus hier!

Kapitel 27

Nach einer zweieinhalbstündigen hektischen und kopflosen Aufräumaktion fühlte sich Saffron bereit für ihre Verabredung zum Mittagessen mit Eloise. Der Teppich war gesaugt, das Badezimmer blitzblank, und sie hatte sogar auf allen vieren ein paar ominöse Flecken vom Küchenboden weggeschrubbt. Im nahe gelegenen Delikatessenladen hatte sie frisches Brot, Tomaten, Hummus und eine Karamelltorte zum Nachtisch besorgt. Ein Strauß weißer Tulpen stand in einer gestreiften Vase und untermauerte den Schwangerer-Single-der-wunderbar-zurechtkommt-vielen-Dank-auch-Eindruck, den sie erzielen wollte. Sie hatte sogar alle Schwangerschaftsratgeber und Magazine eingesammelt und sie ganz hinten in ihrem Schrank versteckt, zusammen mit dem wunderschönen Strampler von ihrer Mutter. Man musste ja nicht unbedingt Salz in offene Wunden streuen.

Dennoch würde sie sich für ihre Schwangerschaft nicht entschuldigen. Auf keinen Fall. Sie hatte Eloise damit ja nicht ärgern wollen. Es war einfach passiert. Sie hoffte sehr, dass sie ihrer Schwester das auch klarmachen konnte.

Es klingelte, und nach drei tiefen Atemzügen, bei denen sie sich vornahm, ruhig, gelassen und gefasst zu bleiben, öffnete sie die Tür.

»Eloise, hallo. Komm rein. Wo ist Simon?«

»Er ist zu Hause. Das wird ein Mittagessen zu zweit.«

»Wunderbar«, sagte Saffron, obwohl ihr Simons beschwichtigende Anwesenheit lieber gewesen wäre. Eloise konnte bisweilen ziemlich impulsiv werden, und Saffrons Wände waren nicht die dicksten. Sie machte sich in Gedanken eine Notiz, sich bei ihren Nachbarn zu entschuldigen, falls dieser Besuch mit schrillem Geschrei und Türenschlagen enden sollte. »Komm, das Essen ist fertig.«

Sie setzten sich einander gegenüber an den kleinen Esstisch unter dem Fenster, und Saffron sah die Wohnung unwillkürlich mit Eloises Augen: vollgestopft, klein und nicht einmal annähernd babysicher. In anderen Worten, ganz anders als Eloises und Simons großes Einfamilienhaus, in dem das Kinderzimmer schon fix und fertig mit Teddybärtapete und Babyfon ausgestattet war. »Wir sind gern gut vorbereitet«, hatte Eloise lächelnd gesagt, als sie es vor fünf Jahren so eingerichtet hatten. Wie sehr muss der Anblick dieses Zimmers sie nun quälen, dachte Saffron mitleidig.

»Also«, sagte Eloise, während sie sich mit übertriebener Gewissenhaftigkeit Butter aufs Brot schmierte. »Ich wollte mich für mein Benehmen vor ein paar Wochen entschuldigen. Ich war unfair zu dir. Ich habe komplett überreagiert.« Sie hob den Blick und fixierte Saffron. »Es tut mir leid.«

Wow. Das ging ja viel leichter, als Saffron erwartet hatte. »Mir tut es auch leid«, rutschte es ihr heraus, obwohl sie sich eigentlich nicht hatte entschuldigen wollen. »Ich weiß, wie sehr dich meine Neuigkeit mitgenommen haben muss. Ich hätte es euch irgendwie schonend beibringen sollen, ehe du von selbst draufkommst.«

»Die Sache ist die«, fuhr Eloise fort, als ob Saffron überhaupt nichts gesagt hätte, und die erstarrte beim Anblick der entschlossenen Miene ihrer Schwester. *Ah. Okay.* Vielleicht würde es doch nicht so einfach werden. »Simon und ich haben uns gefragt, ob … na ja …« Sie zögerte, als hätte sie den Text ihrer Rede vergessen. »Also, wir sind schon gut auf ein Baby vorbereitet«, fuhr sie hastig fort. »Wir haben das Haus und die Schutzvorrichtungen und wir wollen wirklich sehr, sehr gerne ein Kind. Wohingegen …« Sie brach ab und richtete den Blick angestrengt auf ihr Messer.

Saffron überlief eine Gänsehaut. *Gefahr, Gefahr. Vorsicht.* »Wohingegen …?«, hakte sie nach und verengte die Augen.

Eloise beugte sich vor und Saffron stieg ein leichter Veilchenduft in die Nase. »Wohingegen … also, versteh mich nicht falsch, das ist eine hübsche Wohnung, aber hast du dir schon mal ernsthaft Gedanken darüber gemacht, wie du hier mit einem Baby leben willst?«

»Ja. Mehrfach sogar.« Saffron spürte, wie ihre Miene stählern wurde. Worauf genau wollte Eloise hinaus?

»Nur … Na ja, wir würden dir gern helfen. Uns um das Baby kümmern. Es könnte …« Endlich hob sie den Blick und in ihren großen blauen Augen stand die blanke Verzweiflung. »Es könnte eine Weile bei uns bleiben. Wenn du möchtest.«

Damit hatte Saffron nicht gerechnet. »Wie meinst du das?« Instinktiv legte sie schützend die Hände auf ihren leicht gewölbten Bauch. »Warum sollte mein Kind bei euch bleiben?«

»Wir könnten auf es aufpassen. Unter der Woche, während du arbeitest, könnte es bei uns wohnen …« Ein flehender Ton lag in Eloises Stimme.

War sie jetzt völlig verrückt geworden? Saffron schaute ihre Schwester erstaunt an. »Nein, danke. Mein Baby bleibt hier bei mir.«

»Aber wir dachten, es wäre vielleicht gut …«

»Danke. Ich kann mich selbst um mein Kind kümmern.«

Eloises rechtes Augenlid zuckte. »Es ist ja auch nur, weil du allein auf dich gestellt bist.«

»Ich weiß. Daran musst du mich nicht erinnern. Aber ich komme schon zurecht.«

»Aber wir haben einen schönen Garten. Und das Baby könnte sein eigenes Zimmer haben.« Der Gesichtsausdruck ihrer Schwester war jetzt ein einziges Flehen.

»Schlägst du mir ernsthaft vor, ich soll mein Baby an dich abgeben?« Saffron glaubte, ihren Ohren nicht zu trauen.

»Natürlich nicht! Das meine ich doch gar nicht.«

»Die Antwort lautet jedenfalls Nein, Eloise. Auf keinen Fall. Und wenn ihr den schönsten Garten und das größte Kinderzimmer der Welt hättet. Was soll das, verdammt noch mal? Du kannst doch nicht einfach herkommen und mir mein Baby abschwatzen wollen! Bist du jetzt völlig übergeschnappt?«

»Nein! Es war ja nur ein Gedanke, Saff …«

»Ein ziemlich blöder Gedanke. Wie kannst du es wagen, hierherzukommen und anzudeuten, ich könnte mich nicht richtig um mein Kind kümmern? Du hast echt Nerven! Für wen hältst du dich eigentlich?«

Das Messer entglitt Eloises Griff und fiel klirrend auf den Teller. »Simon hat gesagt, dass ich das nicht tun soll«, murmelte sie und ihr Kinn zitterte. »Er wollte nicht, dass ich dich das frage. Aber ich musste es einfach versuchen. Du hast immer gesagt, du willst keine Kinder, daher dachte ich …«

»Dann hast du eben falsch gedacht.« Saffrons Verblüffung hatte sich inzwischen in Wut verwandelt, und sie verspürte denselben Löwenmutterinstinkt wie bei der ersten Ultraschalluntersuchung. *Finger weg, Eloise. Das ist* mein *Baby.*

»Es tut mir leid. Ich wollte nur …«

Saffron hatte genug gehört. »Du hast mich nicht einmal gefragt, wie es mir geht«, sagte sie schroff über das Gejammer ihrer Schwester hinweg. »Ganz zu schweigen davon, wie die Schwangerschaft verläuft. Würdest du das Baby immer noch haben wollen, wenn ich dir erzählen würde, dass er oder sie vielleicht das Downsyndrom hat?«

Eloise hob ruckartig den Kopf. Sie fuhr sich mit der Zunge über die Lippen, ehe sie sprach. »Hat es das?«, wisperte sie.

Saffron schlug mit der Faust so fest auf den Tisch, dass die Tulpen in der Vase hüpften. »Es? Kannst du endlich mal aufhören, mein Baby ›es‹ zu nennen?«

»Tut mir leid.« Eloise senkte den Kopf und der Raum schien die Luft anzuhalten, während sie auf die Antwort wartete.

»Ich weiß es noch nicht«, sagte Saffron schließlich. »Das Risiko liegt bei sechsunddreißig Prozent. Nächste Woche habe ich eine Fruchtwasseruntersuchung, danach weiß ich mehr. Vorausgesetzt, die Untersuchung beendet die Schwangerschaft nicht vorzeitig.« Ihr Herz schlug schneller. So viel zu ruhig, gelassen und gefasst. »Das hast du in deine Berechnungen wohl nicht einkalkuliert, was?« Sie starrte ihre Schwester nieder. »Ich nehme mal an, jetzt hast du deine Meinung geändert.«

»Oh Saffron.« Eloise schien auf ihrem Stuhl zusammenzuschrumpfen. »Ich hatte ja keine Ahnung.«

»Nein, das hattest du nicht, weil du dir ja nicht die Mühe gemacht hast, danach zu fragen. Du bist einfach mit deinen dummen, egoistischen Vorschlägen vorgeprescht. Du kannst genauso gut gehen, wenn du mir nicht mehr zu sagen hast.«

Eloises Stimme war kaum lauter als ein Flüstern. »Du hältst mich sicher für einen schrecklichen Menschen.«

»Ja, im Moment schon.«

»Ich bin ja auch schrecklich. Ich bin eine verdammte Irre geworden. Was ist nur los mit mir? Was stimmt denn nicht mit mir?« Sie wischte sich über die Augen. »Es tut mir leid. Wirklich und aufrichtig leid. Können wir noch mal zurückspulen und alles löschen?« Ihre Lippen zitterten. »Ich weiß, dass es nicht dein Problem ist, aber ich habe mich in eine dieser besessenen Verrückten verwandelt. Ich kann an nichts anderes mehr denken als an Babys. Ich beobachte sie in anderer Leute Kinderwagen und spüre, wie meine Hände zucken, als wollten sie gleich hineingreifen und sich das Baby schnappen.«

Saffrons Wut begann allmählich zu verrauchen. Sie hatte ihre kompetente, erfolgreiche Schwester nie so niedergeschlagen und verstört erlebt.

»Ich könnte es tun, weißt du«, fuhr sie fort. »Ein Baby stehlen, meine ich. Ich kann es förmlich vor mir sehen.« Sie gab einen Laut von sich, der irgendetwas zwischen Lachen und Schluchzen war. »Und ich kann nicht einmal vortäuschen, dass meine Hormone verrücktspielen, denn das tun sie nicht. Ich bin völlig gaga!«

Beide schwiegen einen Moment. Eloise zerkrümelte etwas Käse über ihrem Brot, während Saffron mit Knoblauch gewürzten Hummus auf ihren Teller schaufelte. Der Appetit war ihr jedoch vergangen. »Eloise, es tut mir leid, okay? Ernsthaft. Ich wünsche mir inständig, dass du auch schwanger wärst. Aber das ist mein Kind und ich komme schon klar, wie auch immer die Konsequenzen aussehen werden.«

Eloise putzte sich die Nase, ihre rot geweinten Augen glänzten feucht. »Ich weiß«, sagte sie und wandte den Blick ab. »Und du wirst eine tolle Mutter sein. Du wirst das alles locker schaffen und super machen, so wie immer.« Sie schniefte. »Erzähl mir mehr über diese Fruchtwasseruntersuchung. Was haben die Ärzte gesagt?«

Und obwohl Saffron sich ziemlich sicher war, dass Eloise bereits alles wusste, was es über Fruchtwasseruntersuchungen zu wissen gab, weil sie ein ganzes Bücherregal voller Schwangerschafts- und Geburtsratgeber gelesen hatte, wiederholte sie die wenigen Fakten, die sie kannte.

»Ich komme mit dir«, sagte Eloise nach einem tiefen Atemzug – ein unglaublich großzügiges Angebot unter den gegebenen Umständen. »Wird der Vater auch dort sein? Ich würde ihn gern kennenlernen. Max, so heißt er doch, oder?«

»Ja. Aber er wird nicht da sein. Er hat kein Interesse. Er hat nicht einmal auf den Brief geantwortet, in dem ich ihm mitgeteilt habe, dass ich schwanger bin.«

Eloise drehte den Ehering an ihrem schmalen, bleichen Finger – eine unbewusste Reaktion, die »Zum Glück bin ich verheiratet« besagte. »So ein Vollidiot. Soll ich Simon zu ihm schicken, damit er ihm die Lichter auspustet?«

Man musste schon eine blühende Fantasie besitzen, um sich vorstellen zu können, wie Simon, das menschliche Meerschweinchen, sich jemanden vorknöpfte, geschweige denn, Max die Lichter ausblies. Die Bemerkung brachte Saffron zum ersten Mal seit der Ankunft ihrer Schwester zum Lachen. »Vielleicht komme ich darauf zurück«, sagte sie.

Der restliche Nachmittag verlief zum Glück entspannter. Das Gespräch richtete sich auf unverfänglichere Themen: Arbeit, Urlaub und Simons Hoffnung auf eine Beförderung. Als Eloise schließlich auf die Uhr schaute und sagte, sie müsse jetzt wirklich los, fiel es Saffron leicht, sie mit echter Zuneigung zu umarmen und ihr zu versichern, dass der eigentliche Grund ihres Kommens vergessen war und nie wieder erwähnt werden würde.

Eloise bezeichnete es als einen Anfall von Unzurechnungsfähigkeit, und ein sehnsüchtiger Ausdruck glitt über ihr Gesicht, als sie sich aus der Umarmung löste. Ihre Hand schwebte über Saffrons Bauch. »Darf ich?«

»Du darfst.«

Ein Aufruhr der Gefühle spiegelte sich in Eloises Augen, als sie sanft eine Hand auf Saffrons Bauch legte. »Wow«, sagte sie.

Die Schwestern tauschten ein breites Lächeln. »Wow«, stimmte Saffron zu.

Kapitel 28

Dass Gemma quasi über Nacht zur gefragten Geschäftsfrau geworden war, kümmerte ihre Familie relativ wenig. Sie musste immer noch das Frühstück machen, die Wäsche waschen und Darcey zu einer Geburtstagsfeier bei ihrer Freundin abliefern. Auch Will in die Stadt zu fahren, zu saugen und die Wocheneinkäufe zu erledigen blieb weiterhin an ihr hängen. Und das zusätzlich zum Besuch beim Stoffgroßhändler, bei dem sie die benötigten Stoffe in den leuchtenden Edelsteinfarben besorgte, die sie interessierten Kundinnen als Muster schicken wollte, und das dazu passende Garn, Reißverschlüsse und Knöpfe. Sie hatte inzwischen zehn Bestellungen über die Website erhalten – zwei Midnight, drei Valentinstag und fünf Olivia –, ganz abgesehen von den vielen Terminen in ihrem Kalender. Sie konnte nur hoffen, dass sie den Mund nicht zu voll genommen hatte und die ganze Sache nicht doch ein paar Nummern zu groß für sie war.

Am Sonntag fühlte sie sich völlig erschlagen und wünschte inständig, sie hätte ihren Vater nicht ausgerechnet für diesen Tag zum Mittagessen eingeladen. Noch dazu mit Judy! Es sollte eine Art Familienkennenlernen werden, das sie in einem wohlmeinenden Moment vorgeschlagen hatte, von dem sie jetzt aber nur noch genervt war. Außerdem sah das Haus immer noch reichlich schäbig und vernachlässigt aus. Sie nahm sich vor, endlich mal zu streichen. Und zwar bald.

Am Abend zuvor war sie lange aufgeblieben und hatte Stoffmuster zugeschnitten, die sie mit einem höflichen Brief – sie musste unbedingt daran denken, sich anständiges Briefpapier mit ihrem Logo zu besorgen – an alle Interessenten versendete. Nachdem das erledigt war, musste sie nur noch den Hausputz erledigen, einen Berg Kartoffeln schälen, die Kinder an ihre Hausaufgaben erinnern, Wills schlammige Rugbysachen waschen …

»Warum schaust du so, Mum?«, fragte Darcey, als sie in die Küche kam.

»Wie schau ich denn?«

»Irgendwie grimmig, und du hast die Stirn gerunzelt. Als wärst du wegen irgendwas sauer.«

Gemma lachte. »Ich bin nicht sauer, Liebes. Nur …« Sie zuckte mit den Schultern, auf der Suche nach dem richtigen Wort. »Nur konzentriert.«

Darcey bückte sich, um Waffle zu streicheln, der sich mal wieder hereingeschlichen hatte und seine Chancen auf das Hähnchen erwog. »Konzentriert auf was?«

»Alle Bälle in der Luft zu halten, damit keiner runterfällt. Das versuche ich gerade. Mehr kann eine Frau nicht tun.«

Während Gemma wie eine wild gewordene Hummel durchs Haus flitzte, saß Spencer wie üblich auf dem Sofa und spielte mit Will *Halo* auf der Xbox. Sein Knöchel war inzwischen verheilt, und die Ärztin hatte ihm eigentlich zu regelmäßiger leichter Bewegung geraten, dennoch hatte er das Haus seit Tagen nicht mehr verlassen, weil die Frühlingssonne seine Kopfschmerzen angeblich verstärkte.

Als Gemma die beiden miteinander herumalbern hörte,

während sie mal wieder alles allein stemmen musste, stieg in ihr eine leise Verärgerung auf. Kam den beiden nicht in den Sinn, dass sie Hilfe gebrauchen könnte? Wohl nicht. Schließlich legte sie das Schälmesser zur Seite und ging ins Wohnzimmer. »Will, komm und mach dich mal nützlich, bitte«, sagte sie. »Ich zeig dir, wie man Gemüse schält – das kannst du für dein ganzes Leben gebrauchen.«

»Ach, lass ihn doch in Ruhe«, entgegnete Spencer, ohne den Blick vom Bildschirm zu nehmen. »So wichtig ist das nun auch wieder nicht. Das kann doch jeder Idiot – sogar ich.«

Gemma verkniff sich die Bemerkung, dass sie ihn noch nie mit einem Schälmesser in der Küche gesehen hatte, geschweige denn, auch nur eine einzige Kartoffel schälend. »Es dauert doch nur fünf Minuten«, sagte sie. »Und Spence, könntest du bitte den Rasen mähen? Es ist so schön draußen.«

»Oh Mann, Gems, jetzt mach mal halblang, es ist Sonntag. Gönn uns eine Pause.«

»Will?«

Will schaute über die Schulter zu ihr, dann zu seinem Dad. Offensichtlich war er hin- und hergerissen. »Kann Darcey dir nicht helfen?«

Gemma sah überhaupt nicht ein, dass ihre Tochter vor ihrem älteren Sohn das Kartoffelschälen lernen sollte. »Ich könnte wirklich ein wenig Hilfe gebrauchen«, sagte sie unerschütterlich.

Seufzend drückte Will auf »Pause«, und seine Spielfigur gefror mitten in der Bewegung auf dem Bildschirm. »Na gut, wenn's sein muss«, murmelte er und stand übertrieben langsam auf.

»Es tut mir leid, Schatz, aber wir alle müssen dann und wann mit anpacken«, sagte sie.

Spencer verdrehte die Augen. »Ja, ja, das wissen wir. Du

musst uns nicht ständig unter die Nase reiben, dass du eine herrschsüchtige Geschäftsfrau geworden bist.«

»Ich bin nicht herrschsüchtig«, erwiderte sie, erschrocken über die Verbitterung in seiner Stimme. »Ich bitte lediglich unseren Sohn darum, die Karotten für unser Mittagessen zu schälen. Davon geht schließlich die Welt nicht unter.«

»Ja, und mir befiehlst du, den verdammten Rasen zu mähen, obwohl das gar nicht nötig ist. Hör auf, uns alle herumzukommandieren, bloß weil du viel um die Ohren hast, Gemma.«

»Das tue ich doch gar nicht«, protestierte sie. Spencer war jedoch bereits aufgestanden, eine Hand in den Rücken gelegt, um ihr zu demonstrieren, dass er immer noch unter starken Schmerzen litt und wie rücksichtslos sie sich verhielt, indem sie einen Kranken zur Arbeit antrieb.

»Ja, klar, du kommandierst natürlich niemanden herum. Deshalb gehe ich jetzt auch in den Garten und schneide den verdammten Rasen mit der Nagelschere. So, wie du es mir aufgetragen hast, du fette, alte Meckerziege.«

Gemma stand der Mund offen vor Schock. Sie fühlte sich, als hätte er sie geschlagen. »Wie hast du mich eben genannt?«

Seine Augen hatten sich verengt, sein Blick war trotzig. »Du hast mich schon verstanden.«

Ja. Sie hatte ihn verstanden, nur allzu gut. Und es war so ziemlich das Schlimmste, was er zu ihr hatte sagen können. Er wusste ganz genau, wie sehr sie immer unter ihren Gewichtsproblemen gelitten hatte. Dass sie sich in ihrer Jugend aus mangelndem Selbstbewusstsein nur von Luft und schwarzem Kaffee ernährt hatte und jedes Mal den Finger in den Hals gesteckt hatte, wenn sie doch einmal schwach geworden war und dem Heißhunger auf einen Donut oder eine Tüte Chips nachgegeben hatte. Sie hatte so hart an sich gearbeitet, um dieses Minderwertigkeitsgefühl zu überwinden, und er hatte ihr damals beigestanden, indem er ihr sagte, wie schön er sie fände und dass er die Finger nicht von ihr lassen könnte.

Bis jetzt. Seine Bemerkung ließen seine früheren Worte wie eine Lüge und blanken Hohn erscheinen.

»Wenn du das tatsächlich denkst, solltest du dich vielleicht nach jemand anderem umsehen, der sich um dich kümmert«, sagte sie mit brüchiger Stimme. »Wenn du tatsächlich so denkst, solltest du vielleicht verschwinden!«

Während Will mit düsterer Miene, als müsse er eine Foltermaßnahme in Guantánamo ertragen, Karotten und Pastinaken klein schnitt, setzte Gemma mit zittrigen Händen die Kartoffeln auf. Sie konnte immer noch nicht glauben, dass Spencer sie derart beschimpft hatte. Ausgerechnet mit dem fiesesten Ausdruck, den sie sich vorstellen konnte. Er wusste ganz genau, wie sehr sie dieses Wort hasste und wie tief er sie damit verletzen würde. Und dennoch hatte er es mit voller Absicht ausgesprochen, als sei sie ihm total egal. Es war das Schlimmste, was er in den fünfzehn Jahren ihres Zusammenlebens getan hatte.

Will war mit dem Gemüse fertig und stiefelte aus der Küche, aber Gemmas trübe Stimmung blieb, als sie die Kartoffeln briet, die Brotsoße anrührte, das Hähnchen übergoss und den Brokkoli schnitt. Das Brummen des Rasenmähers war natürlich nicht zu hören. *Was für eine Überraschung*, dachte sie verbittert. Spencer legte es tatsächlich auf einen Streit an.

In ihrer Wut knallte sie die Teller in die Wärmeschublade des Ofens und warf klirrend das Besteck auf den Tisch. Auf keinen Fall würde sie seine Beschimpfungen stillschweigend schlucken. Sie ließ sich doch nicht in ihrem eigenen Zuhause niedermachen – das würde sie sich nicht bieten lassen!

Während sie verärgert einen Spritzer Soße von ihrem Busen

wischte, klingelte es an der Tür. Erschrocken glitt ihr Blick zur Uhr. Wie bitte? Es war erst zehn nach zwölf und sie hatten definitiv halb eins ausgemacht. Wieso musste ihr Dad ausgerechnet heute mit seiner lebenslangen Angewohnheit brechen und zum allerersten Mal zu früh auftauchen?

Gemma stöhnte auf. Sie trug immer noch ihre älteste Jeans und ein schrecklich unvorteilhaftes Sweatshirt, das nach Bratkartoffeln roch und mit Soßenspritzern übersät war. Eigentlich hatte sie sich etwas Hübscheres anziehen wollen, sobald das Hähnchen aus dem Ofen war und unter Alufolie ruhte und sobald der Yorkshirepudding – die Lieblingsbeilage der Kinder zu jeder Art von Braten – sanft auf dem Backblech aufging. Wäre ihr Vater zur verabredeten Zeit gekommen, hätte sie ihm die Tür in adretter Aufmachung öffnen können. Stattdessen stand sie nun ohne Make-up und mit rotem Gesicht vor ihm und sah total schlampig aus. Sie erweckte ganz und gar nicht den Eindruck der Superpowerfrau, den sie so gerne vermittelt hätte.

»Hallo, Liebling, tut mir leid, dass wir ein wenig zu früh dran sind. Wir wollten noch ins Gartencenter, aber die Schlange vor dem Parkplatz war so lang, dass wir sofort wieder umgekehrt sind.« Ihr Dad zog sie in eine unverkennbar feste und zerquetschende Umarmung. »Judy wollte mir das zwar ausreden, weil angeblich niemand zu früh kommende Gäste mag, aber ich hab ihr gesagt, dass es dir nichts ausmacht. Das stimmt doch, oder?«

»Natürlich.« Gemma lachte ein wenig zu herzlich. »Es macht mir gar nichts aus. Bitte entschuldigt mein Aussehen. Ich wollte mich gerade umziehen, aber …« Peinlich berührt zuckte sie die Schultern. »Hallo, Judy.«

»Hallo! Was für ein schönes großes Haus! Du liebe Güte, hier fühlt man sich ja wie in der Serie *Footballers' Wives* oder wie in einem fürstlichen Herrenhaus.« Judy drückte einen Strauß Gladiolen in Gemmas Arme.

»Na ja, nicht wirklich«, erwiderte Gemma matt. Sie bezweifelte, dass die Häuser von Fußballerfrauen oder Adligen Rauputzdecken und abblätternde Tapeten aufwiesen, aber wie dem auch sei. »Danke.«

Judys Charmeoffensive hatte sich schon ein neues Ziel gesucht. »Und du musst Darcey sein, was für ein hübsches Mädchen! Schön, dich kennenzulernen! Ich bin Großvaters … Freundin«, sagte sie und klimperte mit den Wimpern. »Und ich hab dir ein Geschenk mitgebracht.« Sie kramte in ihrer Tasche. »Wo habe ich es nur? Ah. Hier. Süßigkeiten!« Sie holte einen großen Beutel Gummibärchen heraus, und Darceys Gesicht leuchtete auf.

»Danke schön!«

»Nicht vor dem Essen«, mahnte Gemma automatisch, doch Darcey, offensichtlich mit plötzlicher Taubheit geschlagen, trottete davon und riss eifrig den Beutel auf. »Darcey! Hast du nicht gehört? Verdirb dir nicht den Appetit.«

»Und wo ist William? Und Spencer? Ich habe mich schon so darauf gefreut, die Jungs zu sehen«, meinte Judy mit einem ekelhaft strahlendem Lächeln.

Gemma hatte eine genaue Vorstellung davon, wo die beiden gerade steckten: erneut in einen Kampf auf der Xbox verwickelt, während der Rasen demonstrativ ungemäht blieb. Das Gras könnte wohl gut einen Meter hoch sein, ehe Spencer sich herabließ, den Rasenmäher anzuwerfen. *Verdammt noch mal, das muss ich wohl auch noch selber tun*, dachte sie verärgert. Wie alles andere in diesem verdammten Haus. »Spence! Will! Bewegt eure Hintern hierher und zeigt euch«, rief sie, wütend darüber, dass die beiden sich so unhöflich benahmen und das Spiel nicht beendeten, obwohl sie das Klingeln ganz sicher gehört hatten. »Gib mir deine Jacke, Judy«, sagte sie, nachdem keiner der beiden erschien. *Na toll. Danke, Jungs.* »Kommt doch einfach mit.«

Sie legte die Blumen auf die Küchentheke und füllte den Kessel mit Wasser. »Spencer! Will!«, rief sie frustriert. Wo blieben sie denn nur? »Tut mir leid«, murmelte sie, während sie vier Tassen und eine Schachtel Teebeutel auf den Tisch stellte. »Ich hole sie gleich.«

»Oh, mach dir keine Mühe. Es eilt ja nicht. Kann ich dir helfen?«, fragte Judy und blickte sie erwartungsvoll an. »Es riecht absolut köstlich. Barry hat mir schon vorgeschwärmt, was für eine tolle Köchin du bist.«

»Das ist nur ein Hähnchen«, sagte Gemma. *Dads Lieblingsgericht, wenn du es genau wissen willst.* »Und ich glaube, ich habe alles im Griff. Das Hähnchen ist in ein paar Minuten fertig und dann …«

»Mum.« Will erschien mit beunruhigter Miene in der Küche.

»Oh, da bist du ja. Will, das ist Judy, und …«

Judy lief bereits mit ausgestreckten Händen auf ihn zu. »Wie schön, dich kennenzulernen. Was für ein attraktiver junger Mann!«

»Mum, es geht um Dad«, sagte Will mit drängender Stimme und wich Judy aus.

»Was meinst du damit? Geht es ihm nicht gut?«

»Er ist weg.«

Gemma starrte ihn an. »Was soll das heißen, er ist weg? Wo ist er denn hin?«

»Ich weiß es nicht. Er hat nur gesagt, dass er die Nase voll hat, und ist raus.«

Barry räusperte sich. »Die Garagentür steht übrigens offen, das ist mir vorhin schon aufgefallen.«

Gemma schwirrte der Kopf von all diesen unerwarteten und unerwünschten Informationen. »Was, ist er etwa mit dem Auto unterwegs? Er soll doch noch nicht fahren!« Sie strich sich mit der Hand durch die Haare. »Was will er denn damit bezwecken?«

»Vielleicht haben wir ihn ja in die Flucht geschlagen«, versuchte Judy zu scherzen, aber niemand lachte.

»Ich verstehe das nicht.« Gemma wandte sich wie benommen an ihren Vater. »Ich weiß nicht, was er sich dabei denkt.«

»Mach dir keine Sorgen, Liebes. Er kommt sicher gleich zurück.«

»Er verhält sich schon seit Wochen total seltsam und launisch. Und vorhin haben wir ein wenig gezankt, aber …« Sie brach ab, denn sie wollte vor Judy keine schmutzige Wäsche waschen. »Was genau hat er denn gesagt?«, fragte sie ihren Sohn. Vielleicht hatte Will bloß etwas falsch verstanden.

»Er hat gesagt …« Will räusperte sich und schaute sie gequält an. »Er hat gesagt …«

»Was hat er denn nun gesagt? Um Himmels willen, jetzt rück schon raus damit.«

Will wand sich, sichtlich bedrückt. »Er hat gesagt: ›Scheiß auf dieses Leben. Ich bin weg. Bis irgendwann mal.‹« Will zog die Schultern ein. »Das war so ungefähr alles.«

Gemma stand der Mund offen. Scheiß auf dieses Leben? »Oh Gott«, murmelte sie.

»Wo kann er denn hin sein?«, fragte Barry. »Soll ich in der Gegend rumfahren und ihn suchen?«

»Ich weiß nicht«, antwortete Gemma. Sie wusste überhaupt nichts mehr. Ihre Ehe, die seit dem Unfall auf wackeligen Füßen stand, schien innerhalb weniger Minuten endgültig zerbrochen zu sein. *Wenn du tatsächlich so denkst, solltest du vielleicht verschwinden*, hallte ihre schrille Stimme durch ihre Gedanken, und ein eiskalter Schauer rieselte ihr über den Rücken. »Ich weiß es einfach nicht.«

Spencer kam an diesem Tag nicht mehr nach Hause. Gemma versuchte unzählige Male, ihn telefonisch zu erreichen, bis sie feststellte, dass er sein Handy zu Hause gelassen hatte. Sie rief Harry und all seine Freunde an, aber niemand hatte ihn gesehen oder von ihm gehört. Er war mitsamt dem Mazda verschwunden. Sie wagte kaum daran zu denken, was ihm alles passieren könnte.

»Hat er mal irgendwelche Selbstmordabsichten geäußert?«, hatte Judy wenig hilfreich und mit großen Augen gefragt, während sich die Küche mit dem Geruch des angebrannten Hähnchens füllte.

Gemma hätte ihr in diesem Moment am liebsten eine Ohrfeige verpasst – *ich geb dir gleich Selbstmordabsichten, Judy* –, aber die Frage ging ihr selbst Stunden später nicht aus dem Sinn. War Spencer tatsächlich selbstmordgefährdet? Er war ganz gewiss seit einer ganzen Weile deprimiert, aber sie hätte niemals gedacht, dass es so schlimm um ihn stand. Was, wenn er so verzweifelt war, dass er mit dem Auto absichtlich einen Unfall baute, um sein Leben zu beenden?

»Wo ist Daddy?«, fragte Darcey zur Schlafenszeit, das kleine Gesicht vor Verwirrung ganz zerknautscht. »Wo ist er hingefahren?«

Diese Frage konnte ihr Gemma jedoch nicht beantworten. »Sicher kommt er bald zurück«, sagte sie ausweichend, umarmte Darcey fest und gab ihr einen Kuss.

Sie wünschte, sie könnte ihren eigenen, beschwichtigenden Worten glauben. Doch die Horrorvisionen, in denen Spencer mit wildem Blick bei voller Geschwindigkeit gegen eine Mauer krachte und über dem Lenkrad zusammenbrach, verfolgten sie und raubten ihr den Schlaf. Sie hörte schon fast die Türklingel, sah die Polizisten mit gezogenen Hüten und bedauerndem Blick vor sich stehen. »Mrs Bailey? Leider haben wir traurige Nachrichten für Sie.«

Hat er Selbstmordabsichten geäußert?

Wo ist Daddy?

Wenn du tatsächlich so denkst, solltest du vielleicht verschwinden!

Ihre Augen schwammen in Tränen, als sie nach Spencers Kissen griff und seinen Geruch tief einatmete. Sie bereute bitter, dass sie die Fassung verloren hatte, aber die Worte waren aus ihr herausgeplatzt, ehe sie sie zurückhalten konnte. Dabei hatte sie es doch gar nicht so gemeint. Sie wollte nicht, dass er verschwand. Sie wollte nur, dass er sie wieder liebte und wie früher mit diesem unwiderstehlichen Lächeln ansah.

»Oh Spencer«, schluchzte sie und schlang die Arme um das Kissen, inständig wünschend, sie könnte stattdessen ihn umarmen. »Bitte, komm nach Hause. Es tut mir leid. Bitte, komm nach Hause.«

Kapitel 29

»Mensch, Gemma, du siehst ja furchtbar aus. Was ist denn passiert?«

Caitlin hatte nach ihrer Entdeckung der Adoptionspapiere selbst eine schlaflose Nacht hinter sich, aber Gemma sah aus wie ein Zombie, die Augen verquollen, die Haut bleich und aufgedunsen.

Sie lehnte sich stützend an den Heizkörper im Flur, während sie die Jacke auszog. »Spencer ist fort«, sagte sie mit belegter Stimme.

»Er ist fort? Was soll das heißen?«

»Er hat uns verlassen. Ist gestern einfach verschwunden. Keine Nachricht, kein Anruf, nichts. Er hat nicht mal seine Medikamente und sein Handy mitgenommen oder zumindest seine Zahnbürste.«

»Ach du Schreck! Hast du schon rumtelefoniert? Hat irgendwer ihn gesehen? Vielleicht ist er ja bei Harry.« Sie errötete wie ein alberner Teenager, als sie den Namen aussprach.

»Ich habe überall angerufen. Sogar in den Krankenhäusern in der Gegend. Niemand hat ihn gesehen.« Die Tränen tropften von Gemmas Wimpern und kullerten über ihre Wangen. »Er ist mit dem Auto weggefahren, der verdammte Blödmann. Dabei soll er doch noch gar nicht fahren.«

»Oh Gott. Wieso das denn? Habt ihr gestritten?«

»Irgendwie schon. Ich habe die Beherrschung verloren, als er …« Sie senkte den Blick und presste die vollen Lippen fest zusammen. »Na ja, er hat mich fett genannt und das hat das Fass zum Überlaufen gebracht. Ich habe ihn angeschrien.«

»Oh Gemma.« Caitlin umarmte sie und spürte, wie Gemmas Tränen ihre Strickjacke durchnässten. Die Nachricht war furchtbar. Gemma und Spencer waren das Traumpaar des Dorfes gewesen. Nie hätte sie gedacht, dass er solche hässlichen Dinge zu ihr sagen würde! »Es wundert mich nicht, dass du die Beherrschung verloren hast. Du warst bisher so geduldig wie eine Heilige, ja wirklich. Und überhaupt – du bist gar nicht fett, du bist absolut zauberhaft.«

Gemma sank in sich zusammen und Caitlin konnte ihr ansehen, dass sie ihr kein Wort glaubte. Gemma war der überschäumendste, fröhlichste und liebenswerteste Mensch, den sie kannte, aber heute schien eine dunkle Wolke über ihr zu hängen. Kopfverletzung hin oder her, Caitlin hätte Spencer in diesem Moment am liebsten eine gescheuert.

»Übrigens«, sagte sie und drückte ihre Freundin noch einmal, ehe sie sie losließ, »es hat gewisse Vorzüge, wenn man seine eigene Chefin ist. In Krisenzeiten ist es völlig legitim, wenn nicht sogar lebensnotwendig, um neun Uhr morgens Kuchen zu essen und nicht einmal daran zu denken, die Arbeit in Angriff zu nehmen.«

Gemmas Lippen bebten und hoben sich schließlich zu einem schwachen Lächeln. »Ja, genau, ich werde einfach noch dicker, nur um ihn zu ärgern«, sagte sie. »Ich werde die fetteste Frau aller Zeiten. Dann wird er seine Bemerkung noch bereuen.«

»Recht so«, sagte Caitlin aufmunternd. »Dann wird er sehen, was er davon hat.«

Während der ersten Tasse Kaffee sprachen sie über Spencer und den Streit, dann erwähnte Caitlin ihr eigenes Trauma. Ihre Hände zitterten, als sie den Moment noch einmal erlebte, in dem sie erfuhr, dass sie nicht die war, für die sie sich immer gehalten hatte, und sie musste die Tasse abstellen, damit sie nichts verschüttete. Nun stand in Gemmas Gesicht Sorge, und sie zog Caitlin in eine tröstende Umarmung.

»Oh Süße. Ich wusste ja, dass du deine Zweifel hattest, aber dennoch, was für ein Schock!«

»Ja. Das hat mich wirklich aus der Bahn geworfen. Es kommt mir so vor, als wäre meine gesamte Kindheit eine Lüge gewesen. Nichts davon war echt.« Sie blickte hinaus in den Garten. Der Kirschbaum stand in voller rosa Blüte und sah wunderschön aus. Jane hat den Baum immer geliebt, schoss es Caitlin durch den Kopf und sie verspürte einen Stich. *Der Frühling ist unterwegs*, hatte sie jedes Jahr gesagt, wenn er blühte.

»Es war keine Lüge. Sie haben dich wirklich geliebt, und nach deinen Berichten zu schließen sind sie tolle Eltern gewesen. Und ja, vermutlich hätten sie es dir sagen sollen. Nein, sie hätten es dir sagen *müssen*, aber …« Gemma spreizte die Finger. »Menschen machen nun mal dumme Fehler. Ich wette, sie haben es dir nur verschwiegen, um dich zu schützen.«

»Das hab ich auch gedacht. Aber …« Sie griff sich ans Herz. »Es tut so weh hier drin. Ich weiß nicht, ob ich ihnen je verzeihen kann.«

Eine Weile schwiegen sie. »Willst du versuchen, deine leibliche Mutter zu finden? Lebt sie noch, weißt du das?«

»Keine Ahnung.« Caitlin stand auf und wechselte das Thema. »Wir sollten wohl jetzt besser mit der Arbeit anfangen. Kommt nicht gleich diese Schauspielerin zur Anprobe – wie hieß sie noch?«

»Ach du lieber Himmel, das hatte ich ja völlig vergessen.

Schau nur, wie ich aussehe! Und ich muss vorher noch die neuen Bestellungen erledigen. Okay. Auf geht's, Gemma! Auf geht's, Caitlin! Lass uns irgendeine fröhliche Musik im Radio suchen und in die Arbeit reinknien. Wir werden das schon überstehen. Ganz sicher.«

»Das werden wir. An die Arbeit!«

Die Anprobe am Nachmittag machte ihnen einen Riesenspaß. Die Schauspielerin war Mitte zwanzig, hübsch und quirlig. Ihr Ruhm war ihr nicht zu Kopf gestiegen, und sie war ziemlich nett. Sie brachte eine Schachtel bunter Makronenkekse und reichlich Klatsch aus der Serie *EastEnders* mit. Wie Bunty bestellte sie gleich zwei Abendkleider – eines in pflaumenfarbener Seide, ein anderes in schwarzem Samt –, und nach ihrem Besuch beendeten Gemma und Caitlin den Arbeitstag viel fröhlicher, als sie ihn begonnen hatten.

Nachdem Gemma gegangen war, um ihre Tochter abzuholen, wurde es still im Haus, aber Caitlin weigerte sich, die Dämonen wieder in ihrem Kopf aufsteigen zu lassen. Sie beschäftigte sich damit, die Scherben in Janes Schlafzimmer aufzukehren, und verpackte den zerbrochenen Spiegel dick mit Zeitungspapier und Klebeband, damit sich die Müllmänner nicht daran verletzten. Anschließend sammelte sie die geheimen Dokumente ein und steckte sie in einen großen Umschlag, den sie auf die Kommode legte. Sie würde sich das alles genauer ansehen, wenn sie sich stark genug dafür fühlte.

Gemmas Frage ging ihr jedoch nicht aus dem Sinn. *Willst du versuchen, deine leibliche Mutter zu finden? Lebt sie noch?*

Caitlin konnte es nicht leugnen, sie war neugierig. Gab es Gemeinsamkeiten zwischen ihr und Alison Wendell? Dachte Alison manchmal noch an Caitlin und fragte sich, was aus ihrer Tochter geworden war?

Sie schenkte sich ein Glas Gin Tonic ein und setzte sich an den Laptop.

Ich habe herausgefunden, dass ich adoptiert bin, tippte sie in die Suchmaschine ein, und eine lange Liste von Einträgen erschien.

Ich bin immer noch im Schockzustand.
Ich bin am Boden zerstört.
Hilfe!
Warum haben sie es mir nicht gesagt?
Ich habe es über Facebook erfahren.
Meine Tante hat es mir gesagt.
Alle wussten es, nur ich nicht.

Ach du liebe Güte. Wie schrecklich. Es gab ein ganzes Universum aus Fassungslosigkeit und Verrat dort draußen, so viele gedankenlose Eltern, die schlechte Entscheidungen getroffen hatten. Am liebsten hätte sie den Arm um das Internet gelegt und alle Leute, die man wie sie im Stich gelassen hatte, zu einer riesigen Gruppenumarmung an sich gedrückt. *Ich auch. Ich verstehe euch. So was ist scheiße. Ich weiß einfach nicht mehr, wer ich eigentlich bin.*

Es gab Geschichten von Leuten, die ihre leiblichen Mütter aufgespürt hatten, und einige wenige hatten auch ihre Väter wiedergefunden. Es gab auch Berichte über verlorene Geschwister, Halbbrüder und -schwestern, sogar Zwillinge, die von zwei verschiedenen Familien adoptiert worden waren. Wer hatte das denn für eine gute Idee gehalten? Man hätte denjenigen dafür aufknüpfen sollen.

All das brachte sie jedoch auch zum Nachdenken. Geschwister. Hatte Alison Wendell nach ihr noch weitere Kinder bekommen? Oder vor ihr? Vielleicht gab es einen ganzen

Clan von Caitlin-Klonen oben in Schottland, alle groß und tollpatschig, mit riesigen Nasen und dünnen Haaren. Bei dem Gedanken stahl sich ein kleines Lächeln auf ihre Lippen. Sie könnten zusammen über die beschissenen Gene lästern, die sie geerbt hatten, und dann beste Adlernasen-Freunde für immer werden.

Der Gedanke ließ sie nicht mehr los. Sie hatte sich immer Geschwister gewünscht.

Zwei Gins später fühlte sich die Situation völlig irreal an. Sollte sie es tun? Konnte sie es wagen? Ihre Finger schwebten über der Tastatur. Ihr Herz schlug wie wild.

Was soll's, dachte sie, und klickte zurück zu der Adoptionskinder-Wiedervereinigungs-Website, die sie sich zuvor angesehen hatte. Sie würde ihren Namen eintragen und sehen, ob eine Verbindung zu irgendjemandem auftauchte. Falls es jemanden gab, musste sie denjenigen ja nicht unbedingt treffen, wenn sie sich das nicht zutraute. Sie würde sich zu nichts verpflichten, was sie nicht wirklich tun wollte.

Sie nahm einen tiefen Atemzug und all ihren Mut zusammen und fing an zu tippen.

Kapitel 30

»Kann ich kurz mit dir sprechen, Saffron? Komm bitte gleich in mein Büro.« Charlottes Stimme klang so eisig, dass sie die Fensterscheiben mit einem Frostmuster hätte verzieren können.

»Klar«, antwortete Saffron. Schweiß perlte ihr zwischen den Schulterblättern über den Rücken. Auf dem Weg durchs Zimmer schlang sie einen Arm schützend um ihren Bauch. Dieser Ton ließ nichts Gutes ahnen. Hatte Charlotte ihr Geheimnis erraten? Die Möglichkeit bestand zumindest. Sie war in der fünfzehnten Woche, und nicht einmal weit schwingende Tunikablusen und locker sitzende Shirts konnten ihren Bauch noch verbergen. Allerdings wollte sie ihre unsympathische Chefin erst dann von der Schwangerschaft in Kenntnis setzen, wenn sie die Fruchtwasseruntersuchung hinter sich hatte und ganz sicher wusste, was die Zukunft bereithielt. Die Aussicht auf den bevorstehenden Test, der wie ein Damoklesschwert über ihr hing, machte ihr den Tag schon schwer genug, da brauchte sie sich nicht auch noch jemandem anvertrauen, der so rücksichtsvoll war wie eine Viper.

Sie kann dir nicht kündigen, weil du schwanger bist, beruhigte sie sich und atmete tief durch. *Lass dich nicht von ihr herumschubsen.*

Mit dem weichen Licht, den dunklen Textiltapeten und der riesigen Vase duftender weißer Lilien erinnerte Charlottes Büro an ein Boutique-Hotel in Miniaturausgabe. An einer Wand stand ein Ledersofa, und die andere war mit inspirierenden Zitaten in verschiedenen Schriften dekoriert.

Wir alle sind aus Sternenstaub gemacht.
Lass dein Licht erstrahlen!

GEMEINSAM SIND WIR STÄRKER.

SPÜRE DIE ENERGIE.

Let's go, team!

Beim Anblick dieser Wand verspürte Saffron jedes Mal den Drang, ihren eigenen Lieblingsspruch mit Edding hinzuzufügen, aber sie hatte sich bisher noch nicht getraut.

WENN ETWAS NICHT AUF ANHIEB KLAPPEN MAG,
RETTEN GIN UND SCHOKOLADE DIR DEN TAG.

Oder auch nicht.

»Setz dich.« Charlotte deutete auf das Ledersofa, und Saffron nahm Platz, in der Annahme, ihre Chefin würde sich neben sie setzen. Charlotte baute sich jedoch hinter ihrem Schreibtisch auf, sodass Saffron dreißig Zentimeter kleiner als ihre Chefin war, egal, wie sehr sie den Rücken auch straffte. Zweifellos war das Absicht. »Also.« Charlotte legte die Fingerspitzen aneinander und musterte Saffron eindringlich. »Du hast in letzter Zeit hart gearbeitet.«

»Ja«, antwortete Saffron misstrauisch. »Das habe ich.«

»Dein Telefon klingelt ziemlich oft. Und ich habe dich wie eine Wilde schreiben sehen.«

Saffron hatte das ungute Gefühl, geradewegs auf eine Falle zuzusteuern. »Ja.«

»Als ich mir jedoch die Freiheit nahm, im System mal nachzusehen, habe ich keinerlei Nachweis darüber gefunden, was du den ganzen Tag so treibst.« Ihre Stimme klang seidenweich. »Von deinem Firmen-Account wurden nur wenige E-Mails verschickt. Kaum Dateien auf der Festplatte gespeichert, weder Pressemeldungen noch Strategiepläne.« Ihre pastellrosa Lippen zuckten, als ob sie über ihre eigene Raffiniertheit grinsen müsste. »Vielleicht kannst du mir ja genauer erklären, womit du in letzter Zeit so beschäftigt bist?«

Saffron wurde starr vor Schreck. Sie hatte natürlich Gemma bei der Pressearbeit unterstützt, aber das konnte sie Charlotte nicht eingestehen. »Also …«

»Du hast eine neue Klientin erwähnt. Ist sie schon unter Vertrag?«

»Noch nicht ganz.«

»Ich nehme aber an, dass du ihr den Vertrag schon zugeschickt hast?«

Saffron schwand der Mut und sie senkte den Blick. »Noch nicht.«

Ein triumphierendes Funkeln blitzte über Charlottes Gesicht und ihr Lächeln wurde stahlhart. Die Zeit zog sich dahin wie Kaugummi, während sie Saffrons Blick festhielt wie der Fuchs ein Kaninchen. »Dann sorg dafür, dass diese Klientin noch heute einen Vertrag zur Unterschrift erhält, und stell deinen Arbeitsaufwand ab sofort in Rechnung. Ich will den ganzen Papierkram schnellstmöglich auf meinem Tisch sehen. Verstanden?«

»Ja«, murmelte Saffron. Der Fuchs hatte zugeschlagen.

Als Saffron nach der Arbeit am Abend nach Hause kam, hatte sie die Nase gestrichen voll. Einfach alles nervte sie. Die langsam dahinschlendernden Menschenmassen in Soho (weil ihr ständig jemand vor die Füße lief). Das schwarze Taxi, das so dicht am Bürgersteig durch eine Pfütze fuhr und sie mit Schmutzwasser bespritzte. Der Mann, der neben ihr in der U-Bahn einen übel riechenden Burger aß, der Verrückte auf dem Sitz gegenüber, der Schimpfwörter durch den Waggon brüllte. Und die Teenie-Mädchen, die dem Kerl an der Ticketschranke freche Antworten gaben, obwohl er alt genug war, um ihr Großvater zu sein. Sie war es leid, sich ständig Sorgen um ihr Baby zu machen und ob sie das alles überhaupt schaffen würde. Und sie hatte es satt, sich zu fragen, was wohl bei der Fruchtwasseruntersuchung herauskommen und wie sie mit dem Ergebnis umgehen würde.

Vor allem aber war sie Charlotte leid, die ihr pausenlos über die Schulter sah und ihre Arbeit kontrollierte, als ob sie eine Zweijährige wäre, die ständig Aufsicht benötigte. Ja, gut, sie hatte in den letzten Tagen ziemlich viel Zeit mit Angelegenheiten verbracht, die nicht direkt etwas mit der Agentur zu tun hatten, trotzdem konnte Charlotte ja wohl mal halblang machen! Nach all dem Mist, den sie von Bunty hatte ertragen müssen, nach all den Z-Promis auf ihrer Kundenliste hätte jeder andere Chef ihr eine Verschnaufpause gegönnt und sich blind gestellt, wenn sie ausnahmsweise mal einer Freundin einen Gefallen tun wollte.

Charlotte jedoch nicht. Keine Chance. Und sie beide wussten, dass sie ihr Versprechen wahr machen würde, das sie ihr mit diesem verschlüsselten Ultimatum stumm gegeben hatte: *Zeig mir die Unterschrift auf dem Vertrag oder stell dich den Konsequenzen.* Was sollte Saffron jetzt tun?

Die Antwort schoss ihr durch den Kopf, als sie den Schlüssel in die Wohnungstür steckte: *Verlass die Agentur. Kündige. Schmeiß alles hin, bevor sie dich feuert.*

Es widersprach Saffrons Natur, einfach zu kneifen. Sie war bisher ein Arbeitstier gewesen, hatte sich bei Examen durch Wiederholungsprüfungen gekämpft und ihre Führerscheinprüfung lieber dreimal wiederholt, als sich eine Niederlage einzugestehen. Sie hatte pflichtbewusst selbst die schrecklichsten Teilzeitjobs durchgehalten, in der Hoffnung, dass sie von der allmächtigen Personalabteilung wahrgenommen werden würde. Seit sie bei Phoenix arbeitete, hatte sie die Allüren ihrer egoistischen, von sich eingenommenen Klienten immer brav geschluckt, alles im Namen der Professionalität. Sie hatte noch versucht, ihre Ehe zu kitten, als selbst Außenstehende schon bemerkten, dass sie längst in die Brüche gegangen war. Nie zuvor in ihrem Leben hatte sie sich geschlagen gegeben. Aber dieses Mal …

Sie lief die Treppe zu ihrer Wohnung hinauf. Die Vorstellung, Charlotte den Stinkefinger zu zeigen, übte einen gewissen Reiz aus. Oh, dieses innere Vergnügen, dieser Du-kannst-mich-mal-Triumph. Dadurch würde sie endlich ihre Würde und ihre Freiheit zurückbekommen, eine neue Quelle der Selbstachtung. Leider konnte sie mit Würde und Freiheit die Miete nicht bezahlen. Und sie konnte es sich nicht leisten, auf die Lohnfortzahlung im Mutterschutz zu verzichten.

Tief in Gedanken versunken schüttete sie eine halbe Packung Tomatensuppe in einen Topf und zündete die Gasflamme an. Ihre Arbeit hing ihr schon seit einer Weile schwer wie ein Mühlstein um den Hals, die Freude daran war längst verschwunden. Wann war sie eigentlich zum letzten Mal freudig aus dem Bett gesprungen und hatte es gar nicht erwarten können, an ihren Schreibtisch zu kommen? Sie konnte sich nicht mehr an das letzte Projekt erinnern, bei dem sie echte Begeisterung verspürt hatte, den letzten Klienten, den sie gerne vertreten wollte. Von Gemma einmal abgesehen, die ja eigentlich keine Klientin war.

Sie schnitt sich zwei dicke Scheiben Vollkornbrot ab und steckte sie in den Toaster. Mit jeder Minute erschien ihr die spontane Idee, einfach die Kündigung einzureichen, verlockender. Warum eigentlich nicht? Sie könnte es tun. Sie hatte ein wenig Geld für schlechtere Zeiten beiseitegelegt, das sie sicher eine Weile über Wasser halten würde, wenn sie sparsam war.

Aber … Moment mal. Die Sache hatte einen Haken. Das Baby würde erst in ein paar Monaten kommen, und es war nicht ratsam, ihre ganzen Ersparnisse schon vor der Geburt zu verpulvern. Und was sollte sie auch den ganzen Tag mit sich anfangen? Der Gedanke an ein stummes Telefon, einen öden Kalender ohne Einträge, Treffen oder Mittagessen mit Kunden oder Produkteinführungen, die sie organisieren musste, war angsteinflößend und ungewohnt. Ihr Tag würde erschreckend leer sein. Einige Kunden würde sie auch sicherlich vermissen. Nun ja, eine Kundin zumindest. Überraschenderweise.

Sie strich Butter auf den Toast und fragte sich, was wohl aus Bunty werden würde, wenn sie die Agentur verließe. Unwillkürlich musste sie daran denken, wie Bunty bei dem Vorschlag, von Charlotte betreut zu werden, den Kopf geschüttelt hatte. »Ich mag Charlotte nicht«, hatte sie gesagt. »Sie sieht mich immer so herablassend an, als ob ich ihr nicht gut genug wäre.«

Brot und Suppe völlig vergessend, griff Saffron spontan zum Handy. Manchmal musste man einfach ein Risiko eingehen, den Ball ins Rollen bringen und ein wenig Vertrauen haben. »Bunty«, sagte sie, als ihre Klientin abnahm. »Ich bin's. Hör zu. Ich habe eine Idee …«

Am nächsten Morgen, auf dem Weg von der Bushaltestelle zum Büro, spürte Saffron, wie sie jede Einzelheit in sich aufnahm und sich im Geiste verabschiedete. Die Touristen vor dem Infostand, die den Bürgersteig blockierten ... *Lebt wohl, ihr rücksichtslosen Idioten!* Der »diskrete Buchladen« mit den Büchern ab achtzehn, aus dem hin und wieder rotgesichtige Männer herausstolperten ... *Schön, euch los zu sein, ihr dreckigen alten Mistkerle!* Der ultralahme Aufzug, dessen Türen manchmal nervenaufreibend einfach nicht aufgingen. *Zum Glück kann ich künftig auf dich verzichten.* Kayla an der Rezeption, die Kaffee aus einer Benedict-Cumberbatch-Tasse schlürfte. David, der Mittfünfziger, der Frau und drei Kinder hatte, aber wegen seines anzüglichen Verhaltens gegenüber weiblichen Klienten auch »notgeiler Aufreißer« genannt wurde. Mel, die immer nach Zigaretten stank und das härteste Gesicht von allen hatte, die Saffron kannte. *Tschüss, ihr alle. Ich kündige, jetzt gleich, auf der Stelle.*

Charlotte las in ihrem Büro die Online-Ausgabe der *Daily Mail* und tauchte dabei gedankenverloren die Hand immer wieder in einen Beutel Brunnenkresse, der eine dauerhafte Einrichtung auf ihrem Schreibtisch war. Mit ihrer Zurschaustellung von gesundheitsbewusster Ernährung konnte sie allerdings niemanden täuschen. Alle wussten, dass sie später in der Mittagspause ein vor Blut triefendes Steak mit Pommes verschlingen würde, das sie mit Rotwein runterspülte.

»Du willst *was?*«, japste sie, als Saffron ihr kühl die Neuigkeit überbrachte. Charlotte hob abrupt den Blick, ihre Nüstern blähten sich wie die eines scheuenden Pferdes.

»Ich kündige«, wiederholte Saffron, und ein freudiges Flattern tanzte dabei in ihrem Bauch. Da stand sie nun – größer als Charlotte, weil sie beschlossen hatte, sich nicht wieder aufs Ledersofa zu setzen – und verspürte eine tiefe Befriedigung, als sie auf ihre Chefin hinunterblickte. Wie oft hatte sie davon geträumt und sich nie vorstellen können, dass sie tatsächlich einmal den Mumm besitzen würde, es auch durchzuziehen. »Ich habe beschlossen, freiberuflich zu arbeiten und aus London wegzuziehen.«

Eine Lebensveränderung nach der anderen. Aber es war auch aus praktischen Gründen sinnvoll. Eloise hatte recht – die Wohnung war zu klein für eine weitere Person, wie winzig diese im ersten Jahr auch sein mochte. Außerdem würde es sehr viel billiger sein, sich eine Wohnung außerhalb von London zu mieten. Die Entscheidung hatte jedoch nicht allein ihr Verstand getroffen, sondern auch ihr Herz. Seit Monaten sehnte sie sich nach einem weiten Himmel und frischer Luft. London hatte für sie schon lange seinen Glanz verloren.

»Aber …« Charlotte verengte die Augen zu Schlitzen. »Du wirst keine Kunden mitnehmen. Das verbiete ich dir.«

Saffron lächelte. Sie war ohnehin froh, wenn sie die meisten ihrer Kunden nicht wiedersehen musste. »Das würde mir nicht einmal im Traum einfallen«, erwiderte sie höflich. »Wenn sie sich jedoch dafür entscheiden sollten, mich zu beauftragen, ist das allein ihre Sache.«

Sie beschloss, erst mal nicht zu verraten, dass Bunty bereits ohne Zögern eingewilligt hatte, ihre erste Klientin zu werden. Wozu noch Öl ins Feuer gießen?

Charlotte starrte sie mit offenkundiger Abscheu an. »Du räumst besser gleich deinen Schreibtisch und gehst«, sagte sie. »Wir bezahlen dich noch bis zum Ende des Monats, und du kannst von Glück sagen, dass wir das tun. Aber denk dran, dein Kontaktbuch ist Eigentum der Agentur. Lass es auf dem Schreibtisch liegen, zusammen mit deinem Smartphone und deiner Schlüsselkarte. Wehe, du machst irgendwelche Dummheiten!«

Tja, Charlotte zeigte nun eindeutig ihr wahres Gesicht, misstrauisch und paranoid bis ins Mark. Saffron schenkte ihr ein strahlendes Lächeln, entschlossen, ihr eine Lektion in Sachen Professionalität zu erteilen. »Natürlich. Und dir alles Gute«, sagte sie mit hinter dem Rücken gekreuzten Fingern. »Es hat Spaß gemacht.«

Sie drehte sich um und verließ zum allerletzten Mal Charlottes Büro. Und sie warf keinen Blick zurück.

Saffron beschloss, sich den restlichen Tag freizunehmen. Nachdem sie ihren dürftigen Schreibtischinhalt nach Hause gebracht hatte – ihre Tassen in den Pantonefarben 376 Erbse und Pantone 7672 Violet, den Vorrat an Pistazien und Pfefferminzteebeuteln, Handcremetuben und die persönlichen Dankeskarten –, packte sie ihre Badesachen ein und ging ins Schwimmbad. Dort verbrachte sie eine sehr entspannende Stunde und zog ihre Bahnen, während eine Gruppe älterer Damen in blumigen Badeanzügen am seichten Ende ihre Arme zu Pophits aus den Achtzigern schwenkte, was als »Senioren-Aquarobics« bezeichnet wurde. Das ist mein neues Leben, dachte sie, während sie mit nassen Haaren nach Hause ging, den leichten Chlorgeruch aus ihrer Tasche in der Nase. So weit, so gut.

Später rief sie Gemma an, um sie vorzuwarnen, dass sie nicht mehr auf der Büroleitung anrufen sollte, damit sie nicht doch noch eine Rechnung von der wütenden Charlotte um die Ohren gepfeffert bekam. »Wow! Du hast gekündigt? Gut für dich!«, rief Gemma. »Und wie lautet dein Plan?«

»Mein Plan … na ja, ich weiß es noch nicht, aber ich habe Bunty als erste Klientin gewonnen und ich werde umziehen. Irgendwohin aufs Land, bevor das Baby kommt.« Sie verzog das Gesicht und versuchte nicht darüber nachzudenken, wie nebulös und vage das alles klang. »Aber eigentlich rufe ich an, um dir zu sagen, dass ich in den nächsten Wochen etwas mehr Zeit habe. Bis Buntys Vertrag mit der Agentur ausläuft, kann ich noch nicht für sie arbeiten, und das dauert noch einen ganzen Monat. Wenn ich dir also helfen kann – ich bin jetzt freie PR-Beraterin.«

»Oh, wirklich?« Gemmas Stimme klang schrill. »Der Himmel weiß, dass ich jede Hilfe gebrauchen kann, Saff. Vor allem, nachdem Spencer …« Sie brach ab. »Ja, bitte. Das wäre absolut wunderbar.«

»Gut. Dann ist das abgemacht. Sag mir einfach, was ich tun soll.«

»Du bist meine Heldin. Danke. Ich könnte ein paar gute Nachrichten gebrauchen. Würde es dich sehr erschrecken, wenn ich dir sage, dass ich dich liebe? Ich mein das ernst!«

Saffron lachte. »Nein, überhaupt nicht!« Ging es Gemma gut?, fragte sie sich. Irgendwie klang sie leicht neben der Spur.

»Oh, und hey, das ist nur so ein Gedanke, aber du kannst immer gerne herkommen und hier wohnen, wenn du willst. Wir haben jede Menge Platz, wenn es dir nichts ausmacht, in einem unrenovierten Großmutter-Ambiente zu wohnen. Wir haben uns ein Büro eingerichtet, Caitlin und ich, und du kannst dich uns gerne anschließen.«

Saffron überlegte einen Moment. In Larkmead wohnen? Sie hatte Gemma das Angebot gemacht, in der Annahme, dass sie die Arbeit aus der Ferne erledigen würde, von ihrem Laptop aus in ihrem Apartment, aber die Vorstellung, in das Dorf in Suffolk zurückzukehren, reizte sie. Larkmead war so etwas wie eine Zuflucht für sie geworden. Sie könnte sich in die Arbeit stürzen, sonntags bei ihrer Mum zum Essen vorbeischauen und sich in Ruhe überlegen, wo sie demnächst leben sollte …

»Das klingt perfekt«, sagte sie, ohne lange nachzudenken. »Bist du dir auch sicher? Vor nächster Woche kann ich zwar nicht kommen, aber ich könnte auch Bernie anrufen und …«

»Jetzt sei nicht albern. Wir haben genug Platz, und es ist das Mindeste, was ich nach all deiner Hilfe für dich tun kann. Aber ich muss jetzt los, ich habe eine Anprobe in zehn Minuten – eine Nachrichtensprecherin, kannst du dir das vorstellen? Du weißt ja, wo du mich findest, also komm vorbei, wann immer du willst. Bis bald!«

»Bis bald.«

Wer A sagt, muss auch B sagen, beschloss Saffron. Ohne sich ihre Entscheidung noch mal durch den Kopf gehen zu lassen, rief sie ihren Vermieter an und kündigte das Apartment zum Ende des Monats, einfach so. Nach dem Gespräch fühlte sie sich wie berauscht von ihrem Wagemut, als ob sie gerade eine Seilbrücke überquert und die Seile hinter sich gekappt hätte. Jetzt gab es kein Zurück mehr. Sie würde das durchziehen.

Außerdem hatte sie die Wohnung sowieso nie richtig gemocht. Es war ein Ort, wohin sie sich nach dem Aus ihrer Ehe mit gebrochenem Herzen verkrochen hatte, eine Wird-schon-gehen-Wohnung in U-Bahn-Nähe. Sie hatte sich nicht einmal die Mühe gemacht, sie gemütlich einzurichten und zu renovieren. Die Wände waren mit unglücklichen Erinnerungen tapeziert, im Schlafzimmer hallte es vor Seufzern. Sie würde eine bessere Wohnung finden, schwor sie sich. Ein Garten wäre schön, nach all der Zeit in einem Mietshaus und einer Wohnung, in der sich nur ein einziges Fenster öffnen ließ. Frische Luft und freundliche Nachbarn. Und ein Extra-Schlafzimmer, das entweder zum fröhlich bunten Kinderspielzimmer umfunktioniert werden konnte oder zum Gästezimmer für Freunde.

Von einer Woge der Energie getragen fing sie an zu packen. Sie stopfte sämtliche Kostüme, in die sie sich nicht länger quetschen konnte und die sie in nächster Zeit sowieso nicht mehr anziehen würde, in einen Koffer und füllte anschließend noch eine Bücherkiste. Der Stapel Ratgeber von ihrer Mum fiel ihr ins Auge. Sie hatte in keinen einzigen davon hineingeschaut. Vielleicht sollte sie ihre neu gewonnene Freizeit nutzen, um sich über Achtsamkeit und innere Ruhe schlauzumachen, dachte sie, während sie den Bücherstapel hochhob. Sie überflog die Klappentexte mit neu erwachtem Eifer, ein besserer Mensch zu werden. Außerdem, falls sie …

Ihr Gedankenzug entgleiste und krachte in ein Abstellgleis, als sie entdeckte, was unter dem Stapel lag. Moment mal. Was zum Teufel war das denn?

Völlig benommen griff sie nach dem Umschlag, der wohl die ganze Zeit unter dem Stapel gesteckt haben musste. Mehrere Wochen lang. Es war der Brief an Max. Wie es aussah, hatte sie ihn gar nicht abgeschickt.

Ihre Knie gaben nach und sie sank mit offenem Mund aufs Sofa, völlig perplex über diese Entdeckung. Das änderte alles. Die ganze Zeit über hatte sie angenommen, dass Max nicht zur Ultraschalluntersuchung erschienen war, weil er kein Interesse hatte, aber in Wahrheit hatte er noch immer keine Ahnung, dass sie schwanger war.

»Oh mein Gott«, sagte sie laut. Ihre Stimme klang rau und ihr Atem war zittrig. Sie hatte sich so gekränkt gefühlt, so wütend, dabei hatte er von nichts gewusst. Weil sie so verdammt schusselig war und den Brief nicht einmal eingeworfen hatte. Wie konnte sie nur so blöd sein?

Sie hielt den Brief so fest umklammert, dass er in ihrer Hand zerknitterte. Unwillkürlich strich sie die Falten glatt und hielt dann inne. Nein. Es war zu spät, um den Brief abzuschicken.

Viel zu spät. Und sie würde auch keinen anderen schreiben und dann das Risiko eingehen, dass er in der Post verloren ging oder nicht zugestellt wurde, weil er womöglich aus dem Postsack in eine Schlammpfütze fiel und im nächsten Abfalleimer landete.

Die Zeit, die Dinge dem Zufall zu überlassen, war vorbei. Sie musste handeln. Inzwischen war es halb drei Uhr nachmittags. In vierzig Minuten könnte sie in Max' Büro in Covent Garden sein.

Also gut. Was sein musste, musste eben sein. Sie beschloss, auf der Stelle zu ihm zu gehen und ihm die Botschaft persönlich mitzuteilen, damit endlich Klarheit zwischen ihnen herrschte. Das zumindest war sie ihm schuldig.

Kapitel 31

Spencer kam auch am Montag nicht zurück. Am Dienstag gab es immer noch keine Nachricht von ihm. Es war fast so, als wäre er vom Erdboden verschluckt worden. Gemma überprüfte die Garage und alle Zimmer im Haus, nur um sicherzugehen, dass sie nicht vollkommen verrückt geworden war, aber sein Sportwagen stand definitiv nicht an seinem Platz und auch er selbst war weg.

Sie alle litten unter seiner Abwesenheit. Es war so, als hätte eine dunkle Wolke die Backsteinmauer des Hauses durchdrungen und jegliches Licht ausgelöscht. Darcey hatte zwei Nächte in Folge Albträume. Will versteckte sich hinter einer Wand aus trotzigem Schweigen, spielte grässliche Musik bei voller Lautstärke und warf Gemma finstere Blicke zu, wenn sie ihn aufforderte, sie leiser zu stellen. Jeden Morgen, wenn sie allein in ihrem Doppelbett aufwachte, holte sie die Sorge mit voller Wucht ein. Wo steckte er bloß? Warum kam er nicht nach Hause?

Am Mittwoch hielt sie es nicht länger aus. Mit zittrigen Händen rief sie bei der Polizei an und gab eine Vermisstenmeldung auf.

Der Polizist am anderen Ende klang wenig mitfühlend. »Sie haben ihn also seit Sonntag nicht gesehen«, wiederholte er.

»Nein, und auch nichts von ihm gehört. Er hat seine Brieftasche dabei, aber kein Handy und auch keine Kleidung zum Wechseln. Er ist einfach aufgestanden und gegangen. Er trägt ein Rückenkorsett und fährt ein schwarzes Mazda Cabrio. Er ist ja nicht gerade klein. Irgendwer muss ihn doch gesehen haben. Wenn Sie die anderen Polizeidienststellen benachrichtigen könnten …«

Der Polizist hustete. »Da Ihr Mann volljährig ist und die Umstände nicht auf ein Verbrechen hindeuten, wird das leider nicht möglich sein, Madam.«

Das nahm Gemma den Wind aus den Segeln. »Es wird nicht möglich sein … Was? Warum nicht?«

»Wir erleben so was leider ziemlich oft. Ein Zwischenfall, ein Streit – einer läuft davon, um sich zu beruhigen.«

»Ja, aber …« Sie konnte nicht glauben, dass er die ganze Sache so gleichgültig abtat und sie so wenig ernst nahm. »Aber er hatte einen Unfall und ist depressiv. Ich habe Angst, dass er etwas Dummes macht.«

Sein Ton wurde eine Spur sanfter. »Es tut mir leid, Madam. Ich kann Ihnen nur den Rat geben, das *Missing Persons Bureau* für vermisste Personen zu kontaktieren. Dort wird man die Daten Ihres Mannes aufnehmen und Sie benachrichtigen, sobald es Neuigkeiten gibt. Aber ich hoffe, dass er bald von selbst zurückkommt. Das tun sie normalerweise.«

»Das hoffe ich auch.« Gemma blickte unglücklich aus dem Fenster. Wenn sie Spencer nur nicht wegen des Rasens genervt hätte, wenn sie ihn nur nicht wegen seiner Bemerkung, sie sei fett, zusammengestaucht hätte. Wenn sie ihre Wut und ihren Frust nur heruntergeschluckt hätte … Sie dachte gerade noch rechtzeitig daran, »Danke« zu sagen, ehe sie auflegte.

Irgendwelche Neuigkeiten, Liebes? Du musst ja krank vor Sorge sein. Gib mir Bescheid, falls ich dir irgendwie helfen kann oder falls ich mich um die Kinder kümmern soll. Ich weiß, dass das alles nicht leicht für dich ist.

Liebe Grüße, Judy xxx

Gemma nahm den Blick vom Handy und rührte das Gulasch zum Anbraten in der Pfanne um. Wenn du mir wirklich helfen willst, Judy, dachte sie gemeinerweise, dann hör auf, mir alle fünf Minuten eine SMS zu schicken und so zu tun, als wärst du meine neue beste Freundin. *Du gehörst nicht zur Familie, halt dich gefälligst da raus!*

Noch während sie das dachte – es war total unfair, das wusste sie, aber sie kam nicht dagegen an –, klingelte ihr Handy, und auf dem Display erschien eine unbekannte Nummer. Ihr Herz setzte einen Schlag aus. *Bitte, lass es Spencer sein. Bitte, lass es Spencer sein.* Von einer Telefonzelle oder einer Pension oder einer Polizeistation aus, es war ihr total egal, von wo. Sie würde sofort losfahren und ihn nach Hause holen.

»Gem?«, erklang eine tiefe, unbekannte Stimme. »Hier ist Jonny.«

Jonny? Welcher Jonny? Sie war so perplex, dass es einen Moment dauerte, bis sie den Namen einordnen konnte. Dann kam ihr die Erleuchtung: Spencers Cousin, der nach Newcastle gezogen war. »Hallo«, sagte sie mit bebender Stimme. »Ist er …? Hast du …?«

»Er ist hier. Es geht ihm gut, Süße. Er ist hierher getrampt und erst heute Nachmittag angekommen.«

»Oh, dem Himmel sei Dank!« Sie ließ den Bratenwender in die Pfanne fallen und sank auf die Knie, halb lachend, halb weinend. »Wie geht es ihm?« Dann sickerte die Bedeutung seiner Worte zu ihr durch. Er war gerade erst angekommen?

Aber er war doch schon seit drei Tagen weg! Und wo war sein Auto? »Was meinst du damit, er ist getrampt?«

»Er hat den Daumen rausgestreckt und eine Mitfahrgelegenheit bekommen. Er ist ein wenig angeschlagen und recht still, aber in einem Stück.«

Gemma fand vor Erleichterung keine Worte. Angeschlagen und still in Newcastle war ihr Spencer lieber als tot in einem Straßengraben. »Kann ich mit ihm sprechen? Steht er neben dir?«

Jonny antwortete nicht gleich. »Er … äh … es tut mir leid, Süße, aber er möchte im Moment nicht mit dir reden. Er will erst einen klaren Kopf bekommen, sagt er.« Man konnte Jonny seine Verlegenheit anhören. »Ehrlich gesagt bin ich schon froh, dass ich dich anrufen und dir Bescheid geben durfte.«

Die Worte waren wie eine Ohrfeige. Warum bestrafte Spencer sie derart? War sie wirklich so schrecklich?

»Gemma? Bist du noch dran?«

»Ja.« Sie fuhr sich mit einer Hand durch die Haare. »Sag ihm … Sag ihm, er soll sich keine Sorgen machen. Sag ihm, ich liebe ihn und hoffe, es geht ihm gut. Und wenn er irgendwann mit mir sprechen will, bin ich da. Ich gehe nirgendwohin, okay?«

»In Ordnung, Süße. Das sage ich ihm. Pass auf dich auf, ja?« Jonny senkte die Stimme. »Ich werde mich drum kümmern, dass er dich bald zurückruft, okay? Ich werde ihn schon wieder in die Spur bringen.«

»Danke, Jonny. Vielen Dank.«

Volle zwei Minuten lang saß sie reglos auf dem Boden und versuchte, die Nachricht zu verdauen. Spencer war also in Newcastle, aber er wollte nicht mit ihr reden. Und wieso war er eigentlich per Anhalter dorthin gefahren? Er hatte doch das Auto mitgenommen. Was um alles in der Welt ging da vor?

Wie betäubt rappelte sie sich auf und fischte den schmelzenden Bratenheber aus der heißen Pfanne. Allmählich verwandelte sich ihre Sorge in Wut. Egoistisch, das war es. Warum musste sich immer alles um ihn drehen? Wenn es in der Welt gerecht zuginge, hätte sie gerade eine überglückliche Zeit erleben sollen, weil sie so große Fortschritte gemacht, sich aus eigener Kraft eine Karriere aufgebaut und ihre Ambitionen in die Tat umgesetzt hatte, noch dazu auf eine Weise, von der sie kaum zu träumen gewagt hätte. Die Frauen standen Schlange, um ihre Kleider zu kaufen. Sie erhielt begeisterte Berichte in der Presse. Ihr Auftragsbuch füllte sich schneller, als sie die Kleider nähen konnte. Es war wie die beste Achterbahnfahrt aller Zeiten, abgesehen von einer Sache: dass Spencer nicht bei ihr war, ihre Hand hielt und die Freude mit ihr teilte.

Nein, er hockte schmollend im Norden des Landes und weigerte sich, mit ihr zu sprechen. »Na schön, wie du willst«, sagte sie und rüttelte an der Bratpfanne. »Du kannst mich mal!«

Einige Tage vergingen ohne jegliche Nachricht aus Newcastle. Sie hatte Jonny mehrmals angerufen, aber immer nur dieselbe Antwort erhalten: Spencer wollte im Moment nicht mit ihr reden, aber es ginge ihm gut. Der Knöchel, den er sich beim Golfspielen verrenkt habe, tue zwar noch ein wenig weh, aber seine Laune bessere sich von Tag zu Tag, und Jonnys Ärztin habe ihm ein neues Medikament verschrieben. Alles überhaupt kein Problem, versicherte er ihr.

Dennoch trösteten Jonnys Worte Gemma kaum. Spencer spielt also Golf und hat gute Laune, dachte sie ungläubig. Redeten sie über denselben Mann? Hier hatte er kaum das Haus verlassen, geschweige denn, sich dazu überwinden können, seiner Frau und seinen Kindern ein Lächeln zu schenken, und das schon seit Januar. Und jetzt führte er plötzlich mit seinem Cousin ein ausgelassenes Leben? *Das ist nicht cool, Spencer,* dachte sie, während sie die warmen Laken aus dem Trockner nahm und zusammenlegte. *Gar nicht cool.*

Aber irgendjemand musste sich schließlich auch um die Familie kümmern, die Wäsche bügeln und den Kühlschrank auffüllen. Und natürlich war sie mal wieder die Dumme. Die Kinder verhielten sich unter den gegebenen Umständen allerdings großartig. Sie räumten ohne Aufforderung die Spülmaschine aus und hatten ihr geholfen, ein Onlinekonto bei einem Supermarkt einzurichten, damit sie sich die wöchentliche Schlepperei sparen konnte. Natürlich hatten sie beim ersten Mal bergeweise Süßigkeiten, Chipspackungen und mehrere Dosen Eiscreme mitbestellt, aber sie hatte es ihnen durchgehen lassen. Sie verdiente inzwischen gutes Geld, und sie hatten sich nach diesen harten Zeiten alle etwas Schönes verdient. Die Nachrichtensprecherin hatte ein Abendkleid in Auftrag gegeben, ebenso wie die Violinistin. Saffron wollte nächste Woche kommen, und dann war ihr Dream-Team wieder vereint. Alle Zeichen standen auf Erfolg, abgesehen von ihrer Ehe.

Am Samstag machte Gemma mit den Kindern zur Belohnung einen Einkaufsausflug nach Bury St. Edmunds und besorgte ihnen neue Schuhe, Jeans, ein Jackett für Will und ein Partykleid für Darcey, außerdem noch ein paar DVDs und jedem ein Spiel für die Wii. Es war wie Weihnachten. Sie tranken in Harriets Teestube heiße Schokolade und aßen klebrig süßen Kuchen. Anschließend besorgte sie noch die Zutaten für ihr Leibgericht, Lasagne. Sollte Spencer doch Golf spielen und sie weiter mit Schweigen strafen, wenn er wollte. Sie würde sich mit den Kindern eine wunderbare Zeit machen, darauf konnte er Gift nehmen.

Am späten Nachmittag, sie schob gerade die Lasagne in den Ofen, klingelte es an der Tür. Mit einem Schlag waren jegliche hartherzigen Gedanken wie weggeblasen. War Spencer zurückgekommen? *Oh bitte, mach, dass er es ist*, dachte sie, während sie die Kochhandschuhe auszog und durch den Flur eilte.

Als sie die Tür öffnete, erschrak sie. Da stand nicht Spencer mit einem Blumenstrauß und einer Entschuldigung auf der Schwelle. Es war auch nicht Saffron mitsamt Koffer und PR-Talent, die früher als geplant gekommen war. Stattdessen sah sie eine braun gebrannte Frau in einem Jerseykleid mit Tropenmuster, zu dem sie unpassenderweise einen Pelzmantel und Moonboots trug. Die Frau breitete strahlend die Arme aus. »Überraschung, Liebling!«

»Mum«, sagte Gemma und wich versehentlich einen Schritt zurück. Karen trug ihr Haar inzwischen in einem unnatürlichen Kastanienrot, das sich furchtbar mit ihrem fuchsienrosa Lippenstift biss. »Du liebe Güte. Ich habe dich gar nicht erwartet.«

»Ich weiß. Deshalb hab ich ja auch ›Überraschung‹ gerufen.« Karen wackelte mit den nachgezogenen Augenbrauen. »Willst du mich nicht endlich hereinlassen? Wo ist dein göttlicher Ehemann? Und wo verstecken sich meine niedlichen Enkel? Ah, da ist ja mein kleiner Billy. Liebe Güte, bist du gewachsen. Richtig groß geworden bist du! Du erinnerst dich doch noch an deine Oma, oder? Allerdings wäre es mir lieber, wenn du mich Karen nennst. Niemand wird glauben, dass ich alt genug bin, um eine Großmutter zu sein. Am allerwenigsten ich selber, haha!«

Gemma drehte sich um und entdeckte Will hinten im Flur, der sich beim seltenen Anblick seiner lachenden Großmutter vor Unbehagen zu winden schien.

»Komm rein, Mum.« Gemma versuchte, die Fassung wiederzugewinnen. Wollte Karen etwa bleiben? Es sah ganz danach aus. Ausgerechnet jetzt. Sie hatte das Gästezimmer bereits für Saffron hergerichtet, außerdem war das Verhältnis zwischen ihrer Mutter und ihr in letzter Zeit mehr als angespannt, obwohl sie sich alle Mühe gab. »Äh, du wirst es so nehmen müssen, wie es ist, fürchte ich. Im Moment herrscht bei uns ein ziemliches Durcheinander.« Sie versuchte, sich zu entspannen, während ihre Mutter sie in eine pelzweiche, parfümierte Umarmung zog, aber es fiel ihr schwer. All ihre Selbstzweifel aus der Kindheit waren plötzlich wieder da, wie Eisenspäne, die von einem Magnet angezogen wurden. »Hast du schon gegessen?«, brachte sie hervor. »Das Abendessen ist im Ofen.«

Ihre Mutter antwortete nicht, sondern ging hinüber zu Will. »Schau dich an! Meine Güte. Wie alt bist du jetzt? Fünfzehn, oder? Und hast natürlich schon eine Freundin, oder? Mir kannst du es verraten, ich werde schweigen wie ein Grab.«

»Mum, er ist dreizehn«, sagte Gemma. »Lass ihn in Ruhe.«

»Darcey! Ju-hu! Spencer!« Sie legte den Kopf schräg. »Spencer ist wohl noch nicht von der Arbeit zurück.«

Gemma wusste nicht, wo sie anfangen sollte. Es war so viel passiert, dass sie die Ereignisse kaum in einem Satz zusammenfassen konnte. »Ich setze mal den Kessel auf«, sagte sie. Da sie ihre Mutter jedoch kannte und bereits leicht verzweifelt war, fügte sie gleich darauf hinzu: »Aber wir haben auch noch Wein im Kühlschrank.«

»Das klingt schon viel besser«, sagte Karen lachend. »Dazu sage ich bestimmt nicht Nein!«

Während sie den Wein einschenkte, versuchte Gemma sich zu beruhigen. Vergiss den Ärger und die Unannehmlichkeiten, befahl sie sich. Vergiss all die Demütigungen aus der Vergangenheit. Das ist deine Mutter – die Frau, die du seit fünfundzwanzig Jahren in deinem Leben vermisst. Deine Mum, die ausnahmsweise mal von sich aus zu dir gekommen ist, gibt dir die Chance, neue Brücken zu bauen und eine Freundschaft von Frau zu Frau zu schließen. Da Spencer nicht zu ihrer Unterstützung hier war und ihr Geschäft blühte, brauchte sie jeden Verbündeten, den sie bekommen konnte. Und wer eignete sich besser als Verbündete als die eigene Mutter?

»Prost«, sagte sie und stellte ein volles Glas vor Karen, bevor sie einen durstigen Schluck aus ihrem eigenen nahm. »Wie lange willst du bleiben?«

Karen lebte seit Gemmas achtem Lebensjahr auf Ibiza und kam so gut wie nie zu Besuch. Ihr Anblick war so selten wie der eines Phönix oder eines Einhorns, und es hatte schon nahezu an ein Wunder gegrenzt, dass sie sich bei der Hochzeit ihrer Kinder sehen ließ und später auch aufgetaucht war, um einen flüchtigen Blick auf ihre neugeborenen Enkelkinder zu werfen. Einen Wimpernschlag danach aber war sie schon wieder weg gewesen. Sie war kein Fan des feuchten, regnerischen englischen Klimas und hatte es immer eilig, wieder ins Flugzeug zu steigen, um zurück in die Sonne zu fliegen.

Daher war Gemma auch ziemlich überrascht – wieder einmal –, als Karen mit niedergeschlagener Stimme antwortete: »Ich bin nicht sicher, Liebes. Vielleicht bleibe ich dieses Mal für immer.«

»Wirklich?« Hoffnung flammte in Gemma auf, wie ein Komet am Nachthimmel. »Wie das? Was ist mit Carlos?«

Karen zog eine Grimasse. »Welchem Carlos?«, murmelte sie. »Wir haben uns getrennt. Männer! Warum müssen sie sich immer wie verdammte … Kinder benehmen?«

Gemma zuckte unwillkürlich zusammen. Als wären Kinder die unerträglichsten Wesen auf der Erde. *Äh, hallo. Deine Tochter sitzt dir genau gegenüber, Mum. Ja, ich. Dein Kind!*

Dann aber dachte sie daran, wie sich Spencer benommen

hatte. Er war einfach davongelaufen, ohne sich zu verabschieden, weil Gemma ein einziges Mal die Geduld mit ihm verloren hatte. Nachdem er sie beleidigt hatte, wohlgemerkt. Vielleicht hatte Karen ja recht. »Da sagst du was.«

»Na ja, ich war ihn schon eine ganze Weile leid, seit er …« Karen brach stirnrunzelnd ab. »Moment mal, willst du tatsächlich, dass ich es dir erzähle, oder hast du genug Probleme mit deinem eigenen Mann?« Sie wackelte mit der Nase, als ob sie den Ehestreit riechen könnte.

»Oh Mum«, sagte Gemma, unfähig, die Fassade noch länger aufrechtzuerhalten. Sie trank einen großen Schluck Wein. »Ich habe dir eine Menge zu erzählen.«

Karen schenkte ihr einen verständnisvollen Blick, tätschelte ihr kurz den Arm und kramte in ihrer Tasche nach den Zigaretten. Sie zündete sich eine an und paffte zwei Rauchringe in die Luft, anschließend richtete sie den Blick auf Gemma. »Also dann. Mami ist hier. Erzähl mir alles.«

Und das tat Gemma. Während sie das Salatdressing anrührte, das Fenster öffnete, um eiskalte, aber frische Luft hereinzulassen, den Tisch deckte, Tomaten und Gurken schnitt, erzählte sie Karen die ganze traurige Geschichte.

»Meine Güte, Liebling! Du hast ja so viel durchgemacht!« Karen legte die Hände an ihr kreppartiges Dekolleté. »Du armes Ding. Dagegen erscheinen meine Sorgen ja lächerlich.«

»Was für Sorgen?«

Karen holte theatralisch Luft und warf die langen Haare zurück. »Oh, na ja. Ich bin pleite. Carlos hat mich betrogen. Ich bin in der Altstadt ausgeraubt worden …«

Gemma beugte sich über den Ofen und holte die heiße Lasagne heraus, aber bei der leidvollen Auflistung ihrer Mutter drehte sie sich abrupt um und verbrannte sich prompt die

Hand. »Mum! Lieber Himmel, warum hast du das nicht gleich gesagt? Du hättest mich daran hindern sollen, dass ich dir so lange die Ohren volljammere.«

Karen winkte ab, während Gemma den Wasserhahn aufdrehte und ihre verbrannte Hand unter das kalte Wasser hielt. »Schon gut. Wir veranstalten ja schließlich keinen Wettbewerb, wer das beschissenere Leben hat. Außerdem sind wir jetzt füreinander da. Wir stehen das gemeinsam durch. Ich helfe dir, so gut ich kann.«

»Und ich dir.« Dieses Mal würde es anders sein, schwor sich Gemma. Wir sind füreinander da – wie es eine Mutter und ihre Tochter sein sollten. Und Karen hätte sich keine bessere Zeit aussuchen können, um ihre Unterstützung anzubieten. Gemma umarmte sie fest. »Ich bin froh, dass du hier bist.«

Es wurde jedoch schnell offensichtlich, dass Karen und Gemma ziemlich unterschiedliche Vorstellungen davon hatten, wie Karen am besten helfen konnte. Gemma hatte beispielsweise Hilfe beim Kochen erwartet, damit sie eine Stunde länger arbeiten konnte. Außerdem hatte sie gehofft, dass Karen ab und zu die Kinder von der Schule abholte, damit sie bei Kundenterminen nicht so unter Druck geriet und auch mal ein wenig länger bei Caitlin bleiben konnte, wenn sie gerade mitten in der Arbeit steckte. Sie hatte sich sogar ausgemalt, dass Karen sich ein bisschen um den Haushalt kümmerte, mal kurz staubsaugte oder die Waschmaschine anstellte, vielleicht sogar ab und zu die Schuluniformen bügelte …

Karens Version von Unterstützung bestand jedoch darin, dass sie eine Flasche Wein nach der anderen mit Gemma leerte und dabei über Carlos und Spencer lästerte oder ihr Reiki-Kopfmassagen anbot und dabei ihre Finger allzu fest in Gemmas Kopfhaut rammte.

Nach ein paar Tagen überkam Gemma allmählich die Verzweiflung.

Ihre Mutter schien tagsüber kaum etwas zu tun, außer im Bett zu liegen und zu rauchen und dann ins Wohnzimmer umzusiedeln, um dort auf dem Sofa beim Fernsehen noch mehr zu rauchen. Gemma konnte inzwischen keine Stoffe mehr zu Hause aufbewahren, weil der Geruch des Zigarettenqualms hartnäckig an allem haftete. Nicht ein einziges Mal hatte Karen gekocht oder sich angeboten, den Abwasch zu machen. Als sie es leid war, über Carlos zu hetzen, drosch sie verbal auf Barry, Gemmas Dad, ein und brachte damit Gemma in einen unangenehmen Gewissenskonflikt.

»Vielleicht hebt ein Ausflug deine Stimmung«, schlug Gemma am Abend vor, als sie zu viert beim Essen saßen. »Warum gehst du morgen nicht mal spazieren oder fährst an die Küste?«

Karen hob eine dünne Augenbraue. »Ist das dein Ernst? Die Nordsee ist nicht gerade das Mittelmeer. Am Ende stürze ich mich noch von einer Klippe.«

»Du könntest dir mal meine Schule ansehen«, schlug Darcey vor. Gemma hatte den Eindruck, dass Darcey ihre glamouröse, jugendliche Großmutter bewunderte, nicht zuletzt deshalb, weil sie fluchte und rauchte – zwei Dinge, von denen sie wusste, dass Gemma sie missbilligte. »Andere Omas kommen auch und hören zu, wie wir lesen.«

Karens Miene verfinsterte sich, als sie mit den »anderen Omas« in einen Topf geworfen wurde. »Das ist jetzt nicht böse gemeint, Süße, aber ich wette, diese Großmütter sind langweilige alte Schachteln, die nichts Besseres mit ihrem Leben anzufangen wissen«, sagte sie schnippisch.

Darcey zog ein trauriges Gesicht.

»Vielleicht könntest du Darcey ja mal abholen«, schlug Gemma vor, der ihre Tochter leidtat. »Ich bin sicher, sie wird dich gerne in der Schule herumführen und dir ihre Lehrer vorstellen.«

»Oh ja! Ja, das würde ich gerne, Oma. Ich meine, Karen. Willst du?«

Karen drehte Spaghetti auf ihre Gabel und antwortete nicht. Gemma konnte den erwartungsvollen Ausdruck im Gesicht ihrer Tochter kaum aushalten. *Komm schon, Mum. Denk ausnahmsweise mal nicht nur an dich selbst.*

»Vielleicht nächste Woche. Wenn ich dann noch hier bin«, meinte Karen vage. »Ich muss erst sehen, ob meine Pläne aufgehen.«

Darcey sah niedergeschlagen drein, aber Karen fiel es gar nicht auf. »Was für Pläne?«, fragte Gemma.

Karen tippte sich an die Nase und klimperte mit den türkis geschminkten Lidern. »Ich muss an die Zukunft denken. Ich muss Pläne für mein nächstes großes Abenteuer schmieden.«

Das hörte Gemma zum ersten Mal. »Und was soll das sein?«

»Vielleicht eine Bar.« Karen zuckte mit den Schultern. »Ich denke an Korfu. Griechenland gefällt mir. Feta und Oliven und diese schönen weißen Strände.« Sie zwinkerte Darcey zu, ein ziemlich schlampenhaftes, wissendes Zwinkern, höchst unangemessen für eine Großmutter. »Und die griechischen Männer erst … Oh, bring mich nicht ins Schwärmen, Liebling.«

»Aber ich dachte …«, fing Gemma an, hielt dann aber den Mund, als sie ihren eigenen vorwurfsvollen Ton bemerkte. *Schon?*, hätte sie am liebsten geschrien. *Du gehst schon wieder?*

»Ich halte es eben nirgendwo lange aus«, sagte Karen und griff nach der Weinflasche. »Wer will noch ein Glas? Nur ich? Ihr könnt wohl gar nichts vertragen.«

Darcey kicherte. »Ich bin doch erst neun, Oma.«

»Tatsächlich? Für mich siehst du wie siebzehn aus.«

»Vermutlich, weil du schon wieder besoffen bist«, murmelte Will, und Gemma warf ihm einen schnellen Blick zu.

Sie stand auf und fragte sich, warum alles so kompliziert sein musste. In Augenblicken wie diesen gab es nur eine Lösung. »Wer will Nachtisch?«, fragte sie.

Kapitel 32

»Max Walters, bitte«, sagte Saffron. Ihr Herz trommelte heftig vor gespannter Erwartung. Ihre Entschlossenheit hatte sie bis in den hell erleuchteten Empfangsbereich des todschicken Sportunternehmens in Covent Garden gebracht, wo Max arbeitete, und sie würde erst wieder gehen, wenn sie ihr Vorhaben in die Tat umgesetzt hatte.

»Haben Sie einen Termin?«

»Nein.« Sie schenkte der Frau ein flüchtiges, geschäftsmäßiges Lächeln. *Schwangere Frau auf Mission, meine Liebe. Ich rate dir: Komm mir keinefalls in die Quere, wenn du weißt, was gut für dich ist.*

Die Empfangsdame trug ihr Haar zurückgesteckt und war tadellos geschminkt. »Wie ist denn Ihr Name? Ich frage nach, ob er Zeit hat.«

»Saffron Flint.«

»Danke. Nehmen Sie doch Platz.«

Das tat Saffron nur zu gern. Ihre Knöchel schwollen wie Kugelfische an, wenn sie zu lange in High Heels herumlief. Vorsichtig ließ sie sich in einen der halbkugelförmigen hellorangeroten Designersessel sinken und hoffte, dass sie da später auch wieder rauskam. Die Hände im Schoß gefaltet wartete sie. Es war so weit. Karten auf den Tisch. Kugel vorgezeigt.

Raus mit der Nachricht, auch wenn sie nicht gut aufgenommen werden würde.

Die Frau am Empfang sprach leise ins Telefon. »Nein, hat sie nicht gesagt. Sie sitzt hier am Empfang, also … Okay, gut, danke. Ich sage es ihr.« Sie suchte Saffrons Blick und legte auf. »Er ist auf dem Weg nach unten.«

»Danke.« Saffron wurde sofort der Mund trocken. In ihren Achseln sammelte sich Schweiß. Sie wünschte, sie hätte sich nach dem Schwimmen die Haare geföhnt, statt nur schnell mit dem Kamm durchzufahren und sie zum Pferdeschwanz zu binden. Immerhin hatte sie ihr hübschestes Wickelkleid an, ein rotes Jerseyteil, das den Bauch kaschierte. Dazu trug sie schwarze blickdichte Strümpfe, die allerdings bei ihrem von Adrenalin gepowerten Marsch von der Bushaltestelle hierher immer weiter nach unten gewandert waren. Im Nu saßen sie gefährlich tief unter ihrem Bauch und liefen Gefahr, ihr jeden Moment von der Hüfte zu rutschen. Eine heruntergelassene Strumpfhose würde ganz sicher das Eis brechen, dachte sie.

Sie hörte ein leises Klingeln, dann öffnete sich die Aufzugstür zu ihrer Linken, und er kam heraus. Max, gut aussehend wie immer, die Hemdsärmel hochgekrempelt, das Haar leicht zerzaust, als wäre er sich eben erst mit der Hand durchgefahren. Dieser kleine, silbergraue Ziegenbart an seinem Kinn, auwei, der war allerdings neu … und sah ziemlich lächerlich aus. »Hallo«, grüßte er. »Das ist …«

Mühevoll schälte sie sich aus dem Sessel, wobei ihr schwarzer Wollmantel ihren Bauch offenbarte. Er brach mitten im Satz ab, als er die Wölbung bemerkte, und erbleichte.

»Hallo.« Sie konnte spüren, wie sich die Luft elektrisch auflud und vor unausgesprochenen Worten förmlich rauschte.

Ist es das, wonach es aussieht?

Ja.

Sie räusperte sich, als ihr die Anwesenheit der Rezeptionistin bewusst wurde, die sie unverhohlen beobachtete. »Können wir irgendwo ungestört reden?«

»Äh … sicher.« Sein Blick glitt von ihrem Bauch zu ihrem Gesicht und wieder zu ihrem Bauch zurück. Er sah verwirrt und leicht panisch aus. »Ja. Gut. Lass uns irgendwo einen Kaffee trinken.«

Die Rezeptionistin erinnerte sich mit einem Mal wieder an ihre Arbeit und blickte schnell in einen Kalender vor ihr. »Max, Sie haben um halb fünf einen Termin mit Anil Bhatia.«

Er winkte ab. »Dann … lassen Sie sich was einfallen. Bitten Sie Nicky, dass er für mich einspringt, oder jemand anderen. Danke.« Dann wandte er sich wieder Saffron zu. »Wollen wir?«

Sie nickte. »Ja.«

Auf der Straße sagte Max: »Ich vermute, Alkohol kommt nicht infrage, oder? Himmel, tut mir leid. Ich weiß nicht, was ich sagen soll. Ich glaube, ich stehe unter Schock.«

»Mir tut es auch leid«, sagte sie. »Dass ich dir die Nachricht wie aus heiterem Himmel serviere, meine ich. Ich dachte, du wüsstest bereits Bescheid. Ich habe dir vor ungefähr einem Monat einen Brief geschrieben, aber mein Gehirn ist in letzter Zeit wie ein Sieb. Ich habe ihn heute gefunden, nicht abgeschickt.«

»Es ist also von mir?«, fragte er. »Das Baby ist von mir?«

»Ja. Das Baby ist von dir.« Sie waren inzwischen auf der St. Martin's Lane angelangt. Taxis hupten, ein Pärchen blieb knutschend vor ihnen stehen und Touristen drängten sich um einen silbern angemalten Straßenkünstler, der eine Statue spielte. Saffron hätte es vorgezogen, dieses Gespräch woanders zu führen als auf der Straße, aber es war wohl zu spät, um den Pausenknopf zu drücken. »Ich wollte es dir auch schon mal persönlich sagen, an dem Abend im Pub, aber wir wurden unterbrochen.«

»Ja, das stimmt.« Er fuhr sich mit einer Hand über die Augen. »Oh Gott, Saff. Wie fühlst du dich überhaupt?«

Wie sie sich fühlte? Himmel, wo sollte sie bloß anfangen! Verängstigt, aufgeregt, voller Vorfreude, allein gelassen und einsam? »Es ist eine Achterbahnfahrt«, sagte sie nach einer Weile. Eine Frau in rotem Regenmantel, die laut in ihr Handy sprach, quetschte sich zwischen ihnen durch und stieß Saffron dabei beinahe vom Bürgersteig. »Also, das ist lächerlich. Wir können uns nicht hier darüber unterhalten.« Sie deutete zu einem Pub auf der anderen Straßenseite. »Lass mich dich zu einem Cognac oder Kaffee einladen, oder zu beidem. Was du willst. Das ist das Mindeste, was ich tun kann.«

Er schien seine Worte abzuwägen, während sie den düsteren Pub betraten und zur Theke gingen. »Ich hab mich schon gefragt, was wohl passiert ist, weil du so abrupt den Kontakt zu mir abgebrochen hast«, sagte er bedächtig, ohne den Wirt zu beachten, der von der Spüle aufsah und, die Hände an einem Geschirrtuch abtrocknend, zu ihnen herüberkam. »Hast du mich deshalb am Telefon abblitzen lassen?«

Saffron war die Frage peinlich, weil der Wirt ihnen nun gegenüberstand und auf ihre Bestellung wartete. Erst die Empfangsdame, dann die Menschenmenge und nun er … War es zu viel verlangt, dieses Gespräch ungestört führen zu können? »Ich hätte gern eine Zitronenlimo«, sagte sie. »Und Max, was möchtest du?«

»Das kam mir gleich merkwürdig vor«, fuhr er fort, ohne ihre Frage zu beachten. »Es sah dir so gar nicht ähnlich. Wir sind bis dahin so gut miteinander ausgekommen, die Chemie zwischen uns hat gestimmt. Und als du dann aus heiterem Himmel so kühl zu mir warst ... Oh, ein Pint Doom Bar bitte, Chef. Danke.« Sein Blick wurde glasig. »Mist.«

»Ja.« Sie wartete, bis die Getränke gebracht und bezahlt waren. Dann steuerte sie einen kleinen Tisch in der Ecke an. Sie setzten sich einander gegenüber auf die unbequemen Barhocker. Max sah nach wie vor völlig verdutzt aus, als ob er die Nachricht noch immer nicht fassen könnte. Sie rührte mit dem Strohhalm in ihrer Limo, die Eiswürfel klackerten aneinander, und suchte nach den richtigen Worten. »Hör zu, ich weiß, das ist für dich ein Schock. Ich weiß auch, dass du wieder mit jemandem zusammen bist, und das ist okay.« Sie erinnerte sich an seine sexy Kollegin, die im *Pillars of Hercules* auf seinem Schoß gesessen hatte, und wie sie sich wie das hässlichste aller Entlein vorgekommen war. »Ich weiß, du hast bereits Kinder und willst dich vermutlich um kein weiteres mehr kümmern. Und auch das ist okay.«

»Du hast dich also dazu entschieden, das Baby zu behalten.«

»Ja, aber ich komme auch allein zurecht, wenn du nichts damit zu tun haben willst.« Sie klang knallhart und entschlossen. Insgeheim fragte sie sich, ob er ahnte, wie verängstigt sie sich in Wahrheit fühlte.

»Du bekommst unser Kind.«

»Ja.« Ihr rechter Fuß zuckte unter dem Tisch vor Anspannung. »Ich kann dir nicht ansehen, ob du das gut oder schlecht findest. Sagst du es mir einfach?«

Er runzelte die Stirn und blickte in sein Bier. »Mit dir hatte ich im letzten Jahr so viel Spaß wie seit Ewigkeiten nicht mehr. Ich hatte das Gefühl, dass wir auf einer Wellenlänge liegen.«

Sie erlaubte sich ein flüchtiges Lächeln, wusste aber immer noch nicht, worauf er hinauswollte. *Beantworte die verdammte Frage, Max.* »Ich auch«, sagte sie. Diese sorglose, aufregende Zeit schien inzwischen so lange her zu sein. Jetzt hatte sie einen kugelrunden Bauch und er einen Bart, sie waren zwei völlig andere Menschen.

»Aber in Wahrheit kennen wir uns kaum. Du hast all das allein durchgemacht und ich hatte absolut keine Ahnung davon.«

»Ich weiß. Es tut mir leid. Ich wusste nicht, was ich tun sollte.«

Sein Blick wurde eine Spur weicher. »Ein Baby, Saff. Verdammt! Das ist so, als ob … als ob … du mir eine explodierende Bombe durchs Fenster geworfen hättest.«

Saffron gefiel es zwar nicht, dass er ihr Kind mit einer Bombe verglich, aber sie konnte nachvollziehen, dass es sich für ihn so anfühlen musste. »Ja, mir ist klar, dass es nicht ideal ist. Und es ist okay, wenn du nicht …«, fing sie wieder an, aber er hob die Hand.

»Sag nicht andauernd, dass ich mich nicht darum kümmern muss. Ich bin kein komplettes Arschloch, weißt du.«

»Tut mir leid.«

»Und hör auf, dich ständig zu entschuldigen. Ich bin derjenige, der Mist an der Verhütungsfront gebaut hat.«

Sie erinnerte sich schweigend an ihren letzten Sex. Auf der Treppe in seiner Wohnung, völlig wild und ungezügelt und voller Lust. Die Art von schönem Sex, bei dem man die Hände nicht voneinander lassen kann, bei dem man sich sicher ist, dass es noch viel mehr davon gibt und bei dem man sich von seiner Leidenschaft hinreißen lässt und nicht an vernünftige Dinge wie Kondome denkt. Sie fragte sich, ob er auch gerade daran dachte.

»Tja.« Sie zuckte mit den Schultern. »Solche Dinge passieren nun mal.« Sie nippte an ihrer Limo und war sich dessen bewusst, dass sie eine wichtige Information zurückhielt. »Bevor du eine Entscheidung triffst, muss ich dir aber noch etwas sagen.« Zögernd, mit wild trommelndem Herzen, berichtete sie ihm von ihrem Ultraschall, den bestehenden Risiken und der Fruchtwasseruntersuchung, die wie eine dunkle Wolke über ihr schwebte.

Er hörte aufmerksam zu und sie kam rasch zum Ende, besorgt, dass er den Kopf schütteln und sagen würde: »Tut mir leid, aber auf so was habe ich mich nie einlassen wollen. Das wird mir alles zu viel. Natürlich unterstütze ich dich finanziell, aber zu mehr bin ich nicht bereit.«

»Jetzt weißt du also alles«, sagte sie lahm und voller Furcht vor seiner Reaktion. Sie senkte den Blick. »Entschuldige bitte, dass ich dir alles so aus heiterem Himmel vor die Nase knalle. Sicher schwirrt dir jetzt der Kopf. Ich wünschte, es wäre anders und ich müsste diese Untersuchung nicht machen, aber …«

Er antwortete nicht sofort, sondern ergriff ihre Hand. »Dann lass es bleiben. Lass uns einfach nicht hingehen, ja?«

Sie sah ihn an und fragte sich, ob er sie vielleicht nicht richtig verstanden hatte. »Aber … willst du es denn nicht wissen?«

Er schaute ihr tief in die Augen. »Es ist nicht so, dass es mir egal ist. Aber manchmal lösen solche Sachen viel zu viel Stress aus, und man sollte besser darauf verzichten.« Er runzelte die Stirn. »Als Jenna mit Leo schwanger war, unserem Sohn, meinte der Arzt bei der zweiten Ultraschalluntersuchung, dass seine Beine viel zu kurz seien. Er hat einen Riesenwirbel darum gemacht. Wir haben während der restlichen Schwangerschaft haufenweise Tests und zusätzliche Untersuchungen machen lassen, und die Sorge brachte uns fast um den Verstand.«

»Und wie ging es aus? War er gesund?«

»Er war völlig gesund. Einfach perfekt. Aber Jenna hat die Sache so sehr gestresst, dass sie krank wurde und ihre Schwangerschaft nicht genießen konnte.« Sein Blick schweifte in die Ferne. »Das will ich nicht für dich – und auch nicht für mich. Vor allem nicht, wenn die Fruchtwasseruntersuchung dem Baby schaden könnte.«

Sie schwiegen. *Lass uns einfach nicht hingehen, ja?* Saffron hörte die Worte immer wieder im Kopf. Es war ihr gar nicht in den Sinn gekommen, dass sie darauf verzichten könnte. Der Gedanke, bei dem gefürchteten Test einfach nicht aufzutauchen, machte sie ganz zappelig. Es war ja nicht so, dass sie den Kopf in den Sand stecken würde. Sie traf eine bewusste Entscheidung, eine Aussage wie »Ich habe alles abgewogen und ich will dieses Kind. Punkt. Mir ist egal, was bei der Fruchtwasseruntersuchung herauskommt. Trotzdem vielen Dank!«.

Max sah besorgt aus, als hätte er schon zu viel gesagt. »Wenn du den Test lieber machen möchtest, werde ich dich natürlich begleiten«, versicherte er. »Und um Probleme kümmern wir uns, wenn sie auftauchen, okay?«

»Echt? Du meinst das wirklich ernst?«

»Ich meine das wirklich ernst. Wir sind beide dafür verantwortlich, wir stehen das auch gemeinsam durch. Okay?«

Nicht weinen. Nicht weinen. Du darfst jetzt nicht losflennen. Sie schluckte schwer, bemüht, nicht die Fassung zu verlieren. »Okay«, sagte sie mit wässrigem Lächeln. »Danke. Lass uns beide noch mal in Ruhe darüber nachdenken und die Entscheidung in ein paar Tagen treffen. Mir ist klar, dass ich dich mit all dem ziemlich überfallen habe.« Sie putzte sich die Nase und fühlte sich besser, als sie es seit Wochen getan hatte. Sie hatte sich so viele Sorgen gemacht, wie Max die Schwangerschaft aufnehmen würde, und völlig unnötig, wie sich herausstellte. Wenn sie den Mut zu diesem Gespräch nur eher aufgebracht hätte! Ein Lächeln lag ihr auf den Lippen. »Übrigens, was soll der Bart?«

Er sah überrascht aus und strich sich verteidigend darüber. »Wieso? Gefällt er dir etwa nicht?«

»Äh … das habe ich nicht gesagt.«

Ein Funkeln tauchte in seinen Augen auf, und plötzlich war er wieder der Alte, der Mann, in den sie sich im vergangenen Herbst Hals über Kopf verliebt hatte. »Du hasst den Bart, nicht wahr? Gib's zu. Du kannst den Bart nicht leiden.«

Sie lachte. »Ich hasse ihn nicht, aber …«

»Ich sag dir was.« Er nahm ihre Hand. Oh, er hat schöne Hände, dachte sie, stark und männlich, mit langen, wohlgeformten Fingern. Plötzlich tanzten in ihrem Bauch Schmetterlinge, und sie hatte das Gefühl, dahinzuschmelzen wie eine verliebte Teenagerin. »Ich biete dir einen Deal an. Ich rasiere ihn ab, wenn du mit mir ausgehst. Nur zum Mittagessen, nichts Kompliziertes. Einfach … damit wir uns wieder besser kennenlernen. Was sagst du dazu?«

Sie sah ihn eindringlich an. Er war so attraktiv und liebenswert, wie er da in Hemdsärmeln vor ihr saß, selbst mit diesem lächerlichen Gewächs an seinem Kinn. Ihre Lippen formten schon die Antwort »Verdammt ja!«, als sie sich an die küssende Kollegin auf seinem Schoß erinnerte. Nicht so schnell, mahnte sie sich. »Ich dachte, du bist mit einer anderen zusammen?«

Er sah sie erschrocken an und schüttelte den Kopf. »Meinst du etwa Mia? Nein. Das war eine miese Entscheidung, die nach hinten losging. Eine zweiwöchige Affäre. Sie ist inzwischen mit dem Leiter der Finanzabteilung zusammen.«

Saffron atmete den letzten Rest Anspannung aus. »In diesem Fall hätte ich wirklich Lust auf ein Mittagessen mit dir«, sagte sie. »Ich freue mich schon darauf, Max.«

Kapitel 33

Von: CaitlinF@fridaymail
An: Saffron@SaffronFlintPR
Betreff: Hallo

Hey, Saff,
wie geht's dir? Gemma sagt, du hast diese Woche die Untersuchung. Ich hoffe, es geht alles gut. Ich drücke die Daumen.
Gem hat auch erwähnt, dass du nach Larkmead kommen möchtest – hervorragende Idee! Ihre Mutter ist wie aus heiterem Himmel aufgetaucht. Deshalb haben wir uns gefragt, ob es dir was ausmacht, stattdessen bei mir zu wohnen. Ich habe ein Gästezimmer, und du kannst es gerne so lange haben, wie du willst. Sag mir einfach Bescheid, wann du kommen möchtest.
Liebe Grüße, Cait x

Von: Saffron@SaffronFlintPR
An: CaitlinF@fridaymail
Betreff: Hallo

Hallo Cait,
danke. Das ist so lieb von dir. Ich würde gerne bei dir wohnen. Vermutlich fahre ich morgen schon los, ist das okay für dich?

Ich habe beschlossen, die Fruchtwasseruntersuchung nicht machen zu lassen. Manche Leute – einschließlich meiner Schwester – denken deswegen, ich hätte nicht mehr alle Latten am Zaun, aber ich weiß, dass es die richtige Entscheidung für mich ist. Für uns. Ich fühle mich viel wohler, seit ich diese Last nicht mehr mit mir herumschleppe.

Ich freue mich sehr auf dich und Gem morgen ... ich habe euch VIEL zu erzählen!

Liebe Grüße, Saff xxx

Die bevorstehende Ankunft ihres Gastes veranlasste Caitlin dazu, endlich den Anruf bei der Wohltätigkeitsorganisation zu machen und die seit Wochen im Esszimmer Staub ansetzenden Möbel abholen zu lassen. Am Nachmittag fuhren zwei Männer vor, die Janes alten Mahagonitisch und die dazu passenden Stühle, einen der Sessel und die riesige walisische Kommode in ihren Van luden. Da sie das Wohnzimmer zum Arbeitszimmer umfunktioniert hatten, beschloss sie, das Esszimmer für sich und Saffron als Wohnzimmer herzurichten. Dort konnten sie dann die Abende gemeinsam verbringen, was eine hübsche Abwechslung wäre, denn bisher hockte sie jeden Abend allein mit dem Laptop und einem Glas Wein im Bett.

Sie stellte einen Krug mit cremefarbenen Narzissen in Janes Schlafzimmer auf den Kamin, legte ordentlich zusammengelegte saubere Handtücher aufs Bett und öffnete die Fenster, um die kühle Frühjahrsbrise hereinzulassen. Danach räumte sie den Schrank aus, damit Saffron ihre Sachen unterbringen konnte, und belud eine weitere Tasche für die Wohlfahrt mit Janes Shirts und Hosen, ungeöffneten Strumpfhosenpackungen und Bettschuhen. Im unteren Fach fand sich ein Durcheinander aus alten Badeanzügen, Pyjamas, einer Kiste mit antikem Schmuck und ... Caitlins Hand schwebte über einem

Stapel kleiner Notizbücher, die in Leder gebunden waren. Tagebücher?

Sie zögerte einen Moment, warf sogar einen Blick über die Schulter, als könne Jane jeden Moment hereinkommen und sie beim Schnüffeln erwischen, ehe sie nach den Notizbüchern griff. Jane war eigentlich ein eher zurückhaltender Mensch gewesen. Vielleicht sollte sie ihre Privatsphäre respektieren und die Tagebücher ungelesen wegwerfen.

Ja klar, dachte sie im nächsten Augenblick. Als ob jemand so viel Willenskraft besitzen würde!

Sie nahm das erste Buch zur Hand – aus dem Jahr 2004, mehr als zehn Jahre alt – und blätterte darin. Beim Anblick der vertrauten schnörkeligen Handschrift überflog sie ein Hauch von Wehmut. Welche Geheimnisse verbargen diese Seiten? Die Sätze, die ihr Blick einfing, waren jedoch ganz alltäglich.

22. Januar: Anna Simms Baby heute Morgen zur Welt gebracht – so ein süßes kleines Mädchen und schon so viele Haare. Auch am Po, das kleine Äffchen!

6. April: Herrliches Wetter, die Tulpen kommen raus – eine wahre Pracht in diesem Jahr! »Ronaldo« und »Negrita« sind besonders schön, muss nächsten Herbst mehr davon pflanzen.

19. Mai: Caitlins Geburtstag! Ich habe den ganzen Tag an sie gedacht. Jeremy führt sie in so ein schickes Restaurant aus, hat sie erzählt. Am Telefon klang sie wirklich glücklich. Kann es kaum erwarten, sie am Wochenende zu sehen.

15. Oktober: Arme Gwen – Robert geht es ziemlich schlecht. Der Arzt will ihn für weitere Untersuchungen ins Krankenhaus einweisen, weil er Blut gehustet hat. Dabei ist er erst einundsechzig.

Caitlin erreichte das Ende des Tagebuchs und fand dort die Einkaufsliste für Weihnachten und verschiedene Notizen, darunter auch eine Zeichnung mit Janes Pflanzplan fürs Frühjahr. Sie wollte das Buch schon schließen, als ihr ein Gedanke durch den Kopf schoss. Rasch blätterte sie zurück zum Eintrag von Silvester. Ihre Mutter hatte Silvestervorsätze geliebt. Was hatte sie sich wohl für das kommende Jahr vorgenommen?

Der letzte Eintrag war sehr ausführlich:

31. Dezember: Das Jahr ist fast zu Ende, nur noch ein paar Stunden, und dann sind weitere zwölf Monate ohne Steve vergangen. Ich vermisse ihn immer noch sehr. Heute war ich in der Kirche, nur um mit ihm zu plaudern. Er hat diese Zeit des Jahres immer geliebt: hochgelegte Füße, eine Dose Quality-Street-Pralinen und ein Glas Portwein neben sich und einen Bond-Film im Fernsehen. Ich versuche aber, mich nicht hängen zu lassen. Das nächste Jahr wird besser, ganz bestimmt. Im nächsten *Jahr tut es bestimmt nicht mehr so weh, und ich werde nicht mehr traurig werden, wenn ich die Fußballergebnisse höre. Ich werde nicht mehr heulen, wenn ein Bruce-Springsteen-Song im Radio läuft, und ich werde das Gemüsebeet wieder herrichten, und zwar so, wie er es gemocht hätte.*

Und ich habe noch einen wichtigen Vorsatz getroffen. Ich werde Caitlin die Wahrheit sagen. Dieses Mal wirklich. Ich kann es nicht ewig hinausschieben, sie hat das Recht, von ihrer leiblichen Mutter zu erfahren. Ich schäme mich, dass ich all die Jahre so ein Feigling gewesen bin. Steve hat immer gesagt, dass wir mit ihr darüber reden sollten, gleich von Anfang an. Das war die einzige Sache, über die wir gestritten haben. Ich wollte nur, dass sie mich liebt. Ich wollte sie nicht verletzen und ihr nicht das Gefühl geben, sie sei nicht gewollt. Ich weiß, dass das egoistisch war. Ich wünschte, ich wäre mutiger gewesen.

Ein Schluchzen entrang sich Caitlins Kehle und sie musste den Blick abwenden. *Oh Mum*, dachte sie, während das Zimmer hinter einem Tränenschleier verschwamm. Es war, als hätte sie eine geheime Botschaft entdeckt, eine Entschuldigung, als hätte Jane sie genau in dem Moment, in dem sie es am meisten brauchte, zu ihren Tagebüchern geführt.

Aber dieses Jahr werde ich den Mut aufbringen. Ich tue es für Caitlin UND für Steve, die beiden Menschen, die ich über alles liebe. Ich werde alles in Ordnung bringen, das verspreche ich.

Das war's für 2004 ... Jetzt ziehe ich meine Glückssachen an und treffe mich mit Maggie und den Mädels auf ein Glas im Partridge. *Auf ein wunderbares 2005!*

Caitlin schloss das Tagebuch und setzte sich auf die Fersen, ein trauriges Lächeln im Gesicht. So viel zu Neujahrsvorsätzen. Ihrer Mutter waren bei Bruce Springsteen (Steves Lieblingsmusiker) regelmäßig die Tränen in die Augen geschossen, und das Gemüsebeet war inzwischen eine farbenprächtige Blumenrabatte. Und ihr wichtigster Vorsatz ... nun ja, den hatte sie eindeutig auch nicht umgesetzt. Aber sie wollte es. Sie hatte die besten Absichten gehabt. Und sie hatte Caitlin so sehr geliebt, dass sie ihr diese Information aus Liebe, und nicht aus Gedankenlosigkeit, vorenthalten hatte.

Caitlin drückte das Tagebuch an die Brust und atmete tief und zittrig durch. »Danke, Mum«, flüsterte sie.

Saffron kam am nächsten Tag an, gerade rechtzeitig zum Mittagessen. Bei Spanakopita und Salat – Caitlin zählte sich mittlerweile zu den treuesten Kundinnen des Delikatessengeschäfts in Larkmead – tauschten sie gemeinsam mit Gemma Neuigkeiten aus. Sie plauderten über den anhaltenden Erfolg von

Sanduhr Designs, Saffrons Freude über ihre Kündigung und dann das Beste – ihr Gespräch mit Max.

»Ihr geht also miteinander aus? Seid ihr wieder zusammen?«, fragte Caitlin hoffnungsvoll.

Saffron sah aus, als würde sie übersprudeln vor Glück. »Na ja, so richtig fest zusammen sind wir nicht«, antwortete sie. »Es ist alles noch sehr frisch, ein paar keusche Küsse, und das war's.« Sie lachte. »Es ist schon ziemlich seltsam. Im Prinzip haben wir das Pferd von hinten aufgezäumt, alles lief irgendwie verkehrt herum. Jetzt fangen wir noch einmal ganz von vorne an – erste Dates, sich besser kennenlernen, und das, obwohl ich mit seinem Baby schwanger bin.« Sie verdrehte die Augen. »Meine Mutter weiß nicht, ob sie darüber den Kopf schütteln oder sich freuen soll.«

Gemma runzelte die Stirn. »Moment mal. Ich dachte, er geht mit einer anderen?«

»Das war nur eine kurze Affäre. Sie sind nicht mehr zusammen.« Saffron hätte, als sie das verkündete, nicht glücklicher aussehen können. Sie grinste übers ganze Gesicht.

»Dann heißt es für euch also Volldampf voraus?«, fragte Caitlin und schenkte ihnen Holunderwein ein. »Dann ist er also langfristig mit an Bord?«

»Ich habe keine Ahnung«, antwortete Saffron. »Ich denke, er weiß es selbst noch nicht. Aber wir raufen uns einfach zusammen und sehen, wie es läuft.« Sie zuckte verlegen mit den Schultern. »Ich mag ihn sehr, wisst ihr. Ich habe mich auf den ersten Blick in ihn verliebt. Und als er sagte: ›Dann lass uns einfach nicht zur Fruchtwasseruntersuchung hingehen.‹ … Das klingt jetzt vielleicht komisch, aber es war so romantisch. Und mutig. Und stark. Ich meine … wer weiß schon, was passieren wird? Das hängt alles noch in der Schwebe. Aber im Moment schaue ich positiv in die Zukunft. Wir bekommen ein

Baby, wir gehen es gemeinsam an und er ist ein toller Mann. Ich glaube nicht, dass er mich sitzen lässt.«

Gemma umarmte sie. »Das klingt einfach großartig. Ich freue mich für dich.«

»Ich auch«, stimmte Caitlin zu. »Schön für euch beide. Und es ist klasse, dass du wieder bei uns bist. Vielleicht sollten wir heute ausgehen? Und darauf anstoßen, dass das Dream-Team wieder zusammen ist?«

Saffron lächelte. »Das wäre wunderbar. Hey, und dabei kann ich Bernie auch gleich die Grüße von Bunty ausrichten. Sie redet immer noch sehr viel von ihm.«

»Das klingt gut«, meinte Gemma. »Ich muss allerdings erst schauen, ob meine Mutter auf die Kinder aufpassen kann.« Sie spießte eine Kirschtomate auf und steckte sie in den Mund. »Aber warum kommt ihr beide nicht zum Essen zu mir? Dann können wir ein bisschen Zeit miteinander verbringen, und wenn Mum nichts dagegen hat und die Stellung hält, hinterher noch zusammen auf einen Drink in den Pub gehen.«

Essen. Ups. Bei ihrer Aufräumaktion hatte Caitlin völlig verschwitzt, dass sie ihren Gast ja auch verköstigen musste – noch dazu einen schwangeren Gast, der sicherlich supergesundes, nahrhaftes Essen brauchte, und davon reichlich. Seit sie allein lebte, ernährte sie sich hauptsächlich von Porridge, Äpfeln und was immer der Deli an diesem Tag im Angebot hatte. Die Schränke waren leer, wurde ihr plötzlich klar. Na, sie war ja eine schöne Gastgeberin! »Also, wenn du sicher bist, dass das in Ordnung ist …«, sagte sie schuldbewusst und erleichtert, weil sie gerade noch mal davongekommen war. Gleich morgen früh würde sie den Supermarkt stürmen, schwor sie sich.

»Das wäre toll«, sagte Saffron. »Ich würde deine Kinder gern kennenlernen.«

»Dann ist das also abgemacht«, sagte Gemma. »Ich fürchte,

unser Haus ist seit der Silvesterparty nicht schöner geworden, aber wenn ihr über die Raufasertapete und die scheußlichen Teppiche hinwegsehen könnt – es gibt reichlich zu essen. Wie hört sich sieben Uhr an?«

Sieben Uhr hörte sich gut an. Sogar sehr gut. Außerdem war Caitlin schon neugierig, wie Karen wirklich war, nach all dem, was ihre Freundin ihr über sie erzählt hatte. Keine Mutter konnte so übel sein, oder?

Als Caitlin und Saffron am Abend vor Gemmas Tür standen, musste Caitlin unwillkürlich an den Silvesterabend denken und wie sie Gemma und Spencer um ihr perfektes Leben beneidet hatte. Das große Haus, das glückliche Paar, die Fotos von Familienurlauben und Kindern mit ordentlich gekämmten Haaren in Schuluniformen … alles Dinge, die sie nicht hatte. Gemma war eine echte Erwachsene, hatte sie gedacht und sich in ihrem mit *Febreze* aufgefrischtem Shirt zwischen all den Cocktailkleidern und hochhackigen Schuhen höchst unwohl gefühlt. Gemma hatte so viel erreicht, während sie gar nichts hatte, außer einem geerbten Cottage und einem gebrochenen Herzen.

Als sie an diesem Tag Gemmas Haus betrat, wurde ihr jedoch schnell bewusst, dass sich dieses damalige Traumleben ziemlich schnell zu einem Albtraum entwickelt hatte. Spencer war seit zehn Tagen verschwunden und steckte wohl in irgendeiner Midlife-Crisis, und statt des Lichterketten- und Diskokugelglanzes der Silvesterparty herrschte jetzt das Chaos. Außerdem war nun auch Karen da, eine große, vollbusige Frau mit heiserem Lachen und jeder Menge Glitzer-Make-up im Gesicht. Sie trug ein Strand-Outfit, ein Batikkleid und Flip-Flops, obwohl der Abend reichlich kühl war.

»Setzt euch, ich hole euch was zu trinken«, sagte Gemma, nachdem sie alle einander vorgestellt hatte. Sie sah ziemlich gestresst aus, die Haare hatten sich aus ihrem Pferdeschwanz gelöst und ihre Wangen waren gerötet. »Will!«, brüllte sie. »Komm und deck den Tisch, bitte. Du bist an der Reihe.«

»Faule Socke«, sagte Karen und zog eine Grimasse. »Das hat er von seinem Dad.«

Caitlin schenkte Karen ein höfliches Lächeln, kam sich aber illoyal dabei vor. »Gems, kann ich dir helfen?«, fragte sie, während ihre Freundin in der Küche umhereilte, hier einen Topfdeckel hob und da einen Pfannendeckel, um den Inhalt zu begutachten, wobei jedes Mal eine Dampfwolke aufstieg.

»Ja, lass uns helfen«, bot auch Saffron an.

»Äh …« Gemma wirkte zerstreut. »WILL!«, brüllte sie erneut. »TISCH DECKEN!« Sie wischte sich die Hände an der Jeans ab. »Entschuldigt. Wir hatten einen kleinen Streit. Er kam wieder mal zu spät und …« Sie verdrehte die Augen. »Würdet ihr euch vielleicht selbst was zu trinken nehmen? Mum kann euch zeigen, was wir haben.«

»Na ja, ich kann euch alles über die Weinvorräte erzählen – oder was davon noch übrig ist«, sagte Karen mit einem Zwinkern und lehnte sich zurück. »Gibt es denn überhaupt andere Getränke?«

Caitlin lächelte erneut aus Höflichkeit. »Wein wäre nett, danke.«

»Für mich bitte etwas ohne Alkohol«, sagte Saffron. »Ein Glas Wasser reicht mir.«

Karen schnaubte. »Wasser? Sie klingen ja wie mein Ex. Polizeikommissar Waschlappen.«

»Sie ist schwanger, Mum«, erklärte Gemma und öffnete den Backofen, um eine rote Kasserolle herauszunehmen.

Karen musterte Saffron, als sähe sie sie zum ersten Mal. »Ah! Sie sind also schwanger. Das Erste, oder?« Sie gab ein bellendes Lachen von sich. »Viel Glück!«

Caitlin bemerkte, wie sich ein Muskel in Saffrons Kiefer anspannte, aber sie schwieg. »Setz dich, Saff«, befahl sie. »Ich kümmere mich um die Getränke.«

»Wo bleibt der Junge denn?«, murmelte Gemma. »Will! WILL!«

In diesem Moment schlenderte Will in die Küche, schlaksig und groß, und hob abwehrend die Hände. »Ist ja gut. Reg dich ab«, murmelte er. Mit den dunklen, dichten Haaren und den breiten Schultern sah er aus wie sein Dad, obwohl er bleicher war und eine finstere Miene machte. Caitlin lächelte ihn strahlend an, während er an ihr vorüberging, aber er ignorierte sie.

Karen warf Saffron einen vielsagenden Blick zu. »Auf so was können Sie sich gefasst machen«, sagte sie hinter vorgehaltener Hand in einem lauten Flüstern. »Teenager – der reinste Albtraum. Nicht wahr, Liebling?«

Will gab ein Knurren von sich und ließ krachend das Besteck auf den Tisch fallen, ehe er wieder hinausstürmte.

»Ich mach das schon«, sagte Saffron und deckte den Tisch.

»Danke«, murmelte Gemma. »Beachtet ihn einfach nicht. Wir machen gerade alle eine schwierige Zeit durch.«

Caitlin schenkte den Wein ein und bekam allmählich das Gefühl, dass sie besser nicht gekommen wären. Vielleicht war ein einsamer Abend zu Hause doch nicht so schrecklich, wie sie gedacht hatte.

Karen pfiff und schlug sich auf die Oberschenkel. »Schwierige Zeit? Dann warte erst mal ab! Bald ist Darcey in dem Alter und das wird noch schlimmer. Mädchen!« Sie zog eine Grimasse und schüttelte den Kopf.

Gemma wandte sich dem Herd zu, aber Caitlin hatte ihr Gesicht gesehen. Sie sah aus, als hätte sie eine Ohrfeige verpasst bekommen. Es war nicht besonders taktvoll von Karen, sich in Gegenwart ihrer Tochter über weibliche Teenager zu beschweren. Dabei hatte sie ihren Hintern immer noch nicht gehoben, um irgendwie zu helfen. Kein Wunder, dass Gemma so aussah, als ob sie mit den Nerven am Ende wäre.

»Das Essen ist fertig. Wascht euch die Hände!«, rief Gemma, an die Kinder gerichtet, und stellte die Kasserolle mit einem Rums mitten auf den Tisch. Als sie den Deckel hob, zog ein köstlicher Duft durch die Küche. Das Hähnchen in Jägersoße brodelte noch. Dann schenkte sie Caitlin und Saffron ein verlegenes Lächeln. »Tut mir leid, dass ihr in diesem Irrenhaus gelandet seid.«

»Nein! Du musst dich nicht entschuldigen. Es war so lieb von dir, uns einzuladen«, sagte Saffron sofort.

»Es riecht lecker, danke«, fügte Caitlin hinzu. Irgendjemand musste Gemma ja mal loben, dachte sie mit einem Seitenblick auf Karen, die immer noch wie eine Königin am Kopfende des Tisches thronte. Jemand musste mal bemerken, wie großartig Gemma sich um ihre Familie kümmerte, sodass alles rund lief. Caitlin hatte das Gefühl, dass Gemma in ihrem Leben noch nicht viel Anerkennung und Aufmerksamkeit bekommen hatte. Sie stellte das größte Glas vor ihre Freundin. »Hier, bitte«, sagte sie nachdrücklich. »Das hast du dir redlich verdient.«

»Diese Runde geht jetzt aber mal auf mich. Was soll ich euch holen, Ladys?«, fragte Saffron.

Wie durch ein Wunder hatte Karen zugestimmt, auf ihre Enkelkinder aufzupassen – Schockschwerenot und Freundlichkeitsalarm! –, sodass Gemma mit Caitlin und Saffron nach dem Essen in den Pub gehen konnte. Caitlin war noch nie zuvor so froh gewesen, ein Haus verlassen zu können. Das Essen war zwar total lecker gewesen, und sie hatte es auch genossen, bekocht zu werden und gemeinsam mit Freunden zu essen. Allerdings hatte Karen pausenlos ihr Gift versprüht, sie war ein echter Drachen. Alles, was Gemma sagte, hatte sie verhöhnt oder niedergemacht. Will hatte sie ständig aufgezogen, bis er mit mordlustigem Blick und grimmiger Miene vor sich hin geschmollt hatte. Sogar Darcey hatte sie einmal zurechtgewiesen, als die Kleine sich beklagte, dass Will mehr Pudding hätte als sie.

»Da klingt aber jemand wie eine verwöhnte kleine Madam, die einen Klaps auf den Hintern verdient hat«, hatte Karen gesagt und ein weiteres Glas Wein geleert.

Erst da hatte Gemma die Beherrschung verloren. »In diesem Haus bekommt niemand einen Klaps auf den Hintern, dass das klar ist«, hatte sie gesagt. »Und wenn du eine richtige Großmutter wärst, würdest du so etwas nicht sagen.« Sie senkte den Blick, als bereute sie ihren Wutausbruch bereits. »Tut mir leid«, murmelte sie. »Aber ich schlage meine Kinder nicht. Niemand tut das.«

Karen hatte nur die Augenbrauen gehoben. »Himmel, Liebes, das ist doch kein Grund, dich derart aufzuführen. Kein Wunder, dass Spencer dich verlassen hat.«

Daraufhin hatte Will mit den Fäusten auf den Tisch geschlagen. »Verdammt noch mal, lass Mum in Ruhe!«, brüllte er und stürmte aus dem Raum.

Gemma schwieg einen Moment. »Es tut mir leid«, sagte sie schließlich.

Caitlin konnte ihren niedergeschlagenen Anblick kaum ertragen. »Keine Sorge«, fing sie an, doch Karen nörgelte schon weiter.

»Der Junge besitzt keine Manieren – ja, genau das ist das Problem deines Sohnes«, sagte sie schnippisch.

»Und dein Problem ist, dass du nicht weißt, wann du mal die Klappe halten musst«, erwiderte Gemma. Sie leerte ihr eigenes Glas Wein und stützte den Kopf in die Hände.

»Nicht weinen, Mum«, sagte Darcey verängstigt und tätschelte Gemmas Arm, während Caitlin und Saffron vielsagende Blicke tauschten. *Arme Gemma,* besagten die Blicke. *Arme, arme Gemma.*

Nun aber saßen sie zum Glück im Pub, und allmählich wich die verlegene Röte aus Gemmas Gesicht. Manche Menschen sind einfach nicht fürs Muttersein geschaffen, hatte Gemma zu Caitlin gesagt, als sie ihr von dem Fund der Adoptionspapiere erzählt hatte. Wie wahr, dachte Caitlin. Vielleicht war Alison, ihre leibliche Mutter, so wie Karen. Die Art von Frau, die ihre Kinder im Stich ließ, eine Frau, die nicht wusste, wie sie liebevoll mit ihnen reden sollte.

Jane war zumindest freundlich und mütterlich gewesen. Sie hatte Caitlin Liebe geschenkt. Sie und Steve waren immer für sie da gewesen und hatten Caitlin eine wunderschöne, beschützte Kindheit ermöglicht. Zum Glück hatten sie sie als ihre Tochter auserwählt, sodass sie in dem Gefühl aufwachsen konnte, gewollt und geliebt zu sein.

»Oh mein Gott«, sagte Gemma und stieß Caitlin mit dem Ellbogen so heftig in die Seite, dass sie fast vom Stuhl fiel. »Siehst du auch, was ich sehe?«

Ist Harry etwa da?, fragte sich Caitlin sofort und sah sich verstohlen im Pub um. Sie hatte ihn seit dem niederschmetternden Gespräch über seine schwangere Freundin nicht mehr gesehen – zum Glück, denn jedes Mal, wenn sie daran dachte, wie sie sich beinahe zum Affen gemacht hätte, wollte sie sich am liebsten in der hintersten Ecke des Küchenschranks verstecken und einen Monat lang nicht mehr rauskommen. Sie konnte ihn jedoch nirgendwo entdecken. Da war Bernie Sykes, der sich mit einer Gruppe rotnasiger Stammgäste unterhielt, ein paar Kerle mit Bierkrügen in der Hand, die das Billardmatch auf dem Fernseher an der Wand verfolgten, und eine angeschickerte Gruppe Frauen, die Cocktails tranken und dabei lautstark plauderten und lachten. Aber von Harry leider keine Spur.

»Was?«, fragte sie verwirrt.

»Schau nicht hin, aber da drüben sitzt Jade Perry, und sie hat tüchtig einen in der Krone. Sie und ihre Freundinnen haben sich eine Reihe Tequilas hinter die Binde gekippt und sind gerade zu Margaritas übergegangen.«

»Wer soll das sein?«, fragte Saffron neugierig.

Die volle Tragweite von Gemmas Worten drang allmählich in Caitlins Gehirn und ihr Atem beschleunigte sich. *Jade Perry? Oh mein Gott. Wow. Hieß das etwa …?* »Soweit ich weiß, bekommt sie ein Kind von Harry«, erklärte sie Saffron und fühlte sich ganz zittrig. »Aber, na ja, wenn sie Tequilas und Cocktails trinkt, dann ist sie wohl nicht mehr schwanger.« Wusste Harry davon? War er wieder Single?

Saffron legte instinktiv die Hände um ihren gerundeten Bauch. »Die Arme«, sagte sie, und Caitlin kam sich wie eine egoistische Kuh vor, die nur an sich selbst dachte.

»Wenn es die Schwangerschaft überhaupt je gegeben hat«, meinte Gemma trocken. »Jade hat einen gewissen Ruf. Es wäre nicht das erste Mal, dass sie versucht, einen Kerl in die Falle zu locken.«

»Schau dir Bernies Miene an«, zischte Saffron. Caitlin wandte sich um und entdeckte eine ungewohnte Kälte im Gesicht des sonst so fröhlichen Wirtes, während er zu der Gruppe lachender Frauen hinübersah.

Gemma hob die Augenbrauen. »Vermutlich dankt er seinem Glücksstern, dass er sie als zukünftige Schwiegertochter los ist.« Sie nippte an ihrem Wein. »Tut mir leid, das klingt ziemlich fies, aber wenn es um Harry geht, kommt bei mir der Gluckeninstinkt zum Vorschein. Er fällt immer auf die falschen Frauen rein.«

Caitlin spürte, wie ihr Gesicht zu glühen begann, und wusste nicht, wo sie hinschauen sollte.

»Du natürlich ausgenommen, Cait«, sagte Gemma und fing ihren Blick auf. »Du wärst gut für ihn.«

»Das war der Kerl mit dem Cowboyhut, oder?«, erinnerte sich Saffron. »Ja, der gefiel mir. Netter Mann.« Sie beugte sich mit verschmitzter Miene vor. »Also, vielleicht ist er ja inzwischen auch wieder Single. Wie interessant …«

Caitlin lachte und ihre Wangen wurden noch heißer. »Oh, hört auf, ihr beiden. Ich weiß gar nicht, warum ihr mich so anschaut.« Aber sie wusste es ganz genau, und ihr Magen schlug Purzelbäume bei dem Gedanken. Harry Sykes war wieder auf dem Markt? Schön, schön, schön. Sie verschränkte die Finger unter dem Tisch und schickte ein kleines Gebet an Amor.

Kapitel 34

Nach dem schönen Abend mit ihren Freundinnen im *Partridge,* der Gemma eine kurze Auszeit vom Alltag verschafft hatte, stand sie am nächsten Tag nur noch eine kleine Krise vom totalen Nervenzusammenbruch entfernt. Sie hatte ihr Bestes gegeben, um eine starke Mutter-Tochter-Beziehung mit Karen aufzubauen, aber allmählich fragte sie sich, ob es dafür nicht schon zu spät war. Sie hatten sich fünfundzwanzig Jahre lang kaum gesehen, daher gab es auch nicht viele Gemeinsamkeiten, auf denen sich aufbauen ließ. Außerdem war Karen kein Mensch, mit dem man leicht warm werden konnte. Es war fast so, als hätte sie eine Fremde im Haus – eine voreingenommene, faule Fremde, die ständig über sie und ihre Familie herzog, und das auf passiv-aggressive Art unter dem Vorwand »Ich mach nur Spaß, nimm doch nicht immer alles so ernst«.

»Ich mag Oma Karen nicht«, gestand Darcey ihr an diesem Abend zur Schlafenszeit flüsternd. »Warum kann sie nicht weggehen und Daddy dafür wiederkommen?«

Kindermund tut Wahrheit kund, dachte Gemma und blickte blind auf die Katzen- und Pferdeposter an der Wand. »Es ist schön, dass eure Großmutter uns besucht. Wir sehen sie sonst ja kaum«, sagte sie schließlich und streichelte ihrer Tochter über die weichen Haare. »Und sie ist meine Mutter, weißt du.«

»Sie ist aber keine nette Mutter«, sagte Darcey in vorwurfsvollem Ton. »Mütter sollten keine gemeinen Sachen sagen.«

Gemma seufzte. *Wem sagst du das, Darcey.* »Ich weiß, Liebes, aber …« Sie rückte die Teddys auf dem Bett ihrer Tochter zurecht, während sie über eine diplomatische Antwort grübelte. Sie sagte ihren Kindern immer: »Wenn du nicht etwas Nettes über jemanden sagen kannst, dann sag lieber gar nichts!« Diese Lektion hätte Karen auch besser mal lernen sollen. »So ist sie nun mal«, sagte sie schließlich matt.

»Und warum kommt Daddy nicht nach Hause? Mag er uns nicht mehr?«

Autsch. Eine schwierige Frage nach der anderen.

»Natürlich mag er uns«, erwiderte Gemma und zog die Decke mit dem Kirschenmuster hoch. »Er macht nur Ferien. Er kommt nach Hause, sobald es ihm besser geht.«

Sie küsste ihre Tochter und verließ rasch das Kinderzimmer, ehe der Kloß in ihrer Kehle noch dicker wurde und sie in Tränen ausbrach. Ihre Gefühle für Spencer hatten sich von Schock zu Furcht, dann in Kränkung (Warum wollte er nicht mit ihr reden?) und Wut (Soll ihn doch der Teufel holen!) und schließlich in Verzweiflung gewandelt. Was ging nur in seinem Kopf vor, dass er immer noch nicht zum Telefon greifen und mit seiner Frau und seinen Kindern sprechen wollte? Was war so schlimm, dass er nicht zu ihnen zurückkommen konnte? Seit fast zwei Wochen war er nun weg, so lange waren sie noch nie voneinander getrennt gewesen. Das Bett war so leer ohne ihn, das Haus so anders.

Komm nach Hause, Spencer, dachte sie zum millionsten Mal, während sie nach unten ging, wo Karen vor dem Fernseher lachte. *Bitte, komm nach Hause.*

Am nächsten Morgen war Gemma mit Darcey in der Küche, als Karen barfuß hereinschlenderte und sich die erste Zigarette anzündete.

»Morgen«, sagte sie heiser, dann fiel ihr Blick auf ihre Enkelin, die sich Zucker über ihr Müsli streute.

»Liebe Güte, Darcey, wie viel Zucker willst du denn da noch draufstreuen? Du willst doch kein kleines Moppelchen werden, oder?«

Gemma erstarrte. *Das war's*, dachte sie zornig. Jetzt reicht es. Das war der Tropfen, der das Fass zum Überlaufen brachte. »Rede nicht so mit ihr«, sagte sie schroff. »Sei nicht so gemein.«

Karen hob abwehrend die Hände, das Gesicht immer noch aufgedunsen vom Schlaf. »Was habe ich denn jetzt schon wieder falsch gemacht«, giftete sie. »Verzeihung, dass ich atme. Verzeihung, dass ich mir um die Gesundheit meiner Enkelin Sorgen mache.«

Gemma schmierte gerade Pausenbrote und hätte ihrer Mutter bei dieser Bemerkung am liebsten Darceys Moshi-Monsters-Brotdose an den Kopf geworfen. Sie ging zu ihr, packte sie am Arm und zog sie mit sich in die Besenkammer, damit Darcey nicht mitbekam, was sie zu sagen hatte. »Du? Du machst dir Sorgen? Das wäre ja mal ganz was Neues«, zischte sie. »Weißt du noch, wie du mich als Kind immer genannt hast? Weißt du das? Ich erinnere mich noch sehr gut daran. Moppelchen. Kleines Moppelchen! So hast du mich genannt, und mal ehrlich, der Name blieb an mir kleben wie Kleister. Ich wurde ihn nicht mehr los, er folgte mir überallhin. Die ganze Zeit, bis ich mir als Teenager nach jedem Essen die Finger in den Hals gesteckt habe, um es wieder auszukotzen, weil ich mir so hässlich und fett vorkam.«

Karen blinzelte, überrascht über die Heftigkeit von Gemmas Ausbruch, aber Gemma war noch nicht fertig.

»Mehr ist mir von dir nicht geblieben«, fuhr sie fort, ohne den rundlichen Arm ihrer Mutter loszulassen. »Ein scheußlicher Spitzname und Schuldgefühle, dass du vielleicht meinetwegen weggegangen bist. Kannst du dir vorstellen, wie ich mich gefühlt habe? Ich war todunglücklich – mit acht! –, weil ich dachte, dass du weggegangen bist, weil ich so moppelig war. So schürt man Selbsthass. Auf diese Weise hast du das Selbstbewusstsein deiner Tochter zerstört.«

»Mir war nicht klar …«, sagte Karen matt.

»Nein. Das war es dir nicht. Und es war dir auch egal. Aber mir ist meine Tochter nicht egal. Oh ja! Ich liebe meine Tochter sehr viel mehr, als du mich je geliebt hast. Daher wäre ich dir dankbar, wenn du nie wieder so mit ihr reden würdest. Wag es nicht, noch einmal etwas zu sagen oder zu tun, durch das sie sich schlecht fühlen könnte, und sag nie wieder solche gemeinen Sachen zu ihr. Denn sie ist liebenswert und sie hat nichts falsch gemacht. Und ich werde nicht zulassen, dass du ihr Selbstbewusstsein ruinierst. Darauf kannst du Gift nehmen!« Ihre Lungen fühlten sich wie zerquetscht an und sie schnappte nach Luft. Sie hatte sich immer so verzweifelt nach Karens Liebe gesehnt, dass sie nie gewagt hatte, sie derart unverblümt zur Rede zu stellen. Sie spürte, dass eine unglaublich große Wut in ihr brodelte. »Hast du mich verstanden? Ist das klar?«

»In Ordnung«, sagte Karen und wich ihrem Blick aus. »Die Botschaft ist angekommen. Kann ich jetzt in Ruhe meine Zigarette rauchen?«

Gemma deutete zur Tür, es war ihr inzwischen egal. »Dann geh«, sagte sie. *Geh und rauch dich zu Tode*, dachte sie. *Wir werden dich nicht vermissen.*

Als Gemma und Darcey an diesem Tag nach Hause kamen, fanden sie das Haus leer vor. Nur ein Aschenbecher voller

Zigarettenkippen neben der Hintertür, ein hinters Sofa gerutschter pinkfarbener Schal und ein schwarzer Spitzentanga im Wäschekorb erinnerten noch an Karens Besuch. Sie hatte sich mal wieder von jetzt auf gleich aus dem Staub gemacht, ohne Vorwarnung oder Erklärung. Weiß der Himmel, wohin sie wollte – eine Bar in Griechenland eröffnen, zurück zu Carlos oder auf den nächsten verfluchten Gummibaum.

Wäre diese Episode ein Jahr früher passiert, wäre Gemma vor Enttäuschung vielleicht in Tränen ausgebrochen, doch inzwischen hatte sie sich eine innere Härte zugelegt, einen starken neuen Schutzschild. Und dann schlang Darcey die kleinen Arme um sie und meinte: »Ich bin froh, dass du meine Mum bist und dass du ganz anders bist als Oma.«

Gemma erwiderte die Umarmung und fand Trost in den Worten ihrer Tochter. Nein, sie war nicht wie Karen. Auf gar keinen Fall. Sie biss sich durch und kniff nicht, sie war loyal denen gegenüber, die sie liebte. Sie würde nie einfach so abhauen und schmutzige Unterwäsche und Zigarettenkippen zurücklassen – niemals. »Und ich bin froh, dass ich dich habe«, sagte sie erstickt. »Richtig, richtig froh. Dass ich dich und Will habe, macht mich zur glücklichsten Mutter der ganzen Welt.«

Karen würde sich nie ändern, wurde Gemma klar, während sie für Darcey einen Toast machte und zuhörte, wie ihre Tochter aufgeregt über ihre Erlebnisse auf dem Spielplatz und die Kaulquappen berichtete, die ihre Lehrerin zur Schule mitgebracht hatte. Karen konnte sich nicht auf magische Weise in die Mutter verwandeln, die sich Gemma immer gewünscht hatte, weil sie gar kein Interesse daran hatte, Mutter oder Großmutter zu sein. Es war nicht Gemmas Schuld, und auch nicht die ihrer Brüder oder ihres Vaters, dass Karen sie verlassen und das Leben als Hausfrau gegen ein Leben voller Sonne und Cocktails eingetauscht hatte. Es war einfach passiert und ließ sich nicht mehr ändern. Das nächste Mal würde sie wissen, dass sie ihre Hoffnungen nicht zu hoch schrauben durfte. Falls es überhaupt ein nächstes Mal gab.

Es klingelte, als sie den Toast auf den Tisch stellte, und Gemma hoffte, dass Karen nicht doch noch auf ein letztes Wort zurückgekommen war. Sie konnte keinen weiteren Wirbel vertragen.

Als sie die Tür öffnete, glaubte sie, ihren Augen nicht zu trauen, denn Will stand davor, mit einem blauen Auge, einem zerrissenen T-Shirt und ausgerechnet Judy im Schlepptau.

Gemma schnappte nach Luft. »Was ist passiert? Oh mein Gott, Will. Wer hat das getan?«

Will drückte sich an ihr vorbei. »Es war nicht meine Schuld«, murmelte er und ließ die Schultasche im Flur auf den Boden plumpsen.

»Ich war auf dem Rückweg vom Krankenhaus«, erklärte Judy, »als ich ihn ganz allein in der Ladenzeile herumschlendern sah. Er wurde in eine Prügelei verwickelt, hat er gesagt.«

Gemma lehnte sich gegen den Türrahmen und wünschte, das Universum würde ihr verdammt noch mal nur fünf Minuten Pause gönnen. Hörte das denn nie auf? Wenn es nicht ihr Mann war, war es ihre Mutter, und wenn sie es nicht war, ihr Sohn. Und nun hatte Judy eine weitere Familienkrise miterlebt. »Eine Prügelei«, rief sie entsetzt.

»Ja, so wie es ausschaut.« Judy zögerte. »Oh, Liebes, du siehst völlig fertig aus. Ist alles in Ordnung?«

Die Freundlichkeit in ihrer Stimme traf Gemma unvorbereitet. Und noch ehe sie ihr Schutzschild hochziehen und Judy mit einem höflichen »Es geht uns gut« abwimmeln konnte, brach sie vor Erschöpfung in Tränen aus. Ohne zu zögern kam Judy herein und nahm sie fest in den Arm.

»Na, na, Kleines, wein dich ruhig aus«, sagte sie tröstend. »Es ist schon in Ordnung. Keine Sorge.«

Es war nicht in Ordnung, keineswegs. Ihr Familienleben war schon so lange nicht mehr in Ordnung, dass Gemma allein beim Gedanken, wie schrecklich doch alles war, noch mehr schluchzen musste. Und was für eine Wohltat war es, sich an der Schulter eines anderen ausweinen zu können, obwohl sie diesen Jemand zuvor immer als Bedrohung empfunden hatte. Allein die Vorstellung, dass sie ihren Rotz über Judys Pulli verteilen könnte, ließ die Tränen schließlich versiegen.

»Du hattest es in letzter Zeit wirklich schwer«, sagte Judy, öffnete ihre Handtasche und zog ein Päckchen Papiertaschentücher heraus. »Hier, bitte.« Unentschlossen blieb sie stehen, während Gemma sich die Nase putzte. »Soll ich uns eine Tasse Tee kochen? Wenn du viel zu tun hast, will ich dich nicht aufhalten, keine Sorge. Aber falls du reden möchtest – ich habe es nicht eilig.«

Wieder lag Gemma ein Nein auf der Zunge und sie verspürte das Bedürfnis, Judy auf Armeslänge von sich fernzuhalten, aber sie wusste nicht mehr, warum sie sie eigentlich nicht leiden konnte. »Das wäre nett«, sagte sie matt. »Danke.«

Später am Abend holte Gemma die Wahrheit aus Will heraus. Wie es schien, hackte eine Gruppe von Jungen schon eine ganze Weile auf ihm herum, zunächst, weil er kein Geld hatte, und seit Kurzem, weil sein Dad »durchgedreht« sei, wie er es grimmig ausdrückte. Die Sache hatte sich zugespitzt, als Will die Beherrschung verlor, in eine Prügelei geriet und danach die Schule verließ.

»Tut mir leid, Mum«, murmelte er. »Ich habe es einfach nicht mehr ausgehalten. Ich hasse Dad dafür, dass er sich aus dem Staub gemacht hat und so fies zu uns ist. Und Oma Karen ist mir auch auf die Nerven gegangen. Tut mir leid«, sagte er erneut und sah sie schuldbewusst an. »Ich weiß, sie ist deine Mum und so, aber …«

»Es ist in Ordnung«, beruhigte sie ihn. »Ich bin die Erste, die zugibt, dass sie kein einfacher Mensch ist.« Sie legte einen Arm um ihn und konnte ihm einfach nicht böse sein. »Du weißt doch, dass sie Opa, mich und deine Onkel hat sitzen lassen und ohne ein Wort gegangen ist. So wie dein Dad. Ich verstehe daher sehr gut, wie du dich fühlst – verwirrt und wütend und verletzt. Es hat lange gedauert, bis ich mir nicht mehr die Schuld an ihrem Fortgehen gegeben habe. Ich dachte, es müsste meine Schuld sein, aber das war es natürlich nicht.«

Er schwieg.

»Und niemand ist schuld daran, dass Daddy gegangen ist. Nicht du, nicht ich und Darcey auch nicht. Okay?«

Er nickte und scharrte mit dem Fuß über den Teppich. Sie waren in seinem Zimmer, saßen auf dem Bett, und sie widerstand nur mit Mühe der Versuchung, sein angeschlagenes Gesicht zu küssen und sich dann auf den Weg zu machen, diesen Jungs selbst eine Abreibung zu verpassen. Sie hatte ihm Arnika gegen die blauen Flecke gegeben und Pizza, um ihn aufzumuntern, aber es würde ein paar Tage dauern, bis die Blutergüsse verheilt waren. Zum Glück war Judy da gewesen, um ihn nach Hause zu bringen. *Danke, Judy*, dachte sie zum hundertsten Mal. *Ich schulde dir was.*

»Es tut mir leid, dass du all das allein durchmachen musstest«, sagte sie. »Die anderen Jungs in der Schule meine ich, und das Mobbing. Es tut mir leid, dass ich so sehr mit meiner Arbeit und allem beschäftigt war, dass du nicht zu mir gekommen bist, um mit mir zu reden. Aber ich gehe nirgendwohin, weißt du. Ich bleibe bei dir und Darcey. Und ihr steht bei mir immer an erster Stelle, okay? Und das meine ich auch so.« Der

Himmel wusste, dass sie das tat. Sie erinnerte sich, dass ihr Dad damals eine ähnliche Rede gehalten hatte, mit grimmiger, entschlossener Stimme, und es hatte ihr Sicherheit gegeben. Auch ihre Kinder sollten wissen, dass sie immer hinter ihnen stehen würde.

»Danke, Mum.«

»Dieses Jahr verläuft ziemlich seltsam, ich weiß. Wir alle machen eine schwere Zeit durch. Deshalb ist es auch so wichtig, dass wir zusammenhalten und einander helfen – ich, du und Darcey. Wir sind ein Team. Und sobald Dad zurück ist ...«, falls er je zurückkommt, dachte sie und verzog das Gesicht, »... dann wird er auch wieder im Team sein, okay?«

Will nickte erneut.

Sie lehnte sich einen Moment an ihn, ihren täglich ein Stück größer werdenden Sohn mit Pickeln auf der Stirn, ihren Sohn, der sich gegen ihre eigene Mutter für sie eingesetzt hatte und der seinen Vater so sehr vermisste, dass er auf die Jungs, die ihn quälten, eingeschlagen hatte. Er steckte mitten in der Pubertät, aber er war immer ein ruhiger, zurückhaltender Junge gewesen. Nie zuvor hatte er sich auf eine Prügelei eingelassen oder einen Streit provoziert. »In der Zwischenzeit haben wir Opa und deine Onkel und unsere Freunde ...«, fuhr sie fort. »Und wir werden zurechtkommen. Wir stehen das gemeinsam durch.«

»Und Judy«, sagte er.

»Und wir haben Judy«, stimmte Gemma zu. Sie hatte Judy völlig falsch eingeschätzt. Sie musste sich eine gute Entschuldigung einfallen lassen, damit sie noch einmal ganz von vorn anfangen konnten. Himmel, das Leben war manchmal ziemlich kompliziert.

Als sie Wills Zimmer verließ und nach unten ging, beschloss sie, dass es ihr nun endgültig reichte. Sie konnte nicht länger hinnehmen, dass Spencer nicht mit ihr sprechen wollte, wenn sie bei Jonny anrief. Allerdings konnte sie im Moment wegen der Kinder und ihrer Arbeit auch nicht nach Newcastle fahren und Spencer davon überzeugen, nach Hause zu kommen. Dennoch wollte sie ihm ein Zeichen der Versöhnung schicken. Sie musste die Initiative ergreifen. In Gesundheit und Krankheit, erinnerte sie sich. In guten wie in schlechten Zeiten. Sie beide hatten ziemlich verletzende Dinge zueinander gesagt, aber eine gute Ehe musste so etwas aushalten. Sie war nicht wie Karen, die türmte, wenn es schwierig wurde. Ihre Ehe war es wert, gerettet zu werden, und sie würde verdammt noch mal darum kämpfen.

Sie machte es sich in ihrem Lieblingssessel mit Notizblock und Stift bequem und versuchte, ihre Gefühle in einen Brief zu fassen.

Lieber Spencer,

hallo! Ich hoffe, es geht dir gut. Ich habe, seit du weg bist, sehr viel über dich nachgedacht, über uns und unsere Ehe. Und obwohl dieses Jahr ziemlich schlecht für uns lief, musste ich daran denken, dass das nicht immer so war. Wir hatten so viele glückliche Zeiten, Spence. So viele herrliche, wunderbare Momente.

Weißt du noch, wie ich dir bei einem unserer ersten Dates dieses Mixtape geschenkt habe und du mich aufgezogen hast, weil ich New Kids on the Block und Kylie & Jason mochte? Keine Sorge, ich mach dir keine neue Kassette. Stattdessen möchte ich eine Greatest-Hits-Sammlung von uns aufstellen: Gemma und Spencer, Volume 1. Weil ich denke, dass uns etwas ganz Besonderes verbindet. Nur für den Fall, dass du es vergessen hast.

Also, gleich auf Platz fünf: die Ferien auf Mallorca, vor den Kindern.

Oh mein Gott!! Es gibt so viele witzige Erinnerungen an diesen

Urlaub. Der Moment, als du am Flughafen gedacht hast, du hättest deinen Pass vergessen, und deinen Dad zu deiner Wohnung geschickt hast, damit er sie auf den Kopf stellt, und wie du ihn dann an dem »sicheren Ort« ganz unten in deiner Reisetasche gefunden hast. Ich, wie ich wie Madonna in der Disco abgerockt habe und dann auf diesem verdammten Eiswürfel ausgerutscht bin und vor all den Leuten mit dem Hintern den Boden gewienert habe. Die Cocktails auf dem Balkon unseres Zimmers, wie wir uns für wahre Weltenbummler gehalten haben, bis der Wind die Tür zugeschlagen hat und wir stundenlang draußen festsaßen! Oh, und erinnerst du dich noch an diesen Moment im Meer? Also, ich schon, sehr gut sogar …

Widerstrebend ziehe ich weiter zur nächsten Platzierung (tata!) auf Platz vier: Southwold Beach, am Valentinstag vor fünfzehn Jahren. Einer der glücklichsten Tage meines Lebens – nur du, ich, der leere Strand und ein Verlobungsring. Es war perfekt, Spence. So perfekt. Und als wir anschließend zum Feiern in den Pub gegangen sind, weißt du noch, da hast du jedem verkündet: »Ich heirate diese Frau!« Wir haben den ganzen Abend Freigetränke bekommen. Und dann waren wir natürlich völlig dicht und konnten nicht nach Hause fahren. Wir sind in dieser seltsamen Pension gelandet und haben beide am nächsten Tag bei der Arbeit blaugemacht … Ich fand's großartig. Ich war überglücklich, weil du so stolz auf mich warst, dass du es der ganzen Welt mitteilen wolltest, angefangen mit jedem einzelnen Gast im Lord Nelson Pub. *Das war wirklich ein ganz besonderer Tag.*

Auf zu Nummer drei: Korsika, vor zwei Jahren in den Sommerferien.

Ich hätte viele Familienurlaube wählen können, weißt du. Sie alle sind in der Greatest-Hits-Sammlung vertreten. Aber einer sticht besonders hervor. Das liegt nicht nur am fantastischen Wetter und der herrlichen Landschaft (die Farbe des Meeres, weißt du noch? Ich konnte mich gar nicht wieder einkriegen!). Nein, er sticht hervor, weil es der erste Urlaub mit den Kindern war, der sich wieder wie Urlaub anfühlte. W & D waren nun alt genug, dass wir so viele lustige Sachen mit ihnen unternehmen konnten – schnorcheln, diese Bootsfahrt, der Ausritt am Strand … Oh, es war herrlich! Ich wünschte, wir könnten das noch mal machen (und das könnten wir, Spence. Darauf will ich hinaus. Wir könnten es!)

Ich erinnere mich noch gut daran, wie ich dir in der Villa Kakaobutter auf deine warmen, gebräunten Schultern gerieben und gedacht habe, wie unglaublich glücklich ich mich schätzen kann, weil ich in meiner Familie all das finde, was ich mir je gewünscht habe.

Nummer zwei: unser Hochzeitstag in der Kirche von Larkmead.

Wo fange ich an? Ich vergesse nie, wie ich am Arm meines Vaters zum Altar geschritten bin und dich dort stehen sah. Gab es je einen attraktiveren, witzigeren, liebevolleren, loyaleren Ehemann? Ich glaube nicht.

Die Sonne schien, unsere Freunde und Familien feierten mit uns, und du hattest Tränen in den Augen, als du das Ehegelübde geleistet hast, du Riesen-Softie. (Ich liebe dich dafür.) Es war ein wundervoller Tag. Ich glaube, ich habe unentwegt gelächelt. Und nach dem Essen und den Reden und unserem Tanz (Whitney!!) und der Disco saßen wir endlich im Taxi, um unsere Hochzeitsnacht in diesem schicken Hotel zu verbringen, nur wir beide, ich in diesem riesigen Kleid und du im Anzug … Wenn ich an den Augenblick denke, in dem wir losgefahren sind und uns angesehen haben, bekomme ich jetzt noch Gänsehaut. »Hallo, Mrs Bailey«, hast du gesagt, ein wenig angeschickert und sexy. Ich sag dir, ich wäre damals auf dem Rücksitz vor Lust fast auf der Stelle explodiert.

NUMMER EINS!

Okay, ich schummele hier ein wenig, denn eigentlich stehen gleich zwei herrliche Momente an der Spitze, aber ich könnte sie nicht voneinander trennen. Es sind natürlich die Tage, an denen unsere

Kinder geboren wurden – unser wunderschöner Sohn mit den ernsten Augen und unsere strahlende tanzende Tochter. Mir stehen im Augenblick die Tränen in den Augen, wenn ich an diese kostbaren Momente denke – wie ich, ein neugeborenes Baby, das sich in meine Arme kuschelt, in deine Augen schaue und vor Liebe fast zerfließe. Weißt du noch, was du bei der Geburt von Darcey gesagt hast? Jetzt sind wir alle hier. Unsere Familie ist komplett, und ich dachte nur: Ja. Genau. Nichts wird diese beiden besonderen Tage je übertreffen. Sie haben einen ganz besonderen Platz in meinem Herzen, sind dort eingeschlossen wie ein Schatz in einem Tresor. Und das haben wir vollbracht, Spence. Wie glücklich waren wir doch.

Es gibt also fünf (okay, sechs) glückliche Momente in der Geschichte von Gemma und Spencer, über die du lächeln kannst. Ich hätte noch Tausende weitere herauspicken können, denn du bist schon seit Langem der Dreh- und Angelpunkt in meinem Leben. Ich weiß nicht, was die Zukunft bringen wird – das weiß wohl niemand. Aber ich weiß, dass wir eine fantastische gemeinsame Vergangenheit hatten, und die kann uns niemand nehmen. Ich fände es schön, wenn wir noch mehr gemeinsame glückliche Momente schaffen würden. Du nicht auch? Ich möchte die ganzen Streitereien hinter uns lassen und mit dir in den Sonnenuntergang reiten.

Wir sind alle hier, Spence, und warten auf dich, wann immer du bereit bist, wieder nach Hause zu kommen.

In Liebe, Gemma x

Als sie den Brief beendete und Jonnys Adresse nachschlug, kullerten ihr Tränen übers Gesicht. Das war wohl das Romantischste, was sie je getan hatte. Aber würde es auch reichen?

Kapitel 35

Seit dem Abend im *Partridge,* an dem sie gesehen hatte, wie die nicht-mehr-werdende Mutter Jade sich mit ihren Freundinnen die Kante gab, fragte sich Caitlin, ob sie wegen Harry Sykes etwas unternehmen sollte – und wenn ja, was. »Es ist bestimmt noch viel zu früh«, sagte sie am darauffolgenden Montag bei der Arbeit, als Gemma das Thema zur Sprache brachte. »Wenn er gerade erst sein Baby verloren hat, braucht er sicher ein bisschen Zeit, um darüber hinwegzukommen.«

»Stimmt«, antwortete Gemma. »Meinen Quellen zufolge, und damit meine ich die Mütter auf dem Spielplatz, war Jade aber gar nicht schwanger. Sie war wütend, weil er sie abserviert hat, und wollte ihm eins auswischen.«

»Eine ausgesprochen nette Person, wie es scheint«, bemerkte Saffron und verdrehte die Augen.

»Ich weiß. Die völlig falsche Frau für Harry, oder?«

Nicht schon wieder. Caitlin zappelte auf ihrem Stuhl herum. »Hört mal, ich kenne ihn doch kaum. Ja gut, es gab diese seltsame Chemie zwischen uns an Silvester, und es war sehr nett von ihm, mich nach Cambridge zu fahren, aber …« Sie zuckte mit den Schultern. »Mehr hatte ich in letzter Zeit nicht mit ihm zu tun. Vielleicht ist er ja ein Volltrottel, was weiß ich.«

»Spoileralarm: Das ist er nicht«, erwiderte Gemma, während

sie einen Spitzenbesatz an ein rotes Cocktailkleid nähte. »Er ist ein toller Kerl, Cait, glaub mir.«

»Und es sah so aus, als wäre er auch an dir interessiert«, fügte Saffron hinzu. Sie schaute auf ihren Bauch. »Wenn ich eines in diesem Jahr gelernt habe, dann, wie wichtig es manchmal ist, den ersten Schritt zu tun. Das Risiko zu wagen, eine Chance zu ergreifen und die Karten auf den Tisch zu legen.«

»Absolut«, stimmte Gemma zu. »Ich gehe neuerdings ziemlich oft Risiken ein und ergreife viele Chancen – und schau, wo mich das hingebracht hat!«

»Genau«, sagte Saffron. »Ich sag ja nicht, geh und schmeiß dich ihm an den Hals, Cait, aber …«

»Ich schon«, warf Gemma ein.

»Aber atme einmal tief durch und sei mutig. Was kann denn schon Schlimmes passieren? Dass er Nein sagt. Okay, das würde an deinem Ego kratzen, aber dann wüsstest du wenigstens, woran du bist.«

»Hmm. Und es wäre ja auch überhaupt nicht peinlich, ihm ständig im Dorf über den Weg zu laufen, stimmt's?«

»Ich bin ganz Saffrons Meinung«, sagte Gemma. Okay, sie verbündeten sich also gegen sie. »Du musst es wenigstens versuchen. Mehr kann man eh nicht tun, oder?« Ihr Mund zuckte plötzlich, als ob ihr eine Idee gekommen wäre. »Also gut«, sagte sie, griff sich ihr Handy und scrollte durch die Kontaktliste. »Ich werde ein wenig nachhelfen.«

Und ehe Caitlin etwas sagen oder sie zurückhalten konnte, drückte sie auf das Display und hielt sich das Handy ans Ohr. »Harry? Hallo, ich bin's, Gemma. Ja, gut, danke. Nein, immer noch kein Wort von ihm. Deshalb rufe ich an. Hast du vielleicht was von ihm gehört? Oh, okay. Keine Sorge. Das wäre ja auch ein zu schöner Zufall gewesen.« Sie zwinkerte Caitlin zu. »Das ist aber ruhig bei dir. Bist du heute gar nicht auf der Baustelle? Oh, klar. Nein, kein Grund, ich bin nur neugierig. Also, dann lass ich dich mal weitermachen. Danke dir. Tschüss, Harry.« Sie beendete das Gespräch und grinste Caitlin an.

»Was? Warum schaust du so?«

»Ich habe etwas Interessantes herausgefunden. Er ist heute zu Hause und hat frei.«

»Wie praktisch«, meinte Saffron unschuldig.

Sie hatten sich tatsächlich gegen sie verschworen. Unwillkürlich brach Caitlin in Lachen aus. »Äh, hallo? Ich kann doch nicht einfach zu ihm gehen und an seine Tür klopfen.«

»Oh doch, das kannst du«, erwiderte Gemma.

»Ich denke, du solltest dir heute Nachmittag freinehmen«, stimmte Saffron zu.

»Ja, nur zu. Wir brauchen dich heute nicht.« Gemma grinste.

»Der Laptop fährt runter in zehn … neun … acht …« Saffrons Hand schwebte über dem Schalter.

Meinten sie das ernst? Caitlin drückte auf der Website, die sie für Yummy Mummy aktualisiert hatte, rasch auf »Speichern«, denn auch Gemma hatte nun mit dem Zählen angefangen.

»Sieben … sechs … fünf …«

»Ihr spinnt doch alle beide«, stellte Caitlin fest, während sie hektisch Knöpfe drückte.

»Vier … drei … zwei … eins … Oje, wir haben keinen Strom mehr.« Saffron schaltete den Laptop aus.

Das Gedudel beim Herunterfahren war zu hören, dann wurde der Bildschirm schwarz.

»Möchtest du dir ein Kleid für dein Vorhaben borgen?«, fragte Gemma zuckersüß.

»Nein!«

»Soll ich dir Make-up auflegen?«

»Nein! Also echt, ihr zwei seid unmöglich!« Sie stand auf,

völlig verlegen. »Okay, ich gehe. Zufrieden? Ich gehe und mache mich vermutlich total lächerlich, und das ist dann allein eure Schuld.«

»Okay, von mir aus.« Gemma sah nicht im Mindesten beeindruckt aus.

»Das ist mein voller Ernst. Ich werde euch zur Verantwortung ziehen, falls das schiefgeht.«

»Ja, ja, das haben wir schon verstanden.« Saffron tippte ungerührt auf ihrer Tastatur herum. Auch sie ließ sich von Caitlins Drohungen nicht aus der Ruhe bringen.

Es blieb ihr nichts anderes übrig, als sich Harrys Adresse zu besorgen und zu ihm zu gehen. Und das tat sie dann auch.

Das ist so was von albern, dachte Caitlin, als sie fünf Minuten später die Straße entlanglief. *Der komplette Wahnsinn. Seit wann lasse ich mir von Gemma und Saffron vorschreiben, was ich in meinem Liebesleben zu tun habe?*

Es dauerte nicht lange, bis ihr lästiger Verstand ihr die Antwort servierte. *Vielleicht, seit du so ein Feigling geworden bist?*

Ja, gut, dachte sie verärgert. *Wer hat dich überhaupt gefragt?*

Oh, das würde peinlich werden. Ihre Fußnägel rollten sich beim Gedanken an die bevorstehende Demütigung bereits auf. Harry würde sie verwundert ansehen – mit einer Miene, die besagte: Was zum Teufel willst du denn hier? Und sie würde irgendeinen Unsinn stammeln, woraufhin er sie vermutlich für eine Stalkerin hielt oder eine durchgeknallte Irre. Noch ehe sie es sich versah, würde er ein Kontaktverbot erwirkt haben und sie würde in Schande aus Larkmead wegziehen müssen und …

Mach mal langsam, Cait. Du klingst tatsächlich total durchgeknallt. Hör auf damit. Bring's einfach hinter dich.

Obwohl … eigentlich musste sie das ja nicht wirklich durchziehen. Sie könnte sich stattdessen auch eine halbe Stunde im

Frühlingssonnenschein auf die Dorfwiese setzen, dann nach Hause gehen und den beiden erzählen, dass es absolut katastrophal gelaufen sei und sie nicht darüber reden wolle. Sie könnte die Zeit sogar im Pub bei Bernies berühmten Bacon-Sandwiches totschlagen. Das ist doch mal eine Option, dachte sie und blieb stehen. Es war fast eins und sie hatte Hunger.

Ihr Handy kündigte piepsend eine SMS an. *Komm ja nicht auf den Gedanken zu kneifen, Missy*, las sie. Gemma natürlich, die verflixte Kupplerin. Sie würde sie ernsthaft dafür umbringen. Und Saffron auch. Ein Doppelmord.

Sie war noch zwei Straßen entfernt und wurde allmählich nervös, und natürlich suchte sich ihr Unterbewusstsein genau diesen Moment aus, um sie an all die hässlichen Sachen zu erinnern, die Flynn in seinem letzten Brief geschrieben hatte. Die Worte stachen ihr in die Haut wie kleine spitze Anglerhaken. *Du blödes Miststück. Du SPINNST doch TOTAL. Ernsthaft. Du solltest mal deinen Geisteszustand untersuchen lassen. Du bist nicht mal attraktiv. Du bist eine verdammte LACHNUMMER.*

Sie blieb erneut mitten auf der Straße stehen. Ihr Kopf schwirrte von all den Beschimpfungen. Oh Gott. Nein. Das war Irrsinn. Was tat sie denn hier bloß?

Dann erklang eine andere Stimme in ihrem Kopf. Eine weiche, warme Stimme mit schottischem Akzent. *Du bist ein hübsches, liebenswertes Mädchen, weißt du das?*

Ihre Unterlippe zitterte. *Oh Mum.* Jane … wie auch immer sie sie nun nennen sollte. Sie erinnerte sich, wie sie früher auf dem Schoß ihrer Mutter gesessen und sich die Augen wegen der Jungen aus ihrer Klasse ausgeweint hatte, die sie langer Lulatsch genannt hatten, und sie war sich vorgekommen wie ein hässliches, spindeldürres Insekt.

Doch, das bist du. Das hübscheste, witzigste, süßeste Mädchen, das es gibt. Manchmal tun mir die anderen Mamis direkt leid, weil ich weiß, dass ich das beste kleine Mädchen der Welt habe.

Caitlin setzte sich auf eine Gartenmauer am Straßenrand, als die Erinnerung süß und frisch in ihr aufwallte. Ihre Mutter hatte immer dafür gesorgt, dass sie sich besser fühlte. Vielleicht war es an der Zeit, sich auf Janes Worte zu konzentrieren, statt sich auch nur eine Sekunde länger mit Flynns Beleidigungen niederzumachen.

Du kannst alles tun, was du willst, Caitlin. Alles! Was auch immer dich glücklich macht.

Das hatte sie gesagt, als Caitlin eines Tages, die Jacke schon in der Hand, nach dem Sonntagsessen gemurmelt hatte, dass sie keine Krankenschwester mehr sein wollte und stattdessen lieber einen künstlerischen Beruf ergreifen wollte. Janes Gesicht hatte sich gerötet und ihre Augen blickten traurig, aber nachdem sie den ersten Schock überwunden hatte, gab sie Caitlin ihren Segen und unterstützte und ermunterte sie während ihrer Collegezeit und bei ihrem ersten neuen Job.

Das war Liebe, oder? Die Liebe einer Mutter, ungeachtet aller Biologie.

Der Gedanke gab ihr Mut. Was hätte Jane wohl gesagt, wenn sie Caitlin nun auf der Mauer sitzen hätte sehen können, unschlüssig, was sie wegen Harry tun sollte?

Die Antwort schoss ihr so schnell durch den Kopf, als säße Jane neben ihr.

Zieh es durch, Täubchen. Hör auf, wie die Katze um den heißen Brei zu schleichen, und sei mutig! Und steh bald mal wieder von dieser Mauer auf, ja? Du bekommst sonst noch Hämorrhoiden.

Tja, also dann. Sie tat besser, wie ihr geheißen.

Sie sprang von der Mauer und machte sich auf den Weg. Gleich darauf lief sie die Bridge Street entlang, Harrys Straße, die links und rechts von einer Reihe roter Backsteinhäuser gesäumt wurde, deren Türen jede eine andere Farbe hatte. An seinem Haus, der Nummer siebzehn, war eine hellrote Tür. Rot für Gefahr, dachte sie und fühlte sich wie das reinste Nervenbündel.

Okay. Also los. Sie würde anklopfen und fragen, ob er Lust hatte, mal mit ihr was trinken zu gehen. Vielleicht könnte sie auch vorgeben, dass sie eine andere Handwerkerarbeit bei sich im Haus zu erledigen hatte? Ja. Die Idee war viel besser. Das war definitiv …

Huch.

Die Tür öffnete sich unvermittelt, ohne dass sie geklingelt hatte.

»Hallo«, sagte Harry grinsend. »Komm rein.«

Das war seltsam. Ziemlich seltsam. Fast so, als hätte er sie erwartet. Hatte er sie etwa erwartet? *Nein, du dumme Nuss. Woher hätte er denn wissen sollen, dass sie auf dem Weg zu ihm war?*

Sie folgte ihm in ein kleines, gemütliches Esszimmer. Der Tisch war mit einem weißen Tischtuch bedeckt. Darauf standen eine Käseplatte und Schinken vom Metzger, ein Glas mit eingelegten Gurken, eine Schüssel mit grünem Salat und ein knuspriger Brotlaib. »Oh, die Tomaten«, sagte er. »Warte hier, ich hole sie schnell. Was möchtest du trinken?«

Sie fühlte sich wie in einem seltsamen Traum oder einer Szene aus einem Theaterstück. »Äh, erwartest du jemanden zum Mittagessen?«, fragte sie. »Ich bin nur kurz vorbeigekommen, um …« Sie überlegte, welches ihrer elektrischen Geräte eine Reparatur nötig haben könnte, aber ihr Kopf war ärgerlicherweise wie leer gefegt.

Er kam mit einer kleinen Schüssel halbierter Tomaten zurück. Ihre glänzende Haut war mit Meersalz und schwarzem Pfeffer bestreut. »Setz dich doch«, sagte er, bevor ihr ein Vorwand eingefallen war.

Sie sah erst ihn, dann die Tomaten an und schließlich die Weingläser, die er auf den Tisch stellte, und schüttelte den Kopf. »Ich … ich verstehe nicht«, gab sie zu.

»Tja, ich dachte, ich kürze die Sache ein wenig ab«, meinte er. »Ja. Tolle Idee, ich würde gern mit dir ausgehen.« Er grinste sie an, wobei ein Grübchen in seiner linken Wange erschien. »Und ich hoffe, es ist nicht zu unverschämt von mir, aber ich dachte, ich nehme die Sache in die Hand und organisiere schon mal unser erstes Date. Das ist es übrigens. Ich hoffe, du bist keine Vegetarierin, oder doch?«

»Nein«, stammelte sie. »Nein, ich bin keine Vegetarierin. Aber woher wusstest du …?« Die Antwort gab sie sich gleich selbst. Natürlich. »Gemma steckt dahinter, stimmt's?« Sie hätte es von Anfang an wissen müssen. Hatten sie das Ganze etwa gemeinsam ausgeheckt?

Er entkorkte eine Flasche Pinot Grigio. »Ja und Nein. Ich wollte dir das schon vor ein paar Wochen vorschlagen, aber dann ist mir Jade mit ihrer eingebildeten Schwangerschaft in die Quere gekommen.« Seine Augen verdunkelten sich. »Am Samstag habe ich dann zufällig Gemma getroffen, als sie einen Brief an Spencer in den Postkasten warf. Der romantischste Brief, den sie je geschrieben hat, behauptet sie. Sie hat mir nur den nötigen Anstoß gegeben, auch etwas Romantisches für dich zu tun, mehr nicht.«

Caitlin erinnerte sich daran, wie Gemma und Saffron am Morgen miteinander in die Küche gegangen waren und verdächtig lange nicht mehr zurückgekommen waren. Sie hatte gedacht, sie redeten über Müttersachen, aber jetzt sah sie das anders. Vielleicht steckten alle drei hinter dieser Sache. »Ja, Gemma hat auch mir einen Schubs gegeben«, sagte sie. »Man könnte sagen, der Schubs fiel so heftig aus, dass sie mich praktisch aus meinem eigenen Haus geworfen hat!«

Er schenkte Wein ein und reichte ihr ein Glas. »Du bist doch hoffentlich nicht sauer, dass wir das ausgeheckt haben? Ich konnte einfach nicht widerstehen, den Versuch zu wagen. Ich schwöre dir, ich bin kein Vollidiot wie dein Ex. Ich habe auch keine riesigen Porträts von mir irgendwo im Haus hängen.«

Er hatte so schöne blaue Augen. Ein beruhigendes warmes Blau, nicht so kühl und gefühllos wie das in Flynns Augen.

»Nein, ich bin nicht sauer«, sagte sie und ihr Herz machte einen Sprung vor Freude. Er hatte Sommersprossen auf der Nase, fiel ihr auf, kleine helle, sandfarbene Tupfer, fein wie Puderzucker. Am liebsten hätte sie sich vorgebeugt und jede einzelne davon geküsst. Dann lachte sie. »Ich frage mich allerdings, ob die Zehn-Dates-Regel noch gilt.«

»Die was? Oh, Mist. Die hatte ich total vergessen.« Er grinste. »Ich denke, da ist eine Änderung fällig, es wird eine Fünf-Dates-Regel. Aber verrate es nicht meiner Schwester.«

»Das würde ich nie wagen.«

»Oder noch besser, eine Drei-Dates-Regel ...« Er hielt ihren Blick fest, und ihr kam es vor, als würde sie innerlich zerfließen. Drei Dates? Sie war sich nicht sicher, ob sie so lange warten konnte. »Ich weiß nicht, was ich sagen soll«, sagte sie. »Aber danke. Das sieht gut aus.« Sie hob ihr Glas. »Auf erste Dates.«

»Auf erste Dates«, wiederholte er und stieß sein Glas an ihres.

Erste Dates, sich einmischende Freundinnen und Wein zum Mittagessen. Eine unwiderstehliche Kombination. Caitlin beugte sich über den Tisch und fühlte sich nach einem Schluck schon beschwipst. Sie hatte ein gutes Gefühl. Ein gutes, warmes, angenehmes Glücksgefühl. »Weißt du, was? Ich glaub, ich muss dich küssen«, sagte sie, ehe sie es sich anders überlegen konnte.

In seinen Augenwinkeln bildeten sich feine Fältchen, als er ihr Lächeln erwiderte. »Weißt du, was? Ich glaube, das werde ich dir erlauben«, raunte er.

Und dann verschmolzen ihre Lippen, warm und süß schmeckte sein Mund, und plötzlich war das Mittagessen völlig vergessen.

Kapitel 36

Will bekam als Strafe für die Prügelei und unerlaubtes Verlassen des Schulgeländes Nachsitzen aufgebrummt, und Gemma wurde zu seinem Klassenlehrer zitiert. Mr Shaw war ein großer, freundlicher Mann im Trainingsanzug, ein Sportlehrer, mit dem Will immer gut zurechtgekommen war. »Ganz unter uns«, sagte er verschwörerisch zu Gemma und setzte sich auf die Schreibtischkante, »er hat es nicht anders verdient. Sam West, meine ich, der Junge, mit dem sich Ihr Will geprügelt hat. Er ist eines dieser Kinder, die immer auf anderen herumhacken und nie mal die Klappe halten können. In diesem Jahr ist zufällig Will sein Opfer.«

»Oh«, meinte Gemma unsicher.

»Die Schule muss bei solchen Vorkommnissen natürlich hart durchgreifen. Wir dulden keinerlei Gewalt oder Prügeleien, ob nun zur Selbstverteidigung oder nicht.« Er verschränkte die Arme vor der Brust und sah sie kurz streng an, zwinkerte dann aber. »Sagen wir einfach, es gab ein paar lächelnde Gesichter im Lehrerzimmer, als es die Runde machte, dass Sam West ein paar Schläge einstecken musste.«

Gemma machte große Augen. »Aha.«

»Aber das habe ich eben nicht gesagt, okay?«

»Ich habe nichts gehört.«

»Gut.« Er spielte mit der silbernen Trillerpfeife an seinem Hals. »Sonst macht sich Will wirklich gut. Er arbeitet hart, ist beliebt, kommt gut klar mit dem Stoff. Und machen Sie sich keine Sorgen, Mrs Bailey. Falls es noch mal Ärger geben sollte, wird Sam West eine Lektion erhalten, die sich gewaschen hat.« Er stand auf und streckte die langen Beine. »Das halte ich jedoch für unwahrscheinlich. Kinder wie Sam sind eigentlich Feiglinge. Ein paar Schläge stopfen ihnen für gewöhnlich den Mund.«

Auf dem Heimweg dachte Gemma immer noch über diese unerwartete Wendung des Gesprächs nach. Sie konnte nur hoffen, dass Mr Shaw recht behielt und es keine weiteren Auseinandersetzungen mit Sam geben würde. Der arme Will. Das Leben eines Teenagers war schwer, wie sie sich erinnerte. Und für die Mutter eines Teenagers manchmal noch schwerer. Als die Kinder noch klein waren, war alles viel einfacher gewesen. Ihre Aufgabe bestand darin, sie vor spitzen Ecken und Stürzen zu bewahren, sie zu füttern und zu waschen und sie zum Schlafen in ihre Bettchen zu legen und dazu leise »Schlaf, Kindlein, schlaf« zu singen. Neuerdings verwickelten sie sie jedoch in Diskussionen und stellten unangenehme Fragen, sie hatten starke Gefühle und wetterten gegen empfundene Ungerechtigkeiten, oder sie verfielen in zorniges Schweigen. Und das Allerschlimmste war – wenn sie ihre Emotionen nicht kontrollieren konnten, schlugen sie andere Leute.

Nach ihrem Gespräch mit Will hatte sie jedoch das Gefühl, dass sie sich jetzt viel besser verstanden und, was noch wichtiger war, dass er wusste, dass sie auf seiner Seite stand. Mit ein bisschen Glück würde sie mit diesen Teenager-Wehwehchen besser umgehen können, wenn Darcey in die Pubertät kam. Der Himmel mochte ihr beistehen.

Am Dorfrand von Larkmead trat sie auf die Bremse, weil

der Bus vor ihr hielt, eine vom Aussterben bedrohte Art in diesen Gefilden, die daher respektiert werden musste. Sie trommelte aufs Lenkrad, während sie zusah, wie die Passagiere ausstiegen, und war in Gedanken schon bei dem neuen Kleid, an dem sie gerade arbeitete – eine herrliche Abendrobe aus blaubeerfarbener Seide mit einem gewagten Rückenteil aus kreuz und quer verlaufenden Bändern. Die Arbeit ist um ein Vielfaches befriedigender als das Nähen von Vorhängen oder das Ändern von Brautjungfernkleidern, dachte sie lächelnd. Sie war definitiv nicht mehr bloß eine Mum.

Auf der Straße half ein dunkelhaariger Mann zwei älteren Damen aus dem Bus. Was für ein Gentleman!, dachte sie anerkennend. Dann verschlug es ihr den Atem, als sie den dunkelhaarigen Mann erkannte. Es war Spencer. Er stützte sich auf einen Stock, während er die erste Dame bei ihrem in Pastell gekleideten Arm nahm und dann die zweite. Er war zurück!

Eine Million Gefühle durchströmten sie, während sie beobachtete, wie er etwas zu den alten Damen sagte, das sie zum Lachen brachte, und schließlich noch einer jungen Mutter half, den Kinderwagen aus dem Bus zu hieven, was nicht so einfach war, wenn man selbst einen Stock als Stütze brauchte.

Die vertraute Zuneigung flammte erneut in ihr auf. Er war ein guter Mensch. So wie sein Sohn. Aber wie sollten sie weitermachen? Hatte sich etwas geändert?

Der Bus ratterte, eine Auspuffwolke hinter sich lassend, davon, und sie fuhr langsam weiter und hielt neben Spencer an. Sie ließ das Beifahrerfenster herunter, beugte sich hinüber und suchte seinen Blick. »Hey.«

Eine Welle von Gefühlen flackerte bei ihrem Anblick über sein Gesicht – Überraschung, Freude, Nervosität. »Hey«, antwortete er leise.

Sie schluckte schwer. »Soll ich dich mitnehmen?«

Er hielt ihren Blick fest, und sie erinnerte sich einen flüchtigen Moment daran, wie sie ihn an ihrem Hochzeitstag angesehen hatte. *In Armut und Reichtum, in Gesundheit und Krankheit, in guten wie in schlechten Zeiten. Ja, ich will. Ich will.*

Ich will das immer noch, dachte sie. *Ich möchte, dass unsere Ehe funktioniert. Aber er muss es auch wollen. So können wir nicht mehr weitermachen.*

»Super, danke«, sagte er.

Instinktiv zog sie die Handbremse an und wollte schon aus dem Auto steigen, um ihm zu helfen, doch dann erinnerte sie sich an seinen Stolz und hielt sich zurück. Er hatte es immerhin ohne Hilfe nach Newcastle geschafft. Wenn er nicht mehr wie ein Invalide behandelt werden wollte, war das ein Fortschritt.

Er zuckte zusammen, als er sich in den Sitz sinken ließ und den Stock und einen kleinen Rucksack ins Auto zog. Unter seinen Augen lagen tiefe Schatten, und er sah verknittert und müde nach der langen Reise aus. Sie glaubte aber auch, eine neue Entschlossenheit an ihm zu bemerken, eine Energie, die er schon lange nicht mehr ausgestrahlt hatte.

»So«, sagte sie mit einem Kloß im Hals. Jetzt, da er neben ihr saß, wusste sie nicht mehr, was sie sagen sollte. Sie wollte sich an ihn lehnen, seinen Duft einatmen, ihn festhalten und von ihm umarmt werden. Aber empfand er genauso? »Du bist also zurückgekommen«, sagte sie nach einer Weile.

»Das bin ich.« Er räusperte sich, ohne sie anzusehen. »Danke für den Brief …« Er brach ab und blickte aus dem Fenster. »Das war das Schönste, was ich je in meinem Leben gelesen habe.«

»Oh Spencer.« Sie hätte vor Erleichterung weinen können. War sie endlich doch zu ihm durchgedrungen?

»Ich meine das ernst. Er hat mir klargemacht, was ich alles verlieren könnte.« Er verschränkte die Hände im Schoß. »Es tut mir leid, Gem. Ich habe mich in der letzten Zeit wie der größte Mistkerl auf Erden aufgeführt. Irgendwie hatte ich eine Weile lang nicht mehr alle Tassen im Schrank. Ich war die ganze Zeit so wütend. Fühlte mich so verdammt nutzlos. Das konnte ich nicht ertragen.«

Sie drehte ihren Ehering, unsicher, wie sie darauf antworten sollte.

»Ich weiß, dass ich das an dir und den Kindern ausgelassen habe – den Menschen, die mir von allen am wichtigsten sind.« Er schüttelte den Kopf. »Ich weiß nicht, wie du mich überhaupt erträgst. Ich hätte es dir nicht verdenken können, wenn du mich aus dem Haus geworfen hättest.«

Karen hätte ihn hinausgeworfen, dachte Gemma. Sie hätte ihn vor die Tür gesetzt, ob er nun verletzt war oder nicht. Aber Gemma war nicht wie ihre Mutter. Ihre Liebe war tiefer. Sie ergriff Spencers Hand. »Wie geht es deinem Rücken? Geht es dir gut? Du hast ja nicht mal die Schmerzmittel mitgenommen.«

Er rutschte im Sitz hin und her, und sein Unbehagen wie auch die Erschöpfung waren ihm deutlich anzusehen. »Es ist alles in Ordnung. Ich habe mich mit Jonnys Ärztin unterhalten. Sie hat mir ein paar Schmerzmittel gegeben und mich wieder in die Spur gebracht. Ich bin nur noch ein wenig steif nach dem langen Sitzen.«

Früher hätten sie über diese Bemerkung einen Witz gemacht, aber die Stimmung war noch zu angespannt für Scherze. »Okay«, sagte sie.

Schweigen breitete sich zwischen ihnen aus. »Geht's den Kindern gut?«, fragte er schließlich.

Gute Frage. »Ja.« Es war nicht der richtige Zeitpunkt, ihm

von Wills Prügelei oder von Darceys Tränen und dem Überraschungsbesuch ihrer Mutter zu erzählen. »Sie sind toll«, fügte sie ein wenig überzeugter hinzu. »Sie können es gar nicht erwarten, dich wiederzusehen. Darcey wird vor Freude ausflippen, sie hat dich so sehr vermisst. Wir alle haben dich vermisst.« Sie atmete tief durch. »Warum bist du gegangen, Spencer? Warum bist du ohne ein Wort verschwunden?«

Er blickte in seinen Schoß. »Weil mir alles so hoffnungslos erschien«, sagte er nach einer Weile. »Ich war ein nutzloser Krüppel, und du warst plötzlich eine erfolgreiche Geschäftsfrau. Damit bin ich nicht klargekommen.«

»Aber …«

»Ich will nicht melodramatisch klingen, aber ich habe einfach keinen Sinn mehr in meinem Leben gesehen. Ich dachte mir, steig ins Auto, fahr irgendwo in die Pampa und erstick dich mit den Auspuffgasen. Du weißt schon, ein Schlauch in den Auspuff und die Sache ist erledigt.« Er schüttelte den Kopf und schaute in die Ferne. »Dann dachte ich an die Kinder und dich und konnte es einfach nicht.«

»Oh Spencer«, sagte sie hilflos. Den gejagten Blick in seinem Gesicht konnte sie kaum ertragen.

»Ich bin durchgedreht, Gem. Ich wusste nicht, was ich anfangen sollte. Also bin ich gefahren und gefahren, ich konnte keinen klaren Gedanken fassen. Ich wusste nicht mal, wohin ich fuhr. Zum ersten Mal in meinem Leben hatte ich das Gefühl, dass ich keine Zukunft habe und der Weg nicht klar vor mir liegt.«

Gemma drückte seine Hand und wagte es nicht, etwas zu sagen.

»Ich war alles so leid«, fuhr er fort. »Ich kam mir nicht mehr wie ein Mann vor. Mein Körper hat nicht so funktioniert, wie ich es gewohnt war, und die Schmerzen in meinem Kopf haben mich wahnsinnig gemacht. Ich wusste einfach nicht, wie ich so weiterleben sollte.«

»Ich wünschte, du hättest mit mir geredet«, sagte sie leise. »Ich wünschte, du hättest mir gesagt, wie du dich fühlst.«

Er nickte, den Kopf immer noch gesenkt. »Ich weiß. Und es tut mir auch leid. Ich weiß, dass ich euch das Leben schwer gemacht habe. Wenn ich daran denke, was ich zu dir gesagt habe …«

Sie konnte sehen, dass ihn die Erinnerung sichtlich schmerzte. »Das ist doch egal«, sagte sie.

»Das ist nicht egal! Wenn ein anderer so mit dir geredet hätte, dann hätte ich ihm eine reingehauen. Ich schäme mich für mich selbst«, erwiderte er grimmig. »Ich habe dich im Stich gelassen. Und als ich deinen Brief las und mich daran erinnerte, wie liebenswert und süß und schön du bist …« Er schüttelte den Kopf. »Da konnte ich nicht fassen, dass ich dich beinahe hätte gehen lassen.«

»Schon gut.«

»Gar nichts ist gut, Gemma. Ich habe mich wie ein Arschloch benommen. Aber die Gespräche mit der Ärztin haben mir geholfen. Sie meinte, dass ich unter diesem Gehirnerschütterungssyndrom leiden könnte, wie du gesagt hast, und hat mir Antidepressiva gegeben, um zu sehen, ob es mir damit besser geht. Ich werde nicht ewig so sein.«

»Natürlich nicht«, sagte sie.

»Mir geht's auch schon ein wenig besser. Jonny hat mich gezwungen, an die frische Luft zu gehen …«

»Ja, das habe ich gehört. Golf spielen, nicht wahr?«

Er besaß den Anstand, eine zerknirschte Miene zu machen. »Ja. Es hat sogar Spaß gemacht. Das war also gut. Und Jonny hat mir ständig in den Ohren gelegen, dass ich endlich die Eier haben soll, zu meiner fantastischen Frau und meinen Kindern zurückzugehen, bevor ich alles ganz kaputt mache.«

Gemma musste ihr Grinsen verbergen. *Danke, Jonny.* »Der Mann hat recht«, sagte sie.

»Und dann hat dein Brief den letzten Anstoß gegeben. Und hier bin ich nun.« Er drehte sich zu ihr um. »Ich werde alles wiedergutmachen, das schwöre ich dir. Ich gehe zur Physiotherapie und nehme die Antidepressiva, dass ich nicht länger so ein elender Mistkerl bin. Ich hab das Auto verkauft, damit wir besser über die Runden kommen, und ich werde mehr im Haushalt helfen, während du deine Arbeit als Supergeschäftsfrau erledigst. Ernsthaft! Was ist? Was machst du denn da?«

Gemma beugte sich vor und schaute durch die Windschutzscheibe. »Ich wollte nur sehen, ob ich irgendwo am Himmel vielleicht ein fliegendes Schwein entdecke«, scherzte sie, und dann küsste sie ihn. Es war einer der schönsten, zärtlichsten Küsse ihres ganzen Lebens. »Danke«, sagte sie und legte den ersten Gang ein. »Komm, wir fahren nach Hause.«

Kapitel 37

Es war das erste Aprilwochenende. Larkmead hatte nie malerischer ausgesehen, dachte Saffron, als sie mit Max das Dorf erreichte. Die Apfelbäume standen in voller Blütenpracht, ebenso die Magnolien, und die Sonne warf ihr goldenes Licht auf die alten Steinhäuser. Sie parkte den gemieteten Van hinter dem Baker's Cottage, und im selben Moment versetzte ihr das Baby im Bauch zwei energische Tritte. *Wir sind zu Hause.*

»Ja«, murmelte sie, während Max vom Beifahrersitz sprang. »Das ist es, Kleines. Unser Zuhause für die nächsten sechs Monate. Haben wir nicht Glück?«

Sie war inzwischen in der zwanzigsten Woche und spürte ziemlich oft, wie sich die kleine quirlige Murmel in ihrem Bauch bewegte. Sie legte die Hand darauf und genoss die Wellenbewegungen und Hüpfer. »Ich glaube, unser Baby tanzt«, rief sie Max zu, während sie ausstieg.

»Dann wollen wir für ihn oder sie hoffen, dass sie mein außergewöhnliches Tanztalent geerbt hat«, erwiderte Max und machte einen Moonwalk.

Saffron schnaubte vor Lachen. Es gefiel ihr, dass Max wieder einen Platz in ihrem Leben einnahm. Der Gedanke, dass sie sich wegen eines nicht abgeschickten Briefes beinahe nie wiedergesehen hätten, war unerträglich. Man musste ihn sich nur anschauen, wie er die Füße rückwärts schob und die Arme roboterhaft bewegte wie der heimliche Bruder von Michael Jackson. »Es wäre ein niederschmetternder Schlag für die Menschheit, wenn diese genialen Moonwalkgene bei dir hängen geblieben wären, Schatz«, sagte sie feierlich und fischte in der Jeanstasche nach den Haustürschlüsseln, die sie gerade bei Bernie abgeholt hatten. Ihre Haustürschlüssel, zumindest für die nächsten sechs Monate.

Am Morgen hatte sie mithilfe von Max und ihren Eltern ihr Londoner Apartment ausgeräumt und dankbar den Kebab-Buden, dem Abfall auf den Straßen, den Polizeischildern und dem Verkehr in der Gegend ein Auf Nimmerwiedersehen zugewinkt. Sie hatte das Cottage bis zum Herbst gemietet und danach ... Nun, es war noch zu früh, um zu sagen, was danach passieren würde. Auf jeden Fall würde sie dann ein anderer Mensch sein – eine Mutter – und musste die wichtigen Entscheidungen treffen, wo sie leben und mit wem sie zusammen sein wollte. Im Moment aber hatte sie sich eine sechsmonatige Atempause in dem hübschen Cottage erkauft, mit zwei wirklich guten Freundinnen in der Nähe und ihren Eltern eine halbe Autostunde entfernt. Meilenweit unverbaute Landschaft und frische Luft lagen vor ihrer Tür. Alles andere würde sich finden.

Das Cottage kam ihr verändert vor, als sie den Gartenweg entlangging. Die Fassade war frisch mit weißer Farbe gestrichen worden und an die Fenster hatte irgendjemand – sie hatte auch eine Ahnung, wer – farbenfrohe Vorhänge mit Mohnblumenmuster gehängt. Offenbar hatte Bunty ein Wörtchen mit Bernie über den Zustand des Cottages gewechselt (mehrere Worte, wie sie Bunty kannte) und ihm klargemacht, dass es sich für eine werdende Mutter und ihr Kind nicht gerade im Idealzustand befand. Und Gott segne ihn, er hatte sich überzeugen lassen, auch im Inneren zu renovieren, und ein paar der uralten Möbel ausgeräumt, damit Saffron für ihre Sachen Platz hatte.

Sie lächelte Max zu, als sie den Schlüssel in die Tür steckte. »Wollen wir?«

»Wenn ich nicht gerade diese tonnenschwere Kiste mit Büchern in den Händen hätte, würde ich dich über die Schwelle tragen«, sagte er und gab ihr einen Kuss. »Euch beide.«

»Das würdest du nicht«, lachte sie, wohlig benommen von seinem Kuss. Sie könnte seinen weichen Mund für immer und ewig küssen, wenn das möglich wäre. Wenn es eine Olympia-Mannschaft im Küssen gäbe, wäre sie garantiert dabei.

Das Licht fiel in den cremefarben gestrichenen Flur, als sie die Tür öffnete, und das Baby in ihrem Bauch schlug wieder einen Purzelbaum, der kleine Fruchtwasserakrobat. *Hier sind wir. Das ist das erste Haus, in dem du leben wirst, Baby.* »Komm rein«, sagte sie. »Herzlich willkommen in unserem Zuhause.«

Das Cottage wirkte völlig verändert – sauber und hell, mit hübschen Kissen auf dem Sofa –, wieder von Gemma, darauf würde sie wetten, und einem Korb mit Holz neben dem Kamin. Durch das Fenster konnte sie sehen, dass der Garten in voller Blüte stand, und unter den Zweigen einer großen Heckenkirsche lud eine Holzbank zum Verweilen ein. Sie konnte sich schon vorstellen, wie sie an sonnigen Nachmittagen mit einem Buch und hochgelegten Beinen dort saß oder vielleicht eine Grillparty für ihre Freunde veranstaltete …

»Sieht aus, als wäre eine gute Fee hier gewesen«, meinte Max, als sie in die Küche gingen. Eine Vase mit roten Tulpen stand auf dem Tisch und daneben eine weiße Schachtel mit einem Zitronenkuchen aus der Bäckerei. Der Blick in den Kühlschrank offenbarte Cheddarkäse, Räucherlachs, frischen Orangensaft, Butter und Milch. An der Vase lehnte ein Zettel:

Familienausflug nach Southwold! Wenn wir heute Abend zurück sind, schauen wir mal vorbei.

Liebe Grüße von Gemma und Spencer x.

»Ist Gemma die Schneiderin?« Max öffnete eine Packung Kekse, die er hinter dem Brot entdeckt hatte. »Ich mag sie jetzt schon.«

»Sie ist großartig.« Saffron nahm sich einen Keks. Schneiderin, Nachbarin, Freundin, neueste Kundin … Es würde Spaß machen, in den nächsten Monaten gemeinsam zu arbeiten.

Sanduhr Designs entwickelte sich prächtig: Es gab einen festen Kundenstamm, und viele andere wollten Termine haben. Die Nachfrage war so groß, dass Gemma nun Gwen angestellt hatte, die ältere Dame, die neben Caitlin wohnte. Gwen war ihr Arbeitsleben lang Näherin in der Unterhosenfabrik in Ipswich gewesen und war geschickt und kompetent. Außerdem brachte sie gerne selbst gebackenen Kuchen zur Arbeit mit, worüber sich niemand beschwerte.

Auch von anderer unerwarteter Seite hatte Gemma Hilfe bekommen: von ihrem Mann Spencer. Obwohl ihm die Folgen seines Unfalls nach wie vor zu schaffen machten und er noch nicht wieder arbeiten konnte, setzte er sich für *Sanduhr Designs* ein. Er handelte bessere Konditionen mit den Stofflieferanten und dem Kurierdienst aus, ganz genauso, wie er das früher mit den Sägewerken und Lieferanten für seine Baufirma getan hatte. Er hinkte zur Schule und holte Darcey ab, wenn Gemma mitten in der Arbeit steckte, und kochte sogar gelegentlich das Abendessen. »Er schrottet systematisch unsere Pfannen«, hatte Gemma am Telefon gegrummelt, »und du solltest mal diese riesigen Berge an schmutzigem Geschirr sehen, die er produziert. Offenbar hat er es sich zur Aufgabe gemacht, jedes einzelne Teil in unserer Küche zu verwenden.

Aber ich will mich nicht beschweren. Das würde ich mich gar nicht trauen.«

Auch Caitlin hatte inzwischen ihre Pläne geändert. Sie wollte White Gables nicht mehr verkaufen und in Larkmead bleiben. Sie war nun die offizielle *Sanduhr Designs*-Webdesignerin und IT-Expertin. Und Gemma hatte auch Saffron gebeten, ihre Arbeitsbeziehung mit einem Vertrag und einer ordentlichen Honorarvereinbarung zu besiegeln. Mit Bunty standen nun also sage und schreibe zwei neue Kunden auf der Liste von Saffrons *McKay-Flint PR*.

McKay-Flint PR? Ja, genau. Eine weitere fantastische Entwicklung. In der Woche zuvor hatte Saffron sich im *King's Cross Pub* mit ihrer Freundin Kate getroffen – das »McKay« im Firmennamen. Bei Schellfisch in Biersoße und Pommes hatte Kate vorgeschlagen, gemeinsam eine PR-Agentur zu gründen. Keine Charlotte mehr, die sie herumkommandierte, keine Kunden mehr, die sie nicht mochten, keine unsozialen Arbeitszeiten und keine Schuldgefühle, weil man zu einem Arzttermin oder zum Krippenspiel der Kinder musste. »Wir sind unsere eigenen Chefs, mit einer handverlesenen Auswahl an Kunden, die wir mögen. Wir arbeiten von unserem Küchentisch aus und treffen uns gelegentlich zu einem Arbeitsessen wie diesem«, sagte Kate. »Mir ist es vollkommen ernst damit. Was sagst du dazu?«

»Das ist eine großartige Idee«, hatte Saffron sofort geantwortet. »Da muss man nicht lange nachdenken. Unter uns gesagt, wir haben tonnenweise Erfahrung und tolle Kontakte.« Sie grinste. »Ich denke, das verdient zur Feier des Tages eine leckere Nachspeise, mindestens.«

Bei einem saftigen Stück Treacle-Sponge-Kuchen schmiedeten sie Pläne. Kate arbeitete bereits für einige bekannte TV-Stars und für eine Freundin, deren erster Roman verfilmt werden sollte. Saffron wollte zunächst nur für Bunty und Gemma tätig werden, konnte aber auch kleine, diskrete Arbeiten für Kate übernehmen, falls nötig, und regelmäßig mit ihr plaudern, brainstormen und Strategien entwerfen.

»Sind wir uns einig? Wollen wir das machen?«, fragte Kate, als der Kellner ihnen beiden einen Latte macchiato und die Rechnung brachte.

Saffron hob ihre Tasse. »Auf uns und die beste neue PR-Agentur in der Gegend«, sagte sie. »Wer wagt, gewinnt.«

»Wer wagt, gewinnt«, echote Kate und stieß mit ihrer Tasse an die von Saffron.

So wurde Baker's Cottage nicht nur Saffrons vorläufiges neues Zuhause, sondern auch eine Zweigstelle der *McKay-Flint PR-Agentur*. Warum nicht? Es würde Spaß machen, mit Kate in ihrer eigenen Firma zusammenzuarbeiten. Zwar konnte Saffron dadurch nicht offiziell in den Mutterschutz gehen, aber sie wollte ihre Arbeit so organisieren, dass sie mit ihrem Familienleben in Einklang stand, sobald das Baby da war. Das wäre bei Phoenix PR nie möglich gewesen. Nachdem ihr Vertrag beendet war, hatte sich Bunty gleich am darauffolgenden Dienstag einen Termin für ein erstes Kundengespräch gesichert. »Und danach entführt mich Bernie für ein paar Tage ans Meer«, hatte sie glücklich am Telefon erzählt. »Hashtag Bunternie – was denkst du? Wir könnten die neuen Brangelina werden.«

»Hm, nicht schlecht«, sagte Saffron höflich. Falls Bunty den Zweifel in ihrer Stimme bemerkt hatte, nahm sie ihn nicht zur Kenntnis, weil sie schon zum nächsten Geistesblitz übergegangen war.

»Ideenalarm! Vielleicht könnten wir auch eine neue TV-Sendung vorschlagen, in der es darum geht, wie ich aufs Land ziehe. Stadtmaus, Landmaus, so was in der Art. Das wird bestimmt der Knaller!«

»Maus? Bunty, niemand würde auf die Idee kommen, dich eine Maus zu nennen«, stellte Saffron klar. »Schon eher eine Füchsin. Die Landfüchsin.«

»Die Landfüchsin, ja, das gefällt mir!« Gelächter drang durch die Leitung. »Warte, ich habe noch eine bessere Idee. Großstadtchic und Landbunty, verstehst du? So wie Landpartie, nur mit meinem Namen drin. Ich glaube, das wird der Renner. Wirklich, Saff.«

Ja, Bunty würde sie in der nächsten Zeit auf Trab halten, so viel stand fest, aber sie war nicht mehr so schlimm wie früher. Seit Saffron ihr ein paar Wahrheiten an den Kopf geknallt hatte, kamen sie viel besser miteinander aus und begegneten einander mit gegenseitigem Respekt. Kein Hundesitten mehr für Teddy, den parfümierten Zwergspitz. Keine Spontanbesuche oder Befehle übers Telefon. Bunty war zudem zweimal in aller Öffentlichkeit in Gemmas Kleidern aufgetreten und hatte damit seitenweise die Magazine gefüllt. Wenn sich die Kunden gegenseitig so sehr unterstützten, dann wusste man, dass man auf der Gewinnerseite stand.

»Huhu, Saff, wir sind da! Was für ein hübsches Häuschen!«

Aha, die Kavallerie war eingetroffen – ihre Mutter und ihr Vater. Aufs Stichwort, wie versprochen, um den Van auszuladen. »Hallo und willkommen, schön, dass ihr hier seid«, sagte sie. »Kommt doch rein. Na, was sagt ihr?«

Während sich Saffrons Mutter bewundernd über das hübsche Cottage ausließ, den schönen Garten lobte und meinte, wie himmlisch es sich hier doch leben lasse und dass sie grün vor Neid sei, schleppte ihr Vater ihren Schreibtisch herein und stellte ihn ins zweite Schlafzimmer. Danach trugen er und Max das Bett, den Schrank und die Koffer herein, und ihr neues Zuhause begann allmählich, Form anzunehmen.

Sie beobachtete, wie Max ihre Mutter zum Lachen brachte und gleich darauf geduldig den Anweisungen ihres Vaters folgte, wie man das Bett am besten die schmale Treppe hinaufbekam. Die ganze Zeit spürte sie, wie das Baby in ihrem Bauch Purzelbäume schlug und kickte, als ob es zustimmen wollte.

Ich mag ihn.

Ich auch. Er ist ein toller Kerl.

Ein richtig toller Kerl.

Ich bin froh, dass wir alles geklärt haben.

Ich bin froh, dass wir in dieser Familie zu dritt sein werden.

Inzwischen standen auch ein paar Kisten mit Küchenutensilien in der Küche, daher machte sich Saffron daran, Tee zu kochen, schnitt den Zitronenkuchen auf und packte das in Zeitung gewickelte Geschirr aus, bis sie ein paar Teller und Tassen fand. Wer wusste schon, wie sich ihre Beziehung entwickeln würde, wenn sie hier lebte und Max in der Stadt. Er musste an seine Arbeit denken und an seine beiden anderen Kinder, die er liebte. Und an seine Exfrau, die eine wahre Nervensäge war, so wie es sich anhörte. Sie dagegen musste sich an ihr neues Leben auf dem Land gewöhnen, die Unwägbarkeiten der Freiberuflichkeit, das Baby und die ganze beängstigende Vorstellung, bald Mutter zu sein. Es konnte immer noch so oder so ausgehen. Noch war nichts garantiert.

Aber sie würden einen gemeinsamen Versuch wagen, und das war die Hauptsache. Mehr konnte ein Paar wohl auch nicht tun. Max hatte sie nicht sitzen lassen, wie sie befürchtet hatte. Er hatte sich nicht auf Nimmerwiedersehen aus dem Staub gemacht. Im Gegenteil, in den vergangenen Wochen hatten sie sehr viel Zeit miteinander verbracht, sich zum Essen getroffen, an einem sonnigen Samstag eine Fahrradtour nach Epping Forest unternommen und einen Ausflug nach Lee Valley, wo er sie mit einer vorher gebuchten sanften Raftingtour überrascht hatte. Nie zuvor in ihrem Leben war sie so pitschnass gewesen. Er hatte ihre Schwester Zoe über Skype kennengelernt – oder vielmehr, sich von ihr ausfragen lassen – und von ihr das Daumen-hoch-Zeichen verliehen bekommen. Er hatte sogar das Sonntagessen mit Eloise und Simon durchgestanden, in einem Pub im ländlichen Essex. Zum Glück waren ihre Schwester und ihr Schwager höflich und normal geblieben und hatten nicht noch einmal versucht, das ungeborene Baby zu adoptieren. »Er ist zauberhaft«, schwärmte Eloise nach dem Nachtisch, als sie gemeinsam mit Saffron in der Damentoilette stand. »Absolut perfekt für dich.«

Aber wer konnte da schon sicher sein. Niemand. Und was bedeutete überhaupt perfekt? Im nächsten Jahr wurde sie vierzig, und sie besaß genug Lebenserfahrung, um zu wissen, dass sich Menschen veränderten und die Liebe genauso unberechenbar war wie das Wetter. Es kam immer wieder vor, dass sich Menschen entliebten. Der beste Beweis dafür war, dass Max bereits zwei Kinder und eine Scheidung zu verbuchen hatte. Auch Saffron war in ihrer ersten Ehe gescheitert. Aber davon durfte man sich nicht einschüchtern lassen.

Außerdem hatte sie ihn wirklich gern. Sogar sehr. Er war freundlich und lustig und rücksichtsvoll und ebenso sexy und himmlisch im Bett wie zuvor, obwohl sie jetzt stocknüchtern war und doppelt so dick wie vor ihrer Schwangerschaft.

Er kam mit einem Stapel Kochbücher in die Küche und ertappte sie dabei, wie sie den Tee mit einem verträumten Grinsen aufbrühte. »Wer hat dir denn dieses Lächeln ins Gesicht gezaubert?«, fragte er und legte die Bücher auf den Tisch.

Sie ging zu ihm und schlang die Arme um seine Hüften. »Du natürlich«, sagte sie. »Der Gedanke, dass wir zusammen sind. Und dieses Haus.« Das Baby kickte heftig. »Und dieses kleine quirlige Würmchen«, sagte sie lachend. »Alles zusammen. Aber im Moment vor allem du.«

Kapitel 38

»Ich habe beschlossen«, sagte Gemma und leerte ihr zweites Glas Prosecco, »dass der Sommer viel besser geeignet ist, um gute Vorsätze zu treffen. Findet ihr nicht auch?«

»Oh ja«, stimmte Caitlin zu. »Silvester ist zum Schmieden von Lebensplänen total ungeeignet. Mit beschwipstem Kopf kann man unmöglich klar denken.«

»Außerdem ist man pleite und rund, so kurz nach Weihnachten«, warf Saffron ein, »was auf alles ein deprimierendes Licht wirft.«

»Ganz genau. Und wer hat schon groß Lust, im schrecklichen, kalten Januar im Regen oder Schnee joggen zu gehen, geschweige denn, auf Wein und Schokolade zu verzichten?« Gemma erschauerte. »Jetzt aber …« Sie schaute auf ihr leeres Glas und kicherte. »Also gut, ich verzichte im Moment zwar auch nicht darauf, aber immerhin habe ich Geburtstag.«

»Ich glaube, das ist mein Stichwort, eine weitere Flasche zu holen«, sagte Spencer und alle lachten.

»Schau sich einer nur diesen knackigen Hintern an.« Gemma seufzte, als er barfuß durch den hohen Rasen lief, und errötete sofort. »Ups, habe ich das etwa laut gesagt?«

»Ja, aber sicher doch, du kleiner Schmutzfink«, sagte Caitlin und schüttelte den Kopf. »Wie bist *du* denn drauf?«

Wie sie drauf war? Darüber musste Gemma nicht lange nachdenken. Verdammt glücklich, das war sie. Und verdammt dankbar.

Es war ein herrlich heißer Julitag und sie saßen alle in ihrem Garten, um Gemmas Geburtstag mit einem Picknick zu feiern. Einige wenige der mit Schokolade überzogenen Erdbeeren waren noch übrig und zeugten davon, welche Köstlichkeiten Spencer vorbereitet hatte – mit ein wenig Hilfe von Will, Darcey, Judy und *Waitrose-Delikatessen*. Bienen summten träge um den Lavendel, und der Duft nach gemähtem Gras mischte sich mit dem der Blumen und dem scharfen Geruch von Max' Zigarette. Am Abend wollten sie sich mit ihrem Vater und Judy und ihren Brüdern sowie deren besseren Hälften zum Abendessen treffen, und sie war bereits ausgiebig mit Geschenken, Karten und einem riesigen Blumenstrauß von Bunty verwöhnt worden. »Von deiner treuesten Kundin«, hatte auf ihrer Karte gestanden. Konnte das Leben noch schöner sein?

»Also, erzähl mal«, sagte Saffron und stieß Gemma mit dem nackten Fuß an. Es waren nur noch sechs Wochen bis zu Saffrons errechnetem Geburtstermin, und sie war inzwischen halb Frau, halb Kugel. Ein riesiger breiter Schlapphut beschattete ihr Gesicht. »Vergiss Neujahr. Welche guten Vorsätze würdest du jetzt fassen, wenn du die Wahl hättest?«

Gemma überlegte. Der ruppige Start ins neue Jahr hatte ihr einen wahren Albtraum beschert, der ihr immer noch zu schaffen machte. Sie konnte nicht vergessen, wie unglücklich, verängstigt und pleite sie gewesen war. Oft wachte sie nachts auf und zählte in Gedanken die Familienmitglieder: *Spencer, Will, Darcey, alle da, allen geht es gut, schlaf weiter.* Aber das Schlimmste lag definitiv hinter ihnen, und ihre Familie war wieder vereint und gestärkt aus der Krise hervorgegangen. Sämtliche Risiken hatten sich ausgezahlt: Ihre Karriere lief wie geschmiert, und sie hatte sich immer noch nicht an das freudige Gefühl gewöhnt, das sie verspürte, wenn eine Frau eines ihrer Kleider anzog und ihr Gesicht aufleuchtete. Dank Saffron und Caitlin hatte sie eine Kundenwarteliste und neben Gwen noch zwei weitere Mütter, die sie aus der Schule kannte, als Aushilfen eingestellt. Außerdem hatte sie eine Kollektion mit Röcken im Fifties-Style entworfen, die schneller ihr Atelier verließen, als sie sie schneidern konnte. Es ging definitiv bergauf.

Ihre Freunde sahen sie erwartungsvoll an. *Ach ja, Vorsätze.*

»Ich denke, ich würde mir vornehmen, einfach alles zu schätzen, was ich habe«, sagte sie und legte den Kopf zurück, damit die Sonne ihr Gesicht wärmen konnte. »Inventur zu machen und für alles dankbar zu sein. Meine Familie, meine Freunde, mein Zuhause. Ich habe das immer als selbstverständlich hingenommen, bis ich fast alles verloren hätte. Diesen Fehler mache ich nicht noch mal.«

»Guter Vorsatz«, sagte Saffron.

»Darauf trinke ich«, stimmte Max zu und hob sein Champagnerglas. Er und Saffron hatten mehrere Abende mit Gemma und Spencer verbracht, seit Saffron in dem Cottage nebenan lebte, und sie verstanden sich prima, schon allein deswegen, weil Max wie Spencer ein eingefleischter Arsenal-Fan war und ihnen Freikarten für das erste Spiel der Saison besorgt hatte.

»Und was ist mit dir, Cait?« Gemma schenkte ihr ein verschmitztes Lächeln. »Wie war dein Neujahrsvorsatz noch gleich? Einen neuen Mann finden, oder? Tja, das hat ja ganz gut geklappt …«

»Mehr als gut, denke ich«, sagte Harry und zog eine Grimasse. »Sie hat den heißesten, fittesten und attraktivsten …«

»… eingebildetsten …«

»… Kerl in Larkmead. Mehr Glück kann sie gar nicht haben, stimmt's, Cait?«

Caitlin flocht eine Gänseblümchenkette und schnitt mit dem Daumennagel in die langen grünen Stängel. Sie lachte, als Harry sie anstieß. »Oh, absolut. Als ich deinen lächerlichen rosa Cowboyhut sah, wusste ich sofort, dass du mein Traumprinz bist.« Dann wurde ihre Miene wachsamer. »Eigentlich gibt es ja zwei neue Männer in meinem Leben. Und eine neue Frau.«

»Hä?«, machte Saffron.

»Was?«, rief Harry in gespielter Empörung.

Sie rempelte ihm in die Seite und verdrehte die Augen. Er wusste genau, worüber sie sprach, denn er hatte ja vor einer Woche neben ihr gesessen und ihre Hand gehalten, weil sie zu große Angst davor gehabt hatte, die erste E-Mail zu öffnen. »Ich habe mich mit dieser Adoptionssuchstelle in Verbindung gesetzt«, erklärte sie. »So, wie es ausschaut, habe ich einen Halbbruder. Er und meine leibliche Mutter leben beide in Vancouver.«

»Wow!«, rief Gemma.

»Oh Caitlin!«, sagte Saffron.

»Heiliger Strohsack«, meinte Max. »Wirst du sie treffen?«

Die große Frage. Die beängstigende, schräge, aufregende Frage. »Ja, irgendwann bestimmt«, sagte sie und lachte. »Wir haben E-Mails und Fotos ausgetauscht, und die beiden sehen mir so ähnlich, dass es schon echt irre ist. Das ist also mein nächster guter Vorsatz: in ein Flugzeug zu steigen und sie kennenzulernen. Vielleicht im Herbst, wenn ich genug Mut gesammelt habe.«

Harry drückte ihre Hand. Er wusste, wie viel es ihr bedeutete. Ihr ganzes Leben lang war sie Einzelkind gewesen, sodass es ihr jetzt wie eine absolut unerwartete Bonusprämie vorkam, einen echten Bruder zu haben: Michael Wendell, ein Osteopath in Vancouver, der dieselbe große Nase und das fusselige dunkle Haar hatte wie sie, dazu ein freundliches Gesicht, eine Frau (ihre Schwägerin!) und ein Gästezimmer, das sie haben konnte, wann immer sie nach Kanada kam.

»Wahnsinn«, sagte Saffron und wackelte im Sonnenschein mit ihren Zehen. »Das sind tolle Neuigkeiten, Cait.«

Ja, dachte Caitlin. Das waren tatsächlich tolle Neuigkeiten. Sie musste sich an die neue Familiensituation zwar immer noch gewöhnen, aber nach einem intensiven emotionalen Ringkampf hatte sie endlich Frieden mit Jane geschlossen und den Kummer und die Wut losgelassen. An einem kühlen wolkigen Tag im Mai war sie mit Harry nach Aldeburgh gefahren, Janes Lieblingsort, und hatte ihre Asche verstreut und vom Wind hinaus aufs Meer tragen lassen. »Danke«, hatte sie gesagt, als sie von ihren Fingern in die Luft wehte. »Für alles, was du mir beigebracht hast. Du warst eine großartige Mutter.«

Ein paar Tage später, an Caitlins Geburtstag, hatte Gemma ihr eine selbst genähte Patchworktasche aus Stoffstreifen von Janes Kleidung geschenkt. Ihr pinkfarbenes Lieblingsnachthemd, das rot geblümte Sommerkleid, eine hellblaue Jacke, die Tweedhose, die sie für die Gartenarbeit getragen hatte … alles war darin, in Streifen geschnitten und zu einem wunderschönen Mosaik zusammengenäht. Jedes Mal, wenn sie die Tasche benutzte, fühlte sich Caitlin ihrer Mutter nahe und erinnerte sich an Momente, in denen Jane diese Kleidungsstücke getragen hatte. Glückliche Tage. Gute Zeiten.

Jetzt, da sie über die schockierende Entdeckung ihrer Herkunft hinweg war, konnte sie auch akzeptieren, dass es gute Gründe für die Adoption gab. Sie hatte ihr eine Chance auf eine bessere, behütete Kindheit gegeben. Alison war bei Caitlins Geburt siebzehn gewesen, und ihre streng katholischen Eltern hatten sie gezwungen, Caitlin zur Adoption freizugeben. »Aber ich habe jeden Tag an dich gedacht, Liebes«, hatte sie in ihrer ersten E-Mail geschrieben. »Ich habe immer gehofft, dass du eines Tages nach mir suchen und mit mir Kontakt aufnehmen würdest.«

Und jetzt hatte sie es getan. Sie hatten einander gefunden. Nichts würde schmälern können, was Jane und Steve für sie gewesen waren – großartige Eltern –, doch jetzt hatte sie noch ein weiteres Elternteil dazubekommen und eine Familie, die sie kennenlernen wollte. Wenn sie daran dachte, wie sie sich am Anfang des Jahres gefühlt hatte – so allein, traurig und am Boden zerstört –, erkannte sie sich jetzt kaum wieder. Sie hatte eine neue Familie, bergeweise interessante Aufträge von Saffron und Gemma und dazu ihre unerschütterliche Freundschaft und eine heiße Beziehung mit Harry. Er war genauso liebenswert, wie Gemma immer behauptet hatte. Sie wusste instinktiv, dass Jane ihn gemocht hätte.

Sie beendete ihre Blümchenkette und legte sie auf Harrys blondes Haar, doch sie rutschte ihm schief über ein Ohr. »Hinreißend«, versicherte sie und gab ihm einen Kuss. Zu aller Überraschung hatte sich Harry bisher an seinen eigenen Neujahrsvorsatz gehalten und ihr keinen überstürzten Heiratsantrag gemacht, was für Caitlin völlig in Ordnung war. Sie hatte es nicht eilig. Wenn die Dinge weiterhin so gut zwischen ihnen liefen, würde sie die Frage vielleicht sogar selbst stellen, vielleicht an Silvester, um Mitternacht …

»Harry, was ist mit dir?«, fragte Gemma, als sich Caitlin und er wieder voneinander lösten. »Etwas Perfektes kann man natürlich nicht verbessern, aber vielleicht gibt es doch den einen oder anderen Selbstverbesserungsvorsatz, den du mit uns teilen möchtest?«

Er dachte kurz darüber nach und nickte heftig. »Immer anzuklopfen, bevor ich das Haus betrete, wenn mein Dad Damenbesuch hat«, verkündete er. »Oh, meine armen Augen! Ich werde eine jahrelange Therapie brauchen, bis das Bild, wie Dad und Bunty es tun, wieder von meiner Netzhaut gelöscht ist.«

Spencer kam mit einem Eiskübel und einer weiteren Flasche Prosecco zurück und füllte sämtliche Gläser auf, während sie alle in Gelächter ausbrachen.

»Prost!«, sagte Max, als sie erneut auf das Geburtstagskind anstießen. »Mein Sommervorsatz ist ganz einfach: das Rauchen aufgeben, bevor das Baby kommt. Und sicherstellen, dass ich bei der Geburt außer Landes bin … War nicht ernst gemeint!« Er beugte sich zu Saffron, die vorgab, ihn zu boxen. »Aber mal ehrlich. Ich möchte ein guter Vater sein. Ein besserer als für meine beiden anderen Kinder. Ich möchte dieses Kind nicht enttäuschen – und dich auch nicht, Saff.«

»Das will ich auch hoffen«, scherzte Saffron, aber sie wusste, dass hinter seinen Worten tiefes Bedauern steckte. Er war für seine Kinder kaum da gewesen, hatte er mal erzählt. Er war so auf seine Karriere fixiert gewesen, dass er alle möglichen Meilensteine verpasst hatte: erste Schritte, erste Worte, den ersten Schultag. Inzwischen hatten sich seine Prioritäten geändert. Er hatte ihr schon versprochen, dass er diesen Fehler nicht noch einmal machen würde.

Sie griff nach seiner Hand und ihr fiel auf, wie braun sie war. Seine olivfarbene Haut saugte die Sonne im Gegensatz zu ihrer bleichen, sommersprossigen Haut förmlich auf. Wem würde das Baby ähnlich sehen?, fragte sie sich zum millionsten Mal. Wessen Augenfarbe würde er oder sie erben, wessen Ohren, wessen Nase, wessen Teint? So viele Entdeckungen lagen vor ihr. Sie würde diesen kleinen neuen Menschen kennenlernen, ein neues Kapitel in ihrem Leben anfangen. Jetzt waren es nur noch sechs Wochen, und sie fühlte sich so reif und rund wie eine Wassermelone. Das Baby strampelte auch nicht mehr so viel, weil es weniger Platz hatte, aber sein Herz schlug kräftig und seine Maße waren perfekt, wie sie bei der letzten Vorsorgeuntersuchung erfahren hatte. Sie hatte aufgehört, über das Risiko von sechsunddreißig Prozent nachzudenken. Der Gedanke daran flackerte hin und wieder in ihrem Kopf auf, aber sie schob ihn stets schnell zur Seite. Was auch passiert, wir stehen es durch, dachte sie. Wem auch immer das Baby ähneln wird, es wird geliebt werden.

»Und was ist mit dir, Saffron?«, fragte Caitlin.

Saffron blinzelte und kehrte in die Wirklichkeit zurück. »Gute Vorsätze, hm.« Sie überlegte einen Moment. »Gilt auch, mich bei der Geburt nicht einzukacken, oder sinkt dadurch das Niveau zu stark?«

Sie lachten. »Habe ich schon erwähnt, dass ich bei der Geburt außer Landes sein werde?«, fragte Max und sie streckte ihm die Zunge raus.

Gute Vorsätze. Es musste doch etwas geben. Sie wühlte in ihrem Gedächtnis, ob sie irgendetwas in ihrem Leben vermisste oder sich bei irgendwas verbessern konnte, aber auf den ersten Blick schien alles in Ordnung. Sie und Max freuten sich schon sehr auf den Herbst und hatten sich in den Dörfern zwischen London und Larkmead nach einem kleinen Haus für ihre neue Familie umgesehen. Die Arbeit war toll und machte sie glücklich. Ihre Eltern verwöhnten sie und freuten sich riesig auf ihr Enkelkind, und ihre Schwester Zoe wollte in ein paar Wochen für einen längeren Besuch aus Australien anreisen, um das jüngste Mitglied der Familie gleich kennenzulernen. Das Schönste aber war, dass Eloise und Simon verkündet hatten, dass sie sich um eine Adoption beworben hätten, eine Entscheidung, die Saffron sehr begrüßte. Wenn jemand es verdient hatte, Mutter zu werden, dann Eloise.

»Tja«, sagte sie. »Ich habe ein bisschen Angst davor, dass ich in dieser Muttersache nicht gut genug bin.« Sie rutschte ein wenig auf der Picknickdecke herum, bis sie eine bequemere Position gefunden hatte. »Aber wenn ich in diesem Jahr eines gelernt habe, dann, dass das Leben voller Überraschungen steckt. Mein Vorsatz ist also, mich nicht wegen der Zukunft verrückt zu machen, bis sie passiert. Das – und mich bei der Geburt nicht einzukacken.«

»Ein weiser Entschluss«, sagte Spencer mit vielsagendem Blick zu Gemma.

»Wag es ja nicht«, warnte sie ihn lachend. »Nicht jetzt. Nicht an meinem Geburtstag.«

Er lachte mit ihr und wich aus, als sie nach ihm boxte, und als ihm von der abrupten Bewegung ein Stich durch den Rücken fuhr, rieb er sich über den Rücken. Er war das Korsett endlich los und gewöhnte sich allmählich an sportlichere Aktivitäten: Schwimmen, lange Spaziergänge, oh, und Sex natürlich. Den genoss er definitiv, so wie Gemma. Nicht nur sein Körper heilte – eines Morgens im April war er aufgewacht und das drückende Gefühl in seinem Kopf war verschwunden, als ob man ihm eine schwere Last abgenommen hätte. Gehirnerschütterung oder Depression, er war sich immer noch nicht sicher, was der Auslöser für die Schmerzen gewesen war, aber nun konnte er endlich wieder klar denken, hatte nicht mehr ständig Schmerzen, und die Zukunft sah nicht mehr so trübe aus.

Er war zwar immer noch nicht fit genug, um wieder als Bauhandwerker zu arbeiten, hatte sich aber im Haus Beschäftigung gesucht, Wohnzimmer und Bad renoviert und eine Pergola im Garten aufgebaut. Viel wichtiger war jedoch, dass er wieder er selbst war, lustig und respektlos, immer zu Späßen aufgelegt, Gemmas bester Freund und der wichtigste Mensch auf der Welt für sie. Jetzt, da sie ihren Mann mit Leib und Seele zurückhatte, war Gemma fest entschlossen, viele schöne neue Erinnerungen für die Greatest-Hits-Sammlung »Gemma und Spencer, Volume 2, 3 und 4« herbeizuschaffen.

»Ich bin dran«, sagte er. »Ich kann nicht so schöne Reden schwingen wie ihr, aber ich weiß verdammt gut, dass ich Anfang des Jahres als Ehemann und Vater ziemlich versagt habe. Ich werde mir große Mühe geben, das wiedergutzumachen. Wie ihr wisst, habe ich den Mazda im März verkauft, und ein Teil des Geldes ist in die Familienkasse gewandert und für die Renovierung des Hauses draufgegangen. Der Rest, na ja, kommt und seht selbst. Zeit für die große Enthüllung.«

Sie standen auf, etwas beschwipst vom Sonnenschein und dem Prosecco, sogar Saffron, die nur Wasser getrunken hatte. Gemma war ganz zappelig, weil sie nicht wusste, was Spencer im Schilde führte. Es war nicht zu übersehen, dass er die Garage seines kostbaren Wagens abgerissen hatte und dass darüber ein riesiges Plastikzelt aufgebaut war. Sie wusste nicht, was er darin trieb, nur dass er fröhlich und beschäftigt gewesen war, jeden Morgen freudig aus dem Bett gesprungen war, in der Dusche gepfiffen hatte und es gar nicht erwarten konnte, den Tag anzufangen, ganz wie in alten Zeiten. Ein paar seiner Kumpel waren kürzlich da gewesen, um ihm zu helfen, sie hatte Bohr- und Sägegeräusche gehört, aber immer wenn sie herausfinden wollte, was in der Garage vor sich ging, hatten sich alle verschlossen wie Austern und nur den Kopf geschüttelt. Dass es sie brennend interessierte, war die Untertreibung des Jahres.

Sie gingen durch das seltsam verlassen wirkende Haus und zur Vordertür hinaus, wo ihr Vater und ihre Brüder warteten. »Oh!«, rief sie. »Ich habe noch gar nicht mit euch gerechnet.«

Dann sah sie, dass alle ein langes Seil in den Händen hielten, das mit dem blauen Zelt verbunden war, und als Spencer zählte: »Drei, zwei, eins, jetzt!«, zogen sie gleichzeitig daran. Die blaue Plastikplane schlitterte zu Boden und enthüllte …

Gemma stand der Mund offen und ein leiser Schrei entfuhr ihr. »Ist es das, wofür ich es halte?«

»Dein eigenes Atelier. Ja.« Spencer sah sie beklommen an. »Gefällt es dir?«

Ob es ihr gefiel? Musste er das wirklich fragen? Neben dem Haus, wo früher die hässliche Garage aus den Fünfzigern gestanden hatte, befand sich jetzt ein neuer schöner Anbau: ein einstöckiges Gebäude aus gelbem Sandstein mit solidem Eichenfachwerk. Von vorne sah es aus wie das Haus auf einem Kinderbild, mit einer hellblauen Tür in der Mitte, rechts und links je ein großes Fenster. »Ich liebe es«, flüsterte sie, weil sie ihrer Stimme nicht traute. »Oh Spencer. Das hast du alles für mich gemacht?«

Er lächelte. »Geh rein.«

Die Tür war nur angelehnt, und als sie sie aufstieß, sprangen ihr Darcey und Will entgegen: »Überraschung!«, riefen sie und grinsten übers ganze Gesicht. Mitten auf einem Tisch stand eine riesige, mit Erdbeeren garnierte Geburtstagstorte.

»Oh!«, rief sie wieder und ihr stockte der Atem. »Oh du meine Güte«, sagte sie, während sie sich umsah. »Euer Dad ist fantastisch, oder? Er ist der Beste!«

Ihre Augen schwammen in Tränen, als ihr Blick über die Luftballons und die Geburtstagsgirlande wanderte und sie die tolle Überraschung in ihrem ganzen Ausmaß wahrnahm. Auf der Rückseite des Ateliers befanden sich Glasschiebetüren mit Blick auf den Garten, die den Raum hell und luftig wirken ließen. Es gab einen abgetrennten Bereich als Umkleide, weiß gestrichene Regale für die Stoffe und das Zubehör, und genug Platz für mindestens vier Nähtische. Kurz gesagt, es war der perfekte Ort zum Nähen.

»Ein bisschen was ist noch zu tun«, sagte Spencer und legte den Arm um sie. »Ich bin noch nicht ganz mit dem Streichen der Sockelleisten fertig, und wir müssen deine Sachen rüberholen, aber …«

Sie brachte ihn zum Schweigen, indem sie die Arme um seinen Nacken schlang und ihn fest drückte. »Das ist das Netteste, was jemals jemand für mich getan hat«, sagte sie. »Und das Schönste überhaupt.«

»Du bist das Netteste und Schönste, was mir je passiert ist«, raunte er in ihr Haar. »Und das werde ich so schnell nicht wieder vergessen.«

Die anderen kamen herein und brachen in bewundernde Rufe aus, und irgendjemand zündete die Kerzen auf dem Kuchen an. Sie sangen alle »Happy Birthday«, sogar Will, der als Teenager sonst zu cool für solche Sachen war. Gemma konnte gar nicht mehr aufhören zu strahlen, während sie sich in ihrem neuen Atelier umsah, in Gedanken bereits farbenfrohe Vorhänge für die Fenster entwarf und sich überlegte, welche Lampen sich gut auf den Nähtischen machen würden. Sie stellte sich vor, wie die Wände vor Geplauder und Lachen und dem Surren der Nähmaschinen vibrieren würden, während ein schönes Kleid nach dem anderen entstand.

»Happy birthday, liebe Gemmaaaaa … happy birthday to you!«

»Wünsch dir was!«, rief Saffron, als Gemma die Kerzen ausblies.

Sich etwas wünschen? In diesem glücklichen Moment, umgeben von ihrer Familie und Freunden, wusste sie wirklich nichts, was sie sich noch wünschen konnte. Saffrons Baby würde bald kommen, Caitlin hatte die Liebe und eine neue Familie gefunden, ihr Vater und Judy wollten im Winter heiraten und waren glücklich miteinander. Will hatte seine Prüfungen mit fliegenden Fahnen bestanden, Darcey hatte drei neue beste Freundinnen, und Spencer … tja, er stand direkt neben ihr und hielt ihre Hand, ihr treuester Verbündeter, die große Liebe ihres Lebens.

Sie schloss die Augen und wünschte sich, dass diese Liebe und ihr gemeinsames Glück noch sehr lange andauern würden. Im Moment würde ihr das schon reichen.

ENDE

Glückskekse selber backen

Geniale Idee! Jetzt können Sie sich selbst ein paar wirklich schöne Glücksbotschaften schreiben, wie »*Alle deine Träume werden wahr werden*« oder »*Das wird das beste Jahr deines Lebens*«, und sich aufmuntern, wenn Sie mal eine kleine Aufmunterung brauchen. Oder, wenn sie so verrückt sind wie ich, können Sie Ihre Kinder diese Botschaften schreiben lassen. Freuen Sie sich in diesem Fall auf Schicksalssprüche wie »*Nimm dich vor Männern mit Bärten in Acht!*« oder »*Du wirst von einem bösartigen Schwein entführt werden*«.

Hier ist das Rezept, das ich verwendet habe. Es ergibt fünfzehn Glückskekse. (Meine Kinder fanden, dass die Kekse ziemlich fad schmecken, vielleicht sollten Sie sie daher noch mit etwas Puderzucker bestreuen oder in geschmolzene Schokolade tauchen, um den Geschmack zu verfeinern.)

Zutaten

100 g Mehl
1 ½ Esslöffel Speisestärke
50 g Puderzucker
½ Teelöffel Salz
3 Esslöffel Pflanzenöl

3 Eiweiß
1 Teelöffel Wasser
1 ½ Teelöffel Vanilleextrakt
½ Teelöffel Mandelextrakt (nach Wunsch)

Zubereitung

1. Heizen Sie den Backofen auf 170 °C bzw. beim Gasofen auf Stufe 3 vor. Legen Sie ein Backblech mit Backpapier aus oder nehmen Sie eine Silikonmatte, falls Sie so etwas besitzen (wir haben insgesamt drei Backbleche verwendet).
2. Sieben Sie Mehl und Speisestärke in eine Schüssel und geben Sie Zucker und Salz dazu. Danach Öl, Eiweiß, Wasser, Vanille- und Mandelextrakt hinzufügen und alles gut verrühren. (Falls Sie jemand fragt: »Soll es wie Kotze aussehen?«, ignorieren Sie ihn einfach. Die Antwort lautet übrigens Ja.)
3. Klecksen Sie mit einem Esslöffel vorsichtig Teighäufchen auf das Backblech oder die Silikonmatte (der Teig ist sehr flüssig) und drücken Sie den Teig mit der Rückseite eines Metalllöffels zu etwa 10 cm großen Kreisen flach. Achten Sie darauf, dass die Kekse genügend Abstand haben, da sie beim Backen noch aufgehen.
4. Backen Sie die Kekse etwa 10 Minuten lang.
5. Während die Kekse im Backofen sind, können Sie schon mal mit dem Schreiben der Glücksbotschaften anfangen. Wir haben dazu 6 cm lange und 1 cm breite Papierstreifen verwendet. Wenn Sie sich nicht so kreativ fühlen oder nicht Gefahr laufen wollen, von einem bösartigen Schwein entführt zu werden – es gibt auch viele Seiten im Netz, wo Sie Glückskeksbotschaften herunterladen und ausdrucken können.

6. Sehen Sie nach den Keksen. Wenn der Rand goldbraun ist, sind sie fertig.
7. Jetzt die Bastelarbeit! Solange die Kekse warm sind, lassen sie sich leicht formen, daher müssen Sie schnell vorgehen. Legen Sie eine Glücksbotschaft in die Mitte eines jeden Kekses, klappen Sie den Keks in der Hälfte zusammen und drücken Sie den Rand, so gut Sie können, fest. Falten Sie den Keks erneut in der Hälfte, sodass ein Halbmond entsteht. Wenn Sie befürchten, dass Ihre Kekse wieder aufspringen und die Form verlieren könnten, legen Sie sie zum Abkühlen in die Mulden eines Muffinblechs.
8. Nach dem Abkühlen können Sie gleich davon naschen. Und drücken Sie sich die Daumen, dass Sie den Keks mit der besten Glücksbotschaft gewählt haben!

Die besten Katerkuren

(Nur für den Fall, dass Sie es bei der Silvesterparty ein wenig übertrieben haben …)

Wir haben das alle schon erlebt. Das Trommeln im Kopf. Die Übelkeit. Der eklige Geschmack im Mund. Und die schrecklichen Rückblenden an die Nacht zuvor – habe ich wirklich auf dem Tisch getanzt? Oje. Das ist Ihnen doch auch schon passiert, oder? Keine Sorge, ich bin ja da, um Ihnen zu helfen. Mit diesen Methoden werden Sie sich hoffentlich bald wieder wie ein Mensch fühlen:

- frische Luft
- mehr Schlaf
- ein gutes Frühstück und eine Tasse Tee (Ich würde mir ein Rührei-Sandwich mit viel Ketchup machen, aber Sie haben da sicher Ihre eigenen Vorlieben.)
- viel Wasser, vorzugsweise ein halber Liter (ein großes Bierglas) pro Stunde
- ein Energydrink
- manche Leute schwören auf eine ganz scharfe Chilischote (offenbar, um das Gift rauszuschwitzen). Und dann gibt es noch diese eklig klingenden Rohes-Ei-mit-Tabasco-Re-

zepte im Netz, die Sie ausprobieren können (wenn Sie völlig verzweifelt sind; leider musste ich bei dieser Recherche passen).

- sich auf dem Sofa in eine Decke kuscheln und einen lustigen Film anschauen
- sich schwören, nie wieder so blöd zu sein und so viel Alkohol zu trinken. Niemals wieder. Echt, dieses Mal meinen Sie das todernst. Und wo wir gerade dabei sind …

Gute Vorsätze fürs neue Jahr und wie Sie sich daran halten

Wenn es Ihnen geht wie mir (und Gemma!), haben Sie das neue Jahr mit einer ehrgeizig langen Liste von guten Vorsätzen begonnen. Dieses Jahr laufen Sie endlich beim Marathon mit, bekommen einen tollen neuen Job, geben das Rauchen auf, nehmen eine Kleidergröße ab, geraten niemals in Rage und verlieren nie die Geduld, reizen Ihre Kreditkarten nicht mehr bis ins Letzte aus und verwandeln sich grundsätzlich in Ihr perfektes, bestmögliches Ich.

Optimismus in allen Ehren, aber wenn Ihre Gute-Vorsätze-Liste so lang ist wie Ihr Arm, steuern Sie schon fast mit unfehlbarer Sicherheit auf einen Misserfolg zu. Diese einfachen Strategien können Ihnen jedoch den Tag retten. Viel Glück!

- **Denken Sie positiv.** Formulieren Sie Ihre Ziele so, dass sie nicht klingen, als müssten Sie auf etwas verzichten. Aus »Stopf dich nicht mehr mit Süßigkeiten vor dem Fernseher voll!« wird »Iss gesunde Sachen!«. Aus »Sei nicht mehr so grummelig zu den Kindern!« wird »Mach schöne, lustige Sachen mit den Kindern!«. Aus »Trink nicht mehr so viel!« könnte »Ich trinke nur noch ein Glas am Samstag« werden.
- **Machen Sie kleine Schritte.** Achten Sie darauf, dass Ihre

Ziele klein und erreichbar sind. Brechen Sie größere Ziele in kleine Wochenziele auf. Versuchen Sie, jeweils ein oder zwei Pfund abzunehmen, wenn Sie auf dem Gesundheitstrip sind, statt sich vorzunehmen, sich auf Größe 36 runterzuhungern.

- **Halten Sie sich von Versuchungen fern.** Wenn Sie schwach werden, rufen Sie sich in Erinnerung, warum Sie diesen Vorsatz überhaupt gefasst haben, und behalten Sie das große Ganze im Auge. Sparen Sie für einen Urlaub? Wollen Sie aus Gesundheitsgründen fit werden? Oder mit dem Rauchen aufhören, weil ein Baby unterwegs ist? Erinnern Sie sich daran, dass Ihre Anstrengungen die Mühe auch lohnen. Falls das noch nicht reicht, entfernen Sie sich auch körperlich von der Versuchung. Gehen Sie spazieren oder besuchen Sie einen Freund, egal was, solange es Sie von der Keksdose fernhält, diesem Schnäppchen im Schuhladen oder der Flasche Sauvignon blanc, die so verführerisch im Kühlschrank steht.
- **Seien Sie nett zu sich selbst.** Rom wurde auch nicht an einem Tag erbaut – ebenso wenig wie Ihr neues, besseres Ich. Und falls nichts mehr hilft und Ihnen alles zu viel wird, denken Sie daran, es gibt immer noch ein nächstes Jahr …

Danksagung

Mein Dank gilt wie immer dem Dream-Team von Pan Macmillan – Caroline Hogg, Natasha Harding, Jodie Mullish, Becky Plunkett, Anna Bond, Jeremy Trevathan, Wayne Brookes und Eloise Wood. Bitte sagt mir, dass euer gemeinsamer Neujahrsvorsatz ist, weiterhin so toll zu bleiben.

Eine Million Dankeschön an Lizzy Kremer bei David Higham für die ganze harte Arbeit, Telefonanrufe und für die genialen Ideen. Außer einer brillanten Agentin bist du auch ein ausgesprochen liebenswerter Mensch. Team Kremer – durch und durch!

Mein Dank geht auch an Rebekah, die außergewöhnliche Schneiderin bei *Love Design Room* in Bath, die mir alle meine dummen Fragen mit großer Geduld beantwortet hat. Jegliche Fehler in diesem Buch gehen auf mein eigenes Konto.

Ich danke all meinen reizenden Lesern, vor allem denen, die mit mir auf meiner Facebook-Fanpage chatten, und natürlich den *Lucy's Diamonds* – eine Gruppe von Frauen, die so was von cool sind!

Und ein extra funkelnder Dank an meine wundervolle Familie – Martin, Hannah, Tom und Holly –, die besten Cheerleader und Unterstützer, die sich eine Autorin wünschen kann, selbst wenn ich mal im schwarzen Loch der Schreibblockadenverzweiflung versinke. (Mein Neujahrsvorsatz ist übrigens, damit aufzuhören, so eine Drama-Queen zu sein!) Ich danke euch für so viel Lachen und Liebe. Ich brauche keinen Glückskeks, der mir sagt, dass ihr vier definitiv mein »Glücklich bis ans Lebensende« seid.

LESEPROBE

Rainbow Rowell
Zwei Worte vor und eins zurück

DIENSTAG, 17. DEZEMBER 2013

Beim Einbiegen in die Auffahrt machte Georgie einen kleinen Schlenker, um einem Fahrrad auszuweichen.

Nie sorgte Neal dafür, dass Alice es wegräumte.

In Nebraska brauchte man offensichtlich keine Angst vor Fahrraddieben zu haben – ebenso wenig wie vor Einbrechern. Wenn sie spätabends nach Hause kam, musste Georgie meistens feststellen, dass Neal die Haustür nicht abgeschlossen hatte, obwohl sie ihm gesagt hatte, dass er genauso gut ein Schild im Garten aufstellen könnte: *Bewaffnete Einbrecher herzlich willkommen.* »Nein«, hatte er widersprochen. »Das wäre schon was anderes.«

Sie zerrte das Fahrrad auf die Veranda, und öffnete die (unverschlossene) Tür.

Im Wohnzimmer brannte zwar kein Licht, aber der Fernseher lief noch. Alice war auf der Couch bei Pink-Panther-Cartoons eingeschlafen. Als Georgie zum Fernseher gehen wollte, um ihn abzuschalten, stolperte sie über ein Milchschälchen auf dem Boden. Auf dem Kaffeetisch lag ein Stapel zusammengelegter Wäsche, also schnappte sie sich das zuoberst liegende Kleidungsstück, um damit die Milch aufzuwischen.

Als Neal im Durchgang zwischen Wohn- und Esszimmer

auftauchte, hockte Georgie gerade auf dem Boden und beseitigte mithilfe ihrer Unterwäsche die Milchpfütze.

»Tut mir leid«, sagte er. »Alice wollte Milch für Noomi rausstellen.«

»Ist schon in Ordnung. Ich hab nicht aufgepasst.« Georgie erhob sich, wobei sie die Hand mit der feuchten Unterwäsche unwillkürlich zur Faust ballte. Mit dem Kinn deutete sie auf Alice. »Alles in Ordnung mit ihr?«

Neal streckte die Hand nach der nassen Wäsche aus und hob dann das Schälchen auf. »Alles prima. Ich habe ihr erlaubt, auf dich zu warten. Wir hatten eine nicht enden wollende Debatte darüber, ob sie ihren Kohl essen muss, außerdem habe ich ihr verboten, das Wort ›buchstäblich‹ zu benutzen, weil es mich *buchstäblich* in den Wahnsinn treibt.« Bevor er in die Küche ging, drehte er sich zu Georgie um. »Hast du Hunger?«

»Ja«, erwiderte sie und folgte ihm in die Küche.

An diesem Abend war Neal gut gelaunt. Wenn Georgie sonst so spät nach Hause kam … nun, dann war das nicht der Fall.

Sie setzte sich an die Frühstückstheke, wobei sie mit den Ellbogen Rechnungen, Bibliotheksbücher und Zweitklässler-Arbeitsblätter beiseiteschob.

Neal ging zum Gasherd und schaltete ihn ein. Er trug Pyjamahosen und ein weißes T-Shirt und sah aus, als hätte er einen neuen Haarschnitt – wahrscheinlich extra für den Urlaub. Wenn Georgie ihm jetzt mit der Hand über den Hinterkopf gefahren wäre, dann hätte sich sein Haar in der einen Richtung seidig und in der anderen stachelig angefühlt.

»Ich wusste nicht, was du mitnehmen willst«, sagte er. »Deshalb habe ich vorsichtshalber alles in deinem Wäschekorb gewaschen. Vergiss nicht, dass es dort ziemlich kalt werden kann. Das vergisst du jedes Mal.«

Was auch der Grund war, warum sie sich jedes Mal Neals Pullis auslieh.

Er war so gut gelaunt …

Lächelnd richtete er ihren Teller her. Pfannengemüse. Lachs. Kohl. Anderes Grünzeugs. Dann zerdrückte er eine Handvoll Cashewkerne in der Hand, streute sie über das Essen und stellte den Teller vor sie hin.

Wenn Neal lächelte, gruben sich tiefe Lachfalten in seine stoppeligen Wangen. Am liebsten hätte Georgie ihn über die Frühstückstheke hinweg an sich gedrückt und ihre Nase in seiner Wange vergraben. (So ging es ihr immer, wenn Neal lächelte.) (Was er vermutlich nicht wusste.)

»Ich müsste alle deine Jeans gewaschen haben …«, sagte er, während er ihr ein Glas Wein einschenkte.

Georgie holte tief Luft. Sie musste es endlich hinter sich bringen. »Im Büro gab es heute gute Neuigkeiten.«

Neal, der seitlich an die Theke gelehnt dastand, hob eine Augenbraue. »Ach, tatsächlich?«

»Tatsächlich. Es ist so … Maher Jafari interessiert sich für unsere Sitcom.«

»Wer oder was ist Maher Jafari?«

»Das ist der Typ vom Sender, mit dem wir verhandelt haben. Derjenige, der für *Die Lobby* und die neue Reality-Show über Tabakfarmer grünes Licht gegeben hat.«

»Ah ja, richtig.« Neal nickte. »Der Mann vom Sender. Ich dachte, er zeigt euch die kalte Schulter.«

»Wir *dachten* nur, dass er uns die kalte Schulter zeigt«, sagte Georgie. »Offenbar ist das einfach seine Art.«

»Oh. Wow. Das sind gute Neuigkeiten. Wenn das so ist« – er legte den Kopf schief –, »warum siehst du dann nicht fröhlicher aus?«

»Ich bin total aus dem Häuschen vor Freude«, erwiderte Georgie. *Mit schriller Stimme. Himmel.* Brach ihr jetzt auch noch der Schweiß aus? »Er will einen Pilotfilm, Drehbücher. Wir haben ein großes Meeting, um darüber zu sprechen, welche Schauspieler infrage kommen …«

»Das ist großartig«, sagte Neal abwartend. Er wusste, dass sie auf etwas Bestimmtes hinauswollte.

Georgie schloss die Augen. »… und zwar am Siebenundzwanzigsten.«

In der Küche herrschte Stille. Sie öffnete die Augen. Vor ihr stand der Neal, den sie kannte und liebte. (Ehrlich. In beiderlei Hinsicht.) Die vor der Brust verschränkten Arme, die zu Schlitzen verengten Augen, das grimmige Gesicht.

»Am siebenundzwanzigsten wollten wir in Omaha sein«, sagte er.

»Ich weiß«, erwiderte sie. »Ich weiß das, Neal.«

»Und das heißt? Willst du früher nach L.A. zurückfliegen?«

»Nein, ich … wir müssen die Drehbücher schon vorher fertig haben. Seth dachte –«

»Seth.«

»Bisher haben wir nur den Pilotfilm«, erklärte sie. »Wir haben neun Tage Zeit, um vier Folgen zu schreiben und uns auf das Treffen vorzubereiten. Wir haben total Glück, dass wir gerade ein paar Tage frei haben, in denen wir uns nicht um *Jeff'd Up* kümmern müssen.«

»Ihr habt ein paar Tage frei, weil *Weihnachten* ist.«

»Ich weiß, dass Weihnachten ist, Neal – ich habe nicht vor, Weihnachten ausfallen zu lassen.«

»Hast du nicht?«

»Nein. Ich habe nur vor … Omaha ausfallen zu lassen. Ich dachte, wir könnten alle zusammen hierbleiben.«

»Aber wir haben schon die Tickets gekauft.«

»Neal. Es ist ein Pilotfilm. Ein Deal. Mit unserem Traum-Fernsehsender.«

Georgie hatte das Gefühl, von einem Skript abzulesen. Sie hatte dieses Gespräch auch schon mit Seth geführt und dabei fast genau dieselben Wörter benutzt …

»Es ist Weihnachten«, hatte sie gesagt. Sie waren im Büro gewesen, und Seth hatte sich auf Georgies Seite ihres gemeinsamen, L-förmigen Schreibtischs niedergelassen. Und sie in die Zange genommen.

»Komm schon, Georgie, wir können Weihnachten auch später feiern – nach dem Meeting feiern wir das schönste Weihnachten, das wir je hatten.«

»Erzähl das mal meinen Kindern.«

»Das werde ich. Deine Kinder lieben mich.«

»Seth, es ist Weihnachten. Kann das Meeting nicht warten?«

»Wir warten seit Jahren auf eine solche Chance. Und jetzt ist es so weit. Georgie. Es ist so weit. Endlich.«

Seth hatte nicht aufgehört, ihren Namen zu wiederholen.

Neals Nasenflügel bebten.

»Meine Mutter erwartet uns«, sagte er.

»Ich weiß«, flüsterte Georgie.

»Und die Kinder … Alice hat dem Weihnachtsmann die Adresse meiner Eltern geschickt, damit er weiß, wo er sie finden kann.«

Georgie versuchte zu lächeln. Es blieb bei einem schwachen Versuch. »Der Weihnachtsmann kriegt das schon hin.«

»Das ist nicht –« Neal legte den Korkenzieher in eine Schublade und schlug sie mit einem lauten Knall zu. Er senkte die Stimme. »Das ist nicht der Punkt.«

»Ich weiß.« Sie beugte sich über ihren Teller. »Wir können deine Mutter genauso gut nächsten Monat besuchen.«

»Und Alice aus der Schule nehmen?«

»Wenn es sein muss.«

Als Neal die Fäuste auf der Küchentheke ballte, traten die Muskeln an seinen Unterarmen hervor. Er sah aus, als würde er sich rückwirkend für eine schlechte Nachricht wappnen. Dann ließ er den Kopf hängen.

»Das könnte unsere große Chance sein«, sagte Georgie. »Unsere eigene Sitcom.«

Er nickte, ohne den Kopf zu heben. »Gut«, sagte er. Seine Stimme klang leise und resigniert.

Georgie wartete.

Manchmal verlor sie den Faden, wenn sie sich mit Neal stritt. Ihre Auseinandersetzung verwandelte sich dann in etwas anderes – in etwas Bedrohliches –, und Georgie merkte es nicht einmal. Manchmal war das Gespräch für ihn schon zu Ende, während sie noch ihre Argumente darlegte, und dann redete sie weiter, obwohl er innerlich längst aus der Diskussion ausgestiegen war. Manchmal ging er auch einfach.

Aber Georgie wusste nicht, ob man dieses Gespräch überhaupt als Streit bezeichnen konnte. Noch nicht.

Also wartete sie.

Neal ließ den Kopf hängen.

»Was meinst du mit ›gut‹?«, fragte sie schließlich.

Mit den nackten Armen stieß er sich von der Theke ab. »Das soll heißen, das *du* offenbar keine Probleme mit dieser Entscheidung hast.« Er fing an, den Herd sauber zu machen. »Du musst bei diesem Meeting dabei sein. Das ist wichtig für dich.«

Er sagte das mit neutraler Stimme. Vielleicht wurde ja doch noch alles gut. Vielleicht freute er sich sogar für sie. Letzten Endes.

»Na schön«, sagte sie, um die Stimmung zwischen ihnen auszutesten. »Dann fahren wir also nächsten Monat zu deiner Mutter?«

Er öffnete die Spülmaschine und fing an, das Geschirr einzusammeln. »Nein.«

Georgie presste die Lippen zusammen und kaute darauf herum. »Du willst Alice nicht aus der Schule nehmen?«

Er schüttelte den Kopf.

Sie beobachtete ihn dabei, wie er die Spülmaschine einräumte. »Dann fahren wir im Sommer?«

Neal zuckte leicht mit dem Kopf, als hätte etwas sein Ohr gestreift. Er hatte wunderschöne Ohren. Sie waren ein bisschen zu groß und oben spitz wie Flügel. Georgie liebte es, seinen Kopf an den Ohren festzuhalten. Wenn er es zuließ.

In diesem Augenblick konnte sie sich gut vorstellen, seinen Kopf in den Händen zu halten. Sie spürte förmlich, wie sie mit den Daumen über seine Ohren fuhr, während ihre Fingerknöchel das kurz geschorene Haar streiften.

»Nein«, wiederholte er, richtete sich auf und wischte sich die Handflächen an der Pyjamahose ab. »Die Flugtickets sind bereits bezahlt.«

»Neal, ich meine es ernst. Ich muss zu diesem Meeting.«

»Ich weiß«, sagte er und drehte sich zu ihr um. Sein Gesicht war grimmig, und daran würde sich auch so bald nichts ändern.

Damals auf dem College hatte Neal darüber nachgedacht, zum Militär zu gehen. Garantiert hätte er sich hervorragend bewährt in Situationen, in denen man jemandem eine schreckliche Nachricht überbringen oder einen herzzerreißenden Befehl ausführen musste – ohne sich dabei anmerken zu lassen, wie nahe einem das ging. Neals Gesicht hätte die Enola Gay fliegen können.

»Ich verstehe nicht«, sagte Georgie.

»Du musst zu deinem Meeting«, sagte er. »Und wir haben Flugtickets. Du musst ohnehin die ganze Woche arbeiten. Du bleibst hier, konzentrierst dich auf die neue Sitcom – und wir besuchen meine Mutter.«

»Aber es ist Weihnachten. Die Kinder …«

»Sie können mit dir nachfeiern, wenn wir wieder da sind. Das gefällt ihnen bestimmt. Zweimal Weihnachten feiern.«

Georgie wusste nicht, wie sie reagieren sollte. Wenn Neal beim letzten Wort nicht *gelächelt* hätte …

Er deutete auf ihren Teller. »Soll ich dir das noch mal aufwärmen?«

»Nein, alles prima«, sagte sie.

Er nickte kurz und ging an ihr vorbei ins Wohnzimmer, wobei er sich gerade weit genug vorbeugte, um ihre Wange kurz mit den Lippen zu streifen. Dann war er auch schon an ihr vorbei und hob Alice hoch. Georgie hörte, wie er sie mit leiser Stimme beruhigte – »Alles in Ordnung, Süße, ich hab dich« – und die Treppe hinaufging.

Lauren Frankel

Das Schweigen der Hyazinthen

Roman

KENNST DU DEIN KIND?

Als Rebecca den Anruf von der Schule bekommt, traut sie ihren Ohren nicht: Ihre dreizehnjährige Pflegetochter Callie soll ein Mädchen so lange tyrannisiert und gemobbt haben, bis dieses in Tränen aufgelöst aus der Schule geflohen ist. Rebecca kann nicht glauben, dass Callie, die im wahrsten Sinne des Wortes keiner Fliege etwas zu Leide tun kann, zu so einer Tat fähig ist. Doch dann beginnt Rebecca, Callie zu beobachten. Und plötzlich ist sie sich nicht mehr sicher, ob sie wirklich noch das Mädchen ist, das sie glaubt, zu kennen …

Lebensechte Figuren und ein Handlungsverlauf, der so fesselnd ist, dass man das Buch nicht aus der Hand legen kann!

384 Seiten · broschiert mit Klappe
€ 14,99 [D]
ISBN 978-3-86396-078-0